Gilda Ortiz
12-25-1
regalo de mi hij
José, yenis Meesta
Piñón

Frank McCourt

Lo Es

Traducción en español
por Alejandro Pareja

Libros en Español
Published by Simon & Schuster
New York London Toronto Sydney Singapore

SIMON & SCHUSTER
LIBROS EN ESPAÑOL
Rockefeller Center
1230 Avenue of the Americas
New York, New York 10020

First Simon & Schuster Libros en Español Edition 2000
SIMON & SCHUSTER LIBROS EN ESPANOL y su colofón son marcas
registradas de Simon & Schuster, Inc.

Hecho en los Estados Unidos de América

1 3 5 7 9 10 8 6 4 2

Datos de catalogación de la Biblioteca del Congreso:
McCourt, Frank.
['Tis. Spanish]
Lo es / Frank McCourt.–1st Simon & Schuster Libros en Español ed.
p. cm.
1. McCourt, Frank. 2. Irish Americans—Biography. 3. New York
(N.Y.)—Biography. I.
Title.
E184.I6 M11818 2000
974.7'10049162—dc21

ISBN 0-7432-0423-9

Este libro está dedicado
a mi hija Maggie, por su corazón cálido y penetrante,
y a mi esposa, Ellen, por haber unido su costado al mío.

Agradecimientos

Diversos amigos y familiares míos me han sonreído y me han otorgado diversas gracias: Nan Graham, Susan Moldow y Pat Eisemann, de Scribner; Sarah Mosher, que estuvo en Scribner; Molly Friedrich, Aaron Priest, Paul Cirone y Lucy Childs, de la agencia literaria Aaron Priest; los difuntos Tommy Butler, Mike Reardon y Nick Brown, sumos sacerdotes de la larga barra de La Cabeza del León; Paul Schiffman, poeta y marino, que ejercía en el mismo bar pero que se balanceaba con el mar; Sheila McKenna, Denis Duggan, Denis Smith, Jack Deacy, Pete Hamill, Bill Flanagan, Brian Brown, Terry Moran, Isiah Sheffer, Pat Mulligan, Gene Secunda, el difunto Paddy Clancy, el difunto Kevin Sullivan, todos ellos amigos de La Cabeza del León y del Club de los Primeros Viernes; naturalmente, mis hermanos, Alphonsus, Michael, Malachy, y sus esposas, Lynn, Joan, Diana, Robert y Cathy Frey, padres de Ellen.

Mi agradecimiento, mi amor.

Prólogo

Es tu sueño que se cumple.

Eso es lo que solía decir mi madre cuando éramos niños, en Irlanda, y se hacía realidad algún sueño que habíamos tenido. El que yo tenía una y otra vez era que entraba en un barco en la bahía de Nueva York, impresionado por los rascacielos que tenía delante. Yo se lo contaba a mis hermanos y ellos me tenían envidia por haber pasado una noche en América, hasta que ellos empezaron a asegurar que habían tenido también el mismo sueño. Sabían que era una manera segura de atraer la atención, aunque yo discutía con ellos, les decía que yo era el mayor, que aquel sueño era mío y que más les valía dejarlo en paz si no querían acabar mal. Ellos me decían que yo no tenía derecho a quedarme aquel sueño para mí solo, que cualquiera podía soñar con América en lo más oscuro de la noche y que yo no podía impedirlo de ningún modo. Yo les decía que sí podía impedírselo. No les dejaría dormir en toda la noche, ellos no soñarían nada en absoluto. Michael sólo tenía seis años y ya se reía al imaginarme a mí saltando de uno a otro para intentar impedir sus sueños con los rascacielos de Nueva York. Malachy decía que yo no podía hacer nada para evitar sus sueños, pues él había nacido en Brooklyn y podía soñar con América toda la noche y hasta bien entrado el día si quería. Yo recurrí a mi madre. Le dije que no era justo el modo en que toda la familia invadía mis sueños, y ella me dijo:

—*Arrah,* por el amor de Dios, tómate el té y márchate a la escuela y deja de fastidiarnos con tus sueños.

Mi hermano Alphie sólo tenía dos años y estaba aprendiendo palabras, y se puso a dar golpes con una cuchara en la mesa y a cantar: «Fatidiarnos sueños, fatidiarnos sueños», hasta que todo el mundo se echó a reír y yo supe que podía compartir con él mis sueños en cualquier momento, así que ¿por qué no con Michael, por qué no con Malachy?

I

Cuando el vapor *Irish Oak* zarpó del puerto de Cork en octubre de 1949, esperábamos llegar a la ciudad de Nueva York al cabo de una semana. Pero después de dos días de navegación nos dijeron que íbamos a Montreal, en Canadá. Yo dije al primer oficial que sólo tenía cuarenta dólares y le pregunté si las Líneas Irlandesas me pagarían el billete de tren de Montreal a Nueva York. Él me dijo que no, que la compañía no se responsabilizaba. Me dijo que los cargueros son las putas del mar, que están dispuestos a hacer lo que sea para cualquiera. Se podría decir que un carguero es como el perro viejo de Murphy, que acompañaba a cualquier vagabundo durante un trecho del camino.

Dos días más tarde, las Líneas Irlandesas cambiaron de opinión y nos dieron la buena noticia: «Pongan rumbo a Nueva York», pero dos días después dijeron al capitán: «Pongan rumbo a Albany».

El primer oficial me dijo que Albany era una ciudad que estaba algo lejos, subiendo por el río Hudson, capital del estado de Nueva York. Me dijo que Albany tenía todo el encanto de Límerick, ja, ja, ja, que era un sitio estupendo para morirse, pero que no era un sitio donde a nadie le gustaría casarse ni criar a sus hijos. Él era de Dublín y sabía que yo era de Límerick, y cuando se burlaba de Límerick yo no sabía qué hacer. Me hubiera gustado hundirlo con un comentario agudo, pero me miraba al espejo, me veía la cara llena de espinillas, los ojos irritados y los dientes estropeados y me daba cuenta de que jamás podría plantar cara a nadie, y menos a un primer oficial que llevaba uniforme y que tenía por delante un futuro prometedor como capitán de su propio barco. Después me decía a mí mismo: «Al fin y al cabo, ¿por qué me va a importar lo que diga nadie acerca de Límerick? Allí no he pasado más que miseria.»

Después pasaba aquella cosa especial. Yo me sentaba en una tumbona, bajo el sol encantador de octubre, rodeado por el hermoso Atlántico azul, e intentaba imaginarme cómo sería Nueva York. Intentaba ver la Quinta Avenida o el Central Park o el Greenwich Village, donde todo el mundo parecía una estrella de cine, con bronceados potentes, con dentaduras blancas y relucientes. Pero Límerick me arrastraba al pasado. En vez de pasearme por la Quinta Avenida con el bronceado, con la dentadura, volvía a encontrarme en los callejones de Límerick, con las mujeres que estaban ante las puertas de las casas charlando y ciñéndose los chales sobre los hombros, con los niños que tenían la cara manchada de pan con mermelada, que jugaban y reían y llamaban llorando a sus madres. Veía a la gente en misa el domingo por la mañana, cuando corría un rumor por toda la iglesia cada vez que una persona debilitada por el hambre se desmayaba en el banco y tenían que sacarla al aire libre los hombres que estaban al fondo de la iglesia, quienes decían a todos: «Retírense, retírense, por el amor de Dios, ¿no ven que le falta aire?», y yo quería ser un hombre como ellos y decir a la gente que se retirara, porque aquello te otorgaba el derecho a quedarte fuera hasta que terminaba la misa, y entonces te podías ir a la taberna, y para eso te habías quedado de pie al fondo con todos los demás hombres desde el primer momento. Los hombres que no bebían se arrodillaban siempre en primera fila, junto al altar, para demostrar lo buenos que eran y que no les importaba que las tabernas cerrasen hasta el día del Juicio Final. Se sabían mejor que nadie las respuestas de la misa, y se persignaban, se ponían de pie, se arrodillaban y suspiraban al rezar como si sintieran el dolor de Nuestro Señor más que el resto de los fieles. Algunos habían renunciado por completo a la pinta, y éstos eran los peores, siempre estaban predicando los males de la pinta y despreciando a los que seguían todavía en sus garras, como si ellos fueran por el buen camino del cielo. Se comportaban como si el propio Dios fuera a dar la espalda a un hombre porque éste bebiera pintas, cuando todo el mundo sabía que rara vez se oía a un cura condenar desde el púlpito la pinta ni a los que la bebían. Los hombres que tenían sed se quedaban al fondo, dispuestos a salir por la puerta como rayos en cuanto el cura decía «*Ite missa est,* podéis ir en paz». Se quedaban al fondo porque tenían las bocas secas y porque eran demasiado humildes como para pasar al frente con los sobrios. Yo me quedaba cerca de la puerta para oír a los hombres que murmuraban comentando lo lenta que era la misa. Iban a misa porque no ir es pecado mortal, aunque cabría preguntarse si no era un pecado más grave decir en broma al vecino que si aquel cura no se daba prisa te ibas a morir de sed allí mismo. Cuando salía a dar el sermón el padre White, se revolvían inquietos y gruñían quejándose de sus sermones, que eran los más lentos del mundo, mientras él levantaba los ojos al cielo y afirmaba que todos estábamos condenados, a no ser que nos reformásemos y nos consagrásemos por entero a la Virgen María. Mi tío Pa Keating hacía reír a los hombres, que se tapaban la boca con la mano, diciéndoles: «Yo me consagraría a la Virgen María si ella me diera una buena pinta de cerveza negra con su espuma». Yo quería estar allí con mi tío Pa Keating, hecho una persona mayor con pantalones largos y quedarme de pie al fondo con los hombres, tener una sed grande y reírme tapándome la boca con la mano.

Yo me quedaba sentado en aquella tumbona y me asomaba al interior de mi cabeza, y me veía a mí mismo recorriendo en bicicleta la ciudad de Límerick y el campo para repartir telegramas. Me veía por la mañana temprano en bicicleta por las carreteras del campo mientras la niebla se despejaba en los campos y las vacas me dirigían algún que otro mugido y los perros me perseguían hasta que yo los ahuyentaba tirándoles piedras. Oía a los niños de pecho que lloraban en las granjas llamando a sus madres y a los granjeros que volvían a llevar las vacas a los prados, a golpes de vara, después del ordeño.

Y me echaba a llorar yo solo sentado en aquella tumbona, rodeado por el hermoso Atlántico, rumbo a Nueva York, la ciudad de mis sueños donde yo tendría el bronceado dorado, la dentadura blanca, deslumbrante. Me preguntaba qué me pasaba, en nombre del cielo, para echar de menos ya a Límerick, la ciudad de las miserias grises, el lugar donde yo había soñado con huir a Nueva York. Oía la advertencia de mi madre: «Más vale lo malo conocido que lo bueno por conocer.»

En el barco iba a haber catorce pasajeros, pero uno canceló el pasaje y tuvimos que zarpar con un número de mala suerte. La primera noche de navegación, el capitán se puso de pie durante la cena y nos dio la bienvenida. Se rió y dijo que no era supersticioso y que el número de pasajeros no lo inquietaba, pero que dado que había un sacerdote entre nosotros, sería muy bonito que su reverencia rezase una oración para protegernos de todo mal. El cura era un hombrecito rechoncho, nacido en Irlanda, pero que había pasado tanto tiempo en su parroquia de Los Ángeles que ya no le quedaba ningún rastro de acento irlandés. Cuando se levantó para rezar una oración y se persignó, cuatro pasajeros no movieron las manos de sus regazos y aquello me hizo ver que eran protestantes. Mi madre solía decir que a los protestantes se les conoce a la legua por su aire reservado. El cura pidió a Nuestro Señor que nos acogiese con piedad y con amor, que pasase lo que pasase en aquellos mares procelosos, nosotros estábamos dispuestos a refugiarnos para siempre en Su Seno Divino. Un protestante viejo cogió a su mujer de la mano. Ella sonrió y le hizo un gesto con la cabeza, y él también sonrió como diciendo: «No te preocupes.»

El cura estaba sentado a mi lado en la mesa de la cena. Me susurró que aquellos dos protestantes viejos eran muy ricos, pues se dedicaban a criar caballos de carreras de pura sangre en Kentucky, y que si yo tenía sentido común, debía ser, nunca se sabe, amable con ellos.

Yo quise preguntarle cuál era el modo adecuado de ser amable con los protestantes ricos que crían caballos de carreras, pero no pude por miedo a que el cura me tomara por tonto. Oí que los protestantes decían que la gente de Irlanda era tan encantadora y que sus hijos eran tan adorables, que casi no se notaba lo pobres que eran. Yo sabía que si llegaba a hablar alguna vez con los protestantes ricos tendría que sonreír y enseñar mis dientes estropeados, y allí acabaría todo. En cuanto ganara algo de dinero en América tendría que ir corriendo a un dentista para que me arreglase la sonrisa. En las revistas y en las películas se veía que la sonrisa te abría las puertas y hacía que las chicas corriesen tras de ti, y si yo no tenía la sonrisa más me valía volverme a Limerick y buscarme un empleo para clasificar correspondencia en una habitación oscura y apartada de Correos, donde a nadie le importaba si tenías dientes o si no tenías ni uno solo.

Antes de la hora de acostarse, el camarero sirvió té y galletas en el salón. El cura dijo:

—Yo me tomaré un whiskey escocés doble, déjate de té, Michael, el whiskey me ayuda a dormir.

Se bebió su whiskey y volvió a susurrarme:

—¿Has hablado con los ricos de Kentucky?

—No.

—Maldita sea. ¿Qué te pasa? ¿Es que no quieres salir adelante en el mundo?

—Sí que quiero.

—Bueno, entonces ¿por qué no hablas con los ricos de Kentucky? A lo mejor les caes bien y te ofrecen un empleo de mozo de cuadra o algo así, y podrías ir ascendiendo en vez de ir a Nueva York, que es una enorme ocasión de pecado, una cloaca de depravación donde el católico tiene que luchar día y noche para mantener la fe. Entonces, ¿por qué no puedes hablar con esa gente tan agradable de Kentucky para llegar a ser alguien?

Siempre que sacaba el tema de los ricos de Kentucky me susurraba y yo no sabía qué decir. Si hubiera estado allí mi hermano Malachy, habría abordado directamente a los ricos, los habría cautivado, y lo más fácil es que lo hubiesen adoptado y que le hubiesen dejado sus millones, además de los establos, los caballos de carreras, una casa grande y las criadas para que la limpiasen. Yo no había hablado con ricos en mi vida salvo para decirles: «Un telegrama, señora», y entonces me decían: «Ve por la puerta de servicio, ésta es la puerta principal, ¿es que no lo sabes?»

Eso quería decir yo al cura, pero tampoco sabía hablar con él. Lo único que yo sabía de los curas era que decían la misa y todo lo demás en latín, que escuchaban mis pecados en inglés y me perdonaban en latín en nombre de Nuestro Señor en persona, que es Dios, al fin y al cabo. Debe de ser raro ser cura y despertarse por la mañana y saber, allí acostado en la cama, que tienes el poder de perdonar a la gente o de no perdonarla, según estés de humor. Cuando sabes latín y perdonas los pecados te vuelves poderoso y es difícil hablar contigo, porque conoces los secretos oscuros del mundo. Hablar con un cura es como hablar con Dios en persona, y si dices lo que no debes, estás condenado.

En aquel barco no había ni un alma que fuese capaz de explicarme el modo de hablar con los protestantes ricos y con los curas exigentes. Mi tío Pa Keating, marido de mi tía, podría habérmelo dicho, pero él estaba en Límerick, y allí no le importaba nada un pedo de violinista. Yo sabía que si él estuviera allí se habría negado tajantemente a hablar con los ricos, y además habría dicho al cura que le besara el real culo irlandés. Así me gustaría ser a mí, pero cuando tienes destrozados los dientes y los ojos no sabes nunca qué decir ni cómo comportarte.

En la biblioteca del barco había un libro titulado *Crimen y castigo*, yo creí que podría ser una buena novela policíaca a pesar de que estaba llena de nombres rusos enrevesados. Intenté leerlo, sentado en una tumbona, pero el argumento me hacía sentirme raro, trataba de un estudiante ruso, Raskolnikov, que mata a una vieja, una usurera, y después intenta convencerse a sí mismo de que tiene derecho al dinero porque ella es inútil para el mundo y con su dinero él podría pagarse la universidad, para poder llegar a ser abogado y dedicarse a defender a la gente como él, que mata a las viejas por su dinero. Me hacía sentirme raro por lo que había pasado aquella vez, en Límerick, cuando yo trabajaba escribiendo cartas amenazadoras para una vieja usurera, la señora Finucane, y cuando ésta se murió en un sillón yo cogí algo de su dinero para pagar una parte de mi pasaje a América. Sabía que no había matado a la señora Finucane, pero le había cogido el dinero, y yo era por ello casi tan malo como Raskolnikov, y si me moría en ese momento sería el primero con quien me encontraría en el infierno. Podría salvar mi alma confesándome con el cura, y aunque debe olvidarse de tus pecados en cuanto te da la absolución, tendría un ascendiente sobre mí y me miraría de un modo raro y me diría que fuese a cautivar a los protestantes ricos de Kentucky.

Me quedé dormido leyendo el libro y un marinero, un mozo de cubierta, me despertó para decirme:

—Se le está mojando el libro con la lluvia, señor.

Señor. Yo, que había salido de un callejón de Límerick, y un hombre de pelo gris me llamaba señor, aunque ni siquiera debía dirigirme la palabra según el reglamento. El primer oficial me había dicho que a un marinero raso no se le permitía nunca hablar con los pasajeros, salvo para decirles buenos días o buenas noches. Me había contado que aquel marinero concreto del pelo gris había sido oficial a bordo del *Queen Elizabeth,* pero lo habían despedido porque lo habían pillado con una pasajera de primera clase en la cabina de ella, y lo que estaban haciendo era causa de confesión. Aquel hombre se llamaba Owen y tenía la particularidad de que pasaba todo su tiempo libre leyendo en un camarote, y cuando el barco hacía escala él bajaba a tierra con un libro y se ponía a leer en un café mientras el resto de la tripulación se emborrachaba perdidamente y había que llevarlos a rastras al barco en taxis. Nuestro capitán lo respetaba tanto, que lo invitaba a pasar a su cabina, y allí tomaban té y hablaban de los tiempos en que habían prestado servicio juntos en un destructor inglés que fue torpedeado, y los dos estuvieron juntos agarrados a una balsa en el Atlántico, flotando a la deriva y helándose y charlando, hablando de cuándo volverían a Irlanda y se tomarían una buena pinta y un montón de panceta y repollo.

Owen me habló al día siguiente. Me dijo que ya sabía que estaba quebrantando el reglamento pero que no podía evitar hablar con cualquier persona a bordo del barco que estuviera leyendo *Crimen y castigo.* Entre la tripulación había gente que leía mucho, desde luego, pero no pasaban de Edgar Wallace o de Zane Grey, y él daría cualquier cosa por poder charlar con alguien de Dostoievski. Me preguntó si había leído *Los poseídos* o *Los hermanos Karamazov,* y se entristeció cuando le dije que no había oído hablar nunca de ellos. Me dijo que en cuanto llegase a Nueva York debía entrar corriendo en una librería y comprarme libros de Dostoievski, y así no volvería a estar solo nunca más. Me dijo que fuera cual fuera el libro de Dostoievski que uno leía, siempre te daba algo que rumiar, y que como inversión era insuperable. Eso fue lo que me dijo Owen, aunque yo no tenía ni idea de qué me estaba hablando.

Entonces apareció el cura en cubierta y Owen se apartó de mí.

—¿Estabas hablando con ese hombre? —me dijo el cura—. Veo que sí. Bueno, pues te digo que no es una buena compañía. Te das cuenta, ¿no? He oído todo lo que cuentan de él, con el pelo gris y fregando cubiertas a su edad. Me extraña que seas capaz de hablar con mozos de cubierta sin moral, pero que si te pido que vayas a hablar con los protestantes ricos de Kentucky, no encuentres un rato.

—Sólo estábamos hablando de Dostoievski.

—De Dostoievski, nada menos. Sí que te va a servir eso de mucho en Nueva York. No vas a ver muchos anuncios de oferta de empleo en los que pidan conocimientos acerca de Dostoievski. No consigo que hables con los ricos de Kentucky, pero te pasas las horas muertas aquí sentado charlando con los marineros. No te trates con los marineros viejos. Ya sabes cómo son. Habla con la gente que te pueda hacer algún bien. Lee las vidas de los santos.

A lo largo del río Hudson, en la orilla de Nueva Jersey, había centenares de barcos amarrados muy juntos. Owen, el marinero, dijo que eran los barcos de la Libertad que habían llevado provisiones a Europa durante la guerra y después de ella, y que era triste pensar que cualquier día se los llevarían para desguazarlos en los astilleros. Pero así es el mundo, dijo, y un barco no dura más que el gemido de una puta.

II

El cura me pregunta si me espera alguien, y cuando le digo que no tengo a
nadie me dice que puedo viajar con él en el tren hasta la ciudad de Nueva
York. Él cuidará de mí. Cuando atraca el barco, cogemos un taxi hasta la gran
estación Union de Albany, y mientras esperamos el tren tomamos café en tazas grandes y gruesas y comemos tarta en gruesos platos. Es la primera vez que
como tarta de limón al merengue, y pienso que si en América comen siempre así no pasaré nada de hambre y estaré gordo y hermoso, como dicen en
Límerick. Tendré a Dostoievski para la soledad y tarta para el hambre.

El tren no es como los de Irlanda, en los que vas con otras cinco personas en un compartimento. Este tren tiene vagones largos en los que van docenas de personas, y está tan abarrotado, que algunos tienen que quedarse de
pie. En cuanto subimos, la gente ofrece sus asientos al cura. Él les da las gracias y me señala el asiento junto al suyo, y a mí me da la impresión de que a
la gente que le ha ofrecido el asiento no le gusta que yo me siente en uno,
pues es fácil ver que no soy nadie.

Al fondo del vagón hay gente que canta y que ríe y que se piden unos a
otros la llave de la iglesia. El cura dice que son estudiantes universitarios que
vuelven a sus casas para el fin de semana, y que la llave de la iglesia es el abridor de las latas de cerveza. Dice que seguramente son buenos chicos pero que
no deberían beber tanto, y que espera que yo no salga así cuando viva en
Nueva York. Dice que debo ponerme bajo la protección de la Virgen María
y pedirle que interceda ante su Hijo para que me conserve puro, sobrio y li-

bre de males. Rezará por mí durante todo el camino hasta Los Angeles, y dirá una misa especial para mí el ocho de diciembre, festividad de la Inmaculada Concepción. Yo quiero preguntarle por qué ha elegido esa festividad, pero me callo porque podría empezar a fastidiarme otra vez con lo de los protestantes ricos de Kentucky.

Él me está diciendo estas cosas, pero yo estoy soñando en cómo sería ser estudiante en alguna parte de América, en una universidad como las que salen en las películas, en las que siempre hay una iglesia con una aguja blanca sin cruz, para que se vea que es protestante, y hay muchachos y muchachas que se pasean por el campus llevando grandes libros e intercambiándose sonrisas con dientes como copos de nieve.

Cuando llegamos a la estación Grand Central, no sé a dónde ir. Mi madre me había dicho que podía intentar ver a un antiguo amigo, Dan MacAdorey. El cura me enseña a usar el teléfono, pero Dan no contesta.

—Bueno —dice el cura—, no puedo dejarte solo en la estación Grand Central.

Dice al taxista que vamos al hotel New Yorker.

Llevamos las maletas a una habitación donde hay una cama. El cura dice:

—Deja las maletas. Comeremos algo en la cafetería de abajo. ¿Te gustan las hamburguesas?

—No lo sé. No me he comido una en la vida.

Pone los ojos en blanco y dice a la camarera que me traiga una hamburguesa con fritas a la francesa, y que procure que la hamburguesa esté bien pasada porque yo soy irlandés, y nosotros los irlandeses siempre guisamos todo demasiado. Lo que hacen los irlandeses con las verduras es una vergüenza. Dice que si en un restaurante irlandés eres capaz de adivinar qué es la verdura, te mereces el primer premio. La camarera se ríe y dice que lo entiende. Dice que ella es medio irlandesa por parte de su madre, y que su madre es la peor cocinera del mundo. Su marido era italiano y sabía cocinar de verdad, pero lo había perdido en la guerra.

Woo. Así lo pronuncia ella. En realidad quiere decir *war,* guerra, pero es como todos los americanos, a los que no les gusta pronunciar las erres al final de las palabras. Dicen *caa* en vez de *car,* y uno se pregunta por qué no pueden pronunciar las palabras tal como las hizo Dios.

Me gusta la tarta de limón al merengue, pero no me gusta el modo en que los americanos se comen las erres al final de las palabras.

Mientras nos comemos las hamburguesas, el cura dice que tendré que pasar la noche con él y al día siguiente ya veríamos. Se me hace raro desnudarme delante de un cura, y me pregunto si debería ponerme de rodillas y hacer como que rezo. Él me dice que me puedo dar una ducha si quiero, y es la primera vez en mi vida que me doy una ducha con agua caliente en abundancia y todo el jabón que quiera, una pastilla para el cuerpo y un frasco para la cabeza.

Cuando termino, me seco con la toalla gruesa que está puesta sobre el borde de la bañera y me pongo la ropa interior antes de volver a entrar en la habitación. El cura está sentado en la cama con una toalla alrededor del grueso vientre, hablando por teléfono con alguien. Cuelga el teléfono y me mira fijamente.

—Dios mío, ¿de dónde has sacado esos calzones?

—De los almacenes Roche, de Límerick.

—Si colgases esos calzones de la ventana de este hotel, la gente pediría clemencia. Te daré un consejo: que no te vean nunca los americanos con esos calzones. Se creerían que acababas de llegar de la isla de Ellis. Cómprate unos calzoncillos. ¿Sabes lo que son los calzoncillos?

—No.

—Cómpratelos, en todo caso. Un chico como tú debería llevar calzoncillos. Ahora estás en los Estados Unidos. Bueno, a la cama —me dice, lo cual me extraña, porque no hace ningún ademán de rezar, y es lo primero que cabría esperar de un cura. Va al baño, pero en cuanto entra vuelve a asomar la cabeza y me pregunta si me he secado.

—Sí.

—Bueno, pues tu toalla está intacta, así que ¿con qué te has secado?

—Con la toalla que está en el borde de la bañera.

—¿Cómo? Eso no es una toalla. Es la alfombrilla de baño. Sirve para ponerte de pie encima cuando sales de la ducha.

Me veo reflejado en un espejo que hay sobre el escritorio y me estoy sonrojando y me pregunto si debo decir al cura que siento lo que he hecho o si debo quedarme callado. Es difícil saber qué debes hacer cuando cometes un error en tu primera noche en América, pero yo estoy seguro de que no tardaré en ser un yanqui como es debido y en hacerlo todo bien. Pediré mi propia hamburguesa, me acostumbraré a llamar fritas a la francesa a las patatas fritas, bromearé con las camareras y no volveré a secarme con la alfombrilla del baño. Algún día diré *war* y *car* sin erre al final, pero no lo haré si vuelvo alguna vez a Límerick. Si vuelvo alguna vez a Límerick con acento americano, comentarían que tengo muchos humos y me dirían que tengo el culo gordo como todos los yanquis.

El cura sale del baño, envuelto en una toalla, dándose palmaditas en la cara con las manos, y flota por el aire un olor delicioso a perfume. Dice que no hay nada tan refrescante como la loción para después del afeitado, y que si quiero me puedo echar un poco, que está allí, en el baño. Yo no sé qué debo decir o hacer. ¿Debo decirle: «No, gracias», o debo salir de la cama, ir hasta el baño y embadurnarme de loción para después del afeitado? Yo no había oído decir nunca que nadie de Límerick se pusiera nada en la cara después de afeitarse, pero supongo que en América será diferente. Lamento no haber buscado un libro que explicase lo que hay que hacer en la primera noche de uno en Nueva York, en un hotel con un cura, donde es fácil que quedes por tonto a diestro y siniestro.

—¿Y bien? —dice él, y yo le digo:

—Ah, no, gracias.

—Como quieras —dice él, y noto que está un poco impaciente, como lo estaba cuando no hablé con los protestantes ricos de Kentucky. Bien podría decirme que me marchase, y yo me encontraría en la calle con mi maleta marrón sin tener dónde ir en Nueva York. No quiero arriesgarme a eso, de manera que le digo que me gustaría echarme la loción para después del afeitado, después de todo. Él sacude la cabeza y me dice que adelante.

Me veo en el espejo del cuarto de baño echándome la loción para después del afeitado, y me sacudo la cabeza a mí mismo sintiendo que si las cosas van a ser así en América me arrepiento de haber salido de Irlanda. Venir aquí ya es bastante duro de suyo, sin necesidad de curas que te critiquen por no haberte ganado la amistad de unos protestantes ricos de Kentucky, por no conocer las alfombrillas de baño, por el estado de tu ropa interior y por tus dudas sobre la loción para después del afeitado.

El cura está en la cama, y cuando salgo del baño me dice:

—Bueno, a la cama. Mañana hay mucho que hacer.

Levanta las sábanas para dejarme pasar y me impresiono al ver que no lleva nada puesto. Dice «buenas noches», apaga la luz y se echa a roncar sin decir siquiera un Avemaría o una oración antes de dormirse. Yo había creído siempre que los curas se pasaban horas enteras de rodillas antes de dormir, pero aquel hombre debía de estar en un gran estado de gracia, sin el menor miedo a la muerte. Me pregunto si todos los curas se acuestan así, desnudos. Es difícil quedarse dormido en una cama junto a un cura desnudo que ronca. Después me pregunto si el propio Papa se acuesta así, o si hace que una monja le traiga un pijama con los colores papales y el escudo papal. Me pregunto cómo se quita esa sotana larga y blanca que lleva, si se la saca por la cabeza o si la deja caer al suelo y se la quita por los pies. Un Papa viejo no sería capaz jamás de sacársela por la cabeza, y probablemente tendría que llamar a un cardenal que pasara por allí para que le echase una mano, a no ser que el cardenal también fuera demasiado viejo, y el cardenal tendría que llamar a una monja, salvo que el Papa no llevara puesto nada debajo de la sotana blanca; pero, en todo caso, el cardenal lo sabría porque no hay en todo el mundo un solo cardenal que no sepa qué ropa lleva el Papa, dado que todos quieren ser Papa y no ven la hora de que éste se muera. Si llaman a una monja, ésta tiene que llevarse la sotana blanca para que la laven en las profundidades llenas de vapor de la lavandería del Vaticano otras monjas y novicias que cantan himnos y alaban al Señor por el privilegio de lavar toda la ropa del Papa y del Colegio Cardenalicio, salvo la ropa interior, que la lavan en otra habitación unas monjas viejas que son ciegas y que no son propensas a que lo que tienen en las manos les provoque pensamientos pecaminosos, y lo que yo tengo en mi mano es lo que no debería tener en presencia de un sacerdote en la cama, y por una vez en mi vida me resisto al pecado, me echo sobre el costado y me quedo dormido.

Al día siguiente, el cura encuentra en el periódico una habitación amueblada por seis dólares por semana y me pregunta si me la puedo permitir hasta que encuentre trabajo. Vamos a la calle Sesenta y Ocho Este y la patrona, la señora Austin, me lleva a ver la habitación en el piso de arriba. Es el final de un pasillo, separado con un tabique y una puerta, con una ventana que da a la calle. Apenas hay sitio para la cama y para una cómoda pequeña con espejo y una mesa, y estirando los brazos puedo tocar las dos paredes opuestas a la vez. La señora Austin dice que es una habitación muy bonita y que tengo suerte de que no se la hayan quitado de las manos. Es sueca, y se da cuenta de que yo soy irlandés. Dice que espera que no beba, y que si bebo no debo llevar chicas a la habitación bajo ninguna circunstancia, esté borracho o sobrio. Ni chicas, ni comida, ni bebida. Las cucarachas huelen la comida a la legua, y cuando vienen se quedan para siempre.

—Claro, en Irlanda no habrás visto nunca una cucaracha —dice—. Allí no hay comida. Lo único que hacéis vosotros es beber. Las cucarachas se morirían de hambre o se volverían unas borrachas. No me lo digas, lo sé. Mi hermana está casada con un irlandés, es lo peor que ha hecho en su vida. Los irlandeses son estupendos para salir, pero no te cases con ellos.

Coge los seis dólares y me dice que tengo que darle otros seis de fianza, me da un recibo y me dice que me puedo mudar a cualquier hora, ese mismo día, y que confía en mí porque he venido con ese cura agradable, aunque ella no es católica, ya basta con que su hermana se casara con un católico, irlandés, que Dios la proteja, y lo está pagando en disgustos.

El cura llama otro taxi para que nos lleve al hotel Biltmore, que está en la acera de enfrente de la calle a la que salimos cuando llegamos a la estación Grand Central. Dice que es un hotel famoso y que vamos a la sede del Partido Demócrata, y que si ellos no son capaces de encontrar un trabajo para un chico irlandés es que no lo encontrará nadie.

Nos cruzamos con un hombre en el pasillo y el cura me dice en voz baja:
—¿Sabes quién es ése?
—No.
—Claro que no. Si no distingues una toalla de una alfombrilla de baño, ¿cómo vas a saber que ese es el gran Jefe Flynn, del Bronx, el hombre más poderoso de América después del presidente Truman?

El gran Jefe toca el botón del ascensor y mientras espera se mete un dedo en la nariz, mira lo que tiene en la punta del dedo y lo tira en la moqueta de un capirotazo. Mi madre habría dicho que estaba buscando oro. Así son las cosas en América. Me gustaría decir al cura que estoy seguro de que De Valera no se hurgaría la nariz de ese modo jamás y que el obispo de Límerick no se acostaría jamás en estado de desnudez. Me gustaría decir al cura lo que pienso en general de un mundo en que Dios te atormenta con los ojos enfermos y con los dientes enfermos, pero no puedo decírselo por miedo a que vuelva a hablarme de los protestantes ricos de Kentucky y de cómo he dejado perder una oportunidad única en la vida.

El cura habla con una mujer que está sentada en un escritorio en el Partido Demócrata y ésta coge el teléfono.
—Aquí hay un chico —dice al teléfono—... acaba de bajarse del barco... ¿tienes el bachillerato?... no, no tiene el bachillerato... bueno, qué se iba a esperar... la Vieja Patria sigue siendo un país pobre... sí, se lo enviaré.

Debo presentarme el lunes por la mañana al señor Carey, en el piso veintidós, y él me pondrá a trabajar aquí mismo, en el hotel Biltmore, y ¿verdad que soy un chico con suerte, pues nada más bajarme del barco me encuentro un trabajo? Eso dice ella, y el cura le dice:
—Éste es un gran país, y los irlandeses se lo debemos todo al Partido De-

mócrata, Maureen, y acabas de ganarte un voto más para el partido, si es que este chico llega a votar alguna vez, ja, ja, ja.

El cura me dice que vuelva al hotel y que él vendrá a recogerme más tarde para ir a cenar. Me dice que puedo ir a pie, que las calles van de este a oeste, las avenidas de norte a sur, y no tendré problemas. Sólo tengo que ir por la Cuarenta y Dos hasta la Octava Avenida, y bajar por ésta hacia el sur hasta llegar al hotel New Yorker. Allí podré leer un periódico o un libro, o darme una ducha si prometo dejar en paz la alfombrilla del baño, ja, ja.

—Si tenemos suerte, podemos conocer al gran Jack Dempsey en persona —dice.

Yo le digo que preferiría conocer a Joe Louis si era posible, y él me dice con voz cortante:

—Será mejor que aprendas a tratarte con tu propia gente.

Por la noche, el camarero del restaurante de Dempsey dice al cura, sonriente:

—Jack no está aquí, padre. Ha ido al *Gooden* a ver a un peso medio de Nueva Yoisey.

Gooden. Yoisey. Es mi primer día en Nueva York y la gente ya habla como los gánsteres de las películas que yo veía en Límerick.

—Mi joven amigo aquí presente es de la Vieja Patria —dice el cura— y dice que preferiría conocer a Joe Louis.

Se ríe, y el camarero se ríe y dice:

—Bueno, habla como un novato, padre. Ya aprenderá. Cuando haya pasado seis meses en este país, correrá como loco en cuanto vea a un moreno. Y ¿qué le apetece pedir, padre? ¿Alguna cosita antes de la cena?

—Me tomaré un martini doble seco, y que sea sin hielo y con unas gotas de limón.

—¿Y el novato?

—Él tomará... bueno, ¿qué quieres tomar?

—Una cerveza, por favor.

—¿Tienes dieciocho años, chico?

—Diecinueve.

—No los aparentas, aunque no importa, siempre que vayas con el padre. ¿De acuerdo, padre?

—De acuerdo. Lo vigilaré. No conoce un alma en Nueva York, y voy a dejarlo establecido antes de marcharme.

El cura se toma su martini doble y pide otro con el bistec. Me dice que debería pensar en hacerme sacerdote. Él podría encontrarme un trabajo en Los Ángeles, y yo viviría como un señor, las viudas se morirían y me lo dejarían todo, incluso a sus hijas, ja, ja, este martini está como Dios, con perdón. Se come casi todo el bistec y pide al camarero dos tartas de manzana con helado, y para él un Hennessy doble para bajarlo. Se come sólo el helado, se bebe la mitad del Hennessy y se queda dormido, la barbilla le sube y le baja sobre el pecho.

El camarero pierde la sonrisa.

—Maldita sea, tiene que pagar la cuenta. ¿Dónde tiene la maldita cartera? En el bolsillo de atrás, chico. Dámela.

—No puedo robar a un cura.

—No estás robando. Está pagando la maldita cuenta, y a ti te hará falta un taxi para llevarlo a su casa.

Dos camareros le ayudan a subirse a un taxi y dos botones del hotel New Yorker lo llevan a rastras por el vestíbulo, lo suben en el ascensor y lo tiran en la cama. Los botones me dicen:

—Estaría bien un dólar de propina, un dólar por barba, chico.

Se van y yo me pregunto qué debo hacer con un cura borracho. Le quito los zapatos como hacen en las películas cuando alguien se desmaya, pero él se incorpora y corre al cuarto de baño, donde se pasa mucho rato vomitando y cuando sale se está quitando la ropa, la tira al suelo, el alzacuellos, la camisa, los pantalones, la ropa interior. Se derrumba de espaldas sobre la cama y veo que está en estado de excitación, tocándose con la mano.

—Ven aquí conmigo —me dice, y yo me aparto.

—Ay, no, padre.

Y él salta de la cama, babeando y apestando a alcohol y a vómitos e intenta cogerme la mano para que se la ponga encima, pero yo me aparto más deprisa todavía hasta que salgo por la puerta al pasillo y él se queda de pie en la puerta, un cura pequeño y gordo que me dice con voz llorosa:

—Ay, vuelve, hijo, vuelve, ha sido la bebida. Madre de Dios, lo siento.

Pero el ascensor está abierto y yo no puedo decir a las personas respetables que ya están dentro y me miran que he cambiado de opinión, que vuelvo corriendo junto a ese cura que primero quería que yo fuese educado con unos protestantes ricos de Kentucky para que me pudieran dar un trabajo de limpiador de establos y ahora está meneando su cosa delante de mí de una manera que seguro que es pecado mortal. Tampoco es que yo esté en estado de gracia, no lo estoy, pero cabría esperar que un cura diese buen ejemplo y que no diese un santo espectáculo en mi segunda noche en América. Tengo que entrar en el ascensor y hacer como que no oigo al cura que babea y llora, desnudo en la puerta de su habitación.

En la puerta principal del hotel hay un hombre vestido como un almirante, que me dice:

—¿Taxi, señor?

—No, gracias —le digo yo, y él me dice:

—¿De dónde eres?

—Ah, de Límerick.

—Yo soy de Roscommon, llevo aquí cuatro años.

Tengo que preguntar al hombre de Roscommon cómo se va a la calle Sesenta y Ocho Este, y él me dice que camine hacia el este por la calle Treinta y Cuatro, que es ancha y bien iluminada, hasta llegar a la Tercera Avenida, y allí puedo coger el ferrocarril elevado, o por poco vivo que sea puedo seguir a pie todo derecho hasta que llegue a mi calle.

—Buena suerte —me dice—, trátate con tu propia gente y cuidado con los puertorriqueños, todos llevan navaja, es bien sabido, tienen la sangre caliente. Camina por la luz, al borde de la acera, o caerán sobre ti desde los portales oscuros.

A la mañana siguiente, el cura llama a la señora Austin y le dice que debo pasarme a recoger mi maleta.

—Pasa, la puerta está abierta —me dice. Lleva puesto el traje negro y está sentado al otro lado de la cama, dándome la espalda, y mi maleta está junto a la puerta.

—Llévatela —dice—. Yo me voy a pasar unos meses en una casa de retiro en Virginia. No quiero mirarte ni quiero volver a verte, porque lo que ha pasado ha sido terrible, y no habría pasado si hubieras pensado con la cabeza y te hubieras ido con los protestantes ricos de Kentucky. Adiós.

Es difícil saber qué decir a un cura de mal humor que te está dando la espalda y te está echando la culpa de todo, así que lo único que puedo hacer es bajar en el ascensor con mi maleta preguntándome cómo es posible que un hombre así, que perdona los pecados, sea capaz de pecar él mismo y echarme la culpa a mí. Sé que si yo hiciera una cosa así, emborracharme y molestar a la gente para que me ponga la mano encima, reconocería que lo había hecho. Que lo había hecho, sin más. Y ¿cómo es capaz de echarme la culpa a mí sólo porque me negué a hablar con unos protestantes ricos de Kentucky? Es posible que los curas estén enseñados así. Es posible que sea difícil escuchar los pecados de la gente, día va, día viene, cuando a ti te apetecería cometer algunos, y después cuando te tomas unas copas todos los pecados que has oído contar estallan dentro de ti y eres como todos los demás. Sé que yo no podría ser cura, teniendo que escuchar esos pecados todo el tiempo. Me encontraría en un estado constante de excitación, y el obispo se cansaría de mandarme a la casa de retiro de Virginia.

III

Cuando eres irlandés y no conoces a un alma en Nueva York y te estás paseando por la Tercera Avenida mientras los trenes traquetean por la vía elevada, te consuela mucho descubrir que apenas hay una sola manzana sin un bar irlandés: el Costello, el Piedra de Blarney, el Rosa de Blarney, el P. J. Clarke, el Breffni, el Casa Leitrim, el Casa Sligo, el Shannon, el Los Treinta y Dos de Irlanda, el Toda Irlanda. Yo me había bebido mi primera pinta en Limerick el día antes de cumplir los dieciséis años, y me había dado náuseas, y mi padre había estado a punto de destrozar a mi familia y de destrozarse a sí mismo por la bebida, pero yo me siento solo en Nueva York y me atrae la voz de Bing Crosby que canta *La bahía de Galway* en las máquinas tocadiscos, así como los anuncios luminosos que representan tréboles verdes que no se encontrarían jamás en Irlanda.

Tras el extremo de la barra del Costello hay un hombre de aspecto airado que está diciendo a un parroquiano:

—Me importa un pito que tengas diez doctorados. Yo sé más de Samuel Johnson que tú de la palma de tu mano, y si no te comportas como es debido vas a acabar en la calle. No te digo más.

—Pero... —dice el parroquiano.

—Fuera —dice el hombre airado—. Fuera. En esta casa ya no se te sirve más de beber.

El parroquiano se cala el sombrero y sale apresuradamente, y el hombre airado se encara conmigo.

—Y tú, ¿tienes dieciocho años? —me dice.

—Sí, señor. Tengo diecinueve.

—¿Y cómo sé que es verdad?

—Aquí tiene mi pasaporte, señor.

—¿Y qué hace un irlandés con un pasaporte americano?

—Nací aquí, señor.

Me deja que me tome dos cervezas de a quince centavos y me dice que más me valdría pasar el rato en la biblioteca que en los bares, como el resto de nuestra raza miserable. Me cuenta que el doctor Johnson se bebía cuarenta tazas de té al día y que conservó la mente lúcida hasta el fin de sus días. Yo le pregunto quién fue el doctor Johnson y él me echa una mirada feroz, me quita el vaso y me dice:

—Lárgate de este bar. Ve por la calle Cuarenta y Dos hacia el oeste, hasta que llegues a la Quinta Avenida. Allí verás dos leones de piedra grandes. Sube por la escalinata que hay entre esos dos leones, sácate un carnet de la biblioteca y no seas un idiota como el resto de los patanes irlandeses que se ponen a atontarse con la bebida en cuanto se bajan del barco. Léete a Johnson, léete a Pope, y déjate de *micks* soñadores.

A mí me dan ganas de preguntarle su opinión acerca de Dostoievski, pero él me está señalando la puerta.

—Y no vuelvas por aquí sin haberte leído las *Vidas de los poetas ingleses*. Venga. Largo de aquí.

Es un día cálido de octubre y yo no tengo otra cosa que hacer aparte de lo que me ha dicho, y qué tiene de malo pasearse hasta la Quinta Avenida, donde están los leones. Los bibliotecarios son amables. Claro que me pueden dar un carnet de la biblioteca, y qué agradable es ver que los inmigrantes jóvenes hacen uso de la biblioteca. Puedo tomar en préstamo cuatro libros si quiero, con tal de que los devuelva en la fecha de entrega. Yo les pregunto si tienen un libro titulado *Vidas de los poetas ingleses,* de Samuel Johnson, y ellos me dicen:

—Caramba, caramba, conque estás leyendo a Johnson.

Me dan ganas de decirles que todavía no he leído a Johnson, pero no quiero que dejen de admirarme. Me dicen que me mueva por allí con libertad, que eche una ojeada a la Sala de Lectura Principal, en el tercer piso. No se parecen en nada a los bibliotecarios de Irlanda, que montaban guardia y protegían los libros contra la gente de mi calaña.

El espectáculo de la Sala de Lectura Principal, Norte y Sur, me hace temblar las rodillas. No sé si será por las dos cervezas que me he tomado o por la emoción de mi segundo día en Nueva York, pero el caso es que están a punto de saltárseme las lágrimas cuando contemplo esos kilómetros de estanterías y me doy cuenta de que jamás seré capaz de leerme todos esos libros, aunque viviese hasta el fin del siglo. Hay hectáreas enteras de mesas relucientes ante las que se sientan personas de todas clases a leer todo el tiempo que quieren, los siete días de la semana, y nadie les molesta a no ser que se queden dormidas y ronquen. Hay secciones de libros ingleses, irlandeses, americanos, de literatura, de historia, de religión, y a mí me da escalofríos pensar que puedo venir aquí siempre que quiera y leer lo que quiera, todo el tiempo que quiera, con tal de que no ronque.

Vuelvo al Costello dándome un paseo con cuatro libros debajo del brazo. Quiero hacer ver al hombre airado que tengo las *Vidas de los poetas ingleses,* pero no está. El barman dice:

—El que estaba perorando sobre Johnson sería el señor Tim Costello en persona.

Y mientras está hablando, sale de la cocina el hombre airado.

—¿Ya estás de vuelta? —me dice.

—Tengo las *Vidas de los poetas ingleses,* señor Costello.

—Puede que lleves las *Vidas de los poetas ingleses* debajo del sobaco, joven, pero no las tienes dentro de la cabeza, así que vete a tu casa y ponte a leer.

Es jueves y yo no tengo nada que hacer hasta el lunes, el día en que empezaré en mi nuevo trabajo. Me siento en la cama, por falta de una silla en la habitación de la pensión y me pongo a leer hasta que la señora Austin llama a mi puerta a las once de la noche y me dice que no es millonaria y que es norma de la casa apagar la luz a las once para que no suba la cuenta de la electricidad. Yo apago la luz y me quedo tendido en la cama escuchando a Nueva York, a la gente que habla y ríe, y me pregunto si llegaré a formar parte de la ciudad algún día, si llegaré a estar allí fuera algún día hablando y riéndome.

Vuelven a llamar a la puerta y es un joven pelirrojo y con acento irlandés que me dice que se llama Tom Clifford, y me pregunta si me apetece tomarme una cerveza, rápida, porque él trabaja en un edificio del East Side y tiene que estar allí dentro de una hora. No, no quiere ir a ningún bar irlandés. No quiere tener nada que ver con los irlandeses. Así que caminamos juntos hasta el Rhinelander, en la calle Ochenta y Seis, y una vez allí Tom me cuenta que nació en América pero que se lo llevaron a Cork, de donde escapó en cuanto pudo alistándose en el ejército americano para pasar tres años buenos en Alemania, en la época en que te podías dar diez revolcones por un cartón de cigarrillos o por una libra de café. Al fondo del Rhinelander hay una pista de baile y una orquesta, y Tom invita a bailar a una chica que está sentada en una mesa. A mí me dice:

—Venga. Invita a bailar a su amiga.

Pero yo no sé bailar, ni sé invitar a una chica a bailar. No sé nada de chicas. ¿Qué iba a saber, habiéndome criado en Límerick? Tom invita a la otra chica a que baile conmigo y ella me lleva hasta la pista. Yo no sé qué hacer. Tom da pasos de baile y gira y yo no sé si debo ir hacia delante o hacia atrás con aquella chica entre mis brazos. Ella me dice que le estoy pisando los zapatos, y cuando yo le digo que lo siento, me dice:

—Ay, no importa. No me apetece hacer el patoso.

Vuelve a su mesa y yo la sigo con la cara encendida. No sé si debo sentarme en su mesa o volver a la barra, hasta que ella me dice:

—Te has dejado la cerveza en la barra.

Me alegro de tener una excusa para dejarla, pues no hubiera sabido qué decirle si me hubiera sentado con ella. Estoy seguro que no le interesaría que le contase que me he pasado horas enteras leyendo las *Vidas de los poetas ingleses,* de Johnson, ni que le contase cuánto me emocioné en la biblioteca de la calle Cuarenta y Dos. Quizás tenga que buscar en la biblioteca un libro que trate del modo de hablar con las chicas, o quizás tenga que preguntárselo a Tom, que baila y se ríe y habla sin dificultad. Vuelve a la barra y dice que va a llamar para decir que está enfermo, lo que quiere decir que no va a ir a trabajar. A la chica le cae bien, y ella le dice que la puede acompañar hasta su casa. Él me dice en voz baja que a lo mejor le echa un polvo, lo que quiere decir que a lo mejor se acuesta con ella. El único problema es la otra chica. «La mía», según dice él.

—Adelante —me dice—. Pregúntale si la puedes acompañar hasta su casa. Vamos a sentarnos en su mesa y se lo preguntas.

La cerveza me está haciendo efecto y me siento más valiente y no me da vergüenza sentarme a la mesa de las chicas y hablarles de Tim Costello y del doctor Samuel Johnson. Tom me da un codazo y me dice en voz baja:

—Por Dios, déjate de Samuel Johnson, ofrécete a acompañarla a su casa.

Cuando la miro veo a dos y me pregunto a cuál debo ofrecerme a acompañar a su casa, pero si miro entre las dos veo a una, y se lo ofrezco a ésa.

—¿A mi casa? —me dice—. Estás de broma. Qué risa. Yo soy secretaria, secretaria particular, y tú ni siquiera tienes el bachillerato. Pero ¿tú te has mirado al espejo últimamente?

Se ríe, y a mí se me vuelve a encender la cara. Tom se toma un largo trago de cerveza y yo sé que no tengo nada que hacer con estas chicas, de modo que me marcho y me voy andando por la Tercera Avenida, echando alguna que otra ojeada a mi reflejo en los escaparates y perdiendo toda esperanza.

IV

El lunes por la mañana, mi jefe, el señor Carey, me dice que voy a ser limpiador, que es un trabajo muy importante, pues estaré a la vista del público en el vestíbulo limpiando el polvo, barriendo, vaciando los ceniceros, y eso tiene importancia porque a los hoteles se les juzga por su vestíbulo. Dice que tenemos el mejor vestíbulo del país. Es el Palm Court, conocido en todo el mundo. Toda persona que es alguien ha oído hablar del Palm Court y del reloj del Biltmore. Caramba, sale en libros y en relatos cortos, de Scott Fitzgerald, de gente así. Las personas importantes se dicen unas a otras: «Nos veremos bajo el reloj del Biltmore», y ¿qué pasaría si cuando entrasen se encontraran todo lleno de polvo y enterrado entre la basura? Ésa será mi tarea: mantener la fama del Biltmore. Debo limpiar y no debo hablar con los huéspedes, ni siquiera mirarlos. Si me hablan, debo decir: «Sí, señor» o «señora», o «No, señor» o «señora», sin dejar de trabajar. Me dice que debo ser invisible, y eso le hace reír.

—Imagínatelo, ¿eh? Eres el hombre invisible que limpia el vestíbulo.

Me dice que es un gran empleo y que no lo habría conseguido jamás si no hubiera venido recomendado por el Partido Demócrata, a petición del cura de California. El señor Carey dice que al que tenía antes este trabajo lo despidieron por hablar con chicas universitarias bajo el reloj, pero era italiano, así que qué se podía esperar.

—Ten los ojos bien abiertos —me dice—, no olvides darte una ducha todos los días, esto es América, mantente sereno, trátate con tu propia gente, ve con irlandeses y no tendrás problemas, no te pases con la bebida, y al cabo de un año podrás ascender a la categoría de mozo de equipajes o de botones y te darán propinas, y, quién sabe, a lo mejor llegas a camarero, y así habrían terminado todos mis problemas, desde luego.

Me dice que en América es posible cualquier cosa.

—Mírame a mí: tengo cuatro trajes.

Al camarero jefe del vestíbulo lo llaman el *maître d'*. Me dice que sólo debo barrer lo que caiga al suelo y que no debo tocar nada que haya en las mesas. Si cae al suelo dinero o joyas o algo así, debo dárselo en persona a él, al *maître d'*, y él decidirá lo que hay que hacer con ello. Si un cenicero está lleno, he de esperar a que un botones o un camarero me mande que lo vacíe. A veces se encuentran en los ceniceros cosas de las que hay que hacerse cargo. Una mujer puede quitarse un pendiente porque tiene irritada la oreja y olvidársele después que se lo ha dejado en el cenicero, y hay pendientes que valen miles de dólares, aunque cómo voy a saber nada de eso yo, que acabo de bajar del barco. Es tarea del *maître d'* guardar todos los pendientes y devolvérselos a las mujeres de las orejas irritadas.

En el vestíbulo trabajan dos camareros que corren de acá para allá, tropezándose el uno con el otro y gruñéndose en griego. Me dicen:

—Tú, irlandés, ven aquí, limpia, limpia, vacía maldito cenicero, saca basura, vamos, vamos, a ello, ¿estás borracho, o qué?

Me chillan delante de los estudiantes universitarios que acuden en tropel los jueves y los viernes. A mí no me molestaría que me gritasen unos griegos si no me gritaran delante de las chicas universitarias, que son doradas. Sacuden las cabelleras y sonríen con unas dentaduras que sólo se ven en América, blancas, perfectas, y todas tienen piernas bronceadas de estrella de cine. Los chicos lucen flequillos, las dentaduras, hombros de jugadores de fútbol americano, y se comportan con tranquilidad ante las chicas. Hablan y se ríen, y las chicas levantan los vasos y sonríen a los chicos con ojos relucientes. Son de mi edad, más o menos, pero yo me muevo entre ellos avergonzado de mi uniforme y de mi recogedor y mi escoba. Me gustaría ser invisible, pero me resulta imposible cuando los camareros me chillan en griego, en inglés y en una lengua intermedia, o cuando un botones me acusa de tocar un cenicero en el que había algo.

Hay veces que no sé qué hacer ni qué decir. Un universitario de flequillo me dice:

—¿Te importa no limpiar por aquí en estos momentos? Estoy hablando con la señorita.

Si la chica me mira y aparta la vista después, siento que me arde la cara y no sé por qué. A veces me sonríe una universitaria y me dice «hola», y yo no sé qué decir. Mis superiores del hotel me dicen que no debo decir una sola palabra a los huéspedes, aunque en todo caso yo no sabría decir «hola», porque en Límerick nunca lo decíamos así, y si lo dijera podrían despedirme de mi nuevo trabajo y me quedaría en la calle sin poder contar con el cura para que me buscase otro. Me gustaría decir «hola» y formar parte de ese mundo encantador durante un minuto, si no fuera porque un chico de flequillo podría pensarse que estaba timándome con su chica y podría dar parte al *maître d'*. Hoy, al volver a casa, podría quedarme sentado en la cama y practicar la sonrisa y el decir «hola». Con la práctica, seguramente sería capaz de pronunciar el «hola», pero tendría que decirlo sin la sonrisa, pues si estiraba los labios lo más mínimo volvería locas del susto a las chicas doradas bajo el reloj del Biltmore.

Hay días en que las chicas se quitan los abrigos, y el aspecto que tienen en jersey y en blusa es una ocasión de pecado tal, que tengo que encerrarme en un retrete y tocarme, y tengo que hacerlo en silencio por miedo a que me descubra alguien, un botones puertorriqueño o un camarero griego, que irían corriendo a decir al *maître d'* que el limpiador del vestíbulo se está haciendo una paja en el baño.

V

En el cine de la calle Sesenta y Ocho hay un cartel que dice: «*Hamlet,* con Laurence Olivier. Próxima Semana». Ya estoy pensando en darme el gusto de salir una noche con una botella de *ginger ale* y con una tarta de limón al merengue de la pastelería, como la que me comí con el cura en Albany, el sabor más delicioso que he probado en mi vida. Veré en la pantalla a Hamlet atormentarse a sí mismo y a todos los que lo rodean, y se debatirán en mi boca el picor del *ginger ale* y la dulzura de la tarta. Antes de ir al cine podré leerme *Hamlet* sentado en mi habitación, para asegurarme de que entenderé todo lo que dicen en ese inglés antiguo. El único libro que me traje de Irlanda es *Las obras completas de Shakespeare,* que había comprado en la librería de O'Mahony y me había costado trece chelines y seis peniques, la mitad de mi sueldo semanal cuando trabajaba en Correos de repartidor de telegramas. La obra que me gusta más es *Hamlet,* por lo que tuvo que aguantar cuando su madre se lió con Claudio, el hermano de su marido, y por cómo se lió mi madre en Límerick con su primo Laman Griffin. Yo entendía que Hamlet se pusiera tan furioso con su madre como me puse yo con la mía la noche que me tomé mi primera pinta y volví borracho a casa y le di un bofetón. Lo sentiré hasta el día de mi muerte, aunque todavía me gustaría volver algún día a Límerick, encontrarme con Laman Griffin en una taberna y decirle: «Sal a la calle», y entonces lo arrastraría por el suelo hasta que pidiera clemencia. Ya sé que es inútil hablar así, porque lo más seguro es que, para cuando yo vuelva a Límerick, Laman Griffin ya se habrá muerto por la bebida y de tisis, y tendrá que pasarse mucho tiempo en el infierno esperando a que yo rece una oración o encienda una vela por él, aunque Nuestro Señor diga que debemos perdonar a nuestros enemigos y poner la otra mejilla. No, aunque volviera a la tierra Nuestro Señor y me mandase que perdonase a Laman Griffin, so pena de que me echaran al mar con una piedra de molino atada al cuello, que es lo que más temo en el mundo, yo tendría que decirle:

—Lo siento, Nuestro Señor, jamás podré perdonar a ese hombre lo que hizo con mi madre y con mi familia.

Hamlet no iba por Elsinore perdonando a la gente, y es un cuento, así que ¿por qué voy a hacerlo yo en la vida real?

La última vez que fui al cine de la calle Sesenta y Ocho el acomodador no me dejó entrar con una tableta de chocolate Hershey en la mano. Me dijo que no podía traer comida ni bebida y que tendría que consumirla fuera. Consumirla. No era capaz de decir «comerla», y ésta es una de las cosas que más me molestan del mundo, el modo en que a los acomodadores y a la gente que lleva uniforme en general les gusta siempre decir palabras rimbombantes. El cine de la calle Sesenta y Ocho no se parece en nada al cine Lyric de Límerick, donde podías llevarte pescado frito con patatas fritas, o una buena merienda de manitas de cerdo y una botella de cerveza negra si te daba la gana. La noche que no me dejaron entrar con la tableta de chocolate tuve que quedarme fuera y engullirla mientras me miraba fijamente el acomodador, y no le importaba que me estuviera perdiendo escenas graciosas de los hermanos Marx. Ahora tengo que llevarme la gabardina negra que me traje de Irlanda, doblada sobre el brazo, para que el acomodador no vea la bolsa de la tarta de limón al merengue ni la botella de *ginger ale* que va metida en un bolsillo.

En cuanto empieza la película intento sacar la tarta, pero la caja cruje y los espectadores dicen:

—Chist, queremos ver la película.

Sé que no es gente corriente de la que va a ver películas de gángsters o musicales. Seguramente son licenciados universitarios que viven en Park Avenue y que se saben de memoria todos los versos de *Hamlet*. Nunca dicen que van al cine, sólo que van a ver una película. Yo no conseguiré jamás abrir la caja en silencio, y se me está haciendo la boca agua de hambre y no sé qué voy a hacer, hasta que un hombre que está sentado a mi lado me dice «Hola», echa sobre mi regazo una parte de su gabardina y empieza a mover la mano por debajo.

—¿Te molesto? —me dice, y yo no sé qué decir, aunque algo me dice que debo coger la tarta y cambiarme de sitio.

—Disculpe —le digo, y salgo por delante de él al pasillo y voy al servicio de hombres, donde puedo abrir tranquilamente la caja de mi tarta sin que toda Park Avenue me chiste. Siento perderme una parte de *Hamlet,* pero lo único que estaban haciendo allí arriba, en la pantalla, era dar saltos y gritos por un fantasma.

Aunque el servicio de hombres está vacío, no quiero que me vean abrir la caja y comerme la tarta, de manera que me siento en el retrete de la cabina y me pongo a comer deprisa para poder volver con *Hamlet,* siempre que no tenga que sentarme junto al hombre de la gabardina en el regazo y la mano errante. La tarta me deja la boca seca y me apetece darme un buen trago de *ginger ale,* y entonces me doy cuenta de que hace falta un abridor de alguna clase para quitar la chapa. Es inútil recurrir a un acomodador, pues estos siempre están gruñendo y diciendo a la gente que no puede entrar con comida ni bebida de fuera, aunque vengan de Park Avenue. Dejo la caja de la tarta en el suelo y llego a la conclusión de que la única manera de quitar la chapa a la botella de *ginger ale* es apoyarla en el borde del lavabo y darle un buen golpe con el dorso de la mano, y cuando lo hago así se rompe el gollete de la botella y el *ginger ale* me salta a la cara y hay sangre en el lavabo en la parte donde me he cortado la mano con la botella, y me siento triste por todas las cosas que me pasan y porque la tarta, en el suelo, se me está inundando de sangre y *ginger ale,* y al mismo tiempo me pregunto si podré llegar a ver *Hamlet* con todos los problemas que estoy teniendo, cuando entra corriendo un hombre de pelo gris con aire de gran urgencia que casi me tira al suelo y que pisa la caja de mi tarta y la destroza por completo. Se pone ante el urinario disparando, intentando sacudirse la caja del pie y me gruñe:

—Maldita sea, maldita sea, qué diablos, qué diablos.

Se aparta y sacude la pierna de tal modo, que la caja de la tarta le sale volando del zapato y se estrella en la pared, aplastada e incomible.

—¿Qué diablos pasa aquí? —dice el hombre, y yo no sé qué decirle, porque me parece que es un cuento largo que se remonta a lo emocionado que estaba yo desde hacía varias semanas porque iba a venir a ver Hamlet, pasando por que no había comido nada en todo el día porque me parecía delicioso pensar que iba a hacerlo todo a la vez, comerme mi tarta, beber *ginger ale,* ver *Hamlet* y oír todos los parlamentos gloriosos. Me parece que el hombre no está de humor para eso, a juzgar por el modo en que baila saltando de un pie a otro y diciéndome que los servicios no son un maldito restaurante, que yo no tengo maldito derecho a rondar por los aseos públicos comiendo y bebiendo y que será mejor que me largue de allí. Yo le digo que he tenido un accidente al intentar abrir la botella de *ginger ale* y él me dice:

—¿Es que no has oído hablar de los abrebotellas, o es que te acabas de bajar del maldito barco?

Se marcha del servicio, y cuando yo me estoy envolviendo el corte con papel higiénico entra el acomodador y me dice que un cliente se ha quejado de mi conducta allí dentro. Se parece al hombre del pelo gris con sus maldita sea y sus qué diablos, y cuando intento explicarle lo que ha pasado me dice:

—Largo de aquí.

Yo le digo que he pagado para ver *Hamlet* y que me he metido aquí para no molestar a toda la gente de Park Avenue que había a mi alrededor y que se saben *Hamlet* del derecho y del revés, pero él me dice:

—Me importa una mierda, lárgate o llamo al encargado, o a la policía, a la que seguramente le interesará saber por qué está todo lleno de sangre. Después señala mi gabardina negra, que está sobre el borde del lavabo.

—Llévate de aquí esa maldita gabardina. ¿Qué haces con gabardina en un día en que no hay una sola nube en el cielo? Ya nos conocemos el truco de la gabardina, y os vigilamos. Conocemos a toda la cuadrilla de la gabardina. Estamos al tanto de vuestros jueguecitos depravados. Os sentáis ahí con caras de santo y al momento se os va la mano hacia los chicos inocentes. Así que llévate la gabardina de aquí, amiguito, o llamo a la policía, maldito pervertido.

Cojo la botella rota de *ginger ale* con la gota que queda y me voy andando por la calle Sesenta y Ocho y me siento en los escalones de la casa de mi pensión, hasta que la señora Austin me grita por la ventana del sótano que no se puede comer ni beber en los escalones, porque si no acudirán corriendo las cucarachas de todas partes y la gente dirá que somos un hatajo de puertorriqueños a los que no les importa dónde comen, beben y duermen.

No hay dónde sentarse en toda la calle, con las patronas que atisban y vigilan, y no hay nada que hacer más que llegarse hasta un parque junto al río East y preguntarse por qué América es tan dura y tan complicada que me meto en líos por haber ido a ver *Hamlet* con una tarta de limón al merengue y una botella de *ginger ale*.

VI

Lo peor de levantarse e ir a trabajar en Nueva York es el modo en que tengo los ojos, tan infectados que tengo que separarme los párpados con el pulgar y el índice. Me dan tentaciones de levantarme la costra dura y amarilla, pero si lo hago se me caerán las pestañas con la costra y los párpados se me quedarán rojos e irritados, peor que antes. Puedo meterme en la ducha y dejar que me corra por los ojos el agua caliente hasta sentirlos cálidos y limpios, aunque todavía estén al rojo vivo en mi cara. Intento helar el enrojecimiento con agua helada, pero nunca da resultado. Lo único que hace es que me duelan los ojos, y las cosas ya van bastante mal de suyo sin que yo vaya al vestíbulo del Biltmore con el ojo dolorido.

Podría soportar los ojos doloridos si no tuviera la irritación, el enrojecimiento y la supuración amarilla. Al menos, la gente no se me quedaría mirando como si yo fuese una especie de leproso.

Bastante vergonzoso es ir por el Palm Court con el uniforme negro de limpiador, que significa que ante los ojos del mundo sólo estoy a un escalón por encima de los lavaplatos puertorriqueños. Hasta los mozos de equipajes llevan algo dorado en los uniformes, y los porteros parecen almirantes de la flota. Eddie Gilligan, el enlace sindical, dice que es buena cosa que yo sea irlandés, de lo contrario estaría abajo en la cocina con los *spics*. Ésta es una palabra nueva, spics, y comprendo por su manera de decirla que no le gustan los puertorriqueños. Me dice que el señor Carey cuida bien de su gente y que por eso soy limpiador con uniforme en vez de llevar un delantal allí abajo con los pe erres, que se pasan el día cantando y gritando *mira, mira*. A mí me gustaría preguntarle qué tiene de malo cantar mientras friegas platos y gritar *mira, mira* cuando te da la gana, pero no me atrevo a hacer preguntas por miedo a quedar por tonto. Por lo menos, los puertorriqueños están juntos ahí abajo cantando y dando golpes en los cacharros, dejándose llevar por su propia música y bailando por la cocina hasta que los jefes les dicen que ya basta. A veces bajo a la cocina y me dan sobras de comida y me llaman Frankie, Frankie, chico irlandés, te vamos a enseñar español. Eddie Gilligan dice que a mí me pagan dos dólares con cincuenta más a la semana que a los lavaplatos y que tengo unas oportunidades de ascenso que ellos no tendrán nunca, porque lo único que les interesa es no aprender inglés y ganar el dinero suficiente para volver a Puerto Rico y sentarse bajo los árboles a beber cerveza y tener familias numerosas porque es para lo único que sirven, para beber y joder hasta que sus mujeres están agotadas y se mueren tempranamente y sus hijos andan sueltos por las calles, dispuestos a venir a Nueva York y a lavar platos y a volver a empezar de nuevo el maldito proceso, y si no encuentran trabajo nosotros tenemos que mantenerlos, tú y yo, para que puedan quedarse sentados a las puertas de sus casas en el Harlem Este, tocando las malditas guitarras y bebiendo cerveza que llevan en bolsas de papel. Así son los *spics,* chico, que no se te olvide. No te acerques a esa cocina, porque ellos no dudarían en mearse en tu café. Dice que los vio una vez meándose en la cafetera que iban a enviar a un gran almuerzo de las Hijas del Imperio Británico, y las Hijas no se imaginaron ni por un momento que estaban bebiendo meados de puertorriqueños.

Después, Eddie sonríe, ríe y se atraganta con su cigarrillo porque es irlando-americano y cree que los pe erres son estupendos por haber hecho lo que hicieron a las Hijas del Imperio Británico. Ahora los llama pe erres en vez de *spics* porque hicieron una cosa patriótica que se les debía haber ocurrido primero a los irlandeses. El año siguiente se meará él mismo en las cafeteras y se morirá de risa viendo a las Hijas beberse un café que tiene meados puertorriqueños e irlandeses. Dice que es una gran lástima que las Hijas no se vayan a enterar nunca. Le gustaría salir al balcón de la sala de baile del piso 19 y anunciar al público en general: «Hijas del Imperio Británico, acaban ustedes de beberse un café lleno de meados de *spics* y de *micks,* y ¿qué les parece, después de lo que ustedes hicieron a los irlandeses durante ochocientos años?» Ay, sería un espectáculo, las Hijas abrazadas las unas a las otras y vomitando por toda la sala de baile, y los patriotas irlandeses bailando la jiga en sus tumbas. Sería digno de verse, dice Eddie, sería digno de verse de verdad.

Ahora Eddie dice que quizás los pe erres no sean tan malos después de todo. A él no le gustaría que se casasen con su hija ni que se mudasen a su barrio, pero hay que reconocer que son buenos músicos y que salen de entre ellos algunos jugadores de béisbol bastante buenos, hay que reconocerlo.

—Si bajas a esa cocina, siempre te los encuentras contentos como niños. Son como los negros —dice—, no se toman nada en serio. No son como los irlandeses. Nosotros nos lo tomamos todo en serio.

Los días malos en el vestíbulo son el jueves y el viernes, cuando los muchachos y las muchachas se reúnen, se sientan y beben y ríen, sin pensar en nada que no sea la universidad y el amor, navegar en verano, esquiar en invierno y casarse los unos con los otros para tener hijos que vendrán al Biltmore y harán lo mismo. Sé que a mí no me ven siquiera, vestido con mi uniforme de limpiador, con mi recogedor y mi escoba, y me alegro, porque hay días que tengo los ojos tan rojos que parecen ensangrentados, y temo el momento en que una muchacha pueda decir: «Perdón, ¿dónde está el servicio?» Es difícil señalar con el recogedor y decir: «Por allí, pasados los ascensores», y apartar la cara a la vez. Lo intenté con una muchacha pero ésta se quejó al *maître d'* de que yo había estado grosero, y ahora tengo que mirar a todos los que me preguntan algo, y cuando me miran fijamente yo me sonrojo tanto que estoy seguro de que se me pone la piel tan roja como los ojos. A veces me sonrojo de pura ira y me dan ganas de gruñir a la gente que me mira fijamente, pero si lo hiciera me despedirían al instante.

No me deberían mirar fijamente. Deberían saberlo, teniendo en cuenta que sus madres y sus padres se están gastando fortunas enteras para darles una educación, y ¿de qué te sirve toda esa educación si eres tan ignorante que te quedas mirando fijamente a la gente que se acaba de bajar del barco con los ojos rojos? Cabría pensar que los catedráticos dirían a sus alumnos en clase que si vas al vestíbulo del hotel Biltmore, o a cualquier otro vestíbulo, no debes mirar fijamente a la gente que tiene los ojos rojos, o una sola pierna, o que esté desfigurada de cualquier otra manera.

Pero las muchachas me miran fijamente, y los muchachos son peores por el modo en que me miran, sonríen y se dan codazos y hacen comentarios que hacen reír a todos, y a mí me dan ganas de romperles el recogedor y la escoba en sus cabezas hasta que les saliera la sangre a chorro y ellos me suplicasen que los dejara y me prometieran que no volverían a hacer comentarios sobre los ojos irritados de nadie.

Un día, una muchacha estudiante suelta un chillido y el *maître d'* se acerca a toda prisa. La muchacha está llorando y está revolviendo las cosas que están en la mesa que tiene delante y buscando debajo de la mesa, sacudiendo la cabeza. El *maître d'* me llama gritando a través del vestíbulo.

—McCourt, ven aquí ahora mismo. ¿Has limpiado por esta mesa?

—Creo que sí.

—¿Crees que sí? Maldita sea, perdone, señorita, ¿es que no lo sabes?

—Sí, señor.

—¿Has cogido una servilleta de papel?

—He limpiado. Vacié los ceniceros.

—Una servilleta de papel que estaba aquí. ¿La has cogido?

—No lo sé.

—Bueno, pues te diré una cosa, McCourt. Esta señorita aquí presente es hija del presidente del Club de Tráfico, que alquila unas grandes oficinas en este hotel, y tenía una servilleta de papel con un número de teléfono de un muchacho de Princeton, y si no encuentras ese pedazo de papel te vas a encontrar con el culo escaldado (perdone, señorita). Ahora bien, ¿qué has hecho con los desperdicios que te llevaste?

—Han ido a parar a los cubos de basura grandes, junto a la cocina.

—Está bien. Baja allí y ponte a buscar esa servilleta de papel, y no vuelvas sin ella.

La muchacha que perdió la servilleta solloza y me dice que su padre tiene mucha influencia aquí y que no le gustaría estar en mi lugar si no encuentro ese pedazo de papel. Sus amigos me están mirando, y yo siento que tengo la cara encendida, como los ojos.

El *maître d'* me vuelve a decir con brusquedad:

—Encuéntralo, McCourt, y vuelve aquí.

Los cubos de basura que están junto a la cocina están llenos a rebosar y yo no sé cómo voy a encontrar un pedacito de papel perdido entre tantos desperdicios, posos de café, trozos de tostada, raspas de pescado, cáscaras de huevo, pieles de pomelo. Estoy de rodillas hurgando y separando con un tenedor de la cocina, donde los puertorriqueños cantan, ríen y dan golpes en los cacharros, y eso me hace preguntarme qué estoy haciendo de rodillas.

Así que me levanto, entro en la cocina sin decir nada a los puertorriqueños que me llaman Frankie, Frankie, chico irlandés, te vamos a enseñar español. Busco una servilleta de papel limpia, escribo en ella un número de teléfono inventado, la mancho de café, se la entrego al *maître d'*, que se la da a la muchacha mientras sus amigos la rodean por todos lados, vitoreándola. Ella da las gracias al *maître d'* y le da una propina, un dólar entero, y lo único que siento yo es que no estaré delante cuando ella llame a ese número.

VII

Recibo una carta de mi madre que me dice que corren tiempos duros en casa. Sabe que mi sueldo no es gran cosa y agradece los diez dólares que le envío cada semana, pero ¿podría arreglármelas para enviarle unos dólares más para comprar zapatos para Michael y Alphie? Ella tenía trabajo, cuidando de un viejo, pero la defraudó mucho muriéndose inesperadamente cuando creía que aguantaría hasta el Año Nuevo para que ella pudiese tener algunos chelines para zapatos y para una cena de Navidad, con jamón o con alguna cosa con algo de dignidad. Dice que los enfermos no deberían contratar a gente para que los cuidase dándoles falsas esperanzas de contar con un trabajo cuando saben muy bien que están en las últimas. Ahora no reciben nada más que el dinero que les mando yo, y parece que el pobre Michael tendrá que dejar la escuela y ponerse a trabajar en cuanto cumpla los catorce el año próximo, y es una lástima, y ella se pregunta si para eso hemos luchado contra los ingleses, para que la mitad de los niños de Irlanda vayan pisando las calles, los caminos y los campos sin nada más que la piel entre éstos y los pies.

Ya le estoy enviando diez dólares de los treinta y dos que gano en el hotel Biltmore, aunque se quedan en veintiséis después de descontar la Seguridad Social y el impuesto sobre la renta. Después de pagar el alquiler me quedan veinte dólares, y mi madre recibe la mitad y a mí me quedan diez para comida y para coger el metro cuando llueve. Cuando no llueve voy a pie para ahorrarme los cinco centavos. De vez en cuando me enfado conmigo mismo y voy a ver una película en el cine de la calle 68, y tengo la habilidad suficiente para meter una tableta de chocolate Hershey o dos plátanos, que es la comida más barata del mundo. A veces, cuando pelo el plátano, las personas de Park Avenue que tienen el olfato sensible olisquean y se dicen entre sí en voz baja: «¿No huele a plátano?», y acto seguido amenazan con quejarse a la dirección.

Pero a mí ya no me importa. Si se quejan al acomodador, yo no estoy dispuesto a esconderme en el servicio de hombres a comerme el plátano. Iré al Partido Demócrata, en el hotel Biltmore, y les diré que soy un ciudadano americano con acento irlandés y que por qué me están atormentando por comerme un plátano mientras veo una película de Gary Cooper.

Puede que llegue el invierno en Irlanda, pero aquí hace más frío y la ropa que me traje de Irlanda es inútil para un invierno de Nueva York. Eddie Gilligan dice que si eso es lo único que voy a ponerme por la calle me moriré antes de cumplir los veinte años. Dice que si no soy demasiado orgulloso puedo ir a ese sitio grande del Ejército de Salvación en el West Side y comprarme toda la ropa de invierno que me haga falta por pocos dólares. Dice que procure comprarme ropa que me dé aspecto de americano, y no esas cosas de patán irlandés que me dan aspecto de cultivador de nabos.

Pero ahora no puedo ir al Ejército de Salvación a causa del giro postal internacional de quince dólares para mi madre, y ya no puedo pedir a los puertorriqueños las sobras de la cocina del Biltmore por miedo a que les contagie mi enfermedad de los ojos.

Eddie Gilligan dice que la gente habla de mis ojos. Lo llamaron del departamento de personal porque él es el enlace sindical y le dijeron que yo no debía volver a acercarme a la cocina porque podría tocar una toalla o algo así y dejar medio ciegos a todos los lavaplatos puertorriqueños y a los cocineros italianos con la conjuntivitis o lo que tenga. Si no me despiden es únicamente porque vine recomendado por el Partido Demócrata, y éste paga mucho por las oficinas grandes que tiene alquiladas en el hotel. Eddie dice que puede que el señor Carey sea un jefe duro pero que defiende a los suyos y para los pies al departamento de personal, les dice que en cuanto intenten despedir a un chico que tiene mal los ojos se enterará el Partido Demócrata y entonces se habrá acabado el hotel Biltmore. Verán una huelga que sacará a la calle a todo el maldito Sindicato de Trabajadores de Hostelería. Nada de servicio de habitaciones. Nada de ascensores.

—Los gordos cabrones tendrán que subir a pie —dice Eddie—, y las camareras no pondrán papel higiénico en los baños. Imagínatelo: unos gordos cabrones sin nada con qué limpiarse el culo, todo ello por tus ojos enfermos, chico.

»Nos echaremos a la calle, todo el maldito sindicato —dice Eddie—. Cerraremos todos los hoteles de la ciudad. Pero tengo que decirte que me dieron el nombre de un oftalmólogo de la avenida Lexington. Tienes que ir a verlo y volver dentro de una semana.

La consulta del médico está en un edificio antiguo, subiendo cuatro pisos por la escalera. Hay niños pequeños que lloran, y suena una radio:

> *Chicos y chicas juntos*
> *Mamie O'Rourke y yo*
> *Bailaremos de lo lindo*
> *Por las aceras de Nueva York.*

—Pasa, siéntate en esta silla —dice el médico—, ¿qué te pasa en los ojos? ¿Has venido para hacerte unas gafas?

—Tengo una especie de infección, doctor.

—Jesús, sí. Vaya infección, desde luego. ¿Desde cuándo la tienes?

—Desde hace nueve años, doctor. Estuve en el hospital de los ojos en Irlanda cuando tenía once años.

Me toca los ojos con un pedacito de madera y les da golpecitos con algodones que se pegan a los párpados y me hacen pestañear. Me dice que deje de pestañear, que cómo demonios espero que me examine los ojos si me quedo allí sentado pestañeando como un loco. Pero yo no puedo evitarlo. Cuanto más me toca y me da golpecitos más pestañeo, hasta que está tan irritado que tira por la ventana el pedacito de madera con el algodón pegado. Abre cajones de su escritorio, suelta maldiciones y los vuelve a cerrar de golpe hasta que encuentra una botellita de whiskey y un puro, y esto lo pone de tan buen humor que se sienta tras su escritorio y se ríe.

—¿Todavía pestañeando, eh? Bueno, chico, llevo treinta y siete años viendo ojos y no había visto nunca una cosa así. ¿Qué eres, mejicano o algo así?

—No, doctor, soy irlandés.

—Lo que tienes no lo hay en Irlanda. Y no es conjuntivitis. Yo conozco la conjuntivitis. Esto es otra cosa, y puedo asegurarte que tienes suerte de tener ojos. Lo que tienes tú lo he visto en tipos que volvían del Pacífico, de Nueva Guinea y de sitios así. ¿Has estado en Nueva Guinea alguna vez?

46

—No, doctor.

—Ahora bien, lo que tienes que hacer es afeitarte la cabeza del todo. Tienes una especie de caspa infecciosa como la que tenían los tipos de Nueva Guinea, y te cae en los ojos. Tendrás que afeitarte ese pelo y tendrás que frotarte ese cuero cabelludo todos los días con un jabón de farmacia. Frótate ese cuero cabelludo hasta que te escueza. Frótate ese cuero cabelludo hasta que brille, y vuelve a verme. Son diez dólares, chico.

El jabón de farmacia cuesta dos dólares, y el barbero italiano de la Tercera Avenida me lleva otros dos dólares, más la propina, por cortarme el pelo y afeitarme la cabeza. Me dice que es una pena terrible afeitar una cabellera tan hermosa, que si él tuviera una cabellera así tendrían que cortarle la cabeza para quitársela, que la mayoría de esos médicos no distinguen una mierda de un miércoles, pero que si eso es lo que quiero él no es nadie para discutirlo.

Levanta un espejo para enseñarme lo calvo que parezco por detrás, y me siento débil por la vergüenza que me produce la cabeza calva, los ojos rojos, las espinillas, los dientes en mal estado, y si alguien me mira por la avenida Lexington lo empujaré delante de un coche, porque me arrepiento de haber venido a esta América que amenaza con despedirme por mis ojos y me hace ir calvo por las calles de Nueva York.

Naturalmente, la gente se me queda mirando por las calles y yo quiero devolverles las miradas con aire amenazador, pero no puedo, pues la supuración amarilla de mis ojos se mezcla con los hilos del algodón y me ciega del todo. Recorro con la vista las bocacalles buscando las menos frecuentadas y voy en zigzag, atravesando la ciudad y subiendo. La calle mejor es la Tercera Avenida, con el ferrocarril elevado que traquetea por arriba y con sombras por todas partes y la gente metida en los bares con sus propios problemas, ocupándose de sus asuntos y sin quedarse mirando a todos los pares de ojos irritados que pasan por delante. La gente que sale de los bancos y de las tiendas de ropa de mujer siempre se me queda mirando, pero la gente de los bares medita ante sus bebidas y le daría igual que fueras por la avenida sin ojos.

Naturalmente, la señora Austin está fisgando por la ventana del sótano. En cuanto llego a la puerta principal, ella ya ha subido las escaleras y me pregunta qué me ha pasado en la cabeza, si he tenido un accidente, si me he encontrado en un incendio o algo así, y a mí me dan ganas de decirle con voz cortante: «¿Es que esto parece un maldito incendio?» Pero le digo que se me chamuscó el pelo en la cocina del hotel, nada más, y que el peluquero dijo que sería mejor cortármelo al cero y empezar de nuevo. Tengo que hablar a la señora Austin con educación, por miedo a que me diga que haga las maletas y me marche, y entonces me encontraría en la calle un sábado, con una maleta marrón y la cabeza calva y con tres dólares en el bolsillo.

—Bueno, eres joven —me dice, y vuelve a bajar al sótano y lo único que puedo hacer es quedarme tendido en la cama escuchando a la gente que habla y ríe en la calle, preguntándome cómo puedo ir a trabajar el lunes por la mañana en mi estado de calvicie, a pesar de que estoy obedeciendo las órdenes del hotel y del médico.

No dejo de mirarme en el espejo de mi habitación, de impresionarme por la blancura de mi cuero cabelludo y de desear poder quedarme allí hasta que volviera a crecerme el pelo, pero tengo hambre. La señora Austin prohibe la comida y la bebida en la habitación, pero cuando cae la oscuridad subo por la calle a comprar el gran *Sunday Times* que servirá para ocultar a la mirada fisgona de la señora Austin la bolsa con un bollo dulce y una pinta de leche. Ahora tengo menos de dos dólares que me tendrán que durar hasta el viernes, y sólo es sábado. Si me detiene le diré:

—¿Por qué no voy a tomarme un bollo dulce y una pinta de leche, después de que el médico me ha dicho que tengo una enfermedad de Nueva Guinea y de que un peluquero me ha afeitado la cabeza hasta el hueso?

Me sorprende que haya tantas películas en las que hacen ondear las Barras y Estrellas y se ponen la mano en el pecho y anuncian al mundo que esta es la tierra de los libres y la patria de los valientes, mientras tú mismo sabes que ni siquiera puedes ir a ver Hamlet con tu tarta de limón al merengue y con tu *ginger ale* o con un plátano, y que no puedes entrar en casa de la señora Austin con nada de comer ni de beber.

Pero la señora Austin no aparece. Las patronas nunca aparecen cuando a uno le da igual.

No puedo leer el *Times* si no me lavo los ojos con agua caliente y papel higiénico en el baño, y es delicioso estar acostado en la cama con el periódico y el bollo y la leche, hasta que la señora Austin grita por la escalera quejándose de que la cuenta de la luz se le pone por las nubes y que si tengo la bondad de apagar la luz, que no es millonaria.

Cuando he apagado la luz me acuerdo de que es hora de frotarme el cuero cabelludo con el ungüento, pero me doy cuenta de que si me acuesto, el ungüento se quedará en la almohada y la señora Austin me reñirá una vez más. Lo único que puedo hacer es quedarme sentado con la cabeza apoyada en la cabecera de hierro, de la que podré limpiar todo el ungüento que se pierda. La cabecera de hierro está compuesta de volutas pequeñas y florecillas con pétalos que se clavan y que hacen imposible dormir como es debido, y lo único que puedo hacer es salir de la cama y dormir en el suelo, donde la señora Austin no tendrá ninguna queja.

El lunes por la mañana hay una nota en mi tarjeta de fichar que dice que me presente en el piso diecinueve. Eddie Gilligan dice que, aunque no es cosa personal, no quieren que siga en el vestíbulo con los ojos enfermos y ahora con la cabeza calva. Es bien sabido que a la gente que pierde el pelo de repente no les queda mucho que vivir en este mundo, aunque te pongas en el centro del vestíbulo y proclames que te lo afeitó el peluquero. La gente quiere creer lo peor, y en la oficina de personal están diciendo los ojos enfermos, la cabeza calva, pon las dos cosas y tienes grandes problemas con los huéspedes en el vestíbulo. Cuando vuelva a crecerme el pelo y se me curen los ojos puede que me vuelvan a enviar al vestíbulo, quizás como botones algún día, y me darán propinas tan grandes que podré sustentar a mi familia de Límerick a todo tren, pero ahora no, no con esta cabeza, con estos ojos.

VIII

Eddie Gilligan trabaja en el piso diecinueve con su hermano Joe. Nuestro trabajo es preparar los actos, las reuniones en las salas y los banquetes y las bodas en el salón de baile, y Joe no sirve de gran cosa tal como tiene las manos y los dedos, como raíces. Va de un lado a otro con una escoba de mango largo en una mano y un cigarrillo en la otra, aparentando estar ocupado, pero se pasa casi todo el tiempo en el retrete o fumando con Digger Moon, el moquetista, que afirma que es indio Pies Negros y que es capaz de poner moqueta más deprisa y más tensa que nadie más en los Estados Unidos de América, a no ser que se haya tomado algunas copas, en cuyo caso hay que tener cuidado con él porque recuerda los sufrimientos de su pueblo. Cuando Digger recuerda los sufrimientos de su pueblo, sólo puede hablar con Joe Gilligan, porque Joe también sufre de artritis, y Digger dice que Joe le comprende. Cuando tienes una artritis tan grave que apenas te puedes limpiar el culo comprendes los sufrimientos de toda clase. Eso dice Digger, y cuando Digger no está yendo de un piso a otro poniendo moqueta o quitando moqueta, se sienta con las piernas cruzadas en el suelo del almacén de moqueta sufriendo con Joe, uno por el pasado, el otro por la artritis. Nadie está dispuesto a molestar a Digger ni a Joe, porque en el hotel Biltmore todo el mundo sabe cuánto sufren, y pueden pasarse días enteros en el almacén de moqueta o pasarse por el bar de McAnn, en la acera de enfrente, para aliviarse. El propio señor Carey sufre porque tiene mal el estómago. Hace sus rondas de inspección por la mañana sufriendo por el desayuno que le prepara su esposa, y en la inspección de la tarde sufre por el almuerzo que le prepara su esposa para llevar. Dice a Eddie que su esposa es una mujer hermosa, la única a la que ha amado, pero que lo está matando poco a poco, y ella tampoco está en muy buena forma, con las piernas hinchadas por el reumatismo. Eddie dice al señor Carey que su esposa también está en mala forma después de cuatro abortos, y que ahora tiene una especie de infección de la sangre que preocupa al médico. La mañana que preparamos el salón para el banquete anual de la Sociedad Histórica Irlando-Americana, Eddie y el señor Carey están de pie en la entrada del salón de baile del piso diecinueve, Eddie fumándose un cigarrillo y el señor Carey con su holgado traje cruzado para dar la impresión de que no tiene tanta barriga, acariciándosela para aliviarse el dolor. Eddie dice al señor Carey que no había fumado nunca hasta que lo hirieron en la playa de Omaha, y algún gilipollas, y perdone la manera de hablar, señor Carey, le metió un cigarrillo en la boca mientras él estaba allí tendido esperando a los sanitarios. Dio una calada a aquel cigarrillo, y le dio tal alivio, allí tendido con las tripas colgando en la playa de Omaha, que ha fumado desde entonces, no lo puede dejar, lo ha intentado, bien lo sabe Dios, pero no puede. Entonces llega Digger Moon con una moqueta enorme al hombro y dice a Eddie que hay que hacer algo por su hermano Joe, que el pobre desgraciado está sufriendo más que siete tribus indias y que Digger sabe algo de lo que es sufrir después de la temporada que pasó con la infantería por todo el maldito Pacífico, donde le cayó encima todo lo que podían tirarle los japoneses, la malaria, de todo. Eddie dice que sí, sí, ya sabe lo de Joe y lo siente, al fin y al cabo es su hermano, pero él tiene sus propios problemas con su mujer y sus abortos y su infección de la sangre, y él mismo tiene las tripas estropeadas porque no se las metieron bien y se preocupa por Joe, por el modo en que mezcla el alcohol y los analgésicos de todo tipo. El señor Carey eructa y gime y Digger dice:

—¿Sigue comiendo mierda?

Porque Digger no tiene miedo al señor Carey ni a nadie. Así son las cosas cuando eres un gran moquetista: puedes decir lo que quieras a cualquiera, y si te despiden siempre encuentras trabajo en el hotel Commodore o en el hotel Roosevelt, o incluso, Jesús, sí, en el Waldorf-Astoria, que siempre está intentando llevarse a Digger. Algunos días, Digger está tan abrumado por los sufrimientos de su pueblo, que se niega a poner moqueta, y cuando el señor Carey no le despide, Digger dice:

—Eso es. El hombre blanco no puede salir adelante sin nosotros los indios. El hombre blanco necesita a los iroqueses para que bailen por las vigas de acero de los rascacielos a sesenta pisos de altura. El hombre blanco necesita al Pies Negros para que le ponga bien la moqueta.

Cada vez que Digger oye eructar al señor Carey le dice que deje de comer mierda y que se tome una buena cerveza, porque la cerveza no ha hecho daño a nadie nunca y lo que está matando al señor Carey son los emparedados de la señora Carey. Digger dice al señor Carey que tiene una teoría acerca de las mujeres, que son como las arañas viudas negras que matan a los machos después de joder, les arrancan las malditas cabezas de un bocado, que a las mujeres no les importan los hombres, que cuando han pasado de la edad de tener críos los hombres son verdaderamente inútiles a no ser que estén a caballo atacando a otra tribu. Eddie Gilligan dice que uno tendría un aspecto jodidamente tonto de verdad montado a caballo por la avenida Madison para atacar a otra tribu, y Digger dice que eso es exactamente lo que él quiere decir. Dice que el hombre ha venido a este mundo para pintarse la cara, montar a caballo, tirar la lanza, matar a la otra tribu, y cuando Eddie dice: «¡Qué memeces!», Digger dice:

—Nada de «qué memeces», ¿y qué haces tú, Eddie? Te estás pasando aquí la vida preparando cenas y bodas. ¿Es manera de vivir un hombre?

Eddie se encoge de hombros y da una calada al cigarrillo, y cuando Digger se vuelve de pronto para marcharse, golpea al señor Carey y a Eddie con el extremo de la moqueta y les hace entrar metro y medio en el salón de baile.

Es un accidente y nadie dice nada, pero yo no dejo de admirar cómo va Digger por el mundo, sin que nada le importe un pedo de violinista, como a mi tío Pa de Límerick, sólo porque nadie sabe poner moqueta como él. Me gustaría ser como Digger, pero no con las moquetas. Me revientan las moquetas.

Si tuviera dinero podría comprarme una linterna y quedarme leyendo hasta el alba. En América, la linterna se llama foco. La galleta se llama pasta, un bollo es un panecillo. La repostería se llama dulcería y la carne picada está molida. Los hombres llevan *pants* en vez de pantalones, e incluso dicen que esta pernera del *pant* es más corta que la otra, lo cual es una tontería. Cuando les oigo hablar de la pernera del *pant* me dan ganas de respirar más deprisa[1]. El ascensor se llama elevador, y si quieres ir al WC o al retrete tienes que preguntar por el baño, aunque allí no haya el menor indicio de una bañera. Y en América no se muere nadie: fallecen o expiran, y cuando se mueren, llevan

---

[1] *Pant,* además de significar *pantalones* en inglés americano, significa también jadeo. (N. del T.)

el cadáver, que se llama los restos, a una casa de pompas fúnebres donde la gente no hace más que estar de pie por allí y mirarlo y nadie canta ni cuenta un cuento ni se toma una copa, y después se lo llevan en una caja para sepultarlo. No les gusta decir ataúd y no les gusta decir enterrar. Nunca dicen cementerio. Camposanto suena mejor.

Si yo tuviera dinero, podría comprarme un sombrero y salir, pero no puedo pasearme por las calles de Manhattan en mi estado de calvicie por miedo a que la gente se crea que está viendo una bola de nieve sobre un par de hombros escuálidos. Dentro de una semana, cuando el pelo me oscurezca el cuero cabelludo, podré volver a salir, y eso es algo que la señora Austin no puede evitar de ningún modo. Eso es lo que me da tanto gusto, estar tendido en la cama pensando en las cosas que uno puede hacer sin que nadie se entrometa en ellas. Eso es lo que nos decía el señor O'Halloran, el director, en la escuela de Límerick: «Vuestra mente es un tesoro que debéis dotar bien, y es la única parte de vosotros en la que no puede entrometerse el mundo.»

Nueva York había sido la ciudad de mis sueños, pero ahora que estoy aquí los sueños han desaparecido y no es lo que yo esperaba en absoluto. Nunca creí que iría por el vestíbulo de un hotel limpiando lo que manchaba la gente y fregando las tazas de los retretes. ¿Cómo podría escribir a mi madre o a nadie de Límerick y contarles cómo estoy viviendo en esta tierra rica, con dos dólares que me tienen que durar una semana, la cabeza calva y los ojos irritados, y una patrona que no me deja encender la luz? ¿Cómo podría decirles que tengo que comer plátanos todos los días, la comida más barata del mundo, porque en el hotel no me dejan acercarme a la cocina a recoger sobras por miedo a que contagie a los puertorriqueños mi infección de Nueva Guinea? No me creerían jamás. Me dirían: «Déjate de cuentos», y se reirían, porque basta con ver las películas para darse cuenta de lo bien que viven los americanos, de cómo dan vueltas a la comida y se dejan algo en el plato y después apartan el plato. Hasta es difícil tener lástima de los americanos que se supone que son pobres en una película como *Las uvas de la ira,* cuando se seca todo y tienen que emigrar a California. Al menos están secos y calientes. Mi tío Pa Keating solía decir que si tuviésemos una California en Irlanda todo el país acudiría allí en tropel, a comer naranjas a discreción y a pasarse todo el día nadando. Cuando estás en Irlanda es difícil creer que haya gente pobre en América, porque se ve a los irlandeses que vuelven, les llaman los Yanquis de Vuelta, y se les detecta a la legua meneando los culos gordos por la calle O'Connell, con pantalones demasiado estrechos y con colores que no se verían nunca en Irlanda, azules, rosados, verdes claros, e incluso destellos de color pardo rojizo. Siempre se hacen los ricos y hablan con voz nasal de sus neveras y de sus coches, y si entran en una taberna piden bebidas americanas de las que no ha oído hablar nadie, cócteles, qué te parece, aunque si te comportas así en una taberna de Límerick el tabernero te pone en tu sitio y te recuerda que te fuiste a América con el culo al aire y te dice que no te des humos aquí, Mick, que yo te conocí cuando te colgaban los mocos de la nariz a las rodillas. También se reconoce siempre a los Yanquis de Verdad, con sus colores claros y sus culos gordos y el modo en que miran de un lado a otro y sonríen y dan peniques a los niños harapientos. Los Yanquis de Verdad no se dan humos. No les hace falta, viniendo como vienen de un país donde todos tienen de todo.

Si la señora Austin no me deja encender la luz, yo todavía puedo sentarme en la cama o acostarme, o puedo elegir entre quedarme en casa o salir. Esta noche no saldré por mi cabeza calva, y no me importa, porque puedo quedarme aquí y convertir mi mente en una película sobre Límerick. Es el descubrimiento mayor que he hecho a base de quedarme acostado en el cuarto, que si no puedo leer por los ojos o porque la señora Austin se queja de la luz, puedo poner en marcha en mi cabeza una película de cualquier clase. Cuando aquí es medianoche son las cinco de la madrugada en Límerick, y me puedo imaginar a mi madre y a mis hermanos dormidos con el perro, Lucky, que gruñe al mundo, y a mi tío, Ab Sheehan, que resopla en su cama por todas las pintas que se tomó la noche anterior y se tira pedos por todo el pescado frito y las patatas fritas que se comió.

Puedo flotar por Límerick y ver a la gente que arrastra los pies por la calle camino de la primera misa del domingo. Puedo entrar y salir de las iglesias, las tiendas, las tabernas, los cementerios, y ver a la gente dormida o gimiendo de dolor en el hospital del Asilo Municipal. Es como magia volver a Límerick mentalmente, aunque me haga saltar las lágrimas. Es duro pasar por los callejones de los pobres y asomarse a sus casas y oír llorar a los niños de pecho y a las mujeres que intentan encender la lumbre para hervir agua en teteras y preparar el desayuno de té y pan. Es duro ver temblar a los niños cuando tienen que levantarse de sus camas para ir a la escuela o a misa y no hay calefacción en la casa como la calefacción que tenemos aquí en Nueva York, con los radiadores que cantan desde las seis de la mañana. Me gustaría vaciar los callejones de Límerick y traer a toda la gente pobre a América y meterla en casas con calefacción y darles ropas abrigadas y zapatos y dejarles que se atiborren de gachas y salchichas. Algún día ganaré millones y traeré a América a la gente pobre y volveré a enviarla a Límerick con el culo gordo y contoneándose por la calle O'Connell, arriba y abajo, con ropa de colores claros.

En esta cama puedo hacer lo que quiera, cualquier cosa. Puedo soñar con Límerick o puedo tocarme, aunque sea pecado, y la señora Austin no se enterará. Nadie se enterará nunca, a no ser que vaya a confesarme, y estoy demasiado condenado para eso.

Otras noches, cuando tengo pelo en la cabeza y no tengo dinero, puedo pasearme por Manhattan. No me importa en absoluto, porque las calles son tan animadas como cualquier película del cine de la calle Sesenta y Ocho. Siempre hay un coche de bomberos que dobla una esquina con la sirena puesta, o una ambulancia, o un coche de policía, y a veces vienen juntos con la sirena puesta y sabes que hay un incendio. La gente siempre espera ver que el coche de bomberos reduce la velocidad y así sabes a qué manzana debes ir y dónde debes buscar el humo y las llamas. Es más emocionante cuando hay alguien en una ventana dispuesto a saltar. La ambulancia espera con las luces centelleantes y los policías dicen a todos que se aparten. Ésta es la tarea principal de los policías en Nueva York, decir a todos que se aparten. Son poderosos con sus pistolas y sus porras, pero el verdadero héroe es el bombero, sobre todo si sube por una escalera y recoge a un niño de una ventana. Podría salvar a un viejo con muletas y que no lleva puesto nada más que un camisón, pero es diferente cuando se trata de una niña que se chupa el dedo gordo y apoya la cabeza llena de rizos sobre el ancho hombro del bombero. Entonces es cuando todos aclamamos y nos miramos los unos a los otros y sabemos que todos estamos contentos por lo mismo.

Y eso es lo que nos hace mirar el *Daily News* al día siguiente para ver si por casualidad hemos salido en la foto con el bombero valiente y la niña de cabellos rizados.

IX

La señora Austin me dice que su hermana Hannah, la que está casada con el irlandés, va a hacerle una pequeña visita en Navidad antes de que las dos vayan a casa de ella en Brooklyn, y que le gustaría conocerme. Nos tomaremos un emparedado y una copa de Navidad, y así Hannah se quitará de la cabeza sus problemas con aquel irlandés loco. La señora Austin no entiende por qué puede tener ganas Hannah de pasar la Nochebuena con un sujeto como yo, otro irlandés, pero siempre fue un poco rara y a lo mejor le gustan los irlandeses, después de todo. Su madre les advirtió hacía mucho tiempo, en Suecia, hacía más de veinte años, parece increíble, que se apartasen de los irlandeses y de los judíos, que se casasen con su propia gente, y a la señora Austin no le importa decirme que su marido, Eugene, era medio sueco, medio húngaro, que no bebió ni una gota en toda su vida, pero que le encantaba comer, y aquello fue lo que lo mató al final. No le importa decirme que estaba más grande que una casa cuando se murió, que cuando ella no estaba cocinando él estaba saqueando la nevera, y cuando se compraron un televisor aquello fue lo que lo remató de verdad. Se sentaba allí delante, comiendo, bebiendo y preocupándose tanto por el estado del mundo que el corazón se le paró, sin más. Lo echa de menos, y es duro después de veintitrés años, sobre todo porque no tuvieron hijos. Su hermana Hannah tiene cinco hijos, y es porque el irlandés no la deja en paz, un par de copas y ya le está saltando encima, como el típico católico irlandés. Eugene no era así, tenía respeto. En cualquier caso, ella espera verme después del trabajo en Nochebuena.

Aquel día, el señor Carey invita a los limpiadores del hotel y a cuatro supervisoras de camareras a pasar a su despacho para tomarse una copita de Navidad. Hay una botella de whiskey irlandés Paddy y una botella de Four Roses, que Digger Moon no quiere ni tocar. Pregunta por qué iba alguien a beber meados como el Four Roses habiendo lo mejor que ha dado nunca Irlanda, el whiskey. El señor Carey se acaricia el vientre sobre el traje cruzado y dice que a él le da lo mismo, no puede beber nada. Lo mataría.

—Pero beban, en todo caso, brindemos por una Feliz Navidad y quién sabe qué nos traerá el año entrante.

Joe Gilligan ya está sonriendo con lo que lleva bebiendo todo el día, sea lo que sea, de la petaca que tiene en el bolsillo trasero de los pantalones, y entre eso y la artritis se tropieza alguna vez. El señor Carey le dice:

—Ven, Joe, siéntate en mi sillón.

Y cuando Joe intenta sentarse suelta un gran gemido y tiene lágrimas en las mejillas. La señora Hynes, la jefa de todas las camareras, se acerca a él y le sujeta la cabeza contra su pecho y le da palmaditas y lo acuna.

—Ay, pobre Joe, pobre Joe —le dice—, no sé cómo el buen Señor te ha podido retorcer los huesos después de lo que hiciste por América en la guerra.

Digger Moon dice que allí fue donde cogió la artritis Joe, en el maldito Pacífico, donde hay todas las malditas enfermedades conocidas por el hombre.

—Recuérdalo, Joe, fueron los malditos japoneses los que te pegaron la artritis, como a mí me pegaron la malaria. No hemos sido los mismos desde entonces, Joe, ni tú ni yo.

El señor Carey le dice que tenga cuidado, cuidado con esa lengua, que hay señoras delante, y Digger dice:

—Bueno, señor Carey, respeto sus palabras y es Navidad, qué demonios.

—Es verdad —dice la señora Hynes—, es Navidad y debemos amarnos los unos a los otros y perdonar a nuestros enemigos.

—Perdonar, una leche —dice Digger—. Yo no perdono al hombre blanco y no perdono a los japoneses. Pero te perdono a ti, Joe. Has sufrido más que diez tribus indias con esa maldita artritis.

Cuando coge la mano de Joe para darle la mano, Joe aúlla de dolor y el señor Carey dice:

—Digger, Digger.

—Por el amor de Dios, ¿quieres respetar la artritis de Joe? —dice la señora Hynes.

—Lo siento, señora —dice Digger—, tengo el mayor respeto por la artritis de Joe.

Y para demostrarlo acerca un vaso grande de Paddy a los labios de Joe.

Eddie Gilligan está de pie en un rincón con su vaso y yo me pregunto por qué se queda mirando y no dice nada mientras todo el mundo se preocupa por su hermano. Ya sé que tiene sus propios problemas con la infección de la sangre de su esposa, pero no entiendo por qué no se acerca más a su hermano, por lo menos.

Jerry Kerrisk me dice en voz baja que deberíamos dejar a esa gente loca y tomarnos una cerveza. No me gusta gastar dinero en los bares con lo mal que lo está pasando mi madre, pero es Navidad y el whiskey que ya me he tomado me hace sentirme más satisfecho conmigo mismo y con el mundo en general, y por qué no voy a tratarme bien. Es la primera vez en mi vida que he bebido whiskey como un hombre, y ahora que estoy con Jerry en un bar puedo hablar sin preocuparme de mis ojos ni de nada. Ahora puedo preguntar a Jerry por qué está tan frío Eddie Gilligan con su hermano.

—Por mujeres —dice Jerry—. Eddie estaba comprometido con una chica cuando lo movilizaron, pero cuando él se marchó, Joe y ella se enamoraron, y cuando ella devolvió por correo a Eddie el anillo de compromiso, Eddie se volvió loco y dijo que mataría a Joe en cuanto lo viera. Pero a Eddie lo enviaron a Europa y a Joe al Pacífico, y estaban ocupados matando a otras personas, y mientras estaban fuera, la mujer de Joe, la que se iba a casar con Eddie, cogió el vicio de la bebida y ahora hace que la vida de Joe sea un infierno. Eddie dijo que era justo castigo para el hijo de perra por haberle robado a su chica. Él conoció a una buena chica italiana en el ejército, del WAC, pero tiene la infección de la sangre, y da la impresión de que toda la familia Gilligan sufre una maldición.

Jerry dice que opina que las madres irlandesas tienen razón, después de todo. Debes casarte con tu propia gente, con católicas irlandesas, y asegurarte de que no sean alcohólicas ni italianas con infecciones de la sangre.

Se ríe al decirlo, pero tiene algo de seriedad en los ojos y yo no digo nada porque sé que no quiero casarme con una católica irlandesa para pasarme el resto de mi vida llevando a rastras a los chicos a confesarse y a comulgar y diciendo «sí, padre, ah, desde luego, padre» cada vez que veo a un cura.

Jerry quiere quedarse en el bar y beber más cerveza y se pone de mal humor cuando le digo que tengo que visitar a la señora Austin y a su hermana Hannah. ¿Por qué voy a querer pasar la Nochebuena con dos suecas viejas, de cuarenta años por lo menos, cuando podría estar pasándomelo en grande yo solo con chicas de Mayo y de Kerry en el Los Treinta y Dos de Irlanda? ¿Por qué?

No puedo responderle porque no sé dónde quiero estar ni qué debo hacer. Con eso se enfrenta uno cuando viene a América, con una decisión tras otra. En Límerick yo sabía qué hacer y tenía respuestas para las preguntas, pero ésta es mi primera Nochebuena en Nueva York y tiran de mí por un lado Jerry Kerrisk, el Los Treinta y Dos de Irlanda, la promesa de chicas de Mayo y de Kerry, y por otro lado dos viejas suecas, una de las cuales siempre está fisgando por la ventana por si yo meto clandestinamente comida o bebida, la otra descontenta con su marido irlandés y quién sabe por dónde saltará. Temo que si no voy con la señora Austin ésta se ponga salvaje conmigo y me diga que me marche, y me encontraría en la calle en Nochebuena con mi maleta marrón y con los pocos dólares que me quedan después de enviar dinero a casa, pagar el alquiler y ahora pagar cervezas a diestro y siniestro en este bar. Después de esto no puedo permitirme pasarme la noche repartiendo dinero para cerveza a las mujeres de Irlanda, y esto sí lo entiende Jerry, es la parte que le quita el mal humor. Sabe que hay que mandar dinero a casa. Me desea feliz Navidad y añade, riéndose:

—Sé que pasarás una noche loca con las mozas viejas suecas.

El barman tiene la oreja puesta y dice:

—Ten cuidado en esas fiestas suecas. Te darán su bebida nacional, el glug, y si bebes de eso no sabrás si estás en Nochebuena o en el día de la Inmaculada Concepción. Es negro y espeso y hay que tener una constitución fuerte para aguantarlo, y además te hacen comer pescado de todas clases para acompañarlo, pescado crudo, pescado salado, pescado ahumado, pescado de todas clases que a ti te parecería que no vale ni para el gato. Los suecos se beben ese glug, y los pone tan locos que se creen que vuelven a ser vikingos.

Jerry dice que no sabía que los suecos fueran vikingos, que creía que había que ser danés.

—Nada de eso —dice el barman—. Toda esa gente de los países del norte eran vikingos. Siempre que había hielo era seguro que te encontrarías con un vikingo.

Jerry dice que hay que ver lo que sabe la gente, y el barman dice:

—Yo podría contarle un par de cosas.

Jerry pide otra cerveza más para el camino y yo me la bebo aunque no sé qué va a ser de mí después de los dos whiskeys grandes que me tomé en el despacho del señor Carey y de las cuatro cervezas que me he tomado aquí con Jerry. No sé como voy a afrontar una noche de glug y de pescado de todas clases si el barman ha acertado en su profecía.

Subimos a pie por la Tercera Avenida cantando *No me acorrales,* mientras nos cruzamos con gente que corre, frenética por la Navidad, sin dedicarnos más que miradas severas. Hay por todas partes luces de Navidad que bailan, pero en la zona de Bloomingdale las luces bailan demasiado y tengo que agarrarme a un pilar del ferrocarril elevado de la Tercera Avenida y vomitar. Jerry me aprieta el estómago con el puño.

—Échalo todo —me dice—, y así tendrás sitio de sobra para el glug y mañana serás un hombre nuevo.

Después dice «glug, glug, glug» y el sonido de la palabra le hace reír con tantas ganas que está a punto de atropellarlo un coche y un policía nos dice que circulemos, que debería darnos vergüenza, unos chicos irlandeses como nosotros, que deberíamos respetar el nacimiento del Salvador, maldita sea.

En la calle Sesenta y Siete hay una casa de comidas y Jerry dice que debería tomar café para serenarme antes de ver a las suecas, que él me invita. Nos sentamos en la barra y me dice que no piensa pasarse el resto de su vida trabajando como un esclavo en el hotel Biltmore. No piensa acabar como los Gilligan, que lucharon por los Estados Unidos y ¿qué demonios sacaron a cambio? Artritis y esposas con infecciones de la sangre y con problemas con la bebida, eso fue lo que sacaron a cambio. Ah, no, Jerry va a irse a los montes Catskill el Día de los Caídos, a finales de mayo, a los Alpes irlandeses. Allí hay mucho trabajo de camarero sirviendo a las mesas, limpiando, lo que sea, y dan buenas propinas. Allí arriba también hay sitios judíos, pero lo de las propinas no funciona demasiado bien porque lo pagan todo por adelantado y no tienen que llevar dinero encima. Los irlandeses beben y se dejan el dinero en las mesas o en el suelo y cuando tú limpias te lo quedas todo. A veces vuelven chillando pero tú no has visto nada. Tú no sabes nada. Tú no haces más que barrer, para eso te pagan. Naturalmente, no te creen y te llaman mentiroso y se acuerdan de tu madre, pero no pueden hacer nada, aparte de dejar de ir a ese sitio como clientes. En los Catskill hay muchas chicas. En algunos sitios hay baile al aire libre, y lo único que tienes que hacer es llevarte bailando a tu Mary al bosque, y cuando te quieres dar cuenta estás en pecado mortal. A las chicas irlandesas les entran unas ganas locas en cuanto llegan a los Catskill. En la ciudad no tienen nada que hacer, trabajando como trabajan en sitios elegantes como Schrafft, con sus vestiditos negros y sus delantalitos blancos, ah, sí, señora, ah, desde luego, señora, ¿tiene demasiados grumos el puré de patatas, señora?, pero en cuanto llegan a las montañas son como gatas, se meten en un lío, se quedan embarazadas, y hay docenas de Seans y de Kevins que, antes de que se den cuenta de dónde les ha venido el golpe, están arrastrando el culo por la nave central de la iglesia mientras el cura les echa miradas feroces y los hermanos mayores de la chica los amenazan.

Yo quiero pasarme toda la noche sentado en la casa de comidas escuchando a Jerry hablarme de las chicas irlandesas en los Catskill, pero el hombre dice que es Nochebuena y que va a cerrar por respeto a sus clientes cristianos, aunque él es griego y en realidad no es su Navidad. Jerry le pregunta cómo es posible que no sea su Navidad, dado que basta con mirar por la ventana para comprobarlo, pero el griego dice:

—Nosotros somos diferentes.

Eso es suficiente para Jerry, que no discute estas cosas y es lo que me gusta de él, el modo en que va por la vida tomándose otra cerveza y soñando con pasarlo en grande en los Catskill y sin discutir con los griegos por la Navidad. Me gustaría ser como él, pero yo tengo siempre alguna nube oscura al fondo de la cabeza, las mujeres suecas que me esperan con el glug, o una carta de mi madre que me da las gracias por los pocos dólares, Michael y Alphie tendrán zapatos y nos comeremos un buen ganso para Navidad con la ayuda de Dios y de Su Santa Madre. Nunca dice que necesite zapatos para ella, y cuando lo pienso sé que tendré otra nube oscura al fondo de la cabeza. Me gustaría que hubiera una trampilla que pudiera abrir para dejar salir las nubes, pero no la hay, y tendré que encontrar otro medio o dejar de recoger nubes oscuras.

—Buenas noches, caballeros —dice el griego, y nos pregunta si nos gustaría llevarnos unas rosquillas del día anterior.

—Llévenselas o las tiro —dice.

Jerry dice que se llevará una para aguantar hasta que llegue al Los Treinta y Dos de Irlanda, donde cenará *corned beef* con repollo y patatas blancas y harinosas. El griego llena una bolsa de rosquillas y pasteles y me dice que tengo cara de que una buena comida no me sentaría mal, que me lleve la bolsa.

Jerry me da las buenas noches en la calle Sesenta y Ocho y a mí me gustaría irme con él. Aquel día me ha mareado, y todavía no ha terminado, me esperan las suecas que estarán dando vueltas al glug, cortando el pescado crudo. Sólo de pensarlo vuelvo a vomitar en la calle, y la gente que pasa, frenética por la Navidad, hace ruidos de asco y se aparta de mí diciendo a sus hijos:

—No miréis a ese hombre repugnante. Está borracho.

Yo quiero pedirles por favor que no pongan a los niños pequeños en mi contra. Quiero decirles que esto no lo tengo por costumbre. Tengo nubes en el fondo de la cabeza, mi madre tiene un ganso, por lo menos, pero necesita zapatos.

Pero es inútil intentar hablar con la gente que lleva paquetes y niños de la mano y en cuya cabeza resuenan los villancicos porque vuelven a su casa, a apartamentos luminosos, y saben que Dios está en Su cielo y todo va bien en el mundo, como dijo el poeta.

La señora Austin abre la puerta.

—Ay, mira, Hannah, el señor McCourt nos ha traído una bolsa entera de rosquillas y de pasteles.

Hannah saluda moviendo levemente la mano desde el sofá y dice:

—Qué agradable, nunca se sabe cuando puede hacer falta una bolsa de rosquillas. Siempre creí que los irlandeses traían una botella, pero tú eres diferente. Sirve al chico una copa, Stephanie.

Hannah está bebiendo vino tinto, pero la señora Austin se acerca a una ponchera que hay en la mesa y vierte en un vaso con un cazo el líquido negro, el glug. Se me revuelve el estómago otra vez y tengo que controlarme.

—Siéntate —dice Hannah—. Voy a decirte una cosa, chico irlandés. Tu gente me importa una mierda. Puede que tú seas agradable, mi hermana dice que eres agradable, traes ricas rosquillas, pero por debajo de la piel no eres más que mierda.

—Hannah, por favor —dice la señora Austin.

—Hannah, por favor, y una leche. ¿Qué ha hecho tu gente por el mundo, aparte de beber? Stephanie, dale algo de pescado, de buena comida sueca. *Mick* con cara de luna. Me das asquito, *mick* pequeñito. Ah, ja, ¿has oído cómo rima?

Celebra su rima con una risa burlona y yo no sé que hacer con el glug en una mano y con la señora Austin que me obliga a coger pescado con la otra. La señora Austin también está bebiendo el glug, y se tambalea desde mi lado hasta la ponchera y de ahí hasta el sofá donde Hannah le presenta el vaso pidiéndole más vino. Ésta se pimpla el vino y me mira fijamente.

—Yo era una niña cuando me casé con aquel *mick* —me dice—. Tenía diecinueve años. ¿Cuántos años hace? Jesús, veintiuno. ¿Qué edad tienes tú, Stephanie? ¿Cuarenta y tantos? He derrochado mi vida con ese *mick*. Y tú ¿qué haces aquí? ¿Quién te ha enviado?

—La señora Austin.

—La señora Austin. La señora Austin. Habla fuerte, pequeño cagapatatas. Bébete el glug y habla fuerte.

La señora Austin se tambalea delante de mí con su vaso de glug.

—Vamos, Eugene, vamos a la cama.

—Oh, no soy Eugene, señora Austin.

—Ah.

Se da la vuelta y entra vacilante en otra habitación y Hannah vuelve a soltar una risa burlona.

—Mírala. Todavía no se ha enterado de que es viuda. Ojalá fuera viuda yo, maldita sea.

El glug que he bebido me revuelve el estómago e intento salir corriendo a la calle, pero la puerta tiene tres cerrojos y antes de tener tiempo de salir estoy vomitando en el vestíbulo del sótano. Hannah se levanta del sofá trastabillando y me dice que pase a la cocina, coja una bayeta y jabón y limpie esa maldita porquería.

—¿No sabes que es Nochebuena? En nombre de Dios, ¿es así cómo tratas a tu amable anfitriona?

Voy de la cocina a la puerta con la bayeta que gotea, restregando, retorciéndola, aclarándola en la pila de la cocina y volviendo otra vez. Hannah me da palmaditas en el hombro y me besa la oreja y me dice que no soy un *mick* tan malo después de todo, que deben de haberme educado bien, en vista de cómo limpio lo que he ensuciado. Me dice que tome lo que quiera, glug, pescado, hasta una de mis propias rosquillas, pero yo dejo la bayeta donde la encontré y paso por delante de Hannah, con la idea en la cabeza de que después de haber limpiado ya no tengo que escucharla más, a ella ni a nadie como ella.

—¿Dónde vas? —me dice—. ¿Dónde demonios crees que vas?

Pero yo subo las escaleras hasta mi cuarto, mi cama, para poder acostarme allí escuchando los villancicos en la radio mientras el mundo da vueltas a mi alrededor y con una gran duda en la cabeza sobre el resto de mi vida en América. Si escribiese a alguien de Límerick y le contase mi Nochebuena en Nueva York me dirían que me lo estaba inventando. Me dirían que Nueva York debía de ser un manicomio.

Por la mañana llaman a mi puerta y es la señora Austin con gafas oscuras. Hannah está en las escaleras, más abajo, y también ella lleva gafas oscuras. La señora Austin me dice que se ha enterado que tuve un accidente en su apartamento, pero que nadie puede culparla a ella ni a su hermana, porque habían estado dispuestas a ofrecerme la mejor hospitalidad sueca, y si yo había optado por presentarme en su fiestecilla en cierto estado no se les podía echar la culpa a ellas, y qué pena, porque no querían haber pasado más que una Nochebuena verdaderamente cristiana.

—Y lo único que quería decirle, señor McCourt, era que no nos ha agradado su conducta en lo más mínimo, ¿verdad, Hannah?

Hannah suelta un graznido mientras tose y se fuma un pitillo.

Vuelven a bajar las escaleras y yo estoy tentado de llamar a la señora Austin para ver si sería posible que me diera una rosquilla de la bolsa del griego, pues estoy muy vacío con tanto vomitar anoche, pero han salido por la puerta y desde mi ventana las veo cargar paquetes de Navidad en un coche y marcharse.

Puedo quedarme todo el día en la ventana mirando a la gente feliz que lleva niños de la mano y que van a la iglesia, como dicen en América, o puedo quedarme sentado en la cama con *Crimen y castigo* y ver a qué se dedica Raskolnikov, pero eso me despertaría sentimientos de culpabilidad de todas clases y yo no tengo fuerzas para ello, y en todo caso no es lectura adecuada para el día de Navidad. Me gustaría ir a comulgar a la iglesia de San Vicente Ferrer, en la misma calle, pero hace años que no me confieso y tengo el alma tan negra como el glug de la señora Austin. Los católicos contentos que llevan niños de la mano van sin duda a la iglesia de San Vicente, y si les sigo lo más seguro es que me llene del sentimiento de la Navidad.

Es preciso entrar en una iglesia como la de San Vicente, donde sabes que la misa será igual que la misa en Límerick o en cualquier parte del mundo. Puedes ir a Samoa o a Kabul y allí habría la misma misa, y aunque no me dejaron ser monaguillo en Límerick todavía me sé el latín que me enseñó mi padre, y vaya donde vaya puedo responder al cura. Nadie puede sacarme de la cabeza lo que lleva dentro, todos los días de las fiestas de los santos que me sé de memoria, la misa en latín, las poblaciones principales y los productos más importantes de los treinta y dos condados de Irlanda, canciones en cantidad sobre los sufrimientos de Irlanda y el precioso poema de Oliver Goldsmith, *El pueblo desierto*. Podrán meterme en la cárcel y tirar la llave, pero jamás podrán impedirme vagar soñando por Límerick y por las orillas del Shannon, ni pensar en Raskolnikov y en sus problemas.

La gente que va a la iglesia de San Vicente es como la que va al cine de la calle Sesenta y Ocho para ver Hamlet, y se saben las respuestas en latín como se saben la obra de teatro. Comparten los misales y cantan juntos los himnos y se sonríen los unos a los otros porque saben que Brigid, la criada, está vigilando el pavo en la cocina de la casa de Park Avenue. Sus hijos y sus hijas tienen aspecto de haber vuelto del instituto y de la universidad a pasar las fiestas en casa y sonríen a otras personas que están en los bancos y que también han venido del instituto y de la universidad a pasar las fiestas en casa.

Se pueden permitir el lujo de sonreír porque todos tienen unos dientes tan deslumbrantes que si se les cayeran entre la nieve los perderían para siempre.

La iglesia está tan abarrotada, que hay gente de pie al fondo, pero yo estoy tan debilitado por el hambre y por la larga Nochebuena de whiskey, glug y vómitos que quiero encontrar un asiento. Hay un sitio vacío al extremo de un banco, subiendo por el pasillo central, pero en cuanto me deslizo en él llega corriendo hasta mí un hombre. Va muy bien vestido, con pantalones de rayas y una chaqueta con faldones; con el ceño fruncido, me dice en voz baja:

—Debe levantarse de este banco en seguida. Es para abonados, vamos, vamos.

Siento que se me pone roja la cara y eso significa que tengo peor los ojos, y mientras bajo por el pasillo sé que todo el mundo me mira, al que se coló en el banco de una familia feliz con hijos que han venido del instituto y de la universidad a pasar las fiestas.

Ni siquiera sirve de nada que me quede de pie al fondo de la iglesia. Todos se han enterado y me echarán miradas, de modo que bien puedo marcharme y añadir un pecado más a los centenares que ya llevo en el alma, el pecado mortal de no haber ido a misa el día de Navidad. Al menos, Dios sabrá que lo intenté y que no es culpa mía haberme metido por casualidad en el banco de una familia feliz de Park Avenue.

Ahora estoy tan vacío y tan hambriento, que quiero enfadarme conmigo mismo y darme un banquete en el Horn & Hardart, pero no quiero que me vean en ese lugar por miedo a que la gente se piense que soy como los que se quedan allí sentados la mitad del día con una taza de café, un periódico viejo y sin tener a dónde ir. Hay un Chock Full o'Nuts a pocas manzanas, y es allí donde me tomo un tazón de sopa de guisantes, queso con nueces con pan de pasas, una taza de café, una rosquilla con azúcar blanco y un *Journal-American* que alguien se dejó y que yo me leo.

Sólo son las dos de la tarde y no sé qué hacer cuando están cerradas todas las bibliotecas. La gente que pasa con niños de la mano podría pensarse que no tengo a dónde ir, de modo que mantengo la cabeza erguida y subo por una calle y bajo por otra como si me apresurase camino de una cena con pavo. Me gustaría poder abrir una puerta en alguna parte y que la gente me dijera «Ah, hola, Frank, llegas justo a tiempo». La gente que va por aquí y por allá por las calles de Nueva York lo da todo por supuesto. Llevan regalos y reciben regalos y hacen sus grandes comidas de Navidad y nunca saben que hay gente que sube y baja por las calles en el día más sagrado del año. Me gustaría ser un neoyorquino corriente, atiborrado después de mi comida, hablando con mi familia mientras suenan villancicos en la radio como música de fondo. O no me importaría estar de vuelta en Límerick con mi madre y mis hermanos y el rico ganso, pero estoy aquí, en el sitio con el que siempre soñé, Nueva York, y estoy cansado de todas estas calles donde no se ve siquiera un pájaro.

No hay nada que hacer más que volver a mi cuarto, escuchar la radio, leer *Crimen y castigo* y quedarme dormido preguntándome por qué tienen que alargar tanto las cosas los rusos. Jamás se veía a un detective de Nueva York paseándose con un sujeto como Raskolnikov, hablando con él de todo menos del asesinato de la vieja. El detective de Nueva York lo pillaría, lo detendría, y de ahí a la silla eléctrica de Sing, y eso porque los americanos son gente ocupada que no tienen tiempo para que los detectives charlen con las personas que ya saben que fueron las que cometieron el asesinato.

Llaman a la puerta y es la señora Austin

—Señor McCourt, ¿quiere bajar un momento? —me dice.

Yo no sé qué decir. Me gustaría decirle que me besara el culo después de cómo me habló su hermana y de cómo me habló ella aquella mañana, pero la sigo al sótano y allí tiene sobre la mesa comida de todas clases. Dice que la ha traído de casa de su hermana, que estaban preocupadas de que yo no tuviera dónde ir ni qué comer aquel día tan bonito. Siente haberme hablado de esa forma por la mañana y espera que yo esté con ánimo de perdonar.

Hay pavo y relleno y patatas de todas clases, blancas y amarillas, con salsa de arándanos para endulzarlo todo, y aquello me pone con ánimo de perdonar. Dice que me daría algo de glug pero que su hermana lo tiró, y tanto mejor. Ponía enfermos a todos.

Cuando termino me invita a sentarme y a ver su nuevo televisor, donde hay un programa sobre Jesús, que es tan santo que yo me quedo dormido en el sillón. Cuando me despierto, el reloj que hay en la repisa de la chimenea marca las cuatro y veinte de la madrugada, y la señora Austin está en la otra habitación soltando grititos, «Eugene, Eugene», y eso demuestra que puedes tener una hermana e ir a su casa para la comida de Navidad, pero si no tienes a tu Eugene estás tan sola como cualquiera que esté sentado en el Horn & Hardart, y es un gran alivio saber que mi madre y mis hermanos de Límerick tienen un ganso, y el año que viene, cuando me asciendan a botones en el Biltmore, les enviaré un dinero que les permitirá pasearse por Límerick deslumbrando al mundo con sus zapatos nuevos.

X

Eddie Gilligan me dice que vaya a las taquillas y me ponga la ropa de calle porque en el despacho del señor Carey está un cura que me conoció viniendo en el barco y que ahora quiere invitarme a comer. Después me dice:

—¿Por qué te sonrojas? No es más que un cura, y vas a comer de balde.

Me gustaría poder decir que no quiero comer con el cura, pero Eddie y el señor Carey podrían hacerme preguntas. Si un cura dice «ven a comer», tú tienes que ir, y no importa lo que pasara en la habitación del hotel, aunque no fuese culpa mía. Yo no podría contar jamás a Eddie ni al señor Carey cómo me hizo proposiciones el cura. No me creerían jamás. A veces, la gente dice cosas de los curas, que son gordos, o engreídos, o mezquinos, pero nadie creería jamás que un cura te haya tocado en una habitación de hotel, y menos personas como Eddie o el señor Carey, que tienen esposas enfermas que siempre van corriendo a confesarse por si se mueren por la noche. A las personas como ésas no les extrañaría que los curas anduvieran por encima del agua.

¿Por qué no puede volverse este cura a Los Angeles y dejarme en paz? ¿Por qué me lleva a comer cuando debería estar por ahí visitando a los enfermos y a los moribundos? Para eso están los curas. Hace cuatro meses que se fue a aquella casa de retiro de Virginia para pedir perdón, y resulta que todavía sigue en este lado del continente sin pensar más que en comer.

Ahora Eddie viene a verme al cuarto de taquillas y me dice que al cura se le ha ocurrido otra cosa, que me reúna con él en el McAnn, en la acera de enfrente.

Es difícil entrar en un restaurante y sentarte delante de un cura que te hizo proposiciones en una habitación de hotel hace cuatro meses. Es difícil saber qué hacer cuando te mira fijamente, te da la mano, te coge del codo, te ayuda a sentarte. Me dice que tengo buen aspecto, que he ganado algo de carne en la cara y que debo de comer bien. Dice que América es un gran país si le das una oportunidad, pero yo podría contarle que ya no dejan que los puertorriqueños me den sobras y que estoy cansado de los plátanos, pero no quiero decir demasiado por si se piensa que me he olvidado de lo del hotel New Yorker. No le tengo ningún rencor. No ha pegado a nadie ni ha matado de hambre a nadie, y lo que hizo fue por la bebida. Lo que hizo no fue tan malo como largarse a Inglaterra y dejar que se mueran de hambre tu mujer y tus hijos, como hizo mi padre, pero lo que hizo era malo porque era cura, y se supone que los curas no deben asesinar a la gente ni tocarla de ningún modo.

Y lo que hizo me hace preguntarme si hay más curas que van por el mundo haciendo proposiciones a la gente en las habitaciones de los hoteles.

Me está mirando fijamente con sus ojos grandes y grises, con la cara bien lavada y brillante, con su traje negro y su alzacuellos blanco y reluciente, y me dice que había querido hacer esta parada antes de volver a Los Ángeles para siempre. Se advierte fácilmente lo contento que está de encontrarse en gracia de Dios después de los cuatro meses que pasó en la casa de retiro, y ahora sé que me resulta difícil comerme una hamburguesa con alguien que está en tal estado de gracia de Dios. Me resulta difícil saber qué hacer con los ojos cuando me mira fijamente como si hubiera sido yo el que hizo proposiciones a otra persona en una habitación de hotel. Me gustaría poder devolverle la mirada, pero lo único que sé de los curas es por haberlos visto en los altares, en los púlpitos y en la oscuridad de los confesonarios. Seguramente se piensa que he cometido pecados de toda clase, y tiene razón, pero por lo menos no soy cura y no he molestado nunca a otra persona.

Dice al camarero que sí, que una hamburguesa estará bien y que no, no, Señor, no, no quiere una cerveza, con agua le basta, nada alcohólico volverá a atravesar sus labios, y me sonríe como si yo tuviera que entender a qué se refiere, y el camarero también sonríe como diciendo que qué cura más santo.

Me dice que fue a confesarse con un obispo de Virginia, y que aunque recibió la absolución y pasó cuatro meses de trabajo y de oración, le parece que no fue suficiente. Ha renunciado a su parroquia y pasará el resto de sus días con los mejicanos y los negros pobres de Los Angeles. Pide la cuenta, me dice que no quiere volver a verme nunca, que le resulta demasiado doloroso, pero que me recordará cuando diga misa. Dice que debo cuidarme de la maldición irlandesa, de la bebida, y que siempre que tenga la tentación de pecar debo meditar, como él, sobre la pureza de la Virgen María, buena suerte, que Dios te bendiga, ve a la escuela nocturna, y se mete en un taxi camino del aeropuerto de Idlewild.

Hay días que la lluvia es tan fuerte que tengo que gastarme diez centavos en el metro y veo a personas de mi edad con libros y bolsas donde dice Columbia, Fordham, Universidad de Nueva York, City College, y yo sé que quiero ser como ellos, estudiante.

Sé que no quiero pasarme años en el hotel Biltmore preparando banquetes y reuniones y que no quiero ser el limpiador que limpia el Palm Court. Ni siquiera quiero ser botones y recibir una parte de las propinas que dan a los camareros los estudiantes ricos que se beben su ginebra con tónica, hablan de Hemingway y de dónde deberían ir a cenar, y si deberían ir a la fiesta de Vanessa en Sutton Place, con lo aburrida que fue el año pasado.

No quiero ser limpiador en un sitio donde la gente me mira como si formara parte de la pared.

Veo a los estudiantes universitarios en el metro y sueño que algún día seré como ellos, llevando mis libros, escuchando a los catedráticos, graduándome con toga y birrete, yendo a un trabajo donde vestiré traje y corbata y llevaré un maletín, volveré a casa en tren todas las noches, besaré a la mujer, cenaré, jugaré con los chicos, leeré un libro, haré la excitación con la mujer, me dormiré para estar descansado y fresco al día siguiente.

Me gustaría ser estudiante universitario en el metro porque de los libros que llevan se desprende que deben de tener las cabezas llenas a rebosar de conocimientos de todo tipo, que serían capaces de sentarse contigo y charlar eternamente sobre Shakespeare, Samuel Johnson y Dostoievski. Si yo pudiera ir a la universidad procuraría ir en metro y que la gente viera mis libros para que me admirasen y deseasen poder ir ellos también a la universidad. Sujetaría los libros de tal modo que la gente se enterase de que estaba leyendo *Crimen y castigo,* de Fedor Dostoievski. Debe ser magnífico ser estudiante y no tener nada que hacer más que escuchar a los catedráticos, leer en las bibliotecas, sentarte bajo los árboles del campus y comentar lo que estás aprendiendo. Debe de ser magnífico saber que vas a recibir un título que te pone por delante del resto del mundo, que te casarás con una chica con título y que los dos os sentaréis en la cama durante el resto de vuestras vidas manteniendo grandes charlas sobre las cosas importantes.

Pero no sé cómo voy a conseguir un título universitario y subir en el mundo sin tener el título de bachillerato y con dos ojos como agujeros de meadas en la nieve, como todos me dicen. Algunos irlandeses viejos me dicen que el trabajo duro no tiene nada de malo. Muchos hombres se han abierto camino en América con el sudor de su frente y la fuerza de su lomo, y es bueno conocer tu lugar en la vida y no apuntar demasiado alto. Me dicen que por eso puso Dios a la soberbia en el primer lugar entre los siete pecados capitales, para que los jóvenes como yo no nos bajemos del barco con ideas de grandeza. En este país hay trabajo de sobra para cualquiera que quiera ganarse un dólar honradamente con las dos manos y con el sudor de su frente y sin apuntar demasiado alto.

El griego de la casa de comidas de la Tercera Avenida me dice que el puertorriqueño que le hacía la limpieza se ha marchado y me pregunta si quiero trabajar una hora cada mañana, entrar a las seis, barrer el local, fregarlo, limpiar los retretes. Me daría un huevo, un bollo, una taza de café y dos dólares y, quién sabe, podría conducir a algo fijo. Dice que le caen bien los irlandeses, que son como los griegos, y que eso se debe a que salieron de Grecia hace mucho tiempo. Eso le dijo un catedrático de la Universidad Hunter, pero cuando yo se lo conté a Eddie Gilligan en el hotel, éste me dijo que el griego y el catedrático no decían más que memeces, que los irlandeses habían estado siempre en su islita desde el principio de los tiempos y ¿qué diablos sabrán los griegos, en todo caso? Si supieran algo no estarían sirviendo picadillo en los restaurantes y parloteando en su idioma que no entiende nadie.

A mí no me importa de dónde salimos los irlandeses, con tal de que el griego me dé de comer todas las mañanas y me pague dos dólares, diez a la semana en total, cinco para mi madre y sus zapatos y cinco para mí, para poder comprarme ropa como es debido y no parecer un irlandés recién desembarcado.

Tengo suerte de contar con algunos dólares más a la semana, sobre todo desde que Tom Clifford llamó a mi puerta en casa de la señora Austin y me dijo:

—Vamos a largarnos de aquí.

Dice que alquilan una habitación enorme, del tamaño de un apartamento, en la Tercera Avenida, esquina a la calle Ochenta y Seis, encima de una tienda llamada Sombreros Harry, y si compartíamos el alquiler seguiríamos pagando seis dólares a la semana y no tendríamos a la señora Austin vigilando cada paso que damos. Podríamos llevar lo que quisiésemos, comida, bebida, chicas.

—Eso, chicas —dice Tom.

La nueva habitación tiene parte delantera y trasera y da a la Tercera Avenida, donde podemos ver pasar por delante de nosotros el ferrocarril elevado. Saludamos con la mano a los pasajeros y descubrimos que no les importa devolver el saludo por la tarde, cuando vuelven a sus casas del trabajo, aunque muy pocos saludan por la mañana por el mal humor que tienen al ir a trabajar.

Tom trabaja en el turno de noche en un edificio de apartamentos, y por eso me quedo solo en la habitación. Es la primera vez en mi vida que he tenido una sensación de libertad, sin jefes, sin que la señora Austin me diga que apague la luz. Puedo pasearme por todo el barrio y mirar las tiendas, bares y cafés alemanes y los bares irlandeses de la Tercera Avenida. Hay bailes irlandeses en el Caravan, el Tuxedo, el Casa Leitrim, el Casa Sligo. Tom no quiere ir a los bailes irlandeses. Quiere conocer a chicas alemanas, por los tres años felices que pasó en Alemania y porque sabe hablar alemán. Dice que los irlandeses le pueden besar el culo, y yo no lo entiendo, porque siempre que oigo música irlandesa siento que se me saltan las lágrimas y me gustaría estar a orillas del Shannon mirando los cisnes. A Tom le resulta fácil hablar con las chicas alemanas o con las chicas irlandesas cuando está de humor, pero a mí no me resulta fácil nunca hablar con nadie porque sé que me están mirando los ojos.

Tom tuvo más estudios que yo en Irlanda y podría ir a la universidad si quisiera. Dice que prefiere ganar dinero, que América está para eso. Me dice que soy tonto por estarme partiendo el culo trabajando en el hotel Biltmore cuando podría buscar y encontrar un trabajo con un sueldo decente.

Tiene razón. Me repugna trabajar en el hotel Biltmore y limpiar para el griego todas las mañanas. Cuando limpio las tazas de los retretes me enfado conmigo mismo porque me recuerda cuando tenía que vaciar el orinal del primo de mi madre, Laman Griffin, a cambio de unos peniques y de que me prestase su bicicleta. Y me pregunto por qué soy tan minucioso con las tazas de los retretes, por qué quiero que estén impecables cuando podría darles una pasada con la fregona y dejarlas. No: tengo que usar mucho detergente y hacerlas brillar como si la gente fuese a comer en ellas. Al griego le agrada, pero me mira de un modo raro como diciéndome: «Muy bien, pero ¿por qué?» Yo podría decirle que sus diez dólares adicionales cada semana y la comida de las mañanas son un regalo y no quiero perderlo. Después me pregunta qué hago aquí, al fin y al cabo. Soy un buen chico irlandés, sé inglés, soy inteligente, y ¿por qué estoy limpiando tazas de retretes y trabajando en hoteles cuando podría estar estudiando? Si él supiera inglés estaría en una universidad, estudiando la historia maravillosa de Grecia, y a Platón y a Sócrates y a todos los grandes escritores griegos. No estaría limpiando tazas de retretes. Nadie que sepa inglés debería estar limpiando tazas de retretes.

XI

Tom baila con Emer, una chica de la Sala de Baile Tuxedo, que está allí con el hermano de ella, Liam, y cuando Tom y Liam van a beber algo ella baila conmigo aunque yo no sé. Me gusta porque es amable aun cuando yo le piso los pies y cuando me aprieta el brazo o la espalda para dirigirme por miedo a que nos choquemos con los hombres y mujeres de Kerry, Cork, Mayo y otros condados. Me gusta porque se ríe con facilidad, aunque a veces me parece que se está riendo de mi torpeza. Yo tengo veinte años y jamás en mi vida había invitado a una chica a bailar o al cine, ni siquiera a tomarse una taza de té, y ahora tengo que aprender a hacerlo. Ni siquiera sé hablar a las chicas, porque en mi casa no hubo nunca ninguna, salvo mi madre. No sé nada, después de haberme criado en Límerick y de haber oído a los curas despotricar los domingos contra los bailes y los paseos por los caminos con las chicas.

La música termina y Tom y Liam están allí en la barra riéndose de algo y yo no sé qué decir ni qué hacer con Emer. ¿Debo quedarme en el centro de la pista y esperar el baile siguiente, o debo llevarla junto a Liam y Tom? Si me quedo aquí tendré que hablar con ella y no sé de qué hablar, y si empiezo a llevarla hacia Tom y Liam se creerá que no quiero estar con ella, y eso sería lo peor del mundo, porque sí quiero estar con ella y mi situación me pone tan nervioso que el corazón me late como una ametralladora y apenas puedo respirar y quisiera que Tom se pusiera a bailar con Emer para que yo pueda reírme con Liam, aunque no quiero que Tom se lleve a Emer porque quiero estar con ella, pero no lo hace, y estoy allí cuando vuelve a sonar la música, un *jitterbug* o algo así, en el que los hombres lanzan a las chicas por la sala y por el aire, el tipo de baile que yo no podría soñar con bailar cuando soy tan ignorante que apenas sé poner un pie delante del otro y ahora tengo que poner las manos en alguna parte del cuerpo de Emer para bailar el jitterbug y no sé donde ponerlas hasta que ella me coge de la mano y me lleva hasta donde se están riendo Tom y Liam y Liam me dice que unas pocas noches más en el Tuxedo y seré un verdadero Fred Astaire y todos se ríen porque saben que eso no puede ser y cuando se ríen yo me sonrojo porque Emer me está mirando de un modo que da a entender que sabe algo más de lo que dice Liam o que incluso sabe que me está palpitando el corazón y me deja sin aliento.

No sé qué hacer sin el título de bachillerato. Voy tirando día tras día sin saber cómo escapar hasta que estalla una guerra pequeña en Corea y me dicen que si va a más el ejército de los Estados Unidos me llamará a filas.

—No es posible —dice Eddie Gilligan—. El ejército te verá los ojos llenos de costras y te enviará a tu casa con tu mamá.

Pero los chinos intervienen en la guerra y recibo una carta del gobierno que dice, Saludos, debo presentarme en la calle Whitehall para ver si soy apto para luchar contra los chinos y los coreanos. Tom Clifford dice que si no quiero ir debo frotarme los ojos con sal para que se me queden en carne viva y debo gemir cuando el médico me los examine. Eddie Gilligan dice que debo quejarme de que tengo jaquecas y dolores y si me hacen leer de una tabla debo decir mal todas las letras. Dice que no debo hacer el tonto. ¿Por qué voy a dejar que un montón de *guks* me arranquen el culo a tiros cuando podría quedarme allí en el Biltmore y ascender en el escalafón? Podría ir a la escuela nocturna, arreglarme los ojos y los dientes, ganar un poco de peso, y al cabo de pocos años estaría como el señor Carey, vestido con trajes cruzados.

No puedo decir a Eddie ni a Tom ni a nadie que me gustaría dar las gracias de rodillas a Mao Tse Tung por haber enviado sus tropas a Corea y haberme liberado a mí del hotel Biltmore.

Los médicos militares de la calle Whitehall no me examinan los ojos en absoluto. Me dicen que lea esa tabla de la pared. Dicen «bien». Me miran en los oídos. Bip. ¿Has oído eso? Bueno. Me miran la boca. Jesús, dicen. Lo primero que tienes que hacer es ir al dentista. En este ejército de hombres no se ha rechazado nunca a nadie por los dientes, y menos mal, porque la mayoría de los hombres que se presentan aquí tienen los dientes como basureros.

Nos mandan alinearnos en una habitación y entra un sargento con un médico y nos dice:

—Muy bien, vosotros, bajaos los calzoncillos y agarraros las pollas. Ahora, ordeñadlas.

Y el médico nos mira uno a uno para ver si nos sale algún flujo de las pichas. El sargento vocea a uno:

—Tú, ¿cómo te llamas?

—Maldonado, mi sargento.

—¿Se te está poniendo dura, o es que veo mal, Maldonado?

—Ah, no, mi sargento. Yo... ah... yo... ah...

—¿Te estás excitando, Maldonado?

Yo quiero mirar a Maldonado, pero si miras hacia alguna parte que no sea al frente el sargento te vocea y te pregunta qué diablos estás mirando, quién os ha dicho que miréis, maldito montón de mariquitas. Después nos manda que nos demos la vuelta, que nos inclinemos, que las abramos, quiero decir que abráis las nalgas. Y el doctor se sienta en una silla y nosotros tenemos que andar hacia atrás con el culo abierto para la exploración.

Hacemos fila ante el pequeño despacho de un psiquiatra. Me pregunta si me gustan las chicas y yo me sonrojo porque es una pregunta tonta y digo:

—Sí, señor.

—Entonces, ¿por qué te sonrojas?

—No lo sé, señor.

—Pero ¿prefieres las chicas a los chicos?

—Sí, señor.

—Está bien, que pase el siguiente.

Nos envían al campamento Kilmer, en Nueva Jersey, para recibir orientación y adoctrinamiento, uniformes y equipo, y cortes de pelo que nos dejan calvos. Nos dicen que somos unos montones de mierda inútiles y lastimosos, el peor grupo de reclutas y voluntarios que ha llegado nunca a este campamento, una deshonra para el Tío Sam, montones de carne para las bayonetas chinas, nada más que carne de cañón, y no lo olvidéis ni un momento, pandilla de marginados haraganes y arrastraculos. Nos dicen que nos estiremos y vayamos erguidos, barbilla dentro, pecho fuera, hombros atrás, mete esa barriga, maldita sea, chico, esto es el ejército y no un maldito salón de belleza, ay, chicas, qué manera de andar más mona, ¿qué vais a hacer el sábado por la noche?

75

Me envían a Fort Dix, en Nueva Jersey, para pasar dieciséis semanas de formación básica de infantería, y allí nos dicen de nuevo y todos los días que no servimos un dos un dos un dos un dos un dos, en formación, soldado, maldita sea, me revienta llamarte soldado, maldito grano en el culo del ejército, en formación o tendrás una bota de cabo en el culo gordo, un dos, un dos, vamos, vamos a cantar, bien alto.

Tengo una chica en Jersey City
Tiene flemones en las tetas,
Bien alto, marcar el paso,
Bien alto, marcar el paso,
Un, dos, tres, cuatro
Un, dos, tres, cuatro.

Éste es tu fusil, ¿me estás escuchando?, tu fusil, no es tu maldita escopeta, como lo llames escopeta te lo meto por el culo, tu fusil, soldado, tu arma, ¿te enteras? Este es tu fusil, tu M1, tu arma, tu novia para el resto de tu vida militar. Con esto duermes. Con esto te defiendes de los malditos *guks* y de los malditos *chinks*. ¿Te enteras? Sujeta esta maldita arma como sujetas a una mujer, no, más fuerte que a una mujer. Si lo dejas caer, llevarás el culo en cabestrillo. Si dejas caer este arma, irás a la maldita prisión militar. Un fusil que se cae es un fusil que se puede disparar, puede arrancarle a alguien el culo de un tiro. Si pasa eso, niñas, estáis muertas, estáis muertas, joder.

Los hombres que nos enseñan la instrucción y nos adiestran también son reclutas y voluntarios, llevan pocos meses más que nosotros. Se les llama cuadros de instrucción y tenemos que llamarlos cabos aunque sean soldados rasos como nosotros. Nos gritan como si nos odiaran, y si les replicas te la cargas. Nos dicen:

—Tienes el culo en cabestrillo, soldado. Te tenemos cogido de los huevos y estamos dispuestos a apretar.

En mi pelotón hay hombres cuyos padres y hermanos estuvieron en la Segunda Guerra Mundial y que lo saben todo del ejército. Dicen que para ser un buen soldado es preciso que el ejército te destroce y te vuelva a montar. Llegas a este ejército de hombres con todo tipo de ideas de listillo, te crees que eres la leche, pero el ejército lleva funcionando mucho tiempo, desde el jodido Julio César, y sabe tratar a los reclutas de mierda que tienen actitudes. Aunque vengas motivado, el ejército te quitará de encima la motivación a golpes. Al ejército le importa una mierda si estás motivado o si eres negativo, porque el ejército te dirá lo que tienes que pensar, el ejército te dirá lo que tienes que sentir, el ejército te dirá lo que tienes que hacer, el ejército te dirá cuándo tienes que cagar, mear, tirarte pedos, reventarte las jodidas espinillas, y si no te gusta escribe a tu congresista, adelante, y cuando nos enteremos te daremos de patadas en el culito blanco desde una jodida punta de Fort Dix hasta la otra, para que llames llorando a tu mamá, a tu hermana, a tu novia y a la puta de la calle de al lado.

Antes del toque de silencio me tiendo en mi litera y escucho las conversaciones sobre las chicas, las familias, la comida casera de mamá, lo que hizo papá en la guerra, los bailes del instituto en los que todos echaban polvos, lo que vamos a hacer cuando salgamos del maldito ejército, cómo no vemos el día de estar con Debbie o Sue o Cathy, y cómo nos vamos a poner morados de joder, mierda, tú, no voy a ponerme la maldita ropa en un mes, me voy a meter en esa maldita cama con mi chica, con la chica de mi hermano, con cualquier chica, y no voy a salir ni para respirar, y cuando me licencie encontraré trabajo, montaré un negocio, viviré en Long Island, volveré a casa todas las noches y diré a la mujer, quítate las bragas, nena, estoy dispuesto para la acción, tener niños, eso.

—Muy bien, vosotros, cerrad vuestro desgraciado pico, silencio, no quiero oír un solo ruido u os mando a servicio de cocina en menos de un pedo de puta.

Y cuando se marcha el cabo vuelve a empezar la conversación, ay, ese primer pase de fin de semana después de cinco semanas de formación básica, a la ciudad, para metérsela a Debbie, a Sue, a Cathy, a cualquiera.

Me gustaría poder decir algo así como que en mi primer pase de fin de semana voy a Nueva York a echar un polvo. Me gustaría poder decir algo que hiciera sonreír a todos, incluso que asintieran con la cabeza para indicar que soy uno de ellos. Pero sé que si abro la boca dirán:

—Sí, el irlandés siempre hablando de chicas.

O uno de ellos, Thompson, se pondrá a cantar *Cuando sonríen unos ojos irlandeses,* y todos se reirán porque saben cómo tengo los ojos.

En cierto modo no me importa, porque puedo quedarme tendido en la litera, limpio y cómodo después de la ducha de la tarde, cansado después de un día de marcha y de correr con mi mochila de veintiocho kilos que, según dicen los cabos, pesa más que las mochilas que llevan en la Legión Extranjera francesa, después de un día de formación de armas, de desmontarlas, volverlas a montar, disparar en campos de tiro, gatear bajo alambres de espinos mientras tabletean las ametralladoras sobre mi cabeza, trepar sogas, árboles, muros, atacar sacos con bayoneta calada y gritando *guk* jodido tal como me dicen los cabos, luchar cuerpo a cuerpo en el bosque contra hombres de otras compañías que llevan cascos azules para que se sepa que son el enemigo, correr cuesta arriba llevando al hombro cañones de ametralladora del calibre cincuenta, chapotear por el barro, nadar con mi mochila de veintiocho kilos, dormir toda la noche en el bosque con la mochila por almohada y los mosquitos dándose un banquete con mi cara.

Cuando no estamos en el campo estamos en salas grandes escuchando conferencias sobre lo peligrosos y lo traicioneros que son los coreanos, los coreanos del norte, soldados, y los chinos, que son peores todavía. Todo el mundo sabe que los *chinks* son unos cabrones traicioneros, y si aquí hay algún chino, mala pata, pero así son las cosas, mi padre era alemán, soldados, y tuvo que aguantar mucha mierda en la Segunda Guerra Mundial, cuando el chucrut se llamaba repollo de la Libertad, así eran las cosas. Esto es la guerra, soldados, y cuando contemplo a sujetos como vosotros se me hunde el corazón al pensar en el futuro de América.

Hay películas que tratan de lo glorioso que es este ejército, el Ejército de los Estados Unidos, que luchó contra los ingleses, los franceses, los indios, los mejicanos, los españoles, los alemanes, los japoneses, y ahora contra los malditos *guks* y los *chinks,* y no ha perdido nunca una guerra, nunca. Recordadlo, soldados, no ha perdido nunca una maldita guerra.

Hay películas que tratan de las armas, de la táctica y de la sífilis. La que trata de la sífilis se titula *La bala de plata,* y en ella salen hombres que están perdiendo la voz y muriéndose y diciendo al mundo cuánto lo sienten, qué estúpidos fueron por ir con mujeres enfermas en el extranjero y ahora se les están cayendo los penes y no pueden hacer nada más que pedir perdón a Dios y pedir perdón a sus familias en su casa, a mamá y a papá que toman limonada en el porche, a la hermanita que se ríe sentada en el columpio del patio mientras la empuja Chuck, que juega al fútbol americano y ha venido de la universidad a pasar unos días en casa.

Los hombres de mi pelotón se tienden en sus literas y comentan *La bala de plata*. Thompson dice que era una jodida película estúpida, que habría que ser tonto del culo para coger la sífilis de esa manera y que para qué diablos tenemos las gomas, ¿verdad, Di Angelo, tú que fuiste a la universidad?

Di Angelo dice que hay que tener cuidado.

—¿Qué diablos sabrás tú, maldito *guinea* comeespaguetis? —dice Thompson.

—Si repites eso, Thompson, tendré que pedirte que salgas a la calle —dice Di Angelo.

—Ya, ya —dice Thompson, riéndose.

—Vamos, Thompson, repítelo.

—No, seguro que llevas navaja. Todos los *guineas* lleváis navaja.

—Sin navaja, Thompson, sólo yo.

—No me fío de ti, Di Angelo.

—Sin navaja, Thompson.

—Ya.

Todo el pelotón se calla y yo me pregunto por qué las personas como Thompson tienen que hablar de ese modo a las demás personas. Eso demuestra que en este país siempre tienes que ser algo más. No puedes ser americano sin más.

Hay un cabo viejo del ejército profesional, Dunphy, que trabaja con las armas, las entrega y las repara, y siempre huele a whiskey. Todo el mundo sabe que deberían haberlo expulsado del ejército hace mucho tiempo, pero el sargento mayor Tole lo protege. Tole es un negro enorme con una barriga tan grande que necesita dos cartucheras para ceñírsela. Está tan gordo que no puede ir a ninguna parte sin un jeep, y nos ruge siempre que no soporta vernos, que somos los tarugos más perezosos que ha tenido nunca la desgracia de ver. Nos dice a nosotros y a todo el regimiento que si alguien se mete con el cabo Dunphy le partirá el espinazo con las manos desnudas, que el cabo ya estaba matando boches en Montecassino cuando nosotros todavía empezábamos a meneárnosla.

El cabo me ve una noche metiendo y sacando una baqueta por el cañón de mi fusil. Me quita el fusil y me dice que lo acompañe a las letrinas. Desmonta el fusil y mete el cañón en agua jabonosa caliente y yo quiero decirle que todos los cabos cuadros de instrucción nos decían que no lavásemos nunca, jamás, nuestras armas con agua, que usásemos aceite de linaza, porque el agua provoca óxido y en menos de nada el arma se te oxida y se te encasquilla en las manos y cómo demonios vas a defenderte de un millón de chinos que invaden una montaña.

El cabo dice «chorradas», seca el cañón con un trapo puesto al extremo de la baqueta y se mira el reflejo de la uña dentro del cañón. Me entrega el cañón y a mí me deslumbra el brillo que tiene dentro y no sé qué decirle. No sé por qué me está ayudando y lo único que soy capaz de decir es «Gracias, cabo». Me dice que soy un buen muchacho y, no sólo eso, que va a dejarme leer su libro favorito.

Es *Studs Lonigan*, de James T. Farrell, un libro en rústica que se cae a pedazos. El cabo me dice que debo defender ese libro con mi vida, que él lo lee constantemente, que James T. Farrell es el escritor más grande que ha existido en los Estados Unidos, es un escritor que nos comprende a ti y a mí, chico, no como esos tontos del culo de sangre azul creadores de chorradas que hay en Nueva Inglaterra. Me dice que me puedo quedar el libro hasta que termine la formación básica, y que después tendré que comprarme mi propio ejemplar.

Al día siguiente es la revista del coronel y nos quedamos encerrados en los barracones después del rancho para limpiar, fregar y sacar brillo. Antes del toque de silencio tenemos que quedarnos firmes ante nuestras literas para que pase revista más detenidamente el sargento mayor Tole y dos sargentos del ejército profesional que meten la nariz en todo. Si encuentran algo mal tenemos que hacer cincuenta flexiones mientras Tole nos apoya el pie en la espalda y tararea *Mécete, dulce carro, vienes a llevarme a mi hogar*.

El coronel no inspecciona todos los rifles, pero cuando se asoma al cañón del mío da un paso atrás, me mira fijamente y dice al sargento Tole:

—Este fusil está limpio de maravilla, sargento.

Y a mí me pregunta.

—¿Cómo se llama el vicepresidente de los Estados Unidos, soldado?

—Alben Barkley, mi coronel.

—Bien. Dime el nombre de la ciudad donde se soltó la segunda bomba atómica.

—Nagasaki, mi coronel.

—Bueno, sargento, éste es nuestro hombre. Y ese fusil está limpio de maravilla, soldado.

Después de la formación, un cabo me dice que al día siguiente haré de ordenanza del coronel, todo el día, yendo en su coche con el conductor, abriendo la puerta, saludando, cerrando la puerta, esperando, saludando, abriendo la puerta otra vez, saludando, cerrando la puerta.

Y si soy un buen ordenanza del coronel y no la jodo, la semana siguiente me darán un pase de tres días, del viernes por la noche al lunes por la noche, y podré ir a Nueva York y echar un polvo. El cabo dice que en todo Fort Dix no hay un solo hombre que no estuviera dispuesto a pagar cincuenta dólares por hacer de ordenanza del coronel, y no saben cómo demonios lo he conseguido yo sólo por tener limpio el cañón del fusil. ¿Dónde demonios he aprendido a limpiar así un fusil?

A la mañana siguiente, el coronel tiene dos reuniones largas y yo no tengo nada que hacer más que estar sentado con su conductor, el cabo Wade Hansen, y oírle hablar, quejándose del modo en que el Vaticano se está apoderando del mundo, y dice que si en este país hay alguna vez un presidente católico él emigrará a Finlandia, donde saben poner en su sitio a los católicos. Él es de Maine y es congregacionalista y a mucha honra, y no le gustan las religiones extranjeras. Su prima segunda se casó con un católico, y tuvo que marcharse a otro estado, a Boston, que está a rebosar de católicos que dejan su dinero al Papa y de cardenales de esos a los que les gustan los niños pequeños.

La jornada con el coronel es corta porque éste se emborracha en la comida y nos despide. Hansen lo lleva en el coche a su residencia y después me dice que me baje del coche, que no quiere pelusos en su coche. Es cabo y no sé qué decirle, pero aunque fuera soldado raso no sabría qué decirle porque es difícil entender a la gente cuando habla de ese modo.

Sólo son las dos y estoy libre hasta la hora del rancho, a las cinco, de modo que puedo ir al PX y leer revistas, escuchar a Tony Bennet que canta *Por ti hay una canción en mi corazón* en la máquina de discos, y puedo soñar con mi pase de tres días y con ver a Emer, la chica de Nueva York, y con cómo iremos a cenar y a ver una película, y quizás a un baile irlandés donde ella tendrá que enseñarme los pasos, y es un sueño encantador porque el fin de semana de mi pase de tres días es mi cumpleaños y yo cumpliré los veintiuno.

XII

El viernes de mi pase de tres días tengo que hacer cola ante el despacho del brigada con otros hombres que esperan recibir pases corrientes de fin de semana. Un cabo cuadro de instrucción, Sneed, cuyo apellido verdadero es un apellido polaco que nadie es capaz de pronunciar, me dice:

—Oye, soldado, recoge esa colilla.

Oh, yo no fumo, cabo.

—No te he preguntado si fumas, joder. Recoge esa colilla.

Howie Abramowitz me da un codazo y me dice en voz baja:

—No seas gilipollas. Recoge la jodida colilla.

Sneed tiene los brazos en jarras.

—¿Y bien?

—Yo no he tirado la colilla, cabo. No fumo.

—Muy bien, soldado, ven conmigo.

Le sigo al despacho del brigada y recoge mi pase.

—Ahora vamos a tu barracón y te vas a poner la ropa de faena —me dice.

—Pero, cabo, tengo un pase de tres días. He sido ordenanza del coronel.

—Por mí, como si has limpiado el culo al coronel: me importa una mierda. Ponte la ropa de faena a paso ligero y coge tu zapapico.

—Es mi cumpleaños, cabo.

—Paso ligero, soldado, o te mando a la jodida prisión militar.

Me hace pasar desfilando por delante de la cola de hombres. Les enseña mi pase y les dice que se despidan de mi pase y ellos se ríen y se despiden con la mano porque no pueden hacer otra cosa y no se quieren meter en un lío. Sólo Howie Abramowitz sacude la cabeza como diciendo que lamenta lo que está pasando.

Sneed me hace atravesar desfilando el campo de instrucción y me lleva hasta un claro del bosque que está más allá.

—Muy bien, gilipollas, a cavar.

—¿A cavar?

—Sí, me vas a cavar un bonito hoyo de tres pies de hondo y dos de ancho, y cuanto antes lo hagas será mejor para ti.

Debe de querer decir que cuanto antes termine antes podré coger mi pase y marcharme. ¿O es otra cosa? En la compañía todos saben que Sneed está amargado porque era una gran estrella del fútbol americano en la Universidad Bucknell y quería jugar con los Águilas de Filadelfia, sólo que los Águilas no lo ficharon y ahora se dedica a mandar a la gente que cave hoyos. No es justo. Sé que a algunos hombres se les ha obligado a cavar hoyos y a enterrar sus pases y a desenterrarlos otra vez y no sé por qué tengo yo que hacer eso. Me repito a mí mismo que no me importaría si se tratara de un pase corriente de fin de semana, pero éste es un pase de tres días y es mi cumpleaños y ¿por qué tengo yo que hacer esto? Pero no puedo hacer nada al respecto. Más me vale cavar tan deprisa como pueda y enterrar el pase y volver a desenterrarlo.

Y mientras estoy cavando sueño que lo que me gustaría hacer de verdad es dirigir mi palita a la cabeza de Sneed y golpearle hasta que tuviera la cabeza en carne viva y ensangrentada y que no me importaría nada cavar una fosa para enterrar su gran cuerpo gordo de jugador de fútbol. Eso es lo que me gustaría hacer.

Me entrega el pase para que lo entierre, y cuando termino de echar paletadas de tierra me dice que la aplaste dando golpecitos con mi zapapico.

—Que quede bonito —me dice.

No sé por qué quiere que quede bonito si voy a desenterrarlo dentro de un momento, pero después me dice:

—Media vuelta, de frente, mar.

Y me hace volver desfilando por donde hemos venido, pasando por delante del despacho del brigada donde ya no está la cola de hombres que esperan sus pases, y me pregunto si se ha quedado satisfecho por hoy y si puede entrar a pedirme un pase duplicado, pero no, me hace seguir hasta el comedor y dice al sargento de allí que soy un candidato al servicio de cocina, que me hace falta una leccioncita para que aprenda a obedecer las órdenes. Esto les hace reír con ganas y el sargento dice que deben tomarse una copa juntos alguna vez y hablar de los Águilas de Filadelfia, qué gran equipo. El sargento llama a otro hombre, Henderson, para que me enseñe mi tarea, la peor tarea que te pueden dar en cualquier cocina, fregar los cacharros.

Henderson me dice que friegue esas tías hasta que brillen, porque hay revistas constantes y por una sola mancha de grasa en cualquier utensilio me gano otra hora de servicio de cocina, y a ese paso podría quedarme allí hasta que los *guks* y los chinos hayan vuelto a sus casas con sus familias hace mucho tiempo.

Es la hora de cenar y los cacharros están amontonados en las pilas. En los cubos de basura alineados junto a la pared que está a mi espalda pululan las moscas de Nueva Jersey que se dan un banquete. Los mosquitos entran zumbando por las ventanas abiertas y se dan un banquete conmigo. Hay por todas partes vapor y humo de las cocinas y los hornos de gas y de los grifos de agua caliente y yo no tardo nada en estar empapado de sudor y de grasa. Pasan cabos y sargentos y frotan los cacharros con el dedo y me dicen que los vuelva a fregar, y yo sé que es porque Sneed está en el comedor contando anécdotas de fútbol americano y diciéndoles que se pueden divertir un poco con el recluta que está fregando los cacharros.

Cuando hay más silencio en el comedor y hay menos trabajo el sargento me dice que estoy libre por esa noche pero que debo presentarme allí al día siguiente, el sábado, por la mañana, a las seis horas, y lo dice en serio, a las seis horas. Quiero decirle que se supone que debo tener un pase de tres días por haber sido ordenanza del coronel, que mañana es mi cumpleaños, que me espera una chica en Nueva York, pero ahora ya sé que es mejor no decir nada, porque cada vez que abro la boca las cosas se ponen peor. Ya sé lo que quieren decir en el ejército cuando dicen: «No les digas nada más que tu nombre, tu graduación y tu número de serie».

Emer me dice por teléfono con voz llorosa:

—Ay, Frank, ¿dónde estás?

—Estoy en el PX.

—¿Qué es el PX?

—La oficina de Correos. Aquí es donde compramos cosas y hablamos por teléfono.

—¿Y por qué no estás aquí? Tenemos preparada una tartita y todo.

—Estoy en servicio de cocina, cacharros, esta noche, mañana, el domingo quizás.

84

—¿Qué es eso? ¿De qué me estás hablando? ¿Estás bien?

—Estoy cansado de cavar hoyos y de lavar cacharros.

—¿Por qué?

—Porque no recogí una colilla.

—¿Por qué no recogiste una colilla?

—Porque no fumo. Tú ya sabes que no fumo.

—Pero ¿por qué tenías que recoger una colilla?

—Porque un cabo jodido, perdón, un cabo cuadro de instrucción que fue rechazado por los Águilas de Filadelfia me mandó recoger la colilla y yo le dije que no fumaba, y por eso estoy aquí cuando debería estar contigo en mi jodido, perdón, cumpleaños.

—Frank, ya sé que es tu cumpleaños. ¿Estás bebiendo?

—No, no estoy bebiendo. ¿Cómo podría beber, cavar hoyos y hacer servicio de cocina al mismo tiempo?

—Pero ¿por qué has estado cavando hoyos?

—Porque me hicieron enterrar el condenado pase.

—Ay, Frank. ¿Cuándo te veré?

—No lo sé. Quizás no me veas nunca. Dicen que por cada mancha de grasa que deje en un cacharro me gano una hora más de servicio de cocina, y puede que me quede aquí fregando cacharros hasta que me licencie.

—Mi madre me pregunta si no podrías hablar con un cura o algo así, con un capellán.

—No quiero hablar con un cura. Son peores que los cabos, el modo en que...

—¿El modo en que qué?

—Ay, nada.

—Ay, Frank.

—Ay, Emer.

La cena del sábado es a base de embutidos y ensalada de patata y los cocineros no usan muchos cacharros. A las seis el sargento me dice que he terminado y que no tengo que presentarme el domingo por la mañana. Me dice que, aunque no debería hablar así, ese Sneed es un maldito capullo polaco al que no aprecia nadie y se ve por qué no lo quisieron los Águilas de Filadelfia. El sargento me dice que no pudo hacer nada por librarme del servicio de cocina teniendo en cuenta que desobedecí una orden directa. Sí, ya sabía que yo había hecho de ordenanza del coronel y todo eso, pero esto es el ejército y la mejor política para un recluta como yo era tener la boca cerrada.

—No les digas nada más que tu nombre, tu graduación y tu número de serie. Haz lo que te digan, ten la boca cerrada, sobre todo cuando tienes un deje irlandés que destaca, y si lo haces así volverás a ver a tu novia con los huevos intactos.

—Gracias, mi sargento.

—De nada, muchacho.

La compañía está desierta, salvo los hombres que están en el despacho del brigada y los arrestados.

Di Angelo está acostado en su litera, arrestado por lo que dijo después de que pasaran una película que trataba de lo pobres que son todos en la China. Dijo que Mao Tse Tung y los comunistas salvarían a la China, y el teniente que presentaba la película dijo que el comunismo era malo, ateo, antiamericano, y Di Angelo dijo que el capitalismo era malo, ateo y antiamericano y que en todo caso él no daría dos centavos por ningún ismo porque los partidarios de los ismos son los que provocan todos los problemas del mundo, y que habrá observado que democracia no termina en ismo. El teniente le dijo que se estaba propasando y Di Angelo dijo que éste es un país libre y por decir eso se ganó un arresto y se quedó sin pases de fin de semana durante tres semanas.

Está en su litera leyendo el ejemplar de *Studs Lonigan* que me prestó el cabo Dunphy, y cuando me ve me dice que estaba encima de mi taquilla y lo cogió prestado y que, por el amor de Dios, quién me había metido en una cuba de grasa. Me dice que él hizo servicio de cocina así un fin de semana y que Dunphy le explicó el modo de quitarse la grasa de la ropa de faena. Lo que tengo que hacer es meterme con la ropa de faena puesta en una ducha caliente, tan caliente como pueda soportarla, y frotarme la grasa con un cepillo de fregar y una pastilla del jabón desinfectante que usan para limpiar los retretes.

Cuando me estoy lavando en la ducha asoma la cabeza Dunphy y me pregunta qué estoy haciendo, y cuando se lo digo me dice que él solía hacer lo mismo también, sólo que él se metía con su fusil y lo hacía todo a la vez. Cuando era un muchacho, a poco de ingresar en el ejército, tenía la ropa de faena y el fusil más limpios de su unidad, y si no fuera por la maldita bebida ya sería sargento primera y estaría a punto de jubilarse. Hablando de bebida, iba a tomarse una cerveza en el PX y me pregunta si quiero acompañarle, después de quitarme la ropa de faena enjabonada, claro está.

Me gustaría invitar a venir a Di Angelo, pero está arrestado por haber alabado a los comunistas chinos. Mientras me pongo la ropa de caqui le digo cuánto debo a Mao Tse Tung por haber atacado Corea y haberme liberado del Palm Court del hotel Biltmore, y él me dice que más me vale tener cuidado con lo que digo o acabaré como él, arrestado.

Dunphy me llama desde el fondo del barracón:

—Vamos, muchacho, vamos, estoy jadeando de ganas de tomarme una cerveza.

En cierto modo me gustaría quedarme a hablar con Di Angelo, con el carácter tan delicado que tiene, pero Dunphy me ayudó a ser ordenanza del coronel, aunque de poco me sirvió, y podría venirle bien mi compañía. Si yo fuera un cabo del ejército profesional no me quedaría en la base el sábado por la noche, pero sé que hay personas como Dunphy que beben y no tienen a nadie, no tienen un hogar donde ir. Ahora está bebiendo cerveza tan deprisa que yo no podría seguir su ritmo jamás. Si lo intentara me pondría enfermo. Bebe y fuma y apunta constantemente al cielo con el dedo medio de la mano derecha. Me dice que en el ejército se vive muy bien, sobre todo en tiempo de paz. Nunca estás solo, a no ser que seas alguna especie de gilipollas como Sneed, el maldito jugador de fútbol americano, y si te casas y tienes hijos el ejército se encarga de todo. Lo único que tienes que hacer es mantenerte en forma para el combate. Ya, ya, ya sabe que él no se mantiene en forma, pero es que lleva en el cuerpo tanta metralla boche que podrían venderlo como chatarra, y la bebida es el único placer que le queda. Tenía mujer, dos hijas, todos se marcharon. A Indiana, allí fue donde se marcharon, se volvieron con el padre y la madre de su mujer, y quién demonios puede tener ganas de marcharse a Indiana. Saca fotos de su cartera, la mujer, las dos niñas, y me las enseña. Voy a decirle que son encantadoras, pero él se echa a llorar con tanta fuerza que le da la tos y yo tengo que darle palmadas en la espalda para que no se ahogue.

—Vale —dice—, vale. Maldita sea, me emociono siempre que las veo. Mira lo que he perdido, chico. Podrían estarme esperando en una casita cerca de Fort Dix. Yo podría estar ahora en casa mientras Mónica me preparaba la cena, y yo echándome una siesta con los pies en alto, con mi uniforme de sargento primera. Bueno, chico, vámonos. Vámonos de aquí, a ver si puedo arreglar mis asuntos e irme a Indiana.

A la mitad del camino de vuelta a los barracones cambia de opinión y vuelve a beber más cerveza, y eso me hace entender que jamás llegará a Indiana. Es como mi padre, y cuando estoy en mi litera me pregunto si mi padre recordaría el veintiún cumpleaños de su hijo mayor, si alzó un vaso en recuerdo mío en una taberna de Coventry.

Lo dudo. Mi padre es como Dunphy, que jamás verá Indiana.

XIII

El domingo por la mañana me llevo una sorpresa cuando Di Angelo me pregunta si me gustaría ir a misa con él, me llevo una sorpresa porque uno se piensa que la gente que canta las alabanzas de los comunistas chinos no entraría nunca en una iglesia, capilla o sinagoga. Camino de la capilla de la base me explica sus opiniones, que la Iglesia le pertenece a él, en vez de pertenecer él a la Iglesia, y que no está de acuerdo con el modo de comportarse de la Iglesia, como una gran empresa que se declara propietaria de Dios y que tiene el derecho a distribuirlo a trocitos con tal de que la gente haga lo que Roma les dice. Él peca todas las semanas comulgando sin confesarse antes con un sacerdote. Dice que sus pecados no interesan a nadie más que a él y a Dios, y que se los confiesa a Él todos los sábados por la noche antes de dormirse.

Habla de Dios como si Dios estuviera en el cuarto de al lado tomándose una pinta y fumándose un cigarrillo. Sé que si yo volviera a Límerick y hablara así me darían un golpe en la cabeza y me meterían en el primer tren para Dublín.

Puede que estemos en una base militar, rodeados de barracones, pero dentro de la capilla está la América pura. Hay oficiales con sus esposas e hijos y tienen el aspecto limpio y lavado que se consigue con la ducha y el champú y un estado constante de gracia de Dios. Tienen el aspecto de la gente de Maine o de California, poblaciones pequeñas, a la iglesia los domingos, pierna de cordero después, guisantes, puré de patatas, tarta de manzana, té helado, papá duerme dejando caer al suelo el gran periódico dominical, los chicos leen tebeos, mamá lava los platos en la cocina y tararea *Ay, qué hermosa mañana.* Tienen el aspecto de la gente que se cepilla los dientes después de todas las comidas y que iza la bandera el cuatro de julio. Serán católicos, pero yo no creo que se sintiesen cómodos en las iglesias irlandesas o italianas, donde podría haber viejos y viejas que murmuran y respiran ruidosamente, un olorcillo a whiskey o a vino en el aire, una vaharada de cuerpos que no han tocado el jabón ni el agua durante varias semanas.

Me gustaría formar parte de una familia americana, acercarme furtivamente a la hija adolescente de un oficial, rubia y de ojos azules, y susurrarle que no soy lo que parezco. Puede que tenga espinillas y los dientes en mal estado y los ojos como alarmas de incendios, pero, por debajo, soy igual que ellos, un alma bien lavada que sueña con una casa en las afueras con un césped bien cuidado donde nuestro hijo, el pequeño Frank, empuja su triciclo y lo único que quiero hacer yo es leerme el periódico dominical como un verdadero papá americano, y quizás lave y limpie nuestro flamante Buick veloz antes de que vayamos en él a visitar al abuelo y a la abuela de mamá y a mecernos en su porche con vasos de té helado.

El cura murmura en el altar y cuando yo susurro las respuestas en latín Di Angelo me da un codazo y me pregunta si estoy bien, si tengo resaca después de mi noche de cervezas con Dunphy. Me gustaría poder ser como Di Angelo, teniendo mis propias opiniones acerca de todo, sin que nada me importe un pedo de violinista como a mi tío Pa Keating de Limerick. Sé que Di Angelo se reiría si yo le dijese que estoy tan hundido en el pecado que no me atrevo a confesarme por miedo a que me digan que estoy tan perdido que sólo podría darme la absolución un obispo o un cardenal. Se reiría si le dijera que algunas noches me da miedo quedarme dormido por si me muero y me voy al infierno. ¿Cómo podría haber inventado el infierno un Dios que está en el cuarto de al lado con una cerveza y un cigarrillo?

Es entonces cuando las nubes oscuras aletean como murciélagos en mi cabeza y a mí me gustaría poder abrir una ventana para dejarlas salir.

Ahora el cura pide voluntarios que recojan los cestillos del fondo de la capilla y hagan la colecta. Di Angelo me da un empujoncito y salimos al pasillo haciendo genuflexiones y pasando los cestillos por los bancos. Los oficiales y los suboficiales que tienen familia entregan siempre sus aportaciones a sus hijos pequeños para que éstos las echen en los cestillos, y eso hace sonreír a todos, lo orgulloso que está el pequeño y lo orgullosos que están del pequeño los padres. Las esposas de los oficiales y las esposas de los suboficiales se sonríen las unas a las otras como diciéndose «Estamos todos bajo el techo de la Iglesia Católica», aunque sabes que cuando salen ya saben que son diferentes.

El cestillo pasa de banco a banco hasta que lo recoge un sargento que contará el dinero y se lo entregará al capellán. Di Angelo me dice en voz baja que conoce a ese sargento y que cuando cuenta el dinero es dos para ti y uno para mí.

Digo a Di Angelo que ya no voy a volver a misa. ¿De qué sirve, en el estado de pecado en que estoy, de impureza y de todo lo demás? No puedo estar en la capilla con todas esas familias americanas limpias y su estado de gracia de Dios. Esperaré a tener el valor de ir a confesarme y a comulgar, y si sigo cometiendo pecados mortales no yendo a misa no importará, en vista de que ya estoy condenado. Con un pecado mortal vas al infierno igual que con diez pecados mortales.

Di Angelo me dice que todo eso son gilipolleces. Dice que debo ir a misa si quiero ir, que los curas no son los dueños de la Iglesia.

Yo no soy capaz de pensar como Di Angelo, todavía no. Tengo miedo a los curas y a las monjas y a los obispos y a los cardenales y al Papa. Tengo miedo a Dios.

El lunes por la mañana me dicen que me presente ante el sargento mayor Tole en su habitación, en la compañía B. Está sentado en un sillón y suda tanto que se le oscurece el uniforme caqui. Me dan ganas de preguntarle por el libro que está en la mesa a su lado, *Apuntes del subsuelo,* de Dostoievski, y me gustaría hablarle de Raskolnikov, pero hay que tener cuidado con lo que se dice a los sargentos mayores y al ejército en general. Si dices lo que no debes te encuentras otra vez con los cacharros.

Me dice que descanse y me pregunta por qué desobedecí una orden directa y quién demonios me he creído que soy para enfrentarme a un suboficial superior, aunque sea cuadro de instrucción, ¿eh?

Yo no sé qué decir porque lo sabe todo y temo que si abro la boca me manden a Corea mañana mismo. Dice que el cabo Sneed o como diablos sea su apellido polaco tenía todo el derecho a disciplinarme, pero que se propasó, sobre todo tratándose de un pase de tres días para el ordenanza del coronel. Tengo derecho a ese pase y si todavía lo quiero se ocupará de que me lo den para el fin de semana siguiente.

—Gracias, mi sargento.

—De nada. Retírate.

—Mi sargento...

—¿Qué?

—He leído *Crimen y castigo.*

—¿Ah, sí? Bueno, debí suponer que no eras tan tonto como parecías. Retírate.

En nuestra decimocuarta semana de instrucción básica corren rumores de que nos van a enviar a Europa. En la semana decimoquinta los rumores dicen que vamos a Corea. En la semana decimosexta nos dicen que vamos definitivamente a Europa.

XIV

Nos envían por barco a Hamburgo y de ahí a Sonthofen, un depósito de intendencia de Baviera. Mi grupo de Fort Dix se disgrega y se reparte por todo el Mando Europeo. Yo tengo la esperanza de que me envíen a Inglaterra para poder viajar fácilmente a Irlanda. En vez de ello me envían a un cuartel en Lenggries, un pueblecito bávaro, donde me destinan al adiestramiento de perros, el cuerpo canino. Yo digo al capitán que no me gustan los perros, que me hacían trizas los tobillos a mordiscos cuando yo repartía telegramas en Límerick, pero el capitán me dice:

—¿Quién te ha preguntado nada a ti?

Me pone en manos de un cabo que está cortando grandes trozos de carne roja y sanguinolenta y que me dice:

—Deja de lloriquear, llena de carne ese maldito plato de hojalata, entra en esa jaula y da de comer a tu animal. Deja el plato en el suelo y retira la mano por si tu animal la toma por su cena.

Tengo que quedarme en la jaula y ver comer a mi perro. El cabo lo llama «familiarización».

—Este animal será tu mujer mientras estés en esta base —dice—, bueno, no exactamente tu mujer porque no es perra, ya me entiendes. Tu fusil M1 y tu animal serán la única familia que tengas.

Mi perro es un pastor alemán negro y a mí no me gusta. Se llama Iván y no es como los demás perros, los pastores alemanes y los dóberman, que aúllan a todo lo que se mueve. Cuando ha terminado de comer me mira, se

93

relame las fauces y se aparta enseñando los dientes. El cabo está fuera de la jaula diciéndome que tengo un perro estupendo de verdad, que no aúlla ni hace un montón de ruido de mierda, es un perro de los que se quieren tener en el combate cuando basta un solo ladrido para que te maten. Me dice que me agache despacio, que recoja el plato, que diga a mi perro que es un buen perro, buen Iván, majo Iván, nos veremos mañana, cariño, apártate despacio y tranquilo, cierra la puerta, echa el pestillo, aparta la mano. Me dice que lo he hecho bien. Se da cuenta de que Iván y yo ya estamos a partir un piñón.

Todas las mañanas, a las ocho, salgo con un pelotón de adiestradores de perros de toda Europa. Desfilamos en círculo mientras el cabo grita desde el centro un dos un dos al pie, y cuando damos un tirón a las correas de los perros nos alegramos de que estén gruñendo con los bozales puestos.

Pasamos seis semanas desfilando y corriendo con los perros. Escalamos las montañas que están detrás de Lenggries y corremos por las orillas de los ríos. Les damos de comer y los cepillamos hasta que estamos preparados para quitarles los bozales. Nos dicen que ése es el gran día, como el de la graduación o la boda.

Y entonces me llama el oficial al mando de la compañía. El escribiente de la compañía, el cabo George Shemanski, se va de permiso a los Estados Unidos dentro de tres meses y a mí me van a mandar seis semanas a la escuela de escribientes de compañía para que pueda sustituirle. Retírate.

Yo no quiero ir a la escuela de escribientes de compañía. Quiero quedarme con Iván. Después de seis semanas juntos somos amigos. Sé que cuando me gruñe no hace más que decirme que me quiere, aunque sigue teniendo la boca llena de dientes por si le molesto. Yo quiero a Iván y estoy preparado para quitarle el bozal. Nadie más que yo puede quitarle el bozal sin perder una mano. Quiero llevarlo de maniobras a Stuttgart con el Séptimo Ejército, donde haré un agujero en la nieve para que estemos cómodos y calientes. Quiero ver cómo sería soltárselo a un soldado que finge ser ruso y ver cómo Iván le destroza la ropa protectora hasta que yo le mando «al pie». O quiero verlo tirarse a la ingle y no al cuello cuando le agito delante un muñeco que representa a un ruso. No pueden mandarme seis semanas a la escuela de escribientes de compañía y hacer que otro se encargue de Iván. Todo el mundo sabe que cada perro tiene su hombre y que hacen falta meses enteros para que se acostumbre a otro adiestrador.

No sé por qué tienen que elegirme a mí para que vaya a la escuela de escribientes de compañía cuando ni siquiera estudié el bachillerato y la base está llena de bachilleres. Me hace preguntarme si la escuela de escribientes de compañía es un castigo por no haber estudiado el bachillerato.

Tengo la cabeza llena de nubes oscuras y me dan ganas de darme de cabezadas con la pared. La única palabra que tengo en la cabeza es «joder», y es una palabra que odio porque significa odio. Quiero matar al oficial al mando de la compañía, y ahora hay un alférez que me está voceando porque me he cruzado con él sin saludarle.

—Soldado, ven aquí. ¿Qué tienes que hacer cuando ves a un oficial?

—Saludarle, mi alférez.

—¿Y bien?

Lo siento, mi alférez. No le había visto.

—¿Que no me habías visto? ¿Que no me habías visto? Si te mandan a Corea, ¿dirías que no has visto venir a los *guks* por encima de la colina? ¿Eh, soldado?

No sé qué decir a este alférez que es de mi edad y que está intentando dejarse un bigote mustio y pelirrojo. Quiero explicarle que me van a mandar a la escuela de escribientes de compañía, y ¿no es castigo suficiente por no saludar a mil alféreces? Quiero contarle las seis semanas que he pasado con Iván y lo mal que lo pasé en Fort Dix cuando tuve que enterrar mi pase, pero hay nubes oscuras y sé que debo quedarme callado, no les digas más que tu nombre, tu graduación, tu número de serie. Sé que debo quedarme callado pero me gustaría decir a este alférez jódete, bésame el culo con tu bigote pelirrojo miserable.

Me dice que me presente a él con ropa de faena a las veintiuna horas en punto y me hace arrancar hierbajos del campo de instrucción mientras pasan por ahí cerca otros adiestradores de perros que van a Lenggries a tomarse una cerveza.

Cuando termino voy a la jaula de Iván y le quito el bozal. Me siento en el suelo y le hablo, y si me despedaza a mordiscos no tendré que ir a la escuela de escribientes de compañía. Pero gruñe un poco y me lame la cara y me alegro de que no haya nadie delante que vea cómo me siento.

La escuela de escribientes de compañía está en el cuartel de Lenggries. Nos sentamos en pupitres y los instructores van y vienen. Nos dicen que el escribiente de la compañía es el soldado más importante de la unidad. A los oficiales los matan o los trasladan, a los suboficiales también, pero una unidad sin escribiente está perdida. El escribiente de la compañía es el que sabe en combate cuándo está la unidad baja de efectivos, quién está muerto, quién está herido, quién está desaparecido, es el que se hace cargo cuando al escribiente de suministros le arrancan la jodida cabeza de un tiro. El escribiente de la compañía, soldados, es el que te entrega el correo cuando al escribiente de correo le meten una bala por el culo, es el que te mantiene en contacto con la familia que está en casa.

Cuando nos hemos enterado de lo importantes que somos aprendemos a escribir a máquina. Tenemos que pasar a máquina un modelo de parte diario de efectivos con cinco copias con papel carbón, y si se comete un solo error, una sola teclita de más, un error en una suma, una corrección, hay que repetirlo todo.

—Nada de enmiendas, maldita sea. Éste es el ejército de los Estados Unidos, y no permitimos las enmiendas. Si permites que un parte lleve enmiendas estás fomentando la dejadez en todo el frente. Aquí estamos defendiendo el terreno contra los rojos malditos, soldados. No se puede consentir la dejadez. Perfección, soldados, perfección. Ahora, a escribir a máquina, maldita sea.

El estrépito y el traqueteo de treinta máquinas de escribir hace que la sala suene como un campo de batalla, con los aullidos de los soldados/mecanógrafos que se equivocan de tecla y tienen que arrancar los partes de las máquinas y volver a empezar. Nos damos puñetazos en la cabeza y levantamos los puños al cielo y decimos a los instructores que casi habíamos terminado, que si no podríamos enmendar esta maldita letrita tan pequeña, por favor, por favor.

—Nada de enmiendas, soldado, y cuidado con esa lengua. Llevo en el bolsillo el retrato de mi madre.

Al final del curso me dan un certificado con la nota de Sobresaliente. El capitán que reparte los certificados dice que está orgulloso de nosotros y que todo el mando está orgulloso de nosotros, hasta el comandante en jefe supremo en Europa, el propio Dwight D. Eisenhower. El capitán dice con orgullo que sólo nueve soldados suspendieron el curso y que los veintiuno que aprobamos somos la honra de nuestras familias que están en casa. Nos entrega nuestros certificados y unas galletas de virutas de chocolate que prepararon su mujer y sus dos hijas pequeñas, y nos da permiso para comernos las galletas allí mismo por ser una ocasión especial. A mi espalda la gente maldice y murmura que esas galletas saben a mierda de gato y el capitán sonríe y se dispone a soltar otro discurso, hasta que un comandante le dice algo en voz baja y después me cuentan que el comandante le dijo: «Cállese, ha estado bebiendo», y es verdad, porque el capitán tiene una cara de esas que jamás hicieron ascos a una botella de whiskey.

Si no hubieran dado permiso a Shemanski yo seguiría en las perreras con Iván o estaría en una cervecería de Lenggries con los demás adiestradores de perros. Ahora tengo que pasarme una semana viéndole pasar a máquina partes y cartas y diciéndome que debería darle las gracias por haberme librado de los perros y haberme metido en un buen trabajo que podría ser útil en la vida civil. Dice que debería alegrarme de haber aprendido a escribir a máquina, que a lo mejor escribo algún día un libro como *Lo que el viento se llevó,* ja, ja, ja.

La noche anterior a su permiso hay una fiesta en una cervecería de Lenggries. Es viernes por la noche y yo tengo un pase de fin de semana. Shemanski tiene que volver al cuartel porque su permiso no empieza hasta el día siguiente, y cuando se marcha, su novia, Ruth, me pregunta dónde voy a alojarme mientras disfruto del pase de fin de semana. Me invita a ir a su casa para tomarme una cerveza, no estará Shemanski, pero en cuanto entramos por la puerta estamos en la cama locos de pasión.

—Ay, Mac —dice—, ay, Mac, qué joven eres.

Ella es vieja, tiene treinta y un años, pero nadie lo diría al ver cómo le da sin dejarme dormir nada, y si se porta así siempre con Shemanski no me extraña que éste necesite un largo permiso en los Estados Unidos. Después amanece y llaman a la puerta en el piso de abajo y cuando ella se asoma por la ventana suelta un gritito:

—Oh, *mein Gott,* es Shemanski, vete, vete, vete.

Yo me levanto de un salto y me visto tan deprisa como puedo, pero hay un problema cuando me pongo las botas e intento ponerme los pantalones con las botas puestas y las perneras se atascan y se enredan y Ruth está cuchicheando y sollozando:

—Porr la ventana, oh, porr favorr, oh, porr favorr.

No puedo salir por la puerta principal mientras está allí Shemanski dando golpes, seguro que me mataría, así que tengo que saltar por la ventana y caigo en un metro de nieve que me salva la vida y sé que Ruth está allí arriba cerrando la ventana y corriendo la cortina para que Shemanski no me vea intentando quitarme las botas para poder ponerme los pantalones y ponerme después otra vez las botas, con tanto frío que tengo la polla del tamaño de un botón, con nieve por todas partes, que me llega casi hasta el vientre, se me mete en los pantalones, me llena las botas.

Ahora tengo que alejarme discretamente de la casa de Ruth y entrar en Lenggries buscando un café caliente en una cafetería donde pueda secarme, pero todavía no hay nada abierto y me vuelvo al cuartel preguntándome si habrá puesto Dios a Shemanski en este mundo para que me destruya del todo.

Ahora que soy escribiente de la compañía me siento en el escritorio de Shemanski y lo peor del día es escribir a máquina el parte de efectivos cada mañana. El sargento mayor Burdick se sienta en el otro escritorio tomando café y diciéndome lo importante que es ese parte, que lo esperan en el cuartel general para poder sumarlo a los demás partes de las compañías que van a Stuttgart, a Frankfurt, a Eisenhower, a Washington, para que el presidente Truman en persona conozca los efectivos del ejército de los Estados Unidos en Europa por si hay un ataque repentino de los malditos rusos, que no dudarían si nos faltase un hombre, un solo hombre, McCourt. Están esperando, McCourt, de modo que termina ese parte.

Al pensar que todo el mundo espera mi parte me pongo tan nervioso, que toco teclas equivocadas y tengo que empezar de nuevo. Cada vez que digo «mierda» y arranco el parte de la máquina de escribir el sargento Burdick enarca las cejas hasta el flequillo. Bebe su café, mira su reloj, pierde el control de las cejas y yo estoy tan desesperado que temo derrumbarme y echarme a llorar. Burdick recibe llamadas telefónicas del cuartel general, le dicen que está esperando el coronel, el general, el jefe del Estado Mayor, el presidente. Envían a un mensajero para que recoja el parte. Espera junto a mi escritorio y eso empeora las cosas y a mí me gustaría estar otra vez en el hotel Biltmore fregando retretes. Cuando está terminado el parte sin errores se lo lleva y el sargento Burdick se seca la frente con un pañuelo verde. Me dice que deje el resto del trabajo, que he de quedarme en ese escritorio todo el día y practicar, practicar, practicar, hasta que me salgan bien esos malditos partes. En el cuartel general harán comentarios y se preguntarán qué especie de gilipollas es él por haber cogido a un escribiente que ni siquiera sabe escribir a máquina un parte. Todos los demás escribientes despachan ese parte en diez minutos y él no quiere que la compañía C sea el hazmerreír del cuartel.

—Así que, McCourt, tú no vas a ninguna parte hasta que escribas a máquina partes perfectos. Ponte a escribir a máquina.

Me entrena día y noche, dándome cifras diferentes, diciéndome:

—Ya me lo agradecerás.

Y así es. Al cabo de pocos días puedo escribir a máquina los partes tan deprisa que envían del cuartel general a un teniente para que compruebe que no se trata de cifras inventadas, preparadas la noche anterior.

—No, no, yo lo tengo vigilado —dice el sargento Burdick, y el teniente me mira y le dice:

—Aquí hay madera de cabo, sargento.

—Sí, mi teniente —dice el sargento, y mueve vivamente las cejas al sonreír.

Cuando regresa Shemanski espero que me vuelvan a destinar con Iván, pero el capitán me dice que me quedo de escribiente encargado de suministros. Seré responsable de las sábanas, mantas, almohadas y condones que repartiré a los aprendices de adiestradores de perros de todo el Mando Europeo, asegurándome de que devuelven todo cuando se marchan, todo menos los condones, ja, ja, ja.

¿Cómo puedo decir al capitán que no quiero ser escribiente en el sótano, donde tengo que inventariarlo todo con un lenguaje al revés, *almohadas, fundas blancas de;* o *ping-pong, pelotas de;* contar cosas y preparar listas cuando lo único que quiero hacer es volver con Iván y con los adiestradores de perros y beber cerveza y buscar chicas en Lenggries, en Bad Tolz, en Munich?

—Mi capitán, ¿hay alguna posibilidad de que me vuelvan a destinar con los perros?

—No, McCourt. Eres un escribiente de primera. Retírate.

—Pero, mi capitán...

—Retírate, soldado.

Me revolotean por la cabeza tantas nubes oscuras que apenas acierto a salir de su despacho, y cuando Shemanski se ríe y me dice: «Te la ha clavado, ¿eh? ¿No te deja volver con tu guau guau?», yo le digo que se vaya a joder a otra parte, y me vuelven a meter a rastras en el despacho del capitán, que me suelta una reprimenda y me dice que si esto vuelve a suceder me encontraré ante un consejo de guerra que me dejará la hoja de servicios como la ficha policial de Al Capone. El capitán me dice con voz cortante que ahora soy soldado primera y que si me porto bien y llevo bien las cuentas y controlo los condones podría ascender a cabo dentro de seis meses, y ahora largo de aquí, soldado.

Al cabo de una semana vuelvo a meterme en un lío y es por mi madre. Cuando llegué a Lenggries fui a las oficinas del cuartel general para solicitar una asignación para mi madre. El ejército se quedaría con la mitad de mi sueldo, lo completaría y le enviaría un cheque todos los meses.

Ahora me estoy tomando una cerveza en Bad Tolz, y Davis, el escribiente de asignaciones, está en la misma sala borracho de schnaps, y cuando me dice en voz alta: «Oye, McCourt, qué pena que tu madre esté en la puta ruina», las nubes oscuras que tengo en la cabeza me ciegan tanto que tiro mi jarra de cerveza y caigo sobre él decidido a estrangularlo hasta que me apartan dos sargentos y me retienen hasta que llega la policía militar.

Paso la noche en el calabozo en Bad Tolz y a la mañana siguiente me llevan ante un capitán. Éste me pregunta por qué me dedico a asaltar a cabos que se están tomando una cerveza sin meterse con nadie, y cuando le cuento el insulto a mi madre me pregunta:

—¿Quién es el escribiente de asignaciones?

—El cabo Davis, mi capitán.

—Y tú, McCourt, ¿de dónde eres?

—De Nueva York, mi capitán.

—No, no. Lo que te pregunto es de dónde eres de verdad.

—De Irlanda, mi capitán.

—Eso ya lo sé, maldita sea. Llevas el mapa estampado en la cara. ¿De qué parte?

—De Límerick, mi capitán.

—¿Ah, sí? Mis padres son de Kerry y de Sligo. Es un bonito país, pero es pobre, ¿verdad?

—Sí, mi capitán.

—Bueno, que pase Davis.

Davis entra y el capitán se dirige al hombre que está a su lado y que toma notas.

—Que no conste esto en el acta, Jackson. Ahora bien, Davis, ¿dijiste algo en público acerca de la madre de este hombre?

—Yo... sólo...

—¿Dijiste algo de carácter confidencial sobre los problemas económicos de la señora?

—Bueno... mi capitán...

—Davis, eres un capullo y podría mandarte ante un consejo de guerra de compañía, pero me limitaré a decir que te tomaste unas cervezas y te fuiste de la lengua.

—Gracias, mi capitán.

—Y si me vuelvo a enterar de que haces comentarios de esa clase te meto un cactus por el culo. Retírate.

Cuando se ha marchado Davis, el capitán dice:

—Los irlandeses, McCourt, tenemos que estar unidos. ¿No es así?

—Sí, mi capitán.

En el pasillo Davis me tiende su mano.

—Lo siento, McCourt. Debería haber tenido más juicio. Mi madre también recibe la asignación, y es irlandesa. O sea, sus padres eran irlandeses, así que yo soy medio irlandés.

Es la primera vez en mi vida que alguien me pide disculpas y lo único que puedo hacer es murmurar y sonrojarme y dar la mano a Davis, porque no sé qué decir. Y no sé qué decir a las personas que sonríen y que me dicen que sus madres y sus padres y sus abuelos son irlandeses. Un día insultan a tu madre, al día siguiente presumen de que sus madres son irlandesas. ¿A qué se debe que en cuanto abro la boca todo el mundo me dice que es irlandés y que nos tomemos unas copas? No basta con ser americano. Siempre hay que ser algo más, irlando-americano, germano-americano, y uno se pregunta cómo se las arreglarían si alguien no hubiera inventado el guión.

XV

Cuando me hicieron escribiente de suministros el capitán no me dijo que tendría que amontonar la ropa de cama de la compañía dos martes cada mes y llevarla en camión a la lavandería militar que estaba en las afueras de Munich. A mí no me importa, porque supone pasar un día fuera del cuartel y me puedo acostar sobre los bultos de ropa de cama con otros dos escribientes de suministros, Rappaport y Weber, y hablar con ellos de la vida civil. Antes de salir del cuartel nos pasamos por el PX para recibir nuestra ración mensual de una libra de café y un cartón de cigarrillos para vendérselos a los alemanes. Rappaport tiene que recoger una provisión de compresas Kotex que le servirán para protegerse los hombros huesudos del peso del fusil cuando esté haciendo guardia de centinela. A Weber le parece divertido y nos dice que, aunque él tiene tres hermanas, maldito si iba a acercarse a un dependiente y pedirle unas Kotex. Rappaport esboza una sonrisa y dice:

—Si tienes hermanas, Weber, todavía se las arreglan con trapos.

Nadie sabe por qué nos reparten una libra de café, pero los otros escribientes de suministros me dicen que tengo una suerte de puta madre por no fumar. A ellos les gustaría no fumar para poder vender los cigarrillos a las chicas alemanas a cambio de sexo. Weber, de la compañía B, dice que a cambio de un cartón jodes un montón, y eso lo excita tanto que hace un agujero con el pitillo en el bulto de sábanas de la compañía A, y Rappaport, el escribiente de la compañía A que está haciendo su primer viaje, como yo, le dice que como no tenga cuidado lo hace papilla.

—¿Ah, sí? —dice Weber, pero el camión se detiene y Buck, el conductor, dice que nos bajemos todos porque estamos en una pequeña cervecería clandestina y si tenemos suerte puede que haya algunas chicas en la habitación del fondo dispuestas a hacer cualquier cosa a cambio de algunas cajetillas de nuestros cartones. Los demás se ofrecen a comprarme mis cigarrillos a bajo precio, pero Buck me dice:

—No seas estúpido, Mac, eres un muchacho, tú también tienes que echar un polvo o se te pondrá rara la cabeza.

Buck tiene el pelo gris y medallas de la Segunda Guerra Mundial. Todo el mundo sabe que fue ascendido a oficial en el campo de batalla, pero se emborrachaba constantemente y se ponía violento y lo fueron degradando hasta dejarlo en soldado raso. Eso es lo que cuentan de Buck, aunque ya voy aprendiendo que de todo lo que cuente cualquiera en el ejército acerca de lo que sea no hay que creerse ni la mitad de la mitad. Buck me recuerda al cabo Dunphy de Fort Dix. Eran hombres indómitos, hicieron su deber en la guerra, no saben qué hacer en tiempo de paz, no los pueden mandar a Corea por lo que beben y el ejército será su único hogar hasta su muerte.

Buck habla alemán y parece que conoce a todo el mundo y todo tipo de cervecerías pequeñas y clandestinas a lo largo de la carretera de Lenggries a Munich. En todo caso, no hay chicas en la habitación del fondo, y cuando Weber se queja, Buck le dice:

—Jódete, Weber. ¿Por qué no te escondes detrás de ese árbol y te haces una paja?

Weber dice que no le hace falta meterse detrás de ningún árbol, que estamos en un país libre y puede hacerse una paja donde quiera.

—Muy bien, Weber, muy bien —le dice Buck—, a mí me importa un pito. Por mí, como si te sacas la picha y te la meneas en plena carretera.

Buck nos dice que volvamos a subirnos al camión y seguimos hasta Munich sin más paradas en cervecerías pequeñas y clandestinas.

Los sargentos no deberían mandarlo a uno llevar la colada a un sitio como éste sin decirle qué sitio es. Sobre todo, no deberían habérselo mandado a Rappaport, porque es judío, y no deberían haber esperado a que levantase la vista en el camión y exclamara: «Oh, Cristo», cuando divisó el nombre del lugar en la puerta: Dachau.

¿Qué pudo hacer él sino saltar del camión cuando Buck redujo la velocidad al llegar hasta el policía militar de la puerta, saltar del camión y echar a correr por la carretera de Munich gritando como un loco? Ahora Buck tiene que adelantar el camión y nosotros vemos que dos policías militares persiguen a Rappaport, lo agarran, lo meten a la fuerza en el jeep y lo vuelven a traer. Me da lástima por lo pálido que se ha puesto, por su modo de temblar como una persona que se ha quedado mucho tiempo al aire libre cuando hace frío.

—Lo siento, lo siento, no puedo, no puedo —repite, y los policías militares lo tratan con tolerancia. Uno habla por teléfono desde la garita y cuando vuelve dice a Rappaport:

—Está bien, soldado, no hace falta que entres. Puedes quedarte aquí cerca con un teniente y esperar hasta que esté lista tu colada. Tus amigos pueden encargarse de tus bultos.

Mientras descargamos los camiones me intrigan los alemanes que nos están ayudando. ¿Estuvieron en este sitio en los malos tiempos, y cuánto saben? Los soldados que descargan otros camiones bromean y ríen y se dan golpes con los bultos, pero los alemanes trabajan y no sonríen y sé que en sus mentes hay recuerdos oscuros. Si vivían en Dachau o en Munich debían saber lo que pasaba en este lugar, y a mí me gustaría saber qué piensan cuando vienen aquí cada día.

Después, Buck me dice que no puede hablar con ellos porque ni siquiera son alemanes. Son refugiados, expatriados, húngaros, yugoslavos, checos, rumanos. Viven en campamentos por toda Alemania hasta que alguien decida qué hacer con ellos.

Cuando terminamos de descargar Buck dice que es hora de comer y que va al comedor. Weber también. Yo no soy capaz de ir a comer sin darme antes un paseo y ver este sitio que llevo viendo en los periódicos y en los noticieros cinematográficos desde que me crié en Límerick. Hay placas con inscripciones en hebreo y en alemán, y yo me pregunto si señalan fosas comunes.

Hay hornos crematorios con las puertas abiertas y yo sé lo que pasaba allí dentro. Había visto las fotos en revistas y en libros y las fotos son fotos, pero éstos son los hornos y yo podría tocarlos si quisiera. No sé si quiero tocarlos, pero si me marchara de este sitio y no volviese nunca con la colada me diría a mí mismo: «Podrías haber tocado los hornos crematorios de Dachau y no los tocaste, y ¿qué vas a decir a tus hijos y a tus nietos?» Podría no decirles nada, pero ¿de qué me serviría eso cuando esté sólo y me diga a mí mismo: «Por qué no tocaste los hornos crematorios de Dachau»?

Así que paso por delante de las placas y toco los hornos crematorios y me pregunto si está bien rezar una oración católica en presencia de los muertos judíos. Si a mí me mataran los ingleses, ¿me importaría que la gente como Rappaport tocase mi lápida y rezase en hebreo? No, no me importaría, teniendo en cuenta que los curas nos decían que todas las oraciones que no son egoístas y son por los demás llegan a oídos de Dios.

Con todo, no puedo rezar las tres avemarías habituales porque en ellas se habla de Jesús, que no ayudó en ningún modo a los judíos en la época reciente. No sé si está bien rezar el padrenuestro tocando la puerta de un horno crematorio, pero parece bastante inofensivo y eso es lo que rezo, confiando en que los muertos judíos se harán cargo de mi ignorancia.

Weber me llama desde la puerta del comedor:

—McCourt, McCourt, aquí van a cerrar. Si quieres comer, mueve el culo y ven aquí.

Llevo mi bandeja con el cuenco de gulash húngaro y el pan hasta la mesa donde están sentados Buck y Weber junto a la ventana, pero cuando miro por la ventana veo los hornos crematorios y ya no me apetece mucho el gulash húngaro y es la primera vez en mi vida que me dejo comida en el plato. Si me vieran ahora en Límerick dejándome comida en el plato me dirían que me había vuelto loco de atar, pero ¿cómo va a comerse uno un gulash húngaro allí sentado, mientras lo miran fijamente unos hornos crematorios abiertos y los recuerdos de la gente que fue quemada allí, sobre todo los niños pequeños? Siempre que los periódicos publican fotos de madres y de niños pequeños que mueren juntos muestran cómo se deposita el niño sobre el pecho de la madre dentro del ataúd, y estarán juntos durante toda la eternidad y eso es un consuelo. Pero en las fotos de Dachau y de los demás campos no mostraban eso nunca. En las fotos aparecían los niños pequeños tirados a un lado como perros y uno se daba cuenta de que si llegaban a enterrarlos los enterrarían lejos del pecho de sus madres y entrarían solos en la eternidad, y sé, allí sentado, que si alguien me ofrece alguna vez gulash húngaro en la vida civil me acordaré de los hornos crematorios de Dachau y diré «no, gracias».

Pregunto a Buck si hay fosas comunes bajo las placas y él me dice que no hacen falta fosas comunes cuando se quema a todo el mundo, y que eso es lo que hacían en Dachau, los muy hijos de perra.

—Oye, Buck, no sabía que fueses judío —dice Weber.

—No, gilipollas. ¿Es que hace falta ser judío para ser un ser humano?

Buck dice que Rappaport debe de tener hambre y que deberíamos llevarle un bocadillo, pero Weber dice que es la cosa más ridícula que ha oído en su vida. Habían dado gulash de comida, y ¿cómo iba uno a hacer un bocadillo con eso? Buck dice que se puede hacer un bocadillo con cualquier cosa, y que si Weber no fuera tan estúpido se daría cuenta. Weber le hace un gesto con el dedo y le dice «tu madre», y Buck se le habría echado encima si no se lo impide el sargento de guardia, que nos dice que nos vayamos todos, que han cerrado, a no ser que queramos quedarnos a fregar el suelo un rato.

Buck sube a la cabina del camión y Weber y yo nos echamos una siesta en la parte de atrás hasta que la colada está preparada y cargamos. Rappaport está sentado junto a la puerta de entrada leyendo *Barras y estrellas*. Quiero hablarle de los hornos crematorios y de las cosas malas que pasaron en este lugar, pero él sigue pálido y con aspecto de tener frío.

Cuando estamos a mitad de camino de Lenggries, Buck se aparta de la carretera principal y sigue un camino estrecho hasta llegar a una especie de campamento, un conjunto de chabolas, cobertizos, tiendas de campaña viejas, por donde corren niños pequeños descalzos a pesar del tiempo frío de primavera y los mayores están sentados en el suelo alrededor de las hogueras. Buck salta de la cabina y nos dice que traigamos nuestro café y nuestros cigarrillos y Rappaport le pregunta para qué.

—Para echar un polvo, chico, para echar un polvo. No lo regalan.

—Vamos, vamos —dice Weber—, no son más que expatriados.

Los refugiados vienen corriendo, hombres y mujeres, pero yo sólo soy capaz de mirar a las muchachas. Éstas sonríen y tiran de las latas de café y de los cartones de cigarrillos y Buck grita:

—Esperad, que no os quiten vuestras cosas.

Weber desaparece en una chabola con una mujer vieja, de unos treinta y cinco años, y yo busco con la mirada a Rappaport. Éste sigue todavía en el camión, asomado sobre el borde de la caja, pálido. Buck hace una señal a una de las muchachas y me dice:

—Bueno, ésta es tu nena, Mac. Dale los cigarrillos y quédate con el café y ten cuidado con la cartera.

La muchacha lleva un vestido harapiento con flores rosadas y tiene tan poca carne que es difícil determinar su edad. Me lleva de la mano hasta una choza y le resulta fácil desnudarse porque no lleva nada debajo del vestido. Se tiende sobre un montón de trapos que hay en el suelo y yo tengo tantas ganas de hacérmelo con ella que me bajo los pantalones por las piernas hasta que no puedo bajarlos más a causa de las botas. Ella tiene el cuerpo frío pero está caliente por dentro y yo estoy tan excitado que termino en un momento. Ella se aparta y se va a un rincón donde se agacha sobre un cubo y aquello me recuerda los tiempos de Límerick cuando teníamos un cubo en el rincón. Se aparta del cubo, se pone el vestido y extiende la mano.

—¿Cigarrillos?

Yo no sé cuántos debo darle. ¿Debo darle todo el cartón por aquel momento de excitación, o debo darle una cajetilla de veinte pitillos?

—¿Cigarrillos? —vuelve a decir ella, y cuando miro el cubo del rincón le doy todo el cartón.

Pero ella no se queda satisfecha.

—¿Café?

—No, no, café no —le digo, pero se acerca a mí, me abre la bragueta y yo me excito tanto que volvemos a caer sobre los trapos y ella sonríe por primera vez al contemplar tanta riqueza de cigarrillos y café, y cuando le veo los dientes comprendo por qué no sonríe mucho.

Buck vuelve a la cabina del camión sin decir una palabra a Rappaport y yo no digo nada porque creo que me avergüenzo de lo que he hecho. Intento decirme a mí mismo que no me avergüenzo, que he pagado lo que me dieron, hasta di a la muchacha mi café. No sé por qué debo tener vergüenza en presencia de Rappaport. Creo que es porque tuvo respeto por los refugiados y se negó a aprovecharse de ellos, pero, si fue así, ¿por qué no demostró su respeto y su lástima regalándoles sus cigarrillos y su café?

A Weber no le importa Rappaport. No deja de hablar del polvo tan estupendo que había echado y de lo poco que le había costado. Sólo había dado a la mujer cinco cajetillas, y le queda el resto del café y podrá echar polvos en Lenggries durante una semana.

Rappaport le dice que es subnormal e intercambian insultos hasta que Rappaport se le echa encima y se revuelcan por encima de la colada con las narices ensangrentadas, hasta que Buck para el camión y les dice que lo dejen ya, y lo único que me preocupa a mí es la sangre que puede haber caído en la colada de la compañía C.

XVI

El día después del destacamento de lavandería en Dachau se me hincha el cuello y el médico me dice que haga el petate, que me envía de vuelta a Munich, que tengo paperas. Me pregunta si he estado en contacto con niños, porque esos son los que contagian las paperas, los niños, y cuando las coge un hombre puede que allí acabe su estirpe.

—¿Me entiendes, soldado?

—No, señor.

—Quiere decir que quizás no puedas tener hijos tú.

Me envían en un jeep con un conductor, el cabo John Calhoun, que me dice que las paperas son el castigo de Dios por haber fornicado con mujeres alemanas y que debo ver en esto una señal. Detiene el jeep y cuando me dice que me arrodille con él a un lado de la carretera para pedir perdón a Dios antes de que sea demasiado tarde, tengo que obedecerle porque lleva dos galones. Tiene espuma en las comisuras de los labios y sé por haberme criado en Límerick que esto es un síntoma seguro de locura y que si no caigo de rodillas con John Calhoun puede volverse violento en nombre de Dios. Alza los brazos al cielo y da gracias a Dios por haberme enviado el don de las paperas en el momento oportuno para que me reforme y salve mi alma, y pide a Dios que me siga enviando más recordatorios suaves de mi vida pecaminosa, la varicela, un dolor de muelas, el sarampión, dolores de cabeza fuertes y una pulmonía si es preciso. Sabe que no fue casualidad que lo eligieran a él para que me llevase a Munich con mis paperas. Sabe que la guerra de Corea estalló para que él fuera movilizado y lo enviaran a Alemania para que salvase mi alma y las almas de todos los demás fornicadores. Agradece a Dios ese privilegio y promete velar por el alma del soldado McCourt en la sala de paperas del hospital militar de Munich durante todo el tiempo que desee el Señor. Dice al Señor que está contento por estar salvado, que está gozoso, oh, muy gozoso, y canta una canción que habla de reunirse junto al río y da golpes en el volante y conduce tan deprisa que yo me pregunto si estaré muerto en una cuneta antes de llegarme a curar de las paperas.

Me acompaña por el vestíbulo del hospital, canta sus himnos religiosos, anuncia al mundo que estoy salvado, que el Señor ha enviado una señal, sí, en verdad, las paperas, que estoy dispuesto a arrepentirme. Alabado sea Dios. Dice al sanitario de ingresos, un sargento, que me deben dejar una Biblia y tiempo para la oración y el sargento le dice que se vaya al infierno y se largue de allí. El cabo Calhoun lo bendice por haberle dicho eso, lo bendice desde lo mas hondo de su corazón, promete rezar por el sargento, que está claramente del lado del demonio, dice al sargento que está perdido, pero que si cae de rodillas allí mismo y acepta a Jesús Nuestro Señor conocerá la paz que sobrepuja todo entendimiento, y suelta tanta espuma por la boca que tiene la barbilla nevada.

El sargento sale de detrás de su escritorio y empuja a Calhoun por el vestíbulo hasta la puerta principal mientras Calhoun le dice:

—Arrepiéntase, mi sargento, arrepiéntase. Hagamos una pausa, hermano, y recemos por este irlandés tocado por el Señor, tocado con las paperas. Oh, reunámonos junto al río.

Todavía está suplicando y rezando cuando el sargento lo arroja a la noche de Munich.

Un ordenanza alemán me dice que se llama Hans y me lleva a una sala de seis camas donde me entregan un pijama de hospital y dos frías bolsas repletas de hielo. Cuando me dice «Esto es parra tu cuello y esto es parra tus huevoss», cuatro de los hombres que están en las camas entonan «Esto es parra tu cuello y esto es parra tus huevoss». Él sonríe y me pone una bolsa de hielo en el cuello y la otra en la ingle. Los hombres le arrojan bolsas de hielo para que las rellene y le dicen:

—Hans, con lo bien que se te da coger cosas en el aire podrías jugar al béisbol.

Un hombre que está en una cama del rincón lloriquea y no tira su bolsa de hielo. Hans se acerca a su cama.

—¿Quierres hielo, Dimino?

—No, no quiero hielo. ¿De qué serviría?

—Ay, Dimino

—Ay, Dimino, una leche. Malditos boches. Mira lo que me habéis hecho. Me habéis pegado las malditas paperas. Ya no tendré hijos.

—Ay, tendrrás hijos, Dimino.

—¿Qué sabrás tú? Mi mujer se pensará que soy un marica.

—Ay, Dimino, tú no eres un marica —dice Hans, y dirigiéndose a los demás hombres les pregunta—: ¿Es Dimino un marica?

—Sí, sí, es un marica, eres un marica, Dimino.

Y éste se vuelve hacia la pared sollozando.

—No lo dicen de verdad, Dimino —dice Hans tocándole en el hombro.

Y los hombres entonan:

—Lo decimos de verdad, lo decimos de verdad. Eres un marica, Dimino. Nosotros tenemos los huevos hinchados y tú tienes los huevos hinchados, pero tú eres un marica llorica.

Y siguen entonando hasta que Hans vuelve a dar palmaditas en el hombro de Dimino, le entrega bolsas de hielo y le dice:

—Toma, Dimino, ten frríos los huevoss y tendrrás muchos hijos.

—¿Los tendré, Hans? ¿Los tendré?

—Ay, los tendrás, Dimino.

—Gracias, Hans. Eres un buen boche.

—Gracias, Dimino.

—Hans, ¿eres marica?

—Sí, Dimino.

—¿Por eso te gusta ponernos bolsas de hielo en los huevos?

—No, Dimino. Es mi trrabajo.

—No me importa que seas marica, Hans.

—Gracias, Dimino.

—De nada, Hans.

Otro ordenanza entra en la sala con un carrito de libros y yo me doy un banquete de lectura. Ahora puedo terminar el libro que empecé a leer en el barco, viniendo de Irlanda, *Crimen y castigo,* de Dostoievski. Preferiría leer a Scott Fitzgerald o a Wodehouse, pero Dostoievski se cierne sobre mí con su relato sobre Raskolnikov y la vieja. Me hace sentirme culpable de nuevo por el modo en que robé dinero a la señora Finucane en Límerick cuando ella se quedó muerta en el sillón, y yo me pregunto si debería pedir que viniera un capellán castrense y confesarle mi crimen terrible.

No. Podría ser capaz de confesarlo en la oscuridad de un confesonario corriente de iglesia, pero jamás podría hacerlo aquí a la luz del día, hinchado de paperas, con un biombo alrededor de la cama y con el cura mirándome. Jamás podría contarle que la señora Finucane pensaba dejar su dinero a los curas para que dijeran misas por su alma y que yo le robé parte de ese dinero. Jamás podría contarle los pecados que cometí con la muchacha del campamento de refugiados. Cuando pienso en ella todavía me excito tanto que tengo que tocarme bajo las sábanas y me encuentro con un pecado encima de otro. Si ahora me confesase con un cura me excomulgaría directamente, de modo que mi única esperanza es que me atropelle un camión o que me caiga algo encima desde gran altura, con lo cual me quedaría un instante para rezar un acto de contrición perfecto antes de morirme y no hará falta ningún cura.

A veces pienso que yo sería el mejor católico del mundo con sólo que suprimieran a los curas y me dejaran hablar con Dios allí, en la cama.

XVII

Cuando salgo del hospital me pasan dos cosas buenas. Me ascienden a cabo gracias a mi mecanografía poderosa cuando presento partes de suministros, y la recompensa es un permiso de dos semanas en Irlanda si lo quiero. Mi madre me había escrito varias semanas antes contándome la suerte que había tenido de recibir una de las casas municipales nuevas allí arriba, en Janesboro, y lo maravilloso que es contar con algunas libras para los muebles nuevos. Tendrá baño con bañera, lavabo, retrete y agua corriente fría y caliente. Tendrá cocina con gas y pila y un cuarto de estar con chimenea donde podrá sentarse y calentarse las espinillas y leer el periódico o una buena novela de amor. Tendrá jardín en la parte delantera para cultivar florecillas y plantas y huerto en la parte trasera para cultivar verduras de todas clases, y entre tanto lujo no se va a reconocer a sí misma.

Durante todo el viaje en tren a Frankfurt sueño con la casa nueva y con la comodidad que dará a mi madre y a mis hermanos Michael y Alphie. Cabría pensar que después de haber pasado tanto tiempo de miseria en Límerick no me quedarían ganas de volver nunca a Irlanda, pero cuando el avión se acerca a la costa y las sombras de las nubes se desplazan por los campos y todo está verde y misterioso no puedo evitar llorar. La gente me mira y me alegro de que no me pregunten por qué lloro. No sería capaz de decírselo. No sería capaz de describirles la sensación que me vino al corazón por Irlanda, porque no hay palabras para describirla y porque yo no me había figurado nunca que me sentiría así. Se me hace raro pensar que no hay palabras para describir lo que siento, a no ser que estén en Shakespeare o en Samuel Johnson o en Dostoievski y que yo no me haya fijado en ellas.

Mi madre me está esperando en la estación de ferrocarril, sonriendo con su dentadura blanca nueva, ataviada con un vestido nuevo y alegre y con zapatos negros y relucientes. Mi hermano Alphie está con ella. Está para cumplir los doce años y lleva puesto un traje gris que debió de ser su traje de confirmación el año pasado. Se nota que está orgulloso de mí, sobre todo de mis galones de cabo, tan orgulloso que quiere llevar mi petate. Lo intenta, pero pesa demasiado y yo no puedo permitirle que lo arrastre por el suelo, a causa del reloj de cuco y de la porcelana de Dresden que he traído para mi madre.

Yo mismo me siento orgulloso al saber que la gente me mira con mi uniforme del ejército americano. No se ve todos los días apearse del tren en la estación de Límerick a un cabo americano, y yo no veo la hora de pasearme por las calles sabiendo que las chicas susurrarán: «¿Quién es ése? ¿Verdad que es guapísimo?» Seguramente creerán que he luchado cuerpo a cuerpo con los chinos en Corea, que he vuelto para reponerme de una grave herida que no enseño porque soy muy valiente.

Cuando salimos de la estación y andamos por la calle me doy cuenta de que no vamos por el buen camino. Deberíamos ir hacia Janesboro, camino de la casa nueva, en vez de lo cual estamos caminando a lo largo del Parque del Pueblo, como cuando llegamos de América por primera vez, y yo pregunto por qué vamos a la casa de la abuela en la calle Little Barrington. Mi madre dice que, bueno, todavía no han dado de alta la electricidad y el gas en la casa nueva.

—¿Por qué no?

—Bueno, no me he molestado.

—¿Por qué no te has molestado?

—*Wisha,* no lo sé.

Esto me llena de rabia. Cabría imaginarse que se alegraría de salir de aquel tugurio de la calle Little Barrington y de estar allí arriba en su casa nueva, plantando flores y preparando té en su cocina nueva que da al jardín. Cabría imaginarse que anhelaría disfrutar de las camas nuevas con sábanas limpias, sin pulgas y con cuarto de baño. Pero no. Tiene que aferrarse al tugurio y yo no sé por qué. Dice que es duro mudarse y dejar a su hermano, a mi tío Pat, que no está bien de la cabeza y que apenas puede andar. Sigue vendiendo periódicos por todo Límerick pero, bendito de Dios, está algo desvalido y ¿acaso no nos dejó vivir en aquella casa cuando estábamos apurados? Yo le digo que no me importa, que no voy a volver a aquella casa del callejón. Me quedaré aquí, en el Hotel National, hasta que ella dé de alta la electricidad y el agua en Janesboro. Me echo el petate al hombro y cuando me marcho, ella me llama lloriqueando.

—Ay, Frank, Frank, una noche, una última noche en casa de mi madre, seguro que no te vas a morir por eso, por una noche.

Me detengo, me vuelvo y le digo con voz cortante:

—No quiero pasar ni una noche en casa de tu madre. ¿Para qué demonios te envío la asignación si quieres vivir como los cerdos?

Ella llora y me tiende los brazos y Alphie tiene los ojos muy abiertos, pero a mí no me importa. Tomo una habitación en el hotel National y tiro mi petate sobre la cama y me pregunto qué clase de madre estúpida es la mía, capaz de quedarse en un tugurio un minuto más de lo indispensable. Me quedo sentado en la cama con mi uniforme del ejército americano y mis nuevos galones de cabo y me pregunto si debería quedarme allí, rabioso, o pasearme por las calles para que me admire todo el mundo. Miro por la ventana el reloj de Tait, la iglesia de los dominicos, el cine Lyric más allá, ante el cual hay niños pequeños que esperan entrar al gallinero, donde iba yo por dos peniques. Los niños van andrajosos y son pendencieros, y si me paso el tiempo suficiente en esta ventana puedo imaginarme que contemplo mis propios tiempos de Límerick. Sólo hace diez años que yo tenía doce y me enamoraba de Hedy Lamarr, que salía en la pantalla con Charles Boyer, los dos en Argel y Charles cantando *Ven conmigo a la Casba*. Yo me pasé varias semanas repitiendo aquello hasta que mi madre me suplicó que lo dejara. A ella le gustaba Charles Boyer y prefería oírselo a él. También le gustaba James Mason. A todas las mujeres del callejón les gustaba James Mason, con lo atractivo y lo arriesgado que era. Todas estaban de acuerdo en que lo que les gustaba era lo arriesgado que era. No cabía duda de que un hombre que no es arriesgado no es hombre ni es nada. Melda Lyons decía a todas las mujeres que estaban en la tienda de Kathleen O'Connell que estaba loca por James Mason, y todas se reían cuando decía:

—Jesús, si me lo encontrara lo dejaría desnudo como un huevo en un momento.

Eso hacía reír a mi madre más fuerte que a ninguna de las demás mujeres de la tienda de Kathleen O'Connell, y yo me pregunto si está allí ahora mismo contando a Melda y a las mujeres que su hijo Frank ha llegado en tren y no ha querido venir a casa a dormir una sola noche, y me pregunto si las mujeres irán a sus casas y contarán que Frankie McCourt ha vuelto con su uniforme americano y que ahora es demasiado engreído y altanero para su pobre madre que está allí abajo en el callejón, aunque debimos suponerlo porque siempre tuvo un aire raro, como su padre.

No me voy a morir por ir a casa de mi abuela por última vez. Estoy seguro de que mis hermanos, Michael y Alphie, están presumiendo ante todo el mundo de que vuelvo a casa, y se pondrán tristes si no me doy un paseo por el callejón con mis galones de cabo.

En cuanto bajo los escalones del hotel National, los niños que están ante el cine Lyric me llaman desde el otro lado de la plaza Pery:

—Eh, soldado yanqui, yu ju, ¿tienes chicle? ¿Llevas un chelín de sobra en el bolsillo, o un dulce en el bolsillo?

Llaman al caramelo *dulce,* como los americanos, y eso los hace reírse con tantas ganas que se dan los unos con los otros y con la pared.

Hay a un lado un niño que está de pie con las manos en los bolsillos y veo que tiene ojos rojos y con costras, en una cara llena de granos y con el pelo cortado al cero. A mí me resulta difícil reconocer que yo tenía ese aspecto hace diez años, y cuando me grita desde el otro lado de la plaza «Eh, soldado yanqui, date la vuelta para que te veamos el culo gordo» me dan ganas de darle un buen puntapié en su culo esmirriado. Cabría esperar que tuviera respeto al uniforme que salvó al mundo, aunque yo no sea más que un escribiente de suministros que sueña con recuperar a su perro. Cabría esperar que Ojos con Costras se fijase en mis galones de cabo y tuviese un poco de respeto, pero no, así son las cosas cuando te crías en un callejón. Tienes que fingir que las cosas no te importan un pedo de violinista, aunque sí te importen.

Con todo, me gustaría cruzar la plaza hasta donde está Ojos con Costras, darle un meneo y decirle que es el vivo retrato de mí mismo cuando yo tenía su edad, pero que yo no me quedaba ante el cine Lyric fastidiando a los yanquis por sus culos gordos. Intento convencerme a mí mismo de que yo era así, hasta que otra parte de mí mismo me dice que yo no me diferenciaba en nada de Ojos con Costras, que estaba tan dispuesto como él a fastidiar a los yanquis o a los ingleses o a cualquiera que llevase traje o pluma estilográfica en el bolsillo superior mientras se paseaba en una bicicleta nueva, que estaba tan dispuesto como él a tirar una piedra por la ventana de una casa respetable y echar a correr, pasando de la risa a la furia en un instante.

Lo único que puedo hacer es marcharme con el cuerpo vuelto hacia la pared para que Ojos con Costras y los chicos no me vean el culo y no tengan argumentos.

Tengo la cabeza confusa y llena de nubes oscuras hasta que se me ocurre otra idea. Vuelve con los niños, como hacen los militares de las películas, y dales la calderilla que llevas en el bolsillo. No te vas a morir por eso.

Me ven venir y tienen cara de estar a punto de echar a correr, aunque ninguno quiere quedar por cobarde siendo el primero en huir. Cuando les reparto la calderilla sólo son capaces de decir «Oh, Dios», y el modo diferente en que me miran me hace feliz. Ojos con Costras recoge su parte y no dice nada hasta que me marcho; entonces me dice:

—Oiga, señor, desde luego que no tiene nada de culo, nada, nada.

Y eso me hace más feliz que cualquier otra cosa.

En cuanto dejo la calle Barrington y bajo por la cuesta hacia el callejón oigo que la gente dice:

—Ay, Dios, aquí está Frankie McCourt con su uniforme americano.

Kathleen O'Connell está a la puerta de su tienda, se ríe y me ofrece una pastilla de *toffee* Cleeve.

—Vaya, ¿verdad que a ti siempre te gustó, Frankie, aunque destrozaba los dientes de todo Límerick?

También está allí su sobrina, la que perdió un ojo cuando se le escapó el cuchillo con el que estaba abriendo un saco de patatas y se lo clavó en la cara. También ella se ríe por lo del *toffee* Cleeve, y yo me pregunto cómo se puede seguir riendo uno habiendo perdido un ojo.

Kathleen llama a voces a una mujercilla gorda que está en la esquina del callejón:

—Aquí está, señora Patterson, está hecho todo un galán de cine.

La señora Patterson me coge la cara con las manos y me dice:

—Me alegro por tu pobre madre, Frankie, después de la vida tan terrible que ha vivido.

Y también está la señora Murphy, que perdió a su marido en el mar, en la guerra, y que vive ahora en pecado con el señor White sin que nadie de los callejones se escandalice en absoluto, y que ahora me sonríe.

—Estás hecho un galán de cine, desde luego, Frankie, y ¿qué tal tienes tus pobres ojos? Vaya, tienen un aspecto estupendo.

Todo el mundo del callejón sale a la puerta y me dice que tengo un aspecto estupendo. Hasta la señora Purcell me dice que tengo un aspecto estupendo, y eso que está ciega. Pero yo entiendo que es lo que me diría si viera, y cuando me acerco a ella, extiende los brazos y me dice:

—Déjate de historias y ven aquí, Frankie McCourt, y dame un abrazo en recuerdo de los tiempos en que escuchábamos juntos a Shakespeare y a Sean O'Casey en la radio.

Y cuando me rodea con los brazos, me dice:

—*Arrah,* Dios del cielo, no tienes nada de chicha. ¿Es que no te dan de comer en el ejército americano? Pero no importa: hueles de maravilla. Los yanquis siempre huelen de maravilla.

Me cuesta trabajo mirar a la señora Purcell y ver los párpados delicados que apenas tiemblan sobre los ojos que tiene muy hundidos en la cara y recordar las noches que me dejaba sentarme en la cocina escuchando obras de teatro y cuentos en la radio, y que ella no daba ninguna importancia a darme una taza de té y una gran rebanada de pan con mermelada. Me cuesta trabajo, porque la gente del callejón está a las puertas de sus casas, encantados, y yo me avergüenzo de mí mismo por haber dejado a mi madre y por haberme quedado con mi enfado en la cama del hotel National. ¿Cómo podría explicar ella a los vecinos que me había recibido en la estación y que yo no había querido venir a casa? Me gustaría acercarme a mi madre, que está a la puerta de su casa, a pocos pasos, y decirle cuánto lo siento, pero no puedo por miedo a que se me salten las lágrimas y entonces ella me diría:

—Ay, tienes la vejiga cerca del ojo.

Sé que lo diría para hacernos reír y para aguantarse sus propias lágrimas, para que no nos sintamos apurados y avergonzados de nuestras lágrimas. Lo único que puede hacer ahora es decir lo que diría cualquier madre de Límerick:

—Debes de estar muerto de hambre. ¿Te apetece una buena taza de té?

Mi tío Pat está sentado en la cocina, y cuando levanta la cabeza para mirarme me pongo malo al verle los ojos rojos y la supuración amarilla. Me recuerda al pequeño Ojos con Costras del cine Lyric. Me recuerda a mí mismo.

El tío Pat es hermano de mi madre, y es conocido por todo Límerick con el nombre de Ab Sheehan. Algunos lo llaman el Abad, y nadie sabe por qué.

—Llevas un *uriforme* estupendo, Frankie —dice—. ¿Dónde tienes el mosquetón?

Se ríe y deja ver los raigones amarillos de los dientes en las encías. Tiene el pelo negro y gris y espeso por no lavárselo, y en las arrugas de su cara hay mugre. Su ropa también brilla de grasa por no lavarla, y yo me pregunto cómo es capaz mi madre de vivir con él sin tenerlo limpio, hasta que recuerdo lo terco que es en la cuestión de no lavarse y de ponerse la misma ropa día y noche hasta que se le cae a pedazos. Una vez, mi madre no encontraba el jabón, y cuando le preguntó a él, le respondió:

—No me culpes a mí del jabón. Yo no he visto el jabón. Llevo una semana sin lavarme.

Y lo decía como si todo el mundo debiera admirarle. A mí me gustaría desnudarlo en el patio trasero y echarle agua caliente con una manguera hasta que le saliera la mugre de las arrugas de la cara y le corriera el pus de los ojos.

Mamá prepara el té y me alegro de ver que ahora tiene tazas y platos como es debido y no es como en los viejos tiempos, cuando bebíamos en tarros de mermelada. El Abad rechaza las tazas nuevas.

—Yo quiero mi tazón —dice.

Mi madre discute con él, afirmando que ese tazón es una vergüenza, con toda la suciedad que tiene en las grietas, donde pueden acechar todo tipo de enfermedades. A él no le importa.

—Es el tazón de mi madre, me lo dejó a mí —dice, y es inútil discutir con él sabiendo que lo dejaron caer de cabeza cuando era niño de pecho. Se levanta para ir cojeando al retrete del patio trasero, y cuando se ha marchado, mamá dice que ha hecho todo lo posible para que salga de esta casa y viva con ella una temporada. No, no quiere irse. No está dispuesto a dejar la casa de su madre y el tazón que ésta le dio hace mucho tiempo, y la estatuilla del Niño Jesús de Praga y el cuadro grande del Sagrado Corazón de Jesús que está arriba, en el dormitorio. No, no está dispuesto a dejar todo aquello. Qué importa. Mamá tiene que cuidar de Michael y de Alphie, Alphie va todavía a la escuela y el pobre Michael lava platos en el restaurante Savoy, bendito de Dios.

Terminamos de tomar el té y me doy un paseo con Alphie bajando por la calle O'Connell para que todos me vean y me admiren. Nos encontramos con Michael que sube por la calle, de vuelta de su trabajo, y siento un dolor en el corazón cuando lo veo, con el pelo negro que le cae sobre los ojos y con el cuerpo hecho un saco de huesos, con la ropa tan llena de grasa como la de el Abad por haberse pasado todo el día lavando platos. Me sonríe con ese aire tímido suyo y me dice:

—Dios, tienes muy buen aspecto, Frankie.

Yo le devuelvo la sonrisa y no sé qué decir, porque me avergüenza su aspecto, y si estuviera delante mi madre le gritaría y le preguntaría por qué tiene que estar así Michael. ¿Por qué no puede comprarle ropa decente, o por qué no pueden darle por lo menos un delantal en el restaurante Savoy para protegerlo de la grasa? ¿Por qué ha tenido que dejar la escuela a los catorce años para lavar platos? Si viviera en la carretera de Ennis o en la carretera de Circunvalación del Norte ahora estaría en la escuela jugando al rugby e iría a Kilkee en las vacaciones. No sé de qué me sirve volver a Límerick, donde los niños siguen correteando descalzos y mirando el mundo con ojos llenos de costras, donde mi hermano Michael tiene que lavar platos y mi madre no tiene prisa en mudarse a una casa como es debido. Yo no esperaba que las cosas fueran así, y me entristece tanto que me gustaría estar de vuelta en Alemania, bebiendo cerveza en Lenggries.

Algún día los sacaré de aquí, a mi madre, a Michael, a Alphie, los llevaré a Nueva York, donde ya está trabajando Malachy, dispuesto a alistarse en las fuerzas aéreas para que no lo llamen a filas ni lo manden a Corea. No quiero que Alphie deje la escuela a los catorce años como la dejamos los demás. Al menos, va a los Hermanos Cristianos y no a una escuela nacional como la Leamy, a la que fuimos nosotros. Algún día podrá ir a la escuela secundaria y sabrá latín y otras cosas importantes. Al menos, ahora tiene ropa y zapatos y comida y no tiene por qué avergonzarse de sí mismo. Se ve lo robusto que es, no como Michael, el saco de huesos.

Damos la vuelta y subimos de nuevo por la calle O'Connell, y yo sé que la gente me admira con mi uniforme militar hasta que alguno grita:

—Jesús, ¿eres tú, Frankie McCourt?

Y todo el mundo sabe que no soy un verdadero militar americano, que no soy más que alguien salido de los callejones de Límerick y ataviado con el uniforme americano con los galones de cabo.

Mi madre baja por la calle deshecha en sonrisas. La casa nueva tendrá electricidad y gas mañana y podremos mudarnos. La tía Aggie ha mandado recado de que se ha enterado de mi llegada y de que quiere que vayamos a merendar en su casa. Nos está esperando.

La tía Aggie también es toda sonrisas. No es como en los viejos tiempos, cuando no tenía en la cara más que amargura por no haber tenido hijos propios, y aunque tuviera amargura fue ella la que se encargó de que yo tuviera ropa decente para mi primer empleo. Creo que la impresionan mi uniforme y mis galones de cabo, en vista del modo en que me pregunta constantemente si me apetece más té, más jamón, más queso. No es tan generosa con Michael ni con Alphie, y se nota que es mi madre la que tiene que ocuparse de que tengan suficiente. Ellos son demasiado tímidos para pedir más, o les da miedo. Saben que tiene mal carácter por no haber tenido hijos propios.

Su marido, el tío Pa Keating, no se sienta siquiera a la mesa. Se queda junto al fogón de carbón con un tazón de té y lo único que hace es fumar cigarrillos y toser hasta que se siente débil, se lleva las manos al pecho y dice riéndose:

—Estos jodidos pitillos acabarán matándome.

—Deberías dejarlos, Pa —dice mi madre, y él responde:

—Y si los dejo, Ángela, ¿en qué iba a entretenerme? ¿Me iba a quedar aquí sentado con mi té contemplando la lumbre?

—Te matarán, Pa —dice ella.

—Y si me matan, Ángela, no me importará un pedo de violinista.

Esto es lo que siempre me gustó del tío Pa, el modo en que nada le importa un pedo de violinista. Si yo pudiera ser como él, sería libre, aunque no me gustaría tener los pulmones como los tiene él, destrozados por el gas alemán de la Primera Guerra Mundial, después por los años de trabajo en la fábrica del gas de Límerick y ahora por los pitillos que se fuma junto al fogón. Me da pena que esté allí sentado matándose cuando es el único hombre que dice la verdad. Fue él quien me dijo que no se me ocurriera examinarme para Correos cuando podía ahorrar mi dinero e irme a América. Es inimaginable que el tío Pa diga una mentira. Lo mataría antes que el gas o que los pitillos.

Todavía está negro de echar paletadas de coque y de carbón en la fábrica del gas y no tiene carne en los huesos. Cuando levanta la vista desde su puesto junto al fuego, el blanco de los ojos le brilla alrededor del azul. Cuando nos mira se nota que tiene un cariño especial a mi hermano Michael. A mí me gustaría que me tuviera ese cariño a mí, pero no lo tiene, y me basta con saber que hace mucho tiempo me invitó a mi primera pinta y me dijo la verdad. Me gustaría decirle lo que siento por él. No, temo que alguien se echaría a reír.

Después de tomar el té en casa de la tía Aggie pienso en volver a mi habitación del hotel National, pero temo que en los ojos de mi madre vuelva a aparecer esa mirada de ofendida. Ahora tendré que acostarme en la cama de mi abuela con Michael y con Alphie y sé que las pulgas me volverán loco. Desde que me marché de Límerick no he sabido lo que es una pulga, pero ahora que soy un militar con un poco de carne encima de los huesos se me comerán vivo.

Mamá me dice que no, que hay unos polvos que se llaman DDT que lo matan todo y que ella los ha espolvoreado por toda la casa. Yo le cuento que a nosotros nos fumigaban con él desde avionetas que pasaban por encima de nosotros en Fort Dix para librarnos del tormento de los mosquitos.

A pesar de todo, estoy apretado en la cama con Michael y con Alphie.

El Abad está en su cama, al otro lado de la habitación, gruñendo y comiendo pescado frito con patatas fritas de un envoltorio de papel, tal como hacía siempre. No puedo dormir mientras lo escucho y recuerdo los tiempos en que yo lamía la grasa del papel de periódico que había servido de envoltorio a su pescado frito con patatas fritas. Heme aquí en la vieja cama, con mi uniforme sobre el respaldo de una silla, en un Límerick donde no ha cambiado nada salvo el DDT que ahuyenta las pulgas. Es un consuelo pensar en que los niños pueden dormir ahora con el DDT sin padecer el tormento de las pulgas.

Al día siguiente, mi madre intenta por última vez convencer al tío Pat, su hermano, para que se mude a Janesboro con nosotros.

—Noa, noa —dice él. Habla así porque lo dejaron caer de cabeza. No quiere marcharse. Dice que se quedará aquí y que cuando nos hayamos marchado todos él se trasladará a la cama grande, a la cama de su madre en la que dormimos todos nosotros durante años. Siempre quiso aquella cama y ahora la tendrá, y se tomará el té en el tazón de su madre todas las mañanas.

Mi madre lo mira y vuelven a aparecer las lágrimas. A mí me pone impaciente y le pido que coja sus cosas y nos vayamos. Si el Abad quiere ser así de estúpido y de terco, déjale.

—Tú no sabes lo que es tener un hermano así —dice ella—. Tienes suerte de que todos tus hermanos estén enteros.

¿Enteros? ¿De qué me habla?

—Tienes suerte de tener unos hermanos cabales y sanos y que no se cayeron de cabeza.

Vuelve a llorar y pregunta al Abad si quiere tomarse una buena taza de té, y él dice «Noa».

¿No querrá subir a la casa nueva y darse un buen baño caliente en la bañera nueva?

—Noa.

—Ay, Pat; ay, Pat; ay, Pat.

Las lágrimas la dejan tan impotente que tiene que sentarse, y él no hace más que mirarla con sus ojos que supuran. La mira fijamente sin decir palabra, hasta que coge el tazón de su madre y dice:

—Tendré el tazón de mi madre y la cama de mi madre, que me habéis quitado durante tantos años.

Alphie se acerca a mamá y le pregunta si podemos irnos a nuestra casa nueva. Sólo tiene once años y está emocionado. Michael ya está lavando platos en el restaurante Savoy, y cuando haya terminado podrá venir a la casa nueva, donde tendrá agua corriente fría y caliente y podrá darse un baño por primera vez en su vida.

Mamá se seca los ojos y se pone de pie.

—¿Estás seguro de que no quieres venir, Pat? Puedes llevarte el tazón si quieres, pero no podemos llevarnos la cama.

—Noa.

Y no hay más que decir.

—Yo me crié en esta casa —dice ella—. Cuando me marché a América, ni siquiera volví la vista atrás cuando subía por el callejón. Ahora, todo es diferente. Tengo cuarenta y cuatro años, y todo es diferente.

Se pone el abrigo y se queda de pie mirando a su hermano, y yo estoy tan cansado de sus quejidos que quiero sacarla de la casa a rastras.

—Vámonos —digo a Alphie, y salimos por la puerta, de manera que tiene que seguirnos. Siempre que está dolida se le pone la cara más pálida y la nariz más afilada, y ahora está así. No quiere hablar conmigo, me trata como si hubiera hecho algo malo al enviarle la asignación para que ella pudiera vivir decentemente hasta cierto punto. Yo tampoco quiero hablar con ella, porque es difícil sentir lástima por una persona, aunque sea tu madre, que quiere quedarse en un tugurio con un hermano que es corto porque lo dejaron caer de cabeza.

Está así durante todo el viaje en autobús hasta Janesboro. Después, ante la puerta de la casa nueva, empieza a revolver en su bolso.

Ay, Dios, he debido de dejarme la llave —dice, con lo que demuestra que de entrada no quería dejar su casa vieja. Eso me dijo una vez el cabo Dunphy en Fort Dix. Su mujer tenía esa costumbre de olvidarse las llaves, y cuando tienes esa costumbre significa que no quieres volver a tu casa. Significa que tienes miedo a tu propia puerta. Ahora tengo que llamar a casa de los vecinos para pedirles que me dejen pasar por la parte trasera por si hay una ventana abierta y puedo entrar por allí.

Eso me pone de tan mal humor, que casi no puedo disfrutar de la casa nueva. A ella le produce un efecto diferente. En cuanto entra en el zaguán le desaparece la palidez del rostro y se le desafila la nariz. La casa ya está amueblada, por lo menos se ha encargado de eso, y ahora dice lo que diría cualquier madre de Límerick:

—Bueno, podemos tomarnos una buena taza de té.

Es como cuando el capitán Boyle grita a Juno en *Juno y el pavo real:* «Té, té, té, si un hombre se estuviera muriendo tú seguirías intentando hacerle tragar una taza de té».

XVIII

Durante todos los años en que me crié en Límerick veía que la gente iba a los bailes del hotel Cruise o de la Sala de Baile Stella. Ahora puedo ir yo y no tengo por qué ser tímido en absoluto ante las chicas, con mi uniforme americano y mis galones de cabo. Si me preguntan si he estado en Corea y si me han herido esbozaré una sonrisita y haré como que no quiero hablar de ello. Puedo cojear un poco y sería excusa suficiente para no ser capaz de bailar como es debido, cosa que nunca he sabido hacer, en todo caso. Puede que haya al menos una chica agradable que se enternezca por mi herida y me lleve a una mesa a tomarme un vaso de gaseosa o de cerveza negra.

Bud Clancy está en el escenario con su conjunto y me reconoce en cuanto me ve entrar. Me llama a su lado con una señal.

—¿Cómo estás, Frankie? Has vuelto de la guerra, ja, ja, ja. ¿Quieres que toquemos una petición especial?

Yo le pido *Patrulla americana* y él dice al micrófono:

—Damas y caballeros, he aquí a uno de los nuestros que ha vuelto a su casa de la guerra, Frankie McCourt.

Y yo estoy en el cielo mientras todos me miran. Pero no me miran durante mucho tiempo, porque en cuanto empieza a sonar *Patrulla americana* ya están dando vueltas y moviéndose por la pista. Yo me quedo junto al estrado de los músicos preguntándome cómo son capaces de ponerse a bailar sin hacer caso de un cabo americano que está entre ellos. Nunca pensé que no me prestarían atención de ese modo, y ahora tengo que pedir a una chica que baile conmigo para salvar las apariencias. Las chicas están sentadas en filas de asientos dispuestos a lo largo de las paredes, bebiendo gaseosa, charlando, y cuando les invito a bailar sacuden la cabeza, «no, gracias». Sólo una dice «sí», y cuando se pone de pie me doy cuenta de que cojea, y eso me pone en un aprieto, pues me pregunto si debo dejar para más tarde mi propia cojera por miedo a que ella se piense que me estoy burlando de ella. No puedo dejarla allí de pie toda la noche, así que la llevo a la pista de baile y ahora me doy cuenta de que todo el mundo me mira, porque ella cojea tanto que está a punto de perder el equilibrio cada vez que da un paso adelante sobre la pierna derecha, que es más corta que la izquierda. Es difícil saber qué hacer cuando tienes que bailar con una persona que cojea tanto. Ahora me doy cuenta de lo estúpido que sería por mi parte afectar mi falsa cojera de guerra. Todo el mundo se reiría de nosotros al vernos ir a mí por un lado y a ella por el otro. Lo peor es que no sé qué decirle. Sé que cualquier situación se puede salvar cuando sabes decir lo adecuado, pero a mí me da miedo decir cualquier cosa. ¿Debo decirle que siento lo de su cojera, o preguntarle cómo le vino? Ella no me deja ninguna oportunidad de decir nada.

—¿Te vas a quedar ahí boquiabierto toda la noche? —me dice con voz cortante, y yo no puedo hacer nada más que acompañarla a la pista mientras el conjunto de Bud Clancy toca *Chattanooga chu chu, llévame a casa*. No sé por qué tiene que tocar Bud piezas rápidas cuando las chicas con cojeras como esa apenas son capaces de poner un pie delante del otro. ¿Por qué no puede tocar *Serenata a la luz de la luna* o *Viaje sentimental* para que yo pueda dar los pocos pasos que aprendí de Emer en Nueva York? Ahora la chica me pregunta si me he creído que esto es un funeral, y observo que tiene ese acento cerrado que indica que es de un barrio pobre de Límerick.

—Vamos, yanqui, empieza a moverte —me dice, y se aparta y gira como una peonza sobre su pierna buena. Otra pareja choca contra nosotros y le dicen:

—Qué potente, Madeline, qué potente. Esta noche estás que lo bordas, Madeline. Mejor que la misma Ginger Rogers.

Las chicas que están a lo largo de la pared se ríen. A mí me arde la cara y pido a Dios que Bud Clancy toque *A las tres de la mañana* para poder acompañar a Madeline a su asiento y dejar de bailar para siempre, pero, no, Bud arranca con una lenta, *La acera del sol*, y Madeline se aprieta contra mí con la nariz en mi pecho y me empuja por la pista, dando pisotones y cojeando, hasta que se aparta de mí y me dice que si así es como bailan los yanquis entonces ella bailará desde este día con los hombres de Límerick, que saben bailar, muchas gracias.

Las chicas que están a lo largo de la pared se ríen todavía más. Hasta los hombres que no encuentran a ninguna que baile con ellos y que pasan el rato bebiendo pintas se ríen, y yo comprendo que más me vale marcharme, pues ninguna querrá bailar conmigo después del espectáculo que he dado. Tengo tal sentimiento de desesperación y estoy tan avergonzado de mí mismo que quiero que se avergüencen también ellos, y la única manera de conseguirlo es adoptar la cojera y confiar en que se crean que es por una herida de guerra, pero cuando me dirijo a la salida cojeando las chicas sueltan chillidos y se ponen tan histéricas de risa que bajo corriendo las escaleras y salgo a la calle tan avergonzado que me dan ganas de tirarme al río Shannon.

Al día siguiente, mamá me dice que se ha enterado de que fui a un baile la noche pasada, de que bailé con Madeline Burke, la de la calle Mungret, y de que todo el mundo dice: «Qué amable ha sido Frankie McCourt, bailar con Madeline, tal como está, Dios nos asista, y él de uniforme y todo.»

No me importa. Ya no saldré más de uniforme. Iré de paisano y nadie me mirará para ver si tengo gordo el culo. Si voy a un baile me quedaré en la barra y beberé pintas con los hombres que fingen que no les importa que las chicas les digan que no.

Me quedan diez días de mi permiso y me gustaría que fueran diez minutos para poder volver a Lenggries y conseguir todo lo que quiero por una libra de café y un cartón de cigarrillos. Mamá dice que estoy muy serio, pero yo no soy capaz de explicar los sentimientos extraños que me produce Límerick después de todos los malos ratos de mi infancia y de cómo me he llenado de ignominia ahora en el baile. No me importa haber sido amable con Madeline Burke y con su cojera. No he vuelto a Límerick para eso. Ya no volveré a intentar bailar con nadie sin mirar antes si tiene las piernas igual de largas. Será fácil si me fijo cuando vayan al servicio. A la larga, resulta más fácil estar con Buck y con Rappaport, incluso con Weber, llevando la colada a Dachau.

Pero no puedo contar nada de esto a mi madre. Es difícil contar nada a nadie, sobre todo cuando se trata de mis correrías. Tienes que acostumbrarte a un sitio grande y potente como Nueva York, donde puedes quedarte muerto en tu cama durante días enteros mientras sale un olor extraño de tu habitación sin que nadie se dé cuenta. Después te meten en el ejército y tienes que acostumbrarte a los hombres de toda América, de todas las formas y colores. Cuando vas a Alemania ves a la gente por la calle y en las cervecerías. También te tienes que acostumbrar a ellos. Parecen gente corriente, aunque te dan ganas de inclinarte hacia el grupo de la mesa de al lado y preguntar: «¿Mató judíos alguno de ustedes?» Claro que en las sesiones de orientación militar nos dicen que tengamos la boca cerrada y que tratemos a los alemanes como a aliados en la guerra contra el comunismo ateo, pero todavía te quedan ganas de preguntarlo por pura curiosidad o para ver qué cara ponen.

Lo más difícil de todo el ir y el venir es Límerick. Me gustaría pasearme por ahí y que me admirasen por mi uniforme y por mis galones de cabo, y supongo que podría si no me hubiera criado aquí, pero me conoce demasiada gente por todo el tiempo que pasé repartiendo telegramas y trabajando en Eason, y ahora lo único que me dicen es:

—Ay, Jesús, Frankie McCourt, ¿eres tú? Qué aspecto tan estupendo tienes, de verdad. ¿Cómo tienes esos pobres ojos, y qué tal está tu pobre madre? Te veo mejor que nunca, Frankie.

Aunque llevara uniforme de general, para ellos no sería más que Frankie McCourt, el chico de telégrafos con los ojos llenos de costras y con la pobre madre que sufre.

Lo mejor de estar en Límerick es pasearme con Alphie y Michael, aunque Michael suele estar ocupado con una chica que está loca por él. Todas las chicas están locas por él, con su pelo negro, sus ojos azules y su sonrisa tímida.

—Ay, Mikey John, qué guapo es —dicen.

Si se lo dicen a la cara, él se sonroja y ellas le quieren todavía más por ello. Mi madre dice que es un gran bailarín, según ha oído decir, y que nadie canta mejor que él *Cuando caen sobre ti las lluvias de abril*. Un día estaba cenando y dieron por la radio la noticia de que había muerto Al Jolson y él se levantó, llorando, y se marchó dejándose la cena. Es cosa seria que un chico se marche dejándose la cena, y eso demostraba cuánto quería Michael a Al Jolson.

Sé que Michael debería ir a América con todo el talento que tiene, e irá, porque yo me encargaré de que vaya.

Hay días en que me paseo yo solo de paisano por las calles. Tengo la impresión de que cuanto visito todos los sitios donde vivimos estoy en un túnel que atraviesa el pasado, con la seguridad de que me alegraré al salir por el otro lado. Contemplo desde fuera la escuela Leamy, donde recibí toda la educación que tengo, buena o mala. Al lado está la Conferencia de San Vicente de Paúl, donde acudía mi madre para que no nos muriésemos de hambre. Vago por las calles de iglesia en iglesia, con recuerdos por todas partes. Hay voces, coros, cánticos, curas que predican o que murmuran confesando. Puedo contemplar las puertas de todas las calles de Límerick sabiendo que he entregado telegramas en todas ellas.

Me encuentro con profesores de la Escuela Nacional Leamy y me dicen que yo era un buen muchacho, aunque se olvidan de cómo me azotaban con el bastón y la vara cuando no me acordaba de las respuestas correctas del catecismo o de las fechas y los nombres de la larga y triste historia de Irlanda. El señor Scanlon me dice que estar en América no me sirve de nada si no hago fortuna, y el señor O'Halloran, el director, detiene su coche para preguntarme por mi vida en América y para recordarme lo que decían los griegos, que el camino del conocimiento no es fácil. Me dice que le sorprendería mucho que yo diese la espalda a los libros para unirme a los tenderos del mundo, para revolver el cajón grasiento del dinero. Esboza su sonrisa como la del presidente Roosevelt y pone en marcha el coche.

Me encuentro con curas de nuestra propia iglesia, la de San José, y de otras iglesias donde yo puedo haberme confesado o entregado telegramas, pero pasan de largo. Tienes que ser rico para que un cura te salude con la cabeza, a no ser que sea franciscano.

Aun así, me siento en iglesias silenciosas para contemplar los altares, los púlpitos, los confesonarios. Me gustaría saber a cuántas misas he asistido, cuántos sermones me han dejado muerto de miedo, cuántos curas se asustaron de mis pecados hasta que dejé de confesarme por fin. Sé que estoy condenado tal como estoy, aunque me confesaría con un cura amable si lo encontrase. A veces me gustaría ser protestante o judío, porque éstos no conocen otra cosa. Cuando perteneces a la Fe Verdadera no tienes excusa y estás atrapado.

Hay una carta de la hermana de mi padre, la tía Emily, que dice que mi abuela espera que pueda viajar al Norte para verlos antes de salir para Alemania. Mi padre está viviendo con ellos, trabaja de jornalero en las granjas de la zona de Toome, y también a él le gustaría verme después de tantos años.

No me importa viajar al norte para ver a mi abuela, pero no sé qué diré a mi padre. Ahora que tengo veintidós años sé, después de pasearme por Munich y por Límerick mirando a los niños de las calles, que yo no podría ser nunca un padre que los abandonase. Él nos dejó cuando yo tenía diez años, se fue a trabajar a Inglaterra para enviarnos dinero, pero, como decía mi madre, había preferido la botella a los niños. Mamá dice que debo ir al Norte porque mi abuela está delicada y quizás no dure hasta la próxima vez que yo vuelva a casa. Dice que hay cosas que sólo se pueden hacer una vez, y que bien puedes hacerlas esa vez.

Me sorprende que hable así de mi abuela después del modo tan frío en que ésta la recibió cuando ella desembarcó procedente de América con mi padre y con cuatro niños pequeños, pero en el mundo hay dos cosas que a mi madre le fastidian: guardar rencores y deber dinero.

Si voy al norte en tren deberé ir de uniforme, porque estoy seguro de que me admirarán, aunque sé que si abro el pico con mi acento de Limerick la gente mirará para otro lado o hundirá la cabeza en sus libros o en sus periódicos. Podría afectar acento americano, pero ya lo intenté con mi madre y se puso histérica de risa. Me dijo que le sonaba como Edward G. Robinson con la cabeza debajo del agua.

Si alguien me habla, lo único que podré hacer será asentir o negar con la cabeza o adoptar una expresión de tristeza secreta provocada por una grave herida de guerra.

Todo es en balde. Los irlandeses están tan acostumbrados a los soldados americanos que van y vienen desde que terminó la guerra, que me daría igual ser invisible en mi rincón del compartimento del tren de Dublín, y después en el de Belfast. No hay curiosidad, no hay nadie que me pregunte: «¿Viene de Corea? ¿Verdad que esos chinos son terribles?», y ni siquiera me quedan ganas de afectar la cojera. Una cojera es como una mentira: hay que acordarse de ella para mantenerla.

Mi abuela me dice:

—*Och*, que facha tan estupenda tienes de uniforme.

Y la tía Emily dice:

—*Och*, estás hecho un hombre.

Mi padre me dice:

—*Och*, ya estás aquí. ¿Cómo está tu madre?

—Está estupendamente.

—¿Y tu hermano Malachy, y tu hermano Michael, y tu hermanito pequeño, cómo se llama?

—Alphie.

—*Och*, sí, Alphie. ¿Cómo está tu hermanito pequeño, Alphie?

—Todos están estupendamente.

Suelta un leve *och* y suspira:

—Estupendo.

Después me pregunta si bebo, y mi abuela le dice:

—Vamos, Malachy, ya basta de hablar de esas cosas.

—*Och*, sólo quería prevenirle ante las malas compañías que se encuentran en las tabernas.

Éste es mi padre, el que nos abandonó cuando yo tenía diez años para gastarse en las tabernas de Coventry hasta el último penique que ganaba, mientras caían a su alrededor las bombas alemanas, con su familia a pique de morir de hambre en Límerick, y ahora adopta al aire del que rebosa gracia santificante, y lo único que se me ocurre es que debe de haber algo de cierto en lo que cuentan de que lo dejaron caer de cabeza o en aquello otro de que tuvo una enfermedad como la meningitis o algo parecido.

Esto podría servir de excusa para la bebida, el que lo dejaran caer de cabeza o la meningitis. Las bombas alemanas no podrían servir de excusa porque había otros hombres de Límerick que enviaban dinero a sus casas desde Coventry, con bombas o sin ellas. Incluso había hombres que se liaban con mujeres inglesas y que seguían enviando dinero a casa, aunque el dinero iba reduciéndose hasta quedar en nada porque las mujeres inglesas destacan por lo poco que les gusta que sus irlandeses sustenten a las familias que tienen en su patria cuando ellas tienen a otros tres o cuatro mocosos ingleses de ellos que corretean a su alrededor pidiéndoles salchichas y puré de patatas. Al final de la guerra hubo muchos irlandeses que estaban tan desesperados por el dilema entre sus familias irlandesa e inglesa, que no les quedó más remedio que saltar a bordo de un barco rumbo a Canadá o a Australia y que nadie volviera a tener noticias de ellos.

No sería el caso de mi padre. Si tuvo siete hijos con mi madre fue sólo porque ella estaba allí en la cama, cumpliendo con sus deberes conyugales. Las mujeres inglesas no son nunca tan fáciles. Jamás soportarían a un irlandés que se les echase encima armado del valor que le daba haberse bebido unas pintas, y eso quiere decir que no hay ningún McCourtcito ilegítimo correteando por las calles de Coventry.

No sé qué decirle con su sonrisita y su *och, sí*, porque no sé si estoy hablando con un hombre en su sano juicio o con el hombre al que dejaron caer de cabeza o con el que tuvo la meningitis. ¿Cómo puedo hablar con él cuando se pone de pie, se mete las manos muy hondo en los bolsillos de los pantalones y desfila por la casa silbando *Lily Marlene*? La tía Emily me susurra que lleva muchísimo tiempo sin beber nada y que es una gran lucha para él. Me dan ganas de decirle que fue mayor todavía la lucha de mi madre para sacarnos adelante, pero sé que toda su familia lo apoya a él y, en todo caso, de qué sirve recordar el pasado. Después, la tía Emily me cuenta lo que sufrió mi padre por las relaciones vergonzosas de mi madre con su primo, que llegó hasta el Norte el rumor de que vivían como marido y mujer, que cuando mi padre se enteró en Coventry, mientras caían las bombas a su alrededor, se puso tan furioso que no salía de las tabernas ni de día ni de noche, ni a ninguna hora. Los hombres que volvían de Coventry contaban que mi padre salía corriendo a la calle durante los bombardeos, alzando los brazos hacia los de la Luftwaffe y suplicándoles que le soltasen una bomba en la pobre cabeza atormentada.

Mi abuela asiente con la cabeza, confirmando las palabras de la tía Emily, *och,* sí. Me dan ganas de recordarles que mi padre ya bebía mucho antes de los malos tiempos de Límerick, que teníamos que buscarlo por todas las tabernas de Brooklyn. Me dan ganas de decirles que habría bastado con que hubiese enviado dinero para que nos hubiésemos podido quedar en nuestra casa en vez de que nos desahuciasen y nos tuviésemos que ir a vivir con el primo de mamá.

Pero mi abuela está delicada y tengo que controlarme. Tengo la cara tensa y tengo nubes oscuras en la cabeza, y lo único que puedo hacer es ponerme de pie y decirles que mi padre bebía desde hacía muchos años, que bebía cuando nacían los niños y cuando se morían los niños y que bebía porque bebía.

—*Och,* Francis —dice ella, y sacude la cabeza como discrepando conmigo, como defendiendo a mi padre, y eso me provoca tanta rabia que apenas sé qué hacer, hasta que bajo mi petate a rastras por las escaleras y salgo a la carretera de Toome mientras la tía Emily me llama desde el seto:

—Francis, oh, Francis, vuelve, tu abuela quiere hablar contigo.

Pero yo sigo caminando aunque estoy deseoso de volver, pues con todo lo malo que es mi padre me gustaría conocerlo al menos, pues mi abuela no hacía más que lo que haría cualquier madre, defender a su hijo al que dejaron caer de cabeza o que tuvo la meningitis, y quizás vuelva, si no fuera porque un coche se detiene y un hombre se brinda a llevarme hasta la estación de autobuses de Toome y cuando me subo al coche ya no me puedo volver atrás.

No estoy de humor para hablar pero tengo que ser amable con aquel hombre, aun cuando dice que los McCourt de Moneyglass son una buena familia, a pesar de ser católicos.

A pesar de ser católicos.

Me dan ganas de pedir al hombre que pare el coche y me deje bajarme con mi petate, pero si lo hago así sólo estaría a mitad de camino de Toome y tendría la tentación de volverme a pie a la casa de mi abuela.

No puedo volver. En esta familia no se olvida el pasado, y sin duda se volvería a hablar de mi madre y de su gran pecado y entonces estallaríamos y yo volvería a arrastrar mi petate por la carretera de Toome.

El hombre me deja bajar y cuando le doy las gracias me pregunto si desfilará el doce de julio tocando el tambor con los demás protestantes, pero tiene la cara amable y no me lo imagino tocando el tambor por nada del mundo.

Durante todo el viaje en autobús a Belfast y en el tren de Belfast a Dublín siento el deseo de volver con la abuela a la que quizás no vuelva a ver nunca y de intentar llegar más allá de las sonrisitas y de los *och, sí* de mi padre, pero cuando estoy en el tren de Límerick ya no puedo volver. Tengo la cabeza atestada de imágenes de mi padre, de mi tía Emily, de mi abuela, y de la tristeza de sus vidas en la granja con tres hectáreas inútiles. Y mi madre en Límerick, a sus cuarenta y cuatro años, que ha tenido siete hijos, de los que murieron tres, y lo único que quiere, tal como dice ella, es un poco de paz, de tranquilidad y de comodidad. Y la tristeza de la vida del cabo Dunphy en Fort Dix y de Buck en Lenggries, que encontraron ambos un hogar en el ejército porque no sabrían qué hacer en el mundo de fuera, y yo me temo que si no dejo de pensar de este modo se me saltarán las lágrimas y quedaré deshonrado en este compartimento con cinco personas mirándome boquiabiertas, viéndome de uniforme y diciéndose: «Jesús, ¿quién es ese yanqui que está llorando en el rincón?» Mi madre me diría: «Tienes la vejiga cerca de los ojos», pero la gente del compartimento podría decir: «¿Es este ejemplar una muestra de los que están luchando cuerpo a cuerpo con los chinos allí en Corea?»

Tendría que controlarme aunque no hubiera ni un alma más que yo en el compartimento, pues con el más leve asomo de una lágrima la sal que contiene me pone los ojos más rojos de lo que están, y no quiero bajarme del tren e ir por las calles de Límerick con los ojos como dos agujeros de meadas en la nieve.

Mi madre abre la puerta y se lleva las manos al pecho.

—Madre de Dios, te había tomado por una aparición. ¿Cómo vuelves tan pronto? Vaya, si te marchaste ayer mismo por la mañana. ¿Te vas para volver al día siguiente?

No puedo explicarle que estoy en casa por las cosas malas que decían en el Norte acerca de ella y de su pecado terrible. No puedo contarle que casi tenían a mi padre en un altar por lo que había sufrido por ese mismo pecado. No puedo decírselo porque no quiero estar atormentado por el pasado y no quiero estar atrapado entre el Norte y el Sur, entre Toome y Límerick.

Tengo que mentirle y decirle que mi padre está bebiendo, y con eso se le vuelve a poner la cara pálida y la nariz afilada. Le pregunto por qué se sorprende tanto. ¿Acaso no había sido él así siempre?

Me dice que había tenido la esperanza de que hubiera dejado de beber para que nosotros tuviésemos un padre con quien pudiésemos hablar, aunque estuviera en el Norte. Dice que le gustaría que Michael y Alphie vieran a aquel padre suyo al que apenas conocieron, y que no le gustaría que lo vieran en su estado embrutecido. Cuando estaba sereno era el mejor marido del mundo, el mejor padre. Siempre tenía una canción o un cuento o un comentario sobre el estado del mundo que la hacía reír. Después, la bebida lo destrozó todo. Vinieron los demonios, que Dios nos asista, y los niños estaban mejor sin él. Ahora ella está mejor sola, con las pocas libras que recibe y con la paz, la tranquilidad y la comodidad que tiene, y lo que mejor me sentará ahora será una buena taza de té, pues debo de estar muerto de hambre después de mi viaje al Norte.

Lo único a que puedo dedicar los días que me quedan en Límerick es a volver a pasearme sabiendo que tendré que abrirme camino en América y que no volveré hasta dentro de mucho tiempo. Me arrodillo en la iglesia de San José cerca del confesonario donde hice mi Primera Confesión. Me acerco a la barandilla del altar para ver el lugar donde el obispo me dio un cachete en la mejilla al administrarme la Confirmación y me convirtió en soldado de la Iglesia Verdadera. Subo hasta el callejón Roden, donde vivimos muchos años, y me pregunto cómo es posible que sigan viviendo allí familias que comparten un único retrete. La casa de los Downes está hundida por dentro y eso es señal de que hay otros sitios donde ir aparte de los tugurios. El señor Downes se llevó a toda su familia a Inglaterra, y eso es lo que se consigue trabajando y no bebiéndose el sueldo que debería ser para la mujer y para los hijos. Podría desear haber tenido un padre como el señor Downes, pero no lo tuve y no me sirve de nada quejarme.

XIX

En los meses que me quedan en Lenggries no tengo nada que hacer durante casi todo el día más que administrar el almacén de suministros y leer libros de la biblioteca de la base.

No hay más viajes a Dachau con la colada. Rappaport le contó a alguien nuestra visita al campamento de refugiados, y cuando el cuento llegó a oídos del capitán éste nos llamó, nos soltó una reprimenda por nuestra conducta antimilitar y nos impuso un arresto de dos semanas. Rappaport dice que lo siente. No era su intención que algún gilipollas se fuera de la lengua, pero las mujeres del campamento le habían dado una lástima terrible. Me dice que no debería ir con tipos como Weber. Buck no es malo, pero Weber es un animal. Rappaport dice que debo preocuparme por tener estudios, que si yo fuera judío no estaría pensando en otra cosa. ¿Cómo va a saber él las veces que he mirado a los estudiantes universitarios de Nueva York soñando ser como ellos? Me dice que cuando me licencie podré ir a la universidad con el programa para Militares Veteranos de Corea, pero ¿de qué me servirá si ni siquiera tengo el bachillerato? Rappaport me dice que no debo pensar en por qué no puedo hacer algo, que debo pensar en por qué sí puedo hacerlo.

Así habla Rappaport, y supongo que así eres cuando eres judío.

Le digo que no podré ir al instituto de secundaria cuando vuelva a Nueva York si tengo que ganarme la vida.

—Por la noche —dice Rappaport.

—¿Y cuánto tiempo tardaré en sacarme así el bachillerato?

—Varios años.

—No puedo hacer eso. No puedo pasarme años enteros trabajando de día, yendo a clase de noche. Me moriría al cabo de un mes.

—¿Y qué otra cosa vas a hacer?

—No lo sé.

—¿Y bien? —dice Rappaport.

Tengo los ojos rojos y me supuran, y el sargento Burdick me manda a la enfermería. El médico militar me pregunta por mi último tratamiento y cuando yo le cuento lo del médico de Nueva York que me dijo que tenía una enfermedad de Nueva Guinea, él me dice:

—Eso es, eso es lo que tienes, soldado, ve a que te afeiten la cabeza y vuelve a presentarte dentro de dos semanas.

En el ejército no es tan malo que te afeiten la cabeza, teniendo en cuenta que tienes que llevar gorra o casco, lo único que pasa es que si vas a una cervecería las chicas de Lenggries pueden decir en voz alta «Ay, el irlandés tiene purgaciones», y si intentas explicarles que no son purgaciones lo único que hacen es darte una palmadita en la mejilla y decirte que vayas a verlas cuando quieras, con purgaciones o sin ellas. Al cabo de dos semanas no tengo mejoría en los ojos y el médico dice que tengo que volver al hospital militar de Munich para ponerme en observación. No se disculpa de haber cometido un grave error, de haberme hecho afeitar la cabeza, de que seguramente no era por la caspa en absoluto ni por nada de Nueva Guinea. Dice que vivimos una época desesperada, que los rusos se agolpan en la frontera, que nuestros efectivos tienen que estar sanos y que él no está dispuesto a arriesgarse a que esa oftalmia de Nueva Guinea se extienda por todo el Mando Europeo.

Me vuelven a enviar en un jeep, pero esta vez el conductor es un cabo cubano, Vinnie Gandía, que es asmático y toca la batería en la vida civil. Le resultaba duro estar en el ejército, pero el trabajo de la música estaba flojo y le hacía falta algún recurso para enviar dinero a su familia de Cuba. Estuvieron a punto de expulsarlo del ejército en el período de formación básica porque tenía los hombros tan delgados que no era capaz de llevar al hombro un fusil o un cañón de ametralladora del calibre cincuenta, hasta que vio un dibujo de una compresa Kotex en una caja y se le encendió una luz en la cabeza. Jesús. Eso es. Si se metía las compresas Kotex por debajo de la camisa, a modo de almohadillas sobre los hombros, ya podía echarle encima el ejército lo que quisiera. Cuando recuerdo que Rappaport hacía lo mismo, me pregunto si los de Kotex son conscientes de la ayuda que están prestando a los combatientes de América. Vinnie hace todo el camino hasta Munich conduciendo con los codos para poder dar con los palillos en todas las superficies duras. Jadea fragmentos de canciones, *Señor Como-se-llame, qué va a hacer esta noche,* y *bap bap da du bap du du di du bap* siguiendo el ritmo, y se emociona tanto que le viene el asma y jadea tanto que tiene que parar el jeep y darse un bombeo con su inhalador. Apoya la frente en el volante, y cuando levanta la cabeza tiene lágrimas en las mejillas por el esfuerzo de intentar respirar. Me dice que debo dar gracias de que lo único que tengo son los ojos irritados. Dice que ojalá tuviera él los ojos irritados en vez del asma. Podría seguir tocando la batería sin tener que parar para coger el maldito inhalador. Ningún batería tuvo que parar nunca por tener los ojos irritados. A él no le importaría quedarse ciego con tal de poder seguir tocando la batería. ¿De qué te sirve vivir si no puedes tocar tu maldita batería? La gente no valora lo que es no tener asma. Se dedican a lamentarse y a quejarse de la vida y mientras tanto respiran, respiran bien y normalmente y lo dan por sentado. Que tengan que pasar un día de asma, y dedicarán el resto de sus vidas a dar gracias a Dios cada vez que respiran, con sólo un día que pasen. Va a tener que inventar algún aparato que uno se ponga en la cabeza para poder respirar mientras toca, una especie de casco quizás, y allí dentro uno respirará como un recién nacido al aire libre y dándole a la batería, mierda, hombre, eso sería el paraíso. Gene Krupa, Buddy Rich, ésos no tienen asma, qué suerte tienen los muy cabrones. Me dice que si todavía me queda algo de vista cuando salga del ejército me llevará a los clubes de la calle Cincuenta y Dos, la mejor calle del mundo. Aunque ya no vea nada me llevará igual. Mierda, no hace falta ver para oír los sonidos, hombre, y eso sería digno de verse, él jadeando y yo con un bastón blanco o con un perro lazarillo, subiendo y bajando por la calle Cincuenta y Dos. Yo podía sentarme con ese tipo ciego, Ray Charles, y podíamos intercambiar impresiones. Esta idea hace reír a Vinnie y le provoca de nuevo el ataque, y cuando vuelve a recobrar el aliento dice que el asma es una desgraciada, porque si piensas en algo divertido te ríes, y la risa te quita el aliento. Eso también le jode, el modo en que la gente va por ahí riéndose y dándolo por sentado y no piensa nunca lo que sería tocar la batería con asma, no piensa nunca lo que es no poder reírse. La gente no piensa en esas cosas, sencillamente.

El médico militar de Munich dice que los médicos de Nueva York y de Lenggries son gilipollas y me vierte en los ojos una cosa plateada que me produce una sensación ácida. Me dice que deje de lloriquear, que sea hombre, que no soy la única unidad que ha tenido esa infección, maldita sea, que debo dar gracias de no ser una unidad en Corea donde me volarían el culo a tiros, que la mitad de estas unidades de culo gordo que están en Alemania deberían estar en Corea luchando al lado de sus compatriotas. Me dice que mire arriba, que mire abajo, que mire a la derecha, que mire a la izquierda, y así las gotas me llegarán hasta todos los rincones de los ojos. ¿Y cómo demonios, me pregunta, cómo demonios han admitido esos dos ojos en este ejército de hombres? Menos mal que me enviaron a Alemania. En Corea me habría hecho falta un perro lazarillo para defenderme de las malditas unidades *chinks*. Debo quedarme en el hospital unos días, y si tengo los ojos abiertos y la boca cerrada seré una unidad sana.

No sé por qué me llama unidad, y empiezo a preguntarme si los oftalmólogos en general son diferentes de los demás médicos.

Lo mejor de estar ingresado en el hospital es que, incluso con los ojos mal, puedo pasarme leyendo todo el día y hasta bien entrada la noche. El médico dice que debo descansar los ojos. Dice al enfermero que vierta el líquido plateado en los ojos de esta unidad todos los días hasta nuevo aviso, pero el enfermero, Apollo, me dice que el médico es gilipollas y trae un tubo de ungüento de penicilina que me aplica en los párpados. Apollo dice que sabe alguna cosilla porque él fue a la facultad de Medicina, pero tuvo que dejar la carrera por un desengaño amoroso.

La infección desaparece al cabo de un día, y ahora temo que el médico me vuelva a enviar a Lenggries, con lo que habrían terminado mis días de tranquilidad leyendo libros de Zane Grey, de Mark Twain, de Herman Melville. Apollo me dice que no me preocupe. Si el médico viene a mi sala debo frotarme los ojos con sal y parecerán...

—Dos agujeros de meadas en la nieve —digo.

—Eso es.

Yo le cuento que mi madre me hizo frotarme los ojos con sal hace mucho tiempo para que parecieran irritados y poder sacar dinero para comida a un hombre mezquino de Límerick.

—Sí, pero esto es ahora —dice Apollo.

Me pregunta por mi ración de café y de cigarrillos, que, evidentemente, no voy a utilizar, y dice que tendrá mucho gusto en aligerarme de ella a cambio del ungüento de penicilina y del tratamiento de sal. De lo contrario, vendrá el médico con el potingue plateado y en menos de nada volveré a estar en Lenggries contando sábanas y mantas hasta que me licencien dentro de tres meses. Apollo dice que Munich está repleto de mujeres y que es fácil echar un polvo, pero que él quiere algo de categoría y no alguna puta en un edificio destruido por las bombas.

La causa de todas mis desgracias es un libro de Herman Melville titulado *Pierre o las ambigüedades*, que no se parece en nada a *Moby Dick* y que es tan aburrido que me deja dormido en pleno día y me encuentro con que el médico me está sacudiendo para despertarme y me enseña el tubo de penicilina que se dejó Apollo.

—Despiértate, maldita sea. ¿De dónde has sacado esto? Te lo ha dado Apollo, ¿verdad? Esa unidad, Apollo. Ese maldito estudiante expulsado de una facultad de Medicina de tres al cuarto de Mississipi.

Va hasta la puerta y ruge por el pasillo:

—Apollo, trae aquí el culo.

Y se oye la voz de Apollo que dice:

—Sí, señor, sí, señor.

—Tú, maldita sea, tú. ¿Has proporcionado tú este tubo a esta unidad?

—En cierto modo, señor, sí, señor.

—¿De qué demonios me estás hablando?

—Estaba sufriendo, señor, gritaba con los ojos.

—¿Cómo demonios se grita con los ojos?

—Quiero decir, con el dolor, señor. Él gritaba. Yo le aplicaba la penicilina.

—¿Quién te manda, eh? ¿Acaso eres médico, maldita sea?

—No, señor. Es que vi que lo hacían así en Mississipi.

—Que se joda Mississipi, Apollo.

—Sí, señor.

—Y tú, soldado, ¿qué estás leyendo ahí con esos ojos?

—*Pierre o las ambigüedades*, señor.

—Jesús. ¿De qué demonios trata?

—No lo sé, señor. Creo que trata de un tal Pierre que tiene un dilema entre una mujer morena y una mujer rubia. Intenta escribir un libro en una habitación en Nueva York, y pasa tanto frío que las mujeres le tienen que calentar ladrillos para los pies.

—Jesús. Vas a volver a tu compañía, soldado. Si puedes estar ahí tumbado leyendo libros que tratan de unidades como ésas, es que puedes volver a ser una unidad activa. Y tú, Apollo, tienes suerte de que no te mande ante un pelotón de fusilamiento.

—Sí, señor.

—Retírate.

Al día siguiente, Vinnie Gandía me vuelve a llevar a Lenggries y conduce sin sus palillos. Dice que ya no lo puede hacer, que estuvo a punto de matarse después de la última vez que me trajo a Munich. Uno no puede conducir, tocar la batería y ocuparse del asma, así de sencillo. Uno tiene que elegir, y él había tenido que renunciar a los palillos. Si tuviera un accidente y se lesionara las manos y no pudiera tocar, metería la cabeza en el horno con el gas abierto, así de sencillo. No ve la hora de volver a Nueva York y de andar por la calle Cincuenta y Dos, la mejor calle del mundo. Me hace prometerle que nos veremos en Nueva York y que me llevará a todos los grandes clubes de jazz, gratis, de balde, porque él conoce a todo el mundo y todos saben que si no tuviera ese maldito asma estaría allí arriba con Krupa y con Rich, allí arriba.

Hay una ley que dice que puedo reengancharme otros nueve meses en el ejército y librarme de estar seis años como reservista. Si me reengancho no podrán movilizarme cada vez que los Estados Unidos decidan defender la democracia en lugares remotos. Podría pasarme los nueve meses aquí en el almacén de suministros, repartiendo sábanas, mantas, condones, bebiendo cerveza en el pueblo, acompañando a alguna que otra chica a su casa, leyendo libros de la biblioteca de la base. Podría hacer otro viaje a Irlanda para explicar a mi abuela cuánto siento haberme marchado enfadado. Podría tomar lecciones de baile en Munich para que todas las chicas de Límerick hicieran cola para salir a la pista conmigo, que llevaría los galones de sargento que, sin duda, conseguiría.

Pero no puedo permitirme pasar otros nueve meses en Alemania con las cartas de Emer en las que me dice que cuenta los días que faltan hasta mi vuelta. Yo no sabía que ella me quería tanto y ahora la quiero por quererme a mí, pues es la primera vez en la vida que he oído a una chica decirme eso. Me emociona tanto que Emer me quiera, que le escribo y le digo que la amo, y ella me dice que también ella me ama a mí, y con eso estoy en el cielo y me dan ganas de hacer el petate y saltar a un avión para ir a su lado.

Le escribo y le digo cuánto la echo de menos y que aquí, en Lenggries, me dedico a aspirar el perfume de sus cartas. Sueño con la vida que haremos en Nueva York, con que yo iré a mi trabajo todas las mañanas, un trabajo abrigado, a cubierto, en el que estaré sentado ante un escritorio y redactaré decisiones importantes. Todas las noches cenaremos y nos acostaremos temprano para tener tiempo de sobra para la excitación.

Naturalmente, en las cartas no puedo hablar de lo de la excitación, porque Emer es pura y si su madre se entera de que yo tengo esos sueños me darían con la puerta en las narices para siempre, y yo me quedaría sin la compañía de la única chica que me ha dicho que me quiere.

No puedo contar a Emer cómo deseaba yo a las chicas universitarias en el hotel Biltmore. No puedo contarle la excitación que he hecho con chicas en Lenggries, en Munich y en el campamento de refugiados. Se escandalizaría tanto que podría contárselo a toda su familia, sobre todo a su hermano mayor, Liam, y mi vida correría peligro.

Rappaport dice que antes de casarte tienes la obligación de contar a la novia todo lo que has hecho con otras chicas. Según Buck, eso son memeces, lo mejor de la vida es tener la boca cerrada, sobre todo con la persona con quien te vas a casar. Es como en el ejército: no decir nada, no presentarse voluntario para nada.

—Yo no contaría nada a nadie —dice Weber, y Rappaport le dice que vaya a colgarse de un árbol. Weber dice que cuando se case sí hará una cosa por la chica, se asegurará de que él no tiene purgaciones, porque éstas se pueden transmitir y no le gustaría que ningún hijo suyo naciera con las purgaciones.

—Jesús, la bestia tiene sentimientos —dice Rappaport.

La noche anterior a mi vuelta a los Estados Unidos hay una fiesta en un restaurante de Bad Tolz. Los oficiales y los suboficiales llevan a sus esposas, y eso quiere decir que las clases de tropa no pueden llevarse a sus novias alemanas. A las esposas de los oficiales no les parecería bien, sabiendo que ciertas clases de tropa tienen esposas que los esperan en la patria y no está bien sentarse junto a unas muchachas alemanas que podrían estar destrozando unas buenas familias americanas.

El capitán pronuncia un discurso y dice que yo he sido uno de los mejores soldados que ha tenido a su mando. El sargento Burdick pronuncia un discurso y me presenta un pergamino en el que se me felicita por mi estrecho control de las sábanas, de las mantas y de los dispositivos de protección.

Cuando dice «dispositivos de protección» se oyen risitas a lo largo de la mesa, hasta que los oficiales echan las miradas de advertencia que indican a los hombres: «Basta ya, están aquí nuestras esposas.»

Uno de los oficiales tiene una esposa llamada Belinda que es de mi edad. Si no tuviera marido podría tomarme unas cervezas que me dieran valor para hablar con ella, pero no me hace falta porque ella se inclina hacia mí y me susurra que todas las esposas me encuentran atractivo. Esto me hace sonrojarme tanto que tengo que ir al servicio, y cuando vuelvo Belinda está diciendo a las otras esposas algo que las hace reír, y cuando me miran se ríen todavía más y estoy seguro de que se están riendo por lo que me dijo Belinda. Esto me hace sonrojarme de nuevo y me pregunto si hay alguien de quien se pueda fiar uno en este mundo.

Parece que Buck sabe de algún modo lo que ha pasado.

—Que se vayan al infierno esas mujeres, Mac —me susurra—. No deberían burlarse de ti de ese modo.

Sé que tiene razón, pero me entristece que el último recuerdo que me llevaré de Lenggries será el de Belinda y las esposas de los oficiales burlándose de mí.

XX

El día en que me licencié del ejército en el Campamento Kilmer me encontré con Tom Clifford en el bar Breffni de la Tercera Avenida, en Manhattan. Comimos carne en conserva y repollo untados con mostaza y bebimos cerveza a discreción para refrescarnos la boca. Tom había encontrado una casa de huéspedes irlandesa en el Bronx sur, la pensión Logan, y en cuanto yo dejase allí mi petate podríamos volver para ver a Emer después de su trabajo, en su apartamento de la calle Cincuenta y Cuatro Este.

El señor Logan parecía un viejo calvo y con la cara roja y carnosa. Puede que fuera viejo, pero tenía una esposa joven, Nora de Kilkenny, y un niño de pocos meses. Me dijo que ostentaba un grado elevado en la Antigua Orden de los Hibernianos y en los Caballeros de Colón y que yo no debía confundirme respecto de su postura en cuestión de religión y de moral en general, que ninguno de sus doce huéspedes podía contar con desayunar los domingos por la mañana a no ser que pudiera demostrar que había asistido a misa y, si ello era posible, que había recibido la Santa Comunión. Los que habían comulgado y podían demostrarlo con dos testigos al menos recibirían salchichas con el desayuno. Naturalmente, cada huésped contaba al menos con otros dos huéspedes que daban fe de que había comulgado. Se daba fe a diestro y siniestro, y el señor Logan estaba tan molesto con lo que le costaba en salchichas que se disfrazó con el sombrero y el abrigo de Nora y se deslizó hasta el centro de la iglesia para descubrir que no sólo los huéspedes no habían comulgado sino que Ned Guinan y Kevin Hayes eran los únicos que iban a misa. Los demás estaban en la avenida Willis entrando disimuladamente por la puerta de servicio de un bar para tomarse una copa ilegalmente antes de la hora oficial de apertura, el mediodía, y cuando volvieron corriendo a desayunar, apestando a alcohol, el señor Logan les quiso oler el aliento. Le dijeron que se fuera a joder a otra parte, que aquél era un país libre y que si tenían que aguantar que les olieran el aliento por una salchicha se conformarían con los huevos y la leche aguada, el pan duro y el té flojo.

Además, en la casa del señor Logan no se consentían las blasfemias ni las groserías de ninguna especie; en caso contrario, nos invitarían a darnos de baja y a marcharnos. No estaba dispuesto a consentir que su esposa y su hijo, Luke, tuvieran que presenciar conductas vergonzosas de ninguna especie por parte de los doce jóvenes huéspedes irlandeses. Por mucho que nuestras camas estuvieran en el sótano, él se enteraría siempre de las conductas vergonzosas. No, desde luego, cuesta años levantar una pensión y él no iba a consentir que doce obreros de la Vieja Patria la hundieran. Ya era bastante desgracia que estuvieran llegando a diestro y siniestro los negros, que destrozaban el barrio, una gente sin moral, sin trabajo y cuyos niños que corrían por las calles como salvajes no tenían padres.

La cama y el desayuno costaban dieciocho dólares a la semana, y si quería cenar me costaría un dólar más cada día. Había ocho camas para doce huéspedes, y eso era porque todo el mundo trabajaba en turnos diferentes en el puerto y en diversos almacenes y para qué iban a tener camas de más ocupando espacio en las dos habitaciones del sótano. La única ocasión en que se llenaban todas las camas era la noche del sábado, cuando había que acostarse con otro. No importaba, porque la noche del sábado era la noche en que uno se emborrachaba en la avenida Saint Nicholas, y a uno le daba igual dormir con un hombre, con una mujer o con una oveja.

Había un cuarto de baño para todos, cada uno tenía que poner su propio jabón, y dos toallas largas y estrechas que habían sido blancas. En cada toalla había una línea negra que separaba la parte superior de la inferior, y así era como había que usarlas. Había en la pared un letrero escrito a mano que decía que la parte superior era para todo lo que estaba por encima del ombligo, la inferior para todo lo que estaba por debajo, firmado J. Logan, propietario. Las toallas se cambiaban cada dos semanas, aunque siempre había peleas entre los huéspedes que guardaban el reglamento y los que podían haberse tomado una copa de más.

Chris Wayne, de Lisdoonvarna, era el mayor de los huéspedes, tenía cuarenta y dos años, trabajaba en la construcción y estaba ahorrando para traerse a su novia, de veintitrés años, para que pudieran casarse y tener hijos mientras a él le quedase un ápice de fuerzas. Los huéspedes le llamaban el Duque por su apellido y por la tontería. No bebía ni fumaba, iba a misa y comulgaba todos los domingos y nos evitaba a todos los demás. Tenía mechones grises en su cabello negro rizado y estaba demacrado por su piedad y por su frugalidad. Tenía toalla y jabón propios, y dos sábanas que llevaba consigo en una bolsa por miedo a que las usásemos nosotros. Todas las noches se arrodillaba junto a su cama y rezaba el rosario completo. Era el único que había conseguido una cama propia porque nadie, ni borracho ni sereno, sería capaz de meterse en la cama con él ni de usar la cama en su ausencia a causa del olor de santidad que la rodeaba. Trabajaba de ocho a cinco todos los días laborables y cenaba con los Logan todas las noches. Lo apreciaban por ello, porque así les pagaba siete dólares más cada semana, y lo apreciaban todavía más por lo poco que se metía en el cuerpo escuálido. Dejaron de apreciarlo más tarde, cuando empezó a toser y a escupir y tenía gotas de sangre en el pañuelo. Le dijeron que tenían que pensar en su hijo y que más le valía buscarse otro alojamiento. Él dijo al señor Logan que era un hijo de perra y un cabrón lastimoso que le daba pena. Si el señor Logan se creía que era verdaderamente el padre de aquel hijo, debería mirar a sus huéspedes, y si no era completamente ciego descubriría en la cara de uno de los huéspedes una semejanza manifiesta con el niño. El señor Logan se levantó penosamente de su sillón diciendo jadeante que si no fuera porque estaba mal del corazón mataría a Chris Wayne allí mismo. Intentó lanzarse contra el Duque, pero su corazón se lo impidió y tuvo que escuchar los chillidos que le soltaba Nora de Kilkenny, suplicándole que lo dejase para que ella no se quedara viuda con un niño huérfano.

El Duque se rió y dijo por fin, jadeando, a Nora:

—No se preocupe, ese hijo siempre tendrá padre. Claro, ¿acaso no está en esta habitación?

Salió de la habitación tosiendo, bajó las escaleras hasta la planta baja y nadie volvió a verlo más.

Después de aquello fue difícil vivir allí. El señor Logan sospechaba de todos y se le oía gritar a Nora de Kilkenny a todas horas. Quitó una de las toallas y ahorraba dinero comprando pan duro en la panadería y sirviendo leche en polvo y huevos de huevina en el desayuno. Quería que todos fuése-

mos a confesarnos para mirarnos las caras y darse cuenta de si era verdad lo
que había dicho el Duque. Nos negamos. Sólo había cuatro huéspedes que
llevaban en la casa el tiempo suficiente para ser sospechosos, y Peter McNamee, el más antiguo, dijo al señor Logan abiertamente que lo último que se
le ocurriría sería liarse con Nora de Kilkenny. Le dijo que ésta estaba hecha
tal saco de huesos de tanto trabajar en la casa, que se le oía crujir y traque-
tear cuando subía por las escaleras.

El señor Logan soltó un suspiro en su sillón y dijo a Peter:

—Me duele que digas eso, Peter, que mi mujer traquetea, siendo como
eres el mejor huésped que hemos tenido nunca, a pesar de que nos engaña-
se mucho tiempo la falsa piedad del tipo que se acaba de marchar, gracias a
Dios.

—Siento que le haya dolido, señor Logan, pero Nora de Kilkenny no es
en absoluto un buen bocado. Ninguno de los presentes la miraría dos veces
en una pista de baile.

El señor Logan nos echa una mirada a todos los que estamos en la habitación.

—¿Es verdad, muchachos? ¿Es verdad?

—Lo es, señor Logan.

—¿Estás seguro de eso, Peter?

—Lo estoy, señor Logan.

—Gracias a Dios, Peter.

Los huéspedes ganan un buen dinero en el puerto y en los almacenes. Tom
trabaja en los Almacenes Portuarios cargando y descargando camiones, y si
hace horas extraordinarias le aplican un plus del cincuenta o del cien por
cien, de modo que gana bastante más de cien dólares a la semana.

Peter McNamee trabaja en la Compañía Refrigeradora Mercante, descargando y almacenando la carne que se recibe en los camiones congeladores de Chicago. Los Logan lo aprecian por las piezas de carne de vaca o de
cerdo que lleva a cuestas a casa todos los viernes por la noche, esté borracho
o esté sobrio, y esa carne sustituye a los dieciocho dólares. Nosotros no vemos nunca esta carne, y algunos huéspedes juran que el señor Logan la vende a una carnicería de la avenida Willis.

Todos los huéspedes beben, a pesar de que dicen que quieren ahorrar dinero y volver a Irlanda por la paz y la tranquilidad que hay allí. Sólo Tom dice
que no volverá nunca, que Irlanda es un barrizal miserable, y los demás lo to-

man como un insulto personal y se brindan a solventar la cuestión si sale con ellos a la calle. Tom se ríe. Él sabe lo que quiere, y lo que quiere no es una vida de peleas y de beber y de suspirar por Irlanda y de compartir toallas en pensiones de mala muerte como esta. El único que está de acuerdo con Tom es Ned Guinan, y a él no se le tiene en cuenta porque tiene la tisis como el Duque y no va a durar mucho tiempo en este mundo. Está ahorrando el dinero suficiente para poder volver a Kildare y morir en la casa en que nació. Sueña con Kildare, y se ve apoyado en una cerca en el Curragh, viendo entrenarse los caballos por la mañana, trotar entre la neblina que nubla la pista hasta que se abre paso el sol y viste todo el mundo de verde. Cuando habla de este modo le brillan los ojos y tiene un leve rubor rosado en las mejillas, y sonríe de tal modo que te dan ganas de acercarte a él y estrecharlo un momento entre tus brazos, a pesar de que esas cosas podían estar mal vistas en una pensión irlandesa. Es singular que el señor Logan le permita quedarse, pero Ned es tan delicado que el señor Logan lo trata como a un hijo y se olvida del niño pequeño que podía verse amenazado por las toses, los esputos y las gotas de sangre. Es singular que lo mantengan en la nómina del almacén de Baker y Williams, donde lo tienen en la oficina atendiendo al teléfono porque está tan débil que no es capaz de levantar una pluma. Cuando no está atendiendo al teléfono estudia francés para poder hablar con Santa Teresita, la Florecilla, cuando llegue al cielo. El señor Logan le dice muy delicadamente que puede que no vaya por el buen camino en esta cuestión, que la lengua que hay que saber en el cielo es el latín, y esto conduce a una larga discusión entre los huéspedes sobre la cuestión de qué lengua hablaba Nuestro Señor, quien, según afirma como cosa fija Peter McNamee, hablaba hebreo.

—Puede que tengas razón en eso, Peter —dice el señor Logan, porque no quiere llevar la contraria al hombre que le trae los viernes por la noche la carne del domingo. Tom Clifford dice entre risas que todos deberíamos repasar el irlandés por si nos encontramos con San Patricio o con Santa Brígida, y todos le echan miradas aviesas, todos menos Ned Guinan, que sonríe con todo porque nada tiene importancia cuando estás soñando con los caballos de Kildare.

Peter McNamee dice que es increíble que siga vivo uno solo de nosotros con todas las cosas que tenemos en contra en este mundo, el clima de Irlanda, la tuberculosis, los ingleses, el gobierno de De Valera, la Iglesia Romana, Una, Santa, Católica y Apostólica, y ahora el modo en que tenemos que partirnos el culo para ganar unos dólares en el puerto y en los almacenes. El señor Logan le suplica que modere su manera de hablar delante de Nora de Kilkenny y de Peter, y él dice que lo siente, que se exalta.

Tom me habla de un trabajo de descargador de camiones en los Almacenes Portuarios. Emer dice que no, que debo trabajar en una oficina donde pueda aplicar mi inteligencia. Tom dice que los trabajos de almacén son mejores que los trabajos de oficina, que éstos están peor pagados y te obligan a llevar traje y corbata y te hacen pasar tanto tiempo sentado que acabas con el culo del tamaño de la puerta de una catedral. A mí me gustaría trabajar en una oficina, pero el almacén paga setenta y cinco dólares por semana y eso es más de lo que yo había soñado nunca después de los treinta y cinco dólares que ganaba por semana en el hotel Biltmore. Emer dice que está bien con tal de que ahorre algo y de que estudie. Habla así porque todos los de su familia estudiaron y no quiere que yo me dedique a levantar y a arrastrar pesos hasta que sea un viejo deshecho a los treinta y cinco años. Por el modo en que Tom y yo hablamos de los huéspedes, ella sabe que se bebe y se hacen canalladas de todo tipo y no le gustaría que yo me pasara el tiempo en los bares cuando podría estar esforzándome por llegar a algo.

Emer tiene las ideas claras porque no bebe ni fuma y la única carne que come es un bocado de pollo de vez en cuando para la sangre. Estudia en una escuela de empresa en el Centro Rockefeller para poder ganarse la vida y llegar a algo en América. Yo sé que sus ideas claras son buenas para mí, pero quiero ganar ese dinero en el almacén y le prometo a ella y me prometo a mí mismo que algún día estudiaré.

El señor Campbell Groel, propietario de los Almacenes Portuarios, no está demasiado convencido de que deba contratarme, le parece que quizás esté demasiado escuálido. Después mira a Tom Clifford, que es más pequeño y más escuálido y es el mejor trabajador del muelle de carga, y dice que, si soy la mitad de fuerte y de rápido que él, el puesto es mío.

El capataz del muelle de carga es Eddie Lynch, un hombre gordo de Brooklyn que cuando nos habla a mí o a Tom se ríe y adopta un acento de Barry Fitzgerald que a mí no me hace ninguna gracia, aunque tengo que sonreír porque él es el capataz y yo quiero cobrar los setenta y cinco dólares todos los viernes.

A mediodía nos sentamos en el muelle de carga con nuestros almuerzos de la casa de comidas de la esquina, largos bocadillos de *liverwurst*, embutido de hígado con cebolla impregnados de mostaza y cerveza Rheingold tan fría que hace que me duela la frente. Los irlandeses hablan de lo que bebieron la noche anterior y se ríen de lo mucho que han sufrido a la mañana siguiente. Los italianos comen la comida que han traído de sus casas y no saben cómo somos capaces de comer esa mierda del *liverwurst*. Los irlandeses se ofenden y quieren pegarse con ellos, si no fuera porque Eddie Lynch dice que cualquiera que tenga una pelea en este muelle de carga ya puede irse buscando otro trabajo.

Hay un solo hombre negro, Horace, que se sienta aparte de los demás. Sonríe de vez en cuando y no dice nada porque así son las cosas.

Cuando terminamos de trabajar, a las cinco, alguien dice:

—Bueno, vamos a tomarnos una cerveza, una, sólo una —y a todos nos hace reír la idea de tomarse sólo una cerveza. Bebemos en los bares con los estibadores de los muelles, que siempre están discutiendo si su sindicato, la ILA, debe afiliarse al AFL o al CIO, y cuando no están discutiendo esta cuestión están discutiendo las políticas de contratación injustas. Los encargados de contratación y los capataces van a otros bares, más adentro de Manhattan, por miedo a tener problemas en la zona del puerto.

Algunas noches trasnocho tanto y la bebida me deja tan mareado, que no vale la pena volver siquiera al Bronx y me resulta igual de fácil echarme a dormir en el muelle de carga, donde los vagabundos encienden hogueras en grandes bidones en la calle, hasta que llega Eddie Lynch con su acento de Barry Fitzgerald y nos dice:

—Moved el culo, venga, de pie.

Aun cuando tengo resaca, me dan ganas de decirle que culo no se pronuncia de ese modo, pero él es de Brooklyn y es el jefe y lo pronunciará siempre con ese falso acento irlandés.

A veces hay trabajo por la noche descargando barcos en los muelles, y cuando no hay suficientes estibadores con carnet de la ILA, la Asociación Internacional de Estibadores, contratan a almacenistas como yo, con carnet de *Teamster*. Hay que tener cuidado de no quitar trabajo a los estibadores, porque por menos de nada te clavan el gancho de estibador en el cráneo y te tiran entre el barco y el muelle, esperando que quedes aplastado e irreconocible. Los del puerto ganan más dinero que nosotros los de los almacenes, pero el trabajo es inestable y tienen que pelearse por él todos los días. Yo llevo mi gancho del almacén, pero no he aprendido a usarlo para nada más que para levantar pesos.

Después de tres semanas en el almacén y de todo el *liverwurst* y la cerveza estoy más escuálido que nunca. Eddie Lynch dice con su deje irlandés de Brooklyn:

—A fe mía, voto a Dios, podría pasaros a Clifford y a ti por el culo de un gorrión, a los dos.

Con las noches de bebida y de trabajo en los muelles me vuelven a arder los ojos. Se me ponen peor cuando tengo que llevar sacos de guindillas cubanas de los barcos de la United Fruit. A veces lo único que me alivia es la cerveza, y Eddie Lynch dice:

—Jesucristo, el chico tiene tanta ansia de cerveza que se la está metiendo por los ojos.

En el almacén gano un buen dinero y debería estar satisfecho, si no fuera porque no tengo en la cabeza más que confusión y oscuridad. El ferrocarril elevado de la Tercera Avenida está abarrotado todas las mañanas de gente con trajes y vestidos, frescos, limpios y contentos de sí mismos. Si no van leyendo el periódico van hablando, y les oigo contar los planes que tienen para las vacaciones o presumir de lo bien que van sus hijos en el colegio o en la universidad. Yo sé que trabajarán todos los días hasta que estén viejos y canosos y que estarán satisfechos de sus hijos y de sus nietos y me pregunto si viviré así alguna vez.

En junio los periódicos están llenos de artículos que hablan de las ceremonias de licenciatura en la universidad y de fotos de licenciados felices con sus familias. Yo intento mirar las fotos, pero el tren da bandazos y traquetea y me doy con los pasajeros que me dirigen miradas de superioridad porque llevo ropa de obrero. Me dan ganas de proclamar que esto sólo es provisional, que un día estudiaré y llevaré traje como ellos.

XXI

Me gustaría tener más firmeza en el almacén y decir que no cuando alguien dice en broma que vayamos a tomar una cerveza, una, sólo una. Yo debería decir que no, sobre todo cuando he quedado con Emer para ir al cine o para comernos una ración de pollo. A veces, después de pasarme varias horas bebiendo, la llamo por teléfono y le digo que he tenido que quedarme haciendo horas extraordinarias, pero ella sabe la verdad y cuanto más le miento, más fría tiene la voz y es inútil seguir llamando y mintiendo.

Más tarde, en pleno verano, Tom me dice que Emer está saliendo con otro, que está comprometida, que lleva un anillo grande de su prometido, un empleado de seguros del Bronx.

No quiere hablar conmigo por teléfono, y cuando llamo a su puerta no me deja pasar. Le suplico que me conceda un minuto para poder explicarle que he cambiado, que voy a cambiar de vida y que voy a vivir como es debido, se acabó el atiborrarme de bocadillos de *liverwurst*, se acabó el trasegar cerveza hasta que casi no me tengo de pie.

No me deja pasar. Está comprometida, y lleva en la mano un destello de diamante que me pone tan frenético que me dan ganas de dar puñetazos a la pared, de tirarme de los pelos, de arrojarme al suelo a sus pies. No quiero marcharme de su lado para volver dando traspiés a la pensión Logan y a la única toalla y al puerto y a beber hasta altas horas de la madrugada mientras el resto del mundo, incluidos Emer y su empleado de seguros, hacen vidas limpias con toallas a discreción, están todos contentos el día de las licencia-

149

turas y sonríen con sus dentaduras americanas perfectas cepilladas después de todas las comidas. Quiero que me deje pasar para que podamos hablar de los días que tenemos por delante, cuando yo tenga traje y un trabajo de oficina y tengamos nuestro propio apartamento y yo esté a salvo del mundo y de todas las tentaciones.

No me deja pasar. Dice que tiene que marcharse. Dice que ha quedado con una persona y yo sé que se trata del empleado de seguros.

—¿Está ahí dentro?

Ella me dice que no, pero yo sé que sí está y grito que quiero verlo, que salga el maricón y ya me las entenderé con él, ya lo arreglaré.

Entonces me cierra la puerta en las narices y yo me quedo tan impresionado, que se me secan los ojos y pierdo todo el calor del cuerpo. Me quedo tan impresionado que me pregunto si mi vida es una serie de puertas cerradas en las narices, tan impresionado que ni siquiera me quedan ganas de irme al bar Breffni a tomarme una cerveza. Me cruzo con la gente por la calle y los coches hacen sonar las bocinas, pero yo me siento tan frío y tan solo que es como si estuviera en un calabozo. Me siento en el vagón del ferrocarril elevado de la Tercera Avenida, camino del Bronx, y pienso en Emer y en su empleado de seguros, en que se estarán tomando una taza de té y riéndose de cómo me he puesto en ridículo, en lo limpios y sanos que son los dos, que no beben, no fuman, rechazan el pollo con un gesto.

Sé que hay lo mismo por todo el país, gente que se queda sentada en su cuarto de estar, sonriente, segura, que resiste las tentaciones, que envejece junto a otras porque son capaces de decir: «No, gracias, no quiero una cerveza, ni una sola.»

Sé que Emer obra así a causa de mi conducta, y sé que al que desea es a mí y no a ese hombre que seguramente estará tomando té a traguitos y aburriéndola hasta la locura con anécdotas del mundo de los seguros. Con todo, es posible que vuelva a quererme y a aceptarme si yo dejo el almacén, el puerto, el *liverwurst*, la cerveza, y encuentro un buen trabajo. Todavía tengo posibilidades, pues Tom me dijo que no se iban a casar hasta el año siguiente, y si progreso a partir de mañana me aceptará con toda seguridad, aunque no me gusta la idea de que él se pase meses enteros sentado en el sofá besándola y acariciándole las paletillas con las zarpas.

Naturalmente, él es irlando-americano católico, eso me dijo Tom, y naturalmente respetará su pureza hasta la noche de bodas, ese empleado de seguros, pero yo sé que los irlando-americanos católicos tienen las mentes sucias. Tienen todos los sueños cochinos que tengo yo, sobre todo los empleados de seguros. Sé que el hombre de Emer está pensando en las cosas que harán la noche de bodas, aunque tendrá que confesar sus malos pensamientos al cura antes de casarse. Menos mal que no me caso yo, porque tendría que confesarme de las cosas que hice con mujeres por toda Baviera y al otro lado de la frontera, en la misma Austria, e incluso en Suiza.

Hay en el periódico un anuncio de una agencia de empleo donde ofrecen puestos de trabajo de oficina, estable, seguro, bien pagado, período de formación pagado de seis semanas, se requiere traje y corbata, preferencia a los veteranos de guerra.

En la solicitud me preguntan dónde terminé el bachillerato y cuándo, y eso me obliga a mentir, Escuela Secundaria de los Hermanos Cristianos, Límerick, Irlanda, junio de 1947.

El hombre de la agencia me dice el nombre de la empresa que ofrece el trabajo, la Cruz Azul.

—Perdone, ¿qué clase de empresa es ésa?

—De seguros.

—Pero...

—¿Pero qué?

—Ah, está bien, señor.

Está bien, porque me doy cuenta de que si me contrata esta compañía de seguros podría progresar en el mundo y Emer me aceptará. Lo único que tendría que hacer sería elegir entre dos empleados de seguros, aunque el otro ya le haya dado un anillo de diamantes.

Antes de poder hablar con ella otra vez siquiera tengo que terminar mi cursillo de formación de seis semanas en la Cruz Azul. Las oficinas están en la Cuarta Avenida, en un edificio que tiene la entrada como la puerta de una catedral. Asisten al cursillo de formación siete hombres, todos ellos bachilleres, uno tan malherido en la guerra de Corea que la boca se le ha quedado a un lado de la cara y babea sobre su hombro. Se tarda días enteros en entender lo que intenta decir, que quiere trabajar para la Cruz Azul para ayudar a los veteranos de guerra como él que fueron heridos y que no tienen a nadie. Más tarde, cuando llevamos varios días de cursillo, descubre que no está donde debe, que donde había querido ir era a la Cruz Roja, e insulta al instructor por no haberle avisado antes. Nos alegramos de que se vaya a pesar de todo lo que ha sufrido por América, pero es difícil estar sentados todo el día junto a un hombre que tiene la boca a un lado de la cara.

El instructor se llama señor Puglio, y lo primero que nos dice es que está estudiando un máster en empresariales en la Universidad de Nueva York, y, lo segundo, que toda la información que hemos facilitado en nuestras solicitudes será comprobada cuidadosamente, de modo que si alguno ha asegurado que ha ido a la universidad y no ha ido, debe corregirlo ahora o atenerse a las consecuencias. Lo único que no tolera la Cruz Azul es una mentira.

Los huéspedes de la pensión Logan se ríen todas las mañanas cuando me pongo el traje, la camisa, la corbata. Se ríen todavía más cuando se enteran de mi sueldo, cuarenta y siete dólares a la semana, que serán cincuenta cuando termine el cursillo de formación.

Sólo quedan ocho huéspedes. Ned Guinan volvió a su casa de Kildare para contemplar los caballos y morirse, y otros dos se casaron con camareras de Schrafft, que tienen fama por lo mucho que ahorran para volver a sus casas y comprar la vieja granja familiar. La toalla con el letrero de Arriba y Abajo sigue allí, pero nadie la usa desde que Peter McNamee causó sensación cuando fue y se compró una toalla propia. Dice que estaba cansado de ver a unos hombres hechos y derechos gotear después de ducharse, secarse paseándose y meneando el cuerpo como perros viejos, unos hombres que estaban dispuestos a derrochar en whiskey la mitad de su sueldo pero que no eran capaces de comprarse una toalla. Dice que el colmo fue un sábado, cuando cinco de los huéspedes estaban sentados en sus camas bebiendo whiskey irlandés del *duty free* del aeropuerto de Shannon, charlando y cantando las canciones de un programa irlandés de radio, poniéndose a tono para un baile aquella noche en Manhattan. Cuando se ducharon, la toalla estaba inútil y en vez de darse paseos para secarse meneándose se pusieron a bailar jigas y *reels* con la música de la radio y lo estaban pasando en grande, sólo que Nora de Kilkenny vino a poner papel higiénico y entró sin llamar y cuando vio lo que vio se puso a chillar como una bruja y subió corriendo las escaleras, histérica, para avisar al señor Logan, quien bajó y se encontró a los bailarines danzando en corro desnudos y riéndose y sin que les importara un pedo de violinista el señor Logan y sus gritos de que eran una deshonra para la nación irlandesa y para la Santa Madre Iglesia y que le daban ganas de echarlos a todos a la calle en cueros y que qué madres habían tenido. Volvió a subir refunfuñando, porque jamás despediría a cinco huéspedes que le pagaban dieciocho dólares a la semana cada uno.

Cuando Peter se trajo a casa su toalla propia todos se quedaron atónitos e intentaron pedírsela prestada, pero él los mandó a tomar por culo y la escondió en diversos lugares, aunque esconderla era problemático porque la toalla tiene que estar tendida para que se seque, y si se dobla y se oculta bajo el colchón o bajo la propia bañera sólo se consigue que se quede húmeda y mohosa. A Peter lo amargaba no poder tender su toalla para que se secase, hasta que Nora de Kilkenny le dijo que ella se la llevaría al piso de arriba y la vigilaría mientras se secaba, que tal era el agradecimiento del señor Logan y de ella por la carne que él les entregaba todos los viernes por la noche sin falta. Aquella solución fue buena hasta que el señor Logan empezó a inquietarse cada vez que Peter subía a recoger su toalla seca y se pasaba un rato charlando con Nora de Kilkenny. El señor Logan miraba fijamente a su hijo recién nacido, Luke, y miraba después a Peter y volvía a mirar al niño, y fruncía el ceño con tanta fuerza que se le juntaban las cejas. Ya no lo soportaba más y gritaba por la escalera:

—¿Es que tardas todo el día en recoger tu toalla seca, Peter? Nora tiene cosas que hacer en esta casa.

Peter bajaba por la escalera diciendo:

—Ay, lo siento, señor Logan, lo siento mucho.

Pero eso no le basta al señor Logan, que vuelve a mirar fijamente al pequeño Luke y otra vez a Peter.

—Tengo algo que decirte, Peter. Ya no nos va a hacer falta tu carne, y tendrás que encontrar el modo de secar tu toalla por tu cuenta. Nora ya tiene bastante tarea para tener que montar guardia ante tu toalla mientras se seca.

Aquella noche hay gritos y chillidos en la habitación de los Logan, y a la mañana siguiente el señor Logan prende con un alfiler en la toalla de Peter una nota en la que le dice que tendrá que marcharse, que ha hecho demasiado daño a la familia Logan con el modo en que se aprovechó de su amabilidad en la cuestión del secado de la toalla.

A Peter no le importa. Se va a mudar a casa de su primo, en Long Island. Todos lo echaremos de menos, con el modo en que nos desveló el mundo de las toallas, y ahora todos las tenemos, están tendidas en todas partes y todos nos abstenemos honradamente de usar las toallas de otros porque, en todo caso, no se secan nunca con la humedad del dormitorio del sótano.

XXII

Me resulta más fácil viajar en el tren todas las mañanas con mi traje y mi corbata y sosteniendo en alto el *New York Times* para que todo el mundo sepa que no soy un inculto de esos que leen las historietas del *Daily News* o del *Mirror*. La gente verá que éste es un hombre de traje, capaz de entender las palabras complicadas mientras va a su trabajo importante en una oficina de seguros.

Puede que lleve traje y que lea el *Times* y que reciba miradas de admiración, pero todavía no puedo evitar cometer mi pecado capital diario, la Envidia. Veo a los estudiantes universitarios que llevan forros en los libros, Columbia, Fordham, Universidad de Nueva York, Colegio Universitario de la Ciudad de Nueva York, y yo me siento vacío al pensar que no seré nunca como ellos. Me dan ganas de ir a una librería a comprarme forros de la universidad para los libros y poder así exhibirlos en el metro, pero pienso que que me descubrirían y se reirían de mí.

El señor Puglio nos enseña las diversas pólizas de seguro sanitario que ofrece la Cruz Azul, familiares, individuales, de empresa, para viudas, huérfanos, veteranos de guerra, minusválidos. Cuando nos da clase se emociona y nos dice que es maravilloso poder dormir por la noche sabiendo que la gente no tiene nada de qué preocuparse si se pone enferma mientras tenga a la Cruz Azul. Estamos en una habitación pequeña con el aire cargado de humo de tabaco por falta de ventanas y es difícil mantenerse despiertos en las tardes de verano mientras el señor Puglio se apasiona al hablar de las primas. Nos pone un examen todos los viernes, y los lunes son desagradables cuando alaba a los que han sacado las notas más altas y mira mal a los que hemos sacado notas bajas, como yo. Saco notas bajas porque no me interesan los seguros, y me pregunto si Emer está en su sano juicio al comprometerse con un empleado de seguros cuando podría estar con un hombre que pasó de adiestrar a pastores alemanes a pasar a máquina los partes de la mañana más rápidos de todo el Mando Europeo. Me apetece llamarla y decirle que ahora que estoy en el ramo de los seguros éste me está volviendo loco, y preguntarle si está contenta de haberme hecho esto. Yo podría seguir trabajando en los Almacenes Portuarios disfrutando de mi *liverwurst* y de mi cerveza si ella no me hubiera partido el corazón del todo. Me gustaría llamarla, pero me temo que estará fría y que eso me impulsaría a buscar consuelo en el bar Breffni.

Tom está en el Breffni y dice que lo mejor es dejar que se cure la herida.

—Tómate algo. Y ¿de dónde has sacado ese traje tan horrible?

Ya es bastante malo estar sufriendo por la Cruz Azul y por Emer para que se burlen de tu traje, y cuando digo a Tom que se vaya a joder a otra parte él se ríe y me dice que saldré de ésta. Él va a dejar la pensión para trasladarse a un apartamento pequeño de Woodside, en Queens, y si quiero compartirlo me costará diez dólares a la semana, haciéndonos nuestra propia comida.

Me apetece de nuevo llamar a Emer y hablarle del gran trabajo que tengo en la Cruz Azul y del apartamento que voy a tener en Queens, pero su cara se me va borrando de la memoria y hay otra parte de mi mente que me dice que me alegro de estar soltero en Nueva York.

Si Emer no me quiere, ¿de qué me sirve estar en el ramo de los seguros, donde me ahogo todos los días en una habitación sin ventilación y el señor Puglio se pone de mal humor cada vez que me adormezco? Es duro estar allí sentado cuando nos dice que el primer deber de un hombre casado es enseñar a su esposa a ser viuda, y yo sueño despierto imaginándome a la señora Puglio que recibe la charla de la viuda. ¿Le soltará el señor Puglio la charla en la mesa de la cena, o metido en la cama, sentado?

Para colmo, he perdido el apetito por estar sentado todo el día con mi traje, y cuando me compro un bocadillo de *liverwurst* lo echo casi todo a las palomas del parque Madison.

Sentado en ese parque escucho a los hombres de camisa blanca y corbata que hablan de sus trabajos, de la bolsa, del ramo de los seguros, y me pregunto si están satisfechos de saber que harán esto mismo hasta que se les ponga el pelo gris. Se cuentan el uno al otro que han dado un corte al jefe, que lo dejaron sin habla, con la boca así, ya sabes, clavado en el sillón. Ellos serán jefes algún día y la gente les dará cortes, y ¿qué les parecerá entonces? Hay días en que daría cualquier cosa por estarme paseando por las orillas del Shannon o por el río Mulcaire, o incluso escalando las montañas que están a espaldas de Lenggries.

Pasa junto a mí uno de los cursillistas de la Cruz Azul que vuelve a la oficina.

—*Yoh*, McCourt, son las dos. ¿Vienes?

Dice *yoh* porque piloteó un tanque en una unidad de caballería en Corea, y así era como hablaban cuando la caballería tenía caballos. Dice *yoh* porque así dice al mundo que él no fue un vulgar soldado de infantería.

Caminamos juntos hasta el edificio de los seguros y yo sé que no puedo atravesar esa puerta de catedral. Sé que el mundo de los seguros no es para mí.

—*Yoh*, McCourt, vamos, es tarde. Puglio se va a cagar de rabia.

—No voy a entrar.

—¿Qué?

—Que no voy a entrar.

Me pongo a andar por la Cuarta Avenida.

—*Yoh*, McCourt, ¿estás loco, hombre? Te despedirán. Mierda, hombre, tengo que irme.

Sigo caminando bajo el sol luminoso de julio hasta que llego a la plaza Union, donde me siento y pienso en lo que he hecho. Dicen que si dejas un trabajo en cualquier compañía grande o te despiden, informan a todas las demás compañías y se te cierran las puertas para siempre. La Cruz Azul es una compañía grande y más me vale perder la esperanza de tener alguna vez un trabajo importante en una compañía grande. Pero es mejor haberlo dejado ahora que haber esperado a que se descubriesen las mentiras de mi impreso de solicitud. El señor Puglio nos dijo que ésta falta era tan grave que no sólo te despedirían sino que la Cruz Azul te exigiría la devolución del sueldo que habías cobrado en el cursillo de formación, y encima de eso envían tu nombre a todas las demás compañías grandes con una banderita roja que ondea en lo alto de la página para advertirles. Según dijo el señor Puglio, esa banderita roja significa que estás expulsado para siempre del sistema empresarial americano, y más te vale emigrar a Rusia.

Al señor Puglio le encantaba hablar así, y yo me alegro de alejarme de él, y abandono la plaza Union para pasearme por Broadway con todos los demás neoyorquinos que al parecer no tienen nada que hacer. Es fácil advertir que algunos tienen esa banderita roja en el nombre, los hombres de barba y bisutería y las mujeres de pelo largo y sandalias a los que jamás dejarían pasar de la puerta del sistema empresarial americano.

Hay sitios de Nueva York que veo hoy por primera vez, el ayuntamiento, el puente de Brooklyn a lo lejos, una iglesia protestante, la de San Pablo, donde está la tumba de Thomas Addis Emmet, hermano de Robert, al que ahorcaron por Irlanda, y, bajando más por Broadway, la iglesia de la Trinidad, que domina Wall Street.

Abajo, donde llegan y zarpan los transbordadores de la isla de Staten, hay un bar, La Olla de Judías, donde tengo apetito para comerme un bocadillo de *liverwurst* entero y una jarra de cerveza, porque me he quitado la corbata y he dejado la chaqueta sobre el respaldo de una silla y me siento aliviado por haberme escapado con la banderita roja en el nombre. Hay algo en el hecho de haberme terminado el bocadillo de *liverwurst* que me dice que he perdido a Emer para siempre. Si se llega a enterar de mis tribulaciones con el sistema empresarial americano puede que vierta una lágrima de pena por mí, aunque a la larga agradecerá haberse quedado con el empleado de seguros del Bronx. Se sentirá segura al saber que está asegurada de todo, que no puede dar un paso que no esté cubierto por un seguro.

El transbordador de la isla de Staten cuesta cinco centavos, y el espectáculo de la estatua de la Libertad y de la isla de Ellis me recuerda la mañana de octubre de 1949 cuando arribé a Nueva York a bordo del *Irish Oak*, que dejó atrás la ciudad y remontó el río para fondear aquella noche en Poughkeepsie y navegar al día siguiente hasta Albany, desde donde cogí el tren para volver a Nueva York.

Hace casi cuatro años de eso, y aquí estoy yo, en el transbordador de la isla de Staten con la corbata metida en el bolsillo de la chaqueta que llevo al hombro. Aquí estoy sin el más mínimo trabajo, habiendo perdido a mi novia y con la banderita roja que ondea sobre mi nombre. Podría volver al hotel Biltmore y proseguir donde lo dejé, limpiar la recepción, fregar retretes, poner moqueta, pero, no, un hombre que ha sido cabo no puede volver a caer tan bajo.

Al ver la isla de Ellis y un viejo transbordador de madera que se pudre entre dos edificios pienso en todas las personas que han pasado por aquí antes de mí, antes de mi padre y mi madre, en todas las personas que huían de la hambruna de Irlanda, en todas las personas de toda Europa que desembarcaban aquí con el corazón en la boca por el miedo a que les encontrasen enfermedades y les hicieran volver, y cuando se piensa en eso sale de la isla de Ellis un gran suspiro que llega por encima del agua y te preguntas si las personas a las que hacían volver tenían que regresar con sus niños de pecho a sitios como Checoslovaquia y Hungría. Las personas a las que hacían volver de esa manera eran las personas más tristes de toda la historia, peores que las personas como yo, que puede que tengamos los ojos enfermos y la banderita roja, pero por lo menos estamos seguros con el pasaporte americano.

No te dejan quedarte en el transbordador cuando atraca. Tienes que entrar, pagar tus cinco centavos y esperar al transbordador siguiente, y ya que estoy allí bien puedo tomarme una cerveza en el bar de la terminal. No dejo de pensar en que mi madre y mi padre llegaron en barco a esta bahía hace más de veinticinco años, y mientras navego de un lado a otro en el transbordador, seis veces, tomándome una cerveza en cada escala, no dejo de pensar en las personas que tenían enfermedades y a las que hicieron volver, y eso me entristece tanto, que dejo el transbordador definitivamente para llamar a Tom Clifford a los Almacenes Portuarios y pedirle que se reúna conmigo en La Olla de Judías para que me acompañe y me enseñe el camino de vuelta al pequeño apartamento de Queens.

Se reúne conmigo en La Olla de Judías, y cuando le digo que los bocadillos de *liverwurst* son deliciosos él me dice que ha terminado con el *liverwurst*, que aspira a cosas mejores. Después se ríe y me dice que debo de haberme tomado más de una copa, que me cuesta trabajo pronunciar la palabra *liverwurst*, y yo le digo que no, que es por el día que he pasado con Puglio y la Cruz Azul y la habitación sin ventilación y la banderita roja y los que tuvieron que volver, lo más triste de todo.

No sabe de qué estoy hablando. Me dice que se me están poniendo los ojos bizcos, que me ponga la chaqueta, que nos volvamos a Queens y a la cama.

El señor Campbell Groel me vuelve a contratar en los Almacenes Portuarios y yo me alegro de volver a cobrar un sueldo decente, setenta y cinco dólares a la semana que suben a setenta y siete por manejar la carretilla elevadora dos días por semana. El trabajo normal del muelle de carga significa estar de pie en el camión cargando los palets de cajas, cajones, sacos de fruta y de guindillas. Es más fácil manejar la carretilla elevadora. Subes los palets cargados, los almacenas dentro y esperas la carga siguiente. A nadie le importa que estés leyendo el periódico mientras esperas, pero si lees el *New York Times* se ríen y dicen:

—Mirad, el gran intelectual que lleva la carretilla elevadora.

Una de mis tareas es almacenar sacos de guindillas de los barcos de la United Fruit en la sala de fumigación. Los días de poco trabajo es un buen sitio para llevarse una cerveza, leer el periódico, echar una siesta, y al parecer a nadie le importa. Hasta puede que el propio señor Campbell Groer se asome al salir de la oficina y nos diga con una sonrisa:

—Tomadlo con calma, muchachos. Hoy hace calor.

Horace, el negro, se sienta en un saco de guindillas y lee un periódico de Jamaica o lee y relee una carta de su hijo que está en la universidad, en Canadá. Cuando lee esa carta se da palmadas en el muslo y se ríe diciendo «Ay, hombre, ay, hombre». La primera vez que le oí hablar, su acento me pareció tan irlandés que le pregunté si era del condado de Cork, y él no podía dejar de reírse.

—Todos los de las Antillas tenemos sangre irlandesa, hombre —me dijo.

Horace y yo estuvimos a punto de morir juntos en aquella sala de fumigación. La cerveza y el calor nos habían dado tanto sueño que nos quedamos dormidos en el suelo, hasta que oímos cerrarse la puerta de un portazo y el silbido del gas que entraba en la sala. Intentamos abrir la puerta a empujones pero estaba atascada y el gas nos estaba produciendo náuseas hasta que Horace se subió a una pila de sacos de guindillas, rompió una ventana y pidió ayuda. Eddie Lynch estaba cerrando por fuera y nos oyó y nos abrió la puerta.

—Sois dos desgraciados con suerte —dijo, y quiso llevarnos a un bar de esa calle a que nos tomásemos unas cervezas, nos despejásemos los pulmones y lo celebrásemos.

—No, hombre, yo no puedo ir a ese bar —dice Horace.

—¿De qué demonios estás hablando? —dice Eddie.

—El hombre negro no es bien recibido en ese bar.

—No me vengas con cuentos jodidos —dice Eddie.

—No, hombre, no quiero líos. Hay otro sitio donde nos tomaremos una cerveza, hombre.

No sé por qué tiene que someterse Horace de ese modo. Tiene un hijo en la universidad en Canadá y él no puede tomarse una cerveza en un bar de Nueva York. Me dice que yo no lo entiendo, que soy joven y que no puedo luchar en la lucha del hombre negro.

—Sí, tienes razón, Horace —dice Eddie.

Pocas semanas más tarde, el señor Campbell Groel dice que el puerto de Nueva York no es lo que era, que el negocio flojea, que tiene que despedir a varios hombres y, naturalmente, yo, que soy el más reciente, soy el primero que quedo despedido.

A pocas manzanas de distancia está la Compañía Refrigeradora Mercante, donde necesitan un mozo de almacén que cubra a los hombres que están de vacaciones de verano.

—Aunque estemos pasando una ola de calor, tú abrígate —me dicen.

Mi trabajo consiste en descargar carne de los camiones congeladores que traen canales de vacuno de Chicago. En el muelle de carga es el mes de agosto, pero dentro, donde colgamos la carne, está bajo cero. Los hombres se ríen y dicen que somos los únicos trabajadores que vamos tan deprisa del Polo Norte al Ecuador y al revés.

Peter McNamee está de jefe de muelle de carga mientras el titular está de vacaciones, y cuando me ve me dice:

—¿Qué haces tú aquí, en nombre de Jesús crucificado? Creí que tenías algo de cerebro.

Me dice que debería estudiar, que es inexcusable que esté acarreando medias canales de vacuno de aquí para allá cuando podría estar aprovechando el programa para militares veteranos para progresar en el mundo. Dice que éste no es trabajo para los irlandeses, llegan aquí y en menos de nada empiezan a toser y a escupir sangre y descubren que tenían la tuberculosis desde siempre, la maldición de la raza irlandesa aunque ésta sea la última generación que la padecerá. Es deber de Peter informar de si alguien tose sobre las canales de vacuno. Los inspectores de Sanidad clausurarían la empresa en un momento, y nosotros nos quedaríamos en la calle rascándonos el culo y buscando trabajo.

Peter me dice que él está cansado de todo el juego. No se pudo llevar bien con su primo de Long Island y ahora vuelve a estar en otra pensión del Bronx y es el mismo juego de siempre, si lleva a casa media canal de vacuno o cualquier otro tipo de carne los viernes por la noche recibe el alojamiento gratis. Su madre lo atormenta con cartas. ¿Por qué no puede encontrar una buena chica y asentarse y darle un nieto?, ¿o es que está esperando a que ella baje a la tumba? Le da tanto la lata con que encuentre una esposa que él ya no quiere leer sus cartas.

En mi segundo viernes en la Refrigeradora Mercante, Peter envuelve en periódicos media canal de vacuno y me pregunta si me apetece beber algo en un bar de esa calle. Apoya la media canal de vacuno en un taburete del bar, pero la carne empieza a descongelarse y hay gotas de sangre y eso molesta al camarero. Dice a Peter que no puede meter en el bar esas cosas y que será mejor que la ponga en alguna parte.

—Bueno, bueno —dice Peter, y cuando el camarero no mira se lleva la media canal de vacuno al servicio de hombres y la deja allí. Vuelve a la barra, y cuando se pone a hablar de la lata que le da su madre se pasa de la cerveza al whiskey. El camarero se solidariza con él porque los dos son del condado de Cavan y me dicen que yo no lo puedo entender.

Se oye repentinamente un rugido en el servicio de hombres y sale dando traspiés un hombre que grita que hay una rata enorme encima del asiento del retrete. El camarero grita a Peter:

—Maldita sea, McNamee, ¿has dejado allí esa carne condenada? Llévatela de este bar.

Peter recoge su carne.

Vamos, McCourt, esto se acabó. Estoy cansado de arrastrar la carne de acá para allá los viernes por la noche. Voy a un baile a buscarme una esposa.

Vamos en taxi al Casa Jaeger, pero no quieren dejar entrar a Peter con la carne. Él se brinda a dejarla en el guardarropa, pero no la aceptan. Monta un escándalo, y cuando el director dice: «Vamos, vamos, llévese esa carne de aquí», Peter le tira un golpe con la media canal de vacuno. El director pide ayuda y a Peter y a mí nos tiran por las escaleras dos hombretones de Kerry. Peter grita que lo único que hacía él era buscarse una esposa y que debería darles vergüenza. Los hombres de Kerry se ríen y le dicen que es un gilipollas y que si no se comporta le van a enrollar esa carne en la cabeza. Peter se planta en plena acera y dirige a los hombres de Kerry una mirada serena especial.

—Tenéis razón —les dice, y les ofrece la carne. Ellos no la quieren. Él se la ofrece a la gente que pasa por la calle pero la gente niega con la cabeza y aprieta el paso.

—No sé qué hacer con esta carne —dice—. Medio mundo muriéndose de hambre y nadie quiere mi carne.

Vamos al restaurante Wright de la calle Ochenta y Seis y Peter pregunta si nos darían dos cenas a cambio de media canal de vacuno. No, no pueden. Lo prohíben los reglamentos de Sanidad. Él corre hasta el centro de la calle, deja la carne en la línea central, vuelve corriendo y se ríe al ver cómo hacen eses los coches para evitar la carne, se ríe todavía más cuando suenan sirenas y dan la vuelta a la esquina un coche de policía y una ambulancia con las sirenas puestas y se detienen con las luces lanzando destellos y los hombres hacen corro alrededor de la carne rascándose las cabezas y después riéndose hasta que se marchan con la carne en la parte trasera del coche de policía.

Ahora parece que está sereno y pedimos huevos con panceta en el Wright.

—Es viernes, pero me importa una mierda —dice Peter—. Es la última vez que voy a arrastrar carne por las calles y por el metro de Nueva York. En todo caso, estoy cansado de ser irlandés. Me gustaría despertarme una mañana y descubrir que no soy nada, o un protestante americano de alguna especie. Así que haz el favor de pagarme los huevos porque yo tengo que ahorrar mi dinero para irme a Vermont y no ser nada.

Y sale por la puerta.

XXIII

Un día de poco trabajo en la Refrigeradora Mercante nos dicen que podemos marcharnos a nuestras casas. En vez de coger el tren de Queens subo por la calle Hudson y entro en un bar llamado el Caballo Blanco. Aunque tengo casi veintitrés años me hacen demostrar que tengo los dieciocho para darme una cerveza y un bocadillo de salchicha *knockwurst*. El bar está tranquilo, a pesar de que he leído en el periódico que es un sitio favorito de los poetas, sobre todo del hombre salvaje, Dylan Thomas. Los que están sentados en las mesas de las ventanas parecen poetas y artistas, y seguramente se estarán preguntando por qué estoy sentado en la barra con unos pantalones manchados de sangre de vacuno. A mí me gustaría poder sentarme allí junto a las ventanas con una chica de pelo largo y contarle que he leído a Dostoievski y que me echaron del hospital de Munich por culpa de Herman Melville.

No tengo nada más que hacer que quedarme sentado en la barra atormentándome con preguntas. ¿Qué hago aquí con este *knockwurst* y esta cerveza? ¿Qué hago en el mundo, al fin y al cabo? ¿Voy a pasarme el resto de mi vida acarreando canales de vacuno del camión al congelador, y viceversa? ¿Voy a terminar mis días en un apartamento pequeño de Queens mientras Emer es feliz criando a una familia en un barrio residencial completamente protegida por los seguros? ¿Voy a pasarme toda la vida viajando en el metro y envidiando a la gente que lleva libros de las universidades?

No debería estar comiendo *knockwurst* en un momento como éste. No debería estar bebiendo cerveza cuando no tengo una sola respuesta en la cabeza. No debería estar en un bar con los poetas y los artistas que están allí sentados con sus conversaciones serias en voz baja. Estoy cansado del *knockwurst* y del *liverwurst* y de la sensación de la carne helada sobre mis hombros todos los días.

Aparto de mí el *knockwurst* y me dejo media jarra de cerveza y salgo por la puerta, cruzo la calle Hudson, sigo la calle Bleecker, sin saber dónde voy pero sabiendo que tengo que seguir andando hasta que sepa dónde voy, y me encuentro en la plaza Washington y allí está la Universidad de Nueva York, y yo sé que allí es donde tengo que ir con el programa para militares veteranos, con bachillerato o sin él. Un estudiante me indica la oficina de matrículas y la mujer me entrega una solicitud. Me dice que no la he cumplimentado debidamente, que tienen que saber los datos de mi título de bachillerato, cuándo y dónde lo recibí.

—No lo he estudiado.

—¿No ha estudiado el bachillerato?

—No, pero tengo derecho a acogerme al programa para militares veteranos y llevo leyendo libros toda la vida.

—Ay, vaya, pero nosotros exigimos el bachillerato o título equivalente.

—Pero yo he leído libros. He leído a Dostoievski y he leído *Pierre o las ambigüedades.* No es tan bueno como *Moby Dick,* pero lo leí en un hospital de Munich.

—¿Ha leído *Moby Dick*, de verdad?

—Sí, y me echaron del hospital de Munich por *Pierre o las ambigüedades.*

Me doy cuenta de que no me entiende. Entra en otra oficina con mi solicitud y sale acompañada de la decana de matrículas, una mujer de rostro amable. La decana me dice que mi caso es poco corriente y me pregunta por los estudios que cursé en Irlanda. Según su experiencia, los estudiantes europeos están mejor preparados para los estudios en la universidad, y me permitirá matricularme en la Universidad de Nueva York si soy capaz de mantener una media de notable durante un año. Me pregunta a qué trabajo me dedico, y cuando le cuento lo de la carne ella dice:

—Vaya, vaya, cada día se aprende algo nuevo.

Como no tengo el bachillerato y trabajo a jornada completa me permiten matricularme en sólo dos asignaturas, Introducción a la Literatura e Historia de la Educación en América. No sé por qué tienen que introducirme en la Literatura, pero la mujer de la oficina de matrículas dice que es una asignatura obligatoria, aunque haya leído a Dostoievski y a Melville, lo cual es admirable en una persona que no ha cursado el bachillerato. Dice que la asignatura de Historia de la Educación me aportará la amplia base cultural que necesito después de la educación inadecuada que recibí en Europa.

Estoy en la gloria, y lo primero que hago es comprarme los libros de texto necesarios, cubrirlos con los forros morados y blancos de la Universidad de Nueva York para que la gente que va en el metro me mire con admiración.

Lo único que sé de las clases en la universidad es lo que vi hace mucho tiempo en las películas en Límerick, y ahora estoy sentado en una de ellas, la clase de Historia de la Educación en América, con la profesora Maxine Green hablándonos desde la tarima de cómo educaban los Padres Peregrinos a sus hijos. Estoy rodeado de estudiantes que garabatean apuntes en sus cuadernos y a mí me gustaría saber qué debo garabatear. ¿Cómo voy a saber lo que tiene importancia entre todo lo que dice ella desde allí arriba? ¿Es que debo recordarlo todo? Algunos estudiantes levantan la mano para hacer preguntas, pero yo jamás sería capaz de hacerlo. Toda la clase me miraría fijamente y se preguntaría quién es ese del acento. Podría intentar hablar con acento americano, pero nunca da resultado. Cuando lo intento, la gente siempre sonríe y dice: «¿Es un deje irlandés eso que noto?»

La profesora dice que los Padres Peregrinos salieron de Inglaterra huyendo de la persecución religiosa, y eso me desconcierta porque los Padres Peregrinos también eran ingleses y los ingleses eran los que siempre perseguían a todos, sobre todo a los irlandeses. Me gustaría levantar la mano y decir a la profesora que los irlandeses sufrieron durante siglos bajo el dominio inglés, pero estoy seguro de que todos los alumnos de esta clase tienen el bachillerato y si abro la boca sabrán que yo no soy uno de ellos.

Los demás estudiantes levantan la mano con tranquilidad y siempre dicen: «Bueno, yo creo que...»

Algún día yo levantaré la mano y diré «Bueno, yo creo que...», pero no sé qué creer de los Padres Peregrinos y de su educación. Después, la profesora nos dice que las ideas no caen del cielo ya formadas, que los Padres Peregrinos eran, en último extremo, hijos de la Reforma con su correspondiente visión del mundo, y sus actitudes para con sus hijos estaban afectadas por esa influencia.

Se garabatean más apuntes en los cuadernos en todo el aula, las mujeres se afanan más que los hombres. Las mujeres garabatean como si cada palabra que sale por la boca de la profesora Green tuviera importancia.

Entonces me pregunto por qué tengo este grueso libro de texto sobre la Educación Americana que llevo en el metro para que la gente me admire por ser estudiante universitario. Sé que habrá exámenes, uno de medio curso y otro final, pero ¿de dónde saldrán las preguntas? Si la profesora no hace más que hablar y el libro de texto tiene setecientas páginas, yo me perderé con toda seguridad.

En la clase hay chicas guapas y a mí me gustaría preguntar a una si sabe qué debo saber antes del examen de medio curso, dentro de siete semanas. Me gustaría ir a la cafetería de la universidad o a un café del Greenwich Village y charlar con la chica acerca de los Padres Peregrinos y de sus costumbres puritanas y de cómo tenían muertos de miedo a sus hijos. Podría contar a la chica que he leído a Dostoievski y a Melville, y ella se quedaría impresionada y se enamoraría de mí y estudiaríamos juntos la Historia de la Educación en América. Ella prepararía espaguetis y nos meteríamos en la cama para hacer la excitación, y después nos quedaríamos sentados en la cama leyendo el grueso libro de texto y preguntándonos por qué las gentes de la antigua Nueva Inglaterra se hacía la vida tan desgraciada.

Los hombres de la clase miran a las mujeres que garabatean apuntes y se nota que no están prestando la menor atención a la profesora. Se nota que están decidiendo con qué chicas hablarán más tarde, y cuando termina esta primera clase se acercan a las guapas. Sonríen tranquilamente con sus buenas dentaduras blancas y están acostumbrados a charlar porque es lo que hacían en el instituto, donde los chicos y las chicas se sientan juntos. Una chica guapa siempre tiene a alguien que la espere fuera, en el pasillo, y el hombre de la clase que se puso a charlar con ella pierde la sonrisa.

El profesor de la clase de los sábados por la mañana es el señor Herbert. Parece que a las chicas de la clase les gusta, y deben de conocerlo de otras asignaturas porque le preguntan por su luna de miel. Él sonríe y hace sonar la calderilla en el bolsillo de sus pantalones y nos habla de su luna de miel y yo me pregunto qué tiene que ver esto con la Introducción a la Literatura. Después nos pide que escribamos una redacción de doscientas palabras sobre un escritor al que nos gustaría haber conocido y por qué. Mi escritor es Jonathan Swift, y yo escribo que me gustaría conocerle por *Los viajes de Gulliver*. Sería estupendo tomarse una taza de té o una pinta con un hombre de tal imaginación.

El señor Herbert se queda de pie en su tarima, repasa las redacciones y dice:

—Hum, Frank McCourt. ¿Dónde está Frank McCourt?

Yo levanto la mano y siento que se me pone roja la cara.

—Ah —dice el señor Herbert—. ¿Le gusta Jonathan Swift?

—Sí, me gusta.

—Por su imaginación, ¿eh?

—Sí.

Ha dejado de sonreír y su voz no parece amistosa y yo me siento incómodo con el modo en que me mira toda la clase.

—Sabe que Swift era satírico, ¿verdad? —dice.

Yo no tengo ni idea de qué me habla. Tengo que mentir y digo que sí.

—Sabe que fue, quizás, el mayor satírico de toda la literatura inglesa —dice él.

—Yo creía que era irlandés.

El señor Herbert mira a la clase y sonríe.

—¿Quiere decir con eso, señor McCourt, que si yo soy de las Islas Vírgenes soy virgen?

Hay risas por todo el aula y yo siento que me arde la cara. Sé que se están riendo de mí por el modo en que el señor Herbert ha jugado conmigo y me ha puesto en mi lugar. Ahora dice a la clase que mi redacción es un ejemplo perfecto del planteamiento simplista de la literatura, que si bien se puede disfrutar de *Los viajes de Gulliver* como de un cuento para niños, su importancia en la literatura inglesa, no en la irlandesa, damas y caballeros, se debe a su brillantez satírica.

—Cuando leemos grandes obras de la literatura en la universidad, nos esforzamos por estar por encima de lo superficial y de lo infantil —dice, y me mira a mí al decirlo.

Termina la clase, y las chicas se reúnen alrededor del señor Herbert para sonreírle y para decirle cuánto les ha gustado el relato de su luna de miel, y yo estoy tan avergonzado, que bajo seis pisos a pie para no tener que ir en el ascensor con estudiantes que pueden despreciarme por gustarme *Los viajes de Gulliver* por un motivo incorrecto, o incluso con estudiantes que pueden tenerme lástima. Meto mis libros en una bolsa porque ya no me importa que la gente del metro me mire con admiración. No soy capaz de conservar a una chica, no soy capaz de conservar un trabajo de oficina, hago el ridículo en mi primera clase de literatura, y me pregunto para qué me he ido de Límerick. Si me hubiera quedado allí y me hubiera examinado, ahora sería cartero, me pasearía de calle en calle, entregando cartas, charlando con las mujeres, yendo a casa a merendar sin la menor preocupación del mundo. Podría haber leído a Jonathan Swift a gusto sin que me importara un pedo de violinista si era un satírico o un *seanachie* [1].

---

[1] Contador de cuentos irlandés. (N. del T.)

XXIV

Tom está en el apartamento cantando, preparando un estofado irlandés, charlando con la mujer del casero, el griego de la tintorería de abajo. La mujer del casero es una rubia delgada y yo me doy cuenta de que no quiere que yo esté delante. Voy a la biblioteca atravesando Woodside a pie para tomar prestado un libro que hojeé la última vez que estuve allí, *Llamo a la puerta*, de Sean O'Casey. Es un libro que cuenta lo que es criarse en la pobreza en Dublín y yo no sabía que se podía escribir de cosas así. Charles Dickens bien podía escribir de la gente pobre de Londres, pero al final de sus libros los personajes siempre descubren que eran los hijos perdidos del duque de Somerset y todos viven felices para siempre.

En Sean O'Casey nadie vive feliz para siempre. Tiene los ojos peor que yo, tan mal que apenas puede ir a la escuela. Aun así, consigue leer, aprende a escribir él solo, aprende irlandés él solo, escribe obras de teatro para el teatro Abbey, conoce a Lady Gregory y al poeta Yeats, pero tiene que marcharse de Irlanda cuando todos se ponen en contra suya. Él no se quedaría sentado jamás en una clase consintiendo que alguien se burlara de él por Jonathan Swift. Él se defendería y después se marcharía, aunque se chocara con la pared por sus ojos enfermos. Es el primer escritor irlandés que yo haya leído que habla de los harapos, la suciedad, el hambre, los niños pequeños que se mueren. Los demás escritores hablan de las granjas, de las hadas y de la niebla que hay en los tremedales, y es un alivio descubrir a uno que tiene los ojos enfermos y una madre que sufre.

Lo que estoy descubriendo ahora es que una cosa conduce a otra. Cuando Sean O'Casey habla de Lady Gregory o de Yeats yo tengo que consultar esos nombres en la Enciclopedia Británica, y eso me tiene ocupado hasta que la bibliotecaria empieza a apagar y encender la luz. No sé cómo puedo haber llegado a los diecinueve años en Límerick sin saber todo lo que había pasado en Dublín antes de mi época. Tengo que consultar la Enciclopedia Británica para enterarme de lo famosos que eran los escritores irlandeses, Yeats, Lady Gregory, AE[1], y John Millington Synge, quien escribió unas obras de teatro en las que la gente habla de una manera que yo no había oído nunca en Límerick ni en ninguna otra parte.

Aquí, en una biblioteca de Queens, estoy descubriendo la literatura irlandesa, preguntándome por qué el maestro no nos habló nunca de todos aquellos escritores, hasta que descubro que todos eran protestantes, hasta Sean O'Casey, cuyo padre era de Límerick. Nadie de Límerick estaría dispuesto a reconocer a unos protestantes el mérito de ser grandes escritores irlandeses.

En la segunda semana de Introducción a la Literatura, el señor Herbert dice que desde su punto de vista personal uno de los ingredientes más deseables en una obra literaria es el entusiasmo, y que éste se encuentra, desde luego, en las obras de Jonathan Swift y en su admirador, nuestro amigo el señor McCourt. Si bien la valoración de Swift por parte del señor McCourt tiene cierto grado de inocencia, está animada por el entusiasmo. El señor Herbert dice a la clase que yo fui el único entre treinta y tres personas que elegí a un escritor verdaderamente grande, que le desmoraliza pensar que en esta clase hay personas que consideran que Lloyd Douglas o Henry Morton Robinson eran grandes escritores. Ahora me pregunta cómo y cuándo leí por primera vez a Swift, y yo tengo que contarle que un ciego me pagaba en Límerick para que le leyera a Swift cuando yo tenía doce años.

No quiero hablar de este modo en la clase por la vergüenza que pasé la semana pasada, pero tengo que hacer lo que me dice porque de lo contrario podrían expulsarme de la universidad. Los demás estudiantes me miran y susurran entre sí y yo no sé si se burlan de mí o me admiran. Cuando termina la clase vuelvo a bajar por las escaleras en vez de en el ascensor, pero no puedo salir por la puerta de la planta baja porque hay un letrero que dice *Salida*

---

[1] Seudónimo de George William Russell. (N. del T.)

169

de incendios y que me advierte de que si empujo cualquier cosa sonarán las alarmas. Vuelvo a subir al sexto piso para coger el ascensor, pero esa puerta y las puertas de todos los demás pisos están cerradas y lo único que puedo hacer es empujar la puerta de la planta baja hasta que suena la alarma y me llevan a una oficina para que cumplimente un formulario y haga una declaración por escrito explicando lo que hacía allí haciendo saltar las alarmas.

No sirve de nada declarar mis problemas con el profesor que se burló de mí la primera semana y me alabó la segunda, de modo que escribo que aunque me dan miedo los ascensores los usaré a partir de hoy. Sé que esto es lo que quieren oír, y aprendí en el ejército que lo más fácil es decir a la gente de las oficinas lo que quieren oír, porque de lo contrario siempre hay alguien más arriba que te pide que cumplimentes un formulario más largo.

XXV

Tom dice que está harto de Nueva York, que se marcha a Detroit, donde conoce a gente y donde puede ganar un buen dinero trabajando en las cadenas de montaje de las fábricas de automóviles. Me dice que debería irme con él, que me olvidase de la universidad, que tardaré años enteros en licenciarme, y aunque me licencie no ganaré mucho dinero. Si eres rápido en la cadena de montaje te ascienden a capataz y a supervisor, y antes de que te quieras dar cuenta estás en una oficina diciendo a la gente lo que tiene que hacer, allí sentado de traje y corbata con tu secretaria que está sentada en una silla al otro lado del escritorio, que sacude el pelo, cruza las piernas y te pregunta si quieres que haga algo, lo que sea.

Claro que me gustaría ir con Tom. Me gustaría tener dinero para pasearme por Detroit en un coche nuevo con una rubia a mi lado, con una protestante sin sentido del pecado. Podría volver a Límerick con ropa americana de colores vivos, sólo que me preguntarían en qué trabajaba en América y yo no podría decirles que me tiraba todo el día poniendo piezas y cachivaches en los Buicks que me pasaban por delante en la cadena de montaje. Preferiría decirles que soy estudiante en la Universidad de Nueva York, aunque algunos dirían:

—¿En la universidad? En nombre de Dios, ¿cómo has podido entrar en una universidad tú, que dejaste la escuela a los catorce años y no llegaste a pisar la escuela secundaria?

En Límerick podrían decir que yo siempre fui algo creído, que no cabía en mi pellejo, que tenía muchas ínfulas, que Dios nos puso en este mundo a algunos para que cortásemos leña y sacásemos agua y que quién me había creído que era, al fin y al cabo, después de mis años en los callejones de Límerick.

Horace, el hombre negro con quien estuve a punto de morir en la sala de fumigación, me dice que si dejo la universidad seré un estúpido. Él trabaja para que su hijo pueda ir a la universidad en Canadá, y ése es el único camino en América, hombre. Su mujer limpia oficinas en la calle Broad, y está contenta porque tienen a un buen muchacho allí en Canadá y están ahorrando unos dólares para el día de su licenciatura, dentro de dos años. Su hijo, Timothy, quiere ser pediatra para poder volver a Jamaica a curar a los niños enfermos.

Horace me dice que debo dar gracias a Dios de ser blanco, un joven blanco, acogido al programa para militares veteranos y con buena salud. Puede que tenga algunas molestias en los ojos pero, aun así, en este país es mejor ser blanco con los ojos enfermos que negro con los ojos sanos. Si su hijo le dijera que quería dejar la universidad para ponerse a instalar encendedores en los coches en una cadena de montaje, él subiría a Canadá y le partiría la cara.

En el almacén hay hombres que se ríen de mí y me preguntan por qué demonios me siento con Horace en la hora del almuerzo. ¿De qué se puede hablar con un tipo cuyos abuelos se acaban de caer de un árbol? Si me siento al borde del muelle de carga leyendo un libro para clase me preguntan si soy alguna especie de mariquita y dejan las manos flácidas. Me dan ganas de clavarles el gancho de estibador en el cráneo, pero Eddie Lynch les dice que ya basta, que dejen en paz al chico, que son unos zafios ignorantes cuyos abuelos estaban todavía en el barro y no sabrían lo que era un árbol aunque se lo metieran por el culo.

Los hombres no replican a Eddie, pero se desquitan conmigo cuando estamos descargando camiones, dejan caer las cajas o los cajones para que me den un tirón brusco en los brazos y me duela. Si uno está manejando la carretilla elevadora intenta presionarme contra la pared y dice riéndose:

—Epa, no te había visto.

Después del almuerzo pueden comportarse con simpatía fingida y preguntarme si me ha gustado mi bocadillo, y si les digo que sí me dicen:

—Mierda, hombre, ¿es que no has notado el sabor de las cagadas de paloma que te ha puesto Joey en el jamón?

Tengo nubes negras en la cabeza y quiero atacar a Joey con mi gancho de estibador, pero el jamón me sube en la garganta y estoy vomitando asomado al borde del muelle de carga mientras los hombres se abrazan los unos a los otros y se ríen; los únicos que no se ríen son Joey, que está al final del muelle de carga en la parte más próxima al río, mirando al cielo, porque todo el mundo sabe que no está bien de la cabeza, y Horace, que está al otro extremo mirando sin decir nada.

Pero cuando ha salido todo el jamón y dejo de tener arcadas sé lo que está pensando Horace. Está pensando que si yo fuera su hijo, Timothy, me diría que dejase todo esto, y yo sé que eso es lo que tengo que hacer. Me acerco a Eddie Lynch y le entrego mi gancho de estibador, sin olvidar presentarle el mango para evitar el insulto que representa el gancho mismo. Él lo coge y me da la mano.

—Está bien, chico —me dice—, buena suerte, ya te enviaremos tu nómina.

Puede que Eddie sea un jefe de muelle de carga sin estudios que ha empezado desde abajo, pero él comprende la situación, sabe lo que estoy pensando. Me acerco a Horace y le doy la mano. No soy capaz de decir nada porque siento hacia él una extraña sensación de amor que me hace difícil hablar, y me gustaría que fuera mi padre. Él tampoco dice nada porque sabe que hay ocasiones como ésta en las que las palabras no tienen sentido. Me da una palmadita en el hombro y me hace un gesto con la cabeza y lo último que oigo en los Almacenes Portuarios es a Eddie Lynch que dice:

—A trabajar, montón de pichas flojas.

Un sábado por la mañana, Tom y yo vamos en metro hasta la estación de autobuses de Manhattan. Él va a Detroit y yo me llevo mi petate militar a una pensión de Washington Heights. Tom saca su billete, guarda sus maletas en el compartimento de equipajes, se sube al autobús y me dice:

—¿Estás seguro de lo que haces? ¿Estás seguro de que no quieres venirte a Detroit? Podrías vivir de maravilla.

No me costaría nada subirme a ese autobús. Llevo todo lo que tengo en el petate, y podría echarlo allí con el equipaje de Tom, sacar un billete y emprender una gran aventura con dinero, rubias y secretarias que se brindan a todo, a lo que sea, pero me imagino a Horace que me dice lo tonto que sería y sé que tiene razón y hago un gesto negativo con la cabeza a Tom antes de que se cierre la puerta del autobús y él se dirige a su asiento, sonriendo y despidiéndose con la mano.

Me paso todo el viaje en el tren A hasta Washington Heights sumido en el dilema entre Tom y Horace, entre Detroit y la Universidad de Nueva York. ¿Por qué no puedo buscarme sin más un trabajo en una fábrica, de ocho a cinco, con una hora para el almuerzo, con dos semanas de vacaciones al año? Podría volver a casa por la tarde, darme una ducha, salir con una chica, leer un libro cuando me apeteciera. No tendría que preocuparme de los profesores que se burlan de mí hoy y me alaban a la semana siguiente. No tendría que preocuparme de los trabajos de curso ni de las lecturas obligatorias de gruesos libros de texto ni de los exámenes. Sería libre.

Pero si viajara en los trenes y en los autobuses de Detroit, podría ver a estudiantes con sus libros y me preguntaría qué especie de tonto he sido por haber renunciado a la Universidad de Nueva York para ganar dinero en la cadena de montaje. Sé que jamás estaría satisfecho sin un título universitario y que siempre me preguntaría qué era lo que me había perdido.

Estoy aprendiendo todos los días lo ignorante que soy, sobre todo cuando voy a tomarme un café y un sandwich de queso a la plancha en la cafetería de la Universidad de Nueva York. Siempre hay una multitud de estudiantes que dejan los libros en el suelo y que al parecer no tienen nada más que hacer que hablar de sus asignaturas. Se quejan de los profesores y reniegan de ellos porque les ponen notas bajas. Se jactan de haber presentado un mismo trabajo de fin de curso para más de una asignatura o se ríen de cómo se puede engañar a un profesor con trabajos copiados directamente de enciclopedias o reproducidos de libros cambiándolos un poco. La mayoría de las clases tienen tantos alumnos que los profesores sólo pueden leer los trabajos por encima, y si tienen auxiliares éstos no saben una mierda. Eso dicen los estudiantes, y parece que para ellos ir a la universidad es un gran juego.

Todo el mundo habla y nadie escucha, y yo comprendo por qué. A mí me gustaría ser un estudiante corriente, hablar y quejarme, pero de ese modo no podría escuchar a la gente que habla de algo que se llama la nota media. Hablan de la nota media final porque eso es lo que te permite entrar en buenas escuelas de postgrado, y eso es lo que preocupa a los padres.

Cuando los estudiantes no están hablando de sus notas medias, discuten acerca del significado de todo, de la vida, de la existencia de Dios, de la situación terrible del mundo, y nunca se sabe cuándo va a dejar caer alguien la palabra que pone a todos la expresión profunda y seria, existencialismo. Pueden estar hablando de que quieren ser médicos y abogados hasta que uno levanta las manos al cielo y declara que todo carece de sentido, que la única persona del mundo que dice algo razonable es Albert Camus, quien dice que el acto más importante que realizamos cada día es tomar la decisión de no suicidarnos.

Si quiero llegar a sentarme alguna vez con un grupo como éste, con mis libros en el suelo, y ponerme triste por lo vacío que está todo, voy a tener que consultar lo que es el existencialismo y enterarme de quién es Albert Camus. Eso pienso hacer, hasta que los estudiantes se ponen a hablar de las diversas facultades y yo descubro que voy a la que desprecian todos, la Facultad de Pedagogía. Está bien ir a la Facultad de Empresariales o a la Escuela de Artes y Ciencias de la plaza Washington, pero si vas a la Facultad de Pe estás en el fondo de la escala. Vas para maestro, y ¿quién quiere ser maestro? Las madres de algunos de los estudiantes son maestras y no les pagan una mierda, hombre, una mierda. Te partes el culo por un montón de chicos que no te valoran y ¿qué te dan a cambio? Una fruslería, eso es lo que te dan.

Su modo de decirlo me da a entender que no es bueno que te den una fruslería, y he aquí otra palabra que tendré que consultar, además de existencialismo. Me produce una sensación oscura estar ahí sentado en la cafetería escuchando todas las conversaciones brillantes que hay a mi alrededor, sabiendo que no alcanzaré nunca a los demás estudiantes. Ellos tienen sus títulos de bachillerato y tienen a sus padres que trabajan para mandarlos a la Universidad de Nueva York, para que ellos sean médicos y abogados, pero ¿saben los padres cuánto tiempo se pasan sus hijos y sus hijas en la cafetería hablando del existencialismo y del suicidio? Aquí estoy, con veintitrés años, sin título de bachillerato, con los ojos mal, con los dientes mal, con todo mal, y ¿qué hago aquí, al fin y al cabo? Me parece que he tenido suerte de no haber intentado sentarme con los estudiantes listos y suicidas. Si se hubieran enterado de que quiero ser maestro, sería el hazmerreír del grupo. Probablemente debiera sentarme en alguna otra parte de la cafetería con los futuros maestros de la Facultad de Pedagogía, aunque así mostraría al mundo que estoy con los fracasados que no han podido ingresar en las buenas facultades.

Lo único que puedo hacer es terminarme el café y el sandwich de queso a la plancha e ir a la biblioteca para consultar lo del existencialismo y enterarme de por qué está tan triste Camus, por si acaso.

XXVI

Mi nueva patrona es la señora Agnes Klein, quien me enseña una habitación que cuesta doce dólares a la semana. Es una habitación de verdad, no es como el fondo de pasillo que me alquilaba la señora Austin en la calle Sesenta y Ocho. Hay una cama, un escritorio, una silla, un sofá pequeño en el rincón junto a la ventana, donde podrá dormir mi hermano Michael cuando venga de Irlanda dentro de unos meses.

Apenas he entrado por la puerta y la señora Klein ya me está contando su historia. Me dice que no debo sacar conclusiones precipitadas. Aunque ella lleve el apellido Klein, el que era judío era su marido. Ella se apellidaba Canty, y yo ya sabré muy bien que es un apellido irlandés como el que más, y si no tengo dónde ir en Navidad puedo pasarla con ella y con su hijo Michael, lo que queda de él. La causa de todos sus problemas fue su marido, Eddie. Poco antes de la guerra se largó a Alemania con el hijo de cuatro años de los dos, Michael, porque la madre de él se estaba muriendo y él esperaba heredar su fortuna. Naturalmente, los detuvieron a todos, a toda la tribu de los Klein, con madre y todo, y acabaron en un campo de concentración. Fue inútil decir a los malditos nazis que Michael era ciudadano americano, nacido en Washington Heights. Al marido no lo volvieron a ver, pero Michael sobrevivió y, al final de la guerra, el pobre chico fue capaz de decir a los americanos quién era. Me dice que lo que queda de él está en una habitación pequeña al fondo del pasillo. Me dice que vaya a su cocina el día de Navidad, hacia las dos de la tarde, para tomarme una copita antes de comer. No habrá pavo. Ella prefiere cocinar a la europea, si a mí no me importa. Me dice que no le diga que sí si no estoy convencido, que no hace falta que vaya a la comida de Navidad si tengo otro sitio donde ir, alguna muchacha irlandesa que me prepare puré de patatas. Que no me preocupe por ella. No sería su primera Navidad sin nadie más que Michael, al final del pasillo, lo que queda de él.

El día de Navidad salen de la cocina extraños olores y allí está la señora Klein, revolviendo cosas en una sartén.

—*Pierogi* —dice—. Polaco. A Michael le encantan. Tómate un vodka con un poco de zumo de naranja. Te sentará bien en esta época del año, ahora que llega la gripe.

Nos sentamos en su cuarto de estar con las bebidas y ella me habla de su marido. Me dice que si él estuviera aquí, no estaríamos allí sentados tomándonos un vodka y preparando los *pierogi* de toda la vida. Para él, la Navidad era como cualquier otro día.

Se inclina para ajustar una lámpara y se le cae la peluca, y el vodka que llevo encima me hace reírme en voz alta del espectáculo de su cráneo con mechones pequeños de pelo castaño.

—Tú ríete —me dice—. Algún día se le caerá la peluca a tu madre y ya veremos si te ríes entonces.

Y vuelve a encasquetarse la peluca en la cabeza.

Yo le digo que mi madre tiene una buena cabellera y ella me dice:

—No es de extrañar. Tu madre no ha tenido un marido loco que se echó en manos de los nazis, por el amor de Dios. Si no hubiera sido por él, Michael, lo que queda de él, estaría levantado de esa cama, tomándose un vodka mientras su pobrecita boca se le hacía agua esperando sus *pierogi*. Ay, Dios mío, los *pierogi*.

Salta de su silla y va corriendo a la cocina.

—Bueno, se han quemado un poco pero lo único que pasa es que están más ricos y más crujientes. Mi filosofía es, ¿quieres que te diga mi filosofía?, es que de cualquier contratiempo que tengas en la cocina puedes sacar partido. Bien podemos tomarnos otro vodka mientras yo guiso el chucrut y la *kielbasa*.

Sirve las bebidas y me suelta una voz cuando le pregunto qué es la *kielbasa*. Me dice que le parece increíble que haya tanta ignorancia en el mundo.

—¿Has pasado dos años en el ejército de los Estados Unidos y no has oído hablar de la *kielbasa*? No es de extrañar que los comunistas se estén haciendo los amos. Es un plato polaco, por el amor de Dios, salchicha, y te conviene ver cómo la frío por si te casas con alguna que no sea irlandesa, con una buena chica que a lo mejor te pide una *kielbasa*.

Nos quedamos en la cocina con otro vodka mientras la *kielbasa* chisporrotea y el chucrut se guisa con olor a vinagre. La señora Klein pone tres platos en una bandeja y sirve un vaso de vino de Manischewitz para Michael, lo que queda de él.

—Le encanta —dice—, le encanta el Manischewitz con los *pierogi* y la *kielbasa*.

La sigo pasando por el dormitorio de ella hasta una habitación pequeña y oscura donde está Michael, lo que queda de él, sentado en la cama, mirando al frente. Traemos sillas y usamos su cama a modo de mesa. La señora Klein enciende la radio y oímos música pachanguera de acordeón.

—Ésta es su música favorita —dice ella—. Cualquier cosa que sea europea. Le da nostalgia, ¿sabes?, nostalgia de Europa, por el amor de Dios. ¿Verdad que sí, Michael? ¿Verdad? Te estoy hablando. Feliz Navidad, Michael, feliz Navidad, maldita sea.

Se arranca la peluca y la arroja a un rincón.

—Se acabó el fingir, Michael. Ya estoy harta. Háblame, o el año que viene cocino a la americana. El año que viene el pavo, Michael, el relleno, la salsa de arándano, de todo, Michael.

Él mira fijamente al frente y la grasa de la *kielbasa* brilla en su plato. Su madre trastea en la radio hasta que encuentra a Bing Crosby que canta *Navidades blancas*.

—Será mejor que te acostumbres, Michael. El año que viene, Bing y el relleno. Al diablo la *kielbasa*.

Aparta su plato en la cama y se queda dormida con la cabeza junto al codo de Michael. Yo espero un rato, me llevo mi cena a la cocina, la tiro a la basura, vuelvo a mi habitación y me echo en mi cama.

Timmy Coin trabaja en la Compañía Refrigeradora Mercante y vive en la pensión de Mary O'Brien, en el 720 de la calle Ciento Ochenta Oeste, a la vuelta de la esquina de donde vivo yo. Me dice que Mary es tan amable que puedo pasarme cuando quiera para tomarme una taza de té.

No es una verdadera pensión, es un apartamento grande, y hay cuatro huéspedes que pagan dieciocho dólares a la semana cada uno. Les dan un desayuno como es debido siempre que quieren, a diferencia de la pensión de Logan en el Bronx, donde para ello teníamos que ir a misa o estar en gracia de Dios. La propia Mary prefiere pasarse la mañana del domingo sentada en su cocina, tomando té, fumando cigarrillos y sonriendo con los huéspedes y con sus relatos de cómo se cogieron esas resacas atroces que les hacen jurar que es la última vez. Me dice que siempre podré mudarme allí, en cuanto alguno de los muchachos se vaya para volver a Irlanda. Dice que vuelven constantemente. Creen que pueden juntar unos dólares y establecerse en la vieja granja con alguna muchacha del pueblo, pero ¿qué vas a hacer noche tras noche, sin ver nada más que a la mujer que hace punto a la luz de la lumbre mientras tú piensas en las luces de Nueva York, en las salas de baile del East Side y en los bares agradables y acogedores de la Tercera Avenida?

A mí me gustaría mudarme a casa de Mary O'Brien para librarme de la señora Agnes Klein, que da la impresión de estar esperando constantemente al otro lado de su puerta a que yo haga girar la llave en la cerradura para ponerme en la mano un vodka con zumo de naranja. No le importa que yo tenga que estudiar o que redactar trabajos para mis clases en la Universidad de Nueva York. No le importa que esté agotado después del turno de noche en los muelles o en los muelles de carga de los almacenes. Quiere contarme la historia de su vida, cómo Eddie la volvió loca con su encanto mejor que cualquier irlandés.

—Y ten cuidado con las muchachas judías, Frank, también ellas pueden ser muy encantadoras y muy ¿cómo se dice?, muy sensuales, y cuando menos te lo esperas estás pisando la copa.

—¿Pisando la copa?

—Eso es, Frank. ¿Te importa que te llame Frank? No se casan contigo si no pisas la copa de vino, si no la rompes. Luego, quieren que te conviertas para que los hijos sean judíos y lo hereden todo. Pero yo no quise. Iba a hacerlo, pero mi madre dijo que si me volvía judía ella se tiraba del puente George Washington, y, dicho sea entre nosotros, a mí me habría importado un pito que se hubiera tirado y que hubiera rebotado en un remolcador que pasara por allí. Si no me volví judía no fue por ella. Si conservé la fe fue por mi padre, un hombre honrado, tenía problemillas con la bebida, pero qué se podía esperar llevando el apellido Canty, tan extendido en el condado de Kerry, que espero ver un día si Dios me da salud. Dicen que el condado de Kerry es muy verde y muy bonito, y yo no veo nunca el verde. No veo más que este apartamento y el supermercado, nada más que este apartamento y a Michael, lo que queda de él, al fondo del pasillo. Mi padre dijo que si yo me volvía judía le partiría el corazón, no porque tuviera nada en contra de ellos, pobre gente que ha sufrido tanto, pero ¿acaso no habíamos sufrido nosotros también?, ¿e iba yo a dar la espalda a las generaciones de personas a las que habían ahorcado y quemado vivas a diestro y siniestro? Él vino a la boda, pero mi madre no. Ella me dijo que lo que estaba haciendo yo era volver a poner a Cristo a sufrir en la cruz, con llagas y todo. Me dijo que la gente de Irlanda había preferido morirse de hambre a aceptar la sopa de los protestantes, y ¿qué hubieran dicho ellos de mi conducta? Eddie me abrazaba y me decía que también él tenía problemas con su familia, me dijo que cuando amas a una persona puedes decir a todo el mundo que te bese el culo, y mira lo que le pasó a Eddie, acabó en un maldito horno, y que Dios me perdone la manera de hablar.

Se sienta en mi cama, deja el vaso en el suelo, se tapa la cara con las manos.

—Jesús, Jesús —dice—. No puedo dormir pensando en lo que le hicieron y en lo que vería Michael. ¿Qué vería Michael? He visto las fotos en los periódicos. Jesús. Y conozco a los alemanes. Viven aquí. Tienen tiendas de *delicatessen* y niños, y yo les pregunto: «¿Han matado ustedes a mi Eddie?», y ellos se me quedan mirando.

Llora, se echa en mi cama y se queda dormida y no sé si debo despertarla y decirle que yo, personalmente, estoy agotado, que estoy pagando doce dólares a la semana para que ella se eche a dormir en mi cama mientras yo intento dormir en el sofá duro del rincón que está esperando la llegada de mi hermano Michael dentro de pocos meses.

Cuento esto a Mary O'Brien y a sus huéspedes y se ponen histéricos de risa.

—Ay, que Dios la ampare —dice Mary—. Yo conozco a la pobre Agnes y todo lo suyo. Hay días que pierde el juicio del todo y da vueltas por el barrio sin la peluca preguntando a todo el mundo por el rabino para poder convertirse por su hijo, el pobre Michael que está en cama, lo que queda de él.

Cada quince días vienen dos monjas a ayudar a la señora Klein. Lavan a Michael, lo que queda de él, y le cambian las sábanas. Limpian el apartamento y la vigilan mientras ella se da un baño. Le cepillan la peluca para que no tenga tantas greñas. Aunque ella no lo sabe, le rebajan el vodka con agua, y si se emborracha será por imaginaciones suyas.

La hermana Mary Thomas siente curiosidad por mí. Me pregunta si practico mi religión y dónde estudio, pues ha visto libros y cuadernos. Cuando le digo que en la Universidad de Nueva York, ella frunce el ceño y me pregunta si no me preocupa perder mi religión en un sitio así. No puedo decirle que hace años que no voy a misa, con lo buenas que son la hermana

Beatrice y ella con la señora Klein y con Michael que está en cama, lo que queda de él.

La hermana Mary Thomas me dice en voz baja una cosa que no debo contar nunca a nadie, a no ser que sea a un sacerdote: que se tomó la libertad de bautizar a Michael. Al fin y al cabo, en realidad él no es judío, pues su madre es católica irlandesa, y a la hermana no le gustaría nada pensar en lo que le pasaría a Michael si se muriera sin haber recibido el sacramento. ¿Acaso no sufrió bastante en Alemania el pobre niño, viendo cómo se llevaban a su padre o algo peor? ¿Y acaso no se merece recibir la purificación del bautismo por si alguna mañana no se despierta, allí en la cama?

A continuación me pregunta por mi situación en esa casa. ¿Estoy empujando a Agnes a beber, o es al contrario? Yo le digo que no tengo tiempo para nada con lo ocupado que estoy con las clases y el trabajo e intentando dormir un poco. Me pregunta si estaría dispuesto a hacerle un pequeño favor, una cosa que le tranquilizaría la conciencia. Si tengo un momento y si la pobre Agnes está dormida o inconsciente por el vodka aguado, ¿querría yo ir al final del pasillo, arrodillarme junto a la cama de Michael y rezar unas avemarías, un misterio del rosario, quizás? Es posible que él no lo entienda, pero nunca se sabe. Con la ayuda de Dios, las avemarías podrían penetrar en su pobre cerebro atribulado y ayudarle a volver al mundo de los vivos, a volver a la Fe Verdadera que él heredó por parte de madre.

Si lo hago así, ella rezará por mí. Rezará pidiendo, sobre todo, que yo salga de la Universidad de Nueva York, que todo el mundo sabe que es un semillero de comunismo donde corro un gran peligro de perder mi alma inmortal, y ¿de qué sirve al hombre ganar el mundo si pierde su alma inmortal? Dios sabe que debe haber sitio para mí en Fordham o en Saint John, que no son unos semilleros de comunismo ateo como lo es la Universidad de Nueva York. Más me valía salir de la Universidad de Nueva York antes de que se meta con ella el senador McCarthy, que Dios lo bendiga y lo guarde. ¿No es así, hermana Beatrice?

La otra monja asiente con la cabeza, porque está siempre tan ocupada que rara vez habla. Mientras la hermana Mary Thomas intenta salvar mi alma del comunismo ateo, la hermana Beatrice da un baño a la señora Klein o limpia a Michael, lo que queda de él. A veces, cuando la hermana Beatrice abre la puerta de Michael, el olor que se extiende por el pasillo produce náuseas, pero eso no le impide entrar. Lo lava y le cambia la ropa de cama igualmente, y se le oye tararear himnos religiosos. Si la señora Klein ha bebido demasiado y gruñe por tener que darse un baño, la hermana Beatrice la sujeta, tararea sus himnos religiosos y le acaricia los mechoncillos castaños del cráneo hasta que la señora Klein es una niña en sus brazos. Eso impacienta a la hermana Mary Thomas, que dice a la señora Klein:

—No tiene derecho a hacernos perder el tiempo de este modo. Tenemos que visitar a otros pobrecillos, a católicos, señora Klein, a católicos.

—Yo soy católica. Yo soy católica —lloriquea la señora Klein.

—Eso es discutible, señora Klein.

Y si la señora Klein solloza, la hermana Beatrice la sujeta con más fuerza, le pone toda la mano abierta en la cabeza y sigue tarareando con una sonrisita hacia el cielo. La hermana Mary Thomas me muestra un dedo amenazador y me dice:

—Cuidado con casarte con alguien que no pertenezca a la Fe Verdadera. Esto es lo que pasa.

XXVII

Recibo una carta en la que me dicen que me presente a mi tutor en el departamento de Lengua Inglesa, el señor Max Bogart. Éste me dice que mis notas son insatisfactorias, notable bajo en Historia de la Educación en América y aprobado en Introducción a la Literatura. Yo debo mantener una media de notable en mi año de prueba si quiero seguir en la universidad.

—Al fin y al cabo —me dice—, la decana le hizo un favor al admitirle sin el título de bachiller, y ahora usted la ha dejado mal.

—Tengo que trabajar.

—¿Qué quiere decir con que tiene que trabajar? Todos tenemos que trabajar.

—Yo tengo que trabajar de noche, a veces de día, en los muelles, en los almacenes.

Me dice que tengo que decidirme entre el trabajo o la universidad. Me dará una oportunidad esta vez y me pondrá a prueba además de la prueba a la que ya estoy sometido. En junio siguiente quiere verme con una media de notable o superior.

Yo no había pensado nunca que la universidad sería todo números, letras y notas y medias y gente que me pondría a prueba. Creí que sería un sitio donde unos hombres y mujeres eruditos y amables enseñarían con cordialidad, y que si yo no les entendía se detendrían a explicármelo. No sabía que tendría que ir de asignatura en asignatura con docenas de estudiantes, a veces más de cien, mientras los profesores impartían las clases sin mirarnos siquiera. Algunos profesores miran por la ventana o al techo y otros meten las narices en unos cuadernos de notas y leen unos papeles amarillentos que se deshacen de viejos. Si los estudiantes les hacen preguntas, ellos se los quitan de encima con un gesto. En las novelas inglesas, los estudiantes de Oxford y de Cambridge se reunían siempre en las habitaciones de los profesores y tomaban jerez mientras hablaban de Sófocles. A mí también me gustaría hablar de Sófocles, pero antes tendría que leerlo, y no tengo tiempo después de las noches que paso en la Refrigeradora Mercante.

Y si quiero hablar de Sófocles y estar atormentado con el existencialismo y el problema del suicidio de Camus, tendré que renunciar a la Refrigeradora Mercante. Si no tuviera el trabajo por la noche quizás pudiera contarme en la cafetería y hablar de *Pierre o las ambigüedades* o de *Crimen y castigo*, o de Shakespeare en general. Hay chicas en la cafetería que tienen nombres como Rachel y Naomí, y son de las que me habló la señora Klein, chicas judías muy sensuales. Me gustaría tener valor para hablar con ellas, porque seguramente serán como las chicas protestantes, desesperadas por la vacuidad de todo, sin sentido del pecado y dispuestas para la sensualidad de todo tipo.

En la primavera de 1954 soy estudiante a tiempo completo en la Universidad de Nueva York y sólo trabajo a tiempo parcial en los almacenes o cuando la agencia Manpower me envía a hacer algún trabajo temporal. El primero es en una fábrica de sombreros de la Séptima Avenida, cuyo propietario, el señor Meyer, me dice que se trata de un trabajo fácil. Lo único que tengo que hacer es coger estos sombreros de mujer, todos ellos de colores neutros, meter estas plumas en los diferentes botes de colorante, esperar a que se seque la pluma, combinar el color con el sombrero, colocar la pluma en el sombrero.

—Fácil, ¿verdad? Sí, eso parece —dice el señor Meyer—, pero cuando dejé que algunos de mis empleados puertorriqueños intentaran hacer este trabajo, salieron con unas combinaciones de colores que te dejaban ciego. Esos pe erres se creen que la vida es como la cabalgata de Pascua, y no lo es. Hay que tener buen gusto para combinar una pluma con un sombrero, buen gusto, amigo mío. A las damitas judías de Brooklyn no les apetece llevar en la cabeza la cabalgata de Pascua cristiana cuando ellas están celebrando la Pascua judía, ¿me entiendes?

Me dice que tengo aspecto inteligente, que soy universitario, ¿verdad? Me dice que un trabajo sencillo como aquél no debería resultarme difícil, que si me resulta difícil es que yo no debía estar en la universidad. Él se va de viaje unos días y yo me quedaré solo con las señoras puertorriqueñas que trabajan en las máquinas de coser y en las mesas de cortado.

—Sí —me dice—, las señoras pe erre cuidarán de ti, ja, ja.

Quiero preguntarle si hay colores que hacen juego y colores que no, pero se ha marchado. Meto las plumas en los botes, y cuando las coloco en los sombreros las mujeres y las chicas puertorriqueñas empiezan a soltar risitas y carcajadas. Termino una partida de sombreros y ellas los colocan en estantes en las paredes y me traen otra partida. Hacen esfuerzos constantes por no reírse, pero no se contienen y yo no puedo evitar sonrojarme. Intento variar las combinaciones de colores metiendo las plumas en varios botes para formar un efecto de arco iris. Utilizo una pluma a modo de pincel e intento pintar en las otras plumas puntos, rayas, puestas de sol, lunas menguantes y crecientes, ríos ondulados con peces que nadan sacudiendo la cola y pájaros posados, y las mujeres se ríen tanto que no son capaces de hacer funcionar las máquinas de coser. Me gustaría poder hablar con ellas y preguntarles qué es lo que estoy haciendo mal. Me gustaría poder decirles que yo no he venido a este mundo para colocar plumas en sombreros, que soy un estudiante universitario que ha adiestrado perros en Alemania y que ha trabajado en los muelles.

El señor Meyer regresa al cabo de tres días, y cuando ve los sombreros se queda parado en la puerta como paralizado. Mira a las mujeres, y éstas sacuden la cabeza como diciendo cuánta locura hay en el mundo.

—¿Qué has hecho? —me dice, y yo no sé qué responder—. Jesús —exclama—, ¿es que eres puertorriqueño, o algo así?

—No, señor.

—Eres irlandés, ¿verdad? Sí, eso es. Tal vez seas daltónico. Eso no te lo pregunté. ¿Te pregunté si eras daltónico? [1].

—No, señor.

—Si no eres daltónico, entonces no sé cómo puedes explicar estas combinaciones. Las de puertorriqueños son sosas al lado de las tuyas, ¿sabes? Sosas. Supongo que es lo de los irlandeses, no tienen sentido del color, no son pintores, Cristo bendito. O sea, ¿dónde están los pintores irlandeses? Dime uno.

—No sé.

—Has oído hablar de Van Gogh, ¿verdad? ¿De Rembrandt? ¿De Picasso?

—Sí.

—Eso es lo que quiero decir. Los irlandeses sois buena gente, grandes cantantes, John McCormack. Grandes policías, políticos, curas. Hay un

---

[1] El daltonismo es muy frecuente entre la población irlandesa. (N. del T.)

montón de curas irlandeses, pero no hay ningún pintor. ¿Cuándo has visto colgado un cuadro de un irlandés? ¿Un Murphy, un Reilly, un Rooney? No, chico. Creo que es porque tu gente sólo conoce un color, el verde. ¿No es así? Así que yo te aconsejo que no te dediques a nada que tenga que ver con los colores. Ingresa en la policía, preséntate a las elecciones, cobra tu sueldo y vive bien, sin rencor.

Los de la oficina de la agencia Manpower sacuden la cabeza. Ellos habían creído que aquel trabajo sería ideal para mí, que soy universitario, ¿verdad? ¿Qué tiene de difícil colocar plumas en sombreros? El señor Meyer les había llamado y les había dicho:

—No me manden más universitarios irlandeses. Son daltónicos. Mándenme a algún tonto que reconozca los colores y que no me desgracie los sombreros.

Me dicen que si supiera escribir a máquina me podrían enviar a trabajos de toda clase. Yo les digo que sé escribir a máquina, que aprendí en el ejército y que soy eficaz.

Me envían a oficinas por todo Manhattan. Me paso de nueve a cinco sentado ante escritorios y paso a máquina listas, facturas, direcciones en sobres, conocimientos de embarque. Los supervisores me dicen lo que tengo que hacer y sólo me hablan cuando cometo errores. Los demás empleados no me prestan atención porque sólo soy un trabajador temporal, un *temp*, como ellos dicen, y quizás no esté allí siquiera al día siguiente. Ni siquiera me ven. Podría quedarme muerto en mi escritorio y ellos seguirían hablando por encima de mí de lo que vieron anoche en la televisión y de que van a largarse de aquí corriendo el viernes por la tarde camino de la costa de Jersey. Encargan café y bollos y a mí no me preguntan si gusto. Cualquier suceso que se salga de lo común les sirve de excusa para celebrar una fiesta. Hay regalos para los que reciben ascensos, para las que se quedan embarazadas, para los que se comprometen o se casan, y todos se reúnen al otro extremo de la oficina y se dedican a beber vino y a comer queso y galletas saladas durante la última hora antes de volver a sus casas. Las mujeres traen a sus hijos recién nacidos y todas las demás mujeres acuden corriendo a hacerles cosquillas y a decirles:

—¿Verdad que es preciosa? Tiene tus ojos, Miranda, tiene tus ojos sin duda alguna.

Los hombres dicen:

—Hola, Miranda. Tienes buen aspecto. Que chica tan guapa.

Es lo único que pueden decir, porque los hombres no deben entusiasmarse ni emocionarse con los niños recién nacidos. A mí no me invitan a las fiestas y me siento raro tableteando con mi máquina de escribir mientras todos lo pasan bien. Si un supervisor pronuncia un discursito y yo estoy a la máquina de escribir, me gritan desde el otro extremo de la oficina:

—Perdone, ése de allí, haga el favor de dejar de meter ruido un momento, ¿quiere? Aquí no nos entendemos.

No sé cómo pueden trabajar en esas oficinas día tras día, año va, año viene. Yo no puedo evitar estar mirando constantemente el reloj, y algunas veces me parece que voy a levantarme y a marcharme sin más, tal como hice en la compañía de seguros Cruz Azul. Parece que a la gente de las oficinas no les importa. Van a la fuente de agua potable, van al servicio, se pasean de mesa en mesa y charlan, se llaman por teléfono de mesa a mesa, se admiran unos a otros la ropa, el pelo, el maquillaje, y siempre que alguien hace régimen y pierde unos kilos lo admiran. Si a una mujer le dicen que ha perdido peso se pasa una hora entera sonriendo y no deja de acariciarse las caderas con las manos. La gente de las oficinas presume de sus hijos, de sus esposas, de sus maridos, y sueñan con las dos semanas de vacaciones.

Me mandan a una empresa de importación y exportación que está en la Cuarta Avenida. Me dan un montón de papeles relacionados con la importación de muñecas japonesas. Yo debo copiar de un papel a otro papel. Son las nueve y media de la mañana en el reloj de la oficina. Miro por la ventana. Brilla el sol. Un hombre y una mujer se besan ante un café que está en la otra acera de la avenida. Son las nueve y treinta y tres de la mañana en el reloj de la oficina. El hombre y la mujer se separan y empiezan a andar en direcciones opuestas. Se vuelven. Corren otra vez el uno hacia el otro para besarse de nuevo. Son las nueve y treinta y seis en el reloj de la oficina. Yo recojo mi chaqueta del respaldo de la silla y me la pongo. El jefe de la oficina sale a la puerta de su despacho y dice:

—Oiga, ¿qué pasa?

Yo no respondo. La gente espera el ascensor pero yo me dirijo a las escaleras y bajo siete pisos corriendo tanto como puedo. Los que se besaban han desaparecido, y yo lo siento. Quería volver a verlos. Espero que no vayan a oficinas donde pasen a máquina listas de muñecas japonesas o donde cuenten a todos que están comprometidos para que el jefe de la oficina les permita pasar una hora tomando vino y queso y galletas saladas.

Ahora que mi hermano Malachy está en las Fuerzas Aéreas y envía una asignación mensual, mi madre está a gusto en Límerick. Tiene la casa con jardín delante y huerto detrás, donde puede cultivar flores y cebollas si le apetece. Tiene dinero suficiente para ropa y para jugar al bingo y para hacer excursiones a Kilkee, en la costa. Alphie va al colegio de los Hermanos Cristianos, donde cursará los estudios secundarios y tendrá oportunidades de todo tipo. Con la comodidad de la nueva casa, camas, sábanas, mantas, almohadas, no tiene que preocuparse de pelearse todas las noches con las pulgas, tiene el DDT, y no tiene que afanarse para encender la lumbre en el fogón todas las mañanas, tiene la estufa de gas. Puede comerse un huevo todos los días si le apetece, sin siquiera darle tanta importancia como le dábamos nosotros. Tiene ropa decorosa y zapatos, y está caliente por muy mal tiempo que haga fuera.

Llega el momento en que debo hacer venir a Michael a Nueva York para que salga adelante en la vida. Cuando llega, está tan delgado que me dan ganas de llevármelo a que se atiborre de hamburguesas y de tartas de manzana. Pasa una temporada alojado conmigo en casa de la señora Klein y trabaja en varios sitios, pero corre el riesgo de que lo llamen a filas en el ejército y a él le parece mejor alistarse en las Fuerzas Aéreas porque el uniforme es de un color azul más bonito, más atractivo que el marrón caca del uniforme del ejército y es más fácil que atraiga a las chicas. Cuando Malachy se haya licenciado de las Fuerzas Aéreas, Michael podrá seguir enviando a mi madre la asignación mensual que la sacará adelante durante otros tres años y yo sólo tendré que preocuparme de mí mismo hasta que termine los estudios en la Universidad de Nueva York.

XXVIII

Cuando entra con garbo en la clase de psicología, el mismo profesor se queda boquiabierto y aprieta tanto el pedazo de tiza que tiene en la mano que ésta se quiebra y se rompe.

—Perdone, señorita —dice, y ella le dirige una sonrisa tal, que lo único que puede hacer él es sonreír a su vez—. Perdone, señorita —dice—, pero estamos sentados por orden alfabético y me haría falta conocer su hombre.

—Alberta Small —dice ella, y el profesor le señala una fila de asientos que está detrás de la mía, y a nosotros no nos importaría que tardase todo el día en llegar a su asiento, porque nos estamos regalando con su cabello rubio, sus ojos azules, sus labios sensuales, un pecho que es una ocasión de pecado, un tipo que te provoca palpitaciones en el centro de tu cuerpo.

—Perdón —susurra, algunas filas por detrás de la mía, y se oye el movimiento y la agitación de los estudiantes que tienen que ponerse de pie para dejarla pasar a su asiento.

A mí me gustaría ser uno de los estudiantes que se ponen de pie para dejarla pasar, que se rozase conmigo y me tocase.

Cuando termina la clase quiero asegurarme de que la dejo pasar por delante de mí por el pasillo central para verla venir y para verla marcharse con esa figura que sólo se ve en las películas. Pasa y me dirige una sonrisita, y yo me pregunto por qué es Dios tan bueno conmigo que me deja recibir una sonrisa de la chica más encantadora de toda la Universidad de Nueva York, tan rubia y de ojos tan azules, que debe de proceder de una tribu de bellezas escandinavas. Me gustaría poder decirle «Hola, ¿te apetece tomarte un café y un sandwich de queso a la plancha y hablar del existencialismo?», pero sé que eso no pasará nunca, sobre todo cuando veo al que la está esperando en el pasillo, un estudiante del tamaño de una montaña, que lleva una chaqueta que dice Universidad de Nueva York Fútbol.

En la siguiente clase de psicología, el profesor me hace una pregunta sobre Jung y el inconsciente colectivo, y en cuanto abro la boca sé que todo el mundo me mira como diciéndose: «¿Quién es el del deje irlandés?» El propio profesor dice:

—¿Es un acento irlandés eso que noto?, y yo tengo que reconocer que así es. Él dice a la clase que, naturalmente, la Iglesia Católica ha mantenido tradicionalmente una actitud de hostilidad contra el psicoanálisis.

—¿No es así, señor McCourt? —me dice, y a mí me da la sensación de que me está acusando a mí. ¿Por qué se pone a hablar de la Iglesia Católica sólo porque yo intenté responder a su pregunta sobre el inconsciente colectivo? ¿Y debo defender yo a la Iglesia?

—No lo sé, profesor.

Sería inútil decirle que un cura redentorista de Límerick bramaba todos los domingos desde el púlpito denunciando a Freud y a Jung y asegurando que los dos acabarían en el agujero más profundo del infierno. Sé que cuando hablo en clase nadie escucha lo que digo. Sólo escuchan mi acento, y hay veces que me gustaría poder meterme la mano en la boca y arrancarme de raíz el acento. Aun cuando intento hablar como los americanos la gente hace gestos de extrañeza y dice: «¿Es un deje irlandés eso que oigo?»

Al final de la clase espero a que pase la rubia, pero ésta se detiene, los ojos azules me sonríen y ella dice: «Hola», y el corazón me palpita en el pecho.

—Me llamo Mike —me dice.

—¿Mike?

—Bueno, la verdad es que me llamo Alberta, pero me llaman Mike.

Afuera no hay ningún jugador de fútbol americano, y ella me dice que tiene dos horas libres hasta su clase siguiente y me pregunta si me apetece tomar algo en el Rocky.

Yo tengo una clase dentro de diez minutos, pero no estoy dispuesto a perderme la oportunidad de estar con esta chica a la que todos miran, con esta chica que me ha elegido a mí entre todas las personas del mundo para decirme «hola». Tenemos que caminar deprisa para llegar al Rocky sin tropezarnos con Bob, el jugador de fútbol americano. Éste podría molestarse si se enterara de que ella había ido a beber algo con otro chico.

Yo me pregunto por qué llama «chico» a todos los varones. Tengo veintitrés años.

Me dice que está comprometida con Bob, más o menos, que están pedidos, y yo no sé de qué me habla. Me dice que cuando una chica está pedida es que está comprometida a estar comprometida, y que se sabe cuando una chica está pedida porque lleva el anillo del bachillerato de su novio en un collar. Yo le pregunto por qué no lleva ella el anillo de Bob. Ella me dice que le regaló un brazalete de oro con el nombre de ella para que lo llevara en el tobillo y se viera así que estaba pedida, pero que ella no se lo pone porque eso es lo que hacen las chicas puertorriqueñas, que son demasiado llamativas. El brazalete es lo que te regalan poco antes del anillo de compromiso, y ella prefiere esperar al anillo, muchas gracias.

Me dice que es de Rhode Island. Se crió allí desde los siete años con la madre de su padre. Su madre sólo tenía dieciséis años cuando nació ella, y su padre, veinte, así que ya te puedes imaginar lo que pasó. Una boda de penalti. Cuando llegó la guerra y a él lo movilizaron y lo mandaron a Seattle, fue el fin del matrimonio. Aunque Mike era protestante, había estudiado el bachillerato en un colegio de monjas católicas de Fall River, en Massachusetts, y sonríe al recordar aquel verano del final del bachillerato, en que salía casi todas las noches con un chico nuevo. Aunque ella sonríe, yo siento un gran arrebato de rabia y de envidia y me gustaría matar a los chicos que comieron palomitas con ella y que seguramente la besaron en los autocines. Ahora vive con su padre y con su madrastra en Riverside Drive, y su abuela está pasando una temporada con ellos hasta que se instale y se acostumbre a la ciudad. No le da la menor vergüenza decirme que le gusta mi acento irlandés, e incluso que le gustaba mirarme la nuca en clase, con el pelo negro y ondulado que tengo. Esto me hace sonrojar, y a pesar de que en el Rocky se está a oscuras ella ve mi rubor y le parece cuco.

Tengo que acostumbrarme al modo en que usan la palabra *cuco* en Nueva York. En Irlanda, si dices que alguien es cuco estás diciendo que es astuto y trapacero.

Estoy en el Rocky y estoy en el cielo bebiendo cerveza con esta chica que podría haber salido de una pantalla de cine, una segunda Virginia Mayo. Sé que soy la envidia de todos los hombres y de todos los chicos que están en el Rocky, que pasará lo mismo en la calle, que la gente volverá la cabeza y se preguntará quién soy yo, que estoy con la chica más encantadora de la Universidad de Nueva York y de todo Manhattan.

Al cabo de dos horas tiene que ir a su clase siguiente. Yo me ofrezco a llevarle los libros, tal como hacen en las películas, pero ella me dice que no, que será mejor que me quede allí un rato más por si nos tropezamos con Bob, a quien no le gustaría nada verla con un sujeto como yo. Se ríe y me recuerda que Bob es grande.

—Gracias por la cerveza, te veré en clase la semana que viene —me dice, y se marcha.

Su vaso sigue en la mesa y tiene huellas de barra de labios de color rosa. Me lo llevo a los labios para saborearla y sueño que algún día besaré los labios mismos. Me llevo el vaso a la mejilla y me la imagino besándose con el jugador de fútbol americano y tengo nubes oscuras en la cabeza. ¿Por qué ha querido sentarse conmigo en el Rocky si está comprometida con él, más o menos? ¿Son así las cosas en América? Si amas a alguien, debes serle fiel en todo momento. Si no le amas, entonces no importa que tomes cerveza en el Rocky con otra persona. Si ella viene al Rocky conmigo es que no lo quiere, y al pensarlo me siento mejor.

¿Es que le doy pena, con mi acento irlandés y mis ojos rojos? ¿Ha sabido darse cuenta de que a mí me resulta difícil hablar a las chicas si ellas no me hablan a mí primero?

América está llena de hombres que se acercan a las chicas y les dicen «hola». Yo jamás sería capaz de hacerlo. De entrada, me sentiría tonto diciendo «hola», porque donde yo me crié no había esa costumbre. Tendría que decir «buenas tardes», o alguna otra cosa propia de personas mayores. Incluso cuando me hablan ellas a mí no sé nunca qué decir. No quiero que se enteren de que no estudié el bachillerato y no quiero que se enteren que me crié en un barrio pobre de Irlanda. Estoy tan avergonzado del pasado que lo único que puedo hacer es mentir al respecto.

El profesor de Redacción Inglesa, el señor Calitri, nos pide que escribamos una redacción sobre un objeto concreto de nuestra infancia, sobre un objeto que tuviera importancia para nosotros, un objeto doméstico a ser posible.

No hay ningún objeto de mi infancia de cuya existencia quisiera yo que se enterara nadie. No me gustaría que el señor Calitri ni nadie más de la clase supieran nada del retrete comunal que compartíamos con todas las demás familias del callejón Roden. Podría inventarme algo, pero no se me ocurre nada parecido a los objetos de los que hablan los demás alumnos, el coche familiar, el viejo guante de béisbol de papá, el trineo con el que se divertían tanto, la vieja nevera, la mesa de la cocina donde hacían los deberes. Lo único que se me ocurre es la cama que yo compartía con mis tres hermanos, y a pesar de que me avergüenza, tengo que escribir sobre ella. Si me invento algo bonito y respetable y no escribo acerca de la cama, me atormentarán los remordimientos. Por otra parte, el único que lo va a leer será el señor Calitri, y yo estaré a salvo.

LA CAMA

Cuando yo era pequeño, en Límerick, mi madre tuvo que ir a la Conferencia de San Vicente de Paúl para ver si le daban una cama para mí y para mis hermanos Malachy, Michael, y Alphie, que estaba empezando a andar. El hombre de San Vicente de Paúl le dijo que podía darle un vale para que bajase a un sitio del Irishtown donde vendían camas de segunda mano. Mi madre le preguntó si no nos podían dar una cama nueva, porque con las viejas no se sabía lo que se podía coger. Podían tener toda clase de enfermedades.

El hombre dijo que el que pide no escoge y que mi madre no debía ser tan escrupulosa.

Pero ella no quería ceder. Preguntó si era posible enterarse, al menos, de si se había muerto alguien en la cama. Sin duda, no era mucho pedir. Ella no quería pasar las noches en blanco acostada en su cama pensando en que sus cuatro hijos pequeños estaban durmiendo en un colchón donde se había muerto alguien, alguien que quizás tuviese unas fiebres o la tisis.

—Señora —dijo el hombre de San Vicente de Paúl—, si no quiere esta cama, devuélvame el vale y ya se lo daré a alguien que no sea tan escrupuloso.

—Ah, no —dijo mamá, y fue a casa a traer el cochecito de Alphie para que pudiésemos llevar el colchón, el somier y la cama. El hombre de la tienda de Irishtown quiso darle un colchón del que asomaban pelos y que estaba lleno de manchas y de lamparones, pero mi madre dijo que ella no daría una cama así ni a una vaca, que si no tenía el hombre otro colchón allí, en el rincón. El hombre gruñó y dijo:

—Bueno, bueno. Jesús, los acogidos a la caridad se están volviendo muy exquisitos últimamente.

Y se quedó detrás de su mostrador viéndonos sacar el colchón a rastras.

Tuvimos que hacer tres viajes subiendo y bajando con el cochecito por las calles de Límerick para llevar el colchón y las diversas partes de la cama de hierro, la cabecera, los pies, los largueros y el somier. Mi madre decía que se moría de vergüenza y que preferiría hacer eso de noche. El hombre decía que lo sentía mucho pero que cerraba a las seis en punto, y que no iba a cerrar más tarde aunque se presentase la Sagrada Familia a recoger una cama.

Era difícil empujar el cochecito, porque tenía una rueda descabalada que quería seguir por su cuenta, y era más difícil todavía con Alphie, quien llamaba a su madre a gritos enterrado bajo el colchón.

Mi padre nos esperaba para subir el colchón a rastras al piso de arriba y nos ayudó a montar la cama y el somier. Naturalmente, no había querido ayudarnos a empujar el cochecito desde Irishtown, que estaba a tres kilómetros, porque le daría vergüenza dar ese espectáculo. Él era de Irlanda del Norte, y allí deben de tener otro sistema diferente para llevar la cama a casa.

Pusimos en la cama abrigos viejos, porque en la Conferencia de San Vicente de Paúl no quisieron darnos un vale para sábanas y para mantas. Mi madre encendió la lumbre, y cuando nos sentamos alrededor tomando té dijo que al menos ya no estábamos en el suelo, y que qué bueno era Dios.

A la semana siguiente, el señor Calitri se sienta sobre el borde de su mesa sobre la tarima. Saca de su cartera nuestras redacciones y dice a la clase:

—No es una mala colección de redacciones; algunos se pasan un poco de sentimentales. Pero hay una que me gustaría leerles si a su autor no le importa: «La cama».

Mira hacia mí y sube las cejas como preguntándome «¿Le importa?». Yo no sé qué decir, aunque me gustaría decirle: «No, no, le ruego que no diga a todo el mundo de dónde vengo», pero ya tengo la cara acalorada y lo único que puedo hacer es encogerme de hombros como si no me importara.

Lee «La cama». Yo siento que toda la clase me está mirando, y estoy avergonzado. Me alegro de que no esté en esta clase Mike Small. No volvería a mirarme. En la clase hay chicas, y seguramente están pensando que deben apartarse de mí. Me dan ganas de decirles que es un cuento inventado, pero el señor Calitri está allí arriba comentándolo, diciendo a la clase por qué le ha puesto un sobresaliente, que mi estilo es directo, mi temática rica. Se ríe al decir «rica».

—Ya me entienden —afirma. Me dice que debo seguir explorando mi rico pasado, y vuelve a sonreír. No sé de qué habla. Lamento haber escrito acerca de esa cama, y me temo que todos sientan lástima de mí y que me traten como a un acogido a la caridad. La próxima vez que tenga que ir a clase de Redacción Inglesa situaré a mi familia en una casa cómoda de las afueras y haré a mi padre cartero con pensión.

Al final de la clase los alumnos me saludan con la cabeza y me sonríen, y yo me pregunto si ya me tienen lástima.

Mike Small venía de otro mundo, ella y su jugador de fútbol americano. Puede que procedieran de partes distintas de América, pero eran adolescentes y era lo mismo en todas partes. Quedaban para salir el sábado por la noche, el chico tenía que recoger a la chica en casa de ella y, naturalmente, ella no estaba nunca esperándolo en la puerta porque con eso daría a entender que tenía demasiado interés, y correría la voz y se quedaría sola todos los sábados por la noche durante el resto de su vida. El chico tenía que esperar en el cuarto de estar con un papá silencioso que siempre lo miraba con desaprobación desde detrás de su periódico, sabiendo lo que hacía él cuando salía con chicas en los viejos tiempos y preguntándose qué iban a hacer con su hijita. La madre se preocupaba y preguntaba qué película iban a ver y a qué hora volverían a casa, porque su hija era una buena muchacha que tenía que dormir bien por la noche para conservar esos colores en la tez y llevarlos a la iglesia el día siguiente por la mañana. En el cine se cogían de la mano y, si el chico tenía suerte, podía llevarse un beso y tocarle el pecho por casualidad. Si sucedía esto, ella le echaba una mirada cortante que quería decir que el cuerpo se reservaba para la luna de miel. Después de la película tomaban hamburguesas y batidos en el bar de refrescos con todos los demás chicos del instituto, los chicos de flequillo y las chicas con falda y calcetines cortos. Cantaban las canciones de la máquina de discos y las chicas daban chillidos por Frankie. Si a la chica le gustaba el chico, podía dejarle que le diese un beso largo ante la puerta de ella, quizás que le metiese la lengua en la boca un instante, pero si él intentaba dejar la lengua allí metida ella se apartaba y le daba las buenas noches, le decía que lo había pasado bien, muchas gracias, y aquello era otro recordatorio de que el cuerpo se reservaba para la luna de miel.

Algunas chicas te dejaban tocar y palpar y besar pero no te dejaban llegar hasta el final, y a esas las llamaban las del noventa por ciento. Las del noventa por ciento tenían algunas posibilidades, pero las chicas que llegaban hasta el final tenían tan mala reputación que nadie del pueblo se quería casar con ellas, y aquéllas eran las que un día hacían el equipaje y se marchaban a Nueva York, donde todo el mundo hace de todo.

Esto es lo que vi en las películas o lo que oí contar en el ejército a los soldados que procedían de todas las regiones del país. Si tenías coche y la chica decía que sí, que quería ir contigo a un autocine, tú sabías que ella esperaba algo más que comer palomitas y mirar lo que pasaba en la pantalla. No tenía sentido conformarse con un beso. Eso ya te lo podías llevar en un cine normal. El autocine era donde metías la lengua en la boca y ponías la mano en el pecho, y si ella te dejaba llegar hasta el pezón, hombre, era tuya. El pezón era como una llave que abría las piernas, y si no estabas con otra pareja pasabais al asiento de atrás, y ¿a quién le importaba la maldita película?

Los soldados decían que había noches divertidas en que tú te lo montabas bien, pero tu amigo tenía problemas en el asiento de atrás con su chica, que estaba sentada muy formal viendo la película, o podía ser al revés, que tu camarada se lo estuviera montando y tú estabas tan frustrado que tenías ganas de reventar dentro de tus pantalones. A veces, tu camarada podía haber terminado con su chica y ella seguía dispuesta a hacérselo contigo, y eso es la gloria, hombre, porque no sólo echas un polvo sino que la que te rechazó se queda allí sentada con cara de palo haciendo como que está mirando la película, pero en realidad os está escuchando a vosotros ahí atrás, y a veces no aguanta más y se te echa encima y tú te encuentras en el asiento de atrás entre dos tías. Caray.

Los hombres decían en el ejército que más tarde no tendrías respeto a la chica que te dejaba llegar hasta el final, y que sólo respetarías un poco a la del noventa por ciento. Naturalmente, respetarías completamente a la chica que decía que no y que se quedaba sentada viendo la película. Aquélla era la chica que era pura, que no era mercancía estropeada, y era la chica que querrías que fuera la madre de tus hijos. Si te casabas con una chica que había andado con otros, ¿cómo sabrías que tú eras el padre verdadero de tus hijos?

Sé que si Mike Small fuera alguna vez a un autocine, ella sería la que se quedaría sentada viendo la película. Me resultaría demasiado duro imaginarme cualquier otra cosa, sobre todo teniendo en cuenta que incluso me resulta duro imaginármela besándose con el jugador de fútbol americano ante la puerta de la casa de ella mientras su padre la espera dentro.

Las monjas me dicen que la señora Klein está perdiendo el juicio por la bebida y que está descuidando al pobre Michael, lo que queda de él. Van a llevárselos a sitios donde puedan estar cuidados, a residencias católicas, aunque será mejor no comentar a nadie lo de Michael, no vaya a ser que lo reclame alguna organización judía. La hermana Mary Thomas no está en contra de los judíos, pero no quiere perder un alma preciosa como la de Michael.

Uno de los huéspedes de Mary O'Brien ha vuelto a Irlanda para establecerse en las tres hectáreas de su padre y casarse con una muchacha de una casa próxima. Por dieciocho dólares a la semana yo puedo quedarme con su cama y comer por la mañana con libertad de todo lo que haya en la nevera. Los demás huéspedes irlandeses trabajan en los muelles y en los almacenes y traen a casa botes de fruta en conserva o botellas de ron y de whiskey de cajas que se cayeron por casualidad cuando se descargaba un barco. Mary dice que verdad que es maravilloso que siempre que dices que te apetece algo se caiga por casualidad una caja entera de eso mismo al día siguiente en el muelle. Hay domingos por la mañana en que no nos molestamos en preparar el desayuno, pues estamos muy a gusto en la cocina comiendo rodajas de piña en almíbar espeso, con vasos de ron para bajarlo. Mary nos recuerda que debemos ir a misa, pero nosotros estamos muy a gusto con nuestra piña y nuestro ron, y Timmy Coin no tarda en pedir una canción, aunque sea domingo por la mañana. Trabaja en la Refrigeradora Mercante y suele traer a casa una gran media canal de vacuno los viernes por la noche. Él es el único que se preocupa de ir a misa, aunque procura volver enseguida para no perderse la piña y el ron, que no pueden durar toda la vida.

Frankie y Danny Lennon son gemelos, irlando-americanos. Frankie vive en otro apartamento y Danny es huésped de Mary. El padre de los dos, John, vive en la calle, vaga por ahí llevando una pinta de vino en una bolsa de papel marrón y limpia el apartamento de Mary a cambio de una ducha, un bocadillo y unas copas. Sus hijos se ríen y cantan: *Ay, mi papá, qué maravilloso era conmigo.*

Frankie y Danny estudian en el City College, que es una de las mejores universidades del país, y es gratuita. Aunque estudian contabilidad, están siempre apasionados por sus asignaturas optativas de literatura. Frankie dice que vio a una chica que leía en el metro *Retrato del artista adolescente*, de James Joyce, y cuenta el gran deseo que sintió de sentarse a su lado y hablar de Joyce con ella. Se pasó todo el trayecto desde la calle 34 hasta la calle 181 levantándose de su asiento y acercándose a la chica, sin atreverse nunca a hablar con ella y perdiendo siempre el asiento, que ocupaba otro pasajero. Al fin, cuando el tren paró en la calle 181 él se inclinó y le dijo:

—Un gran libro, ¿verdad?

Ella se apartó bruscamente y soltó un grito. Él quiso decirle: «Perdón,

perdón», pero ya se estaban cerrando las puertas y él estaba en el andén, mientras la gente del tren lo miraba con hostilidad.

Les encanta el jazz y se comportan en el cuarto de estar como dos profesores locos, escuchan discos, llevan el ritmo chascando los dedos, me hablan de todos los grandes músicos que actúan en este disco de Benny Goodman, Gene Krupa, Harry James, Lionel Hampton, el propio Benny. Me dicen que éste fue el concierto de jazz más grande de todos los tiempos, y que fue la primera vez que se permitió actuar a un hombre negro en el escenario del Carnegie Hall.

—Y escúchalo, escucha a Lionel Hampton, todo terciopelo y deslizamiento, escúchalo y cómo entra Benny, escucha, y ahora llega Harry que manda unas pocas notas para decirte, atención, que vuelo, qué vuelo, y Krupa toca bap-bap-bap-du-bap-di-bap, se mueven las manos, los pies, canta canta canta, y todo el condenado conjunto está enloquecido, hombre, enloquecido, y el público, escucha al público, pierde el juicio, hombre, requetepierde el juicio.

Ponen discos de Count Basie, señalan con el dedo y se ríen cuando el Conde toca esas notas solas, y cuando ponen discos de Duke Ellington dan vueltas por el cuarto de estar chascando los dedos y parándose a decirme: «Escucha, escucha esto», y yo escucho porque nunca había escuchado de este modo y ahora estoy oyendo cosas que no había oído nunca y tengo que reírme con los Lennon cuando los músicos cogen pasajes de las melodías y los ponen del revés y los desmontan y vuelven a montarlos como diciendo, mirad, hemos cogido prestada un rato vuestra pequeña melodía para tocarla a nuestra manera, pero no os preocupéis, mirad, os la devolvemos, y puedes tararearla, cariño, puedes cantar a esa tía, hombre.

Los huéspedes irlandeses se quejan de que esto no es más que un montón de ruido. Paddy Arthur McGovern dice:

—Si os gusta eso, está claro que no tenéis nada de irlandeses. ¿Por qué no ponéis unas canciones irlandesas en ese aparato? ¿Por qué no ponéis unos bailes irlandeses?

Los Lennon se ríen y nos dicen que hace mucho tiempo que su padre salió de las ciénagas.

—Esto es América, hombres. Ésta es la música —dice Danny. Pero Paddy Arthur quita a Duke Ellington del tocadiscos y pone al conjunto Tara Ceilidhe de Frank Lee y nos quedamos sentados en el cuarto de estar, escuchando, marcando el ritmo levemente y sin mover la cara. Los Lennon se ríen y se marchan.

XXIX

La hermana Mary Thomas se enteró de alguna manera de mi nueva dirección y me envió una nota para decirme que sería muy bonito que me pasara a despedirme de la señora Klein y de Michael, lo que queda de él, y a recoger dos libros que me había dejado debajo de mi cama. Delante de la casa de apartamentos espera una ambulancia, y en el piso de arriba la hermana Mary Thomas está diciendo a la señora Klein que se tiene que poner la peluca y que no, que no puede consultar a un rabino, que allí donde va no hay rabinos y que más le valía ponerse de rodillas, rezar un misterio del rosario y pedir perdón, y al fondo del pasillo la hermana Beatrice está hablando con dulzura a Michael, lo que queda de él, diciéndole que se está abriendo un nuevo día más luminoso, que allí donde va habrá pájaros y flores y árboles y un Señor resucitado. La hermana Mary Thomas grita por el pasillo:

—Hermana, pierde el tiempo. No entiende una palabra de lo que le dice.

Pero la hermana Beatrice responde:

—No importa, hermana. Es una criatura del Señor, una criatura judía del señor, hermana.

—No es judío, hermana.

—¿Tiene eso importancia, hermana? ¿Tiene eso importancia?

—Sí que tiene importancia, hermana, y le recomiendo que consulte con su confesor.

—Sí, hermana, así lo haré.

Y la hermana Beatrice sigue dirigiendo sus palabras alegres y sus himnos religiosos a Michael, lo que queda de él, que puede ser o no ser judío.

—Ah, casi me olvido de tus libros —me dice la hermana Mary Thomas—. Están bajo la cama.

Me entrega los libros y se frota las manos como para limpiárselas.

—¿No sabes que Anatole France está en el Índice de la Iglesia Católica, y que D. H. Lawrence fue un inglés absolutamente depravado que ahora aúlla en lo hondo del infierno, el Señor nos libre? Si son esas cosas las que lees en la Universidad de Nueva York, temo por tu alma y pondré una vela por ti.

—No, hermana, estoy leyendo *La isla de los pingüinos* por gusto y *Mujeres enamoradas* para una de mis asignaturas.

Ella levanta los ojos al cielo.

—Oh, arrogancia de la juventud. Me da lástima por tu pobre madre.

En la puerta hay dos hombres que llevan batas blancas y una camilla y que van al fondo del pasillo a recoger a Michael, lo que queda de él. La señora Klein los ve y exclama:

—Rabino, rabino, ayúdeme en esta hora —y la hermana Mary Thomas la vuelve a sentar en su silla de un empujón. Vuelven a bajar por el pasillo, pisando pesadamente, los hombres de blanco que llevan en la camilla a Michael, lo que queda de él, y la hermana Beatrice, que le acaricia la coronilla que parece una calavera.

—*Alannah, alannah* —dice con su acento irlandés—, desde luego que no queda nada de ti. Pero ahora verás el cielo y sus nubes.

Baja con él en el ascensor, y a mí también me habría gustado bajar para escaparme de la hermana Mary Thomas y de sus comentarios sobre el estado de mi alma y sobre las cosas terribles que leo, pero tengo que despedirme de la señora Klein que está toda arreglada con su peluca y su sombrero. Me coge de la mano.

—Cuidarás de Michael, lo que queda de él, ¿verdad, Eddie?

Eddie. Esto me produce un dolor violento en el corazón y un recuerdo terrible de Rappaport y de la lavandería de Dachau, y me pregunto si lo único que voy a conocer en el mundo va a ser la oscuridad. ¿Conoceré alguna vez lo que prometía la hermana Beatriz a Michael, lo que queda de él, los pájaros, las flores, los árboles y un Señor resucitado?

Lo que aprendí en el ejército resulta útil en la Universidad de Nueva York. No levante la mano nunca, que no se enteren nunca de cómo te llamas, no te presentes voluntario nunca. Los estudiantes que acaban de terminar el bachillerato, de dieciocho años, suelen levantar la mano para decir a la clase y al profesor lo que opinan. Si los profesores me miran directamente a mí y me preguntan algo, yo no puedo terminar nunca de responder porque siempre me dicen:

—Ah, ¿es un deje irlandés eso que noto?

A partir de entonces no tengo tranquilidad. Siempre que se habla de algún escritor irlandés, o de cualquier cosa irlandesa, todos se vuelven hacia mí como si yo fuera la autoridad. Hasta los profesores dan la impresión de que opinan que yo lo sé todo acerca de la literatura irlandesa y de la historia de Irlanda. Siempre que dicen algo de Joyce o de Yeats me miran como si yo fuera el experto, como si yo debiera asentir con la cabeza y confirmar lo que dicen. Yo me paso todo el tiempo asintiendo con la cabeza porque no sé qué otra cosa puedo hacer. Si llegase a negar con la cabeza manifestando duda o desacuerdo, los profesores profundizarían más con sus preguntas y pondrían de manifiesto mi ignorancia ante todos, sobre todo ante las chicas.

Pasa lo mismo con el catolicismo. Si respondo a una pregunta, advierten mi acento y éste significa que yo soy católico y que estoy dispuesto a defender a la Santa Madre Iglesia hasta verter la última gota de mi sangre. A algunos profesores les gusta echarme pullas burlándose de la virginidad de María, de la Santísima Trinidad, de la castidad de San José, de la Inquisición, del pueblo de Irlanda infestado de curas. Cuando hablan así yo no sé qué decir, porque ellos tienen el poder de bajarme la nota y de estropearme la nota media, con lo que yo no podría perseguir el sueño americano y aquello podría llevarme a Albert Camus y a la decisión diaria de no suicidarme. Tengo miedo a los profesores con sus altos grados académicos y con el modo en que pueden hacerme quedar por tonto ante los demás estudiantes, sobre todo ante las chicas.

Me gustaría ponerme de pie en esas clases y anunciar a todo el mundo que estoy demasiado ocupado para ser irlandés, o católico, o cualquier otra cosa, que trabajo día y noche para ganarme la vida, intento leer libros para mis asignaturas y me quedo dormido en la biblioteca, intento escribir trabajos de curso con notas a pie de página y bibliografía con una máquina de escribir que me falla en las letras «a» y «j», de manera que tengo que volver a pasar a máquina páginas enteras dado que es imposible evitar las letras «a» y «j», me quedo dormido en los vagones del metro hasta que llego a la última parada y me da vergüenza tener que preguntar a la gente dónde estoy, cuando ni siquiera sé en qué distrito estoy.

Si no tuviera los ojos rojos y acento irlandés podría ser americano puro y no tendría que aguantar a los profesores que me atormentan con Yeats y con Joyce y con el Renacimiento Literario Irlandés y con lo listos y lo ingeniosos que son los irlandeses y con lo hermoso y verde que es el país, aunque está infestado de curas y es pobre, con una población que está a punto de desaparecer de la faz de la tierra por la represión sexual puritana, y ¿qué opina de eso, señor McCourt?

—Creo que tiene razón, señor profesor.

—Ah, de modo que cree que tengo razón. Y, señor Katz, ¿qué opina usted de eso?

—Estoy de acuerdo con usted, señor profesor, supongo. No conozco a demasiados irlandeses.

—Señoras y caballeros, observen lo que acaban de decir el señor McCourt y el señor Katz. He aquí un punto de coincidencia entre el celta y el hebreo: los dos están dispuestos a adaptarse y a transigir. ¿No es así, señor McCourt, señor Katz?

Asentimos con la cabeza y yo recuerdo lo que decía mi madre: A un caballo ciego le da igual que asientas con la cabeza o que le guiñes el ojo. Me gustaría decir esto al profesor pero no puedo correr el riesgo de ofenderle, con todo el poder que tiene de impedirme el acceso al sueño americano y de hacerme quedar por tonto delante de la clase, sobre todo de las chicas.

La profesora Middlebrook imparte la asignatura de Literatura de Inglaterra los lunes y los miércoles por la mañana en el cuatrimestre de otoño. Se sube a la pequeña tarima, se sienta, pone sobre la mesa el grueso libro de texto, lo lee, lo comenta y sólo mira a la clase para hacer alguna pregunta de vez en cuando. Empieza por *Beowulf* y termina por John Milton, quien, según dice ella, es sublime, ha caído algo en el olvido en nuestros tiempos pero ya le llegará su hora, ya le llegará su hora. Los estudiantes leen el periódico, hacen crucigramas, se intercambian notas, estudian otras asignaturas. Después de mis turnos de toda la noche en diversos trabajos me resulta difícil mantenerme despierto, y cuando me hace una pregunta, Brian McPhillips me da un codazo, me dice en voz baja la pregunta y la respuesta y yo se la balbuceo a ella. A veces murmura algo mirando al libro y yo sé que me he metido en un lío, y ese lío se materializa en un aprobado al final del curso.

Con todos mis retrasos y mis faltas a clase y con tanto quedarme dormido en clase sé que me merezco un aprobado, y me gustaría decir a la profesora lo culpable que me siento y que yo no la habría culpado aunque me hubiera suspendido. Me gustaría explicarle que, aunque no soy un estudiante modelo, tendría que verme con el libro de texto de Literatura de Inglaterra, leyéndolo tan emocionado en la biblioteca de la Universidad de Nueva York, en los vagones del metro, incluso en los muelles del puerto y en los muelles de carga de los almacenes durante la hora del almuerzo. Debería saber que yo soy, probablemente, el único estudiante del mundo que ha tenido enfrentamientos con los hombres de los muelles de carga por un libro de literatura. Los hombres se burlaban de mí:

—Oye, mirad al universitario. ¿No te dignas hablar con nosotros, eh?

Y cuando yo les comentaba lo extraña que era la lengua anglosajona, ellos me dicen que estoy diciendo gilipolleces, que eso no es inglés ni mucho menos, y a quién coño te crees que vas a engañar, chico. Me decían que puede que ellos no hubieran ido nunca a la universidad, pero que no iban a consentir que les tomara el pelo un gilipollas de mierda recién desembarcado de Irlanda que les decía que eso era la lengua inglesa cuando se veía claramente que en toda esa maldita página no había ni una palabra inglesa.

Después, no quieren hablar conmigo y el jefe de muelle de carga me hace pasar dentro a manejar el montacargas para que los hombres no me hagan jugarretas, para que no me suelten pesos que me descoyunten los brazos ni hagan como que me van a atropellar con las carretillas elevadoras.

Me gustaría contar a la profesora cómo pienso en los escritores y en los poetas que vienen en el libro de texto y cómo me pregunto a mí mismo con cuáles me gustaría tomarme una pinta en una taberna del Greenwich Village, y el que más destaca es Chaucer. Yo estaría dispuesto en cualquier momento a invitarle a una pinta y a escuchar sus cuentos sobre los peregrinos que van a Canterbury. Me gustaría contar a la profesora cuánto me gustan los sermones de John Donne y cuánto me gustaría invitarle a una pinta, sólo que era cura protestante y no destacaba por su afición a sentarse a trasegar pintas en las tabernas.

No puedo hablar de todo esto porque es peligroso levantar la mano en cualquier clase para decir cuánto te gusta algo. El profesor te mira con una sonrisita de conmiseración y la clase la ve y la sonrisita de conmiseración recorre el aula hasta que tú te sientes tan tonto que se te pone roja la cara y te prometes a ti mismo que no te volverá a gustar nada en la universidad, o que si te gusta algo te lo callarás. Esto puedo decírselo a Brian McPhillips, que se sienta a mi lado, pero otro que está en el asiento de delante se vuelve y dice:

—¿No estaremos siendo un poco paranoicos?

Paranoicos. Es otra palabra que tengo que consultar, teniendo en cuenta que todo el mundo de la Universidad de Nueva York la dice. En vista de cómo me mira este estudiante, levantando la ceja izquierda casi hasta el flequillo con un gesto de superioridad, lo único que puedo suponer es que me está acusando de estar loco, y es inútil que intente responderle sin haberme enterado de qué significa esa palabra. Estoy seguro de que Brian McPhillips sabe lo que significa la palabra, pero está ocupado hablando con Joyce Timpanelli, que se sienta a su izquierda. Siempre están mirándose y sonriéndose. Eso significa que hay algo y que no puedo molestarles por la palabra paranoico. Debería llevar encima un diccionario, y así cuando alguien me soltara una palabra rara yo podría consultarla sobre la marcha y replicar con una respuesta ingeniosa con la que hiciera caer la ceja levantada de superioridad.

O bien podría practicar el silencio tal como aprendí en el ejército e ir a lo mío, que es lo mejor de todo porque a las personas que atormentan a otras personas con palabras raras no les gusta que vayas a lo tuyo.

Andy Peters se sienta a mi lado en Introducción a la Filosofía y me habla de un trabajo en un banco, el Manufacturer's Trust Company, que está en la calle Broad. Buscan a gente que despache las solicitudes de créditos personales, y yo podría elegir un turno de cuatro de la tarde a medianoche, o de medianoche a ocho de la mañana. Dice que lo mejor de este trabajo es que cuando terminas la tarea te puedes marchar, que nadie trabaja las ocho horas enteras.

Hay una prueba de mecanografía que a mí no me da ningún problema después del modo en que el ejército me arrancó de mi perro y me hizo escribiente mecanógrafo de la compañía. El banco dice que bueno, que puedo hacer el turno de cuatro de la tarde a medianoche, para que pueda ir a clase por la mañana y dormir por la noche. Los miércoles y los viernes no tengo clase y puedo echar el día en los almacenes y en los muelles y ganarme un dinero adicional pensando en el día en que mi hermano Michael se licencie de las Fuerzas Aéreas y mi madre deje de recibir la asignación. Puedo meter el dinero de los miércoles y los viernes en una cuenta separada y, cuando llegue el día, ella no tendrá que ir corriendo a la Conferencia de San Vicente de Paúl a pedir comida ni zapatos.

En el turno del banco estamos siete mujeres y cuatro hombres, y lo único que tenemos que hacer es coger montones de solicitudes de créditos personales y enviar a los solicitantes notificaciones de que se les ha aceptado o rechazado la solicitud. Andy Peters me dice en una pausa para tomar café que si veo alguna vez una solicitud de algún amigo mío que haya sido rechazada puedo cambiarla y ponerla como aceptada. Los oficiales de créditos que trabajan de día usan un código sencillo, y él me enseñará a alterarlo.

Vemos noche tras noche centenares de solicitudes de créditos. La gente las pide porque van a tener un hijo, para irse de vacaciones, para comprarse coches o muebles, para consolidar sus deudas, para gastos de hospital, para funerales, para decorar apartamentos. A veces adjuntan cartas, y si hay alguna buena todos dejamos de escribir a máquina y nos las leemos los unos a los otros. Hay cartas que hacen llorar a las mujeres y que dan ganas de llorar a los hombres. Muere un niño recién nacido y hay gastos, y no podría el banco ayudarles. Un marido abandona el hogar y la solicitante no sabe qué hacer, dónde acudir. No ha tenido un trabajo en su vida, cómo iba a tenerlo criando tres hijos, y necesita trescientos dólares para ir tirando hasta que encuentre trabajo y una niñera barata.

Un hombre promete que si el banco le presta quinientos dólares él se dejará sacar una pinta de sangre todos los meses durante el resto de su vida, y dice que es un buen negocio porque su sangre es de un tipo poco corriente, aunque no está dispuesto a decir cuál es de momento, pero si el banco le ayuda recibirá a cambio una sangre que vale tanto como el oro, la mejor garantía del mundo.

El hombre de la sangre es rechazado y Andy lo deja pasar, pero cambia el código de la mujer desesperada con tres hijos a la que rechazaron por no tener garantías.

—No sé cómo pueden dar créditos a las personas que quieren pasarse dos semanas tiradas en la arena de una playa de Jersey, para rechazar acto seguido a una mujer con tres hijos que está entre la espada y la pared —dice Andy—. Amigo mío, la revolución empieza aquí.

Cambia varias solicitudes cada noche para demostrar lo estúpido que puede ser un banco. Dice que sabe lo que pasa de día, cuando los gilipollas de los oficiales de créditos revisan las solicitudes. ¿De Harlem? ¿Negro? Se le quitan puntos. ¿Puertorriqueño? Se le quitan muchos puntos. Me dice que hay docenas de puertorriqueños en Nueva York que se creen que fueron aceptados por sus buenas garantías, pero que en todos los casos fue porque Andy Peters tuvo lástima de ellos. Dice que en los barrios pe erre es una cosa muy grande salir el fin de semana a sacar brillo al coche. A lo mejor no van nunca a ninguna parte, pero lo que importa es sacarle brillo, mientras los viejos sentados en el umbral de la puerta te ven sacar brillo y se beben su cerveza comprada en botellas de cuartillo en las bodegas, Tito Puente suena a todo volumen en la radio, los viejos miran a las chicas que se pasean por la acera meneando el culo, hombre, eso es vivir, hombre, eso es vivir, y ¿qué más quieres?

Andy habla constantemente de los puertorriqueños. Dice que son la única gente que sabe vivir en esta maldita ciudad estrecha, que es una tragedia que no fueran los españoles los que remontaron el Hudson en vez de los malditos holandeses y de los malditos ingleses. Tendríamos siestas, hombre, tendríamos color. No tendríamos *El hombre del traje gris*. Si estuviera en su mano, concedería un crédito a todos los puertorriqueños que lo piden para comprarse un coche, para que estuvieran por toda la ciudad sacando brillo a sus coches nuevos, bebiéndose sus cervezas que llevan en bolsas de papel marrón, disfrutando de Tito y tonteando con las chicas que se pasean por la acera meneando el culo, chicas que llevan esas blusas transparentes de campesinas y medallas de Jesús que les descansan en el escote, y ¿no valdría la pena vivir en una ciudad así?

Las mujeres de la oficina se ríen de lo que dice Andy, pero le dicen que se calle porque quieren terminar el trabajo y largarse de aquí. En su casa les esperan sus hijos y sus maridos.

Cuando terminamos temprano vamos a tomarnos una cerveza y él me explica por qué a sus treinta y un años estudia filosofía en la Universidad de Nueva York. Había estado en la guerra, no en la de Corea, en la grande de Europa, pero tiene que trabajar por las noches en este maldito banco porque fue expulsado del ejército en la primavera de 1945, poco antes del final de la guerra, y ¿verdad que es una perrería?

Cagando, eso era lo que estaba haciendo, cagando tranquilamente y en paz en una zanja francesa, ya se había limpiado y se disponía a abrocharse los pantalones cuando tienen que presentarse un maldito teniente y un sargento, y al sargento no se le ocurre otra cosa que hacer que plantarse ante Andy y acusarle de haber cometido un acto contra natura con aquella oveja de allí, a pocos pasos de distancia. Andy reconoce que el teniente tenía derecho, en cierto modo, a sacar conclusiones equivocadas, pues inmediatamente antes de subirse los pantalones Andy tenía una erección que le había hecho difícil subirse los susodichos pantalones, y aunque él odiaba cualquier cosa que se pareciera a un oficial, le pareció que no vendría mal dar explicaciones:

—«Bueno, teniente, puede que yo me haya jodido a esa oveja o puede que no me haya jodido a esa oveja, pero lo que interesa en este caso es la preocupación especial de usted por mí y por mis relaciones con esa oveja. Estamos en guerra, mi teniente. Yo vengo aquí a cagar en una zanja francesa y me encuentro una oveja delante de los ojos y tengo diecinueve años y no he echado un polvo desde el baile del instituto, y una oveja, sobre todo una oveja francesa, tiene un aspecto muy tentador, y si yo le he dado la impresión de estar a punto de echarme encima de esa oveja, tiene razón, mi teniente, lo estaba, pero no lo hice. El sargento y usted interrumpieron una bonita relación.» Creí que el sargento se reiría, pero en vez de ello me dijo que yo era un condenado mentiroso, que se me veía a la legua la oveja. que se me veía a la legua que tenía ganas de oveja. Yo lo había soñado pero no había pasado, y lo que decía era tan injusto que le di un empujón, no le pegué, sólo le di un empujón, y acto seguido, Jesús, me apuntaban a la cara con artillería de todas clases, pistolas, carabinas, fusiles M1, y antes de darme cuenta me encontré ante un consejo de guerra, donde tenía como defensor a un capitán borracho que me dijo en privado que yo era un jodeovejas repugnante y que sentía no poder estar al otro lado, en la acusación, porque su padre era un vasco de Montana, y allí respetaban a las ovejas, y yo no sé todavía si me mandaron a la prisión militar seis meses por atacar a un oficial o por joder a una oveja. Lo que saqué de todo esto fue que me expulsaron del ejército, y cuando te pasa eso bien puedes dedicarte a estudiar filosofía en la Universidad de Nueva York.

XXX

A causa del señor Calitri anoto recuerdos de Límerick en cuadernos. Preparo listas de calles, de maestros, de curas, de vecinos, de amigos, de tiendas.

Estoy seguro de que la gente de la clase del señor Calitri me mira de manera diferente después de la redacción de «La cama». Seguramente las chicas se dicen las unas a las otras que jamás estarían dispuestas a salir con una persona que se ha pasado la vida en una cama en la que quizás se hubiera muerto alguien. Después, Mike Small me dice que ha oído contar lo de la redacción y que ésta había conmovido a mucha gente de la clase, chicos y chicas. No quería que ella se enterase de dónde procedía yo, pero ahora quiere leer la redacción, y después de leerla se le llenan de lágrimas los ojos y dice:

—Ay, no sabía nada. Ay, debió de ser terrible.

Dice que le recuerda a Dickens, aunque yo no sé cómo puede ser eso porque en Dickens todo termina bien siempre.

Claro que esto no se lo voy a decir a Mike Small, no vaya a creerse que estoy discutiendo con ella. Podría darse media vuelta y volverse con Bob, el jugador de fútbol americano.

Ahora el señor Calitri nos encarga que escribamos una redacción sobre nuestras familias en la que intervenga la adversidad, un momento oscuro, un contratiempo, y aunque yo no quiero volver al pasado hay una cosa relacionada con mi madre que está pidiendo que la escriba.

LA PARCELA

Cuando empezó la guerra y se impuso el racionamiento de los alimentos en Irlanda, el gobierno ofreció a las familias pobres parcelas de tierra en campos de las afueras de Límerick. Cada familia podía disponer de una parcela de 250 metros cuadrados, limpiarla y cultivar en ella las verduras que quisiera.

Mi padre solicitó una parcela por la carretera de Rosbrien y el gobierno le prestó una pala y una horquilla para trabajar. Nos llevó a mi hermano Malachy y a mí para que le ayudásemos. Cuando mi hermano Michael vio la pala se echó a llorar y quería venir también, pero sólo tenía cuatro años y habría sido un estorbo. Mi padre le dijo, chis, que cuando volviésemos de Rosbrien lo traeríamos moras.

Pregunté a mi padre si me dejaba llevar la pala, y no tardé en arrepentirme, pues Rosbrien estaba a varios kilómetros de Límerick. Malachy había llevado la horquilla al principio, pero mi padre se la quitó al ver cómo la agitaba de un lado a otro, a punto de sacar los ojos a la gente. Malachy lloró hasta que mi padre le dijo que le dejaría traer la pala a casa todo el camino. Mi hermano no tardó en olvidarse de la horquilla cuando vio a un perro que estaba dispuesto a correr detrás de un palo durante kilómetros enteros, hasta que echó espuma de cansancio y se quedó tumbado en el camino con la cabeza levantada y con el palo entre las patas y tuvimos que dejarlo.

Cuando mi padre vio la parcela sacudió la cabeza.

—Rocas —dijo—, rocas y piedras.

Y lo único que hicimos aquel día fue amontonar piedras junto al muro bajo que estaba a lo largo de la carretera. Mi padre se puso a sacar piedras con la pala, y aunque yo sólo tenía nueve años observé que había dos hombres en las parcelas contiguas que hablaban entre sí, lo miraban y se reían discretamente. Pregunté a mi padre por qué, y él mismo soltó una risa apagada y dijo:

—Al de Límerick le dan la tierra oscura y al del Norte le dan la parcela llena de piedras.

Trabajamos hasta que oscureció y hasta que estuvimos tan débiles de hambre que no éramos capaces de levantar una piedra más. No nos importaba nada que mi padre llevase la horquilla y la pala, y nos hubiera gustado que nos llevase a cuestas a nosotros también. Nos dijo que éramos unos chicos mayores, buenos trabajadores, que nuestra madre estaría orgullosa de nosotros, que tomaríamos té y pan frito, y se puso en marcha delante de nosotros dando esas largas zancadas suyas hasta que a la mitad del camino de vuelta a casa se detuvo de pronto.

—Vuestro hermano Michael —dijo—. Le prometimos moras. Tendremos que volver por la carretera hasta los arbustos.

Malachy y yo protestamos tanto diciendo que estábamos cansados y no éramos capaces de dar un paso más, que mi padre nos dijo que volviésemos a casa, que él mismo iría por las moras. Le pregunté por qué no podía coger las moras al día siguiente, y él dijo que había prometido las moras a Michael para esa noche, no para el día siguiente, y se marchó con la pala y la horquilla al hombro.

Cuando Michael nos vio empezó a llorar, moras, moras. Se calló cuando le dijimos:

—Papá está en la carretera de Rosbrien cogiéndote las moras, así que deja de llorar y déjanos comer el pan frito y tomar el té.

Podríamos habernos comido una hogaza entera entre los dos, pero mi madre dijo:

—Dejad algo para vuestro padre. Qué tonto es —dijo, sacudiendo la cabeza—, haber vuelto hasta allí para coger las moras.

Después miró a Michael, que estaba a la puerta atento al callejón esperando que apareciera mi padre, y volvió a sacudir la cabeza, pero menos.

Michael no tardó en ver a mi padre y subió corriendo por el callejón gritando:

—Papá, papá, ¿has traído las moras?

Oímos que papá decía:

—En seguida, Michael, en seguida.

Dejó la pala y la horquilla de pie en un rincón y vació los bolsillos de su abrigo en la mesa. Había traído moras, moras negras, grandes y jugosas, de esas que se encuentran en lo alto de los arbustos y por detrás, donde no llegan los niños, moras que había recogido a oscuras en Rosbrien. Se me hizo la boca agua y pregunté a mi madre si podía comerme una mora, y ella me dijo:

—Pídesela a Michael, son suyas.

No me hizo falta pedírsela. Me dio la mora mayor, la más jugosa, y dio otra a Malachy. Ofreció moras a mi madre y a mi padre pero ellos dijeron que no, gracias, que las moras eran de él. Nos ofreció a Malachy y a mí otra mora a cada uno y nosotros la aceptamos. Yo pensé que si yo tuviera unas moras como esas me las quedaría todas para mí, pero Michael era diferente, y quizás no se le ocurría otra cosa porque sólo tenía cuatro años.

Desde entonces fuimos a la parcela todos los días menos los domingos y la despejamos de rocas y de piedras hasta que llegamos a la tierra y ayudamos a mi padre a plantar patatas, zanahorias y coles. A veces lo dejábamos solo y vagábamos por la carretera, buscábamos moras y nos comíamos tantas que nos daba diarrea.

Mi padre dijo que no tardaríamos en recoger nuestra cosecha, pero que él no estaría para recogerla. En Límerick no había trabajo y los ingleses buscaban a gente que trabajara en sus fábricas bélicas. A él le costaba trabajo aceptar la idea de trabajar para los ingleses después de cómo nos habían tratado, pero el dinero era tentador, y en vista de que los americanos habían entrado en la guerra, sin duda se debía de tratar de una causa justa.

Se marchó a Inglaterra con centenares de hombres y de mujeres. La mayoría de ellos enviaban dinero a sus casas, pero él se gastaba el suyo en las tabernas de Coventry y se olvidó de que tenía familia. Mi madre tenía que pedir dinero a su madre y fiado en el colmado de Kathleen O'Connell. Tenía que pedir comida de limosna en la Conferencia de San Vicente de Paúl o donde se la dieran. Decía que sería un gran alivio para nosotros y que estaríamos salvados cuando llegara el momento de recoger nuestras patatas, nuestras zanahorias, nuestros riquísimos repollos. Ah, entonces sí que comeríamos bien, y si Dios era bueno podía enviarnos un hermoso pedazo de jamón, y aquello no era pedir demasiado cuando se vivía en Límerick, la capital del jamón de toda Irlanda.

Llegó el día, y ella puso en el carrito al niño nuevo, Alphie. Pidió prestado un saco de llevar carbón al señor Hannon, el vecino.

—Lo llenaremos —dijo. Yo llevaba la horquilla y Malachy llevaba la pala, para que no sacara los ojos a la gente con las púas. Mi madre nos dijo:

—No agitéis esas herramientas u os daré un buen lapo en los morros.

Un golpe en la boca.

Cuando llegamos a Rosbrien había otras mujeres que cavaban en las parcelas. Si había algún hombre en el campo es que era viejo y no estaba capacitado para trabajar en Inglaterra. Mi madre saludó por encima del muro bajo a algunas mujeres, aquí y allá, y cuando no le respondieron ella dijo:

—Deben de haberse quedado sordas todas de tanto agacharse.

Dejó a Alphie en el carrito delante del muro de la parcela y dijo a Michael que cuidara del niño y que no fuera a buscar moras. Malachy y yo saltamos el muro pero ella tuvo que sentarse en él, pasar las piernas por encima y bajarse por el otro lado. Se quedó sentada un momento y dijo:

—No hay nada en el mundo como una patata nueva con sal y mantequilla. Daría los dos ojos por una.

Cogimos la pala y la horquilla y fuimos a la parcela, pero bien podíamos habernos quedado en casa para lo que cogimos allí. La tierra estaba todavía fresca, recién movida y excavada, y los hoyos donde habían estado las patatas, las zanahorias y los repollos hervían de lombrices.

—¿Es ésta la parcela buena? —me preguntó mi madre.

—Lo es.

La recorrió de arriba abajo. Las otras mujeres se afanaban agachándose y recogiendo cosas del suelo. Me di cuenta de que quería decirles algo, pero también me di cuenta de que ella comprendía que era inútil. Fui a recoger la pala y la horquilla y ella me gritó:

—¡Déjalas! Ya no nos sirven de nada, ahora que se han llevado todo.

Yo quise decir algo, pero ella tenía la cara tan pálida que temí que me pegase y volví atrás, saltando el muro.

Ella cruzó también el muro, sentándose, pasando las piernas por encima, quedándose sentada otra vez, hasta que Michael dijo:

—Mamá, ¿puedo ir a buscar moras?

—Puedes —dijo ella—. Puedes, qué más da.

Si al señor Calitri le gusta este relato puede que me lo haga leer ante la clase y los demás levantarían los ojos al cielo y dirían: «Más miseria.» Puede que las chicas tuvieran lástima de mi por lo de la cama, pero ya es suficiente, sin duda. Si sigo escribiendo acerca de mi infancia miserable me dirán: «Basta, basta, la vida ya es bastante dura, nosotros tenemos nuestros propios problemas.» De modo que, a partir de ahora, escribiré relatos que cuenten que mi familia se traslada a las afueras de Límerick donde todo el mundo está bien alimentado y limpio de bañarse una vez a la semana, por lo menos.

XXXI

Paddy Arthur McGovern me advierte de que si sigo escuchando esa música de jazz ruidosa voy a acabar como los hermanos Lennon, tan americanizados que me voy a olvidar del todo de que soy irlandés, y qué seré entonces. No me sirve de nada decirle cuánto podían emocionarse los Lennon con James Joyce. Él me diría:

—Ay, James Joyce, y una leche. Yo me crié en el condado de Cavan y por allí nadie había oído hablar de él, y si no miras por donde andas acabarás largándote a Harlem a bailar el *jitterbug* con las chicas negras.

Me dice que él va a un baile irlandés el sábado por la noche, y que si tengo sentido común iré con él. Sólo quiere bailar con chicas irlandesas, porque si bailas con las americanas no sabes nunca lo que te llevas.

En la Casa Jaeger, en la avenida Lexington, está Mickey Carton con su conjunto y Ruthie Morrissey canta *El amor de una madre es una bendición*. En el techo gira una gran bola de cristal que salpica el salón de baile de puntos plateados que flotan. En cuanto Paddy Arthur entra por la puerta ya está bailando el vals con la primera chica a la que invita a bailar. No le cuesta ningún trabajo sacar a las chicas a bailar, y cómo va a costarle trabajo con su metro ochenta y cinco, su pelo negro y rizado, sus cejas negras y espesas, sus ojos azules, el hoyuelo que tiene en la barbilla, su modo tranquilo de ofrecer una mano que dice: «Arriba, muchacha», de una manera tal que la muchacha no soñaría con decir que no a aquella aparición de hombre, y cuando salen a la pista, sea cual sea el baile, vals, *fox-trot*, *lindy*, *two-step*, él la lleva sin dirigirle casi una mirada, y cuando vuelve a acompañarla a su asiento ella es la envidia de todas las chicas que sueltan risitas en los asientos que están a lo largo de la pared.

Viene al bar, donde yo me estoy tomando una cerveza por si sirve para darme valor. Me pregunta por qué no bailo.

—Desde luego, ¿de qué vale venir aquí si no bailas con esas chicas estupendas que están a lo largo de la pared?

Tiene razón. Las chicas estupendas que están a lo largo de la pared son como las chicas del Hotel Cruise de Límerick, con la diferencia de que llevan vestidos que no se verían nunca en Irlanda, de seda y tafetán y de tejidos que a mí me resultan desconocidos, rosados, pardos rojizos, azules claros, adornados aquí y allá con lacitos de encaje, vestidos que no llevan hombreras, tan rígidos en la parte delantera que cuando la chica se vuelve a la derecha el vestido se queda donde está. Llevan el pelo sujeto con alfileres y peinetas por miedo a que les caiga abundantemente hasta los hombros. Se quedan sentadas con las manos en el regazo, sujetando bolsitos de fantasía, y sólo sonríen cuando hablan entre ellas. Algunas chicas se quedan sentadas pieza tras pieza, sin que les hagan caso los hombres, hasta que se ven obligadas a bailar con las chicas que están a su lado. Recorren la pista dando pisotones y cuando termina la pieza van al bar a tomar gaseosa o naranjada, la bebida de las parejas de chicas.

No puedo decir a Paddy que prefiero quedarme donde estoy, a salvo en el bar. No puedo decirle que ir a cualquier clase de baile me produce una sensación de vacío y de náuseas, que aunque una chica se levantara a bailar conmigo yo no sabría qué decirle. Podría conseguir bailar un vals, *tachán, tachán,* pero jamás podría parecerme a los hombres que están en la pista, que susurran cosas al oído a las chicas y les hacen reír con tantas ganas que apenas son capaces de bailar durante un minuto entero. Buck solía decir, en Alemania, que si eres capaz de hacer reír a una chica, ya le has llegado hasta media pierna.

Paddy vuelve a bailar y viene al bar con una chica que se llama Maura, y me dice que Maura tiene una amiga, Dolores, que es tímida porque es irlando-americana y me pregunta si quiero bailar con ella, en vista de que yo nací aquí y que haríamos buena pareja porque ella no conoce los bailes irlandeses y yo no hago más que oír esa música de jazz constantemente.

Maura mira a Paddy y sonríe. Él le devuelve la sonrisa y me guiña un ojo a mí.

—Perdonad. Voy a ver si Dolores está bien —dice ella, y cuando se ha marchado, Paddy me dice en voz baja que piensa irse con ella a su casa después. Es camarera jefe del restaurante Schrafft y tiene apartamento propio, ahorra para volver a Irlanda y ésta va a ser la noche de suerte de Paddy. Me dice que debo ser amable con Dolores, que nunca se sabe, y vuelve a guiñarme un ojo.

—Creo que esta noche voy a encontrar mi agujero —dice.

Mi agujero. Eso mismo me gustaría a mí, claro, pero yo no lo diría de ese modo. Me gusta más decir lo que decía Mikey Molloy en Límerick, lo llamaba la excitación. Si eres como Paddy y las mujeres irlandesas se echan en tus brazos, lo más probable es que las confundas y todas pasan a ser un agujero, hasta que conoces a la chica que te gusta y ésta te hace darte cuenta de que no ha venido al mundo para tirarse de espaldas para darte gusto a ti. Yo no podría pensar eso jamás de Mike Small, ni siquiera de Dolores, que está allí al lado, sonrojándose y tímida como yo. Paddy me da un codazo y me dice, hablando por el lado de la boca:

—Invítala a bailar, por el amor de Dios.

Lo único que me sale es un murmullo, y tengo la suerte de que Mickey Carton está tocando un vals y Ruthie canta *Hay un bello condado en Irlanda*, que es el único baile en el que puedo no quedar por tonto. Dolores me sonríe y se sonroja y yo me sonrojo a mi vez y los dos paseamos nuestros sonrojos por la pista mientras nos flotan por la cara puntitos plateados. Si yo me tropiezo, ella me sigue de tal modo que el tropiezo se convierte en un paso de baile, y al cabo de un rato creo que soy Fred Astaire y que ella es Ginger Rogers y la hago girar, convencido de que las chicas que están a lo largo de la pared la admiran y se mueren de ganas de bailar conmigo.

Termina el vals y aunque yo estoy dispuesto a salir de la pista por miedo a que Mickey se arranque con un *lindy* o con un *jitterbug*, Dolores se queda quieta como diciendo: «¿Por qué no bailamos esto?» Y pisa con tanta seguridad y tiene un tacto tan ligero que yo miro a las demás parejas, lo garbosas que son, y no me cuesta ningún trabajo hacerlo con Dolores, sea lo que sea, y la empujo, tiro de ella y la hago girar como una peonza hasta que estoy seguro de que todas las chicas me observan y envidian a Dolores, hasta que estoy tan pagado de mí mismo que no me doy cuenta de que hay una chica sentada cerca de la puerta que lleva una muleta que asoma por donde no debía, y cuando mi pie se engancha con ella salgo volando y caigo en los regazos de las chicas estupendas que están sentadas a lo largo de la pared, las cuales se me quitan de encima con rudeza y con hostilidad comentando que a algunas personas no se les debía dejar pasar a la pista de baile si no saben aguantar lo que beben.

Paddy está en la puerta rodeando a Maura con el brazo. Se ríe, pero ella no. Maura mira a Dolores como para manifestarle su condolencia, pero Dolores me ayuda a levantarme y me pregunta si me encuentro bien. Se acerca Maura y le dice algo al oído y luego me dice a mí:

—¿Quieres ocuparte de Dolores?

—Sí.

Paddy y ella se marchan y Dolores dice que a ella también le gustaría marcharse. Vive en Queens y me dice que en realidad no tengo por qué acompañarla hasta su misma casa, que el tren E es bastante seguro. No puedo decirle que me gustaría acompañarla hasta su casa con la esperanza de que me invite a pasar y de que pueda haber algo de excitación. Sin duda tiene apartamento propio, y es posible que sienta tanta lástima de mí por haberme tropezado de ese modo con la muleta que no tenga valor de hacerme marchar y estaríamos los dos en su cama en menos de nada, calientes, desnudos, locos el uno por el otro, perdiéndonos la misa, quebrantando el sexto mandamiento una y otra vez y sin que nos importase un pedo de violinista.

Cuando el tren E da bandazos o frena bruscamente nos apretamos el uno contra el otro y yo huelo su perfume y siento su muslo contra el mío. Es buena señal que no se aparte de mí, y cuando me deja cogerla de la mano estoy en la gloria hasta que se pone a hablar de Nick, su novio, que está en la Marina, y yo vuelvo a dejar su mano en su regazo.

No entiendo a las mujeres de este mundo, a Mike Small, que toma cerveza conmigo en el Rocky y después va corriendo a reunirse con Bob, y ahora a ésta que me hace coger el tren E hasta la última parada, en la calle 179. Paddy Arthur no habría aguantado una cosa así. En la sala de baile se habría asegurado de que no había ningún Nick en la Marina ni nadie en casa que fuera a obstaculizar sus planes para toda la noche. Si hubiera surgido alguna duda, él se habría bajado del tren en la primera estación; entonces, ¿por qué no hago yo lo mismo? Yo he sido soldado de la semana en Fort Dix, he adiestrado perros, voy a la universidad, leo libros, y ahora me veo dando rodeos furtivos por las calles próximas a la Universidad de Nueva York para no encontrarme con Bob, el jugador de fútbol americano, y acompañando a su casa a una chica que está pensando en casarse con otro. Parece como si todo el mundo tuviera a alguien, Dolores a su Nick, Mike Small a su Bob, y Paddy Arthur ya ha empezado hace un buen rato su noche de excitación con Maura en Manhattan, y ¿qué clase de imbécil soy yo para viajar hasta la última estación de la línea?

Cuando estoy dispuesto a bajarme en la estación siguiente y a marcharme sin más, ella me coge de la mano y me dice que soy muy agradable, que soy un buen bailarín, que ha sido una mala suerte lo de la muleta, que podríamos habernos pasado toda la noche bailando, que le gusta mi manera de hablar, ese deje tan cuco, que se nota que estoy bien educado, qué bien que vaya a la universidad, y que no entiende por qué voy con Paddy Arthur, quien, ya se veía, no tenía buenas intenciones con Maura. Me aprieta la mano y me dice que soy muy amable por haberla acompañado hasta su casa y que no me olvidará nunca, y siento su muslo contra el mío hasta la última estación, y cuando nos levantamos para bajarnos del tren tengo que inclinarme para disimular la excitación que me palpita en los pantalones. Me ofrezco a acompañarla hasta su casa pero ella se queda ante una parada de autobús y me dice que vive más lejos, en Queen's Village, y que, de verdad, no tengo por qué acompañarla todo el camino, que estará bien en el autobús. Me vuelve a apretar la mano y yo me pregunto si hay alguna esperanza de que ésta sea mi noche de suerte y de que acabe loco de pasión en la cama como Paddy Arthur.

Mientras esperamos el autobús me vuelve a coger la mano y me cuenta todo lo de Nick, que está en la Marina, que al padre de ella no le gusta porque es italiano, y le dedica insultos de todo tipo cuando no está delante, que la madre de ella sí que aprecia a Nick pero no lo reconoce nunca por si llega a casa su padre borracho y furioso y destroza los muebles, que no sería la primera vez. Las noches peores son cuando viene de visita el hermano de Dolores, Kevin, y planta cara a su padre, y es increíble las palabrotas que sueltan y cómo forcejean por el suelo. Kevin es defensa de línea en la Universidad de Fordham y puede competir con su padre.

—¿Qué es un defensa de línea?

—¿No sabes qué es un defensa de línea?

—No.

—Eres el primer chico que he conocido que no sabe lo que es un defensa de línea.

Chico. Tengo veinticuatro años y me llama chico, y me pregunto si en América hay que haber cumplido los cuarenta para ser un hombre.

Durante todo el camino tengo la esperanza de que las cosas le vayan tan mal con su padre que ella tenga un sitio propio donde vivir, pero no, vive con sus padres, y se acabaron mis sueños de una noche de excitación. Cabría pensar que una muchacha de su edad tendría un sitio propio para vivir, para poder invitar a tipos como yo que la acompañamos hasta el final del trayecto. A mí me da igual que me apriete la mano mil veces. ¿De qué te sirve que te aprieten la mano en un autobús en plena noche en Queens si no hay la promesa de un poco de excitación al final del viaje?

Vive en una casa donde hay una estatua de la Virgen María y un pájaro de color rosa en el jardincillo de la parte delantera. Nos quedamos ante la pequeña cancela de hierro y yo me pregunto si debería besarla y ponerla en un estado tal que podríamos meternos detrás de un árbol para hacer la excitación, pero se oye dentro un rugido:

—Maldita sea, Dolores, mete aquí el culo, hay que ver qué desfachatez, presentarte en casa a esta hora, maldita sea, y dile a ese mierda maldito que se largue corriendo o lo mato.

Y ella dice «Ay», y entra corriendo.

Cuando llego a casa de Mary O'Brien todos están levantados y están tomando panceta con huevos, seguidos de ron y rodajas de piña en almíbar espeso. Mary da una calada a su cigarrillo y me echa una mirada de complicidad.

—Parece que lo pasaste bien anoche.

XXXII

Cuando los empleados del turno de día abandonan sus despachos en el banco, llega Bridey Stokes con su fregona y su cubo para limpiar tres pisos. Lleva tras de sí a rastras un saco grande de lona, lo llena con los desperdicios de las papeleras y lo arrastra hasta el montacargas para vaciarlo en alguna parte del sótano. Andy Peters le dice que debería tener más sacos de lona para no tener que subir y bajar tantas veces, y ella dice que el banco no le quiere dar ni un saco de lona más, con lo baratos que son. Podría comprárselos ella, pero está trabajando por las noches para pagar los estudios a su hijo, Patrick, en la Universidad de Fordham, y no para proporcionar sacos de lona a la Manufacturer's Trust Company. Todas las noches llena el saco dos veces en cada piso, y eso significa que tiene que hacer seis viajes al sótano. Andy intenta explicarle que si tuviera seis sacos de lona podría llenar el montacargas una sola vez, y así se ahorraría tanto trabajo y energía que podría terminar antes y volver a su casa con Patrick y con su marido.

—¿Mi marido? Se mató hace diez años de tanto beber.

—Lo siento —dice Andy.

—Pues yo no lo siento en absoluto. Manejaba demasiado bien los puños, y yo llevo todavía las señales. Patrick también las lleva. A él no le importaba dar de golpes al pequeño Patrick por toda la casa hasta que el pequeñín ya no podía ni llorar, y una noche estaba tan mal que me lo llevé de la casa y supliqué al hombre de la taquilla del metro que nos dejara pasar y pregunté a un policía dónde estaba Cáritas y ellos se ocuparon de nosotros y me consiguieron este trabajo, y yo lo agradezco aunque sólo tenga un saco de lona.

Andy le dice que no tiene por qué ser una esclava.

—No soy una esclava. Desde que me libré de ese loco he subido en el mundo. Que Dios me perdone, pero ni siquiera fui a su entierro.

Suelta un suspiro y se apoya en el mango de la fregona, que le llega hasta la barbilla, de tan pequeña como es. Tiene los ojos grandes y castaños y no tiene labios y cuando intenta sonreír no tiene nada con qué sonreír. Está tan delgada que cuando Andy y yo vamos a la cafetería le traemos una hamburguesa con queso, patatas fritas y un batido para ver si conseguimos que coja un poco de grasa encima de los huesos, hasta que nos damos cuenta de que no toca la comida sino que se la lleva a su casa para Patrick, que estudia contabilidad en Fordham.

Una noche nos la encontramos llorando y metiendo en el montacargas seis sacos de lona llenos. Los sacos nos dejan sitio para subirnos nosotros también, y bajamos con ella preguntándole si el banco se ha vuelto generoso de pronto y le ha concedido los sacos de lona.

—No. Es por mi Patrick. Se iba a licenciar en Fordham dentro de un año, pero me dejó una nota diciéndome que está enamorado de una chica de Pittsburgh y que se habían ido los dos a California a empezar una nueva vida, y yo me dije que si van a tratarme así yo no estoy dispuesta a matarme más con un solo saco de lona, y me recorrí las calles de Manhattan hasta que encontré una tienda en la calle Canal donde los venden, una tienda china. Cabría pensar que en una ciudad como ésta no sería difícil encontrar sacos de lona, pero yo no sé qué habría hecho yo si no hubiera sido por los chinos.

Llora con más fuerza y se pasa la manga del jersey por los ojos.

—Bueno, señora Stokes —dice Andy.

—Bridey —dice ella—. Ahora me llamo Bridey.

—Bueno, Bridey. Podemos ir al sitio de enfrente para que comas algo y cojas fuerzas.

—Ah, no. No tengo apetito.

—Quítate el delantal, Bridey. Vamos al sitio de enfrente.

En la cafetería nos dice que ni siquiera quiere ya que la llamen Bridey. Se llama Brigid. Bridey es nombre de fregona, y Brigid tiene un poco de dignidad. No, no sería capaz en absoluto de comerse una hamburguesa con queso, pero se la come, y todas las patatas fritas bañadas en tomate, y nos dice que tiene roto el corazón mientras sorbe el batido con pajita. Andy le pide que nos explique por qué ha decidido de pronto comprarse los sacos de lona.

Ella no lo sabe. Dice que hay algo en que Patrick se haya marchado de ese modo y en los recuerdos de cómo le pegaba su marido que le abrió una puertecita en la cabeza, y es lo único que puede decir ella al respecto. Se acabaron los tiempos del saco único. Andy dice que esto no tiene pies ni cabeza. Ella está de acuerdo pero ya no le importa. Hace más de veinte años que desembarcó del *Queen Mary* siendo una muchacha sana ilusionada por América, y hay que verla ahora, un espantapájaros. Bueno, también se acabaron sus tiempos de espantapájaros, y le encantaría tomarse una ración de tarta de manzana si la tienen. Andy dice que él estudia retórica, lógica, filosofía, pero que aquello se le escapa, y ella dice que tardan mucho en servir la tarta de manzana.

Tengo que leer libros, tengo que escribir trabajos de curso, pero estoy tan obsesionado por Mike Small que me quedo sentado en la ventana de la biblioteca y observo sus movimientos por la plaza Washington entre el edificio principal de la universidad y el club Newman, donde va ella entre clase y clase a pesar de que no es católica. Cuando está con Bob, el jugador de fútbol americano, se me cae el alma a los pies y me suena en la cabeza esa canción que dice *Me pregunto quién la estará besando ahora*, aunque sé muy bien quién la está besando ahora, el Señor Jugador de Fútbol Americano en persona, que inclina su cuerpo de noventa y cinco kilos para aplicarle los labios, y aunque sé que si no hubiera en el mundo ninguna Mike Small me caería bien, con lo buena persona que es y el buen humor que tiene, todavía me dan ganas de consultar la última página de una revista de historietas, donde Charles Atlas me promete que con su ayuda me haré unos músculos que me permitirán echar arena con el pie a la cara de Bob la próxima vez que me lo encuentre en una playa.

Cuando llega el verano se pone el uniforme del Cuerpo de Formación de Oficiales para la Reserva y se marcha a Carolina del Norte para la instrucción, y Mike Small y yo tenemos libertad para vernos y pasearnos por el Greenwich Village, para comer en Monte, en la calle MacDougal, para tomar cerveza en el Caballo Blanco o en el San Remo. Paseamos en el transbordador de la isla de Staten y es encantador estar de pie en la cubierta, cogidos de la mano, ver cómo retrocede y se cierne la silueta de Manhattan, aunque yo no puedo evitar pensar otra vez en aquéllos a los que obligaron a volverse con los ojos enfermos y los pulmones enfermos, y me pregunto qué vida harían en las ciudades y en los pueblos de toda Europa después de haber atisbado Nueva York, aquellas torres altas por encima del agua y el modo en que parpadean las luces al anochecer, mientras los remolcadores hacen sonar las bocinas y los barcos hacen sonar las sirenas en la bocana. ¿Habrían visto y oído todo esto por las ventanas de la isla de Ellis? ¿Les provocaba dolor el recuerdo, y volverían a intentar alguna vez entrar clandestinamente en este país, por alguna parte donde no hubiera hombres de uniforme que les levantaran los párpados y que les palpasen el pecho?

Cuando Mike Small me pregunta: «¿En qué piensas?», yo no sé qué decir por miedo a que me tome por raro porque me pregunto qué sería de aquéllos a los que obligaron a volver. Si a mi madre o a mi padre los hubieran obligado a volver, yo no estaría en esta cubierta con las luces de Manhattan ante mí como un sueño centelleante.

Por otra parte, sólo los americanos hacen preguntas como aquéllas: «¿En qué piensas?», o «¿A qué te dedicas?». En todos los años que pasé en Irlanda nadie me hizo nunca preguntas como aquéllas, y si no fuera porque estoy locamente enamorado de Mike Small, le diría que a ella no le importaba lo que pienso ni a qué me dedico para ganarme la vida.

No quiero contar demasiadas cosas de mi vida a Mike Small por la vergüenza y porque no creo que lo entendiera, sobre todo habiéndose criado en una ciudad pequeña de América donde todo el mundo tenía de todo. Pero cuando se pone a hablar de sus tiempos de Rhode Island, cuando vivía con su abuela, hay nubes. Me habla de cuando iba a bañarse en verano, a patinar sobre hielo en invierno, de los paseos en carro, los viajes a Boston, las salidas con chicos, los bailes del instituto, de cuando preparaba el anuario del instituto, y su vida parece una película de Hollywood hasta que se remonta a cuando se separaron su padre y su madre y la dejaron a ella en Tiverton con la madre de él. Habla de cuánto echaba de menos a su madre y de cómo pasó varios meses llorando en la cama todas las noches hasta quedarse dormida, y ahora vuelve a llorar. Esto me hace preguntarme si yo hubiera echado de menos a mi familia si me hubieran enviado a vivir cómodamente con un pariente. Es difícil imaginarme que habría echado de menos el mismo té con pan de todos los días, la cama hundida infestada de pulgas, un retrete compartido por todas las familias del callejón. No, aquello no lo habría echado de menos, pero sí habría echado de menos cómo vivía con mi madre y mis hermanos, las conversaciones alrededor de la mesa y las noches junto al fuego, cuando veíamos mundos en las llamas, cuevecillas y volcanes y formas e imágenes de todas clases. Yo habría echado de menos todo aquello aunque hubiera vivido con una abuela rica, y me daba lástima Mike Small, que no tenía hermanos ni hermanas ni fuego ante el que sentarse.

Me cuenta lo emocionada que estaba el día que terminó la escuela elemental, que su padre iba a hacer el viaje desde Nueva York para asistir a la fiesta, pero que llamó en el último momento para decir que tenía que ir a una comida campestre para las tripulaciones de los remolcadores, y ese recuerdo le hace verter lágrimas otra vez. Aquel día su abuela fulminó por teléfono a su padre, le dijo que era un desgraciado inútil que no hacía más que ir detrás de las faldas, y que no volviera a poner los pies en Tiverton. Al menos, tenía a su abuela. Siempre la tuvo, para todo. No era muy dada a besar, ni a abrazar, ni a arropar, pero tenía la casa limpia, la ropa lavada, la tartera bien provista todos los días para la escuela.

Mike se seca las lágrimas y dice que no se puede tener todo, y aunque yo no digo nada me pregunto por qué no se puede tener todo, o por lo menos por qué no se puede darlo todo. ¿Por qué no se puede limpiar la casa, lavar la ropa, llenar la tartera, y además besar, abrazar y arropar? Esto no puedo decírselo a Mike porque ella admira a su abuela por lo dura que era, y yo preferiría oír que la abuela podría haber abrazado, besado y arropado.

Mientras Bob está en el campamento del Cuerpo de Formación de Oficiales para la Reserva, Mike me invita a visitar a su familia. Vive en Riverside Drive, cerca de la Universidad de Columbia, con su padre, Allen, y su nueva madrastra, Stella. Su padre es capitán de un remolcador de la Compañía de Remolcadores Dalzell, que opera en el puerto de Nueva York. Su madrastra está embarazada. Su abuela, Zoe, ha venido de Rhode Island a pasar una temporada hasta que Mike se instale y se acostumbre a Nueva York.

Mike me dice que a su padre le gusta que lo llamen capitán, y cuando yo le digo: «Buenos días, capitán», él carraspea hasta que las flemas le resuenan en la garganta y me aprieta la mano hasta que crujen los nudillos para que me entere de lo hombre que es. Stella dice: «Hola, cariño», y me besa en la mejilla. Me dice que ella también es irlandesa y que es agradable ver que Alberta sale con chicos irlandeses. Hasta ella dice: «Chicos», y eso que es irlandesa. La abuela está echada en el sofá del cuarto de estar con las manos detrás de la cabeza, y cuando Mike me presenta, Zoe sacude el flequillo hacia delante y dice:

—¿Cómo te va?

Se me escapa de la boca la respuesta.

—Qué bien vive, echada en el sillón.

Ella me mira fijamente y sé que he dicho lo que no debo, y me siento incómodo cuando Mike y Stella van a otra habitación para mirar un vestido y yo me quedo de pie en el centro del cuarto de estar mientras el capitán fuma un pitillo y lee el *Daily News*. Nadie me habla, y yo me pregunto cómo es capaz Mike Small de marcharse y dejarme allí de pie con el padre y la abuela que no me hacen caso. Yo no sé nunca qué decir a la gente en estas situaciones. ¿Debería preguntar: «¿Qué tal marcha el negocio de los remolcadores?», o debería decir a la abuela que ha criado estupendamente a Mike?

Mi madre, en Límerick, jamás dejaría a nadie en el centro de la habitación de esa manera. Le diría: «Siéntese y nos tomaremos una buena taza de té», porque en los callejones de Límerick está mal visto no hacer caso a alguien, y esta peor visto todavía olvidarse de la taza de té.

Es raro que un hombre como el capitán, que tiene un buen trabajo, y su madre que está en el sofá no se molesten en ofrecerme algo o si quiero sentarme. No sé cómo es capaz Mike de dejarme así de pie, aunque sé que si le sucediera alguna vez a ella, se limitaría a sentarse y a hacer que todos se sintieran alegres, tal como hace mi hermano Malachy.

¿Qué pasaría si me sentara? ¿Me dirían: «Hombre, qué frescura la tuya, sentarte sin que te inviten»? ¿O no dirían nada y se esperarían a que me marchara para hablar de mí a mis espaldas?

Van a hablar de mí cuando no esté delante, en todo caso, y comentarán que Bob es un chico mucho más agradable y que está muy atractivo con su uniforme del Cuerpo de Formación de Oficiales para la Reserva, aunque quizás hubieran dicho lo mismo de mí si me hubieran visto con mi uniforme caqui de verano y con mis galones de cabo. Lo dudo. Seguramente lo preferirán a él, con su título de bachiller y sus ojos limpios y sanos y su futuro halagüeño y su carácter alegre, bien ataviado con el uniforme de oficial.

Y yo sé por los libros de historia que a los irlandeses no los apreciaron nunca allí en Nueva Inglaterra, que había por todas partes letreros que decían «Irlandeses abstenerse».

Bueno, yo no quiero pedir nada a nadie y estoy dispuesto a darme media vuelta y a largarme, cuando aparece por el pasillo Mike, tan rubia y tan sonriente, y dispuesta a ir a dar un paseo y a cenar en el Village. Me dan ganas de decirle que no quiero tener nada que ver con la gente que te deja plantado de pie en el centro de la habitación y que pone letreros rechazando a los irlandeses, pero ella es tan viva y alegre y tiene los ojos tan azules, es tan limpia y tan americana que creo que si me dijera que me quedase allí de pie para siempre, yo haría como un perro, menearía la cola y le obedecería.

Después, bajando en el ascensor hacia la calle, me dice que he dicho a la abuelita algo que no debía, que la abuelita tiene sesenta y cinco años y trabaja mucho cocinando y limpiando la casa y que no le gusta que le hagan comentarios de listillo porque se pasa unos minutos descansando en el sofá.

Lo que quiero decirle yo es: «Ay, que se joda tu abuela y su cocina y su limpieza. Tiene comida y bebida, ropas y muebles de sobra, y agua corriente fría y caliente y no le falta el dinero, y ¿de qué demonios se queja? Hay por todo el mundo mujeres que crían familias grandes y que no vienen con lamentaciones, y tu abuela está allí reposando sobre el culo y quejándose de que tiene que cuidar de un apartamento y de unas pocas personas. Que se joda tu abuela, vuelvo a decir».

Esto es lo que quiero decir, sólo que tengo que tragarme mis palabras por si Mike Small se ofende y no vuelve a verme nunca más, y es muy difícil ir por la vida sin decir lo que te viene a la boca. Es difícil estar con una chica guapa como ella porque a ella no le costaría nada nunca encontrar a otro y seguramente yo tendría que buscarme una chica que no fuera tan bonita y a la que no le importasen mis ojos enfermos y que no tenga el bachillerato, aunque puede que una chica que no fuera tan bonita me ofreciera una silla y una taza de té y puede que yo no tuviera que tragarme las palabras constantemente. Andy Peters siempre me dice que la vida es más sencilla con las chicas de aspecto corriente, sobre todo con las que tienen las tetas pequeñas o no tienen tetas, porque siempre agradecen la menor atención que se les presta, y una de ellas podría incluso amarme por mí mismo, como dicen en las películas. Yo no puedo pensar siquiera que Mike Small tiene tetas, teniendo en cuenta cómo reserva todo el cuerpo para la noche de bodas y para la luna de miel, y a mí me causa dolor imaginarme a Bob, el jugador de fútbol americano, haciendo la excitación con ella en la noche de bodas.

El jefe de muelle de carga del Almacén Baker y Williams me ve en el metro y me dice que puedo trabajar en verano, cuando los hombres se van de vacaciones. Me deja trabajar de ocho a mediodía, y el segundo día, después de terminar, voy a pie hasta los Almacenes Portuarios para ver si puedo tomarme un bocadillo con Horace. Suelo pensar que es el padre que me hubiera gustado tener, a pesar de que él es negro y yo soy blanco. Si yo dijera aquello a alguien del almacén me echarían del muelle de carga a carcajadas. Él mismo debe saber cómo hablan de los negros, y sin duda oye flotar en el aire la palabra *negro*. Cuando yo trabajaba con él en el muelle de carga me preguntaba cómo era capaz de no recurrir a los puños. En vez de ello, bajaba la cabeza y echaba una sonrisita, y a mí me daba la impresión de que quizás fuera un poco sordo o retrasado mental, si no fuera porque yo sabía que no era sordo y que el modo en que hablaba de que su hijo estaba estudiando en Canadá demostraba que si hubiera tenido la oportunidad habría ido a la universidad él mismo.

Sale de una casa de comidas de la calle Laight, y cuando me ve, sonríe.

—Oh, hombre. Algo me debía decir que venías. Tengo un bocadillo gigante de un kilómetro, y cerveza. Comemos en el muelle, ¿de acuerdo?

Me dispongo a bajar hasta el muelle por la calle Laight, pero él me obliga a desviarme. No quiere que los hombres del almacén nos vean. Le fastidiarían todo el día. Se reirían y preguntarían a Horace cuándo había conocido a mi madre. Eso me da ganas de desafiarles y me incita todavía más a ir por la calle Laight.

—No, hombre —dice él—. Ahórrate tus emociones para cosas más importantes.

—Esto es una cosa importante, Horace.

—No es nada, hombre. Es ignorancia.

—Deberíamos defendernos.

—No, hijo.

Dios, me está llamando hijo.

—No, hijo. No tengo tiempo de defenderme. No quiero entrar en su terreno. Yo escojo mis peleas. Tengo un hijo en la universidad. Tengo una mujer que está enferma y sigue limpiando oficinas por la noche en la calle Broad. Cómete tu bocadillo, hombre.

Es de jamón y queso untados de mostaza, y lo bajamos con un litro de cerveza Rheingold, pasándonos la botella el uno al otro, y yo tengo el pensamiento y la sensación repentina de que jamás olvidaré esta hora en el muelle con Horace, con las gaviotas que vuelan en círculo esperando lo que les pueda caer y los barcos en fila a lo largo del Hudson esperando a que los remolcadores los atraquen o los saquen hasta la bocana, con el tráfico que transcurre a nuestras espaldas y por encima de nuestras cabezas por la autopista del West Side, y por la radio, en una oficina de los muelles, Vaughn Monroe canta *Botones y lazos*, Horace que me ofrece otro trozo de bocadillo diciéndome que no me vendría mal ponerme unos kilos de carne en los huesos, y su mirada de sorpresa cuando estoy a punto de dejar caer el bocadillo, cuando casi lo dejo caer por la debilidad que tengo en el corazón y por cómo caen las lágrimas en el bocadillo y yo no sé por qué, no puedo explicárselo a Horace ni a mí mismo con la fuerza de esta tristeza que me dice que esto no volverá, este bocadillo, esta cerveza en el muelle con Horace que me hace sentirme tan feliz que lo único que puedo hacer es llorar por la tristeza de todo esto, y me siento tan estúpido que me gustaría apoyar la cabeza en su hombro, y él lo entiende porque se acerca a mí, me rodea con el brazo como si yo fuera su propio hijo, los dos negros o blancos o nada, y no importa porque lo único que puedo hacer es dejar el bocadillo y baja una gaviota donde lo he dejado y se lo traga y nos reímos, Horace y yo, y él me pone en la mano el pañuelo más blanco que he visto en mi vida, y cuando quiero devolvérselo sacude la cabeza.

—Quédatelo —me dice, y yo me digo a mí mismo que guardaré ese pañuelo hasta mi último suspiro.

Le cuento lo que decía mi madre cuando llorábamos: «Ay, debes de tener la vejiga cerca del ojo», y él se ríe. No parece importarle que volvamos a subir por la calle Laight, y los hombres del muelle de carga no dicen nada de él ni de mi madre, porque es difícil hacer daño a unas personas que ya se están riendo y que están fuera de tu alcance.

XXXIII

A veces la invitan a cócteles. Me lleva con ella y yo me siento confuso viendo el modo en que la gente está de pie nariz con nariz, charlando y comiendo cositas encima de trozos de pan duro y de galletas saladas, sin que nadie cante ni cuente un cuento como hacían en Límerick, hasta que empiezan a mirar el reloj y dicen: «¿Tienes hambre? ¿Quieres que vayamos a comer algo?», y se van marchando, y a eso lo llaman una fiesta.

Es el Nueva York de la parte alta, y a mí no me gusta nada, sobre todo cuando un hombre de traje habla con Mike, le dice que es abogado, me señala a mí con un gesto de la cabeza, le pregunta por qué va con un tipo como yo, en nombre del cielo, y la invita a cenar como si ella debiera largarse con él y dejarme con el vaso vacío, con todo duro y sin que nadie cante. Naturalmente, ella dice: «No, gracias», aunque se nota que se siente halagada y yo suelo preguntarme si le gustaría ir con el señor Abogado de Traje en vez de quedarse conmigo, con un hombre de un barrio pobre que no fue a la escuela secundaria y que mira el mundo con unos ojos que son como agujeros de meadas en la nieve. Sin duda le gustaría casarse con alguien que tuviera los ojos sanos y azules y la dentadura blanca e impecable, que la llevara a cócteles, e irse a vivir los dos a Westchester, donde ingresarían en el club de campo, jugarían al golf y tomarían martinis y retozarían por la noche bajo los efectos de la ginebra.

Yo ya sé lo que prefiero, el Nueva York del centro, donde hay hombres con barbas y mujeres con el pelo largo y con collares que leen poesías en los

228

cafés y en los bares. Sus nombres salen en los periódicos y en las revistas, Kerouac, Ginsberg, Brigid Murnaghan. Cuando no viven en áticos y en casas de vecindad, recorren el país. Beben vino en grandes jarras, fuman marihuana, se echan en el suelo y les enrolla el jazz. Les enrolla. Así es como hablan, y chascan los dedos, tienen marcha, hombre, tienen marcha. Son como mi tío Pa de Límerick, nada les importa un pedo de violinista. Si tuvieran que ir a un cóctel o que ponerse una corbata, se morirían.

Una corbata fue la causa de nuestra primera desavenencia y de la primera vez que vi el genio de Mike Small. Íbamos a ir a un cóctel, y cuando me reuní con ella ante su casa de apartamentos de Riverside Drive ella me dijo:

—¿Dónde tienes la corbata?

—Está en casa.

—Pero esto es un cóctel.

—No me gusta llevar corbata. En el Village no la llevan.

—A mí no me importa como vayan en el Village. Esto es un cóctel y todos los hombres llevarán corbata. Ahora estás en América. Vamos a Broadway, a una tienda de ropa de hombres, a comprarte una corbata.

—¿Por qué voy a comprarme una corbata si tengo una en casa?

—Porque yo no voy a esa fiesta contigo tal como vas.

Se apartó de mí, subió por la calle 116 hasta Broadway, levantó la mano, saltó a un taxi sin mirar atrás para ver si yo la seguía.

Yo cogí el tren en la Séptima Avenida hasta Washington Heights, ciego de sufrimiento, maldiciéndome a mí mismo por mi terquedad y temiendo que ella me abandonase definitivamente por un señor Abogado de Traje, para poder pasarse el resto del verano yendo a cócteles con él hasta que Bob, el jugador de fútbol americano, volviese del Cuerpo de Formación de Oficiales para la Reserva. Hasta puede que deje a Bob por el abogado, que termine la carrera y se vaya a vivir a Westchester o a Long Island, donde todos los hombres llevan corbata, donde algunos tienen una corbata para cada día de la semana y otra encima para los actos sociales. Podría ser feliz yendo al club de campo bien vestida y recordando lo que decía su padre: una dama no está bien vestida hasta que no se pone guantes blancos hasta los codos.

Paddy Arthur bajaba por las escaleras, muy arreglado, sin corbata, camino de un baile irlandés, y me preguntó por qué no iba con él, que a lo mejor me encontraba otra vez con Dolores, ja, ja.

Volví atrás y bajé de nuevo las escaleras diciéndole que no me importaba no volver a ver a Dolores en esta vida ni en la otra después de lo que me había hecho, atraerme para hacerme coger el tren E e ir hasta el Queen's Village haciéndome creer que podía haber algo de excitación al final de la noche. Antes de coger el tren que va hacia el centro, Paddy y yo nos paramos a tomarnos una cerveza en un bar de Broadway y Paddy me dijo:

—Jesús, ¿qué te pasa? ¿Es que tienes una abeja en el culo?

Cuando le cuento lo de Mike Small y la corbata no manifiesta la menor comprensión. Me dice que me está bien empleado por ir por ahí con las jodidas protestantes, y que qué diría mi pobre madre que está en Límerick.

A mí no me importa lo que diría mi madre. Estoy loco por Mike Small.

Pidió un whiskey y me dijo que yo también debería tomarme otro, para soltarme, para calmarme, para despejarme la cabeza, y cuando tuve dos whiskeys en el cuerpo le conté que me gustaría echarme en un suelo del Greenwich Village fumando marihuana, compartiendo una jarra de vino con una chica de pelo largo, mientras Charlie Parker, que sonaba en el tocadiscos, nos hacía subir flotando hasta el cielo y nos volvía a bajar suavemente con un quejido largo, bajo y dulce.

Paddy me echó una mirada feroz.

—*Arrah*, en nombre de Dios, ¿es que me estás tomando el pelo? ¿Sabes cuál es tú problema? Los protestantes y los negros. Sólo te falta ir con judíos, y entonces estarás condenado del todo.

Había un hombre que se estaba fumando una pipa sentado en el taburete que estaba junto al de Paddy, y dijo:

—Eso es, hijo, eso es. Di a tu amigo aquí presente que hay que tratarse con la gente de uno. Yo he pasado toda mi vida tratándome con mi gente, cavando hoyos para la compañía telefónica, irlandeses todos, nunca he tenido el menor problema, porque, por Dios, me he tratado con mi propia gente y he visto a jovencitos que venían y se casaban con mujeres de todas clases y perdían la fe, y acaban yendo a ver los partidos de béisbol, y con eso ya están rematados.

El viejo dijo que conocía a un hombre de su mismo pueblo que había trabajado veinticinco años en una taberna de Checoslovaquia y que había vuelto a su casa para establecerse y no tenía en la cabeza ni una palabra de checoslovaco, y todo porque se había tratado con su gente, con los pocos irlandeses que pudo encontrar allí, que todos estaban unidos, gracias a Dios y a Su Santa Madre. El viejo dijo que le gustaría invitarnos a beber algo en honor de los hombres y de las mujeres de Irlanda que se tratan con su gente, de tal modo que cuando nace un niño saben quién es el padre y que, por Cristo, y Dios le perdone la manera de hablar, eso es lo más importante de todo, saber quién es el padre.

Alzamos las copas y brindamos por todos los que se tratan con su gente y saben quién es el padre. Paddy se inclinó hacia el viejo y los dos hablaron de la patria, que es Irlanda, aunque el viejo no la había visto desde hacía cuarenta años y tenía la esperanza de que lo enterraran en el hermoso pueblo de Gort, junto a su pobre y anciana madre irlandesa y junto a su padre, que hizo su parte en la larga lucha contra el pérfido tirano sajón, y alzó su copa para cantar:

> *Dios salve a Irlanda, dicen los héroes,*
> *Dios salve a Irlanda, dicen todos,*
> *Si morimos en el alto patíbulo,*
> *O en el campo de batalla,*
> *Oh, qué importa, si caemos por Erín.*

Se hundieron más y más en su whiskey y yo me quedé mirando el espejo de la barra preguntándome quién está besando ahora a Mike Small, deseando poder pasearme por las calles con ella para que la gente volviera la cabeza y yo fuera la envidia de todos sin excepción. Paddy y el viejo sólo me hablaban para recordarme que habían muerto por Irlanda miles de hombres y de mujeres que no estarían nada contentos de mi conducta, tal como voy por ahí con episcopalianos, traicionando a la causa. Paddy volvió a darme la espalda y yo me quedé mirando fijamente lo que podía ver de mí mismo reflejado en el espejo y asombrándome del mundo en que me encontraba. El viejo se inclinaba de vez en cuando por detrás de Paddy para decirme: «Trátate con tu gente, trátate con tu gente.» Estoy en Nueva York, la tierra de los libres y la patria de los valientes, pero esperan que me comporte como si siguiera en Límerick, irlandés en todas las ocasiones. Esperan que sólo salga con chicas irlandesas que me asustan con el modo en que están siempre en gracia de Dios, diciendo que no a todo y a todos, a no ser que se trate de un Paddy Boñiga que quiera establecerse en una granja con terreno en Roscommon y criar siete hijos, tres vacas, cinco ovejas y un cerdo. No sé por qué he vuelto a Irlanda si tengo que escuchar los tristes relatos de los sufrimientos de Irlanda y bailar con chicas de campo, vaquillas de Mullingar, carne de pies a cabeza.

No tengo en la cabeza más que a Mike Small, rubia, de ojos azules, deliciosa, que se desliza por la vida con su facilidad de episcopaliana, la chica toda americana, que lleva en la cabeza dulces recuerdos de Tiverton, el pueblecito de Rhode Island, de la casa donde la crió su abuela, del dormitorio con visillos que se agitaban suavemente en las ventanas que dominaban el río

Narrangasett, la cama hecha con sábanas, mantas, almohadas en cantidad, la cabeza rubia sobre la almohada llena de sueños de excursiones, paseos en carro, viajes a Boston, chicos chicos chicos, y la abuelita que prepara por la mañana el desayuno nutritivo todo americano para que su muchachita pueda pasarse todo el día encantando hasta el culo a todos los chicos, chicas, profesores, y a cualquiera con quien se encuentre, entre ellos a mí y sobre todo a mí, sentado prendado en el taburete del bar.

El whiskey me dejó algo oscuro en la cabeza y estuve dispuesto a decir a Paddy y al viejo que estaba harto de los sufrimientos de Irlanda y que no puedo vivir en dos países al mismo tiempo. Pero en vez de ello los dejé a los dos, de palique en sus taburetes de bar, y fui andando desde la calle 179, bajando por Broadway, hasta la calle 116, con la esperanza de que si esperaba lo suficiente podría echar una ojeada a Mike Small, a la que traería a su casa el señor Abogado de Traje, una ojeada que quiero y no quiero echar, hasta que un poli en un coche patrulla me llama y me dice:

—Circule, amigo, todas las chicas de la escuela Barnard se han ido a acostar.

Circule, me dice el poli, y yo lo hice porque era inútil intentar decirle que sé quién la está besando ahora, que sin duda ahora está en el cine con el brazo del abogado a su alrededor, con las puntas de los dedos colgando al borde de su pecho que está reservado para la luna de miel, que puede haber un beso o un apretón entre los bocados de palomitas, y estoy aquí en Broadway mirando las puertas de la Universidad de Columbia que está en la acera de enfrente y no sé hacia dónde volverme, deseando poder encontrar una chica de California o de Oklahoma, rubia y de ojos azules como Mike Small, alegre y con dientes que no han conocido jamás un dolor ni una caries, alegre porque su vida está arreglada de tal modo que terminará la carrera y se casará con un chico agradable, lo llama chico, y se asentará con paz, tranquilidad y comodidad, como decía mi madre.

El poli volvió a acercarse a mí y me dijo que siguiera circulando, amigo, y yo intenté cruzar la calle 116 con un poco de dignidad para que él no pudiera señalarme con el dedo y decir a su compañero: «Allá va otro *mick* de la Vieja Patria perdido por el whiskey». Ellos no sabían ni les importaría saber que todo aquello pasaba porque Mike Small había querido que yo me pusiera corbata y yo me había negado.

El bar West End estaba abarrotado de estudiantes de la Universidad de Columbia, y yo pensé que si me tomaba una cerveza podría mezclarme con ellos y pasar por uno de ellos, que tienen una categoría superior a la de los estudiantes de la Universidad de Nueva York. Podría encapricharse de mí una rubia y hacerme olvidar a Mike Small, aunque yo no creo que pudiese quitármela de los pensamientos aunque se metiera entre mis sábanas la propia Brigitte Bardot.

Era como si estuviera en la cafetería de la Universidad de Nueva York, con el modo de discutir de aquellos estudiantes de Columbia a voz en cuello sobre la vacuidad de la vida, lo absurdo que es todo y que lo único que importa es la elegancia cuando estás sometido a presión, hombre. Cuando viene ese cuerno del toro y te roza la cadera sabes que ése es el momento de la verdad, hombre. Léete a Hemingway, hombre, léete a J. Paul Sartre, hombre. Ellos saben lo que hay.

Si yo no tuviera que trabajar en bancos, muelles, almacenes, tendría tiempo para ser un estudiante universitario como es debido y suspirar por la vacuidad. Me gustaría que mi padre y mi madre hubieran tenido vidas respetables y me hubieran enviado a la universidad para que yo pudiera pasarme el tiempo en los bares y en las cafeterías contando a todo el mundo cuánto admiro a Camus por su invitación diaria al suicidio y a Hemingway por arriesgarse al cuerno del toro en el costado. Sé que si tuviera tiempo y dinero superaría a todos los estudiantes de Nueva York en cuanto a desesperación, aunque jamás podría contar nada de esto a mi madre porque ella diría:

—*Arrah*, en nombre de Dios, ¿es que no tienes salud, zapatos y un buen pelo? ¿Qué más quieres?

Me bebí mi cerveza y me pregunté qué país es éste en el que los polis te dicen que circules, en el que la gente te pone mierda de paloma en el bocadillo de jamón, en el que una chica que está comprometida a estar comprometida con un jugador de fútbol americano me deja porque no me pongo corbata, en el que una monja bautiza a Michael, lo que queda de él, a pesar de que éste sufrió en un campo de concentración y se merece que lo dejen en su estado de judío sin molestar a nadie, en el que los estudiantes universitarios comen y beben hasta saciarse y suspiran por el existencialismo y la vacuidad de todo, y los polis te vuelven a decir, circule.

Volví a subir a pie por Broadway, pasando por delante de la Universidad de Columbia, hasta Washington Heights y llegué al puente George Washington, desde donde podía contemplar el río Hudson a ambos lados. Tenía la cabeza llena de nubes oscuras y de ruidos y de un ir y venir de Límerick y de Dachau y de Ed Klein, donde Michael, lo que queda de él, un despojo, fue salvado por los militares americanos, y me iba y me venía de la cabeza mi madre con Emer, la de Mayo, y Mike Small, la de Rhode Island, y Paddy

Arthur se reía y me decía: Nunca bailarás con las chicas irlandesas con esos ojos como dos agujeros de meadas en la nieve, y yo contemplé el río a ambos lados y sentí lástima de mí mismo hasta que el cielo se iluminó más allá y el sol que salía viajó de torre en torre convirtiendo a Manhattan en columnas de oro.

XXXIV

Algunos días más tarde me llama deshecha en lágrimas. Está en la calle, y me pregunta si quiero ir a recogerla en la esquina de la calle 116 y Broadway. Ha tenido problemas con su padre, no tiene dinero y no sabe qué hacer. Me está esperando en la esquina, y en el metro me dice que se había vestido con intención de llamarme y de verme, a pesar de que yo me plantara con firmeza en la cuestión de las corbatas, pero su padre había dicho que no, que ella no salía, y ella había dicho que sí, que salía, y él le había dado un puñetazo en la boca, que se le estaba hinchando, ya lo veía yo. Ella había salido corriendo de la casa de su padre y ya no podía volver. Mary O'Brien dice que ha tenido suerte. Uno de los huéspedes ha vuelto a Irlanda a casarse con la muchacha de una casa próxima y su habitación ha quedado libre.

En cierto modo me alegro de que su padre le haya pegado un puñetazo, porque ella acudió a mí en vez de a Bob, y no cabe duda de que esto significa que me prefiere a mí. Naturalmente, Bob está descontento y al cabo de pocos días se presenta en la puerta llamándome irlandesito patán y trapacero y diciéndome que me va a partir la cara, pero yo aparto la cabeza y él estampa el puño en la pared y tiene que irse al hospital para que se lo escayolen. Cuando se marcha me amenaza con volver a verme y me dice que más me vale que me vaya reconciliando con mi Hacedor, aunque cuando me lo encuentro unos días más tarde en la Universidad de Nueva York me ofrece la mano sana como muestra de amistad y yo no vuelvo a verlo jamás. Puede que siga llamando a Mike Small a mis espaldas, pero ya es demasiado tarde, y ella ni siquiera debería hablarle, pues ya me ha dejado entrar en su habitación y en su cama, olvidándose de que estaba reservando el cuerpo para la noche de bodas y para la luna de miel. La noche que hacemos la excitación por primera vez me dice que la he despojado de su virginidad, y no sé si debería sentirme culpable o triste, pero no puedo sentirme así, sobre todo sabiendo que soy el primero, el que se queda para siempre en el recuerdo de cualquier chica, como decían en el ejército.

No podemos quedarnos en la pensión de Mary O'Brien, porque no resistimos la tentación de meternos en la misma cama y nos dirigen miradas de complicidad. Paddy Arthur deja de hablarme definitivamente, y yo no sé si lo hace por religiosidad o por patriotismo, si se ha enfadado porque estoy con una persona que no es ni católica ni irlandesa.

El capitán manda recado de que está dispuesto a pasar a Mike una cantidad de dinero todos los meses, y eso le permite alquilar un apartamento pequeño en Brooklyn. A mí me gustaría vivir con ella, pero al capitán y a la abuela les parecería una deshonra, de modo que alquilo un apartamento de agua fría para mí en el 46 de la calle Downing, en el Greenwich Village. Lo llaman apartamento de agua fría, pero yo no sé por qué. Tiene agua caliente pero no tiene calefacción, aparte de una estufa grande de queroseno que se pone tan roja que temo que vaya a reventar. Lo único que puedo hacer para calentarme es comprarme una manta eléctrica en los almacenes Macy y enchufarla con un cable largo que me permite moverme de un sitio a otro. Hay una bañera en la cocina, y en el pasillo hay un retrete que debo compartir con un matrimonio de italianos viejos que viven enfrente. El viejo italiano llama a mi puerta para decirme que debo poner mi propio papel higiénico en el soporte del retrete y que no debo echar mano del suyo. Dice que su esposa y él señalan su papel higiénico y que si yo intento usarlo lo sabrán, así que ya puedo tener cuidado. Habla mal el inglés, y cuando empieza a contarme los problemas que tuvo con los inquilinos anteriores de mi apartamento se siente tan impotente que me amenaza blandiendo el puño ante mi cara y me advierte que puedo meterme en un lío muy gordo si toco su papel higiénico, en un lío muy gordo; pero me regala un rollo para que vaya empezando, para asegurarse de que no toco el suyo. Dice que su esposa es una buena mujer y que fue idea de ella regalarme el rollo, que es una mujer enferma que quiere vivir en paz y sin líos. *Capice?*

Mike encuentra un apartamento pequeño en la calle Henry, en Brooklyn Heights. Tiene cuarto de baño propio y nadie la atormenta por el papel higiénico. Dice que mi apartamento es una vergüenza y que no sabe cómo soy capaz de vivir de ese modo, sin calefacción, sin un sitio donde cocinar, con italianos que chillan por el papel higiénico. Siente lástima de mí y me deja quedarme a dormir en su apartamento. Prepara unas cenas deliciosas, a pesar de que cuando su padre la echó de su casa a puñetazos ni siquiera sabía hacer café.

Cuando terminan las clases, ella vuelve a Rhode Island para que su dentista le examine el flemón que le provocó el puño de su padre. Yo sigo cursos de verano en la Universidad de Nueva York, leo, estudio, preparo trabajos de curso. Trabajo en el banco, en el turno de medianoche a ocho, y manejo la carretilla elevadora en el Almacén Baker y Williams dos días por semana, soñando con Mike Small, que estará cómoda y a gusto con su abuela en Rhode Island.

Me llama para decirme que su abuela ya no está tan enfadada conmigo por lo que le dije de lo bien que vivía. Dice que la abuela hasta le ha dicho una cosa agradable de mí.

—¿Qué te ha dicho?

—Me ha dicho que tienes un bonito pelo negro rizado, y que siente tanto lo que ha pasado con mi padre que a ella no le importa que vengas a pasar aquí un día o dos.

Después de lo que me pasó en el banco puedo irme a pasar una semana entera en Rhode Island. Un hombre se sentó a mi lado en un café de la calle Broad, cerca de donde yo trabajaba, me dijo que me había oído hablar la noche anterior y que se imaginaba que yo era irlandés, ¿verdad?

—Lo soy.

—Sí, bueno, yo también soy irlandés, tan irlandés como el cerdo de Paddy, padre de Carlow, madre de Sligo. Espero que no le importe, pero alguien me dio su nombre y he descubierto que está afiliado a los Teamsters y a la ILA.

—Mi carnet de la ILA ha caducado.

—No importa. Yo soy organizador, y estamos intentando abrirnos paso en los jodidos bancos, y perdone la manera de hablar. ¿Está dispuesto a colaborar en eso?

—Ah, claro.

—Lo que quiero decir es que usted es el único que hemos encontrado en su turno que tuviera los más mínimos antecedentes sindicales, y lo que nos gustaría que hiciera no es más que dejar caer algunas alusioncitas. Usted sabe, y ellos saben, que los bancos pagan unos sueldos de mierda. Así pues, una alusioncita por aquí y otra por allá, no demasiadas ni demasiado pronto, y ya lo veré dentro de unas semanas. Espere, yo pagaré la cuenta.

La noche siguiente es la noche del jueves, noche de cobro, y cuando nos dan los talones el supervisor dice:

—Tiene libre el resto de la noche, McCourt.

Se asegura de que le estén escuchando todos los que trabajan en el turno.

—Tiene libre esta noche, McCourt, y todas las demás noches, y puede decírselo a sus amigos los sindicalistas. Esto es un banco y no nos hace falta ningún maldito sindicato.

Las mecanógrafas, los empleados, no dicen nada. Asienten con la cabeza. Andy Peters habría dicho algo, pero él sigue en el turno de cuatro a doce.

Recojo mi talón y, mientras espero el ascensor, sale de su oficina un ejecutivo.

—McCourt, ¿verdad?

Yo asiento con la cabeza.

—De modo que está terminando la carrera, ¿verdad?

—Así es.

—¿Se le ha ocurrido trabajar con nosotros? Podría subir a bordo, y al cabo de tres años ya le daríamos un buen sueldo, de más de diez mil dólares al año. Lo que quiero decir es que es uno de los nuestros, ¿verdad? ¿Irlandés?

—Lo soy.

—Yo también. Padre de Wicklow, madre de Dublín, y cuando uno trabaja en un banco como éste se le abren las puertas, ya sabe, la Antigua Orden de los Hibernianos, los Caballeros de Colón, todas esas cosas. Nos ocupamos de nuestra gente. Si no nos ocupamos nosotros, ¿quién se va a ocupar?

—Acaban de despedirme.

—¿De despedirle? ¿De qué demonios me habla? ¿Por qué lo han despedido?

—Por dejar que un organizador sindical me hablase en un café.

—¿Hizo eso? ¿Dejó que un organizador sindical le hablase?

—Lo hice.

—Eso fue una maldita estupidez. Mire, amiguito, ya hemos salido de las minas de carbón, ya hemos salido de las cocinas y de las zanjas. No nos hacen falta los sindicatos. ¿Es que los irlandeses no van a tener nunca sentido común? Le estoy haciendo una pregunta. Le estoy hablando.

Yo no digo nada, ni allí ni mientras bajo en el ascensor. No digo nada porque me han despedido de ese banco y, en todo caso, no hay nada que decir. No quiero hablar de si los irlandeses vamos a tener sentido común, y yo no sé por qué todo el mundo que me conoce tiene que decirme de qué parte de Irlanda eran su padre y su madre.

El hombre quiere discutir conmigo pero yo no quiero darle ese gusto. Es mejor que me marche y lo deje hasta donde ha crecido, como decía mi madre. Cuando me alejo me grita que soy un gilipollas, que acabaré cavando zanjas, repartiendo barriles de cerveza, sirviendo whiskey a los *micks* borrachines en un bar de la cadena Piedra de Blarney.

—Jesús, ¿es que tiene algo de malo cuidar de la gente de uno? —dice, y lo raro es que tiene en la voz un tono de tristeza, como si yo fuera un hijo suyo que lo hubiera desilusionado.

Mike Small me está esperando en la estación de ferrocarril de Providence, en Rhode Island, y me acompaña a Tiverton en autobús. Por el camino nos pasamos por una bodega a comprar una botella de ron Pilgrim, el favorito de la abuelita. Zoe, la abuela, dice: «Hola», pero no me ofrece ni la mano ni la mejilla. Es hora de cenar y hay *corned beef* y repollo y patatas hervidas, porque eso es lo que nos gusta comer a los irlandeses, según Zoe. Dice que debo de estar cansado del viaje y que seguramente me apetecerá beber algo. Mike me echa una mirada y me sonríe y los dos sabemos que es Zoe la que quiere beber algo, ron con Coca Cola.

—¿Y tú, abuelita? ¿Quieres beber algo?

—Bueno, no sé, pero... está bien. ¿Vas a preparar tú las bebidas, Alberta?

—Sí.

—Bueno, pues no te pases con la Coca Cola. Me destroza el estómago.

Nos sentamos en un cuarto de estar que está oscurecido con capas sucesivas de persianas, visillos, cortinas. No hay libros, revistas, periódicos, y los únicos cuadros son fotos del capitán con su uniforme de teniente del ejército y una de Mike, un angelito rubio de niña.

Vamos sorbiendo nuestras bebidas y se produce un silencio porque Mike ha recibido una llamada telefónica y está en el pasillo, y Zoe y yo no tenemos nada qué decirnos. Me gustaría poder decir: «Qué casa tan bonita», pero no puedo, porque no me gusta la oscuridad que hay en esta habitación cuando afuera brilla el sol. Por fin, Zoe dice en voz alta:

—Alberta, ¿te vas a pasar toda la noche hablando por el maldito teléfono? Tienes un invitado. Está hablando con Charlie Moran —me dice a mí—. Fueron grandes amigos en la escuela, pero hay que ver cómo le gusta hablar, maldita sea.

Conque Charlie Moran, ¿eh? Mike me deja solo con la abuelita en esta habitación tenebrosa mientras ella se dedica a charlar con su antiguo novio. Lo ha estado pasando en grande con Charlie todas estas semanas en Rhode Island mientras yo me mataba a trabajar en los bancos y en los almacenes.

—Prepárate otra copa, Frank —dice Zoe. Eso quiere decir que a ella le apetece otra también, y cuando me dice que no me pase con la Coca Cola, que le destroza el estómago, le doblo la dosis de ron con la esperanza de que la deje sin sentido para podérmelo hacer a gusto con su nieta.

Pero no, la bebida la anima más, y después de dar unos tragos dice:

—Vamos a comer, maldita sea. A los irlandeses os gusta comer.

Y mientras comemos, dice:

—¿Te gusta esto, Frank?

—Me gusta.

—Pues entonces, cómetelo. Ya sabes lo que digo siempre. Una comida no es una comida si no hay una patata, y eso que ni siquiera soy irlandesa. No, maldita sea, ni gota de irlandesa, aunque tengo algo de escocesa. Mi madre se llamaba MacDonald de apellido. Es escocés, ¿verdad?

—Lo es.

—¿No es irlandés?

—No.

Después de cenar vemos la televisión y ella se queda dormida en su sillón, después de decirme que ese Louis Armstrong, que sale en la pantalla, es más feo que un pecado y lo que canta no vale un pito. Mike la sacude y le dice que se vaya a la cama.

—Tú no me mandas a la cama, maldita sea. Tú serás universitaria, pero yo sigo siendo tu abuela, ¿verdad, Bob?

—Yo no soy Bob.

—¿No? ¿Quién eres, entonces?

—Soy Frank.

—Ah, el irlandés. Bueno, pues Bob es un buen chico. Va a ser oficial. ¿Qué vas a ser tú?

—Profesor.

—¿Profesor? Ah, bueno, tú no irás en Cadillac —dice, y sube trabajosamente las escaleras para irse a acostar.

Sin duda, ahora que Zoe está roncando en su cuarto, Mike vendrá a visitarme a mi cama, pero no, está demasiado nerviosa. ¿Y si Zoe se despierta de pronto y nos descubre? Yo acabaría en la carretera, haciendo señas al autobús de Providence. Es un suplicio cuando Mike viene a darme un beso de buenas noches y yo me doy cuenta, aun a oscuras, de que lleva puesto su pijama rosado de muñequita. No se quiere quedar, ay, no, podría oírnos la abuelita, y yo le digo que por mí como si Dios mismo estuviera en el cuarto de al lado. No, no, dice, y se marcha, y yo me pregunto qué mundo es éste en que la gente desprecia la oportunidad de darse un revolcón loco en la cama.

Cuando amanece, Zoe pasa la aspiradora por el piso de arriba y por el de abajo y se queja:

—Esta maldita casa parece el callejón de Hogan.

La casa está impoluta, porque ella no tiene nada que hacer más que limpiarla, y si suelta eso del callejón de Hogan es para ponerme en mi lugar, porque sabe que yo sé que era un barrio bajo irlandés peligroso de Nueva York. Se queja de que la aspiradora no aspira como antes, aunque se ve claramente que no tiene nada que aspirar. Se queja de que Alberta se quede tan tarde en la cama, y se pregunta si es que tiene que hacer tres desayunos separados, el suyo, el mío, el de Alberta.

Pasa a hacerle una visita su vecina, Abbie, y las dos toman café y se quejan de los jóvenes, de la suciedad, de la televisión, de ese maldito feo de Louis Armstrong que no sabe cantar, de lo cara que está la comida y la ropa, de los jóvenes, de los malditos portugueses que se están apoderando de todo en Fall River y en los pueblos de los alrededores, ya era bastante malo cuando los irlandeses lo controlaban todo, al menos éstos sabían hablar el inglés cuando estaban serenos. Se quejan de las peluqueras que cobran un dineral y que no distinguen un peinado decente del culo de un burro.

—Ay, Zoe, qué manera de hablar —dice Abbie.

—Bueno, pues lo digo en serio, maldita sea.

Si mi madre estuviera delante se quedaría desconcertada. Se preguntaría de qué se quejaban aquellas mujeres. «Dios del cielo» diría, «lo tienen todo». Están al calor, limpias y bien alimentadas, y se quejan de todo. Mi madre, y las madres de los barrios pobres de Límerick, no tenían nada y rara vez se quejaban. Decían que era voluntad de Dios.

Zoe lo tiene todo pero se queja con la música de la aspiradora, y puede que ésa sea su manera de rezar, maldita sea.

En Tiverton, Mike se llama Alberta. Zoe se queja de que no sabe por qué quiere una muchacha usar un nombre maldito como el de Mike cuando tiene su propio nombre, Agnes Alberta.

Nos paseamos por Tiverton y yo vuelvo a imaginarme lo que sería ser profesor allí, casado con Alberta. Tendríamos una cocina reluciente donde yo me tomaría mi café y un huevo y leería el *Providence Journal* todas las mañanas. Tendríamos un baño grande con mucha agua caliente y toallas gruesas, y yo podría repantigarme en la bañera y contemplar el río Narragansett a través de los visillos que se agitarían suavemente al sol de la mañana. Tendríamos coche para hacer excursiones a la playa de Horseneck y a la isla de Block, y visitaríamos a los parientes de la madre de Alberta que viven en Nantucket. Con el paso de los años yo iría perdiendo pelo y ganando barriga. Los viernes por la noche iríamos a los partidos de baloncesto del instituto local y conoceríamos a alguien que podría recomendarme para que ingresase en el club de campo. Si me admitían, tendría que practicar el golf, y sin duda ese sería mi fin, el primer paso hacia la tumba.

Una visita a Tiverton es suficiente para animarme a volver a Nueva York.

XXXV

En el verano de 1957 termino las asignaturas de la licenciatura en la Universidad de Nueva York, y en el otoño apruebo los exámenes de la Junta de Educación para poder impartir clases de Lengua Inglesa en enseñanza secundaria.

Un periódico de la tarde, el *World-Telegram and Sun*, publica una Página Escolar donde aparecen ofertas de empleo para profesores. La mayoría de las ofertas son para institutos de formación profesional, y mis amigos ya me lo han advertido: No te acerques a los institutos de formación profesional. Los chicos son unos asesinos. Te masticarán y escupirán tus restos. Mira esa película, *Semilla de maldad*, en la que un profesor dice que las escuelas de formación profesional son los cubos de la basura del sistema educativo, y que los profesores están allí para sentarse encima de las tapas. Cuando veas esa película echarás a correr en sentido contrario.

Hay un puesto de profesor de Lengua Inglesa en el Instituto de Formación Profesional Samuel Gompers, en el Bronx, pero el jefe de estudios me dice que parezco demasiado joven y que los chicos me las harían pasar mal. Me dice que su padre era de Donegal, su madre de Kilkenny, y que le gustaría ayudarme. Dice que debemos cuidar de nuestra gente pero que él tiene las manos atadas, y el modo en que se encoge de hombros y extiende las manos abiertas se contradice por completo con lo que acaba de decir. No obstante, se levanta trabajosamente de su sillón y me acompaña hasta la puerta principal pasándome el brazo por el hombro, me dice que debería probar de nuevo en el Samuel Gompers, que quizás dentro de un año o dos haya ganado peso y haya perdido esa pinta de inocente, y que él se acordaría de mí, pero que no me molestase en volver si me dejaba barba. No soporta las barbas y no quiere malditos *beatniks* en su departamento. Mientras tanto —dice—, puedo probar en los institutos católicos, donde no pagaban tanto pero estaría con mi gente, y un buen chico irlandés debe tratarse con su gente.

El jefe de estudios del Instituto de Formación Profesional Grady, en Brooklyn, dice que sí, que le gustaría ayudarme, pero, sabe usted, con ese deje irlandés tendría problemas con los chicos, podrían creerse que habla raro y enseñar ya es bastante difícil cuando se habla como es debido, cuanto más con un deje irlandés. Me pregunta cómo aprobé la parte de habla de los exámenes para la licencia de profesor, y cuando le digo que me dieron una licencia provisional sujeta a la condición de que asistiera a clases de logopedia él me dice:

—Sí, quizás pudiera volver a pasarse por aquí cuando no hable como un irlandesito recién desembarcado, ja, ja, ja.

Me dice que mientras tanto deberé tratarme con mi propia gente, que él mismo es irlandés, bueno, tiene tres cuartas partes de irlandés, y con otra gente no se sabe.

Cuando me tomo una cerveza con Andy Peters le digo que no encontraré trabajo en la enseñanza hasta que gane peso y parezca mayor y hable como un americano.

—Mierda —me dice—. Olvídate de la enseñanza. Dedícate a los negocios. Especialízate en algo. En tapacubos. Monopoliza el mercado. Te pones a trabajar en un taller de automóviles y aprendes todo lo que puedes de los tapacubos. Cuando la gente viene al taller y habla de tapacubos, todos acuden a ti. Hay una crisis de tapacubos, ya sabes, cuando se suelta un tapacubos, sale volando por el aire y decapita a un ama de casa modélica, y todas las emisoras de televisión solicitan tu opinión de experto. Entonces te estableces por tu cuenta. El Gran Almacén de Tapacubos de McCourt. Tapacubos Extranjeros y Nacionales, Nuevos y Usados. Tapacubos Antiguos para el Coleccionista Entendido.

Le pregunto si habla en serio.

Me dice que quizás no en lo de los tapacubos.

—Mira lo que hacen en el mundo académico —dice—. Monopolizas un cuarto de hectárea del conocimiento humano: las imágenes fálicas de Chaucer en «La dueña de Bath», o la devoción de Swift por la mierda, y lo rodeas con una cerca. Adornas la cerca de notas a pie de página y de bibliografías. Pones un letrero: «Prohibido el paso so pena de perder el cargo». Yo mismo me dedico a la noble búsqueda de un filósofo mongol. Había pensado monopolizar el mercado de algún filósofo irlandés, pero sólo encontré a Berkeley, y ya le han echado la zarpa. Un filósofo irlandés, por Dios. Uno solo. ¿Es que tu gente no medita nunca? De modo que me tengo que quedar con los mongoles o con los chinos, y seguramente tendré que aprender mongol, o chino, o el demonio de lengua que hablen allí, y cuando lo encuentre será sólo mío. ¿Cuándo fue la última vez que oíste hablar de algún filósofo mongol en esos cócteles del East Side que tanto te gustan a ti? Me sacaré el doctorado, escribiré algunos artículos sobre mi mongol en oscuras publicaciones eruditas. Daré doctas conferencias ante orientalistas bebidos en las convenciones de la MLA y esperaré a que caigan las ofertas de trabajo de las universidades de la *Ivy League* y de sus primas. Me armaré de una chaqueta de *tweed*, de una pipa y de unos modales ampulosos, y las esposas de los profesores se me echarán encima, suplicándome que recite, en inglés, poesías mongolas eróticas que han sido introducidas clandestinamente en el país, en el culo de un yak o de un panda del zoo del Bronx. Y te diré otra cosa, un consejito por si vas a los cursos de postgraduado. Cuando hagas un curso, entérate siempre de qué trataba la tesis doctoral del catedrático y suéltasela. Si el tío está especializado en las imágenes acuáticas de Tennyson, empápale con ellas. Si el tío está especializado en George Berkeley, dale el sonido de la palmada de una sola mano mientras cae un árbol en el bosque. ¿Cómo crees que he superado yo esos jodidos cursos de filosofía en la Universidad de Nueva York? Si el tío es católico, le suelto a Tomás de Aquino. ¿Que es judío? Le suelto a Maimónides. ¿Que es agnóstico? Nunca se sabe lo que tienes que decir a un agnóstico. Con ésos no sabes nunca a qué atenerte, aunque siempre puedes probar con el viejo Nietzsche. A ese viejo pendejo lo puedes doblar en el sentido que quieras.

Andy me dice que Bird fue el americano más grande que ha existido, a la altura de Abraham Lincoln y de Max Kiss, el tipo que inventó el Ex–Lax. A Bird deberían darle el premio Nobel y un escaño en la Cámara de los Lores.

—¿Quién es Bird?

—En nombre del cielo, McCourt. Me preocupas. Me dices que te gusta el jazz y no has oído hablar de Bird. Charlie Parker, hombre. Mozart. ¿Me estás escuchando? ¿Te enteras? Mozart, en nombre del cielo. Ése es Charlie Parker.

—¿Qué tiene que ver Charlie Parker con los puestos de trabajo en la enseñanza, o con los tapacubos, o con Maimónides, o con ninguna otra cosa?

—Mira, McCourt, éste es tu problema: que siempre estás buscando la pertinencia; eres un fanático de la lógica. Por eso no tenéis filósofos los irlandeses. Muchos malditos teólogos de bar y abogados de cagadero. Suéltate, hombre. El jueves por la noche termino de trabajar temprano y nos daremos una vuelta por la calle Cincuenta y Dos para oír algo de música. ¿De acuerdo?

Vamos de club en club hasta que llegamos a un sitio donde una mujer negra con un vestido blanco grazna a un micrófono y se agarra a él como si estuviera en un barco que se bambolease.

—Esa es Billie —susurra Andy—, y es una vergüenza que la dejen subir ahí a hacer el ridículo.

Va hasta el escenario e intenta darle la mano para ayudarla a bajar, pero ella le insulta y le intenta dar puñetazos hasta que tropieza y se cae del escenario. Otro hombre se levanta de su taburete y la lleva hasta la puerta, y los sonidos claros que oigo entre sus graznidos me dan a entender que era Billie Holiday, la voz que yo oía en la emisora de las Fuerzas Armadas Americanas cuando era niño en Límerick, una voz pura que me decía: «No te puedo dar más que amor, baby».

—Esto es lo que pasa —dice Andy.

—¿Que quieres decir con que eso es lo que pasa?

—Quiero decir que eso es lo que pasa, nada más. Jesús, ¿es que te tengo que escribir un libro?

—¿Cómo conoces a Billie Holiday?

—He amado a Billie Holiday desde que era niño. Vengo a la calle Cincuenta y Dos para verla fugazmente. Le ayudaría a ponerse el abrigo. Le fregaría el retrete. Le prepararía el agua del baño. Besaría el suelo que pisa. Le dije que me expulsaron del ejército por no joderme a una oveja francesa y ella opinó que debían escribir una canción sobre ello. No sé qué piensa hacer Dios conmigo en la vida siguiente, pero yo no pienso ir si no puedo sentarme entre Billie y Bird para toda la eternidad.

A mediados de marzo de 1958 aparece otro anuncio en el periódico: Puesto de profesor de Lengua Inglesa en el Instituto de Formación Profesional y Técnico McKee, en la isla de Staten. La directora adjunta, la señorita Seested, examina mi licencia y me acompaña a ver al director, Moses Sorola, quien no se mueve del sillón de detrás de su escritorio, desde el que me mira con los ojos entrecerrados a través de una nube de humo que le ha salido de la nariz y del cigarrillo que tiene en la mano. Dice que se trata de una situación de emergencia. La profesora a la que voy a sustituir, la señorita Mudd, ha tomado repentinamente la decisión de jubilarse en pleno curso. Dice que los profesores que se comportan así tienen muy poca consideración y que hacen muy difícil la vida a los directores. Me dice que no dispone de un programa completo de Lengua Inglesa para mí, que tendría que dar cada día tres clases de Sociales y dos de Lengua Inglesa.

—Pero yo no sé nada de Sociales.

Suelta una bocanada de humo, entrecierra los ojos, me dice que no me preocupe y me acompaña al despacho del jefe de estudios en funciones, quien me dice que voy a impartir tres clases de Ciudadanía Económica y que éste es el libro de texto, *Tu mundo y tú*. El señor Sorola sonríe entre el humo y dice:

—*Tu mundo y tú*. Lo cubre casi todo.

Yo le digo que no sé nada de economía ni de ciudadanía, y él me dice:

—Bastará con que vaya algunas páginas por delante de los chicos. Todo lo que les diga será una novedad para ellos. Dígales que estamos en 1958, dígales cómo se llaman, dígales que viven en la isla de Staten, y ellos se quedarán sorprendidos y agradecidos por la información. Al final del curso, hasta el nombre de usted será una novedad para ellos. Olvídese de sus cursos de literatura de la universidad. Esto no es para grandes inteligencias.

Me acompaña a ver a la señorita Mudd, la profesora a la que sustituyo. Cuando abre la puerta del aula, hay chicos y chicas asomados por la ventana hablando a voces con otros que están al otro lado del patio. La señorita Mudd está sentada tras su escritorio, leyendo folletos de viajes y sin hacer caso del avión de papel que le pasa zumbando por encima de la cabeza.

La señorita Mudd se ha jubilado.

El señor Sorola se marcha del aula y ella dice:

—Así es, joven. No veo el momento de marcharme de aquí. ¿Qué día es hoy? ¿Miércoles? El viernes es mi último día, y tengo mucho gusto en cederle este manicomio. Llevo treinta y dos años en esto, y ¿a quién le importa? ¿A los chicos? ¿A los padres? ¿A quién le importa una mierda, joven, y perdone la manera de señalar? Nosotros enseñamos a sus mocosos y ellos nos pagan como a lavaplatos. ¿Qué año era? Mil novecientos veintiséis. Llegó a presidente Calvin Coolidge. Llegué yo. Trabajé durante todo su mandato, y durante todo el mandato del hombre de la depresión, Hoover, y el de Roosevelt, y el de Truman, y el de Eisenhower. Mire por esa ventana. Desde aquí hay una buena vista de la bahía de Nueva York, y el lunes por la mañana, si esos chicos no lo están volviendo loco, verá pasar un barco grande, y yo estaré en cubierta despidiéndome con la mano, hijo, despidiéndome con la mano y sonriendo, porque hay dos cosas que no quiero volver a ver en mi vida, si Dios quiere: la isla de Staten y los chicos. Monstruos, monstruos. Mírelos. Más le valdría trabajar con los chimpancés del zoo del Bronx. ¿En qué año estamos? En mil novecientos cincuenta y ocho. ¿Cómo he podido aguantar? Habría que ser Joe Louis. Así que, buena suerte, hijo. Le hará falta.

XXXVI

Antes de marcharme, el señor Sorola me dice que debo volver al día siguiente para observar a la señorita Mudd en sus cinco clases. Así aprendería algo de los procedimientos. Me dice que los procedimientos constituyen la mitad de la enseñanza, y yo no sé de qué me habla. No sé cómo interpretar la sonrisa que veo entre el humo del cigarrillo, y me pregunto si está de broma. Empuja hacia mí sobre su escritorio mi programa escrito a máquina, tres clases de CE, Ciudadanía Económica, dos clases de E$_4$, segundo curso de Lengua Inglesa en el cuarto trimestre. En la parte superior de la ficha de programa dice: «Clase Oficial, PRA», y al final dice: «Encargo de Edificio, cafetería del instituto, quinta hora». No pregunto al señor Sorola lo que significan estas cosas por miedo a que me tome por ignorante y revoque su decisión de contratarme.

Cuando bajo la cuesta camino del transbordador, una voz de chico grita:

—Señor McCourt, señor McCourt, ¿es usted el señor McCourt?

—Lo soy.

—El señor Sorola quiere volver a verlo.

Subo la cuesta siguiendo al estudiante y sé por qué quiere volver a verme el señor Sorola. Ha cambiado de opinión. Ha encontrado a una persona con experiencia, a una persona que entiende los procedimientos, a una persona que sabe lo que es una clase oficial. Si no consigo este trabajo tendré que ponerme a buscar de nuevo.

El señor Sorola está esperando en la puerta principal del instituto. Se deja el cigarrillo colgado de la boca y me pone la mano en el hombro.

—Tengo buenas noticias para usted —me dice—. El puesto ha quedado libre antes de lo que esperábamos. La señorita Mudd ha debido de llevarse una buena impresión de usted, pues ha decidido marcharse hoy. De hecho, se ha marchado, por la puerta trasera, y apenas es mediodía. Así que habíamos pensado que usted podría hacerse cargo mañana y así no tendría que esperar hasta el lunes.

—Pero yo...

—Sí, ya lo sé. No está preparado. No importa. Le daremos algún material para que los chicos estén ocupados hasta que usted le coja el tranquillo, y yo me daré una vuelta por allí de vez en cuando para mantenerlos a raya.

Me dice que ésta es mi oportunidad dorada para meterme de cabeza y para empezar mi carrera profesional en la enseñanza. Soy joven, los chicos me caerán bien, yo les caeré bien a ellos, el Instituto McKee tiene un claustro de profesores fenomenal, todos ellos dispuestos a brindarme ayuda y apoyo.

Naturalmente, digo que sí, que estaré allí al día siguiente. No es el trabajo de profesor de mis sueños, pero tendrá que bastarme, pues no puedo encontrar otra cosa. Me siento en el transbordador de la isla de Staten acordándome de los representantes de los institutos de los barrios residenciales que acudían a la Universidad de Nueva York a seleccionar a profesores, cómo me decían que yo parecía inteligente y entusiasta pero que, sinceramente, mi acento sería problemático. Eso sí, tenían que reconocer que era encantador, que les recordaba a Barry Fitzgerald, tan agradable, en *Siguiendo mi camino*, pero pero pero. Decían que en sus colegios había un buen nivel de lenguaje y que no sería posible hacer una excepción en mi caso, pues el deje irlandés era contagioso, y ¿qué dirían los padres si se presentaban sus hijos en casa hablando como Barry Fitzgerald o como Maureen O'Hara?

Yo quería trabajar en uno de sus colegios de los barrios residenciales de las afueras, en Long Island, en Westchester, donde los chicos y las chicas eran listos, alegres, sonrientes, atentos, tenían la pluma dispuesta mientras yo disertaba sobre *Beowulf, Los cuentos de Canterbury*, los Poetas Caballeros, los metafísicos. Me admirarían, y cuando los chicos y las chicas hubieran aprobado mis asignaturas, sus padres me invitarían sin duda a cenar en las mejores casas. Las madres jóvenes vendrían a hablarme de sus hijos, y quién sabe lo que podía pasar cuando no estaban los maridos, los hombres del traje gris, y yo deambulaba por los barrios residenciales persiguiendo a las esposas solitarias.

Tendré que olvidarme de los barrios residenciales. Tengo aquí, en mi regazo, el libro que me ayudará a superar mi primer día de enseñanza, *Tu mundo y tú*, y hojeo sus páginas que presentan una breve historia de los Estados Unidos desde el punto de vista económico, capítulos sobre la administración de los Estados Unidos, el sistema bancario, cómo interpretar las cotizaciones de Bolsa, cómo abrir una cuenta de ahorro, cómo llevar las cuentas domésticas, cómo conseguir créditos e hipotecas.

Al final de cada capítulo hay preguntas de datos y preguntas para el debate. ¿Cuáles fueron las causas de la caída de la Bolsa en 1929? ¿Cómo se puede evitar en el futuro? Si quieres ahorrar dinero y percibir intereses, ¿qué harás? (a) Guardarlo en un tarro (b) Invertirlo en la Bolsa japonesa (c) Meterlo debajo del colchón (d) Guardarlo en una cuenta de ahorros.

Hay sugerencias de actividades, con comentarios escritos a lápiz por un estudiante anterior. Reúne a tu familia y comenta con tu papá y tu mamá la economía de la familia. Muéstrales cómo pueden mejorar su contabilidad con lo que has aprendido con este libro. (Comentario: No te sorprendas si te pegan una paliza.) Visita con tu clase la Bolsa de Nueva York. (Se alegrarán de pasar un día sin clase.) Piensa en algún producto que pueda necesitar tu comunidad y pon en marcha una empresa pequeña para servirlo. (Prueba con los afrodisiacos.) Escribe a la Junta de la Reserva Federal dándoles tu opinión de ellos. (Diles que dejen un poco para los demás.) Entrevista a varias personas que recuerden la caída de la Bolsa de 1929 y redacta un informe de mil palabras. (Pregúntales por qué no se suicidaron.) Escribe un cuento en el que tú explicas el patrón oro a un niño de diez años. (Le ayudará a quedarse dormido.) Redacta un informe sobre lo que costó construir el puente de Brooklyn y sobre lo que podría costar ahora. Da datos concretos. (O te la cargas.)

El transbordador pasa cerca de la isla de Ellis y de la estatua de la Libertad y yo estoy tan preocupado por la Ciudadanía Económica que ni siquiera pienso en los millones de personas que desembarcaron aquí, ni en aquéllos a los que obligaron a volver con los ojos enfermos y con el pecho débil. No sé cómo seré capaz de plantarme delante de esos adolescentes americanos y de hablarles de los tres poderes del Estado y de predicarles las virtudes del ahorro, cuando yo, personalmente, debo dinero por todas partes. Y ahora que el transbordador se desliza en su amarradero, y con el día que me espera mañana, ¿por qué no me voy a regalar con unas cuantas cervezas en el bar de la Olla de Judías? Y después de esas cuantas cervezas, ¿por qué no voy a coger un tren hasta la Taberna del Caballo Blanco, en el Greenwich Village, para charlar con Paddy y con Tom Clancy y oírles cantar en la sala del fondo? Cuando llamo a Mike para darle la buena noticia del nuevo trabajo, ella me pregunta dónde estoy y me suelta un sermón sobre lo estúpido que es salir a beber cerveza la noche anterior al día más importante de mi vida, y me dice que más me vale traer el culo a casa si sé lo que me conviene. A veces habla como su abuela, quien siempre te está diciendo lo que tienes que hacer con el culo. Trae aquí el culo. Saca el culo de esa cama.

Mike tiene razón, pero es que ella estudió el bachillerato y sabrá lo que debe decir a sus clases cuando empiece a ejercer, y aunque yo tengo la licenciatura no sé lo que debo decir a las clases de la señorita Mudd. ¿Debo ser Robert Donat en *Adiós, mister Chips*, o Glenn Ford, en *Semilla de maldad*? ¿Debo entrar en el aula contoneándome como James Cagney, o debo irrumpir como un maestro irlandés, con una vara, una correa y un rugido? Si un alumno me tira zumbando un avión de papel, ¿debo encararme con él y decirle que como lo intentes otra vez, chico, te la cargas? ¿Qué debo hacer con los que se asoman por la ventana a llamar a gritos a sus amigos del otro lado del patio? Si se parecen a algunos de los alumnos de *Semilla de maldad*, serán duros, no me harán caso y el resto de la clase me despreciará.

Paddy Clancy deja de cantar en la sala del fondo del Caballo Blanco y me dice que no le gustaría estar en mi pellejo por nada del mundo. Todo el mundo sabe lo que son los institutos de secundaria en este país, eso es, selvas con pizarras. Con mi título universitario, ¿por qué no me he hecho abogado, u hombre de negocios, o cualquier cosa con la que pudiera ganar algo de dinero? Él conoce a varios profesores del Village y lo dejan en cuanto pueden.

Y tiene razón. Todo el mundo tiene razón, y con toda la cerveza que tengo en el cuerpo yo estoy demasiado confuso como para seguir preocupándome. Voy a mi apartamento y caigo en mi cama con toda la ropa puesta y, a pesar de que estoy agotado de la larga jornada y con la cerveza, no puedo dormir. Me levanto constantemente a leer capítulos de *Tu mundo y tú*, me pongo a prueba con las preguntas de datos, me imagino lo que voy a decir de la Bolsa, de la diferencia entre acciones y obligaciones, de los tres poderes del Estado, de la recesión de tal año, de la depresión de tal otro, y más me vale levantarme, salir y llenarme de café para que me saque adelante durante el resto del día.

Al amanecer me siento en un café de la calle Hudson con estibadores, camioneros, almacenistas, contadores. ¿Por qué no voy a vivir como ellos? Trabajan sus ocho horas al día, leen el *Daily News*, siguen el béisbol, se toman unas cervezas, van a sus casas con sus esposas, crían a sus hijos. Les pagan mejor que a los profesores y no tienen que preocuparse de *Tu mundo y tú* ni de los adolescentes enloquecidos por el sexo que no quieren estar en tu clase. Los trabajadores se pueden jubilar al cabo de veinte años y ponerse a tomar el sol en Florida esperando la hora de comer y de cenar. Yo podría llamar al Instituto de Formación Profesional y Técnico McKee y decirles: «Olvídenlo, quiero hacer una vida más tranquila.» Podría decir al señor Sorola que en el Almacén Baker y Williams buscan un contador, un trabajo que yo podría conseguir fácilmente con mi título universitario, y lo único que tendría que hacer el resto de mi vida sería estar de pie en el muelle de carga con albaranes en una libreta, comprobando lo que entra y lo que sale.

Entonces pienso lo que diría Mike Small si le digo: «No, hoy no he ido al Instituto McKee. He aceptado un puesto de contador en Baker y Williams.» Le daría una rabieta. Diría: «¿Tanto trabajo en la universidad para ser un maldito contador en el puerto?» Podría echarme de la casa y volver a los brazos de Bob, el jugador de fútbol americano, y yo estaría solo en el mundo, obligado a ir a los bailes irlandeses y a acompañar a su casa a las chicas que reservan su cuerpo para la noche de bodas.

Me avergüenzo de presentarme en este estado en mi primer día de profesor, con resaca de la Taberna del Caballo Blanco, dando botes por las siete tazas de café que me he tomado esta mañana, con los ojos como dos agujeros de meadas en la nieve, con barba negra de dos días en la cara, con la lengua saburrosa por falta de cepillo de dientes, con el corazón que me palpita en el pecho de fatiga y del miedo a las docenas de adolescentes americanos. Me arrepiento de haber salido de Límerick. Ahora podría seguir allí con un trabajo en Correos con derecho a pensión, siendo cartero, respetado por todos, casado con una chica agradable llamada Maura, criando a dos hijos, confesando mis pecados todos los sábados, en gracia de Dios todos los domingos, un baluarte de la comunidad, el orgullo de mi madre, muriendo en el seno de la Santa Madre Iglesia, llorado por un círculo numeroso de amigos y de parientes.

Hay un estibador sentado en una mesa del café que dice a un amigo suyo que su hijo se va a licenciar en junio en la Universidad Saint John, que él se ha estado partiendo el culo a trabajar todos esos años para enviar al chico a la universidad y que es el hombre más afortunado del mundo porque su hijo valora lo que hace por él. El día de la entrega de licenciaturas se felicitará a sí mismo por haber salido vivo de una guerra y por haber enviado a un hijo a la universidad, a un hijo que quiere ser profesor. Su madre está muy orgullosa de él porque ella también había querido ser profesora pero no había tenido la oportunidad, y esto es el premio de consolación. El día de la entrega de licenciaturas serán los padres más orgullosos del mundo, y eso es lo que importa, ¿verdad?

Si este estibador y Horace, el de los Almacenes Portuarios, supieran lo que estaba pensando yo, no tendrían paciencia conmigo. Me hablarían de la suerte que tengo de tener título universitario y la oportunidad de ser profesor.

La secretaria del instituto me dice que vaya a ver a la señorita Seested, quien me dice que vaya a ver al señor Sorola, quien me dice que vaya a ver al jefe de estudios, quien me dice que tengo que pasarme a ver a la secretaria del instituto para que me de mi tarjeta de fichar, y que por qué me enviaban a hablar con él, en todo caso.

La secretaria del instituto me dice: «Ah, ¿ya está otra vez por aquí?», y me enseña a meter la tarjeta en el reloj de fichar, a ponerla en mi ranura del lado de dentro y a pasarla al lado de fuera. Dice que siempre que tenga que salir del edificio, por cualquier motivo, incluso en mi hora de la comida, tengo que fichar al salir y volver a fichar al entrar, en su oficina, porque nunca se sabe cuándo puede hacer falta, nunca se sabe cuándo puede haber una emergencia, y no se puede consentir que los profesores entren y salgan, que vayan de aquí para allá a su aire. Me dice que vaya a ver a la señorita Seested, que pone cara de sorpresa. «Ah, otra vez por aquí», dice, y me da un libro de fichas rojo Delaney, el registro de asistencia a mis clases.

—Sabrá cumplimentarlo, claro —me dice, y yo finjo que sí por miedo a que me tome por tonto. Me manda de nuevo a la secretaria de la escuela para que recoja mi registro de asistencia a mi tutoría y tengo que mentir también a la secretaria diciéndole que sé cumplimentarlo. Dice que si tengo algún problema pregunte a los chicos. Saben más que los profesores.

Estoy temblando con la resaca y el café y el miedo a lo que me espera, cinco clases, una tutoría, un Encargo de Edificio, y me gustaría estar en el transbordador rumbo a Manhattan, donde podría sentarme ante un escritorio de un banco y tomar decisiones acerca de los créditos.

Los estudiantes me empujan en el pasillo. Dan empujones, forcejean y se ríen. ¿Es que no saben que yo soy profesor? ¿Es que no ven que llevo debajo del brazo dos registros de asistencia y *Tu mundo y tú*? Los maestros de Límerick no habrían consentido jamás ese desorden. Recorrían los pasillos con varas, y si no andabas como era debido, te daban con la vara en las piernas, vaya que sí.

Y ¿qué debo hacer con esta clase, la primera de toda mi vida profesional como profesor, con estos estudiantes de Ciudadanía Económica que se arrojan unos a otros tiza, gomas de borrar, bocadillos de mortadela? Sin duda, cuando entre y ponga los libros en el escritorio del profesor dejarán de tirar cosas. Pero no. No me hacen caso y yo no sé que hacer hasta que salen de mi boca las palabras, las primeras palabras que pronuncio en mi vida como profesor: «Dejad de tirar bocadillos.» Me miran como diciéndose: ¿Quién es este tipo?

El timbre señala el comienzo de la clase y los estudiantes se deslizan en sus asientos. Se intercambian murmullos, me miran, se ríen, vuelven a murmurar, y yo lamento haber llegado a pisar la isla de Staten. Se vuelven a mirar la pizarra que está en la pared lateral del aula, donde alguien ha escrito con grandes letras *La señorita Mudd se ha marchado. La vejestoria se ha gubilado,* y cuando ven que lo estoy mirando vuelven a murmurar y a reírse. Abro mi ejemplar de *Tu mundo y tú* como disponiéndome a impartir una lección, y entonces una muchacha levanta la mano.

—¿Sí?

—Profesor, ¿no va a pasar lista?

—Ah, sí, voy a pasar lista.

—Ése es mi trabajo, profesor.

Cuando sube contoneándose por el pasillo central hasta mi mesa, los chicos hacen ruidos, bu, bu, y ¿qué vas a hacer durante el resto de mi vida, Daniela? Se coloca detrás de mi escritorio, mira a la clase, y cuando se inclina para abrir el libro de fichas se aprecia claramente que la blusa le viene demasiado pequeña, y eso hace empezar de nuevo el bu, bu.

Ella sonríe porque sabe lo mismo que nos decían los libros de psicología en la Universidad de Nueva York, que una muchacha de quince años lleva un adelanto de varios años a un muchacho de esa misma edad, y que no significa nada que la inunden a bu, bus. Me dice en voz baja que ella ya sale con un estudiante de último curso, con un jugador de fútbol americano del Instituto Curtis, donde todos los chicos son listos y no son un montón de mecánicos de automóviles pringados de grasa como los de esta clase. Los chicos también lo saben, y por eso fingen llevarse las manos al corazón y desmayarse cuando ella lee sus nombres de las fichas. Tarda lo suyo con el registro de asistencia y yo, como un tonto, me quedo de pie a un lado, esperando. Sé que está provocando a los chicos, y me pregunto si también está jugando conmigo, demostrándome cómo controla a los chicos con una blusa bien rellena e impidiéndome hacer lo que yo quiera hacer respecto de la Ciudadanía Económica. Cada vez que lee el nombre de alguien que no asistió ayer, le pide un justificante de sus padres, y si el ausente no lo tiene ella le riñe y escribe una N en la ficha. Recuerda a la clase que con cinco N puedes llevarte un suspenso en tus notas y se vuelve a mí:

—¿Verdad que sí, profesor?

Yo no sé qué decir. Asiento con la cabeza. Me sonrojo.

—Oiga, profe, es usted cuco —dice otra muchacha en voz alta, y yo me sonrojo más que nunca. Los chicos se ríen a carcajadas y dan palmadas en la parte superior de los pupitres, y las chicas se sonríen las unas a las otras.

—Estás loca, Yvonne —dicen a la que me ha llamado cuco, y ella les dice:

—Pero lo es, es cuco de verdad.

Y yo me pregunto si se me quitará alguna vez el rubor de la cara, si llegaré a ser capaz de ponerme ahí de pie y de hablar de la Ciudadanía Económica, si estaré siempre a merced de Daniela y de Yvonne.

Daniela dice que ha terminado de pasar lista y que ahora necesita el pase para ir al baño. Coge de un cajón un trozo de madera y sale por la puerta balanceándose al andar mientras suena otro coro de bu, bus, y un chico dice en voz alta a otro:

—Joey, ponte de pie, Joey, vamos a ver cuánto la quieres, queremos verte de pie, Joey.

Y Joey se sonroja tanto que hay una oleada de risas y de risitas por el aula.

Ha pasado la mitad de la hora y todavía no he dicho una sola palabra de Ciudadanía Económica. Intento ser profesor, maestro. Tomo *Tu mundo y tú* y les digo:

—Muy bien, abrid el libro por el capítulo, esto, ¿por qué capítulo íbais?

—No íbamos por un capítulo.

—¿Quieres decir que no íbais por ningún capítulo? Ningún capítulo.

—No, lo que quiero decir es que no íbamos por un capítulo. La señorita Mudd no nos enseñaba *na*.

—La señorita Mudd no os enseñaba nada. Nada.

—Oiga, profesor, ¿por qué repite todo lo que digo? Na, nada. La señorita Mudd no nos molestaba nunca de esa manera. La señorita Mudd era buena.

Los demás asienten con la cabeza y murmuran: «Sí, la señorita Mudd era buena», y yo tengo la impresión de que debo competir con ella, a pesar de que ellos la hicieran jubilarse.

Alguien levanta la mano.

—¿Sí?

—Profesor, ¿es usted escocés o algo así?

—No. Irlandés.

—¿Ah, sí? A los irlandeses les gusta beber, ¿eh? Mucho whiskey, ¿eh? ¿Va a venir el día de Paddy?

—Vendré el día de San Patricio.

—¿No estará borracho y vomitando en el desfile como todos los irlandeses?

—He dicho que vendré. Está bien, abrid los libros.

Una mano.

—¿Qué libros, profesor?

—Este libro, *Tu mundo y tú*.

—Ese libro no lo hemos pillao, profesor.

—Ese libro no lo tenemos.

—Ya está repitiendo todo lo que decimos.

—Tenemos que hablar como es debido.

—Profesor, esta clase no es de Lengua. Esta es Zrudadanía Ecronómica. Se supone que debemos aprender cosas del dinero y todo eso y usted no nos enseña cosas del dinero.

Daniela vuelve en el momento en que se levanta otra mano.

—Profesor, ¿cómo se llama usted?

Daniela vuelve a dejar el pase en el escritorio y dice a la clase:

—Se llama McCoy. Me acabo de enterar en el baño, y no está casao.

Escribo mi nombre en la pizarra: Señor McCourt.

Una muchacha que está al fondo del aula dice en voz alta:

—Oiga, señor, ¿tiene novia?

Vuelven a reírse. Yo vuelvo a sonrojarme. Se dan codazos. Las chicas dicen: ¿verdad que es cuco?, y yo me refugio en *Tu mundo y tú*.

—Abrid los libros. Capítulo primero. Empezaremos por el principio. «Una breve historia de los Estados Unidos de América».

—Señor McCoy.

—McCourt. McCourt.

—Bueno, eso, ya sabemos todo eso de Colón y todo lo demás. Eso lo damos en clase de historia con el señor Bogard. Se va a enfadar si usted enseña historia, y a él le pagan para enseñar historia y no es el trabajo de usted.

—Yo tengo que enseñar lo que hay en el libro.

—La señorita Mudd no enseñaba lo que hay en el libro. A ella no le importaba una mierda, con perdón, señor McCoy.

—McCourt.

—Eso.

Y cuando suena el timbre y salen corriendo del aula, Daniela acude a mi escritorio y me dice que no me preocupe, que no haga caso a esos chicos, que son todos memos, que ella está haciendo el curso de comercio para ser secretaria jurídica y, quién sabe, podría llegar a ser abogada algún día, que ella se encargará de pasar lista y de todo.

—No aguante mierda de nadie, señor McCoy, y perdone la manera de hablar —me dice.

En la clase siguiente hay treinta y cinco chicas, todas vestidas de blanco con botones por delante desde el cuello hasta el borde inferior del vestido. La mayoría llevan el mismo peinado, el moño alto. No me hacen caso. Ponen en sus pupitres unas cajitas y se miran en espejos. Se depilan las cejas, se dan polvos en las mejillas con polveras, se ponen barra de labios y absorben los labios entre los dientes, se liman las uñas y soplan el polvo de las uñas. Yo abro el libro de fichas para leer sus nombres y ellas parecen sorprendidas.

—Ah, ¿es el sustituto? ¿Dónde está la señorita Mudd?

—Se ha jubilado.

—Ah, ¿va a ser nuestro profesor fijo?

—Sí.

Yo les pregunto en qué taller están, qué estudian.

—Cosmetología.

—¿Qué es eso?

—Cosmética. ¿Y cómo se llama usted, profesor?

Señalo mi nombre escrito en la pizarra: Señor McCourt.

—Ah, sí. Ya nos había *esplicao* Yvonne que era cuco.

Lo dejo pasar. Si intento corregir todos los errores gramaticales de estas clases no empezaré nunca con la Ciudadanía Económica y, lo que es peor, si me piden que les explique las reglas gramaticales, será fácil que les demuestre mi ignorancia. No voy a consentir ninguna distracción. Empezaré por el capítulo primero de *Tu mundo y tú*, «Una breve historia de los Estados Unidos». Voy pasando las páginas desde Colón, pasando por los Padres Peregrinos, por la Guerra de Independencia, por la Guerra de 1812, por la Guerra Civil, y hay una mano levantada y una voz al fondo del aula.

—¿Sí?

—Señor McCourt, ¿por qué nos está contando estas cosas?

—Os estoy contando esto porque no podéis entender la Ciudadanía Económica si no tenéis conocimientos de la historia de vuestro país.

—Señor McCourt, esta clase es de Lengua Inglesa. O sea, usted es el profesor y ni siquiera sabe la clase que está dando.

Se depilan las cejas, se liman las uñas, sacuden los moños altos, tienen lástima de mí. Dicen que tengo el pelo echo un desastre y que se ve claramente que no me he hecho la manicura en la vida.

—¿Por qué no se pasa por el taller de Cosmética y lo arreglamos?

Sonríen y se dan codazos y yo vuelvo a tener la cara encendida y dicen que también eso es cuco. Ay, jo, mirarlo. Es tímido.

Tengo que asumir el control. Tengo que ser el profesor. Después de todo, he sido cabo en el ejército de los Estados Unidos. Yo decía a los hombres lo que tenían que hacer, y que si no lo hacían haría que perdieran el culo porque estarían oponiéndose abiertamente a los reglamentos militares y se arriesgaban a un consejo de guerra. Me limitaré a decir a estas chicas lo que deben hacer.

—Retiradlo todo y abrid los libros.

—¿Qué libros?

—Los libros que tengáis de Lengua Inglesa.

—Lo único que tenemos es este *Gigantes en la tierra*, y es el libro más aburrido del mundo.

Y toda la clase corea: «Ajá, aburrido, aburrido, aburrido».

Me dicen que trata de una familia de Europa que está allá en la pradera y que todos están deprimidos y hablan de suicidarse y que nadie de la clase es capaz de terminar el libro porque te da ganas de suicidarte a ti también. ¿Por qué no pueden leer una buena novela de amor donde no salgan todos esos europeos tristes en la pradera? ¿O por qué no pueden ver películas? Podrían ver a James Dean, ay, Dios, James Dean, es increíble que haya muerto, podrían verlo y hablar de él. Ay, podrían pasarse toda la vida viendo a James Dean.

Cuando se marchan las chicas de Cosmética hay tutoría, un período de ocho minutos en el que tengo que ocuparme de las cuestiones administrativas de treinta y tres alumnos del taller de Artes Gráficas. Entran en bandada, todos chicos, y son serviciales. Me dicen lo que hay que hacer y que no me preocupe. Debo pasar lista, enviar a la señorita Seested una lista de los ausentes, recoger notas para justificar las ausencias, escritas supuestamente por los padres y por los médicos, repartir pases de transportes para el autobús, el tren, el transbordador. Un chico trae el contenido del buzón de la señorita Mudd, en la oficina. Hay notas y cartas de diversos funcionarios de la escuela y de otras entidades, notas que convocan a estudiantes díscolos para que reciban asesoramiento, solicitudes y exigencias de listas y de impresos y segundas y terceras peticiones. Al parecer, la señorita Mudd ha hecho caso omiso de todo su correo durante varias semanas y a mí me pesa la cabeza al pensar en el trabajo que me ha dejado.

Los chicos me dicen que no hace falta que pase lista todos los días, pero cuando empiezo ya no puedo dejarlo. La mayoría son italianos, y pasar lista es como una ópera ligera: Adinolfi, Buscaglia, Cacciamani, DiFazio, Esposito, Gagliardo, Miceli.

Debo dirigir a la clase en la recitación del Compromiso de Lealtad y en el canto de *Barras y Estrellas*. Yo apenas los conozco, pero eso no importa. Los chicos se ponen de pie, se ponen la mano en el corazón y recitan su propia versión del Compromiso de Lealtad: Me comprometo a ser leal a la bandera de la isla de Staten y a los ligues de una sola noche, una chica debajo de mí, invisible para todos, con amor y besos para mí, sólo para mí.

Cuando cantan *Barras y estrellas*, algunos tararean "You ain't nothin' but a hounddog".

Hay una nota del jefe de estudios que me pide que vaya a su oficina en la hora siguiente, la tercera, mi período de preparación, cuando se supone que debo preparar mis lecciones. Me dice que debo tener un plan de lección para cada clase y que los planes de lección tienen un formato normalizado, que debo insistir en que todos los alumnos lleven cuadernos limpios y ordenados, que debo asegurarme de que tienen forrados todos los libros de texto, se les quitan puntos si no los tienen, que debo comprobar que las ventanas están abiertas a quince centímetros de la parte superior, que al final de cada hora debo hacer que un alumno recorra el aula para recoger los desperdicios, que debo ponerme en la puerta para recibir a las clases cuando entran y cuando salen, que debo escribir claramente en la pizarra el título y el objetivo de cada lección, que no debo hacer jamás una pregunta que exija un sí o un no como respuesta, que no debo permitir ruidos innecesarios en el aula, que debo exigir a todos los alumnos que permanezcan en sus asientos a no ser que levanten la mano para pedir el pase del baño, que debo insistir en que los chicos se quiten las gorras, que debo dejar claro que a ningún alumno se le permite hablar sin levantar antes la mano. Debo asegurarme de que todos los alumnos permanezcan en el aula hasta el final de la hora, que no se les debe permitir salir del aula cuando suena el timbre de aviso, el cual he de saber que suena cinco minutos antes del final de la hora. Si se encuentra a mis alumnos en los pasillos antes del final de la hora, yo seré responsable ante el director en persona. ¿Alguna pregunta?

El jefe de estudios dice que habrá exámenes de mitad de curso dentro de dos semanas y que mis clases deberán centrarse en los temas que serán materia de examen. Los estudiantes de Lengua Inglesa deberán haber dominado listas de ortografía y de vocabulario, cien de cada tema, que deben tener en sus cuadernos, y si no las tienen perderán puntos, y deberán estar preparados para escribir redacciones sobre dos novelas. Los estudiantes de Ciudadanía Económica deberán haber cubierto más de la mitad de *Tu mundo y tú*.

Suena el timbre que anuncia la quinta hora, la de mi Encargo de Edificio, la cafetería del instituto. El jefe de estudios me dice que es un encargo fácil. Estaré allí con Jake Homer, el profesor al que más temen los chicos.

Subo las escaleras hacia la cafetería, la cabeza me palpita, tengo la boca seca y me gustaría poder marcharme en un barco con la señorita Mudd. En vez de ello me llevo empujones y codazos de los estudiantes en la escalera y me detiene un profesor que me exige que le enseñe el pase. Es bajo y grueso, y su cabeza calva le reposa sobre los hombros sin cuello. Me mira fijamente a través de sus gruesas gafas y su barbilla es una protuberancia con aire de desafío. Le digo que soy profesor y él no me cree. Me pide que le enseñe la ficha de programa.

—Ah, lo siento —dice—. Usted es McCourt. Soy Jake Homer. Estaremos juntos en la cafetería.

Lo sigo hasta el piso superior y por el pasillo hasta la cafetería de alumnos. Hay dos filas que esperan a que los sirvan en la cocina, una de chicos y otra de chicas. Jake me dice que ése es uno de los grandes problemas, el de mantener separados a los chicos y a las chicas. Dice que a esa edad son unos animales, sobre todo los chicos, y que no es culpa suya. Es la naturaleza. Si de él dependiera, mandaría a las chicas a otra cafetería aparte. Los chicos siempre se están pavoneando y presumiendo, y si a dos les gusta una misma chica lo más probable es que haya una pelea. Me dice que no intervenga en seguida si hay una pelea. Que deje a los pequeños desgraciados que se den y desahoguen. Es peor cuando llega el calor, en mayo, junio, cuando las chicas se quitan los jerséis y los chicos se vuelven locos por las tetas. Las chicas saben lo que hacen, y los chicos jadean como perros falderos. Nuestra tarea es mantenerlos separados, y si un chico quiere visitar la sección de las chicas tiene que venir aquí a pedir permiso. De lo contrario, tendríamos a doscientos chicos dándole a plena luz del día. También tenemos que montar guardia en la cafetería y asegurarnos de que los chicos devuelven las bandejas y los desperdicios a la cocina, asegurarnos de que limpian la zona de alrededor de sus mesas.

Jake me pregunta si he estado en el ejército, y cuando le digo que sí me dice:

—Apuesto a que cuando decidió hacerse profesor no sabía que tendría que formar parte de estos destacamentos de mierda. Apuesto a que no sabía que sería guardia de cafetería, supervisor de desperdicios, psicólogo, niñera, ¿eh? Esto demuestra el concepto que se tiene de los profesores en este país, el que tengamos que pasarnos horas de nuestras vidas viendo a estos chicos comer como cerdos y diciéndoles después que limpien. Los médicos y los abogados no van por ahí diciendo a la gente que limpie. En Europa no se ve a los profesores pringados con porquerías de esta especie. Allí, a un profesor de secundaria lo tratan como a un catedrático.

Un muchacho que lleva su bandeja a la cocina no advierte que se le ha caído de la bandeja un envoltorio de helado. Cuando vuelve hacia su mesa, Jake lo llama.

—Chico, recoge ese envoltorio de helado.

El muchacho adopta una actitud de desafío.

—Yo no lo he tirado.

—Chico, yo no te he preguntado si lo has tirado. Te he dicho que lo recojas.

—No tengo por qué recogerlo. Conozco mis derechos.

—Ven aquí, chico. Voy a decirte cuáles son tus derechos.

En la cafetería reina repentinamente el silencio. Mientras todos lo miran, Jake pellizca la piel del muchacho por encima de su omoplato izquierdo y se la retuerce en el sentido de las agujas del reloj.

—Chico, tienes cinco derechos —dice—. Número uno: te callas. Número dos: haces lo que te mandan. Y los tres restantes no cuentan.

Mientras Jake retuerce la piel al muchacho, éste intenta no hacer gestos de dolor, intenta quedar bien, hasta que Jake le retuerce la piel con tanta fuerza que al muchacho se le doblan las rodillas y exclama:

—Está bien, está bien, señor Homer, está bien. Recogeré el papel.

Jake lo suelta.

—Vale, chico. Veo que eres un chico razonable.

El muchacho vuelve cabizbajo a su asiento. Está avergonzado y yo sé que no tiene por qué estarlo. Cuando un maestro de la Escuela Nacional Leamy de Límerick atormentaba de ese modo a un muchacho, nosotros nos poníamos siempre en contra del maestro, y yo noto que aquí pasa lo mismo, en vista de cómo nos miran a Jake y a mí los estudiantes, los chicos y las chicas. Esto me hace preguntarme si llegaré alguna vez a ser tan estricto como un maestro irlandés, o tan duro como Jake Homer. Los profesores de psicología de la Universidad de Nueva York no nos dijeron nunca lo que debíamos hacer en tales casos, y eso era porque los catedráticos de universidad nunca tienen que encargarse de vigilar a los estudiantes en las cafeterías de los institutos. ¿Y qué pasará si Jake falta alguna vez y yo soy el único profesor presente, intentando tener controlados a doscientos estudiantes? Si digo a una muchacha que recoja un papel y ella se niega, está claro que no puedo retorcerle la piel del omoplato hasta que le tiemblen las rodillas. No, tendré que esperar a ser viejo y duro como Jake, aunque está claro que él tampoco retorcería la piel del omoplato de una chica. Es más educado con las chicas, las llama «querida» y les pregunta si quieren colaborar para mantener limpio este lugar. Ellas le dicen: «Sí, señor Homer», y él se aleja contoneándose y sonriente.

Se queda de pie a mi lado, cerca de la cocina, y me dice:

—Tienes que caerles encima a los pequeños desgraciados como si fueras una tonelada de ladrillos.

A continuación dice a un muchacho que está delante de nosotros:

—¿Sí, hijo?

—Señor Homer, tengo que devolverle el dólar que le debo.

—¿De qué, hijo?

—Del día que no tenía dinero para la comida el mes pasado. Usted me prestó un pavo.

—Déjalo, hijo. Cómprate un helado.

—Pero, señor Homer...

—Venga, hijo. Cómprate algo que te guste.

—Gracias, señor Homer.

—De nada, chico.

—Ése es un buen chico —me dice a mí—. Es increíble lo mal que lo pasa, pero sigue viniendo a la escuela. A su padre lo torturó, casi lo mató, una banda de musolinianos en Italia. Jesús, es increíble lo mal que lo pasan las familias de estos chicos, y eso que éste es el país más rico del mundo. Puede dar gracias de todo lo que tiene, McCourt. ¿Te importa que te llame Frank?

—En absoluto, señor Homer.

—Llámame Jake.

—De acuerdo, Jake.

Es mi hora de almorzar, y me indica el camino de la cafetería de profesores, en el piso superior. El señor Sorola me ve y me presenta a los profesores que están sentados en diversas mesas, el señor Rowantree, Artes Gráficas, el señor Kriegsman, Educación Sanitaria, el señor Gordon, Taller de Torno, la señorita Gilfinane, Arte, el señor Garber, Logopedia, el señor Bogard, Sociales, el señor Maratea, Sociales.

Cojo mi bandeja con un bocadillo y un café y me siento en una mesa desocupada, pero se me acerca el señor Bogard, me dice que se llama Bob y me invita a sentarme con los demás profesores y con él. A mí me gustaría quedarme solo porque no sé qué decir a nadie, y en cuanto abra la boca dirán: «Oh, es usted irlandés», y yo tendré que explicarles a qué se debe. No es tan malo como ser negro. El acento siempre lo puedes cambiar, pero el color de tu piel no lo puedes cambiar nunca, y debe de ser una lata ser negro y que la gente se piense que tienes que hablar de cuestiones negras sólo porque estás allí con esa piel. Puedes cambiar tu acento y la gente te dejará de decir de qué parte de Irlanda eran sus padres, pero cuando eres negro no tienes escapatoria.

Pero no puedo rehusar la propuesta del señor Bogard después de que se ha tomado la molestia de venir a mi mesa, y cuando estoy instalado con mi café y mi bocadillo los profesores se vuelven a presentar por sus nombres de pila. Jack Kriegsman me dice:

—Tu primer día, ¿eh? ¿Estás seguro de que quieres dedicarte a esto?

Algunos profesores se ríen y sacuden la cabeza como diciendo que se arrepienten de haberse metido en esto. Bob Bogard no se ríe. Se inclina sobre la mesa y dice:

—Si hay alguna profesión más importante que la enseñanza, que me digan cuál es.

Parece que nadie sabe qué decir después de esto, hasta que Stanley Garber me pregunta qué asignatura imparto.

—Lengua Inglesa. Bueno, no exactamente. Me hacen dar tres clases de Ciudadanía Económica —digo, y la señorita Gilfinane dice:

—Ah, eres irlandés. Qué agradable es oír aquí el deje.

Me dice de dónde procedían sus antepasados y me pregunta de dónde soy yo, cuándo he venido, si voy a volver, y por qué están luchando siempre los católicos y los protestantes en la Vieja Patria. Jack Kriegsman dice que son peores que los judíos y los árabes, y Stanley Garber no está de acuerdo. Stanley dice que los irlandeses de ambos bandos tienen una cosa en común por lo menos, el cristianismo, y que los judíos y los árabes son tan diferentes como la noche y el día.

—Gilipolleces —dice Jack, y Stanley replica con sarcasmo:

—Qué comentario tan inteligente.

Cuando suena el timbre, Bob Bogard y Stanley Garber me acompañan bajando la escalera y Bob me dice que conoce la situación en las clases de la señorita Mudd, que los chicos están descontrolados después de varias semanas sin que se diera clase y que si necesito ayuda se lo diga. Le digo que sí necesito ayuda, que me gustaría saber qué demonios debo hacer con las clases de Ciudadanía Económica a las que esperan los exámenes de mitad de curso dentro de dos semanas y que ni siquiera han visto el libro. ¿Cómo voy a dar las calificaciones para los boletines de notas sin ninguna base?

—No te preocupes —dice Stanley—. Al fin y al cabo, muchas de las calificaciones que aparecen en los boletines de notas de este instituto tampoco tienen ninguna base. Aquí hay chicos que tienen un nivel de lectura de tercero de primaria, y no es culpa tuya. Deberían estar en la escuela primaria, pero no es posible dejarlos allí porque miden un metro ochenta, son demasiado grandes para el mobiliario y dan problemas a los profesores. Ya lo verás.

Bob Bogard y él miran mi programa y sacuden la cabeza.

—Tres clases al final del día: es el peor programa posible que te puede tocar, imposible para un profesor nuevo. Los chicos han comido y están cargados de proteínas y de azúcar y quieren salir a hacer el tonto. Sexo. Es lo único que hay —dice Stanley—. Sexo, sexo, sexo. Pero eso es lo que te pasa cuando te presentas a mitad del curso y sustituyes a las señoritas Mudd del mundo.

—Buena suerte —dice Stanley.

—Si te puedo ayudar en algo, dímelo —dice Bob.

En las horas sexta, séptima y octava forcejeo con la proteína y con el azúcar y con el sexo sexo sexo, pero me veo reducido al silencio por una granizada de preguntas y de objeciones. ¿Dónde está la señorita Mudd? ¿Se ha muerto? ¿Se ha escapado con un hombre? Ja, ja, ja. ¿Es usted nuestro nuevo profesor? ¿Vamos a tenerlo para siempre jamás? Profesor, ¿tiene novia? No, no tenemos el *Mundo y tú*. Es un libro tonto. ¿Por qué no podemos hablar de películas? Yo tenía en quinto de primaria una profesora que hablaba siempre de películas, y la despidieron. Era una profesora estupenda. Profesor, no se olvide de pasar lista. La señorita Mudd siempre pasaba lista.

La señorita Mudd no tenía que pasar lista porque en todas las clases hay un monitor que se encarga de ello. El monitor suele ser una muchacha tímida que tiene el cuaderno limpio y buena letra. Por pasar lista le dan créditos de servicio, que le servirán para impresionar a las empresas cuando vaya a buscar trabajo en Manhattan.

Los estudiantes de Lengua Inglesa de segundo curso vitorean cuando se enteran de que la señorita Mudd se ha marchado para siempre. Era mala. Quería hacerles leer ese libro tan aburrido, *Gigantes en la tierra*, y decía que cuando terminaran con él tendrían que leerse *Silas Marner*, y Louis, el que se sienta junto a la ventana, que lee muchos libros, había dicho a todos que este libro trata de un viejo verde de Inglaterra y una niña pequeña, y en América no deberíamos leer libros así.

La señorita Mudd había dicho que tendrían que leerse *Silas Marner* porque llegaba el examen de mitad de curso y tendrían que escribir una redacción comparándolo con *Gigantes en la tierra*, y a los estudiantes de Lengua Inglesa de segundo curso en la octava hora les gustaría saber de dónde se ha sacado que se puede comparar un libro que trata de gente triste que vive en la pradera con un libro que trata de un viejo sucio de Inglaterra.

Vuelven a vitorear. Me dicen:

—No queremos leer algún libro tonto.

—Lo que queréis decir es que no queréis leer ningún libro tonto.

—¿Qué?

—Ah, nada.

Suena el timbre de aviso y ellos recogen los abrigos y las bolsas para salir en tropel por la puerta. Tengo que gritar:

—Sentaos. Ése es el timbre de aviso.

Ellos parecen sorprendidos.

—¿Qué pasa, profesor?

—No debéis marcharos cuando suena el timbre de aviso.

—La señorita Mudd nos dejaba marcharnos.

—Yo no soy la señorita Mudd.

—La señorita Mudd era agradable. Nos dejaba marcharnos. ¿Por qué es usted tan malo?

Salen por la puerta y no puedo detenerlos. El señor Sorola me espera en el pasillo para decirme que mis alumnos no deben salir cuando suena el timbre de aviso.

—Ya lo sé, señor Sorola. No pude detenerlos.

—Bueno, señor McCourt, un poco más de disciplina mañana, ¿eh?

—Sí, señor Sorola.

¿Está hablando en serio este hombre, o me está tomando el pelo?

XXXVII

Hay viejos limpiabotas italianos que recorren el transbordador de la isla de Staten en busca de clientes. Yo he pasado una noche dura y un día más duro todavía, y por qué no voy a gastarme un dólar, más veinticinco centavos de propina, en un limpiabotas, aunque este italiano viejo sacude la cabeza y me dice en su inglés chapurreado que debería comprar un par de zapatos nuevos a su hermano, que los vende en la calle Delancey, y que me haría un buen precio si le digo que vengo de parte de Alfonso, el del transbordador.

Cuando ha terminado sacude la cabeza y me dice que me cobrará sólo cincuenta centavos porque son los peores zapatos que ha visto desde hace años, unos zapatos de vagabundo, unos zapatos que no se pondrían a un muerto, y que debo ir a la calle Delancey y que no me olvide de decir a su hermano de parte de quién vengo. Le digo que no tengo dinero para comprarme un par nuevo, que acabo de empezar en un trabajo, y él me dice:

—Bueno, bueno, deme un dólar. Usted profesor, ¿verdad? —me dice.

—¿Cómo lo sabe? —le pregunto yo.

—Los profesores siempre tienen los zapatos fatales.

Le doy el dólar y la propina y él se marcha sacudiendo la cabeza y diciendo «limpia, limpia».

Es un día luminoso de marzo y da gusto sentarse en la cubierta al aire libre para ver a los turistas emocionados con sus cámaras fotográficas por la estatua de la Libertad, el largo dedo del río Hudson por delante y la silueta de

Manhattan que se nos va acercando. El agua está agitada, con pequeñas olas blancas de mar picada y la brisa que sopla hacia la bocana tiene un amago cálido de primavera. Ay, es agradable, y a mí me gustaría estar de pie allí en el puente pilotando este viejo transbordador de un lado a otro, de un lado a otro, entre los remolcadores, las chalanas, los cargueros y los cruceros que sacuden el agua de la bahía levantando olas que salpican la cubierta de automóviles del transbordador.

Sería una vida agradable, más fácil que enfrentarme todos los días con docenas de chicos de instituto con sus leves codazos, sus guiños y sus risitas secretas, con sus quejas y sus objeciones, o con esa manera suya de no hacerme caso como si yo fuera un mueble. Flota en mi cabeza un recuerdo de una mañana en la Universidad de Nueva York, una cara que dice: «¿No estaremos siendo un poco paranoicos?»

Paranoicos. Consulté lo que significaba. Si estoy delante de una clase y un chico susurra algo a otro y se ríen, ¿creeré que se están riendo de mí? ¿Imitarán mi acento y harán bromas a costa de mis ojos rojos, sentados en la cafetería? Sé que lo harán, porque nosotros hacíamos lo mismo en la Escuela Nacional Leamy, y si voy a preocuparme por eso más me valía pasarme el resto de mi vida en el departamento de créditos del Manufacturer's Trust Company.

¿Es esto lo que voy a hacer durante el resto de mi vida, coger el metro y después el transbordador de la isla de Staten, subir la cuesta hasta el Instituto de Formación Profesional y Técnico McKee, fichar, sacar un montón de papel de mi buzón, decir a mis alumnos clase tras clase día tras día, sentaos, por favor, abrid los cuadernos, sacad las plumas, ¿no tienes papel? toma papel, ¿no tienes pluma? que te dejen una, copiad las notas de la pizarra, ¿no ves desde allí? Joey ¿quieres cambiar de sitio con Brian? vamos, Joey, no seas tan, no, Joey, no te he llamado imbécil, sólo te he pedido que cambies de sitio con Brian que necesita gafas, ¿que no necesitas gafas, Brian? bueno, entonces ¿por qué tienes que cambiar de sitio? no importa, Joey, cámbiate sin más, ¿quieres? Freddie, guarda ese bocadillo, esto no es el comedor, no me importa que tengas hambre, no, no puedes ir al baño a comerte el bocadillo, no debes comer bocadillos en el retrete ¿qué pasa, María? ¿estás enferma, tienes que ir a ver a la enfermera? De acuerdo, toma un pase, Diane, ¿quieres acompañar a María a la oficina de la enfermera y decirme lo que dice la enfermera, no, ya sé que no te dirán a ti lo que le pasa, sólo quiero saber si va a volver a clase ¿qué pasa, Albert? ¿tú también estás enfermo? no, no lo estás, Albert, quédate allí sentado y haz tu ejercicio, ¿tienes que ver a la enfermera, Albert? ¿estás enfermo de verdad? ¿tienes diarrea? Bueno, toma, toma el pase para el servicio de chicos y no te pases ahí toda la hora, los demás terminad de copiar las notas de la pizarra, va a haber un examen, lo sabéis, ¿no? va a haber un examen, ¿qué pasa, Sebastian, se te ha acabado la tinta de la pluma? bueno, y ¿por qué no has dicho nada? sí, lo dices ahora, pero ¿no podías haberlo dicho hace diez minutos? ah, que no querías interrumpir a todos esos enfermos, muy amable por tu parte, Sebastian, ¿alguien tiene una pluma para prestársela a Sebastian? ay, vamos, ¿qué pasa, Joey? ¿que Sebastian es un qué? ¿un qué? no debes decir cosas así, Joey, Sebastian, siéntate, nada de peleas en clase, ¿qué pasa, Ann? ¿tienes que salir? ¿a dónde, Ann? ah, ¿que tienes la regla? Tienes razón, Joey, no hace falta que se lo diga a todo el mundo, ¿sí, Daniela? ¿que quieres acompañar a Ann al baño? ¿por qué? ah, porque no diquela, esto, no habla bien el inglés, y ¿qué tiene que ver eso con que tenga la...? ¿qué dices, Joey? que crees que las chicas no deberían hablar así, ya basta, Daniela, ya basta, no hace falta que insultes, ¿qué dices, Joey?, que eres religioso y que la gente no debería hablar así, está bien, ya basta, Daniela, ya sé que estás defendiendo a Ann que tiene que ir al retrete, al baño, pues ve, acompáñala, y los demás copiad las notas de la pizarra, ah, ¿tú tampoco ves? ¿quieres acercarte? Está bien, acércate, aquí hay un sitio libre, pero ¿dónde está tu cuaderno? ah, que te lo dejaste en el autobús, de acuerdo, necesitas papel, toma papel, ¿necesitas pluma? toma pluma, ¿que tienes que ir al baño? bueno, ve ve ve al baño, cómete un bocadillo, ve a charlar con tus amigos, Jesús.

—Señor McCoy.

—McCourt.

—No debe blasfemar de ese modo. No debe usar el nombre de Dios en vano de ese modo.

—Ay, señor McCourt, debería tomarse el día libre mañana, el día de Paddy —me dicen—. Jo, usted es irlandés. Debería ir al desfile.

Les gustaría igualmente que me tomase el día libre y me lo pasara en la cama. Los sustitutos de los profesores ausentes no se suelen molestar en pasar lista, y los alumnos se limitan a hacer novillos.

—Ay, vamos, señor McCourt, necesita tomarse un día libre con sus amigos irlandeses. O sea, si *estaría* en Irlanda no vendría a la escuela, ¿verdad?

Gruñen cuando aparezco en ese día.

—Ay, mierda, hombre, perdone la manera de hablar, ¿qué clase de irlandés es usted? Oiga, profesor, ¿es posible que salga esta noche con todos los irlandeses y que no venga mañana?

—Estaré aquí mañana.

Me regalan cosas verdes, una patata pintada con espray, una rosquilla verde, una botella de Heineken, porque es verde, un repollo con agujeros que representan los ojos, la nariz, la boca, y que lleva una gorrilla verde de duende irlandés que han preparado en el taller de arte. El repollo se llama Kevin y tiene una novia, una berenjena que se llama Maureen. Hay una tarjeta de felicitación que mide sesenta por sesenta centímetros en la que me desean Feliz Día de San Paddy, con un collage de cosas verdes de papel, tréboles, *shillelaghs*, botellas de whiskey, un dibujo de un *corned beef* verde, San Patricio que lleva un vaso de cerveza verde en vez de su báculo y que dice: «A fe mía, voto a Dios, hoy es un gran día para los irlandeses», un dibujo que me representa a mí diciendo: «Besadme, soy irlandés.» La tarjeta está firmada por docenas de estudiantes de mis cinco clases y está decorada con caras alegres con forma de trébol.

Las clases están bulliciosas.

—Oiga, señor McCourt, ¿por qué no va de verde?

—Porque no le hace falta, estúpido, es irlandés.

—Señor McCourt, ¿por qué no va usted al desfile?

—Porque acaba de empezar en este trabajo. Jesús, sólo lleva aquí una semana.

El señor Sorola abre la puerta.

—¿Todo bien, señor McCourt?

—Ah, sí.

Se acerca a mi escritorio, mira la tarjeta, sonríe.

—Deben de apreciarle, ¿eh? ¿Y cuánto tiempo lleva aquí? ¿Una semana?

—Casi.

—Bueno, esto es muy bonito, pero procure que vuelvan al trabajo.

Se dirige a la puerta y lo despiden con un «Feliz día de Paddy, señor Sorola», pero él se marcha sin volverse. Cuando alguien del fondo del aula dice: «El señor Sorola es un *guinea* miserable», hay una riña que sólo termina cuando les amenazo con hacerles un examen sobre *Tu mundo y tú*. Entonces alguien dice:

—Sorola no es italiano. Es finlandés.

—¿Finlandés? ¿Qué es finlandés?

—De Finlandia, estúpido, donde están siempre a oscuras.

—No tiene aspecto de finlandés.

—¿Y qué aspecto tienen los finlandeses, so caramierda?

—No lo sé, pero él no tiene aspecto. Podría ser siciliano.

—No es siciliano. Es finlandés, y me juego un dólar. ¿Alguien quiere apostar?

Nadie quiere aceptar la apuesta, y yo les digo:

—Muy bien, abrid los cuadernos.

Se indignan.

—¿Que abramos los cuadernos? Es el día de Paddy y nos dice que abramos los cuadernos, después de que le hemos dado la tarjeta y todo lo demás.

—Ya lo sé. Gracias por la tarjeta, pero éste es un día lectivo normal, va a haber exámenes y tenemos que cubrir *Tu mundo y tú.*

Un suspiro recorre el aula y el día ha perdido su color verde.

—Ay, señor McCourt, si usted supiera cuánto odiamos ese libro.

—Ay, señor McCourt, ¿no nos puede hablar de Irlanda o algo así?

—Señor McCourt, háblenos de su novia. Debe de tener una novia guapa. Usted es la mar de cuco. Mi madre está divorciada. Le gustaría conocerle.

—Señor McCourt, yo tengo una hermana de su edad. Tiene un trabajo importante en un banco. Le gusta toda esa música antigua, Bing Crosby y tal.

—Señor McCourt, he visto en la televisión esa película irlandesa, *El hombre tranquilo,* y John Wayne pegaba a su mujer, cómo se llamaba, y ¿es eso lo que hacen en Irlanda, pegar a sus mujeres?

Son capaces de cualquier cosa con tal de librarse de *Tu mundo y tú.*

—Señor McCourt, ¿criaban cerdos en la cocina?

—No teníamos cocina.

—Ya, pero, si no tenían cocina, ¿como cocinaban?

—Teníamos una lumbre donde hervíamos el agua para el té, y comíamos pan.

No se creían que no tuviésemos electricidad, y me preguntaron cómo refrigerábamos la comida. El que me preguntó lo de los cerdos en la cocina dijo que todo el mundo tiene nevera, hasta que otro chico le dijo que se equivocaba, que su madre se había criado en Sicilia y que no tenía nevera, y que si el chico de los cerdos en la cocina no le creía se verían después de clase en un callejón oscuro y sólo saldría uno de los dos. Algunas chicas de la clase les dijeron que se tranquilizaran, y una dijo que le daba tanta pena que yo me hubiera criado así que si ella pudiera volver atrás en el tiempo me llevaría a su casa y me dejaría darme un buen baño todo el tiempo que quisiera, y después me dejaría comerme todo lo que hubiera en la nevera, todo. Las chicas asintieron con la cabeza y los chicos guardaron silencio, y yo me alegré de que sonara el timbre para poder huir al servicio de profesores con mis extrañas emociones.

Estoy aprendiendo el arte de la táctica dilatoria de los estudiantes de instituto, cómo aprovechan cualquier ocasión para evitar el trabajo del día. Adulan y engatusan y se llevan las manos al corazón afirmando que se mueren de ganas de que les cuente todo lo de Irlanda y de los irlandeses, que me lo habrían pedido hace varios días pero que lo habían dejado para el día de San Patricio, sabiendo que yo querría celebrar mi patrimonio cultural y mi religión y todo lo demás, y que si quería hablarles de la música irlandesa, y que si es verdad que Irlanda está siempre verde y que las chicas tienen esas naricitas respingonas tan cucas y que los hombres beben beben beben, ¿es verdad, señor McCourt?

Se oyen amenazas y promesas a media voz por el aula.

—Hoy no me quedo en el instituto. Me voy al desfile en la ciudad. Todas las escuelas *cátlicas* tienen hoy el día libre. Yo soy *cátlico*. ¿Por qué no voy a tener yo el día libre? Que se joda esto. Después de esta hora vais a verme el culo en el transbordador. ¿Te vienes, Joey?

—No. Mi madre me mataría. Yo no soy irlandés.

¿Y qué? Yo tampoco no soy irlandés.

—Los irlandeses sólo quieren irlandeses en ese desfile.

—Gilipolleces. Tienen negros en el desfile, y si tienen negros, ¿por qué me voy a quedar yo aquí, si soy *cátlico* italiano?

—No les gustará.

—No me importa. Los irlandeses ni siquiera estarían aquí si no fuera porque Colón descubrió este país, y era italiano.

—Mi tío dice que era judío.

—Ay, bésame el culo, Joey.

Hay un murmullo de emoción en el aula y algunos piden: «Una pelea, una pelea, dale, Joey, dale», porque una pelea es otra manera de pasar el tiempo y de impedir que el profesor imparta la lección.

Ha llegado el momento de que intervenga el profesor.

—Muy bien, muy bien, abrid los cuadernos.

Y se oyen exclamaciones de dolor:

—Los cuadernos, los cuadernos, señor McCourt, ¿por qué nos hace esto? No queremos el *Tu mundo y tú* el día de Paddy. La madre de mi madre era irlandesa, y deberíamos tener respeto. ¿Por qué no nos habla de la escuela en Irlanda? ¿Por qué no?

—Está bien.

Soy un profesor nuevo y he perdido mi primera batalla y todo es por culpa de San Patricio. Hablo a esta clase, y a todas mis clases durante el resto del día, de la escuela en Irlanda, de los maestros con sus varas, sus correas, sus palmetas, de cómo teníamos que aprenderlo todo de memoria y recitarlo, de que los maestros nos habrían matado si hubiésemos intentado alguna vez pelearnos en sus aulas, de que no se nos permitía hacer preguntas ni tener debates, de que salíamos de la escuela a los catorce años y nos hacíamos recaderos o parados.

Les hablo de Irlanda porque no me queda otra posibilidad. Mis alumnos han tomado el mando ese día y yo no puedo hacer nada al respecto. Podría amenazarles con *Tu mundo y tú* y con *Silas Marner* y convencerme a mí mismo de que yo tenía el control, de que estaba enseñando, pero sé que habría una tromba de solicitudes de pases para ir al servicio, a la enfermera, al asesor de orientación, y «¿Me puede dar el pase para llamar a mí tía, que se está muriendo de cáncer en Manhattan?» Si hoy me empeñara en ceñirme al plan de estudios, me encontraría hablando solo, y mi instinto me dice que un grupo de estudiantes con experiencia en un aula americana son capaces de imponerse a un profesor sin experiencia.

—¿Y el instituto de secundaria, señor McCourt?

—No asistí.

—Sí, se nota —dice Sebastian. Y yo me prometo a mí mismo: «Ya te pillaré más tarde, pequeño desgraciado.»

—Cállate, Sebastian —le dicen.

—Señor McCourt, ¿no había institutos de secundaria en Irlanda?

—Había institutos a docenas, pero a los chicos de mi escuela no nos animaban a asistir a ellos.

—Vaya, me encantaría vivir en un país donde no hubiera que ir al instituto.

En la cafetería de profesores existen dos corrientes de pensamiento. Los veteranos me dicen:

—Eres joven, eres nuevo, pero no consientas que esos malditos chicos se te desmanden. Que se enteren de quién manda en el aula y, recuerda, el que manda eres tú. Lo que importa en la enseñanza es el control. Sin control no puedes enseñar. Tú tienes el poder de aprobar y de suspender, y ellos saben perfectamente que si suspenden no hay sitio para ellos en esta sociedad. Se encontrarán barriendo las calles y fregando los platos, y será culpa suya, los pequeños desgraciados. No aguantes mierda, eso es todo. Tú eres el jefe, el hombre del rotulador rojo.

La mayoría de los veteranos superaron la Segunda Guerra Mundial. No quieren hablar de ella, si no es para aludir de pasada a los malos momentos en Montecassino, en la batalla de las Ardenas, en los campos japoneses para prisioneros de guerra, en cuando entraron sobre un tanque en un pueblo alemán y se pusieron a buscar a la familia de su madre. Ves todo esto y no estás dispuesto a aguantar mierda de esos chicos. Has combatido para que ellos pudieran sentar el culo en la escuela todos los días y para que les dieran la comida escolar de la que tanto se quejan constantemente, y eso es más de lo que tuvieron nunca tu padre y tu madre.

Los profesores más jóvenes no están tan seguros. Han estudiado las asignaturas de Psicología Pedagógica y de Filosofía de la Educación, han leído a John Dewey, y me dicen que esos niños son seres humanos y que tenemos que cubrir sus necesidades sentidas.

Yo no sé qué es una necesidad sentida y no lo pregunto por miedo a desvelar mi ignorancia. Los profesores más jóvenes sacuden la cabeza al oír a los más viejos. Me dicen que la guerra ha terminado, que esos niños no son el enemigo. Son nuestros hijos, por Dios.

Un profesor más viejo dice:

—Necesidades sentidas, y una leche. Salta de un avión sobre un campo lleno de boches y entonces sabrás lo que es una necesidad sentida. Y John Dewey también puede besarme el culo. Como todos los demás catedráticos condenados que cuentan gilipolleces de lo que es enseñar en los institutos de secundaria, pero que no reconocerían a un chico de instituto aunque se les pusiera delante y les mease en la pierna.

—Eso es —dice Stanley Garber—. Todos los días nos ponemos la armadura y entramos en combate.

Todos se ríen porque Stanley tiene el trabajo más fácil de todo el instituto, es profesor de logopedia, sin papeleos, sin libros, y ¿qué demonios sabrá él lo que es entrar en combate? Él se sienta detrás de su escritorio y pregunta a los alumnos de sus clases poco numerosas de qué les gustaría hablar ese día, y lo único que tiene que hacer es corregir su pronunciación. Me dice que cuando llegan al instituto en realidad es demasiado tarde para hacer algo por ellos. Esto no es *My Fair Lady* y él no es el profesor Henry Higgins. Los días que no está de humor o que ellos no quieren hablar los manda a la porra y se viene a la cafetería a discutir la situación terrible de la educación en América.

El señor Sorola dirige una sonrisa a Stanley a través del humo de su cigarrillo.

—Así pues, señor Garber, ¿qué se siente al estar jubilado? —le dice.

—Usted lo sabrá, señor Sorola —dice Stanley, devolviéndole la sonrisa—. Usted lleva jubilado varios años.

A todos nos gustaría reírnos, pero con los directores nunca se sabe.

Cuando digo a mis alumnos que traigan a clase sus libros, ellos aseguran:

—La señorita Mudd no nos dio nunca libros.

Los de las clases de Ciudadanía Económica dicen:

—No sabemos nada de *Tu mundo y tú*.

Y los de las clases de Lengua Inglesa dicen que no han visto nunca *Gigantes en la tierra* ni *Silas Marner*. El jefe de estudios dice:

—Claro que se les dieron los libros, y cuando se les dieron ellos tuvieron que firmar recibos de libros. Mire en el escritorio de la señorita Mudd, perdón, en el escritorio de usted, y los encontrará.

En el escritorio no hay ningún recibo de libros. Hay folletos de viajes, libros de crucigramas, un surtido de impresos, directrices, cartas que escribió la señorita Mudd y no envió, algunas cartas que le escribieron antiguos alumnos suyos, una biografía de Bach en alemán, una biografía de Balzac en francés, y cuando yo pregunto: «¿No entregó libros la señorita Mudd, y no firmasteis vosotros recibos de libros?», el aula se llena de caras de inocencia. Se miran los unos a los otros y sacuden las cabezas. «¿Te dieron a ti un libro?» «Yo no recuerdo que me dieran un libro.» «La señorita Mudd no hacía nunca nada.»

Sé que están mintiendo, porque en cada clase hay dos o tres que tienen libros y sé que recibieron los libros de la manera normal. El profesor los reparte. El profesor recoge los recibos de libros. Yo no quiero poner en un apuro a los alumnos que tienen los libros preguntándoles cómo los consiguieron. No puedo hacer que dejen por mentirosos a sus compañeros.

El jefe de estudios me detiene en el pasillo.

—Bueno, ¿qué pasa con esos libros? —me pregunta, y cuando le digo que no puedo poner en un apuro a los alumnos que tienen los libros, él me dice «Gilipolleces», e irrumpe en mi clase en la hora siguiente.

—Muy bien, que levanten la mano los que tengan libros.

Hay una mano levantada.

—Muy bien, ¿de dónde has sacado ese libro?

—Esto, me lo dio, esto, la señorita Mudd.

—¿Y firmaste un recibo?

—Esto, sí.

—¿Cómo te llamas?

—Julio.

—Y cuando recibiste ese libro, ¿no lo recibieron también los demás de la clase?

Siento que el corazón me palpita con fuerza y estoy irritado porque, aunque yo sea un profesor nuevo, ésta es mi clase y nadie tiene por qué irrumpir aquí y poner en un apuro a uno de mis alumnos y, Dios, tengo que decir algo. Tengo que interponerme entre este muchacho y el jefe de estudios.

—Ya se lo he preguntado a Julio —digo al jefe de estudios—. Ese día faltó a clase y la señorita Mudd le dio el libro al final del día.

—Conque sí. ¿Es verdad eso, Julio?

—Sí.

—Y los demás, ¿cuándo recibisteis los libros?

Se produce un silencio. Saben que he mentido y Julio sabe que he mentido, y el jefe de estudios sospecha seguramente que he mentido, pero no sabe qué hacer.

—Llegaremos al fondo de la cuestión —dice, y se marcha.

Corre la voz de clase en clase, y al día siguiente hay un libro en cada pupitre, *Tu mundo y tú* y *Silas Marner*, y cuando vuelve el jefe de estudios con el señor Sorola no sabe qué decir. El señor Sorola esboza su sonrisita.

—De modo, señor McCourt, que hemos vuelto al trabajo, ¿eh?

Puede que haya libros en todas las mesas en este día en que los alumnos y el profesor se han unido para hacer frente común ante los intrusos, al jefe de estudios, al director, pero cuando éstos se marchan termina la luna de miel y hay un coro de protestas por estos libros, por lo aburridos que son, por lo pesados que son, y ¿por qué tienen que traerlos al instituto todos los días? Los estudiantes de Lengua Inglesa dicen que, bueno, *Silas Marner* es un libro pequeño, pero para traer *Gigantes en la tierra* hay que haber desayunado bien, con lo gordo y lo aburrido que es. ¿Tendrán que traerlo todos los días? ¿Por qué no pueden dejarlo en el armario del aula?

—¿Cómo vais a leerlo si lo dejáis en el armario?

—¿Por qué no podemos leerlo en clase? Todos los demás profesores dicen a sus clases: Bueno, Henry, lee tú la página diecinueve, bueno, Nancy, lee tú la página veinte, y así es como terminan el libro, y cuando están leyendo podemos bajar la cabeza y echar una siesta, ja, ja, ja, sólo era una broma, señor McCourt.

XXXVIII

En Manhattan, mi hermano Malachy lleva con dos socios un bar llamado El Bar de Malachy. Hace teatro con la compañía Actores Irlandeses, sale en la radio y en la televisión y su nombre aparece en los periódicos. Eso me da fama en el Instituto de Formación Profesional y Técnico McKee. Ahora mis alumnos saben cómo me llamo y ya no soy el señor McCoy.

—Oiga, señor McCourt, he visto a su hermano en la televisión. Es un tío loco.

—Señor McCourt, mi madre ha visto a su hermano en la televisión.

—Señor McCourt, ¿por qué no sale usted en la televisión? ¿Por qué no es más que un profesor?

—Señor McCourt, usted tiene acento irlandés. ¿Por qué no puede ser divertido como su hermano?

—Señor McCourt, usted podría salir en la televisión. Podría hacer una historia de amor con la señorita Mudd, cogerla de la mano en un barco y besarle la cara vieja y arrugada.

Los profesores que se aventuran a ir al centro, a Manhattan, me dicen que ven a Malachy en el teatro.

—Ay, qué divertido es tu hermano. Fuimos a saludarle después de la representación y le dijimos que éramos compañeros tuyos y él estuvo muy amable; pero, chico, cómo le gusta beber.

Mi hermano Michael se ha licenciado de las fuerzas aéreas y está trabajando con Malachy tras la barra. Si la gente quiere invitar a mis hermanos a una copa, quiénes son ellos para negarse. Es chin chin, salud, *slainte* y *skoal*. Cuando cierra el bar no es preciso que vuelvan a su casa. Hay sitios que abren después de horas donde pueden beber e intercambiar anécdotas con inspectores de policía y con las amables dueñas de los mejores burdeles del Upper East Side. Pueden tomar el desayuno en Rubin, en Central Park Sur, donde siempre hay famosos que te hacen volver la cabeza.

Malachy era célebre por su «Adelante, chicas, y que se vayan al infierno los viejos pedos que suben y bajan por la Tercera Avenida». Los propietarios de bares antiguos miraban con desconfianza a una mujer sola. No quería nada bueno y no había lugar para ella en la barra. Ponedla por ahí, en un rincón oscuro, y no le sirváis más de dos copas, y al menor indicio de que un hombre se acerca a ella, se va a la calle sin más.

Cuando abrió el bar de Malachy, corrió la voz de que las chicas de la Residencia Femenina Barbizon se sentaban en los taburetes de la barra, y no tardaron en acudir en bandada los hombres procedentes del P. J. Clarke, del Toots Shor, de El Morocco, seguidos de una nube de periodistas de la prensa del corazón, deseosos de contar las andanzas de los famosos y las últimas extravagancias de Malachy. Había playboys con sus señoras, pioneros de la jet set. Eran herederos de unas fortunas tan antiguas y tan profundas que sus ramificaciones se extendían hasta las profundidades oscuras de las minas de diamantes de Sudáfrica. Invitaban a Malachy y a Michael a fiestas en pisos de Manhattan tan amplios que al cabo de varios días aparecían invitados en habitaciones olvidadas. Había fiestas de baño nudista en los Hamptons y fiestas en Connecticut donde los hombres ricos montaban a las mujeres ricas que montaban a los caballos de pura sangre.

El presidente Eisenhower dedica el tiempo que le deja libre el golf para firmar alguna que otra ley y para prevenirnos contra el complejo industrial-militar, y Richard Nixon observa y espera mientras Malachy y Michael sirven copas y hacen que todos se rían y que pidan más, más copas, Malachy, más anécdotas, Michael, los dos sois la monda.

Mientras tanto, mi madre, Angela McCourt, toma té en su cómoda cocina de Límerick, oye lo que le cuentan los que la visitan acerca de las juergas de Nueva York, ve recortes de prensa que hablan de las apariciones de Malachy en *El show de Jack Paar*, y no tiene nada más que hacer que tomarse ese té, tener la casa bien caliente y estar ella misma bien y caliente, cuidar de Alphie ahora que ha terminado la escuela y está preparado para empezar en un trabajo, sea el que sea, y qué bonito sería que Alphie y ella pudieran hacer un viajecito a Nueva York, porque lleva siglos sin ir allí y sus hijos, Frank, Michael, Malachy, están allí y les va tan bien.

Mi apartamento de agua fría de la calle Downing es incómodo y yo no puedo hacer nada al respecto debido a lo reducido de mi sueldo de profesor y a los pocos dólares que envío a mi madre hasta que mi hermano Alphie encuentre trabajo. Cuando me mudé compré queroseno para mi estufa de hierro colado al jorobadito italiano de la calle Bleecker.

—Sólo hace falta poner un poquito en la estufa —me dijo, pero yo debí de poner demasiado, porque la estufa se convirtió en una gran cosa roja y viva en mi cocina, y como yo no sabía bajarla ni apagarla huí del apartamento y me marché a la Taberna del Caballo Blanco, donde me pasé toda la tarde sentado en un estado terrible de nervios esperando oír el bum de la explosión y las sirenas y las bocinas de los coches de bomberos. Entonces tendría que decidirme entre volver a los restos humeantes del número 46 de la calle Downing mientras sacaban cadáveres carbonizados y enfrentarme a los inspectores del cuerpo de bomberos y de la policía, o llamar a Alberta en Brooklyn, decirle que mi edificio estaba reducido a cenizas, que todas mis pertenencias habían desaparecido, y preguntarle si veía la manera de acogerme durante unos días hasta que yo pudiera encontrar otro apartamento de agua fría.

No hubo ninguna explosión ni ningún incendio, y yo me sentí tan aliviado que me pareció que me merecía un baño, un rato en la bañera, un poco de paz, tranquilidad y comodidad, como diría mi madre.

Está muy bien relajarse en una bañera en un apartamento de agua fría, pero hay un problema con la cabeza. El apartamento es tan frío que si pasas el tiempo suficiente en la bañera, se te empieza a helar la cabeza y no sabes qué hacer con ella. Si te metes bajo el agua, con cabeza y todo, sufres cuando sales y el agua caliente que tienes en la cabeza se hiela y entonces tiemblas y estornudas desde la barbilla para arriba.

Y en un apartamento de agua fría no se puede leer cómodamente en la bañera. Por mucho que el cuerpo que está sumergido en el agua caliente se ponga rosado y arrugado del calor, las manos que sujetan el libro se ponen moradas de frío. Si el libro es pequeño, puedes cambiar de mano, sujetando el libro con una mano mientras la otra está en el agua caliente. Ésta podría ser la solución del problema de la lectura, si no fuera porque la mano que estaba en el agua ahora está mojada y amenaza con empapar el libro, y no puedes echar mano de la toalla cada pocos minutos porque quieres que esa toalla esté caliente y seca al final de tu rato en la bañera.

Pensé que podría resolver el problema de la cabeza poniéndome una gorra de esquiador de punto, y el problema de las manos con un par de guantes baratos, pero después me inquieté al pensar que si me moría de un ataque al corazón los de la ambulancia se preguntarían qué hacía yo con una gorra y unos guantes en la bañera, y naturalmente darían el soplo de este descubrimiento al *Daily News* y yo sería el hazmerreír del Instituto de Formación Profesional y Técnico McKee y de los parroquianos de diversos bares.

A pesar de todo, me compré la gorra y los guantes, y el día en que no se produjo la explosión llené la bañera de agua caliente. Decidí tratarme bien, olvidarme de leer y meterme bajo el agua siempre que quisiera para que no se me helara la cabeza. Puse en la radio una música adecuada para un hombre que había superado una tarde terrorífica con una estufa peligrosa, enchufé mi manta eléctrica y la dispuse sobre una silla junto a la bañera para, al salir, poder secarme rápidamente con la toalla rosa que me había regalado Alberta, abrigarme con la manta eléctrica, ponerme la gorra y los guantes y echarme en la cama bien cómodo y calentito. Vi cómo azotaba la nieve mi ventana, di gracias a Dios porque se hubiera enfriado sola la estufa y me quedé dormido leyendo *Anna Karenina*.

El inquilino que vive debajo de mí es Bradford Rush, quien se mudó al apartamento cuando le hablé de él en el turno de medianoche del Manufacturer's Trust Company. Si alguien del banco le llamaba Brad él replicaba con voz cortante: «Bradford, Bradford, me llamo Bradford»; era tan desagradable que nadie quería hablar con él, y cuando salíamos a desayunar, o a almorzar, o a como quisiéramos llamarlo, a las tres de la madrugada, nunca lo invitábamos a que nos acompañase. Después, una de las mujeres que se marchaba para casarse lo invitó a tomar una copa con nosotros y él, después de tomarse tres copas, nos contó que era de Colorado, licenciado en la Universidad de Yale, y que estaba viviendo en Nueva York para superar el suicidio de su madre, que se había pasado seis meses dando alaridos con cáncer de huesos. La mujer que se marchaba para casarse se echó a llorar al oír su relato, y nos preguntamos por qué demonios tuvo Bradford que empañar de tal modo nuestra fiestecita. Eso mismo le pregunté aquella noche en el metro, camino de la calle Downing, pero la única respuesta que me dio fue una sonrisita y yo me pregunté si estaba bien de la cabeza. Me pregunté por qué hacía un trabajo administrativo en un banco si tenía un título de una universidad de la *Ivy League* y podía estar en Wall Street con la gente como él.

Más tarde me pregunté por qué no se limitó a decirme que no en mi momento de crisis, aquel día·glacial de abril en que me cortaron la electricidad por falta de pago. Llegué a mi casa con intención de darme la paz, la tranquilidad y la comodidad de un baño caliente en la bañera de la cocina. Dispuse la manta eléctrica sobre la silla, encendí la radio. No salió ningún sonido. La manta no daba calor, la lámpara no daba luz.

El agua caía hirviendo en la bañera y yo estaba desnudo. Ahora tenía que ponerme la gorra, los guantes y los calcetines, abrigarme con una manta eléctrica que no daba calor y maldecir a la compañía que me había cortado la electricidad. Todavía era de día, pero yo sabía que yo no podía seguir en esas condiciones

Bradford. Sin duda no le importaría hacerme un pequeño favor.

Llamé a su puerta y él me abrió con su aire lúgubre habitual.

—¿Sí?

—Bradford, arriba estoy en una situación crítica.

—¿Por qué estás abrigado con esa manta eléctrica?

—De eso he venido a hablarte. Me han cortado la electricidad y no tengo más calor que esta manta, y había pensado que si echaba un cable alargador por mi ventana tú podrías cogerlo y enchufarlo y así yo tendría electricidad hasta que pudiera pagar mi factura, lo cual haré muy pronto, te lo prometo.

Me di cuenta de que no quería hacerlo, pero asintió levemente con la cabeza y recogió mi alargador cuando lo dejé caer. Di tres golpes en el suelo confiando en que entendería que le estaba dando las gracias, pero no hubo respuesta, y cuando me lo encontraba en las escaleras apenas daba señales de reconocer mi presencia y yo sabía que estaba dando vueltas a la cuestión del alargador. El profesor del taller de Electricidad del Instituto McKee me dijo que un montaje como aquél costaría unos centavos miserables al día, y que no entendía por qué podría causar resentimiento a alguien. Me dijo que podía ofrecer al tacaño desgraciado unos dólares por la gran molestia de tener un cable conectado a un enchufe, pero que al fin y al cabo las personas así eran tan miserables que no era por el dinero. Era por la situación en que se encontraban de no poder decir que no, de tal modo que el favor se les volvía ácido en las tripas y les destrozaba la vida.

Yo creí que el profesor del taller de Electricidad exageraba, hasta que me di cuenta de que Bradford se volvía cada vez más hostil. Antes me sonreía un poco, o me hacía un gesto con la cabeza o me decía algo entre dientes. Ahora pasa a mi lado sin decir palabra, y yo me preocupo porque sigo sin tener dinero para las facturas y no sé cuánto durará nuestro montaje. Me pone tan nervioso que siempre enciendo la radio para asegurarme de que puedo darme un baño y poner la manta a calentarse.

Mi cable pasó varias semanas en su enchufe hasta que una noche helada se produjo un acto de traición. Yo encendí la radio, dispuse mi manta eléctrica en una silla para que se calentase, puse la toalla, la gorra y los guantes sobre la manta para que estuvieran calientes también, llené la bañera, me enjaboné y me recosté escuchando la *Sinfonía fantástica* de Hector Berlioz, y a mitad del segundo movimiento, cuando estoy a punto de salir flotando de la bañera de emoción, todo se detiene, la radio se calla, la luz se apaga y sé que la manta se quedará fría sobre el respaldo de la silla.

Sé lo que ha hecho ese Bradford, ha desenchufado a un hombre que está en una bañera caliente en un apartamento de agua fría. Sé que yo jamás le habría hecho eso a él ni a nadie. Podría hacérselo a alguien que tuviera calefacción central, pero jamás a un inquilino de un piso de agua fría como yo, jamás.

Me asomé sobre el borde de la bañera y di golpes en el suelo, con la esperanza de que hubiera cometido un error, de que tendría la consideración de volver a enchufarme, pero no, ningún sonido de su parte, y sin radio, sin luz. El agua seguía caliente, de manera que pude quedarme allí echado un rato pensando en la vileza de la raza humana, en cómo un hombre que tenía un título universitario de Yale podía ser capaz de coger deliberadamente un cable eléctrico y arrancarlo del enchufe dejándome que me muriera de frío en el piso de arriba. Un acto de traición como éste es suficiente para hacerte perder la esperanza y pensar en la venganza.

No, yo no quería venganza. Quería electricidad, y tendría que pensar otro modo de hacer que Bradford entrase en razón. Había una cuchara y había un cordel largo, y si ataba la cuchara al cordel podía abrir la ventana y dejar colgar la cuchara para que diera golpecitos contra la ventana de Bradford, y él podría entender que yo estaba allí arriba, al otro extremo del cordel, dando golpecitos, golpecitos, pidiendo el don de la electricidad. Puede que se sintiera molesto y que no hiciera caso de mi cuchara, pero yo recordaba que me había dicho una vez que un grifo que goteara era suficiente para tenerlo despierto toda la noche, y si hacía falta yo daría golpecitos en su ventana con mi cuchara hasta que él no lo soportase más. Él podría haber subido las escaleras, haber aporreado mi puerta y haberme dicho que lo dejara, pero yo sabía que él jamás podría ser tan directo y sabía que lo tenía acorralado. Me daba lástima él y el modo en que su madre se había pasado seis meses dando alaridos con el cáncer de huesos, e intentaría compensarle algún día por todo, pero aquello era una crisis y yo necesitaba mi radio, mi luz, mi manta eléctrica, o tendría que llamar a Alberta para que me acogiera una noche, y si ella me preguntaba por qué yo jamás podría decirle que Bradford me había tenido enchufado durante tantas semanas. Adoptaría una actitud de justa indignación, a la manera de Nueva Inglaterra, y me diría que debía pagar mis facturas en vez de dar golpecitos en las ventanas de la gente con cucharas las noches heladas, y mucho menos en las ventanas de la gente cuyas madres habían muerto de cáncer de huesos dando alaridos. Entonces yo le diría que mi cuchara no tenía nada que ver con la madre muerta de Bradford, y aquello nos llevaría a mayores desavenencias y a una riña y yo tendría que largarme violentamente y volver a mi apartamento, frío y a oscuras.

Era viernes por la noche, la noche que él tenía libre en el banco, y yo sabía que no podía huir marchándose a trabajar. Me lo imaginaba en el piso de abajo, con el cable en la mano, intentando decidir qué hacer con la cuchara que tenía en la ventana. Podía salir, pero ¿dónde iría? ¿Quién iba a querer tomarse una cerveza con él en un bar y oírle contar cómo murió su madre dando alaridos? Encima de eso, seguramente contaría a todo el mundo que en el piso de arriba había una persona que lo estaba atormentando con una cuchara, y cualquier persona que estuviera en un bar con una cerveza se apartaría de él.

Di golpecitos de cuando en cuando durante varias horas, y de pronto hubo luz y música en la radio. La *Sinfonía fantástica* había acabado hacía mucho tiempo y aquello me irritó, pero subí el selector de temperatura de la manta eléctrica, me puse la gorra y los guantes y volví a meterme en la cama con *Anna Karenina*, que no era capaz de leer a causa de la oscuridad que tenía en la cabeza por Bradford y por su pobre madre de Colorado. Si mi madre se estuviera muriendo de cáncer de huesos en Límerick y alguien del piso de arriba me estuviera atormentando con una cuchara en la ventana, yo subiría y lo mataría. Ahora me sentía tan culpable que pensé en llamar a la puerta de Bradford y decirle: «Siento lo de la cuchara y lo de tu pobre madre y puedes desenchufar el cable», pero estaba tan caliente y tan a gusto en la cama que me quedé dormido.

A la semana siguiente me lo encontré cargando sus cosas en una furgoneta. Me ofrecí a ayudarle, pero lo único que me dijo fue «capullo». Se marchó, pero me dejó enchufado y yo tuve electricidad durante varias semanas hasta que fundí el cable con una estufa eléctrica y tuve que ir a pedir un crédito en la Compañía Financiera Benéfica para pagar las facturas de la electricidad y no morirme de frío.

XXXIX

En la cafetería de profesores, los veteranos dicen que el aula es un campo de batalla, que los profesores son unos guerreros que llevan la luz a esos condenados chicos que no quieren aprender, que lo único que quieren hacer es estar sentados gastando el culo y hablar de películas, y de coches, y de sexo, y de lo que van a hacer el sábado por la noche. Así son las cosas en este país. Tenemos enseñanza gratuita y nadie la quiere. No es como en Europa, donde se respeta a los profesores. A los padres de los chicos de este instituto no les importa porque ellos tampoco fueron al instituto. Estaban demasiado ocupados debatiéndose con la depresión y luchando en las guerras, en la Segunda Guerra Mundial y en la de Corea. Después están todos esos burócratas a los que nunca les gustó la enseñanza de entrada, todos esos malditos directores y directores adjuntos y jefes de estudios que huyeron del aula a todo el correr de sus piernecillas y ahora se pasan la vida hostigando al profesor que ejerce en el aula.

Bob Bogard está junto al reloj de fichar.

—Ah, señor McCourt, ¿le apetecería ir a tomar algo de sopa?

—¿Sopa?

Tiene una sonrisita y comprendo que quiere decir otra cosa.

—Sí, señor McCourt. Sopa.

Bajamos por la calle y entramos en el bar Meurot.

—Sopa, señor McCourt. ¿Le apetece una cerveza?

Nos instalamos en nuestros taburetes de bar y tomamos cerveza tras cerveza. Es viernes, y van apareciendo otros profesores y se habla de los chicos, los chicos, los chicos y la escuela, y yo descubro que en toda escuela hay dos mundos, el mundo del profesor que ejerce en el aula y el mundo del administrador y el supervisor, que esos dos mundos se llevan siempre a matar, que cuando algo marcha mal el profesor hace de chivo expiatorio.

Bob Bogard me dice que no me preocupe por *Tu mundo y tú* ni por el examen de mitad de curso. Que cubra el expediente. Que reparta el examen, que vea a los chicos garrapatear lo que no saben, que recoja los exámenes, que dé aprobados a los chicos, no es culpa suya que la señorita Mudd los descuidara, los padres quedarán satisfechos y me quitaré de encima al jefe de estudios y al director.

Debería marcharme del Meurot y coger el transbordador a Manhattan, donde voy a cenar con Alberta, pero siguen viniendo las cervezas y es difícil rechazar tal generosidad, y cuando me bajo de mi taburete de bar para llamar a Alberta ella me chilla que soy un vulgar borracho irlandés y que es la última vez que me va a esperar porque ha terminado conmigo para siempre y hay muchos hombres a los que les gustaría salir con ella, adiós.

Toda la cerveza del mundo no bastaría para aliviar mi tristeza. Lucho con cinco clases cada día, vivo en un apartamento que Alberta llama tugurio, y ahora corro el peligro de perderla por las horas que he pasado en el Meurot. Digo a Bob que tengo que marcharme, es casi medianoche, hemos pasado nueve horas en los taburetes del bar y yo tengo nubes oscuras que se agitan en mi cabeza.

—La última, y después vamos a comer —dice—. No puedes ir en ese transbordador sin comer.

Dice que es importante comer las cosas que impiden que tengas sensaciones desagradables por la mañana, y lo que pide en la casa de comidas Saint George es pescado con huevos fritos, patatas rehogadas, tostadas y café. Dice que la combinación del pescado con los huevos después de un día y una noche de cerveza es milagrosa.

Estoy otra vez en el transbordador, donde el viejo limpiabotas italiano que busca clientes me dice que mis zapatos tienen peor aspecto que nunca, y es inútil decirle que no me puedo permitir su oferta de una limpieza de zapatos a mitad de precio si compro unos zapatos a su hermano, el de la calle Delancey.

No, no tengo dinero para zapatos. No tengo dinero para limpiarme los zapatos.

—Ah, *professore, professore*, yo le limpio gratis. Le hará sentirse bien limpiárselos. Vaya a ver a mi hermano para los zapatos.

Se sienta en su caja, se lleva mi pie a su regazo y levanta la vista para mirarme.

—Huelo cerveza, *professore*. El profesor vuelve a casa tarde, ¿eh? Zapatos terribles, zapatos terribles, pero yo limpio.

Aplica el betún, pasa el cepillo por el zapato, sacude el paño de sacar brillo sobre la punta, me da un golpecito en la rodilla para indicar que ha terminado, vuelve a guardar sus cosas en la caja y se pone de pie. Espera la pregunta y yo no se la hago porque él la sabe: «¿Y el otro zapato?» Se encoge de hombros.

—Usted vaya a ver a mi hermano y yo le limpio el otro zapato.

—Si compro zapatos nuevos a su hermano no necesitaré que me limpie éste.

Vuelve a encogerse de hombros.

—Usted es el *professore*. ¿Usted listo, eh, con cerebro? Usted enseñe y piense en el zapato limpio y en el zapato no limpio.

Y se aleja contoneándose, tarareando y diciendo «limpia, limpia» a los pasajeros dormidos.

Yo soy un profesor licenciado universitario y este viejo italiano, que habla poco inglés, juega conmigo y me hace desembarcar con un zapato limpio y el otro manchado con rastros de lluvia, de nieve, de barro. Si le agarro y le exijo que me limpie el zapato sucio puede gritar y pedir auxilio a los miembros de la tripulación, y ¿cómo voy a explicar yo su oferta de limpiarme los zapatos gratis, que me limpió un solo zapato y la jugarreta que me hizo después? Ya estoy lo bastante sobrio para darme cuenta de que no puedes obligar a un italiano viejo a que te limpie el zapato sucio, que ya fue una tontería por mi parte dejar que me tocase el pie. Si protestara a los miembros de la tripulación él podría decirles que olía a cerveza y ellos se reirían y se marcharían.

Va contoneándose, subiendo y bajando por los pasillos entre los asientos. Sigue diciendo «limpia» a los demás viajeros, y yo siento un fuerte impulso de cogerlo a él y a su caja y tirarlo por la borda. En vez de ello, cuando desembarco del transbordador le digo:

—Nunca compraré zapatos a su hermano en la calle Delancey.

Él se encoge de hombros.

—No tengo hermano ninguno en Delancey. Limpia, limpia.

Cuando dije al limpiabotas que no tenía dinero, no mentía. No tengo quince centavos para el billete de metro. Todo lo que tenía me lo gasté en cerveza, y cuando fuimos a la casa de comidas Saint George pedí a Bob Bogard que me pagara el pescado y los huevos y le dije que yo le pagaría lo suyo la semana siguiente, y no me hará ningún daño ir andando a casa, subiendo por Broadway, pasando por delante de la iglesia de la Trinidad y de la iglesia de San Pablo, donde está enterrado Thomas, el hermano de Robert Emmet, pasando por delante del ayuntamiento, hasta la calle Houston y hasta mi apartamento de agua fría en la calle Downing.

Son las dos de la madrugada, hay poca gente, algún coche de vez en cuando. La calle Broad, donde yo trabajaba en el Manufacturer's Trust Company, queda a mi derecha, y yo me pregunto qué habrá sido de Andy Peters y de Brigid, antes Bridey. Camino y vuelvo la vista atrás sobre los ocho años y medio que han pasado desde que llegué a Nueva York, los tiempos del hotel Biltmore, del ejército, de la Universidad de Nueva York, los trabajos en los almacenes, en el puerto, en los bancos. Pienso en Emer y en Tom Clifford y me pregunto qué habrá sido de Rappaport y de los hombres que conocí en el ejército. Yo nunca soñé que sería capaz de conseguir un título universitario y de llegar a ser profesor, y ahora me estoy preguntando si soy capaz de sobrevivir a un instituto de formación profesional. Los edificios de oficinas que dejo atrás están a oscuras, pero yo sé que de día hay personas que se sientan en los escritorios, estudian la Bolsa y ganan millones. Visten traje y corbata, llevan maletines, van a comer y hablan de dinero dinero dinero. Viven en Connecticut con sus esposas episcopalianas de largas piernas, quienes probablemente se arrellanaban en el salón del hotel Biltmore cuando yo limpiaba lo que ellas manchaban, y beben martinis antes de cenar. Juegan al golf en el club de campo y tienen aventuras amorosas y a nadie le importa.

Yo podría hacer eso. Podría pasar tiempo con Stanley Garber para librarme de mi acento, aunque él ya me dijo que sería un zopenco si lo perdiera. Me dijo que el acento irlandés es encantador, que te abre puertas, que recuerda a la gente a Barry Fitzgerald. Yo le dije que no quería recordar a la gente a Barry Fitzgerald.

—¿Preferirías tener acento judío y recordar a la gente a Molly Goldberg? —me dijo él. Yo le pregunté quién era Molly Goldberg, y me dijo que si no sabía quién era Molly Goldberg era inútil hablar conmigo.

¿Por qué no puedo tener una vida luminosa y libre de problemas como mis hermanos Malachy y Michael, que están en el bar de la parte alta sirviendo bebidas a mujeres hermosas y bromeando con licenciados de las universidades de la *Ivy League*? Ganaría más dinero que estos cuatro mil quinientos dólares al año que ganan los profesores sustitutos regulares. Recibiría grandes propinas, toda la comida que quisiera y pasaría noches en las camas de las herederas episcopalianas, retozando y deslumbrándolas con fragmentos de poesías y con destellos de ingenio. Me levantaría tarde, almorzaría en un restaurante romántico, pasearía por las calles de Manhattan, no tendría que rellenar impresos, no tendría que corregir ejercicios, sólo leería libros por placer y jamás tendría que preocuparme de los adolescentes hoscos del instituto.

Y ¿qué diría si volviera a encontrarme con Horace? ¿Sería capaz de decirle que fui a la universidad y que fui profesor durante unas semanas y que era tan duro que me hice camarero para poder conocer a una clase de gente mejor en el Upper East Side? Sé que él sacudiría la cabeza y que probablemente daría gracias a Dios de que yo no fuera su hijo.

Pienso en el estibador del café, que había trabajado muchos años para que su hijo pudiera ir a la Universidad Saint John para ser maestro. ¿Qué le diría yo a él?

Si dijera a Alberta que pensaba dejar la enseñanza para entrar en el mundo emocionante de los bares, seguramente huiría de mi lado y se casaría con un abogado o con un jugador de fútbol americano.

Así pues, no voy a dejar la enseñanza, no por Horace ni por el estibador ni por Alberta, sino por lo que podría decirme yo a mí mismo después de una noche de servir copas y de divertir a los clientes. Me acusaría a mí mismo de haber seguido el camino fácil, y todo porque me derrotaron unos muchachos y unas muchachas que se resistían a *Tu mundo y tú* y a *Gigantes en la tierra*.

No quieren leer y no quieren escribir.

—Ay, señor McCourt —dicen—, todos los profesores de Lengua Inglesa quieren que escribamos de cosas tontas, como nuestras vacaciones de verano o la historia de nuestra vida. Qué aburrido. Escribimos todos los años la historia de nuestra vida, desde el primer curso de primaria, y lo único que hacen los profesores es marcarlo como leído y decirnos «Muy bonito».

En las clases de Lengua Inglesa les asusta el examen de mitad de curso con sus preguntas tipo test sobre ortografía, vocabulario, gramática y comprensión de lectura. Cuando distribuyo los exámenes de Ciudadanía Económica hay murmullos. Se oyen palabras duras contra la señorita Mudd y se oye decir que su barco debería chocar con una roca y que ella debería ser pasto de los peces.

—Hacedlo lo mejor posible y yo seré razonable con las calificaciones —les digo; pero en el aula reina una frialdad y un resentimiento como si yo los hubiera traicionado obligándoles a hacer ese examen.

La señorita Mudd me salva. Mientras mis clases están haciendo el examen de mitad de curso, yo exploro los armarios del fondo del aula y descubro que están llenos a rebosar de libros viejos de gramática, periódicos antiguos, exámenes de reválida y centenares de páginas de redacciones de alumnos sin corregir que se remontan a 1942. Estoy a punto de tirarlo todo a la basura hasta que empiezo a leer las viejas redacciones. Los chicos de entonces tenían ansias de luchar, de vengar las muertes de sus hermanos, de sus amigos, de sus vecinos. Uno escribió: «Voy a matar a cinco japoneses por cada uno que mataron ellos de mi barrio». Otro escribió: «No quiero ir al ejército si me mandan matar italianos porque yo soy italiano. Podría estar matando a mis propios primos, y no quiero luchar si no me dejan matar alemanes o japoneses. Preferiría matar alemanes porque no quiero ir al Pacífico, donde hay selvas de todas clases con bichos y serpientes y porquerías como esas.»

Las chicas estaban dispuestas a esperar. «Cuando Joey vuelva a casa nos vamos a casar él y yo y nos iremos a vivir a Jersey para librarnos de la loca de su madre.»

Reúno en un montón sobre mi escritorio los papeles que se deshacen y me pongo a leérselos en voz alta a mis clases. Ellos prestan atención. Hay nombres familiares.

—Oye, ése era mi padre. Lo hirieron en África.

—Oye, ése era mi tío Sal, al que mataron en Guam.

Cuando leo en voz alta las redacciones hay lágrimas. Los chicos salen corriendo del aula a los servicios y vuelven con los ojos rojos. Las chicas lloran abiertamente y se consuelan las unas a las otras.

Aparecen docenas de apellidos de familias de la isla de Staten y de Brooklyn en estos papeles tan quebradizos que tememos que se deshagan. Queremos salvarlos, y la única manera es copiarlos a mano, los centenares que siguen amontonados en los armarios.

Nadie se opone. Estamos salvando el pasado próximo de familias próximas. Todo el mundo tiene pluma y se pasan el resto del curso, de abril a finales de junio, descifrando y escribiendo. Siguen las lágrimas y hay exclamaciones repentinas:

—Éste es mi padre cuando tenía quince años. Ésta es mi tía, que murió cuando daba a luz a un hijo.

De pronto les interesan las redacciones tituladas «Mi vida», y a mí me dan ganas de decirles: «¿Veis lo que podéis aprender de vuestros padres, de vuestros tíos y de vuestras tías? ¿No queréis escribir acerca de vuestras vidas para que lo lea la próxima generación?»

Pero lo dejo pasar. No quiero trastornar un aula tan silenciosa. El señor Sorola siente la necesidad de investigar. Se pasea por el aula, mira lo que está haciendo la clase y no dice nada. Creo que agradece el silencio.

En junio apruebo a todos, sintiéndome agradecido de haber sobrevivido a mis primeros meses de ejercer la enseñanza en un instituto de formación profesional, aunque me pregunto qué habría hecho sin aquellas redacciones que se deshacen.

Quizás hubiera tenido que enseñar.

XL

Como hace mucho tiempo que perdí la llave, la puerta de mi apartamento está abierta siempre, y no importa, porque no hay nada que robar. Empiezan a aparecer desconocidos, Walter Anderson, agente de relaciones públicas entrado en años; Gordon Patterson, aspirante a actor; Bill Galetly, buscador de la verdad. Son parroquianos del bar sin hogar enviados por Malachy con la generosidad de su corazón.

Walter empieza a robarme. Adiós, Walter.

Gordon fuma en la cama y provoca un incendio, pero lo que es peor es que su novia se queja de mí en el bar de Malachy por lo incómodo que está Gordon y por mi actitud hostil. También él se marcha.

Ha terminado el curso y tengo que trabajar otra vez, día a día, en los muelles del puerto y en los muelles de carga de los almacenes. Me presento todas las mañanas para sustituir a los hombres que están de vacaciones, a los hombres que están enfermos, o cuando de pronto hay mucho movimiento y necesitan más trabajadores. Cuando no hay trabajo vago por los muelles y por las calles del Greenwich Village. Puedo llegar hasta la Cuarta Avenida para mirar libros en una librería tras otra y soñar con el día en que vendré aquí y me compraré todos los libros que quiera. Lo único que me puedo permitir de momento son ediciones baratas en rústica, y vuelvo a casa satisfecho con mi fardo, compuesto de *A este lado del paraíso*, de Scott Fitzgerald, *Hijos y amantes*, de D. H. Lawrence, *Fiesta*, de Ernest Hemingway, y *Siddharta*, de Herman Hesse, lectura para un fin de semana. Me calentaré una lata de judías en mi infiernillo eléctrico y herviré agua para el té y leeré a la luz que sale del piso de abajo. Empezaré con Hemingway porque he visto la película de Errol Flynn y Tyrone Power, todos lo pasaban bien en París y en Pamplona, todos bebían, iban a las corridas de toros, se enamoraban, aunque existía una tristeza entre Jake Barnes y Brett Ashley por el estado de él. Así me gustaría vivir a mí, recorriendo el mundo sin preocupaciones, aunque no me gustaría ser Jake.

Llevo mis libros a casa y me encuentro allí con Bill Galetly. Después de Walter y de Gordon no quiero más intrusos, pero a Bill es más difícil echarlo y al cabo de un tiempo ya no me importa que se quede. Ya se había instalado cuando hace una visita Malachy para decir que su amigo Bill, que ha renunciado al mundo, ha dejado su trabajo de ejecutivo en una agencia de publicidad, se ha divorciado de su esposa, ha vendido su ropa libros discos, necesita alojamiento por poco tiempo y que seguro que a mí no me importará.

Bill está de pie desnudo sobre una báscula de baño, ante un espejo largo apoyado en la pared. En el suelo hay dos velas de luz vacilante. Mira alternativamente al espejo y a la báscula, una y otra vez. Sacude la cabeza y se dirige a mí.

—Demasiado —dice—. Esta carne sólida, demasiado sólida.

Señala su cuerpo, una colección de huesos rematada por una cabeza de pelo negro lacio y por una barba negra poblada salpicada de gris. Tiene unos ojos azules que miran fijamente.

—Tú eres Frank, ¿eh? Hola.

Se baja de la báscula, se pone de espaldas al espejo, se gira para mirarse por encima del hombro y se dice a sí mismo:

—Estás gordo y fondón, Bill.

Me pregunta si he leído *Hamlet* y me dice que él lo ha leído treinta veces.

—Y he leído *Finnegans Wake*, es decir, si es que alguien es capaz de leer *Finnegans Wake*. Me he pasado siete años con el maldito libro, y por eso estoy aquí. Sí, te extraña. Si te lees *Hamlet* treinta veces, empiezas a hablar solo. Si te pasas siete años leyendo *Finnegans Wake*, te dan ganas de meter la cabeza debajo del agua. Lo que tienes que hacer con *Finnegans Wake* es salmodiarlo. Puede que tardes siete años, pero podrás contárselo a tus nietos. Te mirarán con admiración. ¿Qué tienes ahí? ¿Judías?

—¿Te apetecen? Las voy a calentar en ese infiernillo de allí.

—No, gracias. Nada de judías para mí. Tú cómete tus judías y yo te transmitiré el mensaje mientras comes. Estoy intentando reducir el cuerpo a lo mínimo indispensable. El mundo es demasiado para mí. ¿Me entiendes? Demasiada carne.

—No lo capto.

—Ya ves. Por medio de la oración, del ayuno y de la meditación, voy a llegar a pesar menos de cien libras, los tres dígitos despreciables. Quiero pesar noventa y nueve libras, o nada. Quiero. ¿He dicho «quiero»? No debería decir «quiero». No debería decir «no debería». ¿Estás desconcertado? Ay, cómete tus judías. Yo intento eliminar mi ego, pero ese acto es, en sí mismo, ego. Todo acto es ego. ¿Me sigues? No estoy aquí con mi espejo y mi báscula por el bien de mi salud.

Trae dos libros de la habitación contigua y me dice que todas mis preguntas tendrán respuesta en Platón y en el Evangelio de San Juan.

—Dispensa —dice—, tengo que echar una meada.

Coge la llave y sale desnudo al retrete del pasillo. Cuando vuelve, se sube a la báscula para ver cuánto peso ha perdido con la meada.

—Un cuarto de libra —dice, y suelta un suspiro de alivio. Se sienta en cuclillas en el suelo, vuelve a mirar el espejo con una vela a cada lado, con Platón en la mano izquierda, San Juan en la derecha. Se estudia en el espejo y me habla.

—Adelante. Cómete tus judías. Libros. Eso es lo que tienes ahí, ¿eh?

Yo me como las judías, y cuando le digo los títulos de los libros él sacude la cabeza.

—Oh, no, oh, no, Hesse, puede. De los demás, olvídate. Todo ego occidental. Todo mierda occidental. Hemingway no me sirve ni para limpiarme el culo. Pero no debería decir eso. Arrogancia. Cosas del ego. Lo retiro. No, espera. Ya lo he dicho. Lo dejaré ahí. Ya no está. Leo *Hamlet*. Leo *Finnegans Wake*, y estoy aquí sentado en el suelo de un apartamento del Greenwich Village con Platón, con Juan y con un hombre que come judías. ¿Qué sacas en limpio de estos ingredientes?

—No lo sé.

—A veces me desanimo, y ¿sabes por qué?

—¿Por qué?

—Me desanimo pensando que podría llegar demasiado lejos con Platón y con Juan y descubrir sus carencias. Podría llegar a un punto perdido. ¿Sabes?

—No.

—¿Has leído a Platón?

—Lo he leído.

—¿Y a San Juan?

—Leían constantemente los evangelios en misa.

—No es lo mismo. Tienes que sentarte a leer a San Juan, tenerlo en las manos. No hay otro modo. Juan es una enciclopedia. Ha cambiado mi vida. Prométeme que leerás a Juan y no esas cosas condenadas que has traído a casa en la bolsa. Lo siento: ya me asoma otra vez el ego.

Suelta una risita burlona mirándose al espejo, se da palmadas donde debería estar su vientre y pasa de libro a libro leyendo versículos de Juan y párrafos de Platón, suelta chillidos de placer:

—Ii, ii, ay, el griego y el judío, el griego y el judío.

Me habla de nuevo.

—Lo retiro —dice—. Con estos tipos no hay puntos perdidos. No hay puntos perdidos. La forma, la caverna, la sombra, la cruz. Jesús, necesito un plátano.

Saca medio plátano de detrás del espejo y, después de murmurarle algo, se lo come. Cruza las piernas bajo su cuerpo, apoya los dorsos de las manos sobre las rodillas, en la posición del loto. Cuando paso por detrás de él para tirar a la basura la lata de judías, veo que se está mirando fijamente la punta de la nariz. Cuando le doy las buenas noches no me responde, y comprendo que ya no estoy en su mundo, que bien puedo irme a la cama a leer. Leeré a Hesse para mantener el ambiente.

XLI

Alberta habla de matrimonio. Le gustaría establecerse, tener un marido, visitar las tiendas de antigüedades los fines de semana, preparar la cena, tener algún día un apartamento decente, ser madre.

Pero yo no estoy preparado todavía. Veo que Malachy y Michael lo pasan en grande en la parte alta. Veo a los hermanos Clancy, que cantan en la sala del fondo de la Taberna del Caballo Blanco, que actúan en el Teatro Cherry Lane, que graban sus canciones, los descubren y van a actuar a clubes sofisticados donde hay mujeres hermosas que los invitan a fiestas. Veo a los *beats* en los cafés de todo el Village, que leen sus obras con el fondo de los músicos de jazz. Todos son libres y yo no lo soy.

Beben. Fuman marihuana. Las mujeres son fáciles.

Alberta sigue las rutinas que tenía su abuela en Rhode Island. Todos los sábados preparas café, te fumas un cigarrillo, te pones rulos rosados en el pelo, vas al supermercado, haces un pedido grande, llenas la nevera, llevas las cosas sucias a la lavandería automática y esperas hasta que están limpias y dispuestas para doblarlas, llevas al tinte unas prendas que a mí me parecen limpias, y cuando pongo reparos ella se limita a decir: «¿Qué puedes saber tú de tintes?», limpias la casa, haga falta o no, te tomas una copa, preparas una gran cena, vas al cine.

Los domingos por la mañana te levantas tarde, haces un gran almuerzo, lees el periódico, miras antigüedades en la avenida Atlantic, vuelves a casa, preparas las clases de la semana, corriges los ejercicios, preparas una gran cena, te tomas una copa, corriges más ejercicios, tomas té, te fumas un cigarrillo, te vas a la cama.

Ella trabaja más que yo en la enseñanza, prepara sus clases con cuidado,
corrige los ejercicios a conciencia. Sus alumnos son más estudiosos que los
míos y ella puede animarles a que hablen de literatura. Si yo hablo de libros,
de poesía, de obras de teatro, mis alumnos gruñen y piden con voz lastimera
el pase para ir al retrete.

El supermercado me deprime porque yo no quiero comer una gran cena
todas las noches. Me agota. Yo quiero vagar por la ciudad, beber café en los
cafés y cerveza en los bares. No quiero enfrentarme con la rutina de Zoe todos los fines de semana durante el resto de mi vida.

Alberta me dice que hay que cuidar de las cosas, que tengo que hacerme adulto y sentar la cabeza porque si no seré como mi padre, un vagabundo loco que se mata de tanto beber.

Esto nos conduce a una discusión en la que le digo que ya sé que mi padre bebía demasiado y que nos abandonó, pero que es mi padre, no el de ella,
y que ella no entenderá nunca cómo eran las cosas cuando no bebía, las mañanas que pasé con él junto a la lumbre, oyéndole hablar del noble pasado de
Irlanda y de los grandes sufrimientos de Irlanda. Ella no pasó nunca mañanas
como aquélla con su padre, que la dejó con Zoe cuando tenía siete años, y
yo me pregunto cómo pudo superar aquello. ¿Cómo fue capaz de perdonar
a su madre y a su padre por habérsela quitado de encima dejándosela a la
abuela?

La discusión es tan fuerte, que me largo y me voy a vivir a mi apartamento del Village, dispuesto a hacer la vida bohemia desenfrenada. Después
me entero de que está con otro y de pronto la deseo, estoy desesperado, estoy loco por ella. Sólo soy capaz de pensar en sus virtudes, en su belleza, en
su energía y en la dulzura de sus rutinas del fin de semana. Si me vuelve a
aceptar, seré el marido perfecto. Llevaré los cupones al supermercado, lavaré
los platos, pasaré la aspiradora por todo el apartamento todos los días de la semana, picaré verduras para las grandes cenas todas las noches. Llevaré corbata, me limpiaré los zapatos, me volveré protestante.

Lo que sea.

Ya no me importa la vida desenfrenada que hacen Malachy y Michael en
la parte alta, ni los *beats* desaliñados del Village con sus vidas inútiles. Quiero
a Alberta, fresca, luminosa y femenina, toda calor y seguridad. Nos casaremos, ay, sí, y nos haremos viejos juntos.

Accede a reunirse conmigo en el bar de Louis, cerca de la plaza Sheri dan, y cuando entra por la puerta está más hermosa que nunca. Los camareros dejan de servir bebidas para mirarla. La gente estira el cuello. Lleva el abrigo azul vivo con cuello de piel gris pálido que le compró su padre para hacer las paces después de haberle dado un puñetazo en la boca, hace años. Lleva sobre el cuello una bufanda de seda de color lavanda, y yo sé que nunca podré volver a ver ese color sin recordar este momento, esa bufanda. Sé que se va a sentar en el taburete que está a mi lado y que me va a decir que todo ha sido un error, que estamos hechos el uno para el otro y que me vaya con ella ahora a su apartamento, que hará la cena y seremos felices para siempre.

Sí, se tomará un martini, y no, no quiere venir conmigo a mi apartamento, y no, yo no puedo ir con ella a su apartamento porque todo ha terminado. Está harta de mí y de mis hermanos, del ambiente de la parte alta y del ambiente del Village, y quiere vivir su vida. Ya es bastante duro dar clases todos los días como para tener que soportar la tensión de aguantarme a mí y mis quejas porque quiero hacer esto, aquello y lo de más allá, porque quiero ser de todo menos responsable. Demasiadas protestas, me dice. Ya es hora de que me haga adulto. Me dice que tengo veintiocho años pero me comporto como un chico, y que si quiero derrochar mi vida en los bares como mis hermanos, es asunto mío, pero ella no quiere tomar parte.

Cuanto más habla, más se enfada. No me deja que le coja de la mano, ni siquiera que le dé un beso en la mejilla, y, no, no quiere tomarse otro martini.

¿Cómo es capaz de hablarme de ese modo cuando se me está partiendo el corazón, sentado en el taburete del bar? A ella no le importa que yo fuera el primer hombre de su vida, el primero de todos en la cama, aquél que una mujer no olvida nunca. Todo eso no importa porque ella ha encontrado a una persona madura, que la quiere, que está dispuesta a hacer cualquier cosa por ella.

—Yo estoy dispuesto a hacer cualquier cosa por ti.

—Es demasiado tarde —me dice—. Ya has tenido tu oportunidad.

El corazón me palpita con fuerza y siento un gran dolor en el pecho y todas las nubes oscuras del mundo se han reunido en mi cabeza. Quiero llorar derramando las lágrimas en mi cerveza ahí, en el bar de Louis, pero la gente hablaría, ah, sí, otra riña de enamorados, y nos pedirían que nos marchásemos, o al menos me lo pedirían a mí. Estoy seguro de que preferirían que se quedara Alberta para que adornase el local. Yo no quiero estar en la calle con todas esas parejas felices que van de paseo a cenar y al cine y a picar algo más tarde antes de meterse en la cama desnudos y, Jesús, ¿será éste su plan para esta noche cuando yo esté solo en mi apartamento de agua fría sin nadie en el mundo con quien hablar más que con Bill Galetly?

Apelo a sus sentimientos. Le recuerdo mi infancia miserable, los maestros brutales, la tiranía de la Iglesia, mi padre, que prefirió la botella a los niños, mi madre derrotada que gemía junto a la lumbre, mis ojos rojos ardientes, los dientes que se me deshacían en la boca, la miseria de mi apartamento, Bill Galetly que me atormenta hablándome de la gente de la caverna de Platón y del Evangelio de San Juan, lo mal que lo paso en el Instituto de Formación Profesional y Técnico McKee, los profesores más antiguos que me dicen que forme a golpes a los pequeños desgraciados, los más jóvenes que declaran que nuestros alumnos son verdaderas personas y que depende de nosotros motivarlos.

Le suplico que se tome otro martini. Podría ablandarla lo suficiente como para que viniera a mi apartamento, donde diré a Bill: «Ve a darte un paseo, Bill, necesitamos intimidad.» Queremos sentarnos a la luz de las velas y hacer planes para un futuro de hacer la compra los sábados, pasar la aspiradora, limpiar, ir a buscar antigüedades los domingos, preparar las clases y pasar horas jugueteando en la cama.

No, no, no quiere tomarse otro martini. Va a verse con su hombre nuevo y tiene que marcharse.

—Ay, Dios, no. Me clavas un puñal en el corazón.

—Deja de lloriquear. Ya he oído bastante de ti y de tu infancia miserable. No eres el único. A mí se me quitaron de encima soltándome en casa de mi abuela cuando tenía siete años. ¿Acaso me quejo? Me aguanto, sin más.

—Pero tú tenías agua corriente fría y caliente, toallas gruesas, jabón, sábanas en la cama, dos ojos limpios y azules y la dentadura sana, y tu abuela te llenaba a rebosar la tarterita todos los días.

Se baja del taburete, me permite que le ayude a ponerse el abrigo, se pone al cuello la bufanda de color lavanda. Tiene que marcharse.

Ay, Dios. Me falta poco para lloriquear como un perro al que han dado una patada. Tengo el vientre frío y en el mundo no hay nada más que nubes oscuras, con Alberta en el centro, rubia, con los ojos azules y con la bufanda de color lavanda, dispuesta a dejarme para siempre por su hombre nuevo, y esto es peor que el que me den con una puerta en las narices, es peor que morirse, incluso.

Entonces me besa en la mejilla.

—Buenas noches —me dice. No me dice adiós. ¿Quiere decir con eso que deja una puerta abierta? Si hubiera terminado conmigo para siempre, lo normal sería que me dijera adiós.

No importa. Se ha marchado. Ha salido por la puerta. Ha subido los escalones mientras todos los hombres del bar la miran. Es el fin del mundo. Bien podría estar muerto. Bien podría tirarme al río Hudson y dejar que éste llevara mi cadáver más allá de la isla de Ellis y de la estatua de la Libertad, hasta el otro lado del Atlántico y subiendo por el río Shannon, donde al menos estaría entre mi gente y no me rechazarían los protestantes de Rhode Island.

El camarero tiene unos cincuenta años y a mí me gustaría preguntarle si ha sufrido alguna vez lo que estoy sufriendo yo y qué hizo al respecto. ¿Tiene cura? Hasta puede que supiera decirme qué significa que una mujer que te deja para siempre te diga buenas noches en vez de adiós.

Pero este hombre tiene una cabezota calva y gruesas cejas negras y me da la sensación de que tiene sus propios problemas y sólo me queda bajarme del taburete y marcharme. Podría ir a la parte alta y unirme a Malachy y a Michael en sus vidas emocionantes, pero, en vez de ello, me vuelvo andando a mi casa de la calle Downing confiando en que las parejas felices que se cruzan conmigo no oigan los sollozos que se escapan a un hombre cuya vida ha terminado.

Allí está Bill Galetly con sus velas, su Platón, su Evangelio de San Juan, y a mí me gustaría poder disponer de mi casa yo solo para pasarme una noche sollozando en mi almohada, pero él está sentado en el suelo mirándose fijamente en el espejo y pellizcándose la carne que se encuentra en el vientre. Levanta la vista y me dice que tengo aspecto de llevar una pesada carga.

—¿Qué quieres decir?

—La carga del ego. Te estás hundiendo. Recuerda: el reino de Dios está dentro de ti.

—No quiero a Dios ni Su reino. Quiero a Alberta. Me ha dejado. Me voy a la cama.

—Es un mal momento para irse a la cama. Acostarse es acostarse.

A mí me irrita tener que oír perogrulladas y le digo:

—Claro que lo es. ¿De qué me hablas?

—Acostarse es rendirse a la gravedad en un momento en que podrías ascender en espiral hasta la forma perfecta.

—No me importa. Me voy a acostar.

—Vale. Vale.

Cuando llevo unos minutos en la cama, él se sienta en el borde y me habla de la locura y de la vacuidad del sector de la publicidad. Mucho dinero, y todo el mundo está fatal con úlcera de estómago. Todo es ego. No hay pureza. Me dice que yo soy profesor y que podría salvar muchas vidas si estudiara a Platón y a San Juan, pero que antes tengo que salvar mi propia vida.

—No estoy de humor.

—¿No estás de humor para salvar tu propia vida?

—No, me da igual.

—Sí, sí, eso es lo que pasa cuando te rechazan. Lo tomas como cosa personal.

—Claro que lo tomo como cosa personal. ¿Cómo lo voy a tomar, si no?

—Mira el punto de vista de ella. No te está rechazando a ti, se está aceptando a sí misma.

No llega a ninguna parte, y el dolor que me provoca lo de Alberta es tan grande que tengo que marcharme. Le digo que voy a salir.

—Ah, no hace falta que salgas. Siéntate en el suelo con la vela a tu espalda. Mira la pared. Sombras. ¿Tienes hambre?

—No.

—Espera —me dice, y trae de la cocina un plátano—. Cómete esto. El plátano te sienta bien.

—No quiero un plátano.

—Te llena de paz. Tiene mucho potasio.

—No quiero un plátano.

—Sólo crees que no quieres un plátano. Escucha a tu cuerpo.

Me sigue hasta el pasillo predicando los plátanos. Aunque está desnudo, me sigue por las escaleras, bajando tres pisos, por el pasillo que conduce a la puerta principal. Sigue hablando de plátanos, del ego y de Sócrates que era feliz debajo de un árbol en Atenas, y cuando llegamos a la puerta principal se queda en el escalón superior agitando el plátano mientras los niños que juegan a la rayuela en la acera sueltan gritos y chillidos y lo señalan con el dedo y las mujeres que apoyan el pecho y los codos en los cojines de los alféizares le chillan en italiano.

Malachy no está en su bar. Está en su casa y es feliz con su esposa, Linda, haciendo planes para la vida del niño que va a llegar. Michael ya se ha ido esa noche. Hay mujeres en la barra y en las mesas pero están con hombres. El camarero dice: «Ah, usted es el hermano de Malachy», y no me deja pagar lo que bebo. Me presenta a parejas que están en la barra:

—Éste es el hermano de Malachy.

—¿De verdad? No sabíamos que tuviera otro hermano. Ah, sí, conocemos a tu hermano Michael. ¿Y cómo te llamas?

—Frank.

—¿Y a qué te dedicas?

—Soy profesor.

—¿De verdad? ¿No te dedicas a la hostelería?

Se ríen.

—¿Y cuándo piensas dedicarte a la hostelería?

—Cuando mis hermanos se hagan profesores.

Eso es lo que digo, pero lo que me pasa por la cabeza es diferente. Tengo ganas de decirles que son unos memos condescendientes, que he conocido a gente como ellos en la recepción del hotel Biltmore, que seguramente dejaban caer la ceniza de los cigarrillos en el suelo para que yo la limpiara y que me miraban como si fuera invisible, tal como se hace con la gente que limpia. Me dan ganas de decirles que me besen el culo, y si me tomara unas cuantas copas más se lo diría, pero sé que dentro de mí sigo tirándome del flequillo y arrastrando los pies en presencia de la gente superior, que se reirían de cualquier cosa que les dijera porque saben lo que soy por dentro, y si no lo saben no les importa. Si me cayera muerto del taburete se pasarían a una mesa para evitar lo desagradable, y más tarde contarían a todo el mundo que se han encontrado con un maestro de escuela irlandés borracho.

En todo caso, nada de todo esto tiene importancia. Alberta está seguramente en un restaurante italiano pequeño y romántico con su hombre nuevo, los dos se sonríen a través del brillo de la vela puesta en el cuello de una botella de Chianti. Él le dice a ella lo que hay de bueno en el menú, y cuando hayan pedido la cena se pondrán a hablar de lo que harán mañana, quizás esta noche, y si pienso en eso se me pondrá la vejiga cerca del ojo.

El bar de Malachy está en la esquina de la calle Sesenta y Tres y la Tercera Avenida, a cinco manzanas de la primera habitación de pensión que tuve, en la calle Sesenta y Ocho. En vez de volver a casa directamente puedo sentarme en los escalones de la casa de la señora Austin y recordar el contenido de los diez años que he pasado en Nueva York, los problemas que tuve cuando quise ver *Hamlet* en el cine de la calle Sesenta y Ocho con mi tarta de limón al merengue y mi botella de *ginger ale*.

La casa de la señora Austin ha desaparecido. Hay un gran edificio nuevo, el Hospital de la Inclusa de Nueva York, y el modo en que están derribando mis primeros tiempos en la ciudad me hace saltar las lágrimas. Por lo menos, el cine sigue allí y, será por la noche de cervezas, pero tengo que apretar todo mi cuerpo contra la pared del cine con los brazos extendidos hasta que una cabeza me dice en voz alta desde un coche de policía:

—Oiga, amiguito, ¿qué pasa?

¿Y si le contara lo de *Hamlet* y la tarta y la señora Austin y la noche de glug y que su casa ha desaparecido y con ella mi habitación, y que la mujer de mi vida está con otro hombre, y acaso va en contra de la ley, agente, besar un cine de recuerdos tristes y alegres cuando es el único consuelo que te queda, acaso va en contra de la ley, agente?

Claro que no voy a contar todo esto a un poli de Nueva York ni a nadie más. Me limito a decirle: «No pasa nada, agente», y él me dice: «Circule», la palabra favorita del departamento de policía.

Yo circulo, y a lo largo de toda la Tercera Avenida sale música por las puertas de las tabernas irlandesas, junto con el olor de la cerveza y del whiskey y con ráfagas de conversaciones y de risa.

—Eres un buen hombre, Sean.

—*Arrah*, Jesús, para estar como estamos, bien podemos estar borrachos.

—Dios del cielo, no veo la hora de volver a Cavan para tomarme una pinta como es debido.

—¿Crees que volverás alguna vez, Kevin?

—Volveré cuando pongan un puente.

Se ríen, y suena en la máquina de discos Mickey Carton, que le da al acordeón mientras la voz de Ruthie Morrissey flota sobre todo el ruido de la noche, «Es mi viejo hogar irlandés, muy lejos, al otro lado de las olas», y yo estoy tentado de entrar, sentarme en un taburete y decir al camarero: «Ponme aquí una gota de la criatura, Brian, o que sean dos, porque ningún pájaro vuela con un ala, eres un buen chico.» Y ¿acaso no sería eso mejor que quedarme sentado en los escalones de la casa de la señora Austin o que besar las paredes del cine de la calle Sesenta y Ocho, y acaso no estaría entre mi gente, acaso no estaría entre mi gente?

Mi gente. Los irlandeses.

Yo podría beber a la irlandesa, comer a la irlandesa, bailar a la irlandesa, leer a la irlandesa. Mi madre solía advertirnos: «Casaos con vuestra gente», y ahora los veteranos me dicen: «Trátate con tu gente.» Si les hubiera hecho caso, no me habría rechazado una episcopaliana de Rhode Island que me dijo una vez: «¿A qué te dedicarías si no fueras irlandés?» Y cuando me dijo eso me dieron ganas de largarme, si no fuera porque estábamos a la mitad de la cena que había preparado ella, pollo relleno con un cuenco de patatas nuevas rosadas revueltas con mantequilla salada y perejil, y una botella de Burdeos que me producía tales escalofríos de placer que yo podría haber tolerado cualquier número de punzadas que me asestara a mí y a los irlandeses en general.

Me gustaría ser irlandés cuando llega el momento de una canción o de una poesía. Me gustaría ser americano cuando imparto clases. Me gustaría ser irlando-americano o americano-irlandés, aunque sé que no puedo ser dos cosas, por mucho que Scott Fitzgerald dijese que la prueba de la inteligencia es la capacidad de albergar pensamientos opuestos al mismo tiempo.

No sé qué me gustaría ser, y ¿qué importancia tiene, cuando Alberta está allá en Brooklyn con su hombre nuevo?

Entonces atisbo mi cara triste en un escaparate y me río cuando recuerdo cómo la habría llamado mi madre, la jeta lúgubre.

Al llegar a la calle Cincuenta y Siete camino hacia la Quinta Avenida para probar el sabor de América y de su riqueza, el mundo de la gente que se sienta en el Palm Court del hotel Biltmore, de la gente que no tiene que ir por la vida con apelativos étnicos con guiones. Si las despertases en plena noche y les preguntases qué son, te contestarían: «Un hombre cansado.»

Dirijo la jeta lúgubre hacia el sur al llegar a la Quinta Avenida, y allí está el sueño que tuve tantos años en Irlanda, la avenida casi desierta a esta hora de la mañana, sólo están los autobuses de dos pisos, uno que va hacia el norte, otro que va hacia el sur, las joyerías, las librerías, las boutiques con maniquíes con la ropa de Pascua, conejos y huevos por todas partes en los escaparates y ningún rastro de Jesús resucitado, y muy a lo lejos, en la misma avenida, el edificio Empire State, y yo tengo salud, ¿no?, aunque estoy un poco mal de los ojos y de los dientes, tengo un título universitario y un trabajo de profesor, y acaso no es éste el país en el que todo es posible, en el que puedes conseguir todo lo que quieras con tal de que dejes de protestar y muevas el culo, porque la vida, amigo mío, no la dan de balde.

Me bastaría con que Alberta entrara en razón y volviera conmigo.

La Quinta Avenida me hace ver lo ignorante que soy. Los maniquíes de los escaparates llevan sus atuendos de Pascua, y si uno de ellos cobrara vida y me preguntase qué tejido llevaba puesto, yo no tendría la menor idea. Si llevaran ropa de lona la reconocería en seguida por los sacos de carbón que yo repartía en Limerick y con los que me cubría cuando estaban vacíos y hacía un tiempo pésimo. Quizás fuera capaz de reconocer el *tweed* por los abrigos que llevaba la gente en invierno y en verano, aunque tendría que reconocer al maniquí que no conozco la diferencia entre la seda y el algodón. No sería capaz jamás de señalar un vestido y decir: «Eso es satén, o lana», y estaría completamente perdido si me desafiasen a que reconociera el damasco o la crinolina. Sé que a los novelistas les gusta dar a entender lo ricos que son sus personajes haciendo hincapié en que tienen cortinas de damasco, aunque yo no sé si alguien se pone tal tejido, a no ser que los personajes pasen por momentos difíciles y apliquen las tijeras al damasco. Sé que es difícil coger una novela que transcurra en el Sur en la que no salga una familia blanca, dueña de una plantación, que reposa en la veranda bebiendo bourbon o gaseosa, escuchando a los morenos que cantan *Mécete, dulce carro* mientras las mujeres de la veranda se abanican porque hace un calor de crinolina.

Allí en el Greenwich Village compro las camisas y los calcetines en unas tiendas que se llaman *haberdasheries*, y yo no sé de qué tejido están hechos, a pesar de que algunas personas me dicen que en estos tiempos tienes que tener cuidado con lo que te pones en el cuerpo, que puedes tener alergias y puede salirte una erupción. Yo nunca me preocupaba de esas cosas en Límerick, pero aquí acecha el peligro hasta cuando vas a comprar calcetines y camisas.

Hay cosas en los escaparates que tienen nombres que yo no conozco, y no sé cómo he podido vivir tanto tiempo en tal estado de ignorancia. A lo largo de la avenida hay floristerías, y lo único que hay en esos escaparates a lo que yo puedo dar un nombre son los geranios. A las personas respetables de Límerick les volvían locos los geranios, y cuando yo entregaba telegramas solía encontrarme notas en la puerta principal, «Por favor, corra la ventana y deje los mensajes bajo el tiesto de geranios». Resulta extraño encontrarme delante de una floristería de la Quinta Avenida recordando cómo el repartir telegramas me sirvió para convertirme en experto en geranios, y ahora ni siquiera me gustan. Nunca me emocionaron como las demás flores que había en los jardines de la gente, con tanto color y fragancia y con la tristeza de su muerte en otoño. Los geranios no tienen fragancia, viven para siempre y su sabor da náuseas, aunque estoy seguro de que allí en Park Avenue hay personas que me llevarían aparte y se pasarían una hora convenciéndome de las glorias del geranio, y supongo que tendría que estar de acuerdo con ellas porque vaya donde vaya la gente sabe más que yo de todo, y no es probable que uno sea rico y que viva en Park Avenue si no tiene un conocimiento profundo de los geranios y de las cosas que se cultivan en general.

A lo largo de toda la avenida hay tiendas de alimentos para gourmets, y si yo entro alguna vez en un sitio así tendré que ir acompañado de alguien que se haya criado como persona respetable y que distinga el pâté de foie gras del puré de patatas. Todas estas tiendas están obsesionadas por el francés, y yo no sé en qué piensan. ¿Por qué no podrán decir papas en vez de pommes? ¿O es que se paga más por algo cuando está rotulado en francés?

No tiene sentido mirar los escaparates de las tiendas de muebles antiguos. Nunca te indican el precio de nada si no se lo preguntas, y nunca pondrían un letrero en una silla para decirte lo que es o de dónde ha salido. En todo caso, la mayoría de las sillas no te dan ganas de sentarte en ellas. Son tan rectas y tan rígidas que te darían tal dolor de espalda que acabarías en el hospital. También hay unas mesitas de patas curvadas tan delicadas que se hundirían con el peso de una pinta y se estropearía una alfombra preciosa de Persia o de cualquier otra parte donde la gente suda para dar gusto a los americanos ricos. Hay también espejos delicados, y te preguntas qué se siente al verse uno la cara por la mañana en un marco repleto de amorcillos y de doncellas que retozan, y ¿dónde miraría uno entre tanta confusión? ¿Me miraría yo la sustancia que me supura de los ojos, o me quedaría encantado con una doncella que sucumbe a la flecha de un amorcillo?

Cuando brilla tenuemente la aurora muy lejos, en el Greenwich Village, la Quinta Avenida está casi desierta, sólo está la gente que se dirige a la catedral de San Patricio para salvar su alma, la mayoría viejas que al parecer tienen más miedo que los viejos que murmuran a su lado, o puede ser que las viejas vivan más tiempo y que haya más. Cuando el cura administra la comunión, los bancos se quedan vacíos y yo envidio a las personas que vuelven por los pasillos con las hostias en la boca y el aire de santidad que te hace ver que están en gracia de Dios. Ahora pueden volverse a sus casas y tomarse el gran desayuno, y si se caen muertos mientras comen salchichas y huevos van derechos al cielo. A mí me gustaría hacer las paces con Dios, pero mis pecados son tan terribles que cualquier cura me echaría del confesonario, y vuelvo a comprender que mi única esperanza de salvación es que tenga un accidente y aguante vivo unos minutos para poder hacer un acto de contrición perfecto que me abra las puertas del cielo.

A pesar de todo, es un consuelo estar sentado en la catedral entre la quietud de una misa del alba, sobre todo siendo capaz de mirar a mi alrededor y de nombrar lo que veo, los bancos, el Via Crucis, el púlpito, el sagrario que tiene dentro la custodia donde está la Eucaristía, el cáliz, el copón, las vinajeras con vino y agua a la derecha del altar, la patena. No sé nada de joyas ni de las flores de la tienda pero soy capaz de recitar las vestiduras sacerdotales, el amito, el alba, el cíngulo, el manípulo, la estola, la casulla, y sé que el sacerdote que está ahí arriba con la casulla morada de la cuaresma se la pondrá blanca el domingo de Pascua, cuando Cristo ha resucitado y los americanos dan a sus hijos conejos de chocolate y huevos amarillos.

Después de todas las mañanas de domingo de Límerick puedo pasar con tanta facilidad como un monaguillo desde el Introito de la misa hasta el Ite missa est, podéis ir en paz, la señal que indica a los hombres de Irlanda con sed que se pueden levantar de sus rodillas e ir en bandada a las tabernas para tomarse la pinta del domingo que les cura los infortunios de la noche anterior.

Puedo nombrar las partes de la misa y las vestiduras sacerdotales y las partes del fusil, como Henry Reed en su poesía, pero ¿de qué me sirve todo esto si subo en el mundo y me siento en una silla rígida ante una mesa donde sirven comida de lujo y yo no distingo el cordero del pato?

Es pleno día en la Quinta Avenida y sólo estoy yo sentado en la escalinata que está entre los dos grandes leones de la biblioteca pública de la calle Cuarenta y Dos, donde me mandó hace casi diez años Tim Costello a leer *Las vidas de los poetas ingleses*. Hay pajaritos de diferentes tamaños y colores que revolotean de árbol en árbol diciéndome que la primavera no tardará en llegar, y yo tampoco conozco sus nombres. Sé distinguir una paloma de un gorrión, y no conozco más, aparte de las gaviotas.

Si mis alumnos del Instituto McKee pudieran asomarse a mi cabeza se preguntarían cómo tan siquiera me hice profesor. Ya saben que no fui al instituto, y dirían: «Es el colmo. He aquí un profesor que nos da lecciones de vocabulario ahí subido y ni siquiera sabe cómo se llaman los pájaros que están en los árboles.»

La biblioteca abrirá dentro de pocas horas y yo podría sentarme en la Sala de Lectura Principal donde están los libros grandes de imágenes que me dicen los nombres de las cosas, pero todavía es muy temprano y hay mucho camino hasta Downing Street, Bill Galetly con las piernas cruzadas y bizqueándose a sí mismo en el espejo, Platón y el Evangelio de San Juan.

Está echado de espaldas en el suelo, desnudo y roncando, con una vela que se consume junto a su cabeza, con cáscaras de plátano por todas partes. En el apartamento hace frío, pero cuando le echo encima una manta se incorpora y la aparta.

—Siento lo de los plátanos, Frank, pero es que esta mañana he hecho una fiestecita para celebrar una cosa. Un gran avance. Aquí está.

Señala un pasaje de San Juan.

—Léelo —me dice—. Adelante, léelo.

Y yo leo: «El espíritu es el que da vida, la carne nada aprovecha: las palabras que yo os he hablado son espíritu y son vida».

Bill me mira fijamente.

—¿Y bien?

—¿Qué?

—¿Lo entiendes? ¿Te enteras?

—No lo sé. Tendría que leerlo varias veces y son casi las nueve de la mañana. He pasado toda la noche en pie.

—Yo he ayunado tres días para llegar a penetrar en eso. Hay que penetrar en las cosas. Es como el sexo. Pero no he terminado. Estoy buscando el mundo paralelo de Platón. Supongo que tendré que irme a México.

—¿Por qué a México?

—Allí hay una mierda estupenda.

—¿Mierda?

—Ya sabes. Diversas sustancias químicas para ayudar al buscador espiritual.

—Ah, sí. Yo me voy a la cama un rato.

—Me gustaría poder ofrecerte un plátano, pero he hecho la fiestecita.

Me paso unas horas durmiendo en esta mañana de domingo, y cuando me despierto se ha marchado sin dejar tras de sí nada más que cáscaras de plátano.

XLII

Alberta ha vuelto. Me llama y me pide que me reúna con ella en el bar de Rocky en recuerdo de los viejos tiempos. Lleva un abrigo ligero de primavera con la bufanda de color lavanda que llevaba cuando me dijo buenas noches en vez de adiós, y este encuentro debía de ser lo que ella tenía en la cabeza desde el principio.

Todos los hombres del Rocky la miran, y sus mujeres les echan miradas furiosas para que dejen de mirar a otra y vuelvan a mirarlas a ellas.

Se quita el abrigo y se sienta con la bufanda de color lavanda en los hombros, y el corazón me palpita con tanta fuerza que apenas soy capaz de hablar. Pide un martini sin hielo y con un poco de limón y yo pido una cerveza. Me dice que había sido un error marcharse con otro, pero que aquel hombre era maduro y estaba dispuesto a sentar cabeza y yo me comportaba siempre como un soltero en el tugurio del Village. Había comprendido en seguida que a quien quería era a mí y que a pesar de que teníamos nuestras diferencias, podíamos arreglarlas, sobre todo si sentábamos cabeza y nos casábamos.

Cuando habla del matrimonio siento un dolor agudo distinto en el pecho, por miedo a no hacer nunca esa vida de libertad que veo por todas partes en Nueva York, la vida que hacían en París, donde todos bebían vino en los cafés, escribían novelas, se acostaban con las mujeres de otros hombres y con mujeres americanas hermosas y ricas deseosas de pasión.

Si digo algo de esto a Alberta, ella me dirá: «Ay, no seas crío. Tienes veintiocho años para hacer veintinueve, y no eres un maldito *beatnik*.»

Naturalmente, ninguno de los dos vamos a hablar así en plena reconciliación, sobre todo teniendo en cuenta que yo tengo la sensación inquietante de que ella tiene razón y de que yo podría ser un simple vagabundo como mi padre. Aunque ya llevo un año de profesor, sigo envidiando a las personas que son capaces de sentarse en los cafés y en las tabernas y de ir a fiestas donde hay artistas y modelos y un grupo de jazz en un rincón, tocando música en la onda y tranquila.

Es inútil decirle nada de mis sueños de libertad. Me diría: «Eres profesor. Cuando te bajaste del barco no podías soñar que llegarías tan lejos. Sigue adelante.»

Una vez, en Rhode Island, discutíamos por algo y la abuela Zoe dijo: «Sois buenas personas, pero no cuando estáis juntos.»

No quiere venir a mi apartamento de agua fría, el tugurio, y no me permite ir al suyo, pues su padre está pasando allí una temporada corta porque ha tenido una ruptura con su esposa, Stella. Me pone la mano sobre la mía y nos miramos con tanto ahínco que ella tiene lágrimas y yo me avergüenzo de la rojez que debe de estar viendo y de la supuración.

Camino del metro me dice que cuando termine el curso, dentro de pocas semanas, se marcha a Rhode Island para estar un tiempo con su abuela y ordenar su vida. Sabe que hay una pregunta en el aire: ¿Me invitará a mí a ir?, y la respuesta es no, no estoy en gracia de la abuela en estos momentos. Me da un beso de buenas noches, me dice que hablará conmigo por teléfono pronto y, cuando ha desaparecido en el metro, yo atravieso el parque de la plaza Washington atormentado entre mis ansias de ella y mis sueños de vida libre. Si no encajo con el modo de vida que ella desea, limpio, organizado, respetable, la perderé y nunca encontraré a otra como ella. Nunca se han echado en mis brazos las mujeres, ni en Irlanda, ni en Alemania ni en los Estados Unidos. Nunca podría contar al mundo los fines de semana que pasé en Munich tratando con las putas más tiradas de Alemania, ni cuando yo tenía catorce años y medio y retozaba en un sofá verde de Límerick con una muchacha que se estaba muriendo. Sólo tengo secretos oscuros y vergüenza, y es una maravilla que Alberta se trate conmigo siquiera. Si me quedara alguna fe en algo, podría ir a confesarme, pero ¿dónde hay un cura dispuesto a oír mis pecados sin levantar las manos al cielo con asco y enviarme al obispo o a alguna parte del Vaticano reservada para los réprobos?

El hombre de la Compañía Financiera Benéfica me dice: «¿No le noto un deje irlandés?» Me dice de qué parte de Irlanda eran su padre y su madre y que él mismo tiene intención de hacer una visita, aunque será difícil con sus seis hijos, ja, ja. En la familia de su madre eran diecinueve hermanos.

—¿Verdad que es increíble? —me dice—. Diecinueve chicos. Claro que siete se murieron, pero, qué demonios. Así eran las cosas antiguamente en la Vieja Patria. Tenían hijos como conejas.

»De modo que, volviendo a su solicitud. Quiere pedir un crédito de trescientos cincuenta dólares para visitar la Vieja Patria, ¿eh? No ha visto a su madre desde hace cuánto tiempo, ¿seis años?

El hombre me felicita por querer ver a mi madre. Dice que en nuestros tiempos hay demasiadas personas que se olvidan de sus madres.

—Pero no los irlandeses. No, nosotros no. Nosotros no nos olvidamos nunca de nuestras madres. El irlandés que se olvida de su madre no es irlandés y habría que erradicarlo, maldita sea, y perdone la manera de hablar, señor McCourt. Veo que usted es profesor y yo lo admiro por ello. Debe de ser duro, clases numerosas, sueldo bajo. Sí, me basta con consultar su solicitud para ver el sueldo bajo. No sé cómo es capaz de vivir con ese sueldo, y ése es el problema, lamento decírselo. Eso es lo que provoca un impedimento en esta solicitud, el sueldo bajo y la falta de garantías de cualquier tipo, si me entiende. En la oficina principal van a sacudir la cabeza cuando vean esta solicitud, pero yo voy a apoyarla porque usted tiene dos cosas a su favor, es un irlandés que quiere ver a su madre en la Vieja Patria y es un profesor que se está matando en un instituto de formación profesional, y, tal como le digo, voy a responder por usted.

Yo le digo que me voy a ganar algún dinero en los almacenes en julio, haciendo sustituciones de los hombres que se van de vacaciones, pero eso no significa nada para la Compañía Financiera Benéfica si no puedo demostrar un empleo fijo. El hombre me recomienda que no diga nada de que envío dinero a mi madre. En la oficina principal sacudirían la cabeza si hubiera alguna cosa que pudiera poner en peligro mis pagos mensuales para devolver el crédito.

El hombre me desea buena suerte.

—Es un gran placer hacer negocios con uno de los míos —dice.

El jefe de muelle de carga de Baker y Williams pone cara de sorpresa.

—Jesús, otra vez por aquí. Creía que te habías metido a profesor o alguna maldita cosa por el estilo.

—Así es.

—Entonces, ¿qué demonios haces aquí?

—Necesito el dinero. El sueldo de profesor no es espléndido.

—Deberías haberte quedado en los almacenes, o de camionero o algo así, y entonces ganarías dinero y no tendrías que estar pegándote con esos condenados chicos a los que no les importa nada.

Después, me pregunta:

—¿No andabas tú con ese tipo, Paddy McGovern?

—¿Paddy Arthur?

—Sí. Paddy Arthur. Hay tantos Paddys McGovern que tienen que cambiarse el nombre. ¿Te has enterado de lo que le pasó?

—No.

—El muy imbécil desgraciado estaba en el andén del tren A en la estación de la calle 125. En Harlem, ya sabes. ¿Qué demonios haría en Harlem? Estaría buscando algo de carne negra. De modo que se aburre de estar de pie en el andén como todo el mundo y decide esperar el tren abajo, en la vía. En la maldita vía, evitando el tercer raíl. El tercer raíl te puede matar. Enciende un pitillo y se queda allí de pie con esa sonrisa estúpida en la cara hasta que llega el tren A y le quita las penas. Eso he oído contar. ¿Qué le pasaba a ese imbécil desgraciado?

—Debía de haber estado bebiendo.

—Claro que había estado bebiendo. Los malditos irlandeses siempre están bebiendo, pero yo nunca había oído contar que ningún irlandés esperara el tren en la vía. Pero tu amigo, Paddy, siempre decía que pensaba volver. Que ahorraría lo suficiente y viviría en la Vieja Patria. ¿Qué pasó? ¿Sabes lo que opino? ¿Quieres que te diga lo que opino?

—¿Qué opina?

—Que algunas personas deberían quedarse donde están. Este país te puede volver loco. Ya vuelve locos a algunos que nacieron aquí. ¿Cómo es que tú no estás loco? O a lo mejor lo estás, ¿eh?

—No lo sé.

—Escucha lo que te digo, chico. Yo soy italiano y griego, y nosotros tenemos nuestros problemas, pero lo que aconsejo a un irlandés joven es esto: guárdate de la bebida, y no tendrás que esperar el tren en la vía. ¿Me has entendido?

—Lo he entendido.

En el almuerzo veo a un personaje del pasado lavando platos en la cocina de la casa de comidas, Andy Peters. Me ve y me dice que espere, que pruebe el pastel de carne y el puré de patatas y que él saldrá dentro de un momento. Se sienta junto a mí en un taburete de la barra y me pregunta qué me parece la salsa de carne.

—Buena.

—Sí, pues la he hecho yo. Es mi salsa de carne de prácticas. En realidad aquí lavo los platos, pero el cocinero es un borracho y me deja preparar la salsa de carne y las ensaladas, aunque por aquí no hay mucha demanda de ensaladas. Los tipos del puerto y de los almacenes creen que la ensalada es para las vacas. He venido aquí a lavar platos para poder pensar, he terminado con la jodida Universidad de Nueva York. Tengo que despejarme la cabeza. Lo que me gustaría hacer de verdad es encontrar un trabajo de pasar la aspiradora. He recorrido los hoteles ofreciéndome a pasar la aspiradora pero siempre hay formularios, siempre hay una investigación de mierda de mi pasado en la que sale a relucir que me expulsaron del ejército por no tener relaciones con una oveja, y eso me chafa lo de pasar la aspiradora. Echas una cagada en una zanja francesa y tu vida está arruinada, hasta que se te ocurre la solución brillante de volver a entrar en la vida americana por el nivel más bajo, fregando platos, y ya verás cómo corro, hombre. Seré el lavaplatos supremo. Se quedarán bizcos de asombro, y antes de que te des cuenta seré cocinero de ensaladas. ¿Cómo? Aprendiendo, fijándome en una cocina de la parte alta, ascendiendo a cocinero de ensaladas, a adjunto del adjunto del chef, y antes de que te des cuenta me dedicaré a las salsas. A las salsas, por Dios, porque la salsa es el ingrediente fundamental de la gilipollez de la cocina francesa y los americanos se lo tragan. De manera que ya verás mi estilo, Frankie, chico, ya verás mi nombre en los periódicos, Andre Pierre, pronunciado como es debido en francés, levantando las cejas hasta el flequillo, el salsista supremo, el mago de la olla, la cazuela y el batidor, parloteando en todos los programas de entrevistas de la televisión sin que a nadie le importe un pito que me haya tirado a todas las ovejas de Francia y de las monarquías adyacentes. Las personas de los restaurantes elegantes dirán «oh» y «ah», felicitarán al chef, que soy yo, y me invitarán a visitar sus mesas para poder hablarme con condescendencia, yo con mi gorro y mi delantal blancos, y naturalmente diré de pasada que me faltó tanto así para obtener un doctorado en la Universidad de Nueva York, y las esposas de Park Avenue me invitarán para hacerme consultas sobre las salsas y sobre el significado de todo, mientras los maridos están en Arabia Saudita comprando petróleo y yo estaré con sus mujeres haciendo excavaciones en busca de oro.

Se detiene un momento para preguntarme a qué dedico mi vida.

—A la enseñanza.

—Me lo temía. Creía que querías ser escritor.

—Quiero serlo.

—¿Entonces?

—Tengo que ganarme la vida.

—Estás cayendo en la trampa. No caigas en la trampa, te lo suplico. Yo estuve a punto de caer en ella.

—Tengo que ganarme la vida.

—Nunca escribirás mientras estés ejerciendo la enseñanza. La enseñanza es una perrería. ¿Recuerdas lo que decía Voltaire? Cultiva tu huerto.

—Lo recuerdo.

—¿Y lo que decía Carlyle? Gana dinero y olvídate del universo.

—Me estoy ganando la vida.

—Te estás muriendo.

Una semana más tarde se ha marchado de la casa de comidas y nadie sabe dónde ha ido.

Con el dinero de la Compañía Financiera Benéfica y con el sueldo de los almacenes puedo pasarme unas semanas en Límerick, y siento la misma sensación antigua cuando el avión desciende y sigue el estuario del Shannon hasta el aeropuerto. El río reluce como la plata y los campos ondulados que se pierden a lo lejos son de tonos sombríos de verde, salvo en las partes donde brilla el sol y viste de esmeralda la tierra. Es muy oportuno estar sentado junto a una ventanilla por si hay lágrimas.

Ella está en el aeropuerto con Alphie y con un coche de alquiler y la mañana es fresca y húmeda de rocío camino de Límerick. Me habla de la visita que hizo Malachy con su esposa, Linda, y de la fiesta desenfrenada que hicieron, en la que Malachy salió a un campo y volvió a casa montado en un caballo que quería meter en la casa, hasta que todos le convencieron de que una casa no era lugar para un caballo. Aquella noche hubo mucho alcohol, y más que alcohol, *poteen* [1], que a alguien le había dado un hombre en el campo, y por suerte quiso Dios que los guardias no se acercaran a la casa, pues la posesión de *poteen* es un delito grave por el que puedes acabar en la cárcel de Límerick. Malachy dijo que Alphie y ella quizás pudieran ir a Nueva York para hacernos una visita en Navidad, y verdad que eso sería estupendo, estaríamos todos juntos.

---

[1] Aguardiente destilado clandestinamente. (N. del T.)

La gente me reconoce por las calles y me dice que tengo un aspecto estupendo, que cada vez tengo más aspecto de yanqui.

—Frankie McCourt no ha cambiado ni una hora, ni una hora —afirma Alice Egan—. ¿Verdad que no, Frankie?

—No lo sé, Alice.

—No tienes el menor asomo de acento americano.

Todos los amigos que yo tenía en Límerick ya no están, han muerto o han emigrado, y yo no sé qué hacer. Podría pasarme todo el día leyendo en casa de mi madre, pero ¿es que he hecho el viaje desde Nueva York para estar sentado gastando el culo y leyendo? Podría pasarme toda la noche sentado en las tabernas y bebiendo, pero eso también podría haberlo hecho en Nueva York.

Me paseo de un extremo a otro de la ciudad y salgo al campo, por donde caminaba mi padre interminablemente. La gente es amable, pero ellos trabajan y tienen familias y yo soy un visitante, un yanqui de vuelta.

—¿Eres tú, Frankie McCourt?

—Lo soy.

—¿Cuándo has venido?

—La semana pasada,

—¿Y cuándo te marchas?

—La semana que viene.

—Estupendo. Estoy seguro de que tu pobre madre se alegra de tenerte en casa y espero que sigas teniendo buen tiempo.

Me dicen:

—Supongo que habrás visto muchos cambios en Límerick.

—Ah, sí. Más coches, menos narices mocosas y menos rodillas con costras. Ningún niño descalzo. Ninguna mujer con chal.

—Jesús, Frankie McCourt, en qué cosas tan raras te fijas.

Me observan para ver si me doy humos, para cortármelos, pero yo no tengo humos que darme. Cuando les digo que soy profesor, parecen desilusionados.

—Sólo profesor. Dios del cielo, Frankie McCourt, pensábamos que ya serías millonario. Desde luego, después de que nos visitara tu hermano Malachy con la atractiva modelo de su mujer y después de que él es actor y todo.

El avión asciende hacia un sol de poniente que llena de oro el Shannon, y, aunque me alegro de volver a Nueva York, ya no sé cuál es mi tierra.

315

XLIII

El bar de Malachy tiene tanto éxito que paga los pasajes a mi madre y a mi hermano Alphie en el vapor *Silvania*, que arriba a Nueva York el 21 de diciembre de 1959.

Cuando salen de la caseta de la aduana a mi madre le cuelga del zapato derecho un pedazo de cuero roto que le deja ver el dedo pequeño de un pie que siempre estaba hinchado. ¿No acabará esto nunca? ¿Es ésta la familia del zapato roto? Nos abrazamos, y Alphie sonríe con los dientes rotos y ennegrecidos.

La familia de los zapatos rotos y de los dientes destrozados. ¿Será éste nuestro escudo de armas?

Mi madre mira más allá de mí, hasta la calle que está detrás.

—¿Dónde está Malachy?

—No lo sé. Seguramente llegará en seguida.

Me dice que tengo buen aspecto, que no me ha venido nada mal coger un poco de peso, aunque tengo que hacer algo por los ojos, con lo rojos que los tengo. Esto me irrita, porque sé que con sólo que piense en mis ojos o que alguien los nombre siento que se me enrojecen, y, naturalmente, ella se da cuenta.

—Lo ves —me dice—. Eres un poco mayor para tener mal los ojos.

Me dan ganas de decirle con voz cortante que tengo veintinueve años y que no sé cuál es la edad adecuada para no tener mal los ojos, y preguntarle si es de esto de lo que quiere hablar en cuanto llega a Nueva York, pero entonces llega Malachy en un taxi con su esposa, Linda. Más sonrisas y más abrazos. Malachy retiene el taxi mientras nosotros sacamos las maletas.

—¿Las metemos en el maletero? —dice Alphie.

—Ah, no, las metemos en la cajuela —dice Linda con una sonrisa.

—¿En la cajuela? No hemos traído ninguna cajuela.

—No, no —dice ella—, metemos vuestras maletas en la cajuela del taxi.

—¿Es que el taxi no tiene maletero?

—No, eso es la cajuela.

Alphie se rasca la cabeza y vuelve a sonreír, es un joven que comprende su primera lección de inglés americano.

En el taxi, mamá dice:

—Dios del cielo, hay que ver todos esos automóviles. Las calles están atestadas.

Yo le digo que ahora no están tan mal, que una hora antes estábamos en plena hora punta y que el tráfico estaba todavía peor. Ella me dice que no comprende cómo podría ser peor. Yo le digo que siempre es peor más temprano y ella me dice:

—No sé cómo puede ser peor que esto, con lo despacio que van los automóviles ahora mismo.

Yo intento tener paciencia y digo despacio:

—Te digo, mamá, que así es el tráfico de Nueva York. Yo vivo aquí.

—Ah, no tiene importancia —dice Malachy—. Es una mañana preciosa.

—Yo también he vivido aquí, por si se te ha olvidado —dice ella.

—Sí que has vivido aquí —le digo—. Hace veinticinco años, y vivías en Brooklyn, no en Manhattan.

—Bueno, no deja de ser Nueva York.

No ceja y yo tampoco, aunque observo la mezquindad de los dos y me pregunto por qué estoy discutiendo en vez de celebrar la llegada de mi madre y de mi hermano pequeño a la ciudad con la que todos hemos soñado durante todas nuestras vidas. ¿Por qué se mete con mis ojos, y por qué tengo yo que contradecirla sobre el tráfico?

Linda intenta suavizar el momento.

—Bueno, tal como dice Malachy, es un día muy bonito.

Mamá asiente levemente con la cabeza a regañadientes.

—Lo es.

—Y ¿qué tiempo hacía cuando salisteis de Irlanda, mamá?

Una palabra a regañadientes.

—Llovía.

—Ay, en Irlanda siempre está lloviendo, ¿verdad, mamá?

—No, no es así —dice, y cruza los brazos y se queda mirando fijamente al frente, al tráfico que era mucho más denso hace una hora.

En el apartamento, Linda prepara el desayuno mientras mamá juega con la nueva niña, Siobhan, sobre sus rodillas y le canturrea como nos canturreó a los siete.

—Mamá, ¿prefieres té o café? —le pregunta Linda.

—Té, por favor.

Cuando está preparado el desayuno, mamá deja a la niña, viene a la mesa y pregunta qué es esa cosa que flota en su taza. Linda le dice que es una bolsita de té y mamá levanta la nariz al aire con desprecio.

—Ah, yo no me bebo eso. Desde luego, eso no es té como es debido.

A Malachy se le pone tenso el rostro y le dice con los dientes apretados:

—Éste es el té que tenemos. Así lo preparamos. No tenemos una libra de té Lyons y una tetera para ti.

—Bueno, pues entonces no tomaré nada. Me comeré mi huevo, nada más. No sé qué país es éste en que no te puedes tomar una taza de té como es debido.

Malachy está a punto de decir algo pero la niña llora y va a sacarla de su cuna mientras Linda revolotea prestando atención a mamá, sonriendo, intentando agradarla.

Podríamos comprar una tetera, mamá, y podríamos comprar té suelto, ¿verdad, Malachy?

Pero él está desfilando por el cuarto de estar con la niña que solloza en su hombro y se advierte que en la cuestión de las bolsitas de té no se va a rendir, por lo menos esta mañana. Como cualquier persona que se haya tomado alguna vez una taza de té como es debido en Irlanda, desprecia las bolsitas de té, pero tiene una esposa americana que sólo conoce las bolsitas de té, tiene una niña pequeña y tiene cosas en la cabeza y poca paciencia con su madre que levanta la nariz al aire con desprecio por las bolsitas de té en el primer día que pasa en los Estados Unidos de América, y él no sabe, después de todos los gastos y las molestias que ha tenido, por qué tiene que pasarse tres semanas soportando las manías de ella en este apartamento pequeño.

Mamá se aparta de la mesa.

—¿El retrete? —pregunta a Linda—. ¿Dónde está el retrete?

—¿Qué?

—El retrete. El váter.

Linda mira a Malachy.

—El servicio —dice él—. El baño.

—Ah —dice Linda—. Por aquí.

Mientras mamá está en el baño, Alphie dice a Linda que la bolsita de té no estaba tan mal después de todo. Si no la vieses flotar en la taza te pensarías que estaba bien, dice, y Linda vuelve a sonreír. Ella le dice que por eso los chinos no sirven grandes trozos de carne. No les gusta mirar al animal que se están comiendo. Si guisan pollo, lo cortan en trozos pequeños y lo mezclan con otras cosas, de tal modo que casi no se conoce que es pollo. Por eso no se ve nunca un muslo ni una pechuga de pollo en los restaurantes chinos.

—¿De verdad? —dice Alphie.

La niña sigue sollozando sobre el hombro de Malachy, pero en la mesa se está a gusto mientras Alphie y Linda hablan de las bolsitas de té y de la delicadeza de la cocina china. Entonces vuelve mamá del baño y dice a Malachy:

—Esa niña está llena de gases, vaya si lo está. La cogeré yo.

Malachy le entrega a Siobhan y se sienta a la mesa con su té. Mamá camina con el trozo de cuero que le cuelga del zapato roto y sé que tendré que llevarla a una zapatería de la Tercera Avenida. Da palmadas a la niña y ésta suelta un fuerte eructo que nos hace reír a todos. Vuelve a dejar a la niña en la cuna y se inclina sobre ella.

—Ya, ya, *leanv*, ya, ya —dice, y la niña gorjea. Vuelve a la mesa, deja las manos en el regazo y nos dice:

—Daría los dos ojos por una taza de té como es debido.

Y Linda le dice que saldrá hoy a comprar una tetera y té suelto, ¿de acuerdo, Malachy?

—De acuerdo —dice él, porque sabe dentro de su corazón que no hay nada como el té hecho en una tetera que enjuagas con agua que hierve a borbotones, en la que pones una cucharada a rebosar para cada taza, en la que viertes el agua que hierve a borbotones y mantienes caliente la tetera con una funda mientras se prepara el té durante seis minutos exactos.

Malachy sabe que así es como preparará el té mamá y suaviza su postura acerca de las bolsitas de té. También sabe que ella tiene instintos más finos y maneras superiores en la cuestión de sacar los gases a los niños pequeños, y es un intercambio justo, una taza de té como es debido para ella y alivio para la niña Siobhan.

Por primera vez en diez años estamos todos juntos, mamá y sus cuatro hijos. Malachy tiene a su esposa Linda y a su hija recién nacida Siobhan, la primera de una nueva generación. Michael tiene una novia, Jan, y Alphie no tardará en encontrarla también. Yo me he reconciliado con Alberta y vivo con ella en Brooklyn.

Malachy es el alma de la fiesta en Nueva York, y ninguna fiesta puede empezar sin él. Si no aparece hay inquietud y quejas: «¿Dónde está Malachy? ¿Dónde está tu hermano?», y cuando irrumpe ruidosamente están contentos. Canta y bebe y pasa su vaso para que le sirvan más bebida y vuelve a cantar hasta que se va corriendo a la fiesta siguiente.

A mamá le encanta esta vida, la emoción que tiene. Le encanta tomarse un whiskey con agua en el bar de Malachy y que la presenten como la madre de Malachy. Le centellean los ojos y se le encienden las mejillas y deslumbra al mundo haciendo brillar la dentadura postiza. Sigue a Malachy a las fiestas, a las viejas juergas, como las llama ella, goza de la aureola de madre e intenta corear las canciones de Malachy hasta que se queda sin aliento con los primeros síntomas del enfisema. Después de tantos años sentada junto a la lumbre en Límerick preguntándose de dónde iba a sacar la próxima hogaza de pan, lo está pasando de maravilla, y ¿verdad que éste es un gran país? Ay, a lo mejor se queda un poco más de tiempo. Desde luego, ¿para qué volver a Límerick en pleno invierno sin tener nada que hacer más que quedarse sentada a la lumbre calentándose las pobres espinillas? Ya volverá cuando caliente más el tiempo, en Semana Santa quizás, y Alphie puede buscar un trabajo aquí para que vayan tirando.

Malachy tiene que decirle que si quiere quedarse en Nueva York, aunque sea poco tiempo, no podrá alojarse con él en su pequeño apartamento con Linda y con la niña, que tiene cuatro meses.

Ella me llama a casa de Alberta y me dice:

—Estoy dolida, vaya si lo estoy. Cuatro hijos en Nueva York y no tengo dónde recostar la cabeza.

—Pero todos tenemos apartamentos pequeños, mamá. No hay sitio.

—Bueno, pues habrá que preguntarse qué hacéis con todo el dinero que ganáis. Deberíais haberme dicho todo esto antes de haberme traído a la fuerza dejando mi propia lumbre, donde estaba cómoda.

—Nadie te ha traído a la fuerza. ¿Es que no repetías y volvías a repetir que querías venir por Navidad, y es que no te ha pagado Malachy el pasaje?

—He venido porque quería ver a mi primera nieta, y no os preocupéis: Devolveré el dinero a Malachy aunque tenga que ponerme de rodillas a fregar suelos. Si hubiera sabido cómo me iban a tratar aquí, me habría quedado

320

en Límerick y me habría comido yo sola un buen ganso con un techo sobre mi cabeza.

Alberta me dice en voz baja que debo invitar a mamá y a Alphie a cenar el sábado por la noche. Al otro lado de la línea se oye un silencio y después un sorbido.

—Bueno, no sé qué haré el sábado por la noche. Malachy dijo que quizás hubiera una fiesta.

—Muy bien. Te hemos invitado a cenar, pero si tú quieres ir a otra fiesta con Malachy, pues ve.

—No hace falta que pongas esa voz de ofendido. Brooklyn está lejísimos. Lo sé porque yo vivía allí.

—Está a menos de media hora.

Ella dice algo en voz baja a Alphie y éste se pone al teléfono.

—¿Francis? Iremos.

Cuando abro la puerta ella trae su propio frío, además del frío de enero. Reconoce la existencia de Alberta con un gesto de la cabeza y me pide una cerilla para su cigarrillo. Alberta le ofrece un cigarrillo, pero ella dice que no, que tiene los suyos y que en todo caso esos cigarrillos americanos apenas tienen sabor. Alberta le ofrece una copa y ella pide un whiskey con agua. Alphie pide una cerveza y mamá dice:

—Ah, ya estás empezando, ¿eh?

Yo le digo que no es más que una cerveza.

—Bueno, así es como se empieza. Una cerveza, y acto seguido estás dando voces y cantando y despertando a la niña.

—Aquí no hay niña.

—La hay en casa de Malachy, y también hay voces y canciones.

Alberta nos llama a cenar, atún a la cazuela con ensalada verde. Mamá tarda lo suyo en venir a la mesa. Dice que tiene que terminarse el cigarrillo y que, al fin y al cabo, qué prisa hay.

Alberta dice que es agradable comerse el atún a la cazuela cuando está bien caliente.

Mamá dice que no le gusta la comida tan caliente que te quema el paladar.

—Por Dios —le digo—, termínate el cigarrillo y ven a la mesa.

Viene con su aire de ofendida. Acerca su silla y aparta la ensalada. No le gusta la lechuga de este país. Yo intento controlarme. Le pregunto en qué demonios se diferencia la lechuga de este país de la lechuga de Irlanda. Ella me dice que hay una diferencia muy grande, que la lechuga de este país no sabe a nada.

—Ah, no tiene importancia —dice Alberta—. En todo caso, la lechuga no gusta a todo el mundo.

Mamá mira fijamente su atún a la cazuela y aparta con el tenedor los tallarines y el atún mientras busca los guisantes. Dice que le encantan los guisantes, aunque éstos no son tan buenos como los de Límerick. Alberta le pregunta si quiere más guisantes.

—No, gracias.

Dicho esto, revuelve los tallarines buscando los trozos de atún.

—¿No te gustan los tallarines? —le pregunto.

—¿Qué?

—Los tallarines. ¿No te gustan?

—No sé qué son, pero no me hacen gracia.

Me dan ganas de plantarme cara a cara ante ella y de decirle que se está comportando como una salvaje, que Alberta se ha esforzado mucho pensando en algo que pudiera agradarle, y lo único que hace ahora ella es sentarse levantando la nariz al aire como si alguien le hubiera hecho algo, y que si no le gusta se puede poner el maldito abrigo y volverse a Manhattan, a la fiesta que se está perdiendo, y que yo no volveré a molestarla invitándola a cenar.

Me dan ganas de decirle todo esto, pero Alberta hace las paces.

—Ah, está bien. Puede que mamá esté cansada con la emoción de venir a Nueva York, y si nos tomamos una buena taza de té y un trozo de tarta nos relajaremos todos.

Mamá dice que no, gracias, que no quiere tarta, que no es capaz de comer un bocado más pero que sí le gustaría una taza de té, hasta que, otra vez, ve la bolsita de té en su taza y nos dice que eso no es una taza de té como es debido.

Yo le digo que es lo que tenemos y que es lo que hay para ella, aunque lo que no le digo es que me gustaría tirarle la bolsita de té entre los ojos.

Dijo que no quería tarta, pero ahora se la está metiendo a presión en la boca y se la está tragando sin masticarla apenas, y después recoge y se come las migas de alrededor de su plato, la mujer que no quería tarta.

Echa una mirada a la taza de té.

—Bueno, si éste es el único té que tenéis, supongo que tendré que bebérmelo.

Coge la bolsita de té con la cucharilla y la aprieta hasta que el agua se pone de color castaño y pregunta por qué hay un limón en su platillo.

Alberta dice que a algunas personas les gusta el té con limón.

Mamá dice que no había oído nunca una cosa así, que es repugnante.

322

Alberta retira el limón y mamá dice que le gustaría tomar leche y azúcar, si no nos importa. Pide una cerilla para su cigarrillo y fuma mientras se bebe sólo la mitad del té para demostrar que no le gusta.

Alberta pregunta si a Alphie y a ella les gustaría ver una película en el barrio, pero mamá dice que no, que tienen que ir volviéndose a Manhattan y que es demasiado tarde.

Alberta dice que no es tan tarde, y mamá dice que es bastante tarde.

Voy andando con mi madre y con Alphie subiendo por la calle Henry y hasta el metro de Borough Hall. Es una noche luminosa de enero y a lo largo de la calle hay todavía luces de Navidad que brillan y parpadean en las ventanas. Alphie habla de lo elegantes que son las casas y me da las gracias por la cena. Mamá dice que no sabe por qué la gente no es capaz de servir la cena en un cuenco y de dártela sin poner otro plato debajo. Opina que cosas así son darse humos.

Cuando llega el tren doy la mano a Alphie. Me inclino para besar a mi madre y darle un billete de veinte dólares, pero ella retira la cara y se sienta en el tren dándome la espalda y yo me marcho con el dinero guardado otra vez en el bolsillo.

XLIV

Pasé ocho años viajando en el transbordador de la isla de Staten. Tomaba el tren RR de Brooklyn a la calle Whitehall de Manhattan, iba andando a la terminal, metía una moneda de cinco centavos en la ranura del torniquete, me compraba un café solo sin azúcar y una rosquilla, y esperaba en un banco con un periódico lleno de los desastres del día anterior.

El señor Jones enseñaba música en el Instituto McKee, aunque al verlo en el transbordador podrías haberlo tomado por un catedrático de universidad o por el director de un bufete de abogados. Podrías haberlo tomado por eso a pesar de que era de color, que después sería negro y, en años posteriores, afroamericano. Se ponía cada día un traje diferente con chaleco y un sombrero a juego. Llevaba camisas con cuello fijo o con cuello postizo sujeto con alfileres de oro. Su reloj y sus anillos también eran de oro, y delicados. Los viejos limpiabotas italianos lo adoraban porque era cliente diario y daba propinas generosas, y le dejaban los zapatos deslumbrantes. Leía todas las mañanas el *Times* y lo sujetaba con unos dedos que le salían de unos guantecillos de piel que le cubrían desde más abajo de la muñeca hasta más arriba de los nudillos. Sonreía cuando me hablaba de los conciertos y de las óperas a las que había asistido la noche anterior o de los viajes que hacía en verano a Europa, sobre todo a Milán y a Salzburgo. Me ponía la mano en el brazo y me decía que no debía morirme sin haberme sentado en la Scala. Otro profesor le dijo en broma una mañana que los chicos del McKee debían de estar impresionados con su ropa, con toda esa elegancia, ya me entiende, y el señor Jones dijo:

—Visto como lo que soy.

El profesor sacudió la cabeza y el señor Jones volvió a su *Times*. En el transbordador de vuelta aquel mismo día, el otro profesor me dijo que el señor Jones no se veía a sí mismo en absoluto como un hombre de color, que decía en voz alta a los chicos negros que dejaran de andar bailando por el pasillo. Los chicos negros no sabían qué pensar del señor Jones con toda su elegancia. Sabían que, con independencia de la música que les gustase a ellos, el señor Jones estaría ahí arriba hablándoles de Mozart, pondría su música en el tocadiscos o ilustraría pasajes al piano, y cuando llegaba la asamblea de Navidad haría cantar villancicos a sus muchachos y a sus muchachas como ángeles en el escenario.

Yo pasaba todas las mañanas en el transbordador por delante de la estatua de la Libertad y de la isla de Ellis, y pensaba en cuando mi madre y mi padre habían venido a este país. ¿Estarían tan emocionados cuando llegó su barco como lo estaba yo aquella primera mañana soleada de octubre? Había profesores que iban a McKee y a otras escuelas de la isla de Staten sentados en el transbordador y miraban la estatua y la isla. Debían de pensar en cuando sus padres y sus abuelos llegaron a este lugar, y quizás pensaron en los centenares que fueron devueltos. Debía de entristecerlos como me entristecía a mí ver la isla de Ellis abandonada y en ruinas, y ese transbordador atracado a su lado hundido en el agua, el transbordador que llevaba a los inmigrantes desde la isla de Ellis hasta la isla de Manhattan, y si miraban con atención suficiente veían los fantasmas con ansia de desembarcar.

Mamá se había mudado con Alphie a un apartamento del West Side. Después, Alphie la dejó para ser independiente en el Bronx, y mamá se mudó a la avenida Flatbush, cerca de la plaza Grand Army, en Brooklyn. Su edificio era modesto, pero ella se sentía a gusto al disponer de un sitio propio donde no tendría ninguna obligación con nadie. Podía ir andando a todos los bingos que quisiera y estaba satisfecha, muchas gracias.

Durante mis primeros años en el Instituto McKee me matriculé en el Colegio Universitario de Brooklyn para asistir a clases con el fin de obtener un máster en Lengua Inglesa. Empecé asistiendo a clases de verano y seguí con clases de tarde y de noche al empezar el curso académico. Cogía el transbordador de la isla de Staten a Manhattan e iba andando a coger en Bowling Green el metro que me llevaba hasta el final de la línea Flatbush, cerca del Colegio Universitario de Brooklyn. En el transbordador y en el tren podía leer para mis clases o corregir los ejercicios de mis alumnos del McKee.

Yo decía a mis alumnos que quería trabajos ordenados, limpios y legibles, pero ellos me daban cualquier cosa que habían garabateado rápidamente en los autobuses y en los trenes, en las clases de taller cuando el profesor no miraba, o en la cafetería. Los ejercicios estaban salpicados de manchas de café, Coca Cola, helado, catsup, estornudos, y una voluptuosidad allí donde las muchachas se habían secado los labios pintados. Un conjunto de ejercicios en esas condiciones me irritaba tanto que los tiraba por la borda del transbordador y contemplaba con satisfacción cómo se hundían para formar un mar de los Sargazos de analfabetismo.

Cuando me pedían sus ejercicios yo les decía que eran tan malos, que si se los hubiera devuelto, cada ejercicio habría recibido un cero, y ¿acaso preferían eso a nada en absoluto?

No estaban seguros, y cuando reflexioné sobre ello yo tampoco estuve seguro. ¿Cero, o nada en absoluto? Nos pasamos toda una clase discutiéndolo y llegamos a la conclusión de que era mejor no tener nada en absoluto que tener un cero en el boletín de notas, porque nada en absoluto no se puede dividir por nada, y el cero se puede dividir si aplicas el álgebra o algo así, porque un cero es algo y nada en absoluto es nada en absoluto, y eso no lo podía discutir nadie. Además, si tus padres ven un cero en tu boletín de notas se enfadan, si son de los que les importa, pero si no ven nada no saben qué pensar, y es mejor que tu padre y tu madre no sepan que pensar que tu padre y tu madre vean un cero y te den un puñetazo en la cabeza.

Después de mis clases en el Colegio Universitario de Brooklyn me bajaba a veces del metro en la calle Bergen para visitar a mi madre. Si me esperaba, hacía un pan tan caliente y tan delicioso que se fundía en la boca tan deprisa como la mantequilla con que lo untaba. Hacía el té en una tetera y no podía evitar una expresión de desprecio al pensar en las bolsitas de té. Yo le decía que las bolsitas de té no eran más que un recurso cómodo para la gente que tenía la vida atareada, y ella decía que nadie está tan atareado que no pueda dedicar el tiempo necesario a preparar una taza de té como es debido, y que si estás tan atareado no te mereces una taza de té como es debido, porque, al fin y al cabo, ¿de qué se trata? ¿Hemos venido al mundo para estar atareados o para charlar tomándonos una buena taza de té?

Mi hermano Michael se casó con Donna de California en el apartamento de Malachy, en la calle Noventa y Tres Oeste. Mamá se compró un vestido nuevo para la ocasión, pero se veía que no aprobaba el acto. Se casaba su hijo encantador Michael, y no se veía rastro de ningún cura, sólo había en la sala de estar un ministro protestante que podía pasar por un tendero o por un policía libre de servicio con su cuello y su corbata. Malachy había alquilado dos docenas de sillas plegables, y cuando ocupamos nuestros sitios advertí la ausencia de mamá. Estaba en la cocina fumándose un cigarrillo. Le dije que la boda estaba a punto de empezar, y ella me dijo que tenía que terminarse el cigarrillo.

—Mamá, por Dios, tu hijo se va a casar.

Ella me dijo que ése era su problema, que ella tenía que terminarse el pitillo, y cuando yo le dije que estaba haciendo esperar a todos, puso la cara tensa, levantó la nariz al aire, apagó la colilla en el cenicero y se dirigió a la sala de estar tardando lo suyo. Cuando entró me dijo en voz baja que tenía que ir al baño y yo le susurré con rabia entre dientes que tendría que esperarse por narices. Se sentó en su silla y se quedó mirando por encima de la cabeza del ministro protestante. No importaba lo que se dijera, no importaba la ternura ni la dulzura que surgieran aquí: Ella no estaba dispuesta a formar parte de ello, no estaba dispuesta a ceder, y cuando la novia y el novio recibieron besos y abrazos, mamá se quedó sentada con el bolso en el regazo mirando directamente al frente para que todo el mundo supiera que no veía nada, y menos que nada el espectáculo de su hijo encantador Michael cayendo en las garras de los protestantes y de sus ministros.

Cuando visité a mamá en la avenida Flatbush y nos tomamos el té me dijo que verdad que era curioso que ella volviera a estar en esta parte del mundo después de tantos años, en un lugar donde había tenido cinco hijos, aunque tres murieron, la niña pequeña aquí en Brooklyn y los gemelos en Irlanda. Puede que fuera demasiado para ella pensar en esa niña pequeña, muerta a los veintiún días de edad a poca distancia de aquí. Ella sabía que bajando por la avenida Flatbush hasta la esquina con la avenida Atlantic se veían todavía los bares donde mi padre enloquecía, gastándose el sueldo, olvidándose de sus hijos. No, tampoco quería hablar de eso. Cuando yo le preguntaba por sus tiempos de Brooklyn, ella me contaba retazos y después se quedaba callada. ¿De qué servía? El pasado es el pasado, y volver atrás es peligroso.

Debía de tener pesadillas sola en ese apartamento.

XLV

Stanley pasa más tiempo que nadie en la cafetería de profesores. Cuando me ve se sienta a mi lado, toma café, fuma cigarrillos y suelta monólogos sobre cualquier cosa.

Tiene cinco clases, como la mayoría de los profesores, pero sus alumnos de logoterapia suelen faltar porque les da vergüenza tartamudear e intentar hacerse entender con el paladar hendido. Stanley les suelta discursos de ánimo, y a pesar de que les dice que son tan buenos como cualquiera, ellos no lo creen. Algunos asisten a mis clases normales de Lengua Inglesa y escriben redacciones en las que dicen que el señor Garber bien puede hablar, que es un buen tipo y todo eso, pero que no sabe lo que es acercarse a una chica e invitarla a bailar cuando no eres capaz de sacar la primera palabra de la boca. Ah, sí, el señor Garber bien puede ayudarles a superar la tartamudez haciéndoles cantar en su clase, pero ¿de qué te sirve eso cuando vas al baile?

En el verano de 1961, Alberta quería casarse en la Iglesia Episcopaliana de la Gracia, en Brooklyn Heights. Yo me negué. Le dije que prefería casarme en el ayuntamiento a casarme en una pálida imitación de la Iglesia Romana, Una, Santa, Católica y Apostólica. Los episcopalianos me irritaban. ¿Por qué no podían dejarse de tonterías? Ya que tienen sus imágenes, sus cruces, su agua bendita, e incluso la confesión, ¿por qué no llaman a Roma y le dicen que quieren volver?

—Está bien, está bien —dijo Alberta, y fuimos al Edificio Municipal de Manhattan. Aunque no era obligatorio, llevamos a Brian McPhillips de padrino y a su esposa, Joyce, de dama de honor. Nuestra ceremonia se retrasó por una discusión que tuvo la pareja que teníamos delante. Ella le dijo:

—¿Quieres que nos casemos llevando al brazo ese paraguas verde?

Él dijo que el paraguas era suyo y que no estaba dispuesto a dejarlo en aquel despacho para que se lo robaran. Ella le dijo, señalándonos con la cabeza:

—Esta gente no te va a robar el maldito paraguas verde, y perdonen la manera de hablar el día de mi boda.

Él dijo que no acusaba a nadie de nada, pero, maldita sea, había comprado muy caro ese paraguas en la calle Chambers a un tipo que los roba y no estaba dispuesto a dejarlo para nadie.

—Bueno, pues cásate con el condenado paraguas —le dijo ella, y cogió el bolso y se marchó. Él le dijo que si se marchaba en ese momento habían terminado, y se dirigió a nosotros cuatro y a la mujer que estaba detrás del escritorio y al funcionario que salía de la pequeña capilla de matrimonios y dijo:

—¿Que hemos terminado? ¿De qué me hablas, hombre? ¿Llevamos viviendo juntos tres años y me dices que hemos terminado? No me digas que hemos terminado. Yo te digo y te repito que ese paraguas no viene a mi boda, y si insistes, hay cierta persona que vive en Carolina del Sur, cierta exmujer, a la que le gustaría saber dónde estás, y yo se lo contaré con mucho gusto, si me quieres entender, a cierta persona que espera recibir mensualidades por alimentos para ella y para los hijos. Así que, tú elige, Byron, o a mí en ese cuartito con ese hombre y sin paraguas, o te vuelves a Carolina del Sur con tu paraguas para plantarte delante de un juez que te dirá: «A pagar, Byron, a sustentar a su mujer y a su hijo.»

El funcionario que estaba en la puerta de la capilla de matrimonios les preguntó si estaban preparados. Byron me preguntó si era yo el que me casaba hoy y si me importaba guardarle el paraguas, porque se daba cuenta de que yo era como él, que no iba a ninguna parte más que a ese cuartito.

—Fin de trayecto, hombre, fin de trayecto.

Yo le deseé buena suerte, pero él sacudió la cabeza y dijo:

—Maldita sea, ¿por qué acabamos todos pillados de esta manera?

Al cabo de pocos minutos volvieron a salir a firmar papeles, la novia sonriente, Byron ceñudo. Todos les deseamos buena suerte de nuevo y entramos en la habitación tras el funcionario. Éste sonrió y dijo:

—¿Eztamos todoz reunidoz?

Brian me miró, enarcó las cejas.

—¿Promete amar, rezpetar, cuidar? —decía el funcionario, y yo hacía esfuerzos por contener la risa. ¿Cómo podría sobrevivir a aquella boda oficiada por un hombre que tenía un ceceo tan fuerte? Tendría que pensar alguna manera de controlarme. Eso es. El paraguas que llevaba al brazo. Ay, Dios, me voy a caer en pedazos. Estoy atrapado entre el ceceo y el paraguas y no me puedo reír. Alberta me mataría si me riera en nuestra propia boda. Se te consiente que llores de alegría, pero de ningún modo debes reírte, y aquí estoy yo, impotente, entre el hombre del ceceo, prometiendo ezto y aquello, el primer hombre de la historia de Nueva York que se ha casado con un paraguas verde al brazo, un pensamiento solemne que me impidió reírme, y la ceremonia había terminado, el anillo estaba en el dedo de Alberta, el novio y la novia se besaban y recibían las felicitaciones de Brian y de Joyce, hasta que se abrió la puerta y allí estaba Byron.

—Hombre, ¿tiene usted mi paraguas? ¿Ha hecho eso por mí? ¿Me lo ha guardado aquí mismo? ¿Quieren beber algo? ¿Celebrarlo?

Alberta me indicó que no con un leve movimiento de la cabeza.

Yo dije a Byron que lo sentía, que íbamos a reunirnos con unos amigos que nos iban a dar una fiesta.

—Tiene suerte de tener amigos, hombre. Selma y yo nos vamos a comer un bocadillo y nos iremos al cine. A mí no me importa. Cuando está viendo la película no habla, ja, ja, ja. Gracias por cuidarme el paraguas.

Byron y Selma se marcharon y yo me caí de risa contra la pared. Alberta intentó mantener un poco de la dignidad propia de la ocasión, pero se rindió cuando vio que Brian y Joyce también se reían. Yo intentaba contarles que el pensar en el paraguas verde me había salvado de reírme del ceceo, pero cuanto más intentaba hablar, más impotente me sentía, hasta que cuando bajábamos en el ascensor nos agarrábamos los unos a los otros de risa, y nos secamos los ojos fuera, al sol de agosto.

Dimos un corto paseo hasta el bar de Diamond Dan O'Rourke, donde tomamos copas y bocadillos con amigos, Frank Schwake y su esposa, Jean, y Jim Collins y su nueva esposa, Sheila Malone. Después habría una fiesta en Queens, organizada por Brian y Joyce, quienes nos llevarían a Alberta y a mí en su Volkswagen.

Schwake me invitó a una copa. Collins y Brian hicieron otro tanto. El camarero nos invitó a una ronda y yo le invité a él a una copa y le dejé una buena propina. Él se rió y me dijo que debería casarme todos los días. Invité a copas a Schwake, a Collins y a Brian y todos querían invitarme a mí a otra. Joyce dijo algo en voz baja a Brian y yo comprendí que estaba preocupada por lo que se bebía. Alberta me dijo que fuera más despacio. Se hacía cargo de que era el día de mi boda, pero era temprano y yo debía tener respeto por ella y por los invitados a la recepción más tarde. Yo le dije que apenas llevábamos casados cinco minutos y ya me estaba diciendo lo que tenía que hacer. Claro que tenía respeto por ella y por los invitados. Lo único que había tenido siempre era respeto, y ya estaba cansado de tener respeto. Le dije que parara el carro, y había tal estado de tensión que intervinieron Collins y Brian. Brian dijo que aquello era tarea suya, que para eso están los padrinos. Collins dijo que él me conocía desde antes que Brian, pero Brian dijo:

—No, no es así. Yo fui compañero suyo en la universidad.

Collins dijo que no lo sabía.

—McCourt, ¿por qué no me dijiste que habías sido compañero de universidad de McPhillips?

Yo le dije que nunca me había parecido necesario decir a todo el mundo con quién había ido a la universidad, y por algún motivo eso nos hizo reír a todos. El camarero dijo que era muy bonito ver feliz a la gente en el día de su boda, y nosotros nos reímos todavía más pensando en los ceceos y en los paraguas verdes y en Alberta, que me decía que tuviese respeto por ella y por los invitados. Claro que tuve respeto por ella en el día de nuestra boda, hasta que fui a los servicios y me puse a pensar en cómo me había rechazado por otro hombre y me dispuse a salir y enfrentarme a ella, hasta que resbalé en el suelo de los servicios del bar de Diamond Dan O'Rourke y me di un golpe tan fuerte en el coco con el gran urinario que me dio un dolor de cabeza que me hizo olvidar el rechazo. Alberta me preguntó por qué tenía mojada la espalda de la chaqueta, y cuando le dije que había una gotera en el servicio de caballeros no me creía.

—Te has caído, ¿verdad?

—No, no me he caído. Había una gotera.

No me quería creer, me dijo que estaba bebiendo demasiado, y aquello me irritó tanto que estaba dispuesto a largarme e irme a vivir con una bailarina en un ático del Greenwich Village, hasta que Brian dijo:

—Ay, vamos, no seas burro, hoy es el día de la boda de Alberta también.

Antes de ir a Queens teníamos que recoger una tarta de boda en Schrafft, en la calle Cincuenta y Siete Oeste. Joyce dijo que conduciría ella porque Brian y yo nos habíamos entusiasmado demasiado con las celebraciones en el bar de Diamond Dan, mientras Alberta y ella se reservaban para la fiesta de aquella noche. Se detuvo en la acera de enfrente de Schrafft y dijo que no cuando Brian se brindó a recoger la tarta, pero él insistió y se puso a esquivar el tráfico. Joyce sacudió la cabeza y dijo que se iba a matar. Alberta me dijo que fuese a ayudarle, pero Joyce volvió a sacudir la cabeza y dijo que eso sólo serviría para empeorar las cosas. Brian salió de Schrafft sujetando contra el pecho una caja grande de tarta y volvió a esquivar los coches hasta que un taxi lo rozó ligeramente en la línea divisoria de la calzada y la caja cayó al suelo. Joyce apoyó la frente sobre el volante.

—Ay, Dios —dijo, y yo dije que iba a ayudar a mi padrino, Brian.

—No, no —dijo Alberta—, iré yo.

Yo le dije que esa era una tarea para hombres, que no estaba dispuesto a poner en peligro su vida con esos taxis locos de la calle Cincuenta y Siete, y fui a ayudar a Brian, que estaba a cuatro patas protegiendo la tarta destrozada del tráfico que le pasaba zumbando a derecha e izquierda. Me arrodillé a su lado, arranqué de la caja una lengüeta de cartón y volvimos a meter con ella la tarta en la caja, con trozos que colgaban aquí y allá. Las figurillas del novio y la novia tenían un aspecto mustio, pero las limpiamos y las volvimos a colocar en la tarta, no en la parte superior porque ya no sabíamos dónde estaba la parte superior, sino en alguna parte de la tarta donde pudimos meterlas bien para que estuvieran a salvo. Joyce y Alberta nos gritaban desde el coche que más nos valía salir de la calle antes de que llegara la policía, o nos mataban, y en todo caso ellas estaban cansadas de esperar, que nos diésemos prisa. Cuando nos metimos en el coche, Joyce dijo a Brian que pasara la tarta a Alberta, que estaba en el asiento de atrás, para que ésta la cuidara, pero él se puso terco y dijo que no, que después de lo mal que lo había pasado la llevaría hasta que llegásemos al apartamento, y así lo hizo, a pesar de que tenía trozos de nata y de pequeñas decoraciones verdes y amarillas por las rodillas y por todo el traje en general.

Nuestras mujeres nos trataron con frialdad durante el resto del viaje en el coche, hablando sólo entre ellas y haciendo comentarios sobre los irlandeses y sobre lo poco que se puede fiar uno de ellos para una tarea sencilla como es cruzar una calle con una tarta de boda, sobre cómo estos irlandeses no se pueden tomar una copa o dos y aguantarse hasta la recepción, ah, no, tenían que charlar y que invitarse a rondas los unos a los otros hasta que se quedaban en tal estado que no se les podía siquiera mandar al colmado por un litro de leche.

—Míralo —decía Joyce, y cuando vi que Brian estaba dormido con la barbilla en el pecho yo eché también una cabezada mientras nuestras mujeres seguían con sus lamentaciones sobre los irlandeses en general y sobre aquel día en particular.

—Todo el mundo me advirtió que los irlandeses son estupendos para salir con ellos, pero que no me casara con ninguno —decía Alberta. Yo querría haber defendido a mi raza y haberle dicho que sus antepasados yanquis no podían estar orgullosos del modo en que habían tratado a los irlandeses con esos letreros por todas partes que decían «Irlandeses abstenerse», sólo que estaba cansado de la tensión de que me hubiera casado un hombre que ceceaba mientras yo llevaba el paraguas verde de Byron y de mi pesada responsabilidad como novio y como anfitrión en el bar de Diamond Dan O'Rourke. Si no me hubiera quedado hundido de cansancio le habría recordado que sus antepasados ahorcaban a las mujeres a diestro y siniestro por brujas, que todos tenían una mentalidad cochina, que levantaban los ojos al cielo llenos de susto y de horror cuando se hablaba del sexo pero que lo pasaban en grande entre los muslos escuchando en los tribunales las declaraciones de las doncellas puritanas histéricas que afirmaban que el diablo se les aparecía bajo diversas formas y retozaba con ellas en el bosque, y que se quedaban tan prendadas de él que toda su honestidad se iba por la ventana. Habría contado a Alberta que los irlandeses no se comportaron nunca de ese modo. En toda la historia de Irlanda sólo se ahorcó a una bruja, y seguramente sería inglesa y se lo merecería. Y, para rematar, le habría contado que la primera bruja que fue ahorcada en Nueva Inglaterra era irlandesa, y que la ahorcaron porque rezaba en latín y no quería dejarlo.

En vez de decir todo esto, me quedé dormido hasta que Alberta me sacudió y me dijo que ya habíamos llegado. Joyce insistió en quitar la tarta a Brian. No quería que se cayera hacia delante por las escaleras y aplastase la tarta del todo, y todavía tenía esperanzas de reconstruirla para que se pareciera un poco a una tarta y la gente pudiera cantar *La novia corta la tarta*.

Llegaba la gente y se comía, se bebía, se bailaba y había malos entendidos entre todas las parejas, casadas y por casar. Frank Schwake no se hablaba con su esposa, Jean. Jim Collins discutía en un rincón con su esposa, Sheila. Había todavía frialdad entre Alberta y yo y entre Brian y Joyce. Otras parejas resultaron afectadas y había islas de tensión por todo el apartamento. La noche se habría estropeado si no hubiera sido porque todos nos unimos contra un peligro exterior.

Un amigo de Alberta, un alemán llamado Dietrich, salió en su Volkswagen para reponer las existencias de cerveza, y cuando volvió hubo problemas con el propietario de un Buick con el que había chocado al dar marcha atrás.

Alguien me dijo que había problemas fuera y, dado que yo era el novio, era mi deber hacer las paces. El hombre del Buick era un gigante y estaba empujando con el puño la cara del amigo de Alberta. Cuando me interpuse entre los dos soltó un puñetazo con su gran puño. Rodeó con el brazo mi nuca y golpeó a Dietrich en el ojo y todos caímos al suelo. Forcejeamos un poco, los unos con los otros, sin hacer distinciones, hasta que Schwake, Collins y McPhillips nos separaron mientras el hombre del Buick amenazaba con arrancar a Dietrich la cabeza de los hombros. Cuando entramos a rastras al alemán yo descubrí que tenía desgarrada la rodillera del pantalón y que me sangraba la rodilla. También me sangraban los nudillos de la mano derecha, de rozárlos con el suelo.

En el piso de arriba, Alberta se echó a llorar diciéndome que estaba estropeando toda la velada. Me sulfuré un poco y le dije que lo único que había intentado era hacer las paces y que no tenía la culpa de que me hubiera derribado ese babuino del vecino. Por otra parte, yo había ido a ayudar a su amigo alemán y ella debería estar agradecida.

La discusión habría proseguido si no fuera porque Joyce entró a llamar a todos a la mesa para cortar la tarta. Cuando retiró el paño que la cubría, Brian se rió y la besó por ser una artista tan genial que no se notaba que aquella tarta había sido recogida de la calzada hacía poco rato. Las figurillas de la novia y el novio estaban firmes, aunque la cabeza de él se tambaleó y se cayó y yo dije a Joyce:

—El novio que tiene cabeza está inquieto.

Todos cantaron *La novia corta la tarta, el novio corta la tarta*, y Alberta parecía haberse ablandado, a pesar de que no podíamos cortar porciones como es debido y la tarta se tuvo que repartir a trozos.

Joyce dijo que iba a preparar café y Alberta dijo que eso estaría bien, pero Brian dijo que debíamos tomarnos una copa más para brindar por los recién casados, y yo asentí y Alberta se enfadó tanto que se arrancó del dedo la alianza y la tiró por la ventana, aunque recordó de pronto que era la alianza de su abuela, de principios de siglo, y ahora la había tirado por la ventana y estaba Dios sabía en qué parte de Queens y qué iba a hacer ella, era todo por culpa mía, y era un gran error por su parte el haberse casado conmigo. Brian dijo que tendríamos que encontrar ese anillo. No teníamos linterna, pero pudimos iluminar la noche con cerillas y con encendedores mientras recorríamos a gatas el césped que estaba debajo de la ventana de Brian, hasta que Dietrich gritó que tenía el anillo y todo el mundo le perdonó que hubiese provocado los problemas con el hombretón del Buick. Alberta se negó a volverse a poner el anillo. Dijo que lo guardaría en su bolso hasta que estuviera segura de aquel matrimonio. Ella y yo cogimos un taxi con Jim Collins y con Sheila. Ellos nos iban a dejar en nuestro apartamento de Brooklyn y seguirían en el taxi hasta Manhattan. Sheila no se hablaba con Jim y Alberta no se hablaba conmigo, pero cuando tomamos la calle State la cogí y le dije:

—Voy a consumar este matrimonio esta noche.

—Ay, consúmame el culo —dijo ella, y yo dije:

—Con eso bastará.

El taxi se detuvo y yo me bajé del asiento trasero que había compartido con Sheila y con Alberta. Jim se bajó del asiento de junto al conductor y se acercó a donde yo estaba en la acera. Quería darme las buenas noches y volver a subir con Sheila, pero Alberta cerró la portezuela y el taxi se marchó.

—Dios Todopoderoso —dijo Collins—, ésta es tu maldita noche de bodas, McCourt. ¿Dónde está tu esposa? ¿Dónde está la mía?

Subimos las escaleras hasta mi apartamento, encontramos en la nevera seis latas de cerveza Schlitz, nos sentamos en el sofá los dos y vimos caer a los indios de la televisión bajo las balas de John Wayne.

XLVI

En el verano de 1963 me llamó por teléfono mamá para decirme que había recibido una carta de mi padre. Éste afirmaba que era un hombre nuevo, que llevaba tres años sin beber y que ahora trabajaba de cocinero en un monasterio.

Yo le dije que si mi padre era cocinero de un monasterio, los monjes debían de estar guardando ayuno permanente.

Ella no se rió, y esto indicaba que estaba inquieta. Me leyó un párrafo de la carta que decía que él venía con pasaje de ida y vuelta para tres semanas en el *Queen Mary*, y que esperaba el día en que pudiésemos estar todos juntos y ella y él compartiesen la cama y la tumba, porque él sabía y ella sabía que lo que Dios había unido no lo separase el hombre.

Parecía insegura. ¿Qué debía hacer? Malachy ya le había dicho que por qué no. Ella quería conocer mi opinión. Yo le devolví la pregunta: ¿Qué te parece a ti? Al fin y al cabo, aquel era el hombre que había hecho de su vida un infierno en Nueva York y en Límerick, y ahora quiere venir en barco a su lado, a un puerto seguro en Brooklyn.

—No sé qué hacer —dijo ella.

No sabia qué hacer porque estaba sola en ese sitio sórdido de la avenida Flatbush y ahora estaba confirmando aquel dicho irlandés: «Más vale llevarse mal que estar solos.» Podía volver a recibir a aquel hombre o, a sus cincuenta y cinco años, hacer frente a los años sola. Le dije que la vería para tomar café en el restaurante de Junior.

Cuando yo llegué ya estaba ella allí, fumando y jadeando con un cigarrillo americano fuerte. No, no quería té. Los americanos podrán mandar a un hombre al espacio, pero no saben hacer una taza de té como es debido, así que se tomaría café y un trozo de esa rica tarta de queso. Dio una calada al cigarrillo, probó el café y me dijo que, delante de Dios, no sabía qué hacer. Dijo que toda la familia se estaba desmembrando, Malachy separado de su mujer, Linda, y de los dos pequeños; Michael que se había ido a California con su mujer, Donna, y con el hijo de los dos, y Alphie que se había perdido en el Bronx. Dijo que ella podía vivir bien sola en Brooklyn con el bingo y con alguna que otra reunión de la Asociación de Damas de Límerick, en Manhattan, y que por qué iba a consentir que el hombre de Belfast le trastornase esa vida.

Yo me bebí el café y me comí la tarta sabiendo que ella no reconocería jamás que se sentía sola, aunque puede que estuviera pensando: «Ay, desde luego que si no fuera por la bebida, no se viviría mal con él para nada, para nada.»

Le dije lo que estaba pensando.

—Bueno —dijo ella—, me haría compañía si no está bebiendo, si es un hombre nuevo. Podríamos dar paseos por el parque Prospect y podría recogerme después del bingo.

—De acuerdo. Dile que venga a pasar las tres semanas y ya veremos si es un hombre nuevo.

En el camino de vuelta a su apartamento se detenía con frecuencia para llevarse la mano al pecho.

—Es mi corazón, que me late a cien por hora, sí que lo es.

—Debe de ser por el tabaco.

—Ah, no lo sé.

—Si no, debe de ser por los nervios por esa carta.

—Ah, no lo sé. Sencillamente, no lo sé.

En la puerta de su casa le di un beso en la mejilla fría y la vi subir las escaleras jadeando. Mi padre le había echado años encima.

Cuando mamá y Malachy fueron a recibir al hombre nuevo en el muelle, llegó tan borracho que tuvieron que ayudarle a bajar del barco. El sobrecargo les dijo que había enloquecido con la bebida y que lo habían tenido que tener recluido.

Aquel día yo estuve fuera, y cuando volví cogí el metro para verlo en el apartamento de mamá, pero se había ido con Malachy a una reunión de Alcohólicos Anónimos. Tomamos té y esperamos. Ella volvió a decirme que, delante de Dios, no sabía qué hacer. Era el mismo loco con la bebida, y todo aquello que decía de que era un hombre nuevo era una mentira y ella se alegraba de que tuviese pasaje de ida y vuelta para tres semanas. Con todo, tenía en los ojos una oscuridad que me daba a entender que había debido albergar esperanzas de tener una familia normal, su hombre a su lado y sus hijos y sus nietos que venían a visitarla de todas partes de Nueva York.

Volvieron de la reunión, Malachy grande, con barba roja y sereno por los problemas que tenía, mi padre más viejo y más pequeño. Malachy tomó té. Mi padre dijo «*Och*, no», y se echó en el sofá con las manos unidas bajo la cabeza. Malachy dejó su té para ponerse de pie a su lado y soltarle un sermón.

—Tienes que reconocer que eres alcohólico. Ése es el primer paso.

Papá negó con la cabeza.

—¿Por qué niegas con la cabeza? Eres alcohólico, y tienes que reconocerlo.

—*Och*, no. No soy un alcohólico como esa pobre gente de la reunión. Yo no bebo queroseno.

Malachy levantó las manos al cielo y volvió a su té que estaba en la mesa. No sabíamos qué decirnos en presencia de ese hombre que estaba en el sofá, marido, padre. Yo tenía mis recuerdos de él, las mañanas junto a la lumbre en Límerick, sus cuentos y sus canciones, su limpieza, su esmero y su sentido del orden, cómo nos ayudaba con los deberes de la escuela, cuánto insistía en que fuésemos obedientes y en que atendiésemos a nuestros deberes religiosos, todo ello destrozado por su locura de los días de cobro, cuando tiraba su dinero por las tabernas invitando a pintas a todos los gorrones mientras mi madre se desesperaba junto a la lumbre sabiendo que al día siguiente tendría que extender la mano para pedir limosna.

En los días siguientes comprendí que si yo tenía que seguir la fuerza de la sangre tiraría hacia la familia de mi padre. Los familiares de mi madre habían dicho muchas veces en Límerick que yo tenía el aire raro de mi padre y una fuerte vena del Norte en mi carácter. Puede que tuvieran razón, porque siempre que he ido a Belfast me he sentido como en mi casa.

La noche anterior a su partida nos preguntó si queríamos dar un paseo. Mamá y Malachy dijeron que no, que estaban cansados. Habían pasado más tiempo con él que yo y debían de estar cansados de sus trapacerías. Yo dije que sí, porque este hombre era mi padre y yo era un hombre de treinta y tres años que tenía nueve años.

Se puso la gorra y bajamos por la avenida Flatbush.

—*Och* —dijo—, es una noche de mucho calor.

—Lo es.

—De mucho calor —dijo—. En una noche como ésta se corre el peligro de quedarse seco uno.

Teníamos ante nosotros la estación de ferrocarril de Long Island, rodeada de bares para los viajeros sedientos. Le pregunté si recordaba los bares.

—*Och* —dijo él—, ¿por qué voy a recordar tales sitios?

—Porque bebías en ellos y nosotros te buscábamos.

—*Och*, bueno, puede que trabajase en uno o dos de ellos cuando las cosas marchaban mal, por el pan y la carne que me daban para llevarlos a casa para vosotros, mis niños.

Volvió a comentar lo calurosa que era la noche y que sin duda no nos haría ningún mal refrescarnos en uno de esos sitios.

—Creí que no bebías.

—Así es. Lo he dejado.

—Bueno ¿y lo del barco? Tuvieron que desembarcarte a cuestas.

—*Och*, eso era del mareo. Nos tomaremos algo aquí para refrescarnos.

Mientras nos bebíamos nuestra cerveza me dijo que mi madre era una buena mujer y que yo debía ser bueno con ella, que Malachy era un buen mocetón pero que casi no se le conocía con esa barba roja y que de dónde la habría sacado, que lamentaba haberse enterado de que yo me había casado con una protestante, aunque ella todavía tenía tiempo de convertirse, una muchacha tan agradable como era, y que se alegraba de haberse enterado de que yo era profesor, como todas sus hermanas del Norte, y que si tendría algo de malo tomarnos otra cerveza.

No, no tendría nada de malo, y tampoco tuvieron nada de malo las cervezas que nos tomamos subiendo y bajando por la Avenida Flatbush, y cuando regresamos al apartamento de mi madre lo dejé en la puerta porque no quise ver las caras que pondrían mamá y Malachy, quienes me acusarían de llevar a mi padre por el mal camino, o viceversa. Él quería seguir bebiendo hacia la plaza Grand Army, pero mi sentimiento de culpa me impulsó a decirle que no. Él debía embarcarse al día siguiente en el *Queen Mary*, aunque tenía la esperanza de que mi madre le dijese: «Ay, quédate. Seguro que encontraremos alguna manera de arreglarnos.»

Le dije que eso sería precioso y él dijo que volveríamos a estar todos juntos y que las cosas irían mejor porque él era un hombre nuevo. Nos dimos la mano y yo me marché.

A la mañana siguiente me llamó mamá y me dijo:

—Se volvió loco del todo, vaya que sí.

—¿Qué hizo?

—Lo trajiste a casa borracho como una cuba.

—No estaba borracho. Se había tomado unas cervezas.

—Se tomó algo más, y yo estaba aquí sola, porque Malachy se había ido a Manhattan. Tu padre se tomó una botella entera de whiskey que había traído del barco, y yo tuve que llamar a la policía y ahora se ha marchado con todo su equipaje, y se ha embarcado hoy en el *Queen Mary*, porque he llamado a la Cunard y me dijeron que sí, que lo tenían a bordo y que lo vigilarían de cerca por si daba muestras de la locura que tenía en el viaje de ida.

—¿Qué hizo?

No me lo quiso decir, y no hacía falta porque era fácil de adivinar. Probablemente intentó meterse en la cama con ella, y aquello no entraba en el sueño de ella. Indicó y dio a entender que si yo no hubiera pasado las horas con él en los bares él se habría comportado y no estaría ahora adentrándose en el Atlántico a bordo del *Queen Mary*. Yo le dije que no era culpa mía que él bebiese, pero ella estuvo cortante conmigo.

—Lo de anoche fue la gota que colmó el vaso —me dijo—, y tú tuviste parte en ello.

XLVII

Los viernes son alegres para los profesores. Sales del instituto con una cartera llena de ejercicios para leerlos y corregirlos, con libros para leer. Este fin de semana te pondrás al día sin duda con todos esos ejercicios pendientes de corregir y de calificar. No quieres que se te acumulen en los armarios como le pasaba a la señorita Mudd, para que dentro de varias décadas un profesor joven se abalance sobre ellos para mantener ocupadas a sus clases. Te llevarás los ejercicios a casa, te servirás un vaso de vino, pondrás en el tocadiscos a Duke Ellington, a Sonny Rollins y a Héctor Berlioz e intentarás leerte ciento cincuenta redacciones de estudiantes. Sabes que a algunos no les importa lo que hagas con su trabajo con tal de que les pongas una nota decente para que puedan aprobar y dedicarse a la vida real en sus talleres. Otros se tienen por escritores y quieren que les devuelvas los ejercicios corregidos y con buenas notas. Los donjuanes de la clase quieren que comentes sus ejercicios y que los leas en voz alta para gozar de las miradas de admiración de las muchachas. A los que les da igual les interesan a veces unas mismas muchachas y se intercambian amenazas orales de pupitre a pupitre, porque a los que les da igual no están fuertes en expresión escrita. Si un muchacho es buen escritor tienes que procurar no alabarlo demasiado porque corre el peligro de sufrir un accidente en las escaleras. A los que les da igual no les gustan los empollones.

Piensas irte directamente a casa con tu cartera pero entonces descubres que el viernes por la tarde es la hora de la cerveza y del esparcimiento de los profesores. Puede que algún que otro profesor diga que tiene que volver a su casa con su mujer, hasta que se encuentra con Bob Bogard que está junto al reloj de fichar para recordarnos que lo primero es lo primero, que el bar Meurot está a pocos pasos, puerta con puerta en realidad, y ¿qué puede tener de malo una cerveza, una sola? Bob no está casado y quizás no comprenda los peligros que corre un hombre que puede pasar de una sola cerveza, un hombre que puede tener que afrontar la ira de una mujer que ha guisado un buen pescado para el viernes y ahora está sentada en la cocina viendo cómo se solidifica la grasa.

Nos quedamos de pie en el bar Meurot y pedimos nuestras cervezas. Hay charla intrascendente propia de profesores. Cuando se habla de mujeres de buen ver del personal, o incluso de estudiantes núbiles, levantamos los ojos al cielo. ¡Qué no haríamos si fuésemos chicos de instituto en estos tiempos! Nos las damos de duros cuando hablamos de los muchachos problemáticos. Una palabra más de ese condenado chico y se va a ver suplicando que lo cambien de instituto. Nos unimos en nuestra hostilidad contra la autoridad, contra todas las personas que asoman de sus oficinas para supervisarnos y para observarnos y para decirnos lo que debemos hacer y cómo debemos hacerlo, unas personas que pasaron el mínimo tiempo posible en el aula y que confunden el culo con las témporas en cuestión de enseñanza.

Puede que se pase un profesor joven, que acaba de salir de la universidad, que ha recibido hace poco su licencia de profesor. Todavía le zumba en los oídos el rumor de los catedráticos universitarios y la cháchara de las cafeterías de las facultades, y si quiere hablar de Camus y de Sartre y de si la existencia precede a la esencia o viceversa acabará hablando solo ante el espejo del bar Meurot.

Ninguno de nosotros había seguido el Gran Camino Americano, la escuela elemental, el instituto, la universidad, y profesor a los veintidós años. Bob Bogard combatió en la guerra en Alemania y seguramente fue herido. No lo dice. Claude Cambell sirvió en la Marina, terminó la carrera en Tennessee, publicó una novela cuando tenía veintisiete años, es profesor de Lengua Inglesa, tiene seis hijos con su segunda esposa, se sacó un máster en el Colegio Universitario de Brooklyn con una tesis titulada *Tendencias de la ideación en la novela americana*, lo arregla todo en su casa, la electricidad, la fontanería, la carpintería. Cuando lo veo recuerdo los versos de Goldsmith sobre el maestro de escuela:

> *Y lo miraban atónito y crecía su admiración*
> *De que le cupiese en una cabeza pequeña tanto como sabía.*

Y Claude ni siquiera ha cumplido la edad que tenía Cristo cuando lo crucificaron, los treinta y tres.

Cuando Stanley Garber se pasa a tomarse una Coca Cola nos dice que tiene muchas veces la impresión de que ha cometido un error al no dedicarse a la enseñanza universitaria, en la que vas por la vida pensando que cagas buñuelos de crema y sufres si tienes que dar más de tres horas de clase cada semana. Dice que podría haber escrito una tesis doctoral de camelo sobre la fricativa bilabial en el período medio de Thomas Chatterton, que murió a los diecisiete años, porque esas son las mierdas a que se dedican en las facultades mientras los demás defendemos el frente ante unos chicos que no quieren sacar la cabeza de entre los muslos y ante unos supervisores que están satisfechos con tener la cabeza metida en el culo.

Esta noche habrá problemas en Brooklyn. Había quedado en cenar con Alberta en un restaurante árabe, el Oriente Próximo, al que te tienes que llevar tu propio vino, pero son las seis, casi las siete, y si llamo ahora se quejará de que lleva horas esperándome, de que no soy más que un borracho irlandés como mi padre, y dirá que le da igual que me quede en la isla de Staten durante el resto de mi vida, adiós.

Así que no llamaré. Mejor no hacerlo. No sirve de nada tener dos peleas, una por teléfono ahora, otra cuando llegue a casa. Es más fácil quedarse sentado en el bar, donde hay ardor y se discuten cuestiones importantes.

Estamos de acuerdo en que a los profesores nos disparan desde tres frentes: los padres, los chicos, los supervisores, y que tenemos dos opciones, o ser diplomáticos o decirles a todos que nos besen el culo. Los profesores somos los únicos profesionales que tenemos que salir cuando suena un timbre cada cuarenta y cinco minutos y ponernos a pelear. Muy bien, clase, sentaos. Sí, tú también, siéntate. Abrid los cuadernos, eso es, los cuadernos, ¿es que hablo en una lengua extranjera, chico? ¿Que no te llame chico? De acuerdo, no te llamaré chico. Tú siéntate. Las notas están a la vuelta de la esquina y te puedo mandar a las listas de beneficencia. Muy bien, que venga tu padre, que venga tu madre, que venga toda tu maldita tribu. ¿No tienes pluma, Pete? Muy bien, toma una pluma. Adiós, pluma. No, Phyllis, no te puedo dar el pase. Me da igual que tengas cien reglas, Phyllis, porque lo que quieres hacer de verdad es verte con Eddie y desaparecer los dos en el sótano, donde tu futuro podría quedar marcado por una suave bajada de bragas y por un raudo movimiento hacia arriba del miembro impaciente de Eddie, comienzo de una pequeña aventura de nueve meses en la que acabarás chillando que a Eddie más le vale casarse contigo, y a él le apuntará la escopeta a la región frontal inferior y sus sueños habrán muerto. De modo que os estoy salvando, Phyllis, a Eddie y a ti, y no, no hace falta que me des las gracias.

A lo largo de la barra se dicen cosas que jamás se oirían en el aula, a no ser que un profesor perdiese el juicio por completo. Sabes que nunca puedes negar el pase para el baño a una Phyllis menstrual por miedo a que te lleven ante el tribunal más elevado del país, donde los de las togas negras, que son todos hombres, te desollarán por haber insultado a Phyllis y a las futuras madres de América.

A lo largo de la barra se habla de ciertos profesores eficientes, y estamos de acuerdo en que no nos gustan ni nos gusta el modo en que sus clases están tan organizadas que van zumbando de timbre a timbre. En estas clases hay monitores para todas las actividades de todas las partes de la lección. Hay un monitor que sube inmediatamente a la pizarra a escribir el número y el título de la lección del día, Lección 32, Estrategias para Resolver el Participio Colgante. Los profesores eficientes son célebres por sus estrategias, que es la nueva palabra favorita de la Junta de Educación.

El profesor eficiente tiene normas para la toma de apuntes y para la organización del cuaderno, y hay monitores de cuaderno que recorren el aula para comprobar que se observan las formas establecidas, en la parte superior de la página el nombre del alumno, el nombre de su clase, el nombre de la asignatura y la fecha con el mes en letra, no en cifra, hay que escribirlo en letra para que el alumno practique el escribir las cosas en letra porque en este mundo hay demasiada gente, gente de empresa y otros, que es demasiado perezosa como para escribir los nombres de los meses en letra. Deben respetarse los márgenes establecidos y no debe haber garabatos. Si el cuaderno no se ciñe a las normas, el monitor anotará puntos negativos en la ficha del alumno, y cuando llegue el tiempo de las notas habrá sufrimientos y no habrá piedad.

Los monitores de deberes recogen y devuelven las tareas, los monitores de asistencia se hacen cargo de las fichitas del registro de asistencia y recogen los justificantes de ausencia y de retrasos. La falta de justificantes por escrito produce más sufrimientos y no habrá piedad.

Algunos estudiantes tienen fama por su habilidad para redactar justificantes de los padres y de los médicos, y lo hacen a cambio de favores en la cafetería o en lo más recóndito del sótano.

Los monitores que llevan los borradores de la pizarra al sótano para sacudir el polvo de tiza deben prometer primero que no se hacen cargo de esta tarea importante para fumar a hurtadillas o para besuquearse con el chico o la chica de su elección. El director ya se está quejando de que hay demasiada actividad en el sótano y le gustaría saber qué pasa por ahí.

Hay monitores que reparten libros y que recogen los recibos, monitores que se ocupan del pase del baño y de la hoja de entrada y salida, monitores que ponen en orden alfabético todo lo que hay en el aula, monitores que llevan la papelera por los pasillos entre los pupitres en la guerra contra los desperdicios, monitores que decoran el aula para dejarla tan vistosa y tan alegre que el director se la enseña a visitantes de Japón y de Liechtenstein.

El profesor eficiente es un monitor de monitores, aunque puede aliviar su carga como monitor nombrando a monitores que controlen a los demás monitores, o puede designar a monitores de disputas que resuelvan las discusiones entre los monitores que acusan a otros monitores de entrometerse en su tarea. El monitor de disputas tiene la tarea más peligrosa de todas, por lo que puede sucederle en las escaleras o en la calle.

Al estudiante al que se le descubre intentando sobornar a un monitor se le denuncia inmediatamente al director, quien incluye en su historial definitivo una anotación que manchará su reputación. Es una advertencia a todos los demás de que una mancha así podría ser un obstáculo para una carrera profesional en chapistería, fontanería, mecánica del automóvil, cualquier cosa.

Stanley Garber dice con un bufido que con tanta actividad eficiente queda poco tiempo para la enseñanza, pero, qué demonios, los alumnos están en sus asientos, completamente controlados y comportándose, y eso agrada al profesor, al jefe de estudios, al director y a sus adjuntos, al inspector, a la Junta de Educación, al alcalde, al gobernador, al Presidente y al mismo Dios.

Eso dice Stanley.

Si un profesor universitario habla de *La feria de las vanidades* o de cualquier otra cosa, sus alumnos le escuchan con los cuadernos abiertos y empuñando las plumas. Si no les gusta la novela, no se atreven a quejarse por miedo a perder nota.

Cuando yo repartí *La feria de las vanidades* a mi clase de tercer curso del Instituto de Formación Profesional y Técnico McKee, se oyeron lamentos en el aula. ¿Por qué tenemos que leer este libro tonto? Yo les dije que trataba de dos mujeres jóvenes, Becky y Amelia, y de sus aventuras con los hombres, pero mis alumnos dijeron que estaba escrito en ese inglés antiguo y que quién es capaz de leer eso. Cuatro muchachas lo leyeron y dijeron que era precioso y que deberían hacer la película. Los muchachos hacían como que bostezaban y me decían que todos los profesores de Lengua Inglesa eran iguales. Sólo pensaban en hacerte leer esas cosas viejas y ¿de qué te sirve eso para arreglar un coche o un aparato de aire acondicionado estropeado, eh?

Yo podía amenazarlos con el suspenso. Si se negaban a leer este libro, suspenderían la asignatura y no obtendrían el título, y todo el mundo sabía que las chicas no querían salir con nadie que no tuviera el título del instituto.

Pasamos tres semanas leyendo trabajosamente *La feria de las vanidades*. Yo intentaba todos los días motivarlos y animarlos, hacerlos entrar en el debate de lo que supone abrirte camino en el mundo cuando eres una mujer joven del siglo diecinueve, pero a ellos les daba igual. Uno escribió en la pizarra: «Muera Becky Sharp».

Después, tal como mandaba el plan de estudios del instituto, pasamos a *La letra escarlata*. Éste sería más fácil. Les hablaría de las cazas de brujas de Nueva Inglaterra, de las acusaciones, de la histeria, de los ahorcamientos. Les hablaría de Alemania en los años treinta y de cómo se lavó el cerebro a toda una nación.

Pero no a mis alumnos. A ellos no les lavaba nadie el cerebro. No señor, allí no se salía nadie con aquello. Nunca podrían engañarnos de ese modo.

Yo les recité: «Winston sabe bien como...», y ellos terminaron la frase.

Yo les canté: «Mi cerveza es Rheingold, la cerveza seca...», y ellos terminaron la cancioncilla publicitaria.

Yo les recité de nuevo: «Se preguntará dónde ha ido a parar el amarillo...», y ellos terminaron el eslogan.

Les pregunté si sabían más, y hubo una erupción de canciones publicitarias de la radio y de la televisión, prueba del poder de la publicidad. Cuando les dije que tenían lavado el cerebro, se indignaron. Ah, no, no tenían lavado el cerebro. Podían pensar por su cuenta y nadie podía decirles lo que tenían que hacer. Negaban que les hubieran dicho qué cigarrillos debían fumar, qué cerveza debían beber, qué pasta de dientes debían usar, aunque reconocían que cuando estás en el supermercado compras la marca que tienes en la cabeza. No, nadie compraría nunca unos cigarrillos de la marca Nabo.

Sí, habían oído hablar del senador McCarthy y de todo eso, pero eran demasiado pequeños y sus padres y sus madres decían que era un hombre muy bueno para librar al país de los comunistas.

Me esforcé día tras día por establecer relaciones entre Hitler y McCarthy

347

y las cazas de brujas de Nueva Inglaterra, intentando ablandarlos para *La letra escarlata*. Los padres llamaban indignados.

—¿Qué está diciendo este tipo a nuestros chicos del senador McCarthy? Dígale que pare el carro. El senador McCarthy era un buen hombre, luchó por su país. Joe el artillero de cola. Libró al país de los comunistas.

El señor Sorola me dijo que no quería entrometerse, pero si tenía la bondad de decirle si estaba dando clases de Lengua Inglesa o de Historia. Le hablé de lo que me costaba hacer que los chicos leyeran algo. Me dijo que no debía hacerles caso.

—Dígales, sin más: «Vais a leer *La letra escarlata*, os guste o no, porque esto es el instituto y eso es lo que hacemos aquí, y eso es lo que hay, y si no te gusta, chico, suspendes.»

Cuando repartí el libro se quejaron.

—Ya estamos otra vez con las cosas viejas. Creíamos que usted era un buen tipo, señor McCourt. Creíamos que era diferente.

Yo les dije que este libro trataba de una mujer joven de Boston que se metió en líos por haber tenido un hijo con un hombre que no era su marido, aunque no podía decirles quién era el hombre para no estropearles el libro. Me dijeron que les daba igual quién fuera el padre. Un muchacho dijo que en todo caso nunca sabes quién es tu padre porque él tenía un amigo que descubrió que su padre no era su padre en absoluto, que su padre verdadero había muerto en Corea, pero que el padre fingido era con quien se había criado, un buen tipo, así que a quién le importa una mierda esa mujer de Boston.

La mayoría de los estudiantes de la clase estaban de acuerdo, aunque no les gustaría descubrir una mañana al despertarse que sus padres no eran sus padres verdaderos. A algunos les gustaría tener otros padres, pues sus padres eran tan malos que les obligaban a venir al instituto y a leer libros tontos.

—Pero ése no es el argumento de *La letra escarlata* —les dije.

—Ay, señor McCourt, ¿es que tenemos que hablar de esas cosas viejas? Ese tipo, Hawthorne, ni siquiera sabía escribir para que lo entendamos, y usted siempre nos dice: «Escribid con sencillez, escribid con sencillez.» ¿Por qué no podemos leer el *Daily News*? Ahí tienen buenos redactores. Esos escriben con sencillez.

Entonces recordé que estaba sin blanca y eso fue lo que me llevó a *El guardián en el centeno* y a *Cinco grandes obras de Shakespeare* y a un cambio en mi carrera profesional en la enseñanza. Tenía cuarenta y ocho centavos para volver a casa en el transbordador y en el metro, no tenía dinero para el almuerzo, ni siquiera para tomarme un café en el transbordador, y dije de improviso a la clase que si querían leer un buen libro que no tenía palabras complicadas ni frases largas y que trataba de un muchacho de su edad que estaba furioso contra el mundo, yo se lo podía conseguir, pero tendrían que pagarlo, un dólar y veinticinco centavos por cabeza, y podrían pagarlo a plazos a partir de ahora, de modo que si tenéis cinco o diez centavos o más podéis pasarlos y yo apuntaré en un papel vuestro nombre y la cantidad y encargaré hoy los libros a la distribuidora de libros Coleman, de Yonkers, y mis alumnos no se enterarán nunca de que me estaba llenando el bolsillo de calderilla para el almuerzo y quizás para tomarme una cerveza en el Meurot, ahí al lado, aunque eso no se lo dije porque podían quedarse escandalizados.

Me pasaron la calderilla y cuando llamé a la distribuidora me ahorré diez centavos llamando desde el teléfono del director adjunto, porque es ilegal hacer que los estudiantes compren libros cuando los almacenes de libros están llenos a rebosar de ejemplares de *Silas Marner* y de *Gigantes en la tierra*.

Los ejemplares de *El guardián en el centeno* llegaron a los dos días y yo los repartí, estuvieran pagados o no. Algunos estudiantes no llegaron a ofrecer nunca ni un centavo, otros dieron menos de lo que les tocaba, pero con el dinero que recogía podía ir tirando hasta el día de cobro, cuando saldaría la cuenta con la distribuidora.

Cuando repartí los libros alguien descubrió la palabra «mierda» en la primera página, y con eso se hizo el silencio en el aula. Esa palabra no se encontraría jamás en ninguno de los libros que se guardaban en el almacén de libros de Lengua Inglesa. Las muchachas se tapaban la boca y soltaban risitas, y los muchachos se reían calladamente al leer las páginas escandalosas. Cuando sonó el timbre no hubo una estampida hacia la puerta. Tuve que pedirles que se marchasen, pues tenía que entrar otra clase.

Los de la clase que entraba sintieron curiosidad por los de la clase que salía y por qué miraban todos ese libro, y por qué no podían leerlo ellos si era tan bueno. Yo les recordé que eran de último curso y que los que salían eran de penúltimo. Sí, pero ¿por qué no podían ellos leer aquel libro pequeño en vez de *Grandes esperanzas*? Yo les dije que podían leerlo, pero que tendrían que comprárselo, y ellos dijeron que pagarían lo que fuera con tal de no leer *Grandes esperanzas*.

Al día siguiente entró en el aula el señor Sorola con su adjunta, la señorita Seested. Fueron de pupitre en pupitre arrebatando los ejemplares de *El guardián en el centeno* y echándolos en dos bolsas de la compra. Si los libros no estaban en los pupitres, exigían a los alumnos que los sacaran de sus carteras.

Contaron los libros que llevaban en las bolsas de la compra y los compararon con el registro de asistencia a clase y amenazaron con graves consecuencias a los cuatro alumnos que no habían entregado sus libros.

—Que levanten las manos las cuatro personas que tienen todavía el libro.

No se levantó ninguna mano, y cuando el señor Sorola salía me dijo que fuera a verlo en su despacho inmediatamente después de esta clase, ni un minuto más tarde.

—¿Se ha metido en un lío, señor McCourt?

—Señor McCourt, era el único libro que yo había leído en mi vida y ahora ese hombre me lo ha quitado.

Se quejaron de la pérdida de sus libros y me dijeron que si me pasaba algo harían huelga, y que así aprendería una lección la escuela. Se daban codazos y se intercambiaban guiños al hablar de la huelga, y sabían que yo sabía que no sería más que una nueva excusa para no ir a clase y que yo no debía prestarle mucha atención.

El señor Sorola estaba sentado tras su escritorio leyendo *El guardián en el centeno*, dando caladas a su cigarrillo y haciéndome esperar mientras pasaba la página, sacudía la cabeza y dejaba el libro.

—Señor McCourt, este libro no figura en el programa.

—Ya lo sé, señor Sorola.

—Ha de saber que he recibido llamadas de diecisiete padres, y ¿sabe por qué?

—¿No les gustaba el libro?

—Así es, señor McCourt. En este libro hay una escena en que el chico está en una habitación de hotel con una prostituta.

—Sí, pero no pasa nada.

—No es eso lo que creen los padres. ¿Me está diciendo que aquel chico estaba en aquella habitación para cantar? Los padres no quieren que sus chicos lean basura de esta especie.

Me advirtió que fuera con cuidado, que estaba poniendo en peligro mi calificación satisfactoria en el informe anual de rendimiento y que no queremos que pase eso, ¿verdad? Tendría que dejar en mi expediente una nota como memoria de nuestra conversación. Si no se producían más incidentes en un futuro próximo, la nota sería retirada.

—Señor McCourt, ¿qué vamos a leer ahora?

—*La letra escarlata*. Tenemos ejemplares a toneladas en el almacén de libros.

Pusieron las caras largas.

—Ay, Dios, no. Todos los chicos de las demás clases nos han dicho que son esas cosas viejas otra vez.

—Muy bien —dije en broma—. Entonces, leeremos a Shakespeare.

Pusieron las caras más largas todavía y el aula se llenó de gemidos y de silbidos.

—Señor McCourt, mi hermana fue un año a la universidad y tuvo que dejarlo porque no era capaz de leer a Shakespeare, y eso que sabe hablar italiano y todo.

—Shakespeare —volví a decir. En el aula reinaba el temor y yo me sentía arrastrado al borde de un precipicio, mientras dentro de mi cabeza había algo que me exigía la respuesta a esta pregunta: «¿Cómo puedes pasar de Salinger a Shakespeare?»

—O Shakespeare o *La letra escarlata* —dije a la clase—, o reyes y amantes o una mujer que tiene un hijo en Boston. Si leemos a Shakespeare, representaremos las obras. Si leemos *La letra escarlata*, nos quedaremos aquí sentados y debatiremos el significado profundo y os pondré el examen grande que guardan en la oficina del departamento.

—Oh, no, el significado profundo no. Los profesores de Lengua Inglesa siempre están dando la lata con el significado profundo.

—Muy bien. Shakespeare, entonces, sin significado profundo y sin exámenes, más que los que vosotros decidáis. Así pues, escribid en este papel vuestro nombre y la cantidad que pagáis y compraremos el libro.

Pasaron sus monedas de cinco y diez centavos. Gruñeron cuando hojearon el libro, *Cinco grandes obras de Shakespeare*:

—Hombre, yo no sé leer este inglés antiguo.

Todo lo que pasó en aquella clase no fue consecuencia de ningún talento, intelecto o planificación cuidadosa por mi parte. Me gustaría haber sido capaz de dominar a mis clases como hacían los demás profesores, de imponerles la literatura clásica inglesa y americana. Fracasé. Cedí y seguí el camino más fácil con *El guardián en el centeno*, y cuando esto me lo quitaron, hice un regate y llegué bailando hasta Shakespeare. Leeríamos las obras de teatro y nos divertiríamos, y ¿por qué no? ¿Acaso no era el mejor?

Pero mis alumnos siguieron quejándose hasta que uno dijo en voz alta:

—Mierda, hombre, perdone la manera de hablar, señor McCourt, pero aquí hay un tipo que dice: «Amigos, romanos, paisanos, prestadme oídos.»

—¿Dónde?, ¿dónde?

Toda la clase le preguntó el número de página, y el aula se llenó de chicos que declamaban el discurso de Marco Antonio, agitaban los brazos y se reían.

Otro descubrió el monólogo de Hamlet, «Ser o no ser», y el aula no tardó en llenarse de Hamlets que vociferaban.

Las chicas levantaban las manos.

—Señor McCourt, los chicos tienen todos esos discursos estupendos pero no hay nada para nosotras.

—Ay, muchachas, muchachas, tenéis a Julieta, a Lady Macbeth, a Ofelia, a Gertrudis.

Pasamos dos días extrayendo bocados de las cinco obras, *Romeo y Julieta, Julio César, Macbeth, Hamlet, Enrique IV,* primera parte.

Mis alumnos marcaban el camino y yo los seguía, porque no podía hacerlo de otra manera. Se habían cruzado comentarios en los pasillos, en la cafetería de alumnos.

—Oye, ¿qué es eso?

—Es un libro, tío.

—¿Ah, sí? ¿Qué libro?

—Shakespeare. Estamos leyendo a Shakespeare.

—¿A Shakespeare? Mierda, tío, no podéis estar leyendo a Shakespeare.

Cuando las chicas quisieron representar *Romeo y Julieta*, los chicos bostezaron y les dieron ese gusto. Serían cosas cursis y románticas, hasta que llegó la escena del combate en que Mercutio muere con distinción, describiendo a todo el mundo su herida.

No es tan honda como un pozo, ni tan ancha como una puerta de iglesia,
Pero bastará, servirá.

El pasaje que se aprendían todos de memoria era el «Ser o no ser», pero cuando lo recitaban había que recordarles que se trataba de una meditación sobre el suicidio, y no de una llamada a las armas.

—¿Ah, sí?

—Sí.

Las chicas preguntaban por qué todos se metían con Ofelia, sobre todo Laertes, Polonio, Hamlet. ¿Por qué no se defendía? Ellas tenían hermanas así que estaban casadas con desgraciados hijos de perra, y perdone la manera de hablar, y era increíble lo que aguantaban.

Alguien levantó una mano.

—¿Por qué no huyó Ofelia a América?

Otra mano.

—Porque antiguamente no había América. Estaba por descubrir.

—¿De qué estás hablando? América siempre ha existido. ¿Dónde crees que vivían los indios?

Yo les dije que tendrían que consultarlo, y las manos opuestas accedieron a ir a la biblioteca y a presentar un informe al día siguiente.

Una mano: Había América en tiempos de Shakespeare, y ella podía haberse *largao*.

La otra mano: Había América en tiempos de Shakespeare, pero no había América en tiempos de Ofelia y ella no podía haberse *largao*. Si hubiera ido en tiempos de Shakespeare, no había nada más que indios y Ofelia habría estado incómoda en un tipi, que es como llamaban a sus casas.

Pasamos a *Enrique IV*, primera parte, y todos los chicos querían ser Hal, Hotspur, Falstaff. Las chicas volvían a quejarse de que no había nada para ellas, aparte de Julieta, Ofelia, Lady Macbeth y la reina Gertrudis, y mira cómo acabaron. ¿Es que a Shakespeare no le gustaban las mujeres? ¿Es que tenía que matar a toda persona que llevase faldas?

Los chicos dijeron que así son las cosas y las chicas replicaron que sentían no haber leído *La letra escarlata*, porque una de ellas la había leído y había contado a las demás que Hester Prynne había tenido a su hija tan preciosa, Pearl, y que el padre era un canalla que había muerto de mala manera y que Hester se había vengado de toda la ciudad de Boston, y ¿verdad que eso era mucho mejor que la pobre Ofelia flotando en un arroyo, loca de remate, hablando sola y tirando flores, verdad que sí?

El señor Sorola vino a observarme con la nueva jefa de estudios, la señorita Popp. Sonrieron y no se quejaron de que este libro de Shakespeare no figurase en el programa, aunque en el curso siguiente la señorita Popp me quitó esta clase. Presenté una queja y tuve audiencia ante el inspector. Dije que aquella clase era mía. Era yo quien los había animado a leer a Shakespeare y quería seguir con ello en el curso siguiente. El inspector falló en mi contra basándose en que mis datos de asistencia eran intermitentes e irregulares.

Probablemente, mis estudiantes de Shakespeare tuvieron suerte al tener como profesora a la jefa de estudios. Sin duda, sería más organizada que yo y le resultaría más fácil descubrir significados profundos.

XLVIII

Paddy Clancy vivía a la vuelta de la esquina de mi casa, en Brooklyn Heights. Se pasó a verme para preguntarme si me gustaría ir a la inauguración de un bar nuevo en el Village, La Cabeza del León.

Claro que me gustaría, y me quedé hasta que cerró el bar a las cuatro de la madrugada y falté al trabajo al día siguiente. El camarero, Al Koblin, me tomó durante un rato por uno de los hermanos Clancy, los cantantes, y no me cobró nada por las copas hasta que descubrió que yo no era más que Frank McCourt, profesor. Ahora, aunque tenía que pagarme mis copas, no me importaba, porque La Cabeza del León se convirtió en mi segundo hogar, en un sitio donde me podía sentir cómodo como no me sentía nunca en los bares de la parte alta.

Se pasaron por ahí los reporteros de las primeras oficinas que tuvo el *Village Voice*, ahí al lado, y éstos atrajeron a periodistas de todas partes. La pared que estaba frente a la barra no tardó en estar adornada de cubiertas de libros, enmarcadas, de los escritores que eran parroquianos habituales.

Aquella era la pared que yo ansiaba, la pared que me obsesionaba y que me hacía soñar que algún día yo vería allí la cubierta enmarcada de un libro mío. A lo largo de toda la barra, los escritores, los poetas, los periodistas, los comediógrafos, hablaban de su trabajo, de sus vidas, de sus encargos, de sus viajes. Había hombres y mujeres que se tomaban una copa mientras esperaban que los recogieran los coches para ir a los aviones que los llevarían a Vietnam, a Belfast, a Nicaragua. Salían libros nuevos, de Pete Hamill, de Joe

Flaherty, de Joel Oppenheimer, de Dennis Smith, y se colgaban en la pared, mientras yo me mantenía en la periferia de los triunfadores, de los que conocían la magia de la letra impresa. En La Cabeza del León tenías que demostrar tu valía en letras de molde, o quedarte callado. Ahí no había sitio para los profesores, y yo seguía mirando la pared, envidioso.

Mamá se mudó a un apartamento pequeño que estaba en la acera de enfrente de la casa de Malachy, en el Upper West Side de Manhattan. Ahora podía ver a Malachy, a la nueva esposa de éste, Diana, a los hijos de los dos, Conor y Cormac, a mi hermano Alphie, a la esposa de éste, Lynn, y a la hija de los dos, Allison.

Podía habernos visitado siempre que hubiera querido, y cuando yo le preguntaba por qué no nos visitaba ella me decía con voz cortante:

—No quiero deber nada a nadie.

Yo me irritaba siempre que la llamaba y le preguntaba qué hacía y ella me decía que nada. Si le sugería que saliera de la casa y visitara un centro comunitario o un centro para la tercera edad, ella me decía:

—*Arrah*, por el amor de Dios, ¿quieres dejarme en paz?

Siempre que Alberta la invitaba a cenar, ella se empeñaba en llegar tarde, quejándose de lo largo que era el viaje desde su apartamento de Manhattan hasta nuestra casa de Brooklyn. A mí me daban ganas de decirle que no tenía por qué venir si le suponía tanta molestia, y que al fin y al cabo lo que menos falta le hacía era cenar, con lo gorda que se estaba poniendo, pero me mordía la lengua para que no hubiera tensión en la mesa. A diferencia de la primera vez que vino a cenar y se dejó los tallarines, ahora devoraba todo lo que se ponía delante, aunque si se le preguntaba si quería repetir ella ponía cara de remilgo y decía que no, gracias, como si tuviera el apetito de una mariposa, y después se ponía a picar las migas que había por la mesa. Si yo le decía que no tenía por qué picar las migas, que había más comida en la cocina, ella me decía que la dejase en paz, que me estaba convirtiendo en todo un pesado inaguantable. Si yo le decía que habría estado mejor si se hubiera quedado en Irlanda, ella replicaba, poniéndose de uñas:

—¿Qué quieres decir con que habría estado mejor?

—Bueno, no te pasarías la mitad del día en la cama con la radio pegada a la oreja escuchando todos los programas para tontos que ponen.

—Escucho a Malachy por la radio, y ¿qué tiene eso de malo?

—Lo escuchas todo. No haces nada.

Se le ponía la cara pálida, se le afilaba la nariz, picaba migas que ya no estaban y tenía un asomo de humedad en los ojos. Después, a mí me remordía la conciencia y la invitaba a quedarse a dormir para que no tuviera que hacer ese largo viaje en metro hasta Manhattan.

—No, gracias, prefiero dormir en mi cama, si no te importa.

—Ah, supongo que tienes miedo de las sábanas, de todas esas enfermedades que contagian los extranjeros en la lavandería automática.

Y ella decía:

—Ahora creo que es la bebida la que habla por tus labios. ¿Dónde está mi abrigo?

Alberta intentaba suavizar el momento invitándola de nuevo a que se quedase a dormir, diciéndole que teníamos sábanas nuevas y que mamá no tenía nada que temer.

—No es por las sábanas, en absoluto. Quiero volver a mi casa, eso es todo —decía, y cuando veía que me ponía el abrigo, añadía—: No me hace falta que me acompañe nadie al metro. Sé ir sola.

—No vas a ir sola por esas calles.

—Voy sola por la calle constantemente.

Era un paseo largo y silencioso subiendo por la calle Court hasta el metro de Borough Hall. Yo quería decirle algo. Quería superar mi irritación y mi ira y hacerle esa pregunta tan sencilla: «¿Cómo estás, mamá?»

No podía.

Cuando llegábamos a la estación, ella decía que yo no tenía por qué pagar billete para pasar de los torniquetes. Ella estaría bien en el andén. Ahí había gente, y estaría a salvo. Estaba acostumbrada.

Entraba con ella pensando que podíamos decirnos algo el uno al otro, pero cuando llegaba el tren la dejaba marcharse sin intentar siquiera darle un beso, y la veía acercarse a tropezones a un asiento mientras el tren salía de la estación.

Bajando por la calle Court, cerca de la esquina con la avenida Atlantic, recordé una cosa que me había contado meses atrás mientras estábamos sentados esperando la cena de Acción de Gracias.

—¿Verdad que es extraordinario cómo salen las cosas en la vida de las personas?

—¿Qué quieres decir?

—Bueno, estaba sentada en mi apartamento y me sentía sola, así que me levanté y fui a sentarme a uno de esos bancos que hay en la isleta con hierba que está en el centro de Broadway, y llegó una mujer, una de esas sin hogar que llevan bolsas de la compra, toda desharrapada y manchada de grasa, y se puso a revolver en la basura hasta que encontró un periódico y se sentó a mi lado a leerlo, hasta que me preguntó si le dejaba mis gafas porque con la vista que tenía sólo podía leer los titulares, y cuando habló me di cuenta de que tenía acento irlandés, de manera que le pregunté de dónde era y ella me dijo que había venido de Donegal hacía mucho tiempo, y que qué bonito era estar sentada en un banco en pleno Broadway y que la gente se fije en las cosas y te pregunte de dónde eres. Me preguntó si podía darle unos centavos para sopa, y yo le dije que en vez de eso podía venirse conmigo al supermercado Associated y compraríamos provisiones y nos haríamos una comida como es debido. Ah, ella no podía hacer eso, me dijo, pero yo le dije que yo iba a hacerlo sola en todo caso. No quiso entrar en la tienda. Dijo que no querían a gente como ella. Yo compré pan y mantequilla y lonchas de panceta y huevos, y cuando llegamos a casa le dije que podía pasar a darse una buena ducha y a ella le encantó, aunque yo no podía hacer gran cosa por solucionar lo de su ropa ni lo de las bolsas que llevaba. Nos comimos nuestra cena y vimos la televisión, hasta que ella empezó a quedarse dormida encima de mí y yo le dije que se acostara allí en la cama, pero ella no quiso. Bien sabe Dios que en esa cama caben cuatro, pero ella se echó en el suelo con una bolsa de la compra debajo de la cabeza, y cuando me desperté por la mañana había desaparecido y yo la eché de menos.

Sé que lo que me hizo apoyarme en la pared con un ataque de remordimiento no fue el vino que había bebido en la cena. Fue el pensar que mi madre se sentía tan sola que tenía que sentarse en un banco de la calle, tan sola que echaba de menos la compañía de una vagabunda sin hogar con bolsas de la compra. Ella siempre tuvo la mano tendida y la puerta abierta, hasta en los malos tiempos de Límerick, y ¿por qué no podía yo ser así con ella?

XLIX

Era más fácil impartir nueve horas de clase a la semana en el Colegio Universitario Comunitario de Nueva York, en Brooklyn, que veinticinco horas a la semana en el Instituto de Formación Profesional y Técnico McKee. Las clases tenían menos alumnos, los estudiantes eran mayores y no había ninguno de los problemas de los que tiene que ocuparse un profesor de secundaria, el pase para el baño, los lamentos por las tareas, la masa de papeleo creada por unos burócratas que no tienen nada que hacer más que crear nuevos formularios. Yo podia complementar mi sueldo reducido impartiendo clases en el Instituto Nocturno Washington Irving o haciendo sustituciones en el Instituto Seward Park y en el Instituto Stuyvesant.

El director del departamento de Lengua Inglesa del colegio universitario comunitario me preguntó si quería llevar una clase de paraprofesionales. Yo dije que sí, a pesar de que no tenía ni idea de qué era un paraprofesional.

Me enteré en aquella primera clase. Allí estaban treinta y seis mujeres, afro-americanas y algunas hispanas, de edades entre los veintipocos hasta los cincuenta y muchos, profesoras auxiliares de escuela elemental y que ahora estudiaban en la universidad con ayuda estatal. Recibirían títulos asociados después de dos años, y quizás pudieran seguir estudiando para convertirse algún día en profesoras plenamente cualificadas.

Aquella noche me quedó poco tiempo para impartir clase. Cuando hube pedido a las mujeres que escribieran una breve redacción autobiográfica para la clase siguiente, ellas recogieron sus libros y fueron saliendo, llenas de aprensión, todavía inseguras de sí mismas, de las demás, de mí. Mi piel era la más blanca del aula.

Cuando volvimos a reunirnos, el ambiente era el mismo, con la excepción de una mujer que estaba sentada con la cabeza apoyada en el pupitre, sollozando. Le pregunté qué sucedía. Ella levantó la cabeza, con lágrimas en las mejillas.

—He perdido mis libros.

—Ah, bueno —le dije—, le darán otro juego de libros. Basta con que vaya al Departamento de Lengua Inglesa y les explique lo que ha pasado.

—¿Quiere decir que no me botarán de la universidad?

—No, no la botarán, no la expulsarán de la universidad.

Me dieron ganas de darle palmaditas en la cabeza, pero yo no sabía cómo se daban palmaditas en la cabeza de una mujer de mediana edad que había perdido sus libros. Sonrió, sonreímos todos. Ya podíamos empezar. Les pedí sus redacciones y les dije que leería algunas en voz alta, aunque no usaría sus nombres verdaderos.

Las redacciones eran rígidas, cohibidas. Mientras las leía escribía en la pizarra algunas de las faltas de ortografía más corrientes, sugería cambios de la estructura, señalaba los errores gramaticales. Todo fue seco y monótono hasta que sugerí a las señoras que escribieran con sencillez y con claridad. Para su próxima tarea podían escribir de cualquier cosa que quisieran. Parecieron sorprendidas. ¿De cualquier cosa? Pero si nosotras no tenemos nada de qué escribir. No tenemos aventuras.

No tenían nada de qué escribir, nada más que las tensiones de sus vidas, los disturbios de verano que estallaban a su alrededor, los asesinatos, los maridos que solían desaparecer con tanta frecuencia, los hijos destrozados por las drogas, sus propios afanes diarios en las tareas domésticas, el trabajo, los estudios, la crianza de los hijos.

Les encantaban las curiosidades de las palabras. Durante un debate sobre la delincuencia juvenil, la señora Williams proclamó:

—Ningún chico mío va a ser adoleciente.

—¿Adoleciente?

—Sí, ya sabe. Adoleciente.

Y me enseñó un periódico cuyos titulares aullaban: «Adolescente asesina a su madre.»

—Ah —dije yo, y la señora Williams siguió diciendo:

—Estos adolecientes, ya se sabe, van por ahí asesinando a la gente, e incluso matándola. Si un chico mío se presenta en mi casa comportándose como un adoleciente, se va a la calle con el ya-saben-qué por delante.

La mujer más joven de la clase, Nicole, me devolvió la pelota. Se sentaba en un rincón, al fondo de la clase, y no habló nunca hasta que yo pedí a las estudiantes de la clase que escribieran de sus madres. Entonces, ella levantó la mano.

—¿Qué hay de la madre de usted, señor McCourt?

Las preguntas se me echaron encima como una lluvia de balas. ¿Vive? ¿Cuántos hijos tuvo? ¿Dónde está el padre de usted? ¿Tuvo ella todos esos hijos con un solo hombre? ¿Dónde vive? ¿Con quién vive? ¿Que vive sola? ¿Su madre vive sola, y tiene cuatro hijos? ¿Cómo puede ser?

Fruncieron el ceño. Lo desaprobaron. La pobre señora, con cuatro hijos, no debería vivir sola. La gente debería cuidar de sus madres, pero ¿qué sabrán los hombres? A un hombre no se le puede explicar nunca lo que es ser madre, y si no fuera por las madres América se caería en pedazos.

En abril mataron a Martin Luther King y se suspendieron las clases durante una semana. Cuando volvimos a reunirnos yo quería pedir perdón en nombre de mi raza. En vez de ello, les pedí las redacciones que les había encargado. La señora Williams se puso indignada.

—Mire, señor McCourt, cuando están intentando quemar tu casa tú no te quedas sentada escribiendo *redasiones*.

En junio mataron a Bobby Kennedy. Mis treinta y seis señoras se preguntaban qué pasaba con el mundo, pero estuvieron de acuerdo en que había que seguir adelante, que la educación era el único camino que conducía a la cordura. Cuando hablaban de sus hijos se les iluminaban las caras y dejaban de tenerme en cuenta en su conversación. Yo me quedaba sentado en mi escritorio mientras ellas se decían las unas a las otras que ahora que ellas mismas iban a la universidad, vigilaban a sus chicos para asegurarse de que hacían los deberes.

En la última noche de clases, en junio, hubo un examen final. Yo veía aquellas cabezas oscuras inclinadas sobre los ejercicios, madres de doscientos doce niños, y sabía que con independencia de lo que escribieran o dejaran de escribir en esos ejercicios, ninguna suspendería.

Terminaron. Se había entregado el último ejercicio, pero nadie se marchaba. Yo les pregunté si tenían alguna otra clase allí. La señora Williams se puso de pie y tosió.

—Ah, señor McCourt, tengo que decir, o sea, tenemos que decir, que ha sido maravilloso venir a la universidad y aprender tanto de la Lengua Inglesa y de todo lo demás, y que le hemos traído un regalito esperando que le guste y tal.

Se sentó sollozando y yo pensé: Esta clase comienza y termina con lágrimas.

Me pasaron el regalo, una botella de loción para el afeitado en una caja roja y negra de fantasía. Cuando la olí estuve a punto de caerme de espaldas, pero volví a olerla con delectación y dije a las señoras que conservaría esa botella para siempre en recuerdo de ellas, de esta clase, de sus adolecientes.

En vez de volverme a casa después de esa clase, cogí el metro hasta la calle Noventa y Seis en Manhattan y llamé a mi madre desde una cabina de la calle.

—¿Te apetece merendar algo?

—No lo sé. ¿Dónde estás?

—Estoy a pocas manzanas de distancia.

—¿Por qué?

—Me he pasado por el barrio, eso es todo.

—¿A visitar a Malachy?

—No. A visitarte a ti.

—¿A mí? ¿Por qué vas a visitarme a mí?

—Por Dios, eres mi madre, y lo único que quería era invitarte a salir a merendar algo. ¿Qué te apetece comer?

Parecía indecisa.

—Bueno, me encantan esas gambas gigantes que tienen en los restaurantes chinos.

—Muy bien. Comeremos gambas gigantes.

—Pero no sé si seré capaz de comerlas ahora mismo. Creo que preferiría ir al griego a tomarme una ensalada.

—Muy bien. Te veré allí.

Entró en el restaurante jadeando, y cuando le besé la mejilla noté el sabor de la sal de su sudor. Dijo que tendría que sentarse un rato antes de pensar siquiera en comer, que si no hubiera dejado el tabaco ya estaría muerta.

Pidió la ensalada de feta, y cuando yo le pregunté si le gustaba me dijo que le encantaba, que sería capaz de vivir comiendo sólo eso.

—¿Te gusta ese queso?

—¿Qué queso?

—El queso de cabra.

—¿Qué queso de cabra?

—Eso blanco. El feta. Eso es queso de cabra.

—No lo es.

—Lo es.

—Bueno, pues si hubiera sabido que era queso de cabra no lo habría probado, porque una vez me atacó una cabra en el campo en Límerick y yo no quiero comer nada que me haya atacado.

—Menos mal que no te ha atacado nunca una gamba gigante —le dije.

L

En 1971 nació mi hija Maggie en el hospital Unity de la zona de Bedford-Stuyvesant de Brooklyn. No corría el riesgo de llevarme a casa a la niña que no era, pues parecía que era la única blanca de todo el nido.

Alberta quería un parto natural Lamaze, pero los médicos y las enfermeras del hospital Unity no tenían paciencia con las mujeres de clase media ni con sus caprichos. No tenían tiempo que perder con aquella mujer y con sus ejercicios de respiración, y le inyectaron un anestésico para acelerar el parto. Pero su efecto fue, en cambio, reducir tanto el ritmo que el médico, impaciente, aprisionó con el fórceps la cabeza de Maggie y la arrancó del vientre de su madre, y a mí me dieron ganas de darle de puñetazos por la manera en que le había dejado aplanadas las sienes.

La enfermera se llevó a la niña a un rincón para limpiarla y lavarla, y cuando terminó me llamó con un gesto indicándome que ya podía ver a mi hija con su cara roja y atónita y con sus pies negros.

Tenía las plantas de los pies negras.

Dios, ¿qué especie de marca de nacimiento han infligido a mi hija? Yo no podía decir nada a la enfermera porque ella era negra y podría ofenderla que a mí no me parecieran atractivos los pies negros de mi hija. Me imaginé a mi hija cuando fuera una mujer joven, tomando el sol en la playa, encantadora en traje de baño, pero obligada a llevar calcetines para ocultar su desfiguración.

La enfermera preguntó si la niña iba a tomar el pecho. No. Alberta había dicho que no tendría tiempo cuando volviera al trabajo, y el médico hizo algo para secarle la leche. Preguntaron el nombre de la niña, y aunque Alberta había barajado el de Michaela, todavía estaba anestesiada e impotente y yo dije a la enfermera que se llamaba Margaret Ann, en recuerdo de mis dos abuelas y de mi hermana que había muerto a los veintiún días de edad en este mismo distrito de Brooklyn.

Volvieron a llevar a Alberta a su cuarto en la camilla con ruedas y yo llamé a Malachy para darle la buena noticia, que había nacido una niña, pero que sufría pies negros. Se me rió en el oído y me dijo que yo era un zopenco, que seguramente la enfermera le había tomado las huellas de los pies en vez de las huellas dactilares. Dijo que me esperaba en la Cabeza del León, donde todo el mundo me invitó a una copa y yo me puse borracho perdido, tan borracho que Malachy tuvo que llevarme a casa en un taxi que me mareó tanto que vomité a lo largo de todo Broadway mientras el taxista gritaba que tenía que cobrarme veinticinco dólares más por la limpieza del taxi, exigencia poco razonable que le costó la propina y que lo llevó a amenazarnos con llamar a la policía

—¿Y qué les va a decir? —dijo Malachy—. ¿Les va a decir que conduce haciendo eses de un lado a otro de Broadway y mareando a todo el mundo? ¿Es eso lo que les va a decir?

Y el taxista se enfadó tanto que quería salir del coche y enfrentarse a Malachy, pero cambió de opinión cuando mi hermano, sujetándome, se plantó de pie en la acera, tan grande como era y con su barba roja, y preguntó al taxista con educación si quería hacer algún comentario más antes de ir a reunirse con su Hacedor. El taxista soltó obscenidades sobre nosotros y sobre los irlandeses en general y se saltó un semáforo rojo, sacando el brazo izquierdo por la ventanilla y levantando al aire muy tieso el dedo medio.

Malachy me trajo aspirinas y vitaminas y me dijo que estaría fresco como una lechuga al día siguiente, y yo me pregunté qué quería decir aquello, fresco como una lechuga, aunque me quitó de la cabeza esta pregunta la imagen de Maggie y de sus sienes aplanadas por el fórceps, y yo estuve dispuesto a saltar de la cama para ir a buscar a ese médico condenado que no pudo dejar nacer a mi hija cuando le diera la gana a ella, pero las piernas no me obedecían y me quedé dormido.

Malachy tenía razón. No tuve resaca, sólo placer porque una niñita de Brooklyn llevara mi apellido y yo tuviera por delante una vida de verla crecer, y cuando llamé a Alberta apenas podía hablar con las lágrimas que tenía en la garganta y ella se rió y repitió la frase de mi madre: «Tienes la vejiga cerca del ojo.»

Aquel mismo año, Alberta y yo nos compramos la casa de piedra arenisca parda donde habíamos sido inquilinos en el piso principal. Si pudimos comprarla fue porque nuestros amigos Bobby y Mary Ann Baron nos prestaron dinero y porque Virgil Frank se murió y nos dejó ocho mil dólares.

Cuando vivíamos en el 30 de la calle Clinton, en Brooklyn Heights, Virgil vivía dos pisos por debajo de nosotros. Tenía más de setenta años, tenía una cabellera completa de pelo blanco peinado hacia atrás, la nariz vigorosa y sus dientes propios y apenas tenía una pizca de carne en los huesos. Yo lo visitaba con regularidad porque pasar una hora con él era mejor que el cine, que la televisión y que la mayoría de los libros.

Su apartamento era una habitación con cocina pequeña y cuarto de baño. Su cama era un catre contra la pared, y detrás había un escritorio y una ventana con un aparato de aire acondicionado. En el lado opuesto a la cama había una librería llena de tomos sobre flores, árboles y aves, a los que se dedicaría, según decía él, en cuanto se comprase unos prismáticos.

—Para comprarte unos prismáticos hay que tener cuidado, porque cuando vas a la tienda ¿cómo los vas a probar? Los dependientes de la tienda te dicen: «Ah, están bien, son potentes», y ¿cómo lo sabes tú? No te los dejan sacar a la calle para mirar arriba y abajo de la calle Fulton, por si te escapas corriendo con los prismáticos, y eso es una tontería. ¿Cómo demonios te vas a escapar corriendo si tienes setenta años?

Mientras tanto, le gustaría ver las aves por su ventana, pero lo único que se ve desde su apartamento son las palomas que fornican encima de su aparato de aire acondicionado, y eso lo revienta.

Las vigila, ah, sí que las vigila, da golpes en la ventana con un matamoscas, les dice: «Largaos de aquí, palomas malditas. Id a fornicar al aparato de aire acondicionado de otro». Me dice que no son más que ratas con alas, que lo único que hacen es comer y fornicar, y cuando han terminado de fornicar sueltan una carga sobre el aparato de aire acondicionado, una carga tras otra, como esa mierda que los pajarois, quiero decir los pájaros, maldita sea, ya estoy hablando con acento de Brooklyn otra vez, y eso no es bueno para vender aparatos de agua potable, como esa mierda de los pájaros de América del Sur, donde las montañas están cubiertas de ello, ¿cómo se llama?, sí, guano, que es bueno para abono pero no para los aparatos de aire acondicionado.

Aparte de los libros sobre la naturaleza tenía la *Summa Theologica de San-*
to Tomás de Aquino en tres tomos, y cuando yo abrí uno de los volúmenes me
dijo:

—No sabía que te gustaran esas cosas. ¿No preferirías los pájaros?

Yo le dije que los libros sobre aves se encuentran con facilidad, pero que
su *Summa* era un libro difícil de encontrar, y él me dijo que podía quedár-
mela, pero que tendría que esperar a que se muriera.

—Pero no te preocupes, Frank, te la dejaré en mi testamento.

También me prometió dejarme su colección de corbatas, que me des-
lumbraban siempre que abría la puerta de su armario, las corbatas más chi-
llonas y más coloristas que yo había visto en mi vida.

—Te gustan, ¿eh? Algunas de estas corbatas se remontan a los años veinte, y las hay de los treinta y de los cuarenta. En aquella época los hombres sabían vestir. No iban por ahí de puntillas como el hombre del traje gris, con
miedo a un poco de color. Yo siempre dije que no tenías que escatimar en la
corbata ni en el sombrero, porque tienes que tener buen aspecto cuando estás vendiendo aparatos de agua potable, cosa que he hecho yo durante cuarenta y cinco años. Entraba en una oficina y decía: «¿Cómo? ¿Cómo? ¿Me
quieren decir que siguen bebiendo agua del grifo en esos tazones y vasos antiguos? ¿No saben el peligro que corre su salud?»

Y Virgil se ponía de pie entre la cama y la librería oscilando como un pre-
dicador y soltando su charla de vendedor sobre los aparatos de agua potable.

—Sí, señor, vendo aparatos de agua potable y quiero decirle que con el
agua se pueden hacer cinco cosas. Se puede limpiar, se puede contaminar, se
puede calentar, se puede enfriar y, ja, ja, se puede vender. Usted sabe y no
hace falta que se lo diga yo, señor jefe de oficina, que se puede beber y se
puede nadar en ella, aunque en las oficinas americanas corrientes no suele
haber mucha demanda de agua para nadar. Quiero decirle que mi empresa
ha realizado un estudio de las oficinas que beben nuestra agua y de las oficinas que no beben nuestra agua y, en efecto, en efecto, señor jefe de oficina,
las personas que beben nuestra agua están más sanas y son más productivas.
Nuestra agua evita la gripe y mejora la digestión. No queremos decir, no, no
queremos decir, señor jefe de oficina, que nuestra agua sea la única responsable de la gran productividad y de la prosperidad de América, pero sí decimos que nuestros estudios ponen de manifiesto que las oficinas que no tienen nuestra agua apenas salen adelante, están desesperadas sin saber por qué.
Cuando usted firme nuestro contrato por un año podrá disponer de una copia de nuestro estudio. Sin coste adicional por su parte, podemos hacer una

encuesta de su personal y presentarle una estimación del consumo de agua. Me alegro de observar que ustedes no tienen aire acondicionado, pues eso significa que les hará falta más agua para su excelente personal. Y nosotros sabemos, señor jefe de oficina, que nuestros aparatos de agua potable unen a la gente. Los problemas se resuelven bebiendo agua juntos en un vaso de papel. Se cruzan las miradas. Florecen los romances. Todo el mundo está contento, todo el mundo está deseoso de venir al trabajo todos los días. Aumenta la productividad. No recibimos quejas. Firme aquí mismo. Una copia para usted, una copia para mí, y está cerrado el trato.

Un golpe en la puerta lo interrumpió.

—¿Quién es?

Una voz vieja y apagada.

—Virgil, soy Harry.

—Ahora no puedo hablar contigo, Harry. Aquí está el médico y estoy desnudo porque me está reconociendo.

—Está bien, Virgil. Volveré más tarde.

—Mañana, Harry, mañana.

—De acuerdo, Virgil.

Me dijo que aquél era Harry Ball, de ochenta y cinco años, tan viejo que no se le oye la voz desde el otro lado de un tendedero, y que vuelve loco a Virgil con sus problemas de aparcamiento.

—Tiene un coche grande, un Hudson que ya no se hace. ¿Se dice así, que ya no se hace, o que ya no se fabrica? Tú eres profesor de Lengua Inglesa. Yo no sé. No pasé del séptimo curso de primaria. Me escapé del Orfanato de las Hermanas de San José, a pesar de que voy a dejarles dinero en mi testamento. En todo caso, Harry tiene ese coche y no va a ninguna parte en él. Dice que un día va a llevárselo a Florida para ver a su hermana, pero no va a ninguna parte porque ese coche es tan viejo que no llegaría al otro lado del puente de Brooklyn, y ese maldito Hudson es su vida. Lo cambia de un lado de la calle al otro, de un lado a otro, de un lado a otro. A veces se trae una sillita de playa de aluminio y se sienta cerca de su coche esperando que quede libre un sitio para aparcar para el día siguiente. O se pasea por el barrio buscando un sitio para aparcar y cuando encuentra uno se emociona y le da un ataque al corazón volviendo corriendo a su coche para llevarlo al sitio nuevo, que ya ha desaparecido, y ha desaparecido también el sitio donde estaba y él se encuentra con el coche en marcha y sin sitio, maldiciendo del gobierno. Yo iba con él una vez y estuvo a punto de atropellar a un rabino y a dos viejas, y yo dije, Jesús, Harry, déjame bajar, y él no quería, pero yo salté del coche en el primer semáforo rojo y él me gritó cuando me marchaba que yo era como el tipo que había hecho señales luminosas para que los japoneses pudieran encontrar Pearl Harbor, hasta que yo le dije que era un tonto desgraciado porque no sabía que Pearl Harbor lo habían bombardeado en pleno día, y el se quedó allí contradiciéndome mientras el semáforo se ponía verde y la gente pitaba y gritaba que a quién le importa una mierda Pearl Harbor, amiguito, mueva el maldito Hudson. Podría guardar el coche en un garaje por ochenta y cinco dólares al mes, pero eso es más de lo que paga de alquiler, y todavía no ha llegado el día en que Harry Ball derroche un centavo. Yo mismo soy frugal, lo reconozco, pero al lado de él Scrooge parecería un pródigo. ¿Está bien dicho, pródigo? Yo me escapé del orfanato en séptimo de primaria.

Me pidió que lo acompañara a una ferretería de la calle Court a comprarse un reloj de arena para huevos pasados por agua y para el teléfono que le acababan de instalar.

—¿Un reloj de arena para huevos pasados por agua?

—Sí, son unos relojes de arena que duran tres minutos, y así me gusta a mí el huevo, y cuando use el teléfono sabré cuándo han pasado tres minutos porque así es como te cobran en la compañía telefónica, los muy desgraciados. Tendré el reloj de arena en mi escritorio y colgaré cuando caiga el último grano de arena.

Cuando estábamos en la calle Court le pregunté si quería tomarse una cerveza y un bocadillo en el Rosa de Dlarney. Él no iba nunca a los bares y le escandalizó el precio de la cerveza y del whiskey.

—Noventa centavos por una copita de whiskey. Nunca más.

Lo acompañé a una bodega donde encargó cajas de whiskey irlandés y dijo al dependiente que a su amigo Frank le gustaba, y cajas de vino, de vodka y de bourbon porque le gustaban a él. Dijo al hombre que no iba a pagar los impuestos asquerosos sobre su compra.

—Le he hecho un pedido grande, y usted quiere que sustente encima al gobierno maldito. No, señor. Páguelos usted.

El hombre accedió y dijo que entregaría las veinticinco cajas.

Virgil me llamó al día siguiente. Aunque tenía la voz débil, me dijo:

—Tengo el reloj de arena puesto, así que tengo que hablar deprisa. ¿Puedes bajar? Necesito algo de ayuda. La puerta está abierta.

Estaba sentado en su sillón en albornoz.

—Esta noche no he pegado ojo. No podía meterme en la cama.

No podía meterse en la cama porque el hombre de la bodega había amontonado las veinticinco cajas alrededor de su cama, tan altas que Virgil no era capaz de pasar por encima. Dijo que había tenido que probar algo del whiskey irlandés y del vino y que aquello no le había venido muy bien a la hora de pasar por encima de las cajas. Me dijo que necesitaba sopa, tener algo en el estómago para no vomitar. Cuando yo abrí una lata de sopa y la vertí en un cazo con una cantidad igual de agua, me preguntó si había leído las instrucciones de la lata.

—No.

—Entonces, ¿cómo sabes lo que hay que hacer?

—Es de sentido común, Virgil.

—Sentido común, y una leche.

Estaba gruñón por la resaca.

—Escúchame, Frank McCourt. ¿Sabes por qué no triunfarás nunca?

—¿Por qué?

—Porque no sigues nunca las instrucciones del envase. Por eso tengo yo dinero en el banco y tú no tienes ni un orinal para mear. Yo he seguido siempre las instrucciones del envase.

Otro golpe en la puerta.

—¿Qué? ¿Qué? —dijo Virgil.

—Voigel, soy yo, Pete.

—¿Qué Pete? ¿Qué Pete? No te veo a través de la puerta.

—Pete Buglioso. Tengo una cosa para ti, Voigel.

—No me hables con acento de Brooklyn, Pete. Me llamo Virgil, no Voigel. Virgilio era un poeta, Pete. Deberías conocerlo, para eso eres italiano.

—No sé nada de eso, Voigel. Tengo una cosa para ti, Voigel.

—No quiero nada, Pete. Pásate el año que viene.

—Pero, Voigel, lo que tengo te va a gustar. Te costará un par de pavos.

—¿Qué es?

—No te lo puedo decir a través de la puerta, Voigel.

Virgil se levantó trabajosamente del sillón y llegó a trompicones hasta el reloj de arena que tenía en su escritorio.

—Muy bien, Pete, muy bien. Puedes pasar durante tres minutos. Pongo mi reloj de arena.

Me dice que abra la puerta y dice a Pete que el reloj de arena está corriendo y que aunque ya han caído algunos granos de arena a Pete le quedan todavía tres minutos.

—Así que empieza a hablar, Pete, empieza a hablar y abrevia.

—Muy bien, Voigel, muy bien, pero ¿cómo demonios voy a hablar si estás hablando tú? Tu hablas más que nadie.

—Estás malgastando tu tiempo, Pete. Te estás ahorcando tú mismo. Mira el reloj de arena. Mira esa arena. Las arenas del tiempo, Pete, las arenas del tiempo.

—¿Qué haces con tantas cajas, Voigel? ¿Es que has robado un camión, o algo así?

—El reloj de arena, Pete, el reloj de arena.

—Muy bien, Voigel, lo que tengo aquí es, ¿quieres dejar de mirar el maldito reloj de arena, Voigel, y escucharme? Lo que tengo aquí son tacos de recetas de la consulta de un médico de la calle Clinton.

—Tacos de recetas. Has vuelto a robar a los médicos, Pete.

—No les he robado. Conozco a una recepcionista. Le gusto.

—Debe de ser sorda, muda y ciega. No necesito ningún taco de recetas.

—Vamos, Voigel. Nunca se sabe. Podrías tener una enfermedad o una resaca fuerte, y necesitar algo.

—Chorradas, Pete. Se te acabó el tiempo. Estoy ocupado.

—Pero, Voigel...

—Fuera, Pete, fuera. Cuando ese reloj de arena está en marcha yo ya no lo puedo controlar, y no quiero ningún taco de recetas.

Echó a Pete por la puerta a empujones y le gritó cuando se marchaba:

—Podrías dar conmigo en la cárcel, y tú vas a acabar en la cárcel por vender tacos de recetas robados.

Volvió a derrumbarse en su sillón y dijo que probaría la sopa a pesar de que yo no hubiera seguido las instrucciones de la lata. Le hacía falta para asentarse el estómago, pero si no le gustaba se tomaría un poco de vino y con eso le bastaría. Probó la sopa y dijo que sí, que estaba bien y que se la tomaría y también el vino. Cuando saqué el corcho del vino me dijo con voz cortante que todavía no tenía que servir el vino, que debía dejarlo respirar, que si no sabía eso, y que si no lo sabía, él no entendía cómo era posible que yo fuera maestro. Se bebió el vino a sorbitos y recordó que tenía que llamar a la compañía de aire acondicionado para exponerles los problemas que tenía con las palomas. Yo le dije que se quedara en su sillón y le di el teléfono y el número de la compañía, pero él quería también el reloj de arena para poder decirles que tenían tres minutos para darle la información que necesitaba.

—Oiga, ¿me escucha? Tengo puesto el reloj de arena y tiene tres minutos para explicarme cómo puedo hacer que estas malditas palomas, y perdone la manera de hablar, señorita, cómo puedo hacer que estas palomas dejen de hacer el amor en la parte exterior de mi aparato de aire acondicionado.

Me están volviendo loco con el cu cu cu todo el día y se cagan por toda la ventana. ¿Que no me lo puede decir ahora mismo? ¿Que tiene que consultarlo? ¿Qué es lo que tiene que consultar? Las palomas fornicando encima de mi aparato de aire acondicionado, y usted dice que lo tiene que consultar. Lo siento, se acabó el reloj de arena y ya van tres minutos. Adiós.

Me devolvió el teléfono.

—Y te diré otra cosa —me dijo—. El responsable de que todas esas palomas se caguen en mi aparato de aire acondicionado es ese maldito Harry Ball. Se sienta en su maldita silla plegable de aluminio cuando está buscando un sitio para aparcar y da de comer a las palomas allí en Borough Hall. Una vez le dije que lo dejara, que no eran más que ratas con alas, y él se enfadó tanto que se pasó varias semanas sin hablarme, lo cual me parecía bien a mí. Esos viejos dan de comer a las palomas porque no tienen ya mujer, ¿no tienen ya mujer o ya no tienen mujer? No sé. Yo me escapé del orfanato, pero no doy de comer a las palomas.

Llamó a nuestra puerta una noche, y cuando abrí estaba allí él con su albornoz harapiento, con unos papeles en la mano y borracho. Era su testamento, y quería leerme una parte. No, no quería café. Se tomaría una cerveza, a pesar de que le sentaba como un tiro.

—Así pues, tú me ayudaste y Alberta me invitó a cenar y nadie invita nunca a cenar a los viejos, de modo que te dejo a ti cuatro mil dólares y a Alberta otros cuatro mil, y te dejo mi libro de Santo Tomás de Aquino y mis corbatas. Esto es lo que dice el testamento: «A Frank McCourt le dejo mi colección de corbatas que ha admirado y que no tienen nada de sombrías.»

Cuando nos mudamos a la calle Warren perdimos el contacto con Virgil durante cierto tiempo, aunque yo quería que fuera padrino en el bautizo de Maggie. En vez de ello, recibimos la llamada de un abogado que me informó de la muerte de Virgil Frank y de las disposiciones de su testamento en lo que a nosotros nos concernía.

—No obstante —dijo el abogado—, cambió de opinión respecto de la *Summa Theologica* y de las corbatas, de modo que lo único que reciben ustedes es el dinero. ¿Lo aceptan?

—Sí, desde luego, pero ¿por qué cambió de opinión?

—Se enteró de que usted había hecho una visita a Irlanda, y eso lo molestó porque usted contribuyó a la fuga de oro.

—¿Qué quiere decir?

—Según el testamento del señor Frank, el presidente Johnson dijo hace años que los americanos que viajaban al extranjero estaban dilapidando el oro del país y estaban debilitando la economía, y por eso no recibe usted las corbatas que no tienen nada de sombrías ni los tres volúmenes de Santo Tomás de Aquino. ¿De acuerdo?

—Ah, desde luego.

Ahora que teníamos parte de una entrada nos pusimos a buscar una casa en el barrio. Nuestra casera, Hortensia Odones, se enteró de que estábamos buscando y un día subió por la escalera de incendios exterior, por la parte trasera de la casa, y me dio un susto cuando le vi la cabeza en la ventana de la cocina con su gran peluca rizada.

—Frankie, Frankie, abre la ventana. Aquí fuera hace frío. Déjame pasar.

Extendí los brazos para ayudarle pero ella soltó un grito: «Cuidado con mi pelo, cuidado con mi pelo», y yo tuve que realizar la dura tarea de izarla por la ventana de la cocina mientras ella se sujetaba la peluca.

—Buf —dijo—, buf. Frankie, ¿tienes algo de ron?

—No, Hortensia, sólo vino o whiskey irlandés.

—Dame un whiskey, Frankie. Tengo el culo helado.

—Toma, Hortensia. Dime: ¿Por qué no subes por las escaleras?

—Porque ahí abajo está oscuro, por eso, y no puedo permitirme tener las luces encendidas día y noche, y la escalera de incendios la veo día y noche.

—Ah.

—Y ¿qué me cuentan? ¿Es verdad que Alberta y tú buscáis una casa? ¿Por qué no os compráis ésta?

—¿Cuanto?

—Cincuenta mil.

—¿Cincuenta mil?

—Eso es. ¿Es demasiado?

—Ah, no. Está bien.

El día que firmamos el contrato tomamos ron con ella mientras ella nos decía cuánto la entristecía dejar esa casa después de todos los años que había pasado allí, no con su marido, Odones, sino con su novio, Louis Weber, célebre porque llevaba la lotería clandestina del barrio, y aunque era puertorriqueño no tenía miedo a nadie, ni siquiera a la Cosa Nostra, que intentó apoderarse del negocio hasta que Louis se presentó en la casa del Don allí abajo, en Carroll Gardens, y dijo «¿Qué mierda es esta?», perdonad la manera de hablar, y el Don admiró a Louis por los huevos que tenía y mandó a sus matones: «Dejadlo en paz, no molestéis a Louis», y, tú sabes, Frankie, que nadie se mete con los italianos en Carroll Gardens. Ahí abajo no se ve gente de color ni pe erres, no señor, y si se ven es que van de paso.

Puede que la Mafia dejara en paz a Louis, pero Hortensia decía que no se podía fiar uno de ellos y que siempre que Louis y ella iban a dar un paseo en coche llevaban dos pistolas entre los dos, la de él y la de ella, y él le tenía dicho que si se presentaba alguien con problemas y lo dejaba fuera de combate, ella debía dar un tirón al volante hacia la acera para que chocaran con algún peatón en vez de con un coche, y la compañía de seguros se haría cargo, y si no se hacía cargo y daba problemas a Hortensia, él le dejaría una lista de números de teléfono de algunos tipos, pe erres, los de la maldita Mafia no eran los únicos que funcionaban en la ciudad, y aquellos tipos se encargarían de la compañía de seguros, de esos avaros desgraciados, y perdona la manera de hablar, Alberta, ¿queda algo de ron, Frankie?

—Pobre Louis —decía—, tenía encima a los de la Comisión Kefauver, pero murió en su cama y yo ya no voy de paseo en coche, pero me dejó una pistola que tengo abajo, ¿quieres ver mi pistola, Frankie? ¿No? Bueno, pues la tengo, y si se presenta alguien en mi apartamento sin invitación, se la carga, Frankie, entre los ojos, bam, bum, se acabó.

Los vecinos sonreían y asentían con la cabeza y nos decían que nos habíamos comprado una mina de oro, que todo el mundo sabía que Louis había enterrado dinero en el sótano de nuestra casa nueva, donde seguía viviendo Hortensia, o sobre nuestras cabezas, en el falso techo del cuarto de estar. Lo único que teníamos que hacer era retirar ese falso techo y los billetes de cien dólares nos llegarían hasta los sobacos.

Cuando se marchó Hortensia hicimos excavaciones en el sótano para instalar un desagüe nuevo. No había dinero enterrado. Retiramos los falsos techos, dejamos a la vista los ladrillos y las vigas. Dimos golpecitos en las paredes, y alguien nos recomendó que consultásemos a un vidente.

Encontramos una muñeca vieja con el pelo a mechones, sin ojos, sin brazos, con una sola pierna. La conservamos para nuestra hija de dos años, Maggie, quien la llamaba La Bestia y la quería más que a todas sus demás muñecas.

Hortensia se mudó a un apartamento pequeño al nivel de la calle en la calle Court y vivió allí hasta que se murió o se volvió a Puerto Rico. Yo solía pensar que me habría gustado pasar más tiempo con ella y con una botella de ron, o habérsela presentado a Virgil Frank para que hubiésemos tomado juntos ron y whiskey irlandés y para que hubiésemos hablado de Louis Weber y de la fuga de oro y de las maneras de reducir la factura del teléfono con un reloj de arena.

LI

Es 1969 y estoy impartiendo clases como sustituto de Joe Curran, que está de baja unas semanas por la bebida. Sus alumnos me preguntan si sé griego, y parecen desilusionados cuando les digo que no. Al fin y al cabo, el señor Curran se sentaba en su escritorio y les leía o les recitaba de memoria largos pasajes de *La Odisea*, sí, en griego, y recordaba a sus alumnos todos los días que él se había licenciado en la Escuela de Latín de Boston y en el Colegio Universitario de Boston, y les decía que una persona que no supiera griego ni latín no se podía considerar educada, nunca podía pretender llamarse caballero.

—Sí, sí, puede que éste sea el Instituto Stuyvesant —dice el señor Curran—, y puede que vosotros seáis los chicos más listos de aquí a las estribaciones de las Montañas Rocosas, que tengáis las cabezas llenas a rebosar de ciencia y de matemáticas, pero lo único que necesitáis en esta vida es a Homero, a Sófocles, a Platón, a Aristóteles, a Aristófanes para los momentos más ligeros, a Virgilio para los lugares oscuros, a Horacio para huir de lo mundanal, y a Juvenal para cuando estéis completamente cabreados con el mundo. La grandeza, muchachos, la grandeza que era Grecia y la gloria que era Roma.

Lo que les encantaba a sus alumnos no eran los griegos ni los romanos, eran los cuarenta minutos que se pasaba Joe hablando con voz monótona o declamando, y mientras tanto ellos podían soñar despiertos, ponerse al día con los deberes de otras asignaturas, dibujar garabatos, dar bocados a los bocadillos que se habían traído de casa, grabar sus iniciales en unos pupitres donde se podían haber sentado James Cagney, Thelonius Monk o ciertos premios Nobel. O podían soñar con las nueve muchachas a las que acababan de admitir por primera vez en la historia del instituto. Las nueve vírgenes vestales, las llamaba Joe Curran, y se recibían quejas de los padres, que decían que su manera de hablar insinuante era inadecuada.

—Ay, inadecuada, y una leche —decía Joe—. ¿Por qué no pueden hablar sencillamente? ¿Por qué no pueden decir una palabra sencilla, como «mala»?

Sus alumnos decían que sí, que ¿no era todo un espectáculo ver a las chicas en el pasillo, nueve chicas, casi tres mil chicos, y qué se puede decir de los chicos del instituto que no querían que hubiera chicas, un cincuenta por ciento, por Dios, qué se podía decir de ellos? Debían de estar muertos de cintura para abajo, ¿verdad?

Entonces pensabas en el propio señor Curran que está allí arriba y cambia al inglés para hablar de *La Ilíada* y de la amistad de Aquiles y Patroclo, no dejaba de hablar de esos dos griegos antiguos y de que Aquiles se había enfadado tanto con Héctor por haber matado a Patroclo que había matado a Héctor y había llevado su cadáver arrastrándolo tras su carro para mostrar la fuerza de su amor hacia su amigo muerto, de un amor que no osa expresar su nombre.

—Pero, muchachos, ay, muchachos, ¿acaso existe un momento más dulce en toda la literatura universal que ese momento en que Héctor se quita el yelmo para calmar los miedos de su hijo? Ay, ojalá se hubieran quitado el yelmo todos nuestros padres.

Y cuando Joe lloriqueaba en su pañuelo gris y decía palabras como «culo», se sabía que había salido del instituto a la hora del almuerzo para tomarse una copita en el bar Gashouse, a la vuelta de la esquina. Había días en que volvía tan emocionado por las cosas que se le habían ocurrido sentado en el taburete del bar que quería dar gracias a Dios por haberle marcado el camino de la enseñanza, para así poder olvidarse un rato de los griegos y cantar las alabanzas del gran Alexander Pope y su Oda a la soledad:

> *Dichoso el hombre que ciñe sus deseos*
> *A las estrechas yugadas paternas,*
> *Satisfecho de respirar el aire de su tierra*
> *En su propia heredad.*

Y recordad, muchachos y muchachas, ¿hay aquí alguna muchacha? Que levanten las manos las que sean muchachas, ¿no hay muchachas?, recordad, muchachos, que Pope se inspiró en Horacio y que Horacio se inspiró en Homero y que Homero se inspiró en Dios sabe quién. ¿Me prometéis por la gloria de vuestras madres que lo recordaréis? Si recordáis lo que debía Pope a Horacio, sabréis que nadie sale plenamente desarrollado de la cabeza de su padre. ¿Lo recordaréis?

—Lo recordaremos, señor Curran.

¿Qué debo decir yo a los alumnos de Joe, que se quejan de que tienen que leer *La Odisea* y todas esas cosas viejas? ¿A quién le importa lo que pasó en la antigua Grecia o en Troya, donde morían los hombres a diestro y siniestro por esa tonta de Elena? ¿A quién le importa? Los chicos de la clase decían que ellos no estaban dispuestos a matarse peleando por una chica que no los quería. Sí, entendían lo de *Romeo y Julieta* porque muchas familias se ponen tontas cuando quieres salir con una chica de otra religión, y entendían *West Side Story* y lo de las bandas, pero no se creían que unos hombres hechos y derechos se marchasen de sus casas como se marchó Ulises, dejando a Penélope y a Telémaco, para irse a luchar por esa tía estúpida que no tenía dos dedos de frente. Tienen que reconocer que Ulises era legal, por el modo en que intentó librarse del reclutamiento, haciéndose el loco y todo eso, y a todos les gusta el modo en que lo había engañado Aquiles, porque Aquiles no era tan listo como Ulises ni mucho menos, pero no se creen que pudiera pasarse veinte años fuera de su casa, luchando y haciendo el tonto por ahí, y esperarse que Penélope se quedara allí sentada, hilando y tejiendo y mandando a paseo a los pretendientes. Las muchachas de la clase dicen que se lo creen, que se lo creen de verdad, que las mujeres pueden ser fieles eternamente porque así son las mujeres, y una chica dice a la clase lo que ha leído en una poesía de Byron, que el amor del hombre es una cosa aparte de su vida, pero que es toda la existencia de la mujer. Los chicos la abuchean, pero las chicas aplauden y les dicen lo que dicen todos los libros de psicología, que los chicos de su edad van tres años por detrás de ellas en desarrollo mental, aunque en esta clase hay algunos que deben de ir seis años por detrás por lo menos, y que, por lo tanto, deberían callarse. Los chicos intentan ser sarcásticos, enarcan las cejas y se dicen los unos a los otros: «Ay, tra la la, huéleme, estoy desarrollado», pero las chicas se miran las unas a las otras, se encogen de hombros, sacuden el pelo y me preguntan con tono altivo si podemos volver a la lección, por favor.

¿La lección? ¿De qué me están hablando? ¿Qué lección? Lo único que recuerdo son los lamentos habituales de los institutos de secundaria sobre por qué tenemos que leer esto y por qué tenemos que leer aquello, y mi irritación, mi reacción tácita, es que tenéis que leerlo, maldita sea, porque está en el programa y porque yo os digo que lo leáis, yo soy el profesor, y si no os dejáis de lamentaciones y de protestas os vais a encontrar en vuestro boletín con una nota de Lengua Inglesa a cuyo lado un cero os parecería un don de los dioses, porque estoy aquí de pie escuchándoos y mirándoos, a los privilegiados, a los escogidos, a los mimados, que no tenéis nada que hacer más que ir al instituto, perder el tiempo, estudiar un poco, ir a la universidad, meteros en un negocio para ganar dinero, llegar a los cuarenta y echar tripa, todavía quejándoos, todavía protestando, cuando existen millones de personas en todo el mundo que se dejarían cortar los dedos de las manos y de los pies para estar en vuestros asientos, bien vestidos, bien comidos, con el mundo cogido por los huevos.

Eso es lo que me gustaría decir y no diré nunca, porque podrían acusarme de usar un lenguaje inadecuado, y eso me daría un ataque a la manera de Joe Curran. No. No puedo hablar de ese modo porque tengo que encontrar mi rumbo en este sitio, que es muy distinto del Instituto de Formación Profesional y Técnico McKee.

En la primavera de 1972, el director del departamento de Lengua Inglesa, Roger Goodman, me ofrece un puesto permanente en el Instituto Stuyvesant. Tendré cinco clases propias y un encargo de edificio por el cual cuidaré, una vez más, del orden en la cafetería de alumnos y me encargaré de que nadie deje caer al suelo envoltorios de helados ni trozos de perritos calientes, aunque aquí se permite que los chicos y las chicas se sienten juntos y el romance quita el apetito.

Tendré una tutoría pequeña, con las primeras nueve chicas, de último curso y a punto de graduarse. Las chicas son amables. Me traen cosas, café, rosquillas, periódicos. Son críticas. Me dicen que debería hacerme algo con el pelo, dejarme las patillas, estamos en 1972 y debería ponerme al día, ser moderno, y hacer algo con mi ropa. Dicen que visto como un viejo y que no tengo por qué parecer tan viejo, aunque tenga algunos pelos grises. Me dicen que parezco tenso, y una me aplica un masaje en el cuello y en los hombros. Relájese, me dice, relájese, no le vamos a hacer nada, y se ríen como se ríen las mujeres cuando comparten un secreto y tú te crees que se refiere a ti.

Tendré cinco clases al día, cinco días a la semana, y tendré que aprenderme de memoria los nombres de ciento setenta y cinco alumnos, además de los nombres de los que asistirán a una tutoría completa el año que viene, otros treinta y cinco, y tendré que poner un cuidado especial con los estudiantes chinos y coreanos, que dicen con sarcasmo: «No importa que no sepa cómo nos llamamos, señor McCourt, al fin y al cabo todos parecemos iguales.» O pueden tomarlo a risa: «Ah, sí, todos ustedes los blancos parecen iguales también.»

Sé todo esto por el tiempo que pasé de profesor sustituto, pero ahora veo a mis alumnos, los míos propios, entrar en tropel en mi aula este primer día de febrero de 1972, día de Santa Brígida, y te lo pido, Santa Brígida, porque voy a ver a estos chicos cinco días a la semana durante cinco meses, y no sé si estoy a la altura. Los tiempos cambian y se aprecia que estos chicos del Stuyvesant están a mundos y a años de distancia de los primeros que conocí en el McKee. Desde entonces hemos pasado guerras y asesinatos, los dos Kennedy, Martin Luther King, Medger Evers. Los chicos del McKee llevaban el pelo corto o tupés repeinados hacia atrás con brillantina. Las chicas llevaban blusa y falda y permanentes tan rígidas como un casco. Los chicos del Stuyvesant llevan el pelo tan largo que la gente se burla de ellos por la calle: «No se distinguen apenas de las chicas, ja, ja.» Llevan camisas de batik, pantalones vaqueros y sandalias, de modo que nadie se figuraría que proceden de familias acomodadas de todo Nueva York. Las chicas del Stuyvesant llevan sueltos el pelo y los pechos y vuelven locos de deseo a los chicos y se recortan los vaqueros a la altura de la rodilla para dar ese efecto de pobreza sofisticada, porque talmente, ya sabes, están hartas de toda esa porquería de la clase media.

Ah, sí, son más sofisticados que los chicos del McKee porque lo tienen todo hecho. Dentro de ocho meses estarán en las universidades de todo el país, en Yale, en Stanford, en el Instituto de Tecnología de Massachussetts, en Williams, en Harvard, dueños y dueñas del mundo, y aquí en mi aula se sientan donde quieren, charlan, no me hacen caso, me dan la espalda, un profesor más que les estorba en su camino hacia el título y el mundo real. Algunos me miran fijamente como diciéndose: «¿Quién es este tipo?» Se recuestan en sus asientos, se arrellanan y miran por la ventana o por encima de mi cabeza. Ahora tengo que conseguir su atención y eso es lo que digo, «Perdonad, ¿podéis prestarme atención?» Algunos dejan de hablar y me miran. Otros parecen ofenderse por la interrupción y vuelven a darme la espalda.

Mis tres clases de último curso gruñen por el peso del libro de texto que tienen que llevar a cuestas todos los días, una antología de la literatura inglesa. Los de tercer curso se quejan del peso de su antología de la literatura americana. Los libros son suntuosos, están ricamente ilustrados, están pensados para estimular, motivar, iluminar, entretener, y son caros. Yo digo a mis alumnos que llevar libros a cuestas les refuerza la mitad superior del cuerpo y que espero que sus mentes absorban el contenido.

Me miran fijamente con rabia. «¿Quién es este tipo?»

Hay guías pedagógicas tan detalladas y completas que yo no tengo nunca que pensar por mí mismo. Están llenas de la cantidad suficiente de cuestionarios, pruebas, exámenes, para mantener a mis alumnos en un estado constante de tensión nerviosa. Hay centenares de preguntas de respuesta múltiple, de preguntas a las que hay que contestar verdadero o falso, rellenar los espacios en blanco, relacionar la columna A con la columna B, preguntas autoritarias que ordenan al alumno que explique por qué era Hamlet malo con su madre, qué quería decir Keats cuando hablaba de la capacidad negativa, qué quería dar a entender Melville en su capítulo sobre la blancura de la ballena.

Chicos y chicas, estoy preparado para recorrer los capítulos desde Hawthorne hasta Hemingway, desde Beowulf hasta Virginia Woolf. Esta noche debéis leer las páginas indicadas. Mañana las comentaremos. Puede que haya un cuestionario. O puede que no haya un cuestionario. No os arriesguéis. Sólo el profesor lo sabe con seguridad. El martes habrá una prueba. Dentro de tres martes habrá un examen, un examen grande, y, sí, contará. Toda vuestra nota final depende de ese examen. ¿Que también tenéis pruebas de física y de cálculo infinitesimal? Lo siento mucho. Esto es Lengua Inglesa, la asignatura reina del plan de estudios.

Y, aunque vosotros no lo sabéis, chicos y chicas, yo estoy armado de mis guías pedagógicas de Literatura inglesa y americana. Las tengo aquí, a buen recaudo, en mi cartera, todas las preguntas que os harán rascaros las cabecitas, mordisquear los lápices, temer el día de entrega de notas y, supongo, odiarme a mí, porque soy el que puede frustrar vuestras grandes ambiciones de estudiar en una universidad de la *Ivy League*. Yo soy el que me deslizaba disimuladamente por la recepción del hotel Biltmore limpiando lo que manchaban vuestros padres y vuestras madres.

Éste es el Stuyvesant, y ¿acaso no es el mejor instituto de secundaria de la ciudad, algunos dicen que el mejor del país? Vosotros lo habéis querido. Podríais haber ido a los institutos de vuestro barrio, donde seríais los reyes y las reinas, los números uno, los primeros de la clase. Aquí no sois más que del montón, pegándoos por las notas para hinchar la preciosa nota media que os hará entrar en las universidades de la *Ivy League*. Ese es vuestro gran dios, la nota media, ¿verdad? Deberían levantarle un santuario con altar en el sótano del Stuyvesant. Deberían colocar sobre ese altar un gran número 9 de neón rojo parpadeante, que se enciende, se apaga, se enciende, la cifra inicial sagrada que deseáis desesperadamente en todas las notas, y deberíais ir allí a rezar y a adorar. Ay, Dios, envíame sobresalientes y noventas.

—Señor McCourt, ¿por qué me ha puesto sólo un noventa y tres de nota?

—Porque he sido generoso.

—Pero si he hecho todo el trabajo, he entregado todos los ejercicios que mandó.

—Entregaste dos ejercicios tarde. Se te quitan dos puntos por cada uno.

—Pero, señor McCourt, ¿por qué dos puntos?

—Así son las cosas. Ésa es tu nota.

—Ay, señor McCourt, ¿por qué es tan malo?

—Es lo único que me queda.

Yo seguía las guías pedagógicas. Lanzaba a mis clases las preguntas prefabricadas. Les hacía cuestionarios y pruebas por sorpresa y las destrozaba con los pesados exámenes detallados que habían confeccionado los catedráticos de universidad que montan los libros de texto de instituto.

Mis alumnos se resistían, copiaban y me tenían antipatía, y yo les tenía antipatía por tenerme antipatía a mí. Aprendí los juegos del copiar en los exámenes. Ah, la mirada al descuido a los ejercicios de los alumnos próximos. Ah, el discreto código morse de las toses para tu novia, y su dulce sonrisa cuando se entera de la pregunta de respuesta múltiple. Si se sienta detrás de ti, te pones la mano en la nuca con los dedos abiertos, abrir los cinco dedos tres veces sería la pregunta número quince, el dedo índice que rasca la sien derecha es la respuesta A, y los demás dedos representan las demás respuestas. En el aula proliferan las toses y los movimientos del cuerpo, y cuando pillo a los que copian les digo violentamente al oído que más les vale dejarlo o de lo contrario sus exámenes acabarán en la papelera hechos trizas, sus vidas quedarán arruinadas. Soy el amo del aula, un hombre que no copiaría nunca, oh, no, aunque pusieran las respuestas con letras verdes en la cara iluminada de la luna llena.

Imparto clase todos los días con un nudo en el estómago, agazapado detrás de mi escritorio en la parte delantera del aula, jugando al juego del profesor con la tiza, el borrador, el rotulador rojo, las guías pedagógicas, el poder del cuestionario, la prueba, el examen, voy a llamar a tu padre, voy a llamar a tu madre, daré parte de ti al tutor, te voy a bajar tanto la nota media, chico, que tendrás suerte si ingresas en una universidad comunitaria de Mississipi, las armas de la amenaza y el control.

Un alumno de último curso, Jonathan, se da de cabezadas en el pupitre y se lamenta.

—¿Por qué? ¿Por qué? ¿Por qué tenemos que sufrir con esta mierda? Llevamos estudiando desde el jardín de infancia, trece años, y ¿por qué tenemos que saber de qué color llevaba los zapatos la señora Dalloway en su maldita fiesta, y qué conclusiones debemos sacar de que Shakespeare invoque al sordo cielo con sus gritos baldíos, y qué demonios es un grito baldío, en todo caso, y desde cuándo es sordo el cielo?

Hay murmullos de rebelión por todo el aula, y yo me quedo paralizado. Están diciendo «sí, sí» a Jonathan, quien deja de darse de cabezadas para preguntarme:

—Señor McCourt, ¿daba usted estas cosas en secundaria?

Y hay otro coro de «sí, sí», y yo no sé qué decir. ¿Debo decirles la verdad, que jamás pisé un instituto de secundaria hasta que empecé a dar clases en uno, o debo soltarles una mentira contándoles una educación rigurosa en la escuela secundaria de los Hermanos Cristianos de Límerick?

Me salva, o me condena, otro alumno que dice en voz alta:

—Señor McCourt, mi prima estudió en el McKee de la isla de Staten y me ha dicho que usted les había dicho que no había ido nunca al instituto de secundaria, y que decían que era un buen profesor en todo caso porque contaba cuentos y les hablaba y no les molestaba nunca con todas estas pruebas.

Sonrisas por todo el aula. El profesor, desenmascarado. El profesor no ha estudiado siquiera el bachillerato, y hay que ver lo que nos está haciendo, nos está volviendo locos con pruebas y cuestionarios. Estoy marcado para siempre con la etiqueta, el profesor que no estudió nunca el bachillerato.

—Entonces, señor McCourt, yo creía que hacía falta una licencia para ejercer la enseñanza en la ciudad.

—Así es.

—¿No hace falta título universitario?

—Así es.

—¿No hay que terminar bachillerato?

—Quieres decir terminar el bachillerato, el bachillerato, el el el.

—Bueno, bueno. Vale. ¿No hace falta terminar el bachillerato para entrar en la universidad?

—Supongo que sí.

El aprendiz de abogado somete a un severo interrogatorio al profesor, sale victorioso y corre la voz hasta mis otras clases.

—Caramba, señor McCourt, ¿así que no fue nunca al instituto de secundaria y está dando clases en el Stuyvesant? Qué bien se lo monta, tío.

Y tiro a la papelera mis guías pedagógicas, mis cuestionarios, mis pruebas, mis exámenes, mi máscara del profesor que lo sabe todo.

Estoy desnudo y tengo que volver a empezar y no sé por dónde.

En los años sesenta y principios de los setenta, los estudiantes llevaban chapas y cintas en el pelo en las que exigían igualdad de derechos para las mujeres, los negros, los indios americanos y todas las minorías oprimidas, el fin de la guerra de Vietnam, la salvación de los bosques húmedos y del planeta en general. Los negros y los blancos de pelo rizado llevaban peinados afro, y el dashiki y la camisa de batik se convirtieron en el atuendo del momento. Los estudiantes universitarios boicoteaban las clases, organizaban debates, tenían disturbios en todas partes, procuraban librarse del reclutamiento, huían a Canadá o a Escandinavia. Los estudiantes de secundaria llegaban al instituto trayendo frescas las imágenes de la guerra que habían visto en los telediarios, los hombres hechos pedazos por las bombas en los arrozales, los helicópteros que volaban bajo, los aspirantes a soldados del Vietcong a los que se hacía salir de sus túneles a bombazos, con las manos detrás de la cabeza, con suerte porque de momento no les obligasen a entrar de nuevo a bombazos, imágenes de la ira que había en nuestro país, las marchas, las manifestaciones, no queremos ir, las sentadas, los debates, los estudiantes que caían ante los fusiles de la Guardia Nacional, los negros que retrocedían ante los perros de Bull Connor, arde, nene, arde, lo negro es hermoso, no te fíes de nadie que haya cumplido los treinta, tengo un sueño, y, al final de todo, tu Presidente no es un criminal.

Me encontraba por la calle y en el metro a antiguos alumnos del Instituto McKee que me hablaban de los muchachos que habían ido a Vietnam, que se marcharon como héroes y ahora volvían en bolsas para cadáveres. Bob Bogard me llamó para avisarme de que se iba a celebrar el funeral de un muchacho al que habíamos dado clase los dos, pero yo no fui porque sabía que en la isla de Staten habría orgullo por su sacrificio sangriento. Los muchachos de la isla de Staten llenarían más bolsas para cadáveres de lo que podrían imaginarse los de Stuyvesant. Los mecánicos y los fontaneros tenían que luchar mientras los estudiantes universitarios agitaban el puño con indignación, fornicaban en los campos de Woodstock y hacían sentadas.

En mi aula yo no llevaba chapas, no tomaba partido. Ya había bastante vocerío a nuestro alrededor, y, para mí, las cinco clases que tenía que recorrer cada día ya eran suficientes como campo de minas.

—Señor McCourt, ¿por qué no pueden ser pertinentes nuestras clases?

—¿Pertinentes respecto de qué?

—Bueno, ya sabe, sólo hay que ver cómo está el mundo. Sólo hay que ver lo que pasa.

—Siempre pasa algo, y podríamos pasarnos cuatro años enteros sentados en esta aula lamentándonos de los titulares de prensa y perdiendo el juicio.

—Señor McCourt, ¿es que no le importan los niños pequeños que se queman con napalm en Vietnam?

—Sí que me importan, y también me importan los niños pequeños de Corea y de la China, los de Auschwitz y los de Armenia, y los niños pequeños ensartados en las lanzas de los soldados de Cromwell en Irlanda.

Les conté lo que había aprendido en mi trabajo como profesor a tiempo parcial en el Colegio Universitario Técnico de Nueva York en Brooklyn, de mi clase de veintitrés mujeres, casi todas de las Antillas, y de mis cinco hombres. Había un hombre de cincuenta y cinco años que estudiaba para obtener un título universitario que le permitiera volver a Puerto Rico y pasarse el resto de su vida ayudando a los niños. Había un joven griego que estudiaba Lengua Inglesa para poder llegar a sacarse un doctorado en literatura renacentista inglesa. Había en la clase tres jóvenes afroamericanos, y cuando uno de ellos, Ray, se quejó de que lo había molestado la policía en un andén del metro por ser negro, las mujeres de las Antillas no tuvieron paciencia con él. Le dijeron que si se hubiera quedado en casa a estudiar no se habría metido en líos, y que ningún hijo de ellas podría presentarse en su casa con un cuento así. Le partirían la cabeza. Ray se quedó callado. A las mujeres de las Antillas no se les replica.

Denise, que tenía algo menos de treinta años, solía llegar tarde a clase, y yo la amenazaba con suspenderla, hasta que escribió una redacción autobiográfica que yo le pedí que leyera en voz alta a la clase.

Ah, no, ella no podía hacer eso. Le daría vergüenza que la gente se enterara de que tenía dos hijos cuyo padre la había abandonado para volver a Monserrat y que no les manda nunca ni un centavo. No, no le importaría que leyese yo la redacción en clase si no decía quién la había escrito.

Había descrito un día en su vida. Se despertaba temprano para hacer sus ejercicios del vídeo de Jane Fonda mientras daba gracias a Jesús por el don de un nuevo día. Se daba una ducha, levantaba a sus hijos, a su hijo de ocho años, a su hijo de seis años, y los llevaba a la escuela, después de lo cual iba corriendo a sus clases de la universidad. Por la tarde se iba directamente a su trabajo en un banco del centro de Brooklyn y de ahí iba a la casa de su madre. Su madre ya había recogido a los niños de la escuela, y Denise no sabía qué haría sin ella, sobre todo teniendo en cuenta que su madre padecía esa enfermedad terrible que te retuerce los dedos y te los agarrota y cuyo nombre no sabía escribir Denise. Después de llevarse a los niños a casa, de meterlos en la cama y de preparar su ropa para el día siguiente, Denise rezaba junto a la cama de ellos, miraba la cruz, volvía a dar gracias a Jesús por otro día maravilloso, e intentaba quedarse dormida viendo en sus sueños la imagen de su pasión.

A las mujeres de las Antillas les pareció un relato maravilloso y se miraban las unas a las otras preguntándose quién lo había escrito, y cuando Ray dijo que él no creía en Jesús, le dijeron que se callase, que qué sabría él, que rondaba por los andenes del metro. Ellas trabajaban, cuidaban de sus familias, iban a clase, y aquél era un país maravilloso donde podías hacer lo que quisieras aunque fueras negro como la noche, y si a él no le gustaba podía volverse a Africa, si es que la encontraba sin que le hostigase la policía.

Yo dije a las mujeres que eran unas heroínas. Dije al puertorriqueño que era un héroe, y dije a Ray que también él podía ser un héroe si se hacía adulto. Ellos me miraron perplejos. No me creían, y se adivinaba lo que les pasaba por la cabeza, que sólo estaban haciendo lo que debían hacer, conseguir una educación, y ¿por qué los llamaba héroes aquel profesor?

Mis alumnos del Stuyvesant no se quedaron satisfechos. ¿Por qué les contaba cuentos de las mujeres de las Antillas y de puertorriqueños y de griegos, cuando el mundo se iba al infierno?

—Porque las mujeres de las Antillas creen en la educación. Podréis hacer manifestaciones y agitar el puño, quemar las fichas de reclutamiento y cortar el tráfico con los cuerpos, pero, al final de todo, ¿qué sabéis? Para las señoras de las Antillas sólo hay una cosa pertinente, la educación. Es lo único que conocen. Es lo único que conozco yo. Es lo único que me hace falta conocer.

A pesar de todo, yo tenía en la cabeza una confusión y una oscuridad, y era preciso que comprendiera lo que hacía en aquel aula o que la dejase. Si tenía que salir ante esas cinco clases, no podía dejar pasar los días poco a poco entre la rutina de instituto, de la gramática, la ortografía, el vocabulario, la búsqueda del significado profundo en la poesía, los pedazos de literatura que se van distribuyendo para las pruebas con preguntas de respuesta múltiple que se realizarían a continuación, para que se pudiera enviar a las universidades a los mejores y a los más listos. Era preciso que yo empezase a disfrutar del acto de enseñar, y la única manera que yo tenía para conseguirlo era volver a empezar, enseñar lo que me gustaba y mandar a la porra el programa.

El año que nació Maggie dije a Alberta una cosa que solía decir mi madre, que los recién nacidos empiezan a ver a las seis semanas, y que si eso era verdad deberíamos llevarla a Irlanda para que su primera imagen fueran los cielos irlandeses de humor cambiadizo, un chaparrón pasajero mientras brilla el sol a través de las nubes.

Paddy y Mary Clancy nos invitaron a alojarnos en su granja de Carrick-on-Suir, pero los periódicos decían que Belfast estaba en llamas, una ciudad de pesadilla, y yo estaba deseoso de ver a mi padre. Viajé al Norte con Paddy Clancy y con Kevin Sullivan, y la noche en que llegamos nos paseamos por las calles del Belfast católico. Las mujeres estaban en la calle dando golpes en la acera con las tapas de los cubos de la basura para avisar a sus hombres de que llegaban las patrullas de reconocimiento. Nos miraron con sospecha hasta que reconocieron a Paddy, el de los famosos hermanos Clancy, y pudimos pasar sin problemas.

Al día siguiente, Paddy y Kevin se quedaron en el hotel mientras yo iba a casa de mi tío Gerard para que éste me llevase a ver a mi padre en Andersonstown. Cuando mi padre abrió la puerta saludó con la cabeza al tío Gerard y me miró a mí sin verme. El tío dijo:

—Éste es tu hijo.

—¿Es el pequeño Malachy? —dijo mi padre.

—No. Soy tu hijo Frank.

—Es triste que tu propio padre no te reconozca —dijo el tío Gerard.

—Pasad —dijo mi propio padre—. Sentaos. ¿Queréis una taza de té?

Ofreció el té pero no dio muestras de ponerse a prepararlo en su cocinilla hasta que llegó una mujer de la casa de al lado y lo preparó. El tío Gerard dijo en voz baja:

—Míralo. Nunca mueve un dedo. No le hace falta, tal como las señoras de Andersonstown están a su servicio para lo que haga falta. Lo tientan diariamente con sopa y con platos exquisitos.

Mi padre se fumaba su pipa pero no tocaba su taza de té. Estaba muy ocupado preguntándome por mi madre y por mis tres hermanos.

—*Och*, vino a verme tu hermano Alphie. Es un muchacho callado tu hermano Alphie. *Och*, sí. Es un muchacho callado. ¿Y estáis todos bien en América? ¿Cumplís con vuestros deberes religiosos? *Och*, tenéis que ser buenos con vuestra madre y cumplir con vuestros deberes religiosos.

Me dieron ganas de reírme. Jesús, ¿está predicando este hombre? Me dieron ganas de decirle: «Papá, ¿es que no tienes memoria?»

No, de qué serviría. Más me valía dejar a mi padre con sus demonios, aunque de sus modales tranquilos con su pipa y su taza de té se translucía que los demonios no pasaban del umbral de su puerta. El tío Gerard dijo que debíamos marcharnos antes de que oscureciera en Belfast, y yo me pregunté cómo debía despedirme de mi padre. ¿Debía darle la mano? ¿Abrazarlo?

Le di la mano, porque eso era lo único que hacíamos siempre, salvo una vez que yo estaba en el hospital con el tifus y él me dio un beso en la frente. Ahora me suelta la mano, me recuerda una vez más que debo ser un buen muchacho, que obedezca a mi madre y que recuerde el poder del rosario diario.

Cuando regresamos a casa de mi tío, dije a éste que me gustaría darme un paseo por la zona protestante, la carretera de Shankill. Él sacudió la cabeza. Era un hombre callado.

—¿Por qué no? —dije yo.

—Porque se darán cuenta.

¿De qué se darán cuenta?

—Se darán cuenta de que eres católico.

—¿Cómo se darán cuenta?

—*Och*, se darán cuenta.

Su mujer estaba de acuerdo.

—Tienen modos de saberlo —dijo.

—¿Queréis decirme que si bajase un protestante por esta calle, vosotros sabríais reconocerlo?

—Sabríamos.

—¿Cómo?

Y mi tío sonrió.

—*Och*, son años de práctica.

Mientras nos tomábamos otra taza de té hubo tiros por la calle Leeson. Una mujer gritaba, y cuando me acerqué a la ventana el tío Gerard me dijo:

—*Och*, aparta la cabeza de la ventana. Los soldados están tan nerviosos que al menor movimiento sueltan una ráfaga de balas.

La mujer volvió a gritar y tuve que abrir la puerta. Llevaba un niño en

los brazos y una niña asida de sus faldas, y la obligaba a retroceder un soldado que la empujaba con el fusil terciado. Ella le suplicaba que la dejase cruzar la calle Leeson para reunirse con sus otros hijos. Pensé en ayudarla llevando en brazos a la niña que se agarraba a ella, pero cuando fui a cogerla la
mujer corrió alrededor del soldado y cruzó la calle. El soldado se volvió hacia mí y me apoyó en la frente el cañón del fusil.

—Vuelve dentro, Paddy, o te vuelo la jodida cabeza.

Mi tío y su esposa, Lottie, me dijeron que había hecho una tontería que
no servía para nada. Me dijeron que, ya fueras católico o protestante, en Belfast había una manera de hacer las cosas que los de fuera no podían entender.

A pesar de todo, volviendo al hotel en un taxi católico, soñé que podía
recorrer tranquilamente Belfast con un lanzallamas vengador. Dispararía con
él a aquel desgraciado de la boina roja y lo reduciría a cenizas. Haría pagar
caro a los británicos los ochocientos años de tiranía. Ay, Jesús, haría mi parte
con una ametralladora del calibre cincuenta. Vaya si lo haría, y me dieron ganas de cantar «Roddy McCorley va a morir hoy en el puente de Toome»,
hasta que recordé que aquella era la canción de mi padre y decidí, por el contrario, tomarme una buena pinta en paz con Paddy y con Kevin en el bar de
nuestro hotel de Belfast, y que antes de acostarme esa noche llamaría a Alberta por teléfono para que ella pusiera el teléfono ante Maggie y yo me llevase a mis sueños el gorjeo de mi hija.

Mamá vino en avión y pasó una temporada con nosotros en nuestro piso alquilado de Dublín. Alberta se fue de compras por la calle Grafton y mamá se
vino conmigo a dar un paseo por Saint Stephen's Green, con Maggie en su
cochecito. Nos sentamos junto al agua y tiramos migas de pan a los patos y a
los gorriones. Mamá decía que era precioso estar en este sitio de Dublín a finales de agosto, sintiendo que llegaba el otoño al ver pasar alguna que otra
hoja por delante de ti y el cambio de la luz en el lago. Miramos a los niños
que se peleaban en la hierba y mamá dijo que sería precioso quedarse aquí algunos años y ver crecer a Maggie con acento irlandés, no es que ella tuviera
nada en contra del acento americano, pero daba gusto oír a aquellos niños, y
ella se imaginaba a Maggie creciendo y jugando en aquel mismo césped.

Cuando yo dije que sería precioso recorrió mi cuerpo un escalofrío y
ella dijo que alguien había pisado mi tumba. Vimos jugar a los niños y miramos la luz en el agua y ella dijo:

—No quieres volver, ¿verdad?

—Volver ¿a dónde?

—A Nueva York.

—¿Cómo lo sabes?

—No me hace falta apartar la tapadera para saber lo que hay en la olla.

El portero del hotel Shelbourne dijo que no le molestaría en absoluto vigilar el cochecito de Maggie, que dejamos junto a la verja de fuera mientras nosotros nos sentábamos en el salón, un jerez para mamá, una pinta para mí, un biberón de leche para Maggie en el regazo de mamá. Dos mujeres que estaban en la mesa de al lado dijeron que Maggie era para caerse la baba, para caerse la baba de verdad, ay, qué rica, y que verdad que era el vivo retrato de mamá.

—Ah, no —dijo mamá—, yo sólo soy la abuela.

Las mujeres bebían jerez, como mi madre, pero los tres hombres trasegaban pintas y se veía por sus gorras de *tweed*, sus caras rojas y sus manos grandes y rojas que eran granjeros. Uno de ellos, que llevaba una gorra verde oscuro, dijo en voz alta a mi madre:

—Puede que la niñita sea una niña encantadora, señora, pero usted tampoco está tan mal.

Mamá se rió y le respondió en voz alta:

—Ah, desde luego, usted tampoco está tan mal.

—Por Dios, señora, si usted fuera un poco mayor me escaparía con usted.

—Bueno —dijo mamá—, si usted fuera un poco más joven yo accedería.

La gente de todo el salón se reía, y mamá echó atrás la cabeza y también se rió, y se veía en el brillo de sus ojos que lo estaba pasando como nunca en su vida. Se rió hasta que Maggie empezó a lloriquear y mamá dijo que había que cambiar a la niña y que tendríamos que marcharnos. El hombre de la gorra verde oscuro hizo como que le suplicaba.

—*Yerra*, no se vaya, señora. Su futuro está conmigo. Soy un viudo rico y tengo granja y tierras.

—El dinero no lo es todo —dijo mamá.

—Pero yo tengo tractor, señora. Podríamos pasearnos juntos, y ¿qué le parecería eso?

—Me incita —dijo mamá—, pero sigo siendo una mujer casada, y cuando me ponga los lutos de viuda, usted será el primero en enterarse.

—Me parece justo, señora. Vivo en la tercera casa de la izquierda según se entra en la costa del sudoeste de Irlanda, en un lugar magnífico llamado Kerry.

—He oído hablar de él —dijo mamá—. Tiene fama por sus ovejas.

—Y por sus carneros potentes, señora, potentes.

—Usted siempre tiene preparada una respuesta, ¿verdad?

—Véngase conmigo a Kerry, señora, y pasearemos por las colinas en silencio.

Alberta ya estaba en el apartamento preparando estofado de cordero, y cuando se pasó Kevin Sullivan con Ben Kiely, el escritor, hubo bastante para todos y bebimos vino y cantamos, porque no hay en el mundo una canción que no se sepa Ben. Mamá contó el rato que habíamos pasado en el hotel Shelbourne.

—Dios del cielo —dijo—, aquel hombre tenía algo, y si no hubiera sido porque había que cambiar y que limpiar a Maggie, yo ya iría camino de Kerry.

En los años setenta, mamá ya había cumplido los sesenta. El enfisema que tenía por haber fumado tantos años la dejaba tan sin aliento, que ya le daba miedo salir del apartamento, y cuanto más se quedaba en su casa más peso cogía. Estuvo una temporada viniendo a Brooklyn para cuidar de Maggie los fines de semana, pero dejó de venir cuando ya no podía subir las escaleras del metro. Yo la acusé de no querer ver a su nieta.

—Sí que quiero verla, pero me cuesta trabajo moverme.

—¿Por qué no pierdes peso?

—A una mujer mayor le cuesta trabajo perder peso, y, en todo caso, ¿por qué voy a perderlo?

—¿No quieres hacer alguna vida que no sea pasarte todo el día sentada en tu apartamento, mirando por la ventana?

—Yo ya he tenido mi vida, ¿no?, y ¿de qué me ha servido? Sólo quiero que me dejen en paz.

Tenía ataques que la dejaban jadeante, y cuando visitó a Michael en San Francisco éste tuvo que llevarla urgentemente al hospital. Le decíamos que nos estaba estropeando las vidas con esa costumbre de ponerse enferma siempre en las fiestas, en Navidad, Nochevieja, Semana Santa. Ella se encogía de hombros y se reía y decía: «Pues qué pena me dais».

Por muy mal que estuviera de salud, por muy sin aliento que estuviera, subía la cuesta para ir al bingo de Broadway hasta que una noche se cayó y se rompió la cadera. Después de la operación la enviaron a un sanatorio en el campo y después estuvo conmigo en un bungalow de verano en el cabo de las Brisas, en la punta de la península de Rockaway. Siempre dormía hasta bien entrado el día, y cuando se despertaba se quedaba sentada, repantigada, en el borde de la cama, mirando fijamente por la ventana a una pared. Al cabo de un rato se arrastraba hasta la cocina para desayunar, y cuando yo la reñía a voces por comer demasiado pan con mantequilla, diciéndole que se iba a poner como una casa, ella me devolvía las voces diciéndome:

—Por el amor de Dios, déjame en paz. El pan y la mantequilla son el único consuelo que me queda.

LII

Cuando Henry Wozniak impartía clases de Creación Literaria y de Literatura Inglesa y Americana, se ponía todos los días camisa, corbata y chaqueta de sport. Era profesor asesor de la revista literaria del Instituto Stuyvesant, *Caliper*, y de la Organización General de los estudiantes, y era activo en el sindicato, la Federación Unida de Profesores.

Cambió. El primer día de clases del mes de septiembre de 1973, subió rugiendo por la calle Quince en una moto Harley Davidson y la aparcó delante del instituto. Los estudiantes le dijeron «Hola, señor Wozniak», aunque casi no lo reconocían con su cabeza afeitada, su pendiente, su chaqueta de cuero negro, su camisa negra sin cuello, sus pantalones vaqueros gastados, tan ceñidos que no les hacía falta el ancho cinturón con gran hebilla, el manojo de llaves que le colgaban del cinturón, las botas de cuero negro con tacones altos.

Devolvió el «hola» a los estudiantes, pero no se entretuvo ni sonrió como solía sonreír cuando no le importaba que los estudiantes le llamaran *El Woz*. Ahora los trataba con reserva, a ellos y a los profesores cuando se encontraba con ellos junto al reloj de fichar. Dijo al jefe del departamento de Lengua Inglesa, Roger Goodman, que quería dar clases de Lengua Inglesa normal, que estaba dispuesto incluso a hacerse cargo de los estudiantes de primero y de segundo y enseñarles gramática, ortografía, vocabulario. Dijo al director que se retiraba de todas las actividades no docentes.

A causa de Henry, yo pasé a ser el profesor de Creación Literaria.

—Tú puedes hacerlo —me dijo Roger Goodman, y me invitó a una cerveza y a una hamburguesa en el bar Gashouse, a la vuelta de la esquina, para darme fuerzas—. Puedes llevarlo —me decía. Al fin y al cabo, ¿no había escrito yo cosas para el *Village Voice* y otros periódicos, y no pensaba escribir más?

—Está bien, Roger, pero ¿qué demonios es la Creación Literaria y cómo se enseña?

—Pregúntaselo a Henry —dijo Roger—, él lo hacía antes que tú.

Encontré a Henry en la biblioteca y le pregunté cómo se enseñaba la Creación Literaria.

—Disneylandia —me dijo.

—¿Qué?

—Haz una visita a Disneylandia. Todos los profesores deberían visitarla.

—¿Por qué?

—Porque es una experiencia enriquecedora. Mientras tanto, recuerda una breve poesía infantil, y que sea tu mantra.

> *La pequeña Bo Peep ha perdido sus ovejitas*
> *Y no sabe dónde encontrarlas.*
> *Déjalas en paz y volverán a casa solas,*
> *Meneando los rabitos.*

Fue lo único que me dijo Henry, y, aparte de algún «hola» por el pasillo de vez en cuando, no volvimos a cruzar palabra nunca.

Escribo mi nombre en la pizarra y recuerdo el comentario del señor Sorola, según el cual la enseñanza es en un cincuenta por ciento procedimientos; y, si es así, ¿cómo debo proceder? Esta asignatura es optativa, y eso significa que si están aquí es porque lo han querido, y que si les pido que escriban algo no deberá haber lamentaciones.

Tengo que darme un respiro. Escribo en la pizarra: «Piras funerarias, doscientas palabras, redactarlo ahora mismo».

—¿Cómo? ¿Las piras funerarias? ¿Qué clase de tema es ese para escribir? Y, en todo caso, ¿qué es una pira funeraria?

—Sabéis lo que es una funeraria, ¿verdad? Y sabéis lo que es una pira. Habréis visto fotos de las mujeres de la India subiendo a las piras funerarias de sus maridos, ¿verdad? Eso se llama el suti, una palabra nueva para vuestro vocabulario.

—Es repugnante, verdaderamente repugnante —exclama una muchacha.

—¿El qué?

—Que las mujeres se maten sólo porque sus maridos hayan muerto. Es verdaderamente asqueroso.

—Ellas creen en eso. Quizás sea una forma de manifestar su amor.

—¿Cómo pueden manifestar su amor cuando el hombre ha muerto? ¿Es que esas mujeres no tienen dignidad?

—Claro que la tienen, y la demuestran realizando el suti.

—El señor Wozniak jamás nos habría dicho que escribiésemos cosas como ésta.

—El señor Wozniak no está aquí, de modo que escribid vuestras doscientas palabras.

Escriben y me entregan sus líneas garrapateadas, y yo me doy cuenta de que no he empezado con buen pie, aunque también me doy cuenta de que siempre que quiera iniciar un debate animado en clase puedo recurrir al suti.

Los sábados por la mañana, mi hija Maggie ve los dibujos animados de la televisión con su amiga Claire Ficarra, que vive en la misma calle. Sueltan risitas, chillan, se abrazan, dan saltos, mientras yo leo el periódico en la cocina con una sonrisa de desprecio. Entre la charla de ellas y el ruido de la televisión capto fragmentos de una mitología completamente americana de los sábados por la mañana, nombres que se repiten todas las semanas: el Correcaminos, el Pájaro Loco, el pato Donald, la familia Partridge, Bugs Bunny, los Brady, Heckel y Jeckel. La idea de la mitología me suaviza la sonrisa de desprecio y cojo mi café para sentarme con las niñas ante el televisor.

—Ay, papá, ¿vas a verlo con nosotras?

—Voy a verlo.

—Guau, Maggie —dice Claire—, tu papá es genial.

Estoy sentado con ellas porque me han ayudado a unir violentamente a dos personajes dispares, Bugs Bunny y Ulises.

Maggie había dicho:

—Qué malo es Bugs Bunny con Elmer.

Y Claire había dicho:

—Sí, Bugs es simpático y divertido y listo, pero ¿por qué es tan malo con Elmer?

Cuando volví a mis clases el lunes por la mañana, anuncié mi gran descubrimiento, las semejanzas entre Bugs Bunny y Ulises, que los dos eran tramposos, románticos, astutos, encantadores, que Ulises había sido el primero que había intentado librarse del reclutamiento, mientras que Bugs no daba muestras de haber servido nunca a su país ni de haber hecho nunca nada por nadie, más que travesuras, que la diferencia principal entre los dos era que Bugs no hacía más que ir de travesura en travesura, mientras que Ulises tenía una misión, la de volver a su casa con Penélope y Telémaco.

Todo lo cual me llevo a hacer una sencilla pregunta que provocó una explosión en clase:

—Cuando eras pequeño, ¿qué veías los sábados por la mañana?

Una erupción del ratón Mickey, Flotsam y Jetsam, Tom y Jerry, Superratón, el Conejo Cruzado, perros, gatos, ratones, monos, pájaros, hormigas, gigantes.

Basta. Basta.

Tiré trozos de tiza. Vamos, tú, y tú, y tú, salid a la pizarra. Escribid los nombres de esos personajes de dibujos y de esos programas. Clasificadlos. Esto será lo que estudiarán los sabios dentro de mil años. Ésta es vuestra mitología. Bugs Bunny. El pato Donald.

Las listas llenaron todas las pizarras y todavía faltaba sitio. Podrían haber llenado el suelo y el techo y haber seguido por el pasillo, mientras los treinta y cinco estudiantes de cada clase dragaban los detritos de incontables programas del sábado por la mañana. Dije en voz alta para hacerme oír entre el alboroto:

—¿Tenían sintonía y música esos programas?

Otra erupción. Canciones, tarareos, música ambiental, reminiscencias de escenas y de episodios favoritos. Podrían haber seguido cantando y entonando y representando hasta mucho después de que sonara el timbre, y hasta bien entrada la noche. Copiaban en sus cuadernos las listas de la pizarra y no preguntaban por qué, no protestaban. Se decían los unos a los otros, y me decían a mí, que les parecía increíble haber visto tanta televisión en sus vidas. Horas y horas. Guau. «¿Cuántas horas?», les pregunté, y ellos me dijeron que días, meses, años quizás. Guau, otra vez. Si tenías dieciséis años, probablemente te habías pasado tres años de tu vida delante de un televisor.

LIII

Antes de que naciera Maggie yo había soñado con ser un papá Kodak. Blandiría una cámara y reuniría un álbum de fotos de momentos cruciales, Maggie a los pocos instantes de nacer, Maggie en su primer día del jardín de infancia, Maggie al terminar el jardín de infancia, la escuela elemental, el bachillerato y, sobre todo, la universidad.

La universidad no sería un conjunto extenso de edificios urbanos, como la Universidad de Nueva York, la de Fordham, la de Columbia. No, mi hija preciosa pasaría cuatro años en una de esas coquetas universidades de Nueva Inglaterra, tan exquisitas que consideran vulgares a las de la *Ivy League*. Ella sería rubia y estaría morena, se pasearía por el césped del campus con un episcopaliano, estrella del lacrosse, vástago de una familia de brahmanes de Boston. Se llamaría Doug. Tendría los ojos azules y luminosos, hombros poderosos, una mirada franca y directa. Me llamaría «señor» y me estrujaría la mano con su manera varonil y sincera. Maggie y él se casarían en la honrada iglesia de piedra episcopaliana del campus, les echarían una lluvia de confeti bajo un arco de palos de lacrosse, el deporte de una gente de mejor clase.

Y allí estaría yo, el orgulloso papá Kodak, esperando a mi primer nieto, mitad irlandés católico, mitad episcopaliano brahmán de Boston. Habría un bautizo y una fiesta al aire libre, y yo dispararía con mi Kodak, las carpas blancas, las mujeres con sus sombreros, todos en tonos pastel, Maggie con la niña, comodidad, clase, seguridad.

Soñaba con eso cuando le daba el biberón, cuando le cambiaba los pañales, cuando la bañaba en la pila de la cocina, cuando grababa sus gorjeos infantiles. En sus primeros tres años, yo la sujetaba en una cestita y paseaba con ella en mi bicicleta por Brooklyn Heights. Cuando supo gatear, la llevaba al parque infantil, y mientras ella descubría la arena y a los demás niños, yo curioseaba lo que decían las madres a mi alrededor. Hablaban de los chicos, de los maridos, de que no veían la hora de volver a sus propias carreras profesionales en el mundo real. Bajaban la voz y hablaban en voz baja de aventuras amorosas, y yo me preguntaba si debía abordarlas. No. Ya les parecía sospechoso. ¿Quién era aquel tipo que se sentaba con las madres una mañana de verano, cuando los hombres de verdad estaban en el trabajo?

Ellas no sabían que yo había nacido de clase baja, que me servía de mi hija y de mi esposa para abrirme camino en su mundo. Ellas se preocupaban por algo que viene antes del jardín de infancia, el preescolar, y yo me estaba enterando de que a los niños hay que tenerlos ocupados. Está bien que pasen unos minutos de desenfreno jugando con la arena, pero en realidad el juego debe estar estructurado y supervisado. Toda estructuración es poca. Si un niño es agresivo, tienes que preocuparte. ¿Que es callado? Te preocupas igualmente. Todo es conducta antisocial. Los niños deben aprender a adaptarse o atenerse a las consecuencias.

Yo quería enviar a Maggie a una escuela elemental pública, o incluso a la escuela católica de la misma calle, pero Alberta insistió en que fuera a un montón de piedras cubierto de hiedra que había sido en otros tiempos una escuela para niñas episcopalianas, y yo no tuve estómago para soportar la pelea. Seguramente sería más respetable y conoceríamos a una gente de mejor clase.

Ah, sí que la conocimos. Había agentes de bolsa, banqueros, ingenieros, herederos de antiguas fortunas, catedráticos, ginecólogos. Había fiestas en las que me preguntaban: «¿Y a qué se dedica usted?», y cuando yo les decía que era maestro, ellos se apartaban de mí. No importaba que tuviésemos una casa de piedra arenisca parda con hipoteca en Cobble Hill, ni que nos mantuviésemos a la altura de las demás parejas que aburguesan el barrio, poniendo al descubierto nuestros ladrillos, nuestras vigas, a nosotros mismos.

Era demasiado para mí. Yo no sabía ser marido, padre, propietario de una casa con dos inquilinos, miembro certificado de la clase media. No sabía comportarme, ni vestir, ni charlar de la Bolsa en las fiestas, ni jugar al squash ni al golf, ni dar un apretón de manos testosterónico mirando a los ojos al otro diciéndole: «Encantado de conocerlo, señor.»

Alberta decía que quería cosas bonitas, y yo no sabía nunca lo que significaba aquello. O no me importaba. Quería ir a buscar antigüedades por la avenida Atlantic y yo quería charlar con Sam Colton en su librería de la calle Montague o tomarme una cerveza con Yonk Kling en el Rosa de Blarney. Alberta hablaba de mesas Reina Ana, de aparadores Regencia, de aguamaniles victorianos, y a mí no me importaba aquello un pedo de violinista. Sus amigos hablaban del buen gusto, y se me echaban encima cuando yo les decía que el buen gusto es lo que surge cuando se muere la imaginación. El aire estaba cargado de buen gusto y yo sentía que me ahogaba.

El matrimonio se había convertido en una riña constante, y Maggie estaba atrapada en el medio. Todos los días, después de volver de la escuela, tenía que seguir la rutina que había heredado de una abuela yanqui de Rhode Island. Cámbiate de ropa, bebe leche, come galletas, haz los deberes, porque no saldrás de la casa mientras no los hayas hecho. Eso es lo que debes hacer. Eso es lo que hizo tu madre. Después, podrás jugar con Claire hasta la hora de cenar, cuando tendrás que sentarte con unos padres que sólo se comportan con educación porque estás tú delante.

Las mañanas me consolaban de las noches. Cuando Maggie pasó de gatear a andar y a hablar, venía a la cocina en su estado onírico, hablando de su sueños, de que había volado con Claire por encima del barrio y habían aterrizado en la calle, delante de la casa. En abril miraba el magnolio que florecía ante la ventana de la cocina y me preguntaba por qué no podía tener ese color para siempre. ¿Por qué se iba el rosa encantador al llegar las hojas verdes? Yo le dije que todos los colores debían tener su momento en el mundo, y aquello pareció satisfacerla.

Las mañanas con Maggie eran tan doradas o tan rosadas o tan verdes como las mañanas que pasaba yo con mi padre en Límerick. Yo tenía a mi padre sólo para mí hasta que se marchó. Tuve a Maggie hasta que todo se deshizo.

Los días de entre semana la acompañaba a pie hasta la escuela y después cogía el tren para ir a mis clases en el Instituto Stuyvesant. Mis alumnos adolescentes luchaban con las hormonas o se debatían con los problemas de familia, los divorcios, las batallas por la custodia de los hijos, el dinero, las drogas, la muerte de la fe. Yo sentía lástima de ellos y de sus padres. Yo tenía a la niñita perfecta y yo no tendría jamás los problemas de ellos.

Los tuve, y los tuvo Maggie. El matrimonio se desmoronaba. Los católicos irlandeses criados en los barrios pobres no tienen nada en común con las muchachas agradables de Nueva Inglaterra que tenían visillos en las ventanas de sus dormitorios, que llevaban guantes blancos hasta el codo, iban a los bailes del instituto con muchachos agradables y habían estudiado etiqueta con monjas francesas que les decían: «Niñas, vuestra virtud es como un jarrón que se cae al suelo. Podéis arreglar la rotura, pero la grieta estará siempre allí.» Los católicos irlandeses criados en los barrios pobres podían recordar lo que decían sus padres: «Después de llenar la tripa, todo es poesía.»

Los viejos irlandeses me lo habían dicho, y mi madre me lo había advertido: «Trátate con tu gente. Cásate con tu gente. Más vale lo malo conocido que lo bueno por conocer.»

Cuando Maggie tenía cinco años, yo me marché de casa y me alojé con un amigo. Aquello no duró. Yo quería pasar mis mañanas con mi hija. Quería sentarme en el suelo ante el fuego, contarle cuentos, escuchar *Sergeant Pepper's Lonely Hearts Club Band*. Sin duda, después de tantos años, yo podría esforzarme por el matrimonio, llevar corbata, acompañar a Maggie a fiestas de cumpleaños por Brooklyn Heights, encantar a las esposas, jugar al squash, fingir que me interesaban las antigüedades.

Acompañaba a pie a Maggie a la escuela. Le llevaba la mochila de los libros, ella llevaba su tartera de Barbie. Cuando tenía cerca de ocho años, me anunció:

—Mira, papá, quiero ir a la escuela con mis amigos.

Naturalmente, se estaba distanciando, se estaba independizando, se estaba protegiendo. Debía de saber que su familia se estaba desintegrando, que su padre no tardaría en marcharse para siempre como se había marchado hacía mucho tiempo el padre de él, y yo me marché definitivamente una semana antes de que ella cumpliese los ocho años.

LIV

Cuando miro las cubiertas de libros enmarcadas en la pared del bar de la Cabeza del León, sufro de envidia. ¿Estaré yo allí arriba alguna vez? Los escritores viajan por todo el país, firmando libros, apareciendo en programas de entrevistas en la televisión. Hay fiestas, y mujeres, y romances por todas partes. La gente les escucha. Nadie escucha a los profesores. Los compadecen por sus sueldos lastimosos.

Pero hay días potentes en el aula 205 del Instituto Stuyvesant, cuando la discusión de una poesía abre la puerta que da paso a una luz blanca cegadora y todos comprenden la poesía y comprenden la comprensión, y cuando se apaga la luz nos sonreímos los unos a los otros como si hubiéramos regresado de un viaje.

Aunque mis alumnos no lo saben, ese aula es mi refugio, a veces es mi fuerza, es el marco de mi infancia retrasada. Exploramos el *Madre Ganso anotado* y el *Alicia en el País de las Maravillas anotado*, y cuando mis alumnos traen a clase los libros de sus primeros años hay gozo en el aula.

—¿Tú también leías ese libro? Guau.

Un «guau» en cualquier clase significa que está pasando algo.

No se habla siquiera de cuestionarios ni de exámenes, y si hay que dar notas para los burócratas, bueno, los alumnos serán capaces de evaluarse a sí mismos. Entendemos lo que significa *Caperucita roja*, que si no sigues el camino tal como te lo dice tu madre te vas a encontrar con ese lobo feroz y tendrás problemas, tío, problemas, así que ¿por qué se queja todo el mundo de la violencia en la televisión y nadie dice una palabra de la maldad del padre y de la madrastra en *Hansel y Gretel*, por qué?

Del fondo del aula surge el grito airado de un muchacho:

—Qué gilipollas son los padres.

Y dedicamos una clase entera a una discusión acalorada de *Humpty Dumpty*.

> *Humpty Dumpty se sentó en el muro.*
> *Humpty Dumpty tuvo una gran caída.*
> *Todos los caballos y todos los hombres del rey*
> *No pudieron volver a recomponer a Humpty.*

—Así pues, ¿qué pasa en esta poesía infantil? —pregunto.

Levantan las manos.

—Bueno, como si este huevo se cae de la pared; si se estudia biología o física se sabe que un huevo no puede volver a recomponerse. O sea, que es de sentido común.

—¿Quién ha dicho que es un huevo? —pregunto.

—Claro que es un huevo. Todo el mundo lo sabe.

—¿Dónde dice que sea un huevo?

Se ponen a pensar. Repasan el texto en busca del huevo, de cualquier mención, de cualquier alusión a un huevo. No se rinden.

Hay más manos levantadas y más afirmaciones indignadas a favor del huevo. Han conocido esa poesía de toda la vida y nunca han dudado que Humpty Dumpty fuera un huevo. Ellos se sienten cómodos con la idea del huevo, y ¿por qué tienen que llegar los profesores a destruirlo todo con tanto análisis?

—Yo no destruyo nada. Sólo quiero saber de dónde os habéis sacado la idea de que Humpty es un huevo.

Porque, señor McCourt, sale así en todas las ilustraciones, y el que dibujó la primera ilustración debía de conocer al tipo que escribió la poesía, porque de otro modo no lo habría dibujado como un huevo.

—Está bien. Si os basta la idea del huevo, la dejaremos pasar, pero yo sé que los futuros abogados que están en esta clase no aceptarán nunca un huevo sin que haya pruebas de que sea un huevo.

Con tal de que no exista la amenaza de las notas, se sienten a gusto con la cuestión de la infancia, y cuando les sugiero que escriban sus propios libros para niños no se quejan, no se resisten.

—Ah, sí, sí, qué gran idea.

Deben escribir, ilustrar y encuadernar sus libros, trabajos originales, y cuando los terminen yo los llevaré a una escuela elemental próxima, en la Primera Avenida, para que los lean y los evalúen los críticos verdaderos, los que leerían estos libros, los de tercero y cuarto de primaria.

—Ah, sí, sí, los pequeños, eso sería una monada.

Un día helado de enero llegan los pequeños al Stuyvesant, traídos por su profesora.

—Ay, jo, miradlos. Qué c-u-c-o-s. Mirad qué abriguitos, qué calienta-orejas, qué manoplas, qué botitas de colores y qué caritas heladas. Ay, qué cucos.

Todos los libros están dispuestos a lo largo de una mesa larga, libros de todas las formas y tamaños, y el aula resplandece de color. Mis alumnos se sientan y se quedan de pie cediendo sus asientos a sus pequeños críticos, quienes se sientan en los pupitres, con los pies colgando muy por encima del suelo. Vienen uno a uno a la mesa a seleccionar los libros que leen y a comentarlos. Yo ya he advertido a mis alumnos que estos niños pequeños mienten muy mal, que de momento sólo conocen la verdad. Leen las hojas que su profesora les ha ayudado a preparar.

—El libro que he leído es *Petey y la araña del espacio*. Este libro está bien, menos el principio, la mitad y el final.

El autor, un muchacho alto de tercer curso del Stuyvesant, sonríe débilmente y mira al techo. Su novia lo abraza.

Otra crítica.

—El libro que he leído se llamaba *A ese lado*, y no me gustó porque la gente no debería escribir de la guerra y de la gente que se pega tiros en la cara y que se hace sus necesidades en los pantalones porque tiene miedo. La gente no debería escribir de cosas así cuando puede escribir de cosas agradables como las flores y las tortitas.

La pequeña crítica recibe un aplauso cerrado de sus compañeros de clase y un silencio sepulcral por parte de los escritores del Stuyvesant. El autor de *A ese lado* tiene una mirada furibunda perdida sobre la cabeza de su crítica.

La profesora había pedido a sus alumnos que respondieran a la pregunta: «¿Comprarías este libro para ti o para alguien?»

—No, no compraría este libro para mí ni para nadie. Este libro ya lo tengo. Lo escribió el doctor Seuss.

Los compañeros de clase de la crítica se ríen y su profesora les chista, pero no pueden dejar de reírse y el plagiario, sentado en el alféizar de la ventana, se pone colorado y no sabe dónde poner los ojos. Ha sido un mal muchacho, ha hecho una cosa mal hecha, ha dado a los pequeños munición para sus burlas, pero yo quiero consolarle porque entiendo por qué ha hecho esa cosa mal hecha, que no podía estar de humor para crear un libro para niños cuando sus padres se habían separado durante las vacaciones de Navidad, que él está atrapado en el encarnizamiento de una lucha por la custodia, que no sabe qué hacer cuando su madre y su padre tiran de él en direcciones opuestas, que él quiere irse corriendo con su abuelo, que está en Israel, que con todo eso sólo puede hacer sus deberes de Lengua Inglesa grapando algunas páginas en las que ha copiado un cuento del doctor Seuss y lo ha ilustrado con monigotes, que seguramente éste es el punto más bajo de su vida y cómo afronta uno la humillación cuando te pilla con las manos en la masa esta niña sabihonda de tercero de primaria que está allí riéndose y siendo el centro de atención. Me mira desde el otro extremo del aula y yo sacudo la cabeza, esperando que comprenda que yo lo comprendo. Me parece que debo ir a su lado, pasarle el brazo por los hombros, consolarle, pero me contengo porque no quiero que los de tercero de primaria ni los de tercero de secundaria se crean que tolero el plagio. De momento, tengo que mantener la postura moral y dejar que sufra.

Los pequeños se ponen sus ropas de invierno y se marchan, y mi aula se queda en silencio. Un escritor del Stuyvesant que ha sufrido una crítica negativa dice que ojalá se pierdan en la nieve esos niños condenados. Otro alumno alto de tercero, Alex Newman, dice que él se siente bien porque su libro recibió alabanzas, pero que lo que han hecho esos niños con algunos de los escritores ha sido vergonzoso. Dice que algunos de esos niños son unos asesinos, y hay conformidad con él en el aula.

Pero se han ablandado para la Literatura Americana del tercer curso, preparados para las imprecaciones de *Pecadores en manos de un Dios airado*. Entonamos a Vachel Lindsay y a Robert Service y a T. S. Eliot, a quien se puede reclutar a ambas orillas del Atlántico. Contamos chistes, porque todo chiste es un cuento corto con detonante y explosión. Volvemos a la infancia para hacer juegos y poesías de jugar en la calle, *Miss Lucy* y el corro de la patata, y los educadores que nos visitan se preguntan qué pasa en este aula.

—Y, dígame, señor McCourt, ¿de qué modo sirve esto para preparar a nuestros hijos para la universidad y para las exigencias de la sociedad?

LV

En la mesa que está junto a la cama en el apartamento de mi madre había frascos de píldoras, de tabletas, de cápsulas, de medicinas líquidas, tómese esto para eso y eso para esto tres veces al día cuando no son cuatro, pero no si conduce o maneja maquinaria pesada, tómelo antes, durante y después de las comidas evitando el alcohol y otros estimulantes, y procure no mezclar la medicación, cosa que hacía mamá, que confundía las píldoras para el enfisema con las píldoras para el dolor de su cadera nueva y con las píldoras que la hacían dormir o que la despertaban, y la cortisona que la hinchaba y le hacía crecer pelo en la barbilla de tal modo que a ella le producía terror salir de la casa sin su maquinilla de afeitar de plástico azul, por si tenía que pasarse fuera una temporada corriendo el peligro de que le saliera pelo de todas clases, y ella se moriría de vergüenza, vaya que sí, se moriría de vergüenza.

El ayuntamiento envió a una mujer que la cuidaba, la bañaba, le hacía la comida, la sacaba de paseo si ella tenía fuerzas. Cuando no tenía fuerzas, veía la televisión y la mujer la veía con ella, aunque más tarde contaba que mamá se pasaba una buena parte de su tiempo mirando un punto de la pared o mirando por la ventana recordando con placer los tiempos en que su nieto Conor la llamaba a voces y charlaban mientras él se colgaba de los barrotes de hierro que protegían las ventanas de ella.

La mujer del ayuntamiento ordenaba los envases de píldoras y advertía a mamá que debía tomarlas en un orden determinado durante la noche, pero a mamá se le olvidaba y estaba tan confundida que nadie sabía lo que podía haberse hecho a sí misma, y la ambulancia tenía que llevarla al hospital de Lenox Hill, donde ya la conocían bien.

La última vez que estuvo en el hospital la llamé desde mi instituto para preguntarle cómo estaba.

—Ah, no lo sé.

—¿Cómo que no lo sabes?

—Estoy harta. Me están metiendo cosas en el cuerpo y me están sacando cosas del cuerpo.

Después, me dijo en voz baja:

—Si vienes a verme, ¿podrás hacerme un favor?

—Podré. ¿De qué se trata?

—No se lo debes contar a nadie.

—No lo contaré. ¿De qué se trata?

—¿Puedes traerme una maquinilla de afeitar de plástico azul?

—¿Una maquinilla de afeitar de plástico? ¿Para qué?

—No te preocupes. Tú tráemela y deja de hacerme preguntas.

Se le quebró la voz y se oyeron sollozos.

—Muy bien, la llevaré. ¿Estás ahí?

Casi no podía hablar por los sollozos.

—Y cuando llegues, dale la maquinilla a la enfermera y no pases hasta que ella te lo diga.

Esperé mientras la enfermera entraba con la maquinilla y ocultaba a mamá de la vista del mundo. Cuando salió la enfermera, me dijo en voz baja:

—Se está afeitando. Es por la cortisona. Le da vergüenza.

—Muy bien —dijo mamá—, ya puedes pasar, y no me preguntes nada, aunque no hayas hecho lo que te he pedido.

—¿Qué quieres decir?

—Te pedí una maquinilla de plástico azul y me la has traído blanca.

—¿Qué diferencia hay?

—Hay una diferencia muy grande, pero tú no la puedes entender. No voy a decir ni una palabra más al respecto.

—Parece que estás bien.

—No estoy bien. Estoy harta, ya te lo he dicho. Sólo quiero morirme.

—Ay, deja de decir esas cosas. Te habrán dado de alta en Navidad. Estarás bailando.

—No estaré bailando. Mira, todo el país está lleno de mujeres que van corriendo a abortar a diestro y siniestro y yo no puedo morirme siquiera.

—En nombre de Dios, ¿qué tienes que ver tú con que las mujeres aborten?

Se le llenaron de lágrimas los ojos.

—Estoy metida en esta cama, muriéndome o no muriéndome, y tú me atormentas con cuestiones teológicas.

Entró en la habitación mi hermano Michael, que había venido de San Francisco. Rondó por los alrededores de la cama de mi madre. La besó y le dio un masaje en los hombros y en los pies.

—Esto te relajará —le dijo.

—Ya estoy relajada —dijo ella—. Si estuviera más relajada, estaría muerta, y qué alivio sería.

Michael la miró y me miró a mí y recorrió la habitación con la vista y tenía los ojos húmedos. Mamá le dijo que debía volver a San Francisco con su esposa y sus hijos.

—Volveré mañana.

—Bueno, pues no te ha valido la pena un viaje tan largo, ¿verdad?

—Tenía que verte.

Se quedó dormida, y nosotros nos fuimos a un bar de la avenida Lexington a tomarnos unas copas con Alphie y con el hijo de Malachy, Malachy hijo. No hablamos de mamá. Escuchamos a Malachy hijo, que tenía veinte años y no sabía qué hacer de su vida. Yo le dije que como su madre era judía podía irse a Israel y alistarse en el ejército. Él dijo que no era judío, pero yo insistí en que sí lo era, que tenía el derecho de regreso. Le dije que si se presentaba en el consulado de Israel y anunciaba que quería alistarse en el ejército israelí, aquello sería un golpe publicitario para ellos. Imagínatelo: Malachy McCourt hijo, con ese nombre, alistado en el ejército israelí. Saldría en primera página de todos los periódicos de Nueva York.

Él dijo que no, que no quería que le volasen el culo de un tiro esos árabes locos. Michael le dijo que él no iría al frente, que estaría a retaguardia, donde pudieran aprovecharlo con fines propagandísticos, y que todas esas muchachas israelíes exóticas se le echarían encima.

Volvió a decir que no, y yo le dije que era una pérdida de tiempo invitarle a copas cuando no era capaz de hacer una cosa tan sencilla como alistarse en el ejército israelí y labrarse una carrera profesional. Le dije que si yo tuviera una madre judía, me presentaría en Jerusalén al momento.

Aquella noche volví a la habitación de mamá. Había un hombre a los pies de su cama. Era calvo, tenía barba gris y llevaba traje gris con chaleco. Hacía sonar la calderilla en el bolsillo de sus pantalones y decía a mi madre:

—Sabe usted, señora McCourt, tiene todo el derecho del mundo a estar enfadada cuando está enferma, y tiene derecho a expresar su enfado.

Se dirigió a mí.

—Soy su psiquiatra.

—Yo no estoy enfadada —dijo mamá—. Lo único que quiero es morirme, y ustedes no me dejan.

Ella se dirigió a mí.

—¿Quieres decirle que se marche?

—Márchese, doctor.

—Perdone usted, soy su médico.

—Márchese.

Se marchó, y mamá se quejó de que la estaban atormentando con curas y con psiquiatras, y aunque ella era pecadora ya había hecho penitencia por sus pecados más de cien veces, había nacido haciendo penitencia.

—Me muero de ganas de tener algo en la boca —dijo—, algo ácido, como una limonada.

Le traje un limón artificial lleno de zumo concentrado y se lo vertí en un vaso con un poco de agua. Ella lo probó.

—Te he pedido limonada, y lo único que me has dado es agua.

—No, es limonada.

Vuelve a derramar lágrimas.

—Una cosita que te pido, una sola cosita, y no eres capaz de hacérmela. ¿Sería mucho pedir que me movieses los pies? ¿Sería mucho pedir? Llevan todo el día en el mismo sitio.

Quiero preguntarle por qué no mueve los pies ella misma, pero eso sólo produciría más lágrimas, de modo que se los muevo.

—¿Qué tal así?

—¿Qué tal qué?

—Los pies.

—¿Qué pasa con mis pies?

—Que te los he movido.

—¿Me los has movido? Pues no lo he notado. No me quieres dar limonada. No me quieres mover los pies. No me quieres traer una maquinilla de afeitar como es debido, de plástico azul. Ay, Dios, ¿de qué sirve tener cuatro hijos si no consigues que te muevan los pies?

—Está bien. Mira. Te estoy moviendo los pies.

—¿Que mire? ¿Cómo voy a mirar? Me cuesta trabajo levantar la cabeza de la almohada para mirarme los pies. ¿Has acabado ya de atormentarme?

—¿Quieres algo más?

—Esto es un horno. ¿Quieres abrir la ventana?

—Pero si afuera está helando.

Hay lágrimas.

—No me puedes traer limonada, no me...

—Está bien, está bien.

Abro la ventana y entra una oleada de aire frío de la calle Setenta y Siete que le congela el sudor en la cara. Tiene los ojos cerrados y cuando la beso no tiene sabor a sal.

¿Debo quedarme un rato, o incluso toda la noche? No parece que les moleste a las enfermeras. Podría recostarme en esta silla, apoyar la cabeza en la pared y dormitar. No. Para el caso, puedo volverme a casa. Maggie cantará mañana con el coro en la Iglesia de Plymouth y yo no quiero que me vea hundido y con los ojos rojos.

Durante todo el viaje de vuelta a Brooklyn tengo la sensación de que debería volver al hospital, pero un amigo mío da una fiesta por la noche para inaugurar su bar, el bar de la Estación de la Calle Clark. Hay música y charla alegre. Me quedo fuera. No puedo entrar.

Cuando llama Malachy a las tres de la madrugada no hace falta que diga las palabras. Lo único que puedo hacer yo es preparar una taza de té como la preparaba mamá a horas raras y quedarme sentado en la cama en una oscuridad más oscura que la oscuridad, sabiendo que ya la habrán llevado a un sitio más frío, ese cuerpo gris y carnoso que nos trajo al mundo a siete. Bebo mi té caliente para aliviarme, porque hay sentimientos que yo no esperaba. Pensaba que conocería el dolor del hombre adulto, el luto riguroso y elegante, el sentido elegíaco adecuado para la situación. No sabía que me sentiría como un niño al que han estafado.

Estoy sentado en la cama con las rodillas subidas hasta el pecho y hay lágrimas que no me quieren subir a los ojos, sino que baten como un pequeño mar alrededor de mi corazón.

Por una vez, mamá, no tengo la vejiga cerca del ojo, y ¿por qué no la tengo?

Aquí estoy, mirando a mi hija encantadora de diez años, Maggie, con su vestido blanco, que canta himnos protestantes con el coro en la Iglesia de los Hermanos de Plymouth, cuando debería estar en misa rezando por el descanso del alma de mi madre, Ángela McCourt, madre de siete hijos, creyente, pecadora, aunque cuando considero los setenta y tres años que pasó en la tierra no me creo que Dios Todopoderoso, sentado en Su trono, pudiera soñar siquiera con enviarla a las llamas. Un Dios así no se merecería que le dieran ni la hora. La vida de mi madre ya tuvo bastante de purgatorio, y sin duda está en el sitio mejor con sus tres hijos, Margaret, Oliver, Eugene.

Después del servicio religioso digo a Maggie que se ha muerto su abuela, y ella me pregunta por qué tengo los ojos secos.

—¿Sabes, papá? No tiene nada de malo que llores.

Mi hermano Michael ha regresado a San Francisco, y yo he quedado en reunirme con Malachy y Alphie para desayunar en la calle Setenta y Dos Oeste, cerca de la funeraria Walter B. Cooke. Cuando Malachy pide un desayuno copioso, Alphie dice:

—No sé cómo puedes comer tanto habiendo muerto tu madre.

Y Malachy le dice:

—Tengo que sustentar mi dolor, ¿no?

Después, en la funeraria, nos reunimos con Diana y con Lynn, las esposas de Malachy y de Alphie. Nos sentamos en semicírculo ante el escritorio del asesor de pompas fúnebres. Lleva un anillo de oro, un reloj de oro, un alfiler de corbata de oro, gafas de oro. Maneja una pluma de oro y exhibe una sonrisa de consuelo dorada. Pone sobre el escritorio un libro grande y nos dice que la primera caja es un artículo muy elegante y que costaría algo menos de diez mil dólares, precioso. Nosotros no damos muestras de interés. Le hacemos seguir pasando páginas hasta que llega al último artículo, un ataúd que cuesta menos de tres mil.

—¿Cuál es el precio más tirado posible? —pregunta Malachy.

—Bueno, señor, ¿será entierro o cremación?

—Cremación.

Antes de que responda, yo intento aligerar el momento contándole a él y a mi familia la conversación que tuve con mamá hace una semana:

«—¿Qué quieres que hagamos contigo cuando ya no estés?

—Ah, me gustaría que me llevaran y me enterraran con mi familia en Límerick.

—Mamá, ¿sabes cuánto cuesta transportar a una persona de tu tamaño?

—Bueno, pues reducidme —dijo.»

Al asesor de pompas fúnebres no le hace gracia. Dice que podríamos hacerlo por mil ochocientos dólares, embalsamamiento, presentación, cremación. Malachy le pregunta por qué tenemos que pagar un ataúd si lo van a quemar en todo caso, y el hombre dice que lo manda la ley.

—Entonces —dice Malachy—, ¿por qué no podemos meterla sin más en una bolsa de basura gigante y dejarla en la calle para que la recojan?

Todos nos reímos, y el hombre tiene que salir de la sala un momento.

—Allá va una vida entera de unción extrema —comenta Alphie, y cuando regresa el hombre parece desconcertado por nuestra risa.

Queda arreglado. El cuerpo de mi madre quedará expuesto durante un día en su ataúd para que los niños puedan ver a su abuela muerta y decirle adiós. El hombre nos pregunta si queremos alquilar una limusina para asistir a la cremación, pero sólo Alphie tiene deseos de hacer el viaje hasta North Bergen, en Nueva Jersey, e incluso él cambia de opinión.

Mamá tenía una amiga en Límerick, Mary Patterson, que decía:

—¿Sabes una cosa, Ángela?

—No, ¿qué, Mary?

—Yo solía preguntarme qué aspecto tendría cuando estuviera muerta, y ¿sabes lo que he hecho, Ángela?

—No lo sé, Mary.

—Me puse mi hábito pardo de la Orden Tercera de San Francisco, y ¿sabes qué hice después, Ángela?

—No lo sé, Mary.

—Me eché en la cama con un espejo a los pies, crucé las manos con el rosario alrededor y cerré los ojos, y ¿sabes qué hice después, Ángela?

—No lo sé, Mary.

—Abrí un ojo y me eché una miradita a mí misma en el espejo, y ¿sabes qué, Ángela?

—No lo sé, Mary.

—Parecía que tenía mucha paz.

Nadie puede decir que parezca que mi madre tiene mucha paz en su ataúd. Toda la miseria de su vida se refleja en su cara hinchada por los medicamentos del hospital, y hay mechones de pelo perdidos que se escaparon a su maquinilla de plástico.

Maggie se arrodilla a mi lado mirando a su abuela, el primer cadáver que ve en sus diez años de vida. No tiene vocabulario para esto, ni religión, ni oración, y eso es otra tristeza. Lo único que puede hacer es mirar a su abuela y decir:

—¿Dónde está ahora, papá?

—Si existe el cielo, Maggie, está allí y es su reina.

—¿Existe el cielo, papá?

—Si no existe, Maggie, es que no entiendo lo que hace Dios.

Ella no entiende mis divagaciones, ni yo tampoco, porque salen las lágrimas y ella vuelve a decirme:

—No tiene nada de malo que llores, papá.

Cuando ha muerto tu madre no puedes quedarte sentado con aire lúgubre, recordando sus virtudes, recibiendo las condolencias de los amigos y de los vecinos. Tienes que ponerte de pie ante el ataúd con tus hermanos Malachy y Alphie y los hijos de Malachy, Malachy, Conor, Cormac, unir los brazos y cantar las canciones que gustaban a tu madre y las canciones que no gustaban nada a tu madre, porque esa es la única manera que tenéis de estar seguros de que está muerta, y cantamos.

> *El amor de una madre es una bendición*
> *Vayas donde vayas,*
> *Cuídala mientras la tengas,*
> *La echarás de menos cuando falte.*

y

> *Adiós, Johnny querido, cuando estés lejos,*
> *No te olvides de tu vieja madre querida*
> *Muy lejos, más allá del mar.*
> *Escríbele una carta de cuando en cuando*
> *Y mándale todo lo que puedas,*
> *Y no olvides, vayas donde vayas,*
> *Que eres irlandés.*

Los visitantes se miran y sabes que están pensando: «¿Qué clase de duelo es este en que los hijos y los nietos cantan y bailan delante de la caja de la pobre mujer? ¿Es que no tienen ningún respeto a su madre?»

La besamos, y yo le pongo en el pecho un chelín que le había tomado prestado hacía mucho tiempo, y cuando vamos por el largo pasillo que conduce al ascensor vuelvo la vista para mirarla en el ataúd, mi madre gris en un ataúd gris barato, del color de la mendicidad.

LVI

En enero de 1985 llamó mi hermano Alphie para decirme que se había recibido una triste noticia de nuestros primos de Belfast, que nuestro padre, Malachy McCourt, había muerto a primera hora de esa mañana en el hospital Royal Victoria.

No sé por qué usó Alphie la palabra «triste». Esta palabra no describía cómo me sentía yo, y recordé un verso de Emily Dickinson: «Después de un gran dolor llega un sentimiento solemne.»

Yo tenía el sentimiento solemne, pero no tenía dolor.

Mi padre y mi madre han muerto y soy huérfano.

Alphie había visitado siendo adulto a nuestro padre, por curiosidad, o por amor, o por cualesquiera que fuesen los motivos que tuviera para querer ver a un padre que nos había abandonado cuando yo tenía diez años y Alphie apenas tenía uno. Ahora, Alphie decía que iba a coger un vuelo aquella noche para asistir al funeral el día siguiente, y en su voz había algo que decía: «¿No vienes?»

Aquello era más suave que «¿Vienes?», menos exigente, porque Alphie conocía las emociones embrolladas de él mismo y de sus hermanos Frank, Malachy, Michael.

¿Ir? ¿Por qué voy a ir en avión a Belfast para asistir al funeral de un hombre que se fue a trabajar a Inglaterra y se bebía hasta el último penique de su sueldo? Si mi madre viviera todavía, ¿iría ella al funeral de una persona que la había dejado reducida a la mendicidad?

No, puede que ella no fuera al funeral, pero me diría a mí que fuese. Diría que no importaba lo que nos hubiera hecho, porque tenía la debilidad, la maldición de la raza, y un padre sólo muere y sólo se le entierra una vez. Diría que no era el peor del mundo y que quién somos nosotros para juzgarlo, que para eso está Dios, y con su alma caritativa encendería una vela y elevaría una oración.

Fui en avión al funeral de mi padre en Belfast con la esperanza de descubrir por qué iba en avión al funeral de mi padre en Belfast.

Fuimos en coche desde el aeropuerto por las calles agitadas de Belfast, con coches blindados, patrullas militares, jóvenes a los que detenían, los empujaban contra la pared, los registraban. Mis primos decían que ahora había tranquilidad pero que en cuanto estallaba una bomba en cualquier parte, protestante o católica, parecía que aquello era una guerra mundial. Nadie recordaba ya lo que era ir por la calle de una manera normal. Si salías por una libra de mantequilla podías volver sin una pierna o podías no volver. Cuando hubieron dicho esto, era mejor dejar de hablar de ello. Algún día, todo aquello terminaría y todos saldrían a pasearse por una libra de mantequilla o incluso por el simple gusto de pasearse.

Mi primo, Francis MacRory, nos llevó a ver a nuestro padre que estaba expuesto en su ataúd en el hospital Royal Victoria, y cuando llegamos a la casa de la muerte me di cuenta de que yo era el hijo mayor, el que encabezaba el duelo, y de que todos aquellos primos me observaban, primos a los que apenas recordaba, algunos a los que yo no había conocido nunca, los McCourt, los MacRory, los Fox. Estaban allí tres de las hermanas de mi padre que aún vivían, Maggie, Eva y la hermana Comgall, que se llamaba Moya antes de tomar los hábitos. La otra hermana, la tía Vera, estaba demasiado enferma para hacer el viaje desde Oxford.

Alphie y yo, el hijo menor y el mayor de aquel hombre que estaba en el ataúd, nos arrodillamos en el reclinatorio. Nuestras tías y los primos miraban a aquellos dos hombres que habían viajado desde tan lejos hasta un misterio, y seguramente se preguntaban si había algún dolor.

Cómo podríamos sentir pena viendo a mi padre allí encogido en el ataúd, sin dientes, la cara hundida y el cuerpo metido en un traje negro elegante con una corbatita de lazo blanca de seda que él habría despreciado, dándome todo ello la impresión repentina de que estaba mirando una gaviota, de tal modo que me agité con unos espasmos de risa silenciosa tan fuerte que todos los presentes, hasta Alphie, debían de estar convencidos de que me había invadido un dolor incontrolable.

Un primo me tocó el hombro y yo quise darle las gracias, pero sabía que si me quitaba las manos de la cara soltaría una risa tal que consternaría a todos y me expulsarían para siempre del clan. Alphie se persignó y se puso de pie. Yo me controlé, me sequé las lágrimas de risa, me persigné y me puse de pie para hacer frente a las miradas tristes que había en la pequeña casa de la muerte.

Fuera, en la noche de Belfast, hubo lágrimas con los abrazos de mis tías frágiles y ancianas.

—Ay, Francis, Francis, Alphie, Alphie, os quería, muchachos, os quería, ah, os quería, hablaba de vosotros constantemente.

Ay, sí, desde luego, tía Eva y tía Maggie y tía hermana Comgall, y brindó por nosotros muchas veces en tres países, aunque tampoco es que queramos quejarnos y lamentarnos en un momento como éste, al fin y al cabo es su funeral, y si pude contenerme en presencia de mi padre, de esa gaviota que está en el ataúd, sin duda podré mantener también un poco de dignidad delante de mis tres dulces tías y de mis numerosos primos.

Nos amontonamos dispuestos a marcharnos en coche, pero yo tuve que volver junto a mi padre para quedarme satisfecho, para decirle que si no me hubiera reído para mis adentros por lo de la gaviota, mi corazón podría haber reventado por la carga amontonada del pasado, las imágenes del día que nos dejó con grandes esperanzas de que llegaría pronto el dinero de Inglaterra, los recuerdos de mi madre junto a la lumbre esperando el dinero que no llegó nunca y teniendo que pedir limosna en la Conferencia de San Vicente de Paúl, los recuerdos de mis hermanos pidiendo un pedazo más de pan frito. Todo esto fue obra tuya, papá, y aunque nosotros, tus hijos, salimos de ello, infligiste a nuestra madre una vida de desventuras.

Lo único que podía hacer era arrodillarme de nuevo junto a su ataúd y recordar las mañanas en Límerick cuando ardía la lumbre y él hablaba en voz baja por miedo a despertar a mi madre y a mis hermanos, contándome los padecimientos de Irlanda y las grandes hazañas de los irlandeses en América, y esas mañanas son ahora perlas que se convierten en tres avemarías ahí, junto al ataúd.

Lo enterramos al día siguiente en una colina que dominaba Belfast. El cura rezó, y mientras asperjaba el ataúd con agua bendita sonaron tiros en alguna parte de la ciudad.

—Ya están otra vez —dijo alguien.

Hubo una reunión en la casa de nuestra prima Theresa Fox y de su marido, Phil. Se habló de lo que había pasado aquel día, la radio había dicho que tres hombres del IRA que habían intentado saltarse una barricada del ejército británico habían sido abatidos por los soldados. Mi padre llevaría al otro mundo la escolta de sus sueños, tres hombres del IRA, y envidiaría la manera de morir de ellos.

Tomamos té y emparedados y Phil sacó una botella de whiskey para que empezaran los cuentos y las canciones, porque no puedes hacer otra cosa el día que entierras a tus muertos.

En agosto de 1985, el año en que murió mi padre, llevamos las cenizas de mi madre a su último lugar de reposo, el cementerio de la abadía de Mungret, en las afueras de la ciudad de Límerick. Estaba allí mi hermano Malachy con su esposa, Diana, y el hijo de los dos, Cormac. Estaba mi hija de catorce años, Maggie, junto con vecinos de los viejos tiempos de Límerick y amigos de Nueva York. Fuimos metiendo por turno los dedos en la urna de hojalata del crematorio de Nueva Jersey y esparciendo las cenizas de Ángela sobre las tumbas de los Sheehan, de los Guilfoyle y de los Griffin, mientras veíamos cómo hacía remolinos la brisa con su polvo blanco alrededor del gris de sus viejos fragmentos de huesos y sobre la misma tierra oscura.

Rezamos un avemaría y no fue suficiente. Nos habíamos apartado de la iglesia poco a poco, pero sabíamos que nosotros y ella habríamos encontrado en aquella antigua abadía consuelo y dignidad en las oraciones de un cura, un réquiem como es debido para una madre de siete hijos.

Almorzamos en una taberna de la carretera de Ballinacurra, y nadie diría, viendo el modo en que comíamos, bebíamos y reíamos, que acabábamos de dispersar las cenizas de nuestra madre, que había sido en sus tiempos una gran bailarina en la sala de baile Wembley y que era bien conocida por todos por cómo cantaba una buena canción, ay, con sólo que recobrase el aliento.